破夜

北流——著

[上]

天地出版社
TIANDI PRESS

图书在版编目（CIP）数据

破夜 / 北流著. -- 成都：天地出版社，2023.3
ISBN 978-7-5455-7272-8

Ⅰ.①破… Ⅱ.①北… Ⅲ.①长篇小说－中国－当代
Ⅳ.①I247.5

中国版本图书馆CIP数据核字(2022)第188233号

PO YE

破夜

出 品 人	杨　政
作　　者	北　流
责任编辑	袁静梅
策划编辑	崔云彩
责任校对	张思秋
封面图片	朱　琳
装帧设计	刘　颖　朱　琳
责任印制	白　雪

出版发行　天地出版社
　　　　　（成都市锦江区三色路238号　邮政编码：610023）
　　　　　（北京市方庄芳群园3区3号　邮政编码：100078）
网　　址　http:// www.tiandiph.com
电子邮箱　tianditg@163.com
经　　销　新华文轩出版传媒股份有限公司

印　　刷	北京金特印刷有限责任公司
版　　次	2023年3月第1版
印　　次	2023年3月第1次印刷
开　　本	710 mm×1000 mm　1/16
印　　张	35.5
字　　数	545千字
定　　价	78.00元
书　　号	ISBN 978-7-5455-7272-8

目 录

他为暗夜而生

二月的天气逐渐回暖，雪下得有气无力的，这大概是今年冬天最后一场雪了。

刘子科进办公室的时候疯狂拍打着身上的雪花，生怕动作稍慢一点雪就全部化在衣服上，惹得一屋子的人都看着他上蹿下跳的猴儿样。

有人开口问他："刘队，档案取回来了？"

"取回来了，要我说反正'9·21连环杀人案'已经结案了，档案什么时候取不行，本来雪天最容易出事故，有这时间我还不如去街上巡检。"

"咳咳。"那人拼命地使眼色。

刘子科浑然不觉，一边脱了外套往衣帽架上挂，一边继续表达不满："也就是局长非说这个案子要立刻封档，要不然我……"

"要不然你什么啊？"

熟悉的声音响起，刘子科动作一僵，苦着脸回过身，办公室里不只有往日那几个人，顶头上司陈局长竟然也在。

幸好他脸皮厚，一个立正，没事人一样敬了个礼："陈局好！"

陈立仁伸出手指点了点他："你啊，让你跑一趟机关跟要了你的命似的……"

习惯性地过滤掉陈立仁老生常谈的话，刘子科掉转视线，注意力全被窗边的那个男人吸引了。

男人身材笔挺，黑色的长款风衣更显得他修长挺拔，侧着脸，五官在逆光中看不大清，只露出半边薄唇，还有一道凌厉的下颌弧线，显得整个人有几分刻薄。

仿佛感受到注视，男人朝这边望了过来。

那双漆黑的瞳仁似乎将周遭所有的光都吸了进去，不反射出来一星半点。

刘子科挑剔地蹙起了眉头——这个男人长得太好看了。

这种挑剔大概算是职业病，干他们这一行的，太引人注目了不好。受害者看你，歹徒看你，就连做个卧底，路过的人都得看你几眼，极度影响工作。这个男人完全是刘子科很嫌弃的那种长相。

内心正天马行空地吐槽，刘子科突然听陈立仁说："对了，子科啊，这位是秦晋荀秦教授，在我们诸城落网的那个'9·21连环杀人案'的杀人犯侧写就是秦教授提供的。"

秦晋荀？他就是秦晋荀？

刘子科瞪大了眼睛，干他们刑警这一行的，哪个不知道秦晋荀？国内响当当的犯罪顾问，出了名的只接恶性命案，他不在任何司法机关任职，外界也只是含糊地叫他秦教授。前段时间，仅用了五天便破获了连环杀人案的头号功臣，正是秦晋荀。

初见偶像，刘子科有点紧张，手足无措地伸出手："您好！我是诸城市公安局刑警支队一大队队长刘子科！"

秦晋荀低头看了看他的手，又抬起头看了看他激动的脸，薄唇轻启："三天。"

大概是有点感冒，他的声音略显喑哑。

"什……什么？"刘子科神情有几分呆滞，依旧伸着手。

秦晋荀垂下眼，虚握了一下他的手，很快就松开了。

"自我接手那个案子，向专案组解释案情用了一天，媒体那些人整理采访稿报道出来又是一天，所以，我破那个案子，其实用了三天。"

刘子科张大了嘴：他怎么知道自己在想什么，神了！

局长乐呵呵地说道："小秦这次来诸城是为了查阅一些资料，你们可要配合啊。"

"一定一定。"

寒暄间，门突然"哐"的一声被打开，一个穿着警服的小青年慌慌张张地一头冲进来，嚷嚷道："刘队！"

小警员一看屋里这阵仗愣了一下。

刘子科皱眉问他："出了什么事？"

"赵美芳的家人非得要明天火化，尸体都送到殡仪馆了。"

"什么？"

"我本来带了法医想去医院看看尸体，结果她家人趁我们不注意联系了殡仪馆，现在尸体已经运到殡仪馆了。赵美芳的死不是刑事案件，她的家人阻拦，按照规定，我们也不能跟群众正面起冲突。"小警员有点沮丧。

"如果那里我们有认识的人就好办了。"

突然有谁插了一嘴："温玉现在不是在那儿吗？"

屋子静了一瞬，墙上的钟表到了整点，"当当当"地响了起来。

这个名字在诸城市公安局就像一个禁忌，一提起来，谁都要掂量一下。

"温玉？哪个温玉？"小警员结结巴巴地问。

刘子科一嗔："还有哪个温玉？从前法医科的温玉。"

像是想到了什么，刘子科烦闷地挠了挠头发，一挥手："这些事以后再说，现在事不宜迟，叫上几个人，跟我走，我今天非要把这个浑蛋抓起来。"

"小刘，注意态度啊。"局长跟了两步冲着走廊喊道，又回头对一直安静站着的秦晋荀说道，"子科跟死者赵美芳打过交道，我怕他冲动，去交代几句，小秦你在这儿等我一下。"

说完，陈立仁也不见了身影。

屋里渐渐静下来，秦晋荀低下头看了看自己的手，从怀里掏出一张手帕，慢条斯理地擦了起来。

3

诸城殡仪馆。

这里位于诸城的西北角，整个殡仪馆最大的地方是负一层的冷库。冷库里常年开着冷气，人一进来就会感到一种透骨的寒意和说不出的阴森。

冷库四周立着很多排冷柜，每一个长方形柜子前都有一个名签，上面白底黑字写着人的姓名和一个日期，中间一张金属操作台边立着一男一女，都穿着白色的大褂，戴着口罩。

女人手里拿着手术缝合针线，微微埋着头，眼睛眨也不眨，飞快地缝合着什么。

一旁的男生却不住地发着呕，口罩下的脸色煞白。

温玉头也不抬，声音从厚实的口罩下传出来："去吧。"

男生逃也似的跑开，不一会儿隔间就响起了他呕吐的声音，再回来的时候，精神好了一些，站在一旁看着女人灵巧的动作，由衷地感叹道："温老师，您真厉害。"

温玉拿起剪刀剪掉了透明的线头，几截肢体毫无差错地缝合，血肉模糊的地方也被细心地填充起来，遗体苍白的脸上甚至有了种安详的意味，如果再换上干净的衣服，躺着的那个人仿佛只是睡着了。

温玉抬起头看了男生一眼："你既然想要做这一行，就要有思想准备，遗体修复其实跟补一个花瓶差不多，花瓶的颜色旧了，要用材料涂抹，花瓶碎了，也需要粘起来，至于是红花瓶还是白花瓶，都一样。"

温玉的声音很柔和，动作利落地擦着操作台上的污物。

男生看着操作台上冰冷的遗体，又想到"红花瓶白花瓶"的比喻，表情顿时又不好了，虚弱地说道："我会努力的，温老师。"

"咚咚"，有人敲门进来。

"玉姐，市局的人来了，和死者家属都堵在前厅，馆长让你去看看。"

温玉闻言抬起了头："知道了，就来。"

她将一旁的针线递给男生，一边走一边摘下手套，又脱下白大褂随手扔在椅背上。

"哎，温老师……"

“你来收尾，这是你的转正考核。”

温玉扔下一句话，头也不回地走了。

前厅此刻已经乱成了一锅粥，公安局的刑警要进来，死者家属堵在门前不让，剑拔弩张。停尸车就在中间，进不去也出不来，殡仪馆的工作人员左右调停，奈何谁也不买账。

“我老婆是因病去世，癌症，癌症你们懂吗？有什么可尸检的，你们警察吃饱了没事干啊！”为首的中年男人三四十岁，一脸凶气，他往地上吐了一口唾沫，恶狠狠地骂道。

他身旁的老妇人亦在哭号着：“没天理啊，人死了都不得安生。”

周围还有这对母子的亲戚和朋友，乱糟糟围作一团，说什么也不肯沟通。

跟着一起出警的同事苦着脸问刘子科：“刘队，这两人是谁啊？”

刘子科咬牙切齿地回答：“赵美芳的老公刘明德和她的婆婆，这母子俩都不是什么好东西。”

身边的小警员吓了一跳：“队长，局长嘱咐了，可不兴对群众这么说话。”

“‘群众’？就他们也配！真是侮辱了这个词！”

死者赵美芳是公安局的常客，她老公有暴力倾向，每次喝醉了酒就对她一阵拳打脚踢，她因为一直生不出孩子，娘家又没人，婆婆对她经常冷嘲热讽。近期赵美芳查出了重病，他们更是变本加厉地折磨她，不要说给她看病了，甚至巴不得她早点死，这样还能拿一笔保险费。

就连赵美芳自己也觉得，与其这么活下去，还不如死了好，每次来公安局都抱怨自己命苦。民警们同情她，劝她起诉离婚，她却总是说，忍忍吧。

忍忍吧——这一忍，就忍到了黄泉路上。

最近一次一连几天，刘明德输了钱找她撒气，拳打脚踢，不给饭吃，她终于忍不下去了，趁刘明德又去喝酒、婆婆外出买菜的时候，偷偷跑到公安局想要报案。闻讯赶来的刘明德当场就动起了手，幸好被民警制止了。但赵美芳却因惊吓突然昏厥，抢救无效死了。

哀其不幸，怒其不争。

碰巧赶上这件事的刘子科是真的不甘心，没有报案就不能做尸检，还是因病去世，难道就这么便宜了刘明德这对人面兽心的母子？

他忍不住向前迈了一步，握紧了拳头。老太太眼尖瞧见了，故意挺身过来，这么一撞，就地撒起泼来，哭天抢地道："警察打人啦！"

刘子科太阳穴突突地跳，终于忍不住大声吼道："你们是怎么对赵美芳的自己心里清楚。刘明德，你敢说她的猝死和你一点关系都没有吗？你还算是个人吗？！"

刘明德讥讽地看着刘子科："这位警官，法律我当然懂，只不过医生都说了是器官衰竭，抢救无效死亡，跟我有什么关系。你们找事吧，法律是要讲证据的，你这是诬陷。"

"警官，我劝你们快点走，不然我就告你们欺压老百姓！"

刘子科当然知道这是显而易见的挑衅，一旦忍不住动手，后果不可预料，可他还是气得忍不住浑身颤抖。

"是不是有证据就可以搜查了？"突然，人群后传来了一个声音，像是炽热焰火上吹过极寒之风，奇迹般吹灭了刘子科心头的火。

众人循声望去，一个年轻的女人走过来，殡仪馆的工作人员忙不迭地给她让了道。

她有一张极精致的脸，让人联想到不着颜色的水墨画，浅浅淡淡晕染出一片秀色。

算盘落空，刘明德阴恻恻地开口："你是谁？这里没有你的事，赶紧给老子滚！"

温玉置若罔闻，径直走到停尸车前，素手一扬，白色的被单被掀开，露出里面苍白平和的一张脸。

人死如灯灭，生前诸多苦楚，现在终得安详。

处于事件的中心，温玉表情极淡，带着她特有的平和，缓缓开口："癌症晚期身体各项机能指标都会异常，尤其是濒危患者，生命体征都会急剧下降，这种情况下死亡，医生不了解内情下了诊断情有可原。"

说完，温玉也不避讳众人，直接用手按了按赵美芳腿上的皮肤，又检查

6

了她的耳后，最后甚至掀开了她的眼皮。随着温玉的动作，遗体上青青紫紫的痕迹展露在众人眼前。

那老太太瞥了一眼，竟然打了一个哆嗦。

"从她身体的僵硬程度上看，死亡时间在二十四小时到二十八小时之间，但皮肤上暴力造成的瘀青痕迹依旧十分明显，显然施暴者力度很大，甚至有几处在致命的部位，我完全有理由怀疑你家暴直接导致了她的死亡——如果你要否认家暴的话，我们可以检验伤痕处的指纹并进一步搜证调查。"

刘明德似乎想要冲上来，被反应极快的刑警架住，只能凶狠地瞪着温玉："你谁啊？这和你有啥关系？说话给老子小心点！"

温玉神色未变，继续说道："癌细胞在人死后就会凋零，结合她的死亡时间，我可以猜测，她死的时候确实是癌症末期不假，但不是癌症致死，而是暴力致死，这一点，只要经过仔细调查，我相信医生会给你很好的解释，不过你也只能在监狱里听了。故意伤人致死是个什么刑罚，既然你懂法，就不用我多说了。"

她偏头看着暴怒不安的刘明德，以及身边瘫倒在地的老太太，眼神深邃幽远，似藏着灼人的光。

"至于你问和我有什么关系，我现在是报案人，可以了吗？"

刘子科有那么一瞬间以为，他看到了从前的那个温玉，可是错觉只持续了一瞬间，温玉就又垂下了眼睛。

刘子科让人控制住那对母子，驱散了围观者，回过头就看见温玉不紧不慢地往回走。

"哎，温玉你等等。"

温玉停住了脚步，回过头看他："还有什么事吗？"

刘子科只是下意识地叫住了她，张张口却发现如今已经没有什么话题能作为聊天的开始了，想了半天，才支支吾吾地问道："你……你最近还好吗？"

俗套的台词配上凄婉的口气，旁边的同事顿时露出了古怪的神色。

温玉今天第一次露出了一个可以称之为微笑的表情，虽然浅淡，却让刘子科的心脏剧烈跳动起来，跳得他闷闷的，有点难受。

她半开着玩笑："我说刘队长，咱俩可不是能问这种问题的关系啊。"

意识到自己的问话有问题，威风八面的刑警队长涨红了脸，再也说不出一句话。

她静静地看了他几秒，好像是在看他，又像是透过他在看别的什么，最后只是又笑了一下，真的走了。

鸣锣收队，先前的小警员指了指温玉离开的背影，凑过来问："刘队，那是谁啊？"

"你来的时间短，没有听说过她，她是温玉，原来法医科的法医。"

"法医？那现在怎么跑这儿当个入殓师？同样阴森森的活儿，哪有法医带劲儿啊？"

刘子科瞪了小警员一眼："你懂什么？"

刘子科没办法跟他解释，从前锋芒毕露的温玉将满身光华都藏起来之后，如今变得就连和老相识也无话可谈，竟然那样平静，平静得像一潭绝不会再泛起波澜的湖水，变得令他……难过。

温玉下班的时候已经十点多了，她慢吞吞走在路上，神色怏怏。

今天那具遗体的主人死于一起惨烈的车祸，遗体送过来的时候不成样子，听说那男人是家里唯一的劳动力，留下妻子和五岁大的女儿，孤儿寡母以后全靠肇事者赔偿的那十几万过活。

这世上，时时刻刻都有这种事情在发生。

后来刘子科又来了，她曾经的同事，曾经的朋友，曾经的战友，他问她过得好不好。她没有回答，因为她无话可说，龟缩在城市边缘的一角，她算是过得好吗？

温玉摇了摇头，将这些念头清出脑海，不肯再想。

街边的灯一闪一闪的，夜风摇晃着光秃秃的树影，显出几分狰狞。

"温玉？"突然有人唤她。

温玉停下脚步回头，几乎以为是幻听。

路灯下男人修长的身影从暗中逐渐显露出来，走到她跟前，伸出了手。

"你好，我是秦晋荀。"

温玉低头看了一眼，男人风衣的袖口扣得一丝不苟，修长的手指，骨节分明，指甲修剪得十分整齐。

灯光在她的脸上打出一方小小的阴影，浓密的睫毛遮住了神情，她没有和他握手，只是开口说道："有所耳闻——只接命案的犯罪顾问，你找我有什么事？"

手就悬在那里，秦晋荀也不在意，慢条斯理地收回手："一年前的蒋韶峰案，你是法医。"

温玉没有否认，只是反问道："蒋韶峰是你什么人？"

"朋友的朋友，我要还那个人一个人情。"

温玉又诧异地瞥他一眼，很难想象这位以高智商和古怪的癖好闻名的顾问还知道"人情"这种东西。

只是一眼，温玉就收回目光，转身走开。

"走吧。"

她的声音很冷淡，但并不妨碍秦晋荀难得萌生的好奇。

"你连手都不跟我接触，深更半夜敢让我跟你回家？"

她停下来，目光意有所指地定格在他的袖口。

"一般人带了手帕，都会揣进兜里或者胸口袋，而不会像秦先生这样别扭地收进袖子里，除非你常常用到——就连握个手这么简单的肢体接触都要勉强自己的男人，我最起码可以相信你不是强奸犯之流，其他的方面，我也不需要担心，何况秦先生有求于我。"

说完，温玉走了两步，又回过头来，秦晋荀的身影在路灯下显得越加高挑。

"不来吗？"

她的侧脸在昏黄的路灯下泛着柔和的光，秦晋荀神色莫名地看着她，最终提步跟了上去。

她的家跟她的人一样，十分干净，干净得几乎连一点烟火气息也没有。房间开着窗，冬日凛冽的空气透了进来，让屋子里的一切都显示出几分凉意，秦晋荀却对这种温度很满意。

"随便坐。"

温玉转身进了卧室，出来的时候手上拿着一个封着白条的文件袋。

秦晋荀却首先注意到，她换了套合身的家居服，很单薄，将她的胸和腰线衬了出来，勾勒出凹凸有致的曲线，穿堂风扫进来，几缕长发垂了下来，被她随手掖在耳后。

"这就是蒋韶峰案的资料，当时我抄了一份记录，总觉得以后会派上用场，现在你拿走吧。"

秦晋荀接过，手碰到了她的指尖，凉得像是冰块。

他手指一颤，不动声色地收回手，食指隐藏在文件袋的背面，指甲沿着边缘来回摩挲了几下，慢慢地撕开了封条。

"每一个经手的案件你自己都会留档？"

温玉给自己倒了杯水，又翻出一只一次性纸杯给秦晋荀也倒了一杯。

"每一个？怎么可能，那么多刑事案件留档放在家里做什么，随时翻阅吗？我并不是很想就连做梦也梦到血肉模糊的碎尸或者血浆。"

温玉带着自嘲的口吻接着说道："只不过这是我最后一个案子，我没有办完就辞了职，案件移交到另一位法医手上，后来听到结果……我觉得他罪不至于无期。"

秦晋荀翻看着手里的档案，誊写资料的字体很漂亮，黑色的钢笔墨迹落在白纸上，配合着影印的图片，如实地记录着案发时的惨状。

"年纪轻轻，手段残忍地杀了两名花季少女，这样恶贯满盈的人，你说他罪不至死？"

"你不必试探我，你若是这样想的，还来找我干什么？我不会拿事实开玩笑，我的记录也必定都是正确的。"

秦晋荀不置可否，将文件装回袋子里，起身的时候整理了一下衣服。

"你的调查和后来接手这个案件的法医的调查结果有出入，我的取证会有一定难度，还请温小姐这几日协助我。"

温玉突然弯起嘴角轻笑出声，笑意未达眼底。

"秦教授，多管闲事不是我的风格，这已经是我同情心的极限了。"

秦晋荀皱起了眉头。

"时间不早了，我送送你。"温玉的话不留余地，将人送到了门口。

她环抱着胳膊，随着她的动作露出了清晰的锁骨线条，隐隐还有底下一截细腻的肌肤，那抹白色在秦晋荀眼前一闪。

秦晋荀一只脚已经迈出了门，突然偏了偏头，温玉一个恍惚，被大力地掼到了一旁，门"咔嗒"一声重新合上。

灯关了。

黑暗里，温玉感觉到了对方的呼吸喷洒在脸上，他灼热的气息扫过她的耳郭，又移到纤细的脖颈，路径清晰分明，却又好像距离遥远。

门上的凸起部位硌得她的后背有些疼，她皱了皱眉头。

窗帘没拉，繁华的城市万家灯火，星星点点地透过玻璃窗投射进黑暗的室内，有些光怪陆离，室内一片寂静，呼吸声显得格外清晰。

眼睛适应了黑暗，温玉隐隐能看见眼前男人棱角分明的轮廓，还有哪怕在黑暗中也闪着光的眸子，一如寒星，深不可测。

她不害怕，他的气息没有丝毫的紊乱，不带一点情欲的气息，除了必要的控制，他的身体没有一寸贴上她的。

她安静地等待着他给出一个合理的解释。

他的声音缓缓响起："我介入过很多奸杀案，你永远也不知道什么人会对你下手，哪怕是一个高智商洁癖的正义角色，也有可能突然被触及了某个犯罪点，变成一个强奸犯。"

"多谢秦教授，我受教了。"

灯亮了，怪异暧昧的气氛瞬间消弭。

虽然嘴上说着道谢的话，可是她眼底分明闪着冷意，那是一种被冒犯的不满，比这夜风更凉。

温玉工作忙碌，却也是个有休息日的人，正巧梁莹打来了电话约她坐坐，她便答应了。

她在诸城待了五六年，若非要说有什么朋友的话，梁萤算是一个。

梁萤是个活泼、阳光的姑娘，跟她在一起，温玉最起码觉得自己有那么片刻是可以轻松地笑的。

在踏进咖啡厅之前，温玉都是这么想的，直到看到了梁萤身边坐着的那个都市精英男，温玉的眉心隐隐一颤。

梁萤也看见了温玉，兴奋地挥了挥手："温玉，这里。"

梁萤要是别这么热衷给她牵线搭桥就更好了——她顿了一下，还是走过去，坐在梁萤的身边。

梁萤指了指对面的男士，冲温玉眨了眨眼："这位是我的朋友，钱伟，做风投的，在金融大厦工作。"说完，又指了指温玉，"钱伟，这位是……"

"温小姐是吧，您好，幸会。"钱伟主动接过了话头。

他第一眼见到温玉就觉得眼前一亮，她很漂亮，却漂亮得和别人不一样，可能是眼神，也可能是气质，总之令人移不开眼。

咖啡端了上来，钱伟试探着开口："听小萤说，温小姐是从事美容工作的？"

温玉看了一眼梁萤，后者心虚地笑了笑，欲盖弥彰地将脸缩在咖啡杯后面。

钱伟打量着温玉的面容，只觉更加满意，自矜地开口："工作需要，我偶尔也会受邀参加电视台采访去讲一些财经方面的知识，如果有机会不知道温小姐愿不愿意替我化妆呢？"

温玉温和地回答："可以啊。"

钱伟觉得受到了鼓励，直起身子，更加热切地看着她。

"不知温小姐的单位是哪里啊？"

"诸城殡仪馆。"

她的声音不大却很有穿透力，咖啡厅里的音乐正好放到了结尾，周围两桌的人都不约而同地看了过来，也包括刚进门的秦晋荀。

沈路安跟在他身边正在喋喋不休："诸城的公寓我给你找好了，里面的床单、被罩、毛巾、窗帘都是新的，高温杀菌，今天你就可以搬进去了。去住酒店的话，酒店的人肯定从来没见过自带枕头和被子的客人……"

温玉也看见了秦晋荀，然后装作没有看见一样，转过了头。

五秒钟之后，秦晋荀站在了她的桌边。

"温小姐，又见面了。"

"温小姐……"

"你怎么在这儿？"

"温玉，这是你朋友啊？"

"秦晋荀，这是你朋友啊？"

几个人的声音几乎同时响起，一种古怪的气氛蔓延开来。

钱伟显然觉得自己被喧宾夺主了，用力咳嗽了两下，见众人的目光聚拢在他身上，才露出了一个自认儒雅的微笑，看向温玉："这位先生是？"

"我殡仪馆的同事。"

温玉言简意赅地回答道，然后这位商业精英第二次变了脸色，讷讷不成言。

温玉叹了口气："钱先生，我们还有一些工作上的事情要谈，要不然……"

"好，正好，我还有事。"

钱伟离开的背影有几分落荒而逃的意味。

新放的曲子比较欢快，沈路安走上前来，看着隐隐对峙的两人，极有眼色地冲梁萤伸出了手，露出了八颗牙齿。

"你好美女，我是沈路安。"

"你好，我是梁萤。"

彼此寒暄几句，沈路安、梁萤一拍即合，决定共进下午茶。

沈路安自顾自地坐下，回头冲秦晋荀招呼："坐啊晋荀。"

后者表情僵硬，坐到了温玉对面。

相比于秦晋荀和温玉的沉默，沈路安同梁萤和谐了很多。

"美女平时都做什么呀？"

"写写小说。"

沈路安夸张地拱手："哎哟，大作家，失敬失敬。"

梁萤摆摆手："好说好说，养家糊口。你呢？"

"帮着家里做点小买卖。"

咖啡端上来，梁萤目瞪口呆地看着与三个咖啡杯格格不入的那个白色马克杯，表情一言难尽。

沈路安乐呵呵地解释："别见怪，我们晋苟平时比较注意卫生。"

秦晋苟修长的手指握着杯耳，漫不经心地看向窗外，侧颜如玉，手指骨节分明，连带那杯子都多了几分质感。

梁萤忍不住在心底嘀咕：是很赏心悦目没错啦，可是这样的洁癖患者真的正常吗？

沈路安兴味盎然地寻找共同话题，冷不防秦晋苟突然开口："那天晚上在你家的时候，我的提议你考虑好了吗？"

"啪嗒"，这是沈路安手中勺子掉落的声音。

梁萤也睁大了眼睛，偏头看向温玉。

温玉抬眼，秦晋苟认真地看着她，表情平和得像是在说"今天天气真好"，她眉心隐隐地跳了跳，胸口气闷却依旧隐忍着不发。

"我记得我拒绝过了。"

"我知道。"秦晋苟点点头，唇畔甚至带出一抹笑，让他的轮廓显得没有那么冷硬，话却不是温软的味道，"那我只能强迫你同意了。"

温玉脸色一冷，讥诮道："我都怀疑秦教授是不是心理变态，以至于听不懂人话。"

秦晋苟斜着眼看她，收了笑容，唇边只剩一个刻薄的弧度："那你最起码应该知道不要随便拒绝一个变态。"

"不可理喻。"

温玉"唰"地站起来，拿上包就往外走。梁萤愣了一下，急忙跟了出去。

街头转角，梁萤追上了温玉："你等等我啊。"

温玉一路上都很沉默，梁萤了解她的性子，也乖巧地不去问任何事，只是路过一个商场前张贴的巨大海报时，兴奋地拉着她的衣袖让她抬头看。

"陆泉，是陆泉啊，我的男神要举办签售会了。"

见温玉疑惑地看着海报中捧着书本的年轻男人，梁萤忍不住陶醉地捧起脸解释道："当代最出名的悬疑小说作家，高质量且高产，今年已出了三本书了，简直是作家界的劳模啊。阿玉，陪我去签售会吧，我一定要拿着

14

全套珍藏去找偶像签名。"

看她兴奋的模样，温玉无可无不可地点了点头："如果我恰好有时间就可以。"

梁莹还在抒发着兴奋之情，温玉的手机忽然响了起来，男生说话还有几分腼腆："温老师，您现在能来一趟吗？"

电话里头的是徐非，医学院出来的高才生，今年大学一毕业就来了诸城殡仪馆实习，聪明也肯学习，只是心理承受能力差了一点，每每处理七零八落的尸块，便脸色刷白甚至呕吐不止，温玉为了他还专门在操作台的隔间放了一个垃圾桶。

只当他是遇到了什么棘手的突发状况，温玉三言两语就挂了电话，匆匆和梁莹道别。

赶到殡仪馆的时候，温玉进门就看见徐非弯着腰在给一个男人倒水。

"陈局长？"温玉有些吃惊地走过去，"您怎么来了？"

陈立仁乐呵呵地笑着："有事相求当然要登门拜访才有诚意啊。"

"您客气了，有什么直接给我打电话就好。"

她这话不是客气，陈立仁对她有恩。之前她还在公安局任职的时候，就是陈立仁力排众议，推荐当时所有法医中资历最年轻的她当了法医科的科长，尽管现在她离开了公安局，但依旧尊敬他。

"这件事确实得麻烦你。"陈立仁也不客气，招招手让温玉过来坐。

"前两天秦晋荀秦教授来了诸城，来公安局借阅了点资料，同时还想重新调查蒋韶峰杀人案。那桩案子当时是你负责的，你有印象吧？"

温玉点了点头，她总算知道秦晋荀那笃定的神色是从何而来的了。

陈立仁见她面色不佳，有些为难："你也听说了吧，诸城公安局刚破获的'9·21连环杀人案'，秦教授厥功至伟，他想重启一个案件并申请协助调查，这面子我不能不给。这个案子当时是你经手的，我就厚着脸皮来找你了。"

毕竟是老领导，温玉不好生硬地拒绝，只能委婉地推脱："蒋韶峰的案子，我真的是帮不了忙，您也看到了，我这儿……脱不开身。"

陈立仁哈哈一笑，指了指一直充当背景板的徐非。

"这不是还有这孩子吗，刚刚他说通过了你的考核，已经转正了，也能独当一面了吧。我这边跟馆长再打声招呼，借用你一段日子。"

被点了名，徐非怯怯地露出了一丝微笑，小心地看了看温玉，不知道说什么好。

温玉最终还是应了下来，只是对秦晋荀这种拐弯抹角让她自己送上门的做法很厌烦。隔日探视蒋韶峰的时候，秦晋荀轻而易举地就觉察出她的淡漠。

他随手递给她几个文件夹："蒋韶峰案所有的资料都在这儿了，你抓紧看一下，一会儿记得做记录。"

这不是温玉的职责范围，秦晋荀完全是为了方便，拿温玉当了助理用。

依照她的性子怎么也该讥讽几句，此时她却不声不响地忍了下来，视线在文件上扫过，浓密的睫毛遮住了眼中的一切情绪。

秦晋荀视线扫过她微微抿起的红唇，若有所思，挑了挑眉头。

见到蒋韶峰的时候，这个刚满十八岁的大男孩儿逐渐同温玉心底的那个双手沾满鲜血的少年画上了等号。一年的监狱生活，让这个当时还未成年的少年眼中蒙上了一层漠不关心的神色，那是认命，认下这余生，只无望地度过没有未来的每一天。

无期徒刑——这是法律对一个犯下杀人案的未成年少年最宽宥的容忍了。

得知有人探监，蒋韶峰很平静，他还记得温玉，神情自若地跟她打招呼："法医姐姐。"

温玉冲他浅浅一笑，将手里带来的生活用品递过去。蒋韶峰接过，道了声谢谢，却没什么好奇心，看也没看就放在了一边。

他有礼貌，动作小心，又对外界一副漠然，温玉见了忍不住在心底叹息。

秦晋荀坐在椅子上，随意地翻着记录。

"两名死者都是女孩，一个身中十七刀，一个身中二十三刀，刀口遍布全身。"

听着陌生男人用漫不经心的口吻复述自己的案情，蒋韶峰低头盯着自己拢在一起的手，动作拘谨，神情木然。

秦晋荀向后靠了靠，姿态闲适，眉目清冷，仿佛说出口的不过是一些不值一提的小事。温玉不合时宜地想到，对于一个见惯了穷凶极恶的罪犯的人来说，这种毫无谋划的冲动型犯罪的确没什么值得他上心的。

"说说吧。"

蒋韶峰神情一滞，抬头直勾勾地看着秦晋荀："说什么？我杀了两个人，被关在这里，我觉得挺公平，没什么可说的。"

说完他仿佛又觉得自己说错了话，低下头把自己重新藏进阴影里，连背都佝偻起来。

秦晋荀低头继续念："根据法医的验尸报告，死者身中十七刀，最深的伤口有十三点七厘米——呵，满篇废话。"

他随手合上，又翻开下一本，入眼便是娟秀的字体。"这还有一篇温法医的报告——伤口分布均匀，都位于正面，所有伤口全部避开女性生殖器及面部，且没有性虐待痕迹，对尸体进行毁坏的行为不符合犯罪心理学。"

念到这儿，秦晋荀回头看了看温玉："你还懂犯罪心理学。"

温玉没理他，靠近始终低头沉默的蒋韶峰微微倾下身，耳畔的长发松松地从身后滑落至耳侧，弯出一个优美的弧度。秦晋荀听见她话音柔和地劝道："蒋韶峰，你还年轻，你眼前这个男人是非常出色的犯罪顾问，如果有一个人能让你摆脱现在这暗无天日的监牢，那很可能是他。"

蒋韶峰微微晃了晃，还是没有说话。

秦晋荀从来都没有听见过温玉用这种语气说话，漆黑幽深的眼睛在她脸上定格了几秒钟，在她皱着眉头看过来的时候，又自然地低头整了整袖口。

"你一直和你妹妹相依为命，你的叔叔托关系找到了我，他可比你清楚我是谁。就在上个月，我破获了近年来国内最大的连环杀人案，上上个月，我抓到了潜逃十九年的灭门惨案元凶。你的事，你觉得你不说，我就查不出来？"

他站起身来，向门口走了几步，又回过头，眼神疏离，隐隐含着俯视众生的悲悯。

"不管你在隐瞒什么，你不想说也没关系，只是我答应了会找到真正的凶手，你的意愿就不重要了——提前祝贺你出狱。"

天色将晚，夜凉如水，铁门在身后合上，温玉的脚步不知不觉带了几分沉重。

一年前，大约也是这个天气，或许还要更晴朗一些，空气中甚至能闻到早春的芳香。

温玉接到现场任务的时候完全没有想到会碰上那样惨的场景。与干净的空气截然不同，是在一地泥泞中滋生出的绝望的靡靡之花。

两个少女倒在地上，少年虽然哆哆嗦嗦，但逻辑清晰，像是知道逃不了了，极致地慌乱过后反而镇定下来，顺从地让刑警铐上手铐，甚至在看到侦查科收集证物的时候，主动对提取指纹的警察说："刀柄上有我的指纹。"

语气中带着难以觉察的安心。

就是这句话让温玉心生怪异，在之后的验尸过程中分外留心。越留心，就越觉得哪里不对头，可是还没等她提出异议，她人生中最灰暗的时刻陡然降临了。

三百多个日夜，她夜夜噩梦不断，一闭上眼睛仿佛就能看到冲天的火光，有人撕心裂肺地喊着——"温玉，快跑！"

那种深入骨髓的灼热感，让她的房间，哪怕是隆冬腊月，也要开着窗，只有在满室冰凉中，她才能浅浅入眠。

梦中的那一双阴鸷的眼睛，每次都能让她陷进最深最深的黑暗，那个人随意地捏住她的下巴，语气轻蔑："你就是那个温玉？"

…………

好长一段时间后，她才又能感受到周围的事物，然后也听说当初的调查进行得很顺利，顺利得让她几乎怀疑自己的判断出了问题。只是在递交辞呈的时候，不知道出于什么心理，她并没有销毁这个案件中自己做的记录，而是完完整整地将自己的记忆保留了下来。

现在，她把记录交到了秦晋荀的手上。

她满腹心事，也就没有注意秦晋荀频频瞥向她的目光。

"温小姐。"

"……"

没有得到身边人一点注意，秦晋苟皱了下眉头，不习惯用手去碰触别人，看着依旧沉浸在自己世界中的女人，他加大了步子，领先她一个身位，而后停下脚步转过身，拦在她身前。

陡然接近的男性气息瞬间冲击着温玉的感官，她回过神来，不动声色地后退一步。

任由她拉远距离，秦晋苟看不出什么情绪，只是神色莫测地问道："机票买在下周六，方便吗？"

"什么机票？"

"回京城的机票。"

温玉狠狠地皱起眉头，生硬地拒绝："秦教授，因为你的无礼要求，我的工作和生活都受到了打扰，在诸城配合你调查已经是我妥协的极限了，我不是你的助理，更不会千里迢迢跟你去取证。"

秦晋苟低头轻笑了一声，胸前的衣襟因为刚才的碰撞微微错位，他慢条斯理地解开扣子又重新规整地扣好，然后冲她点头示意："那么温小姐，再见。"语气自然得就好像温玉痛快地答应了他的提议。

温玉没有想到秦晋苟说的"再见"会来得这么快。

周末，温玉被梁莹拉着去陆泉的签售现场。签售会在一个购物中心的中央广场举行，现场张贴着巨大的海报，来了很多书迷，都聚在前台座位前排队等候。只是三点签售会开始的时候，仍然没见到陆泉。

梁莹抻着脖子东张西望，没看到陆泉的人影，却见到了西装革履的沈路安，身边还跟着几个神色焦急的男人。

梁莹拽了拽温玉的衣袖，另一只手扬起来用力挥了挥。

沈路安立刻就看见了两人，甩开身后的几个西装男，走过去问道："温小姐、梁小姐，你们怎么在这儿？"

"别，叫我梁莹就好了，我们来看签售啊！你不是秦晋苟的朋友吗，在这儿干什么？"

沈路安眉头染上一丝烦躁："我来诸城，一个是为了帮晋苟处理点日常事宜，另一个就是为了这次陆泉的签售会了，这是我们公司组织的活动，可是现在好像出了点问题……"

梁莹瞪大了眼睛，指着一边印着主办方沈氏集团标志的海报，疑惑地开口："你们公司？你不是……"

沈路安耸耸肩："对啊，这就是我爸的公司。"

富二代啊！梁莹咋舌，眨眨眼又想起什么："所以，这是出了什么问题？这都三点了，我连陆泉的人影都没看到，你们这主办方靠不靠谱啊？"

沈路安苦笑了一声，看了一眼周围的人群，压低了声线："这还真不是我们不靠谱，唉，实话跟你说吧，今天这签售会……是开不成了。陆泉到现在还联系不上，我现在还得找现场的执行人员去协调怎么散场，你们不如现在就走，一会儿广播通知了，人一乱有得挤的。"

这时又有人靠近来找他，他看起来很忙碌的样子，梁莹也不好多问，道了别就把温玉拉出了人群。

"什么嘛，忽悠了这么多人来，结果连个影子都看不到。"

温玉是不懂她这种追星心理的，得知不用继续排队，反而悄悄松了一口气。

梁莹快快地拉着温玉准备离场，突然沈路安又从身后扬声叫住了她们，这回却是对着温玉。

"温小姐，请等一下。"

温玉停下脚步，疑惑地回头。

隔着人群，沈路安手里还拿着电话，打量着温玉，神情带着几分说不出的古怪。

沈路安迅速走近："温小姐，能不能帮个忙？"

实际上，陆泉失踪了，不只是联系不上这么简单，而是出了大问题。一个小时前，陆泉的助理带了钥匙去他的公寓接他，一开门，空无一人却凌乱的房间和满地的鲜血简直把她吓破了胆。

电话立刻就转到了沈路安这里。沈路安看到休息室里正认真翻书的秦晋苟，心中突然有一种果然如此的荒谬感。

有秦晋苟的地方，就会有案件。

许多次的巧合，大概只能用他自身诡异的磁场来解释了。

"晋苟……"

他刚起了个头，秦晋苟就头也不抬地打断了他还未出口的话："我在休假，而且没有人命，不接，你还是报警吧。"

沈路安眉头都耷拉下来了。

"别，你再帮我一次，我们家老爷子好不容易让我出来一次，我要是给办砸了，惹上人命官司，这以后哪儿还出得了京城，你日后天南海北去办案，谁给你换床单？"

秦晋苟丝毫不动摇，沈路安无奈，只好报了警，又下楼通知这里的经理，遇到了温玉和梁萤，出于好心，告知她们不用再等了。

而就在刚刚，秦晋苟突然来了电话。

沈路安抬头看着站在二楼栏杆处的秦晋苟，顺着他的视线看去，那是正在往外走的温玉和梁萤。

电话里秦晋苟的声音异常清亮："让温玉上来。"

知道秦晋苟这是准备过问了，所以沈路安只好硬着头皮来求温玉。

这边梁萤也撺掇着温玉去看看，温玉无奈。

"找我干什么？"还没等沈路安开口，温玉又淡淡地说，"我是入殓师，如果他真的死了送到我这儿来，我倒是能帮上忙。"

她的脸太有欺骗性了，哪怕是说着刻薄的话，依旧无法让人生气。

沈路安仍然苦口婆心地劝说："温小姐千万不必妄自菲薄，在京城的时候晋苟就说过需要你的帮忙，刚刚还要我带你一块儿上去。"

不料马屁拍在马腿上，温玉皱起了眉头，让她那张没什么表情的脸上多了几分烟火气息。

"上去？秦晋苟也在这里？"

"是啊，他今天没什么事，一直在楼上休息室看书。"

可能是这个名字带给梁萤太多的好奇，此刻她插嘴问道："你来工作，你朋友也跟了过来，不会麻烦吗？"

沈路安随和地摇摇头，笑着说道："没关系的，这个商场也是我们家名下的产业，不会麻烦。"

梁萤又一次刷新了对有钱人的认知。

温玉却有些沉默，刚才被秦晋荀三个字吸引了注意力，现下却模模糊糊地想到，秦晋荀说，他是到了诸城后，了解到一桩旧案的法医是她，这才找上门来让她协助调查。可是刚才沈路安分明说——秦晋荀在京城的时候就知道她。

她还没理出头绪，一个男声突然在身后响起。

秦晋荀穿着一件黑色风衣，两只手都揣进兜里，身量修长，目光静静地落在她身上。

"温小姐，我要去案发现场，一起？"

温玉不易察觉地避开了他的目光。

"我……"

"门窗都是反锁的，公寓外的摄像头全部正常，标准的密室作案手法，再加上陆泉本身就是一个了解犯罪的悬疑小说作家——很有趣不是吗？"

温玉神色闪了闪，放在腕间的手指微微摩擦了一下。

"这是秦教授的事情，我还有事，失陪了。"

"我们来打一个赌？"

"我不想。"

无视温玉的冷颜，秦晋荀自顾自地接话："不如以三天为限，如若我破了这个案子，你就在周六飞往京城的航班上等我；如果我没有，我就自己走，并且再也不会来麻烦你。"

温玉一扭头，就看见眼巴巴看着她的梁萤，她突然笑了，一瞬间面如春花乍放，只是笑意未达眼底。

"三天对于秦教授这种天才来说太长了，一天如何？"

"好。"

温玉伸手将碎发掖到耳后，露出秀美的脸庞，藏着锋芒的桃花眼直视着秦晋荀。

"希望秦教授说到做到，毕竟，一直被人纠缠真的是一件很恼火的事情。"

秦晋荀缓缓地笑了起来，为她的口是心非：温玉，你知不知道，听到案件分析的时候，你的眼里是闪着光的。

有那么一种人，在某一个领域天生就有绝对优势，冥冥之中向着光源靠近，尽管知道光源尽头是漆黑一片的无底洞，也依旧拒绝不了这种诱惑，如他，如她。

警察来了一趟，最终却未能立案调查。

陆泉的失踪不满二十四小时，仅凭现场的一片狼藉根本无法证明他受到了人身威胁——因为地上的血迹是假的，这种浓稠质感的血浆可以在任何一个影视道具店买到。

这一切都像是一场主人的恶作剧，除了当事人依旧杳无音信。

温玉和秦晋荀来的时候，陆泉的家里只剩下他的那个助理小张。小姑娘眼眶通红，怯怯地将他们领到了陆泉的书房。

对一个职业作家而言，书房是最重要的空间。陆泉的书房很大，占满了二层大部分空间，书桌后是巨大的落地飘窗，厚重的窗帘一直垂到地下，完完全全遮住了外面繁华的灯火，将窗里窗外隔绝成了两个世界。

秦晋荀走过去，伸出一根手指从中间挑起一侧的窗帘，向外面看了看，随即放下帘子，娴熟地从袖口掏出自己的手绢擦了擦手。

书桌上凌乱地放着几本手稿，地上一个垃圾桶被纸团塞得满满当当，还有几个纸团像是被随意扔下，散落在地上，温玉蹲下来，展开其中一个。

主人的字迹凌乱，几乎不可辨认，带着一股子急躁。温玉的手指一点一点拂过，仅从只字片语中就得知这是一个和凶杀案有关的故事。

秦晋荀一回头，就看见她单薄的背影。她穿着长裙，蹲下来的时候，裙摆垂落在地毯上。黄色的水晶吊灯下，她腰肢纤细，仿佛只手可握。

秦晋荀的喉咙忽然有些痒，他咳了几下，找回了自己的声音。

"你在看什么？"

温玉将纸团扔回去，拍拍手站起来："随便看看。"

秦晋苟仿佛是觉得有趣，歪着脑袋看她的脸，昏黄灯光下，他的目光中仿佛闪动着细碎的火苗。

"那么，你看出什么了？"

屋子里很安静，他的眼神很有压迫性，温玉别过了头，环顾了一下书房。

"主人的生活很压抑，这间书房对于他来说更像是牢笼，最近一段时间他的创作并不顺利，可能受到了来自外界的压力，脾气变得有点暴躁。"

"哦？怎么说？"

"你拉开的那层窗帘，上面有很多沉积的灰尘，显然很久没有动过，全景飘窗外面就是繁华的夜景，他却从来无心欣赏，还有他扔掉的手稿——一个用钢笔写字的人字迹却如此潦草，很多错别字上都有粗暴的画痕，应该是创作不顺利导致他的心情也变得烦躁。"

秦晋苟点了点头，在一张光可鉴人的椅子上坐了下来，长腿交叠在一起，似有感慨："你的观察能力和分析能力都是上佳的，当法医可惜了。"

听到这句话，温玉突然抬头对上他的眼睛，目光逼人，让她的面容一瞬间生动起来，有一种魔力，让人移不开眼。

她的声音比往日更清冷："你这话说得不对，法医是一个很神圣的职业，从事这个职业的人，并不是只会验伤就可以，也并不是千万遍地重复死者的死因，将每一道伤口的具体数值抄录在案件报告里，优秀的法医，能够在自己的专业领域洞悉死者最后的遗言。"

这是温玉对秦晋苟说过的最长的一段话了。

她的眼中有光，那光芒咄咄逼人，让她的眉眼晕染上无尽的瑰色。

秦晋苟想起他曾了解到的关于她的信息，认识她的人都说，从前的她，是个张扬热烈的性子。

这一刻，秦晋苟好像隐隐地窥见了她的另一面，他不动声色地问道："既然你这么推崇法医这个职业，那你为什么要辞职？"

魔法消失，温玉收回了目光："这与你无关。"

她低着头，秦晋苟只能看到她藏在阴影里的睫毛，他有些遗憾地喟叹道：

"温小姐，你身上有两种东西是最不应该浪费的——天分和美貌。"

他的表情一点都不轻佻，语气甚至称得上真挚。

他认真地提议，微微暗哑的声音中带着蛊惑的意味，那双漆黑的眼睛盯住你的时候，让你错以为窥见了黑暗尽头的星光。

"这两种东西，我都可以帮你发挥它们的最大价值，跟着我，做我的助手，以及做我的……"

"够了！"

温玉陡然间大声打断他，心跳得不太规律，无关心动，只觉得不可理喻，甚至有些慌乱。

他明明还坐在那把椅子上，甚至连姿势也没有换过，单是神情寡淡地看着她，她就莫名感受到了一股压迫感。

有一种人，以无数次的结果令人信服，他想要得到的，总会得手，不可否认，秦晋苟就是这样的男人。

她有些怕了，她想离这种人远远的，所以她不想知道他未说完的话是什么。

"秦教授，怎么了？"

听到声音，小助理慌乱地从别的房间跑过来，面上还带着掩饰不住的睡眼惺忪的模样。此时，墙上的时钟在子夜时刻敲响，打破了一室的安静。

温玉木着脸站在那里，如同惊弓之鸟，又似陷入了可怖的噩梦中。他视线下滑，看见她紧紧握起的拳头，舌尖扫过微微泛痒的后槽牙，扯了扯唇："你刚才的分析很有道理。"

他不再纠缠，温玉微不可察地松了一口气。

"但是你有很多没有注意到的细节。"

秦晋苟在小助理茫然的目光中沿着书房走了一圈。

"外间的鞋柜上有一双崭新的女士拖鞋，假血浆从鞋柜下一直漫延到书房里，书桌上有一盒烟，还有茶几上那一盘马卡龙，少说也放了一周多了，摆得很有规律，一个都没有被吃掉。小张之前说过，陆泉独居，不吸烟也不吃甜食，这布置完全不符合陆泉自己的生活轨迹，很诡异不是吗？"

助理小张睁大了眼睛，连连点头。

"要知道陆泉去了哪儿，就要了解他的生活，而他全部的生活，就是他的小说。"

秦晋荀忽然回过头问小张："他新书的全部手稿在哪里？"

小助理一愣："您怎么知道他在写新书？陆老师的确几乎一个季度就会出版一本新书，算算日子，应该已经快写完了，只不过这部分不是我负责的，是陆老师的责编负责的。"

秦晋荀抬起手腕看了看时间："等明天那位编辑上班了，把手稿拿给我。"

小助理点点头，见他拿起了外套，忙问道："秦老师您要回去？"

秦晋荀嘴角噙着笑，指了指手上的表："还有十五个小时，足够我睡一觉。"

十五个小时？小助理不解其意，可是温玉知道，他在提醒她，不要忘了他们的赌约。

可能是跟秦晋荀说了太多话，温玉又做了一晚上的梦，梦中的她比现在要青涩，也比现在要耀眼，她睁眼后过了许久才明白今夕何夕。

天才蒙蒙亮，她揉着脑袋下床，换上了一条纯黑的长袜，外面长长的裙摆垂至脚踝，密密实实将她整个人包裹起来。

她打车到了陆泉家，却看见了另一群人在公寓里面穿梭，而秦晋荀坐在角落里低着头不言不语，整个人散发出疏离的气息。沈路安也在，小心地陪在一边，狗腿至极，完全没有富二代应有的气场。

沈路安一扭头看见了温玉，露出一个感激的笑容，安静地离开秦晋荀身边，朝她走过来，热情地招呼道："温小姐你来了。"

温玉偏头看了看那些正在忙碌的人们，示意沈路安看那个正在用仪器提取玻璃杯上指纹的男人，问道："他们是谁？"

沈路安不以为然地耸耸肩："陆泉的经纪公司请来的侦探社，说是哪怕公安局不立案，也不能浪费一分一秒的救援时间，一大早就来这儿折腾了。这帮愚昧的人，殊不知全国最厉害的犯罪顾问正被他们挤在角落里。"

温玉似有所感："所以，秦晋荀这种状态是因为他觉得颜面有损，生气了？"

沈路安"扑哧"一笑："得了吧，我们秦教授什么时候在乎过颜面这种东西，要是真在乎，还能被别人叫成'秦变态'吗？"

"那这是？"

"晋荀还没睡醒，他一睡不满八个小时就是这副样子，我真是最喜欢他睡不醒的样子。"

仿佛是为了印证沈路安的话，秦晋荀缓缓地偏过头来，目光茫然没有焦点，显得很是人畜无害。

过了十来秒，目光扫过温玉，他眨了眨眼睛，仿佛在确定眼前的人是不是幻影。不过短短几秒，他的眼神又恢复了锐利。

沈路安感到可惜地叹息出声，回到了秦晋荀身边，不知道说了什么，秦晋荀转头看向屋子里的众人，依旧没什么多余的表情，只是扬声叫了立在另一边的小助理："小张，手稿给我。"

正在机器前比对指纹的中年男人闻言，抬头看了秦晋荀一眼，皱了皱眉头，想说什么，最终还是忍住了。

小张连连点头，从包里掏出一摞A4纸递过去："秦教授，都在这里了。"

小张实际上还有点晕头转向，她只知道这个秦教授是主办方小老板的朋友，过来帮助调查的，并不知道这个年轻男人的真实姓名，所以经纪公司问她的时候她也说不出个所以然来。

陆泉是经纪公司的摇钱树，他一失踪，公司上下都乱了套，老总连夜从外地请了知名的调查团队，清晨刚刚赶过来。

现在这种现象应该算是……同行相斥吧。

秦晋荀并不管她在想什么，拿过稿子道了谢就低头读起来。

一页纸看了一半，他像突然想起什么，抬头冲着温玉的方向伸出手，两根修长的手指勾了勾："过来坐。"

秦晋荀身旁只有一个座位，坐着沈路安。

见秦晋荀望过来，沈路安无语地拍了拍胸脯，拿上大衣往外走去，留下一句调侃：

"那位周先生的团队可是很出名的啊，秦教授，千万不要被人捷足先登啊，否则赌约输了，可就带不走我们温小姐了。"

秦晋苟暗含警告地看了他一眼，温玉波澜不惊，沈路安摸了摸鼻尖，无趣地走了。

公寓里安静下来，几个人围在客厅里，连接仪器的笔记本电脑上一连串信息快速闪过，不时响起几声低语。

有人说："周老师，陆泉家中所有非本人的指纹都已经比对过了，没有发现嫌疑人。"

周权点点头，用笔在本上画了道什么，沉声问道："跟陆泉的编辑了解得怎么样了？"

"我问了，他的编辑说，因为临近交稿期，可是陆泉的结尾还是写不出来，为了躲避催稿，还关过几次手机。"

周权听了若有所思："他肯定承受着很大的压力，要是你，你会不会想要一走了之？"

周权的助手睁大了眼睛，恍然大悟般说道："周老师，您是说，陆泉是自己……"

周权在嘴上竖起手指，谨慎地看了一眼秦晋苟的方向。

助手会意，他们这行跟警察最大的区别除了职业性质，就是——信息不共享。规则很简单，谁先破案，谁拿佣金。

"呵。"安静的空间里突然响起了一声轻笑。

周权抬起头来看向角落里的男人，他仍旧低着头，仿佛那声轻笑是因为书中情节而发出的。

周权面上隐隐带着几分倨傲，扬声说道："这位先生，恕我直言，您如果帮不上什么忙就离开吧，在这里翻书对我们是一种打扰。"

秦晋苟抬起头，将手上的稿子随手放在温玉的膝盖上，动作恣意，两只手交叉，嘴角勾起一个不易察觉的讥诮弧度："你知道解析案情时，最可怕的是什么吗？"

周权皱着眉头，不明白对方在说什么，他不知道这个年轻男人的来头，只是本能地不喜欢对方身上的气质，仿佛洞悉一切，又带着高高在上的怜悯，将他们都衬托得不值一提，简直太狂妄了。

得不到回答，秦晋荀不以为意，干脆自问自答："是自以为是。"

"你是谁？"周权瞪着眼睛，傻子也知道秦晋荀这是在讽刺自己。

"陆泉是有多无聊，自导自演一场绑架失踪的把戏，就为了拖延交稿的时间？那你也太瞧不起他了。"

秦晋荀站起来，语气不无赞扬："看了他的书你们就会知道，他是一个天才，他的思想……算了，说了你们也不懂。"

周权脸色变得很难看，冷笑道："那你以为如何？"

秦晋荀顿了顿，看向随意地翻着稿子的温玉。

"你知道对于一个号称天才的小说家来说，什么是最可怕的吗？"

温玉的手指抚过最后一页的空白章节，她缓缓回答道："是缺乏灵感。"

秦晋荀满意地点点头："一个灵感枯竭的悬疑小说家，在自己的家里失踪，所有的线索都指向非人为，现在，只有一个人能给我们建议。"

周权疑惑地开口："那你说，应该问谁？"

秦晋荀指了指温玉手中的稿子："问它。"

他与她被深埋的秘密

"第四十七章——屋里没有人，他缓缓地舒了一口气，在宽大的书桌前坐了下来，月光下的脸显得惊疑不定。地上那双突然出现的粉红色拖鞋，桌上还摆着她最爱吃的马卡龙，还有每天准时出现在地上的蜿蜒血迹。门外总是有窸窸窣窣的动静，仿佛下一秒，他就能听到开门的声音，他的妻子会挂着僵硬的笑容走进来，这个猜想让他惊惧——他的妻子五天前就死了，死在他的怀里，胸前是他亲手插进去的水果刀，那殷红的鲜血顺着他的手指缝流到地上……"

温玉的声音干净利落，没有多余的情绪，她一字一句地读着书稿，在她清冷的声音中，白纸黑字里的画面徐徐浮现在众人眼前。

秦晋荀的食指在下巴上微微摩挲，他专注地盯着她秀美的侧脸，看她耳边的一缕头发从耳后垂下，他莫名觉得心里有点痒。

周权听着这些句子，目光在房间四周环视，和文中一丝不差的现场，他惊疑不定，喃喃自语道："不可能，这简直是异想天开，把小说情节搬到现实里，就为了找灵感？陆泉他是疯了吧。"

可是现实就是如此。

"第四十八章——墙上的时钟忽然响了，那声音诡异得像是来自子夜的

30

丧钟。他终于下定了决心，握紧手中的刀，走向卧室。卧室的衣柜后，是一扇通往密室的暗门，那是他存放妻子尸体的地方，他要将她的尸体搬到另一个地方，那里也将是他最后的栖息之地。"

听到这里，周权打了个哆嗦，当先朝卧室冲过去，几个取证的助手急忙跟上，其中一个女助手由于太匆忙，一下子撞上了温玉，手中原本充当证物的墨水瓶一下子翻倒在温玉的小腿上。

"对不起！"

"没事。"

那女助手匆匆道了歉就跑去跟上周权了。

感受到墨水渗透进裤袜里，温玉皱皱眉，走到洗手间，脱掉了厚厚的连裤袜。

洗漱台的镜子映出了她微微泛白的脸，双腿暴露在空气中，泛起细密的冷意，她放下裙摆，从镜子看了几眼，犹豫了一下，还是拉开门走了出去。

卧房的衣柜后果真有个暗房，所有的陈设就像是对书中的场景进行了还原。

但里面空无一人，陆泉并不在这里，案情似乎又停滞不前了。

温玉环顾被打造成书中秘密囚室模样的暗房，甚至能想象得出来，在多少个夜深人静的时刻，陆泉就独自一人在这里，将自己当成了自己笔下的男主角，揣摩他的心境。

暗房外，戴着眼镜的助手悄悄靠近周权："老师，您让我去打听那个人的信息，京城那边有消息了。"

周权压低了声音问："他是谁？"

眼镜男附在他耳边说了句什么，他意外地瞪大了眼睛，忍不住瞥了一眼暗房紧闭的门，喃喃自语道："他来诸城干什么？"

冷不丁想起了一桩传闻，周权面色一变。

…………

距离发现陆泉失踪，已经过去二十三个小时了。

温玉翻着稿子，疑惑不解，故事就写到四十八章，前文所有的线索都

——被否定，谁也不知道陆泉心目中的结局是什么样子。

"温玉，帮我个忙。"

一直沉默的秦晋荀突然回头，指了指中央自棚顶垂下的两条铁链，两侧各拴了一只手铐。

读懂了他的意思，温玉条件反射般地摇头："我帮你叫别人。"

"只有你的身高和书中的妻子最符合。"

秦晋荀很严肃，温玉无奈，冷着脸走过去，一只手轻易地穿过手铐，秦晋荀将锁扣"啪嗒"一声扣上。

"另一只。"

手铐包裹着一层皮革，质地十分柔软，尽管被束缚住，温玉却没有丝毫不适。她比书中的妻子稍稍矮了两厘米，双手被吊在半空中，她不得不脚尖微微绷直点地着力，露出了脚踝处细腻的肌肤。

秦晋荀绕着她走了一圈，目光从棚顶顺着铁链下移到她皓白的手腕。脚步声停下，他的气息贴近，近似在她耳边耳语：

"他怀疑妻子有了外遇，所以将她关在这里。他明明恨她，甚至杀死了她，却会注意手铐的高度甚至是舒适度，这不是自相矛盾吗？"

感受到他的指尖顺着自己的手臂上移，轻柔得像是在抚摸一件工艺品，眼神中甚至带了一丝迷蒙，温玉皱起了眉头，挣扎起来。

"秦晋荀，放开我。"

秦晋荀没有理会，着了魔一样继续逼近她。

"或者说，他实际上是爱着他的妻子的，他的妻子死了，他才会频频出现幻觉，那也不是恐惧，而是思念。马上就是结局了，她会在哪儿？"

"啪嗒"一声，手铐打开，温玉一下子挣脱开来。她理了理自己的裙摆，想说什么又忍住了。

秦晋荀的眼神恢复了清明，他掏出手绢擦了擦手。

"走吧。"

两人一从密室出来，陆泉的助理立刻迎了过来。

"秦教授，怎么样，有什么发现吗？实在不行我们报警吧。"

刚刚这一会儿工夫，秦晋荀的身份迅速散播开来，小助理得知后连连咂舌，怎么也没有想到这位颜值惊人的男人竟然还是一个"实力派"。

"不必了。"

秦晋荀摆了摆手，扭头问温玉："你还记得书名叫什么吗？"

周权惊讶地张了张嘴，似乎是没想到秦晋荀会没头没脑地问出这种问题，但是他反应很快，抢先说了出来："是《温暖的房间》。"不知道是不是错觉，温玉总觉得方才还不可一世的周权多了几分拘谨。

众人印象都很深刻，明明是一个阴森透骨的故事，却起了这样一个柔和的书名。

温玉一扭头，就看见大家面面相觑。

周权问得小心："秦教授，陆泉在哪儿和书名……有关系吗？"

秦晋荀脸上露出了漫不经心的笑容，看起来并不是很想解释，但是一偏头瞧见温玉沉思的表情，讽刺的话语在嘴边溜了一圈却变了。

"主角病态地爱着他的妻子，也只有在她身边才会感觉到温暖，所以他说的'最终的栖息之地'必然是他妻子尸体所在的地方。书里面对他妻子尸体的描写不多，但姑且可以认为保存完好。什么样的环境能让尸体减缓腐烂，温法医？"

温玉还在上大学的时候，从导师那里听说过一段话：

"法医是通过尸体寻找真相的人，水平高低无外乎分三个层次：第一个，能准确地辨认出尸体里里外外每一处痕迹，作为佐证提交给警方，这是最基础的，做到这份上只能算合格；

"第二个，通过伤痕的痕迹找到伤口的成因，抽丝剥茧还原案发现场，有助于剖析嫌犯的心理状态，这就算是优秀的了，大多数人终其一生也只能止步于此；

"而最后一种，那种人看见的是尸体的痕迹，却能看进尸体的五脏六腑，钻进去，融进去，就像躺在太平间的就是他，而他只要稍加回忆就能想起自己临死之前到底发生了什么事，这种人……呵。"

她的导师说这话的时候悠闲地眯着眼，用词玄乎得就像在开玩笑。他六十多岁了，据说年轻的时候也是纵横警界的人物，凭借着一只手就能对伤口做出出神入化的辨析，从警界退下来之后，被温玉所在的大学聘用，成了外科的客座教授。

不少学生喜欢下课后围着他，听他说一些年轻时候侦破的案件，听得热血沸腾的人很多，但毕了业，真正放弃医院优渥的待遇和受人艳羡的单位，选择进修法医的，这几届里只有温玉一个人。

"温玉，那不是努力就能做到的事情，那是老天爷赏饭吃，是命。"

那段话她记到现在，她曾深信不疑，骄傲地认为，那就是她的命。

她的命运转变了，而秦晋荀依然在沿着只属于他的命运轨迹走着。

"……什么样的环境能让尸体减缓腐烂，温法医？"

秦晋荀耐着性子又问了一遍，这是很少见的，注意到她的走神，他微微提高了音量。

秦晋荀别有用意的称谓让温玉自游离状态瞬间惊醒，仿若一瞬间从烟雨迷蒙的六月回到了朔风凛冽的冬季，而长长的睫毛是她遮掩情绪的最佳武器。

"低温。"

温玉眸光闪动，很快就回答道。事情进展到这一步，纵是她依旧不愿意跟秦晋荀去京城，却抑制不住内心对真相的好奇，那种感觉就像是犯了毒瘾，如果得不到令人兴奋的因子，便心痒难耐。

秦晋荀一锤定音："那就去这房子里温度最低的角落找找。"

助理瞪大了眼睛，结结巴巴地开口："这个房子？你说陆老师一直都在这座公寓里？"

"密室命案，鬼魂归来，这第四十八章里男主角根本就没出过屋子，结局自然也不会。"

秦晋荀抬起手腕看了看时间，无意再多加解释，似乎对他来说此刻没有什么比匀速走动的秒针更值得他在意的了。

"先找到陆泉吧……我时间很紧。"

出乎意料又在意料之中。

陆泉是在自家的酒窖被找到的，那是一个近一米长宽的冷冻柜，平时用来冻冰，如果不是特意打开，从外面根本就看不出异样。人已经昏迷了不知多久，长时间处于低温环境让他已经进入生理休克状态，温玉简单地为他做了保暖和心肺复苏。

救护车很快就来了，看着陆泉被担架抬着上了车，温玉拢了拢大衣，准备离开。

"温玉，等我一下。"

秦晋荀的声音突然响起，温玉回头一看，秦晋荀正站在门口听周权说话。

见温玉依言站住，他又回过头，表情依旧冷漠矜持，并不为周权热切的态度而有所转变。

温玉只隐隐约约听到周权压低了声音问："是不是……为了那件事……在诸城？"

他的侧脸依旧给人以漫不经心的感觉，薄唇抿成一条线，显然周权的问话不是他所感兴趣的，他简短地应了一声就摆摆手，朝温玉走来。

"我们走吧。"

秦晋荀的车停在这个小区的地下车库里，空旷的车库上方亮着白炽灯，温玉走到副驾驶的位置拉了拉车门，门锁没开，她一个瞬间的迟疑，身后便有一片阴影罩了下来。

温玉反应极快，回过身一伸手，抵住了靠近的秦晋荀。

"你这是做什么？"

她皱着眉侧过头，眼睛避开他迫人的视线，被困在冷硬的车门和他的胸膛之间，周围的空间尽是陌生的气息，本能让她无法保持平稳的心跳。

压迫性的身影突然低了下去，温玉还未来得及舒一口气，忽然脚腕一凉，她愕然——秦晋荀蹲下了身，一只手束缚住她的左脚踝。

瞬间似有电流流向她五脏六腑，最终朝头脑冲上去。

"秦晋荀！"

她恼怒地叫着他的名字，左脚使劲儿地往后撤，秦晋荀手上动作不变，抬头看她，她的脸上由于气愤染上了一抹不正常的红晕，生动得令他瞩目。

她的眼睛、她的肌肤，都很干净，第一眼见到，他就有所察觉了，他触碰到她脚踝的皮肤竟然没有丝毫的不适。

他比外表看起来更有力，温玉挣脱不掉，表情更冷，一字一句地讥讽道："你知道你自己现在就像个变态吗？"

"但是我很好奇，你的脚踝上怎么会有这种刺青？"

一只——只有一只翅膀的蝙蝠，怪诞而又丑陋。

温玉的动作僵了一瞬间，手向下压了压裙摆，车门解锁的声音响起，她顺势打开车门进去，脸上的孤寂一闪而逝，只留下一句"这与你无关"。

秦晋荀隔着玻璃窗看了她几秒，才绕到驾驶位那边，落座点火，开车。

诸城的深夜十分热闹，商业街依旧人流穿梭，灯火通明，这繁华一直漫延到东边的城区才逐渐过渡至寂静。

温玉听着隐隐的喧嚣声，手里握着手机，刚躺在冰凉的大床上，梁萤便打电话来询问陆泉的失踪案结局。

温玉耐着性子将来由经过都说了一遍，那边梁萤沉默了一下，才说道："所以……秦晋荀知道陆泉没有写完的结局是什么，果然，天才的世界我这种凡人不懂。"

温玉笑了笑，想到五分钟之前收到的短信，秦晋荀已经订好了机票，周六上午十点，飞往京城。

梁萤笑了半天，突然想起什么："男主角的妻子意外身亡，男主角由于深爱妻子产生了幻觉，最后被邻居发现救了出来——那要是秦晋荀没有找到陆泉，这本书岂不是要以悲剧收尾……啊不，就没有结局了？"

"可是秦晋荀找到他了。"

温玉喟叹出声，故事的结局只有一个，就是秦晋荀创造的那一个，而有些事情就如同命中注定，并没有那么多假设。

周六，诸城国际机场。

秦晋荀站在立柱下，即便是在等人，也不见焦躁，一只手扶在行李箱的手架上，手指没有规律地点着。

身量颀长的男人吸引了周遭许多的视线，只是满面疏离之色让一些春心萌动的小姑娘望而却步，他看向的是入口川流的人群，目光流转间，毫不费力地定格在一个穿着驼色风衣的身影上。

温玉只拖了一个小巧的旅行箱，里面装着几件换洗衣服和洗漱用品，她没想在京城久留。

秦晋荀嘴角勾起一个浅淡的弧度："我来拿。"

"谢谢，不用了。"

温玉径直越过秦晋荀去取票。

诸城飞京城大约三个小时，等秦晋荀读完一个文件侧过头一看，温玉不知什么时候已经靠在椅背上睡了，她的睡颜比平时少了分冷漠，多了分恬淡。

她眼底有淡淡的青色，秦晋荀知道，那是长时间睡眠不佳导致的，略显疲惫，却仍然掩饰不住秀色，他忍不住俯身想数她的睫毛。

他的脸距离她只有十厘米的时候，她突然睁开了眼睛。

"为什么非要拉着我？明明你自己可以完成。"无论是陆泉的案子，抑或是蒋韶峰的案子。

她的声音很低，还有些暗哑，秦晋荀莫名耳朵一痒，旋即撤回了身子。

"诸城公安局的法医效率很低，没有你专业。"

他答非所问，温玉并不满意这个回答。

"我是说，你查案根本不需要一个额外的法医，我看得出来，你在法医学上的造诣不比我低。"

"等到了京城，你会知道的。"

秦晋荀说完这句似是而非的话便不再开口了。

接机的沈路安早他们一天回京城，早早就给温玉安排好了酒店，又陪着温玉吃了晚饭，殷勤备至，生怕温玉撂挑子走人。尽管来这儿憋了一肚子气，面对沈路安摆在脸上的热络，温玉也是盛情难却，只好客气了三分。

秦晋荀在京城有自己的公寓，下午处理完事务所的事，回到公寓已经是深夜。这是一间精致的复式公寓，在这寸土寸金的京城三环里，独自占着某个公园外的一隅，藏在树木掩映之中。

屋子里没有丝毫烟火气息，纤尘不染，非黑即白的色调占据了所有地方。秦晋苟缓步上到二楼，走过书房，走进一间画室，窗子面朝正西，窗外月色高悬。

他走到一个画架前，手一扬，白布缓缓从画框上滑落。

月辉下，那幅画朦朦胧胧显出了它的全貌，背景是无边无际的花海，色彩斑斓，仿佛用尽了所有的颜色去描绘，一个女人的轮廓若隐若现，没有勾勒完全。

秦晋苟静默良久，拿起了一旁的画笔。

秦晋苟这两天都没有找温玉，只是打了电话说时机没到，她也不好奇他口中所谓的"时机"是什么，独自背着包，漫无目地随处闲走。

温玉没想到，仅仅是随便逛逛，也能在京城这个熙熙攘攘的大都市遇见老熟人。

"温玉？"

黄昏的逆光中，有人叫住了她。

季景然还是记忆中那般英俊，环境的优渥和工作的顺利让他将身上这种英俊发挥得淋漓尽致。

他快步走到温玉身前，反复看了几遍，确认身前的女人不是幻象，他终于笑了。

"好久不见，坐一坐？"

温玉犹豫了一下，还是点了点头。

两人来到了一处清吧，许是还没到上座时间，客人不多，灯光昏暗，民谣歌手唱得很有韵味。

季景然要了酒，两人就坐在角落，忽明忽暗的射灯让她的脸上染上不同的影子，每一种都是他记忆中的颜色。

季景然压住舌尖的涩意，抿了一口酒。

"听说你从公安局辞职了，现在在做什么？"

"诸城殡仪馆，做入殓师。"

温玉倒没有隐瞒，季景然是她的大学同学，只不过他是国际法系的，毕了业就进了检察院，与公安局经常有往来。

　　四年同窗，三载共事，很多事现在想起来还清晰可辨。

　　季景然坐在她对面，他酒量不差，却抵不过他刻意地灌醉自己，由于酒气的熏染，眼尾有些泛红，他眼睛一眨不眨地看着她。

　　"温玉，你怎么就悄无声息地辞职了呢？我去找你，可是你换了电话，也搬了家。温玉……多可惜啊。"

　　他喟叹，也不知是指什么，看着她的眼神中有闪烁不明的意味。

　　温玉歪着头，轻轻晃了晃脑袋，一口饮尽了杯中的酒，放下玻璃杯，眼睫垂了垂，盯着杯子上水晶似的模糊光斑，像是在自言自语："是啊，多可惜。"

　　紧接着，她又轻声说道："不说这个了。"

　　叙旧叙了一半，季景然忽然间记起一事，便说："说来也巧，我要回诸城了，温玉。"

　　是不是巧，只有他自己知道。

　　台上的民谣歌手唱了一曲又一曲，墙上的时针走过两格，季景然已带上醉眼，一杯接一杯，像是在独自发泄什么，直到温玉按住他的手，说道："时间不早了，我们该走了。"

　　季景然点点头站起来，脑中一阵眩晕，身子猛地晃了晃，温玉虚扶着他。

　　"温玉……我……"

　　他的话还没说完，温玉的手机突然振动起来，她打了个手势，走到酒吧外面才接了起来。

　　"喂，秦晋荀。"

　　"你在哪儿？"

　　温玉回头看了看："静安路的迷上酒吧。"

　　电话那头顿了一下："打车过来，西柳胡同。"而后干脆地挂断了电话。

　　温玉挤了挤眉心，一转头，看见季景然跟了出来，风一吹，他清醒了不少。

　　"我要先走一步了。"

　　季景然松了松领口，皱眉问道："你去哪儿？我送你。"

温玉笑了起来："酒后驾车？"

季景然也意识到失言，自嘲地笑了笑，又问："这么晚了，你要去哪儿？"

温玉便给他解释了来京城的原因："之前负责的一个案子有些变故，老领导让我陪秦晋荀过来协助调查，你可能听说过他。"

季景然当然听说过，自从温玉说出这个名字，他眉头便紧紧地皱了起来。

"你怎么跟他扯上了关系？"

温玉很少见他将喜怒摆在脸上，不禁问道："也是巧合，怎么，你们有过交集？"

季景然嗤笑道："警界有谁不知道他，大名鼎鼎的犯罪顾问，年少成名，几乎没有他破不了的案子。

"温玉，离他远一点，那就是个疯子，越血腥的案子，他越感兴趣；面对越凶残的罪犯，他越兴奋。在他身边的人……都会有危险。"

温玉的重点却不在这上面："几乎？你是说，也有他破不了的案子？"

"有一件……那都是传言了，不提了。"说着，他语气坚定了不少，"我还是陪你打车过去吧。"

京城地界的灯火恢宏大气，商圈更是明亮如白昼。靠在车窗上，温玉的眼神有几分迷离。

她自认在做法医期间，所有案件的尸检记录都很完美，无须再次探寻，而秦晋荀却细致入微到了令人惊悚的地步，资料几乎只要读一遍，脑中就能还原出当时的场景，每一个线索都能严丝合缝地对应上，一分不多，一分不少。

这是天赋，是与生俱来的对犯罪行为的洞悉能力。

可是他为什么执着于她？——"温小姐，你身上有两种东西是最不应该浪费的——天分和美貌。"

不知为何，她忘不掉他的眼神。——"这两种东西，我都可以帮你发挥它们的最大价值，跟着我，做我的助手，以及做我的……"

想到在陆泉家里他被自己打断的那半句话，温玉心头有点烦躁和郁闷。

出租车到了西柳胡同，温玉下了车，这才明白刚才为什么出租车司机看他们的眼神有些奇怪。

西柳胡同很宽，两边有几家白事商铺，此刻都已经关门闭店，尽头是一个殡仪馆。

按理说蒋韶峰案的两具尸体早已经火化，绝不会再有第三具需要查验的尸体。

温玉虽感到莫名其妙，可是到了门前也没有不进的道理，便回头对季景然说：“你在这儿等我，我很快就出来。”

季景然立刻摇头：“我跟你一起进去。”

“我如果有事会给你打电话的。”

温玉晃晃手机，示意两人已经重新交换了联系方式。她表情仍旧淡淡的，但眼中的坚持毋庸置疑。

季景然对温玉这个表情并不陌生，那表示毫无余地的拒绝。他了解她的脾气，也知道她决定的事情很少会改变，就像当年……他说爱她的时候。

于是季景然浅淡地笑了一下，后退了一步。

“好，那我在这儿等你，有什么事你给我打电话。”

温玉点点头，推开门进去了。

里面很暗，温玉找不到总控灯的开关，只能靠偶尔亮起的几个感应灯分辨着方向。手机的短信通知响起，是秦晋荀——“坐电梯，来地下二层。”

下了电梯一直往前走，走廊尽头是停尸间，温玉只一眼就看出，这里和普通的停尸间不同，是俗称的“臭尸房”。

遗体保存三个月以上还未火化的，就会被移放至此。那些客死异乡的无名尸体，核实不了身份不能动，或者是涉案纠纷，家属迟迟不同意火化的尸体，都被安放在这儿。

秦晋荀就站在中央的金属台子前，上面有一具拉出来的陈尸，盖着白布。

见了温玉，秦晋荀招招手，将手里的一次性手术服和手套、口罩递给她。

有脚步声。

“你还约了别人？”温玉一边往身上套衣服，一边犹疑地问道。

她猜想着是不是他不信任自己，却看见他动作利落地关了室内的灯。脚步声接近，有人打亮了手电，透过窗子往里面照，像是巡夜的保安。

手电的白光晃得温玉眼睛疼，温玉有些莫名其妙，正想要说什么，突然被秦晋荀捂住嘴，拽到了一边的角落里。

远处有什么倒了，发出"砰"的一声，在寂静中分外响亮。

"谁？"

保安的手电筒晃过去，脚步声渐远，直至消失不见。

又过了一会儿，秦晋荀放开了温玉，重新打开了灯。

温玉反应极快："你是偷溜进来的？"

"不是我，是我们。"

"……"

"递手续太麻烦，托了沈路安帮忙，他还是有几分小聪明。"

秦晋荀漫不经心地解释着，能让他说出这话已经很不容易了。

温玉深吸了口气，不想再跟他说话，他也沉默下来。

她系好带子，戴上口罩和手套，拉开白布……

第一眼她以为是错觉，眼睛死死地盯着那一处，哪怕尸体已经开始蜡化，可是蝙蝠图案的刺青在苍白的皮肤上依旧显眼。

可能是过了几秒钟，也可能是过了几分钟，甚至十几分钟，温玉完全没有时间概念了。

她的眸色逐渐加深，手不易觉察地握紧，松开白布，转身就要走，却被秦晋荀拦住。

他散漫的气息也在一瞬间收敛，隐隐能让人窥见那个众人眼中为了案子不惜一切的秦晋荀的影子。

"你还没有看完。"

温玉偏过头，努力地做了一个深呼吸，想要隐藏话里的颤抖："这具尸体跟蒋韶峰的案子无关。"

这种伪装在秦晋荀面前毫无用处，但他看见了她眼中极力掩藏的无助。

秦晋荀控制着自己的情绪，抓着她的手也稍松了些，语气有回暖的趋势：

"是无关，可是我需要你帮助我辨认这个尸体是不是我想要找的那个人。"

温玉神色冰凉地看着他："所以你骗我过来，根本就不是为了蒋韶峰的案子，秦晋荀，你骗我。"

"我如果说实话，你不会来。"

温玉自然不会来，她希望能远远离开这件事，这一年来她都做得很好。

她低着头："让我离开。"

秦晋荀缓缓吐出一口气："温玉，导致你辞职的那件事情我知道，那就是我一直在追查的案子，你是其中的一个幸存者，我……"

"幸存者"这个字眼割断了她心底那根紧绷的弦，她激烈地挣扎起来。

"温玉——"

"你放开我，放开！"

"你听我说——"

"秦晋荀你个变态！疯子！你放开我！"

"安静！你安静下来！温玉！"

秦晋荀深吸一口气，死死地攥住她，将她禁锢在胸膛和冰凉的立柜之间，一只手捏住她的下颌，迫使她看向那具尸体。

"告诉我，你见过他吗？"

温玉紧紧地闭上眼睛。

温玉不记得自己是怎样走出来的，面对季景然惊疑不定的询问，她草草地敷衍着，嘴里的血腥味让她想吐。

等回到酒店锁上门，拉好所有的窗帘，关掉灯，将自己埋进被子中，她才从窒息般的压抑里感受到自己的存在。

最后一丝阳光被西边的地平线吞噬，天边却依旧殷红似血，浓烟不断地涌出，她隔着烟雾还能看见闪烁的警灯。楼下是围观的人群，不时有惊呼声传来，楼上楼下不过百米，却是生死相隔。

她一边哭一边胡乱地点头，她知道马上就没有时间了。

"温玉，爸爸妈妈最大的心愿就是……你能平安。温玉，不要报仇，离那些肮脏的东西远一些，越远越好。"

"温玉，跑啊！"

凄厉的声音如雷炸开，温玉霍然惊醒，天光大亮，她脸上已是泪水模糊。

沈路安接到温玉电话的时候正在一本正经地开会，众目睽睽之下，十几位总监级别的高管们见证了他们小沈总秒尿的时刻——

"身份证，对对，你的身份证在我这儿，给你订酒店的时候用了。

"你说什么？哎！我的小姑奶奶，你可不能走啊。

"你在哪儿？别动！我这就过去。"

沈路安一阵风似的出了门，留下满屋茫然的眼神，秘书认命地留下来善后。

沈路安一路超车，来不及计算自己即将收到多少张罚单，风风火火地上了酒店二十三层的咖啡厅，直到看见温玉静静地望着窗外的侧脸，他的心才暂时放回了肚子里。

"温玉。"

他唤了她一声，见她转过头来，才走过去坐到她对面。

感受到她身上不正常的气息，沈路安小心翼翼地开口问道："温玉，你怎么突然这么急要回诸城？是不是……晋荀带你去……你生气了？"

温玉看了看沈路安，将桌子中央的两杯咖啡推了一杯过去，沈路安受宠若惊地喝了一口。

温玉忽然说："秦晋荀骗我来京城，你也知道是不是？"

沈路安一口咖啡喷出来，他赶紧拿纸擦拭，又苦着脸讨饶："对不起啊温玉，我确实知道，但是这件事情有点复杂，晋荀有他的理由，我们真不是故意骗你的。"

温玉只是冷冷地看着他。被她清亮的目光注视，沈路安有些受不住地低下了头，别别扭扭地在桌子下摆弄着自己的手指头，打定主意在秦晋荀开口放人之前，不管她说什么，身份证都不能还给她。

"我不怪你，你是秦晋荀的朋友，我对于你来说是个陌生人，你帮他瞒着我，无可厚非。"温玉的声音听不出喜怒，像仅仅在阐述一个事实，还没等沈路安反驳，温玉接着说，"我也不怪他，他是为了将罪犯绳之以法，保护更多的人不受侵害。"

沈路安愣愣地看着她。

"可是我没那么伟大，你们既然知道用别的理由让我来，多少应该清楚我对那个案子避之不及。一次一次地揭我的痛处，提醒我现在的人生有多悲惨，这就是你们现在正在做的事情。告诉秦晋苟，别在我身上下功夫了。"说到最后，她甚至勾了勾唇。

温玉自己心里知道，她不像她口中说的那样不在乎，不责怪，她更是知道说什么话会让眼前的男人更惭愧。

沈路安也确实觉得愧疚，他了解秦晋苟。秦晋苟的世界非黑即白，他就像一台计算精密的机器，永远为了得出答案而运转，根本不会在乎为了得到这个答案，会有多少人牵扯其中，会打破多少人平静的生活，甚至让他们受伤、痛苦、绝望……秦晋苟理智得可怕。

所以人们依赖秦晋苟，却也忌讳他。

沈路安觉得心疼，看着面色不佳的温玉，他深吸了一口气。

"你大概还不知道晋苟为什么那么执着于那个案子，不仅仅是因为你所说的，让更多人免受侵害。"沈路安的语气带着破釜沉舟的气势。

"如果说，从我们对内情的一知半解中能猜测出来，那个案子让你的生活从一年前开始崩溃，让你噩梦连连，那么对于晋苟——那个案子就是他延续了二十多年的噩梦。"

沈路安的话带给温玉强烈的冲击，她回过神来，反问："你说什么？我听不懂。"

都已经说到这个份儿上了，沈路安干脆将话挑明。

"秦晋苟的父母，在他很小的时候就失踪了，很有可能就是那个案子的第一批受害者……温玉，晋苟说过，你可能是唯一能帮他的人。"

一时间消化不了，温玉的思维开始混乱，心头泛起一丝异样的波澜："可是我听说，他有……"

"是养母。"

温玉点了点头表示明白了，沉默许久后，在沈路安的期待中，她又缓缓地摇了摇头。

"我答应过两个人，不再参与这些事了……抱歉，我帮不上忙。"

沈路安的眼中溢出失望。

"如果我答应你，只要你帮我找到我想找的那个人，其余的事情都交给我呢？"

一个声音突兀地响起，秦晋苟走过来，修长的身影遮住了午时刺眼的阳光。温玉闻声转过头，视线下移，他手上绑着的纱布还隐隐渗着血，如果拆开，大概还能看得见她昨晚发了狠咬下的牙印。

"骗你，是我的错，可我不相信你真的甘心让那群人逍遥法外。"

大概从未有这样弱势的时刻，他说得格外滞涩，温玉能看到他颤动的睫毛，那是和往日截然不同的他。

"温玉……请你帮我。"

飞机在蓝天上划出一道虚虚的弧线，温玉倚在舷窗边，阳光刺目，看得久了，便开始无意识地想流眼泪。

她最后还是答应了秦晋苟的请求。

能让秦晋苟开口请求的人不多，能在秦晋苟开口请求后依旧不改想法的人，应该也还没有。她不想被他缠上。

只是没想到晚了一步，等他们再去西柳胡同那家殡仪馆的时候，先前那具尸体已经不见了，不是被转移、被焚烧，而是字面意义上的不见了，俗称，"丢了"。

可尸体不会凭空消失。秦晋苟百思不解，温玉也终于被放回诸城。

惦记着工作的温玉一下飞机就拖着行李箱直接去殡仪馆，刚进门，就与一个穿着白色大褂、戴着口罩的男人撞了个满怀。那人看到她先是一愣，而后不顾散落一地的记录本，激动地说："温老师，您终于回来了！"

温玉无奈地瞥了一眼满地的文件，想上前帮他捡起来，却被他激动地握住了手。

"温老师，您回来就好，您不知道，您走了之后刘老师又请了病假，我……

我真是……"

温玉懂他没说完的话，原本这里的入殓师就少，她这一走，几乎将许多事情都压在了他身上。看着徐非苍白的脸色，温玉心里生出几分内疚。

"走吧，请你吃午饭。"

"好的，温老师！"

徐非将温玉推进休息室，眉宇舒展，似活过来一般。

"温老师您先在这儿歇会儿，我把地上的东西收拾了就来找您。"

徐非手脚麻利地收拾了满地狼藉，一溜烟儿就不见了。温玉摇摇头，他胆子小又有些莽撞，真不知道还要多久才能完全适应这份需要胆大心细的工作。

知道温玉回了诸城，梁萤又来找过她一次，给她带来了两本书，是陆泉的新书《温暖的房间》，暖色系的封皮，看着很有质感。

"这么快就出版了？"温玉有些讶异。

梁萤摇头道："还没发行呢，这两本是样书，陆泉找不到你们，把书送我这儿了，说是要谢谢秦晋荀。"

温玉顺着一本书的缝隙打开，是一张夹在书页中的卡片，黑色墨迹十分潇洒，没有称谓，没有落款："谢谢你给他的结局。"

梁萤瞥了一眼，嘟囔着："看不懂，看不懂。"

温玉将卡片放回书中，解释道："陆泉将自己想象成男主角，秦晋荀救了他，就是间接救出了当时结局还不明朗的男主角，所以才会有这本书。"

"哇，偶像的亲笔致谢啊，秦晋荀一定很得意。"

"他不会，他只是享受破案的过程，不会在意别人的感激或者敬佩。"

梁萤笑着摇摇头："你跟秦晋荀又不熟，怎么好像很了解他的样子，真奇怪，果然你们这些高智商人类的世界我不懂。"

温玉被她故作幼稚的口吻逗得想笑，但在嘴角上扬的前一秒又硬生生地收回了。

是啊，她为什么觉得，她有时是能懂他的心意的？

这感觉很糟糕。

这种糟糕的心情并没有延续很久，另一件事情便占据了她的心神。

周一中午，她刚把这段时间的工作跟徐非交接好，刘文绅便皱着眉头敲响了她办公室的门。

"温玉，出了点事。"

刘文绅是殡仪馆资格最老的入殓师，干了十几年，只是资质有限，处理不了复杂的尸体状况，所以职位上被温玉这个小辈压了一头，说不在意是不可能的，平日里他也不常跟温玉说话，更不要说为了工作上的事来找她了。

"还是边走边说吧。"

刘文绅隐晦地看了一眼徐非，温玉明了，转身叫徐非先去忙，这才站起身跟上刘文绅的步子。

看见刘文绅按下了负一层的电梯，温玉不由得皱起眉，去停尸房？

"发生什么事了刘老师？"

"丢了具尸体。"

刘文绅其实也百思不得其解，丢尸体，这对于一间殡仪馆来说简直是奇闻，尸体不会走不会跑，能在哪儿？

电梯门开了，停尸间的管理员小胡正面色焦急地踱步，见了温玉和刘文绅，忙将他们往里头领。

温玉随口问道："什么时候丢的？丢的是哪一具尸体？"

小胡为难地摇摇头："今天例行检查的时候才发现少了一具，尸体信息正在核实。"

温玉停下来脚步，奇怪地问道："正在核实？尸体送来的时候不就应该有记录吗？"

小胡面带愧色，回避着她的目光。

"是我们工作的疏忽，这段时间系统故障了，偶尔有警察来认尸，也一直都是靠记录册翻阅的，可是记录册前几天……丢了。"

温玉面色微冷："记录册丢了，为什么没有人上报？"

刘文绅见状打起了哈哈："人无完人，谁工作还没有个失误的时候，先解决丢尸体的事情要紧。"

小胡感激地看了刘文绅一眼。

假装没看见两人的眉眼官司，温玉深吸了一口气："联系家属了吗？"

小胡的表情突然就变得一言难尽："温老师……丢的是……陈尸房的尸体，没有家属。"

温玉怔住："什么？"

三人越过停尸间，径直向角落里的屋子走去。

她的心头掠过一道阴影，怎么会这么巧，又是陈尸？那些姓名不详、没有身份、没有亲人的尸体，会有什么人感兴趣？

"确定不了具体的丢失时间，因为距离上一回全面检查已经一个半月了，就是我们去京城前后。也许是我多心了，世界这么大，没道理所有的尸体失踪案都是一个系列案件。"

温玉走到窗边，高跟鞋敲在大理石地面上发出"噔噔"的声音，她握着手机的手指微凉，一如她的语调。

几天的探查，没有丝毫头绪，思前想后，温玉还是给秦晋苟打了电话。

"世界上没有那么多巧合，温玉。"

秦晋苟的声音听起来有几分惬意，透过电波，他的声音比之前少了几分嘲讽的意味，也少了几分高不可攀。

"可是我没有发现任何异常，我只擅长查验尸体，但现在连尸体都没了。"

感觉有些气闷，温玉推开了窗子，殡仪馆外种了好些绿植，满目绿荫，她转过身不由自主地叹了一口气。

"我把资料整理一下给你传真过去，到时候你看一下。"

"不必了。"电话那头顿了一下，"我在诸城。"

秦晋苟的语气甚至有些愉悦，温玉握着手机的手忍不住攥紧了些，听到电话里的男人用一种蛊惑性的口吻缓缓对她说："我回来了，温玉。"

她不知道说什么好，电话那头是他清浅的呼吸。忽然，玻璃窗被人敲响，她一扭头就看见窗外笑得灿烂的沈路安。

愣怔中，沈路安扬了扬眉毛。

"晋荀让我来接你，他说有些事电话里说不清楚。"

"什么时候？"

"呃，一个小时前我们刚下飞机的时候。"

温玉再低头，电话已经被对方悄然挂断。

坐进沈路安的车里，温玉忍不住问："你平时工作不忙吗？就这么……"

沈路安一乐："你是想说，我一个富二代不想着怎么赚钱，竟然还闲得整天围着秦晋荀那种变态转悠？"

被他直爽的话语一噎，温玉失笑，他的性子从某种程度上来说很像梁萤，和他相处不会那么拘谨。

在温玉以为这调侃的对话已经结束的时候，她又听见沈路安故作认真地说道："钱不能多，太多了容易招祸，我这是从助人为乐中实现自己的人生价值，再说了，我了解的秦晋荀，和他们都不一样。"

温玉没有再接话。

到了地方，沈路安熟门熟路地打开后备箱，拎出两个行李箱，见温玉好奇地看着，于是解释道："晋荀要在诸城住上一段时间，这里是一些……洗漱用品。"

温玉有些无语，是什么洗漱用品需要两个这么大的行李箱？

一梯一户的公寓，很符合秦晋荀孤僻的传闻。

对沈路安忙前忙后的身影视若无睹，秦晋荀端着他专属的马克杯在椅子上坐下来，双腿一抬一落交叠在一起，一副闲适的姿态。

"说说吧。"

"说什么？我电话里都告诉你了。"

沈路安在不远处像一只勤劳的小蜜蜂一样忙碌着。温玉抽空一瞥，从床单到家居服，从碗筷到一个小 U 形抱枕，那箱子里的东西倒是齐全。

"从你踏进殡仪馆第一步开始说，比如，你进门时迈了哪只脚？"

温玉的注意力又回到了眼前这个莫名其妙的男人身上。

"哪一只？"

"可能是左脚。"

"徐非眼镜的镜框是什么颜色？"

"灰色。"

"掉在地上的文件写的是什么？"

温玉无语地摇摇头："不知道……"

秦晋荀叹了一口气："温玉，我只是想跟你说说话，你不用这么如临大敌吧。"

温玉到嘴边的话反而说不出来了，她别过头，有些烦躁地理了理头发。

"你不是还要留在京城追查那具尸体的下落吗，怎么来诸城了？"

"为了蒋韶峰的案子啊。"答得十分理所当然，见温玉审视地看着他，秦晋荀忽而笑道，"怎么，你以为我借蒋韶峰的案子骗你去京城，现在目的达到，他的案子我就不管了？"

"那你都查出什么了？"

"蒋韶峰不配合，我只好找被害人的父母了解了一下。那两个女孩生前都很开朗——这是对外的说辞，实际上是喜欢拉帮结派，问'朋友'要零用钱的人，而她俩有一个共同的朋友，蒋韶峰的妹妹，蒋婷婷。"

"这样啊！"

心中某一处仿佛触及了些什么，温玉抿着唇不说话，长长的睫毛垂下时能隔绝一切企图看破她的目光。秦晋荀忽然站起身来走近她，俯下身子，伸出了手。

温玉吓了一跳，撑着沙发两边往后靠，霍然看向他，瞪圆眼睛的她在他眼中就像一只时刻都竖着浑身利刺的刺猬，仿佛他再有所动作，她身上的刺就会毫不留情地扎向他。

秦晋荀不动声色地撤回身子，冲她摇了摇手中的纸张："诸城殡仪馆的资料，这不是带给我的？"

秦晋荀若无其事地坐回原位，认真地看着她整理出的殡仪馆的资料，再也没有看她一眼。温玉心里萌生了一种被人牵着鼻子走的憋闷。

冷眼看了秦晋荀半晌，温玉扬了扬下巴："秦教授有什么想法了吗？"

秦晋荀将那几张纸随意地往茶几上一放："你的资料很齐全，之前说得也很清晰，但是我最好还是去殡仪馆看一眼。"

那么他一早问她那么多做什么？

温玉冷笑道："殡仪馆尤其是停尸间，都属于闲人免进的地方，我不是沈路安，没那么大本事让你混进去。"

在一旁支起耳朵偷听的沈路安冷不防被点了名，讪笑着撤离了两人的辐射范围。

秦晋苟端起马克杯又喝了一口水，不紧不慢道："总会有办法的。"

身为迷弟的刑警队长刘子科，时隔两月又见到了自己的偶像，兴奋得两眼发光："秦教授，您来这儿是又有了什么案子吗？"

局长陈立仁一巴掌呼上了他的背："你小子，不想点好的，我是巴不得群众平安没有案子，你倒好，就差蹦起来了，没出息。"

刘子科皮糙肉厚，挨了那一巴掌根本不觉疼，只是觉得自己的话确实不太恰当，挠了挠头问道："不是案子？那秦教授是来？"

秦晋苟眼底光亮一闪而过，还是那副温和却无端令人觉得冰冷的模样，声音清越："上次从贵局借阅了很多档案，我身无长物，便想来帮帮忙。"

刘子科十分积极："那是我们的荣幸啊。秦教授对什么工作有兴趣呢？我去安排！"

秦晋苟终于正眼看了刘子科一眼，嘴角扯出一抹笑。

"温老师，送来了一个死者，女性，九十二岁，自然生理机能衰竭死亡，家人说是喜丧，想办一场追悼会。"

徐非一边说一边将新的资料卡递给温玉，温玉随意看了一眼就把资料递了回去："嗯，直接转化妆部，让他们用点心。"

见徐非应了一声掉头就走，温玉又叫住了他："你把死者转到化妆部后就来负一层找我，有一具车祸致死的尸体刚送来，尸身不太完整，需要立即处理。"

徐非面色立即白了起来，温玉见状一皱眉，还没等到开口，就听见门外一个男人的声音响起："不如我来帮忙吧。"

"你怎么在这儿？"

看见秦晋苟就想要皱眉头似乎成了温玉的本能。

仿佛就等着她问，秦晋苟扬了扬手中单薄的纸张，依稀能看见上面有诸城公安局局长和诸城殡仪馆馆长的签名。

阴冷的停尸间里，鲜血同洁白的被单形成了强烈的对比。

秦晋苟手指温柔，在血肉模糊的尸体上穿针走线，一派安稳。就连温玉也没了用武之地，她不得不叹服他广泛却专业的涉猎范围。

旁观的温玉面不改色心不跳，徐非却快要吐了，好不容易挨到了结束，挣扎着从停尸间出来，就听见秦晋苟扭头对温玉柔和地说道："走吧，去吃饭。"

吃饭……无论徐非如何抗拒，方才的一幕幕还是浮现在眼前，他没忍住，冲进洗手间就是一顿稀里哗啦地狂吐。

午餐是在附近一家很寻常的小饭馆解决的。

温玉决心要练徐非的胆子，不顾他间接表达了不是很饿的想法，硬是拎了他一起来。

相比秦晋苟的泰然自若，徐非就显得有点束手束脚，尤其是在秦晋苟从随身携带的包里拿出准备好的午餐盒的时候，周围人好奇的目光像是只有徐非接收到了。

温玉面无表情地扫过摊开的双层保温盒："你自己带了饭，还说要一起吃？"

秦晋苟慢条斯理地拿出筷子："重要的不是吃什么，是和谁吃。"

这话换了任何一个女孩儿来听，光是看他那张俊朗的脸，哪怕是听到这种冷冰冰的语调说出的情话，估计也要面红耳赤了，温玉嘴边却漾出一抹冷笑，将身前一碗热气腾腾的面往他跟前一推。

"重要的不是吃什么，那你吃这个。"

秦晋苟低头看了看由于陈旧而泛黄的碗，掀了掀眼皮，看着温玉嘴边残留的笑意，瞳色转深："所以你承认这个'谁'指的是你吗？"

被反将一军，温玉一时语塞。

她深呼了一口气，企图将这种奇怪的氛围驱散，硬生生地转移了话题："我们什么时候去见蒋韶峰？"

"不急，他妹妹在赶来的路上，到了我会告诉你。"

温玉是知道蒋韶峰有个妹妹的，虽然不明白为什么一定要等到他妹妹来，但还是点点头，继而安静地低下头吃饭。

此刻，终于插上话的徐非怯生生地问道："温老师，这位老师是……"

"他是秦晋荀。"温玉简短地介绍。

徐非还是一脸迷茫，显然没听过秦晋荀的大名。这下，就连温玉也不由放下手中的筷子："你没听说过他？"

徐非不好意思地挠挠头："秦先生……很有名吗？是我孤陋寡闻了，来之前我只听说过温老师，很厉害……也很漂亮。"

温玉的目光不由得移到徐非身上，被她一看，徐非似乎意识到说多了，脸陡然红了起来，支支吾吾地低着头，眼角的余光却还在看着她。

"你是在哪儿念的大学？"

秦晋荀突兀地插话，才升起的微妙气氛骤然被打破。

徐非有些怕秦晋荀，但还是努力迎上他毫无温度的目光，像是生怕被小瞧了："我在京城大学念的医学系，最后一年来诸城当的交换生，毕业就留在诸城了。"

"行了，吃饭吧。"

温玉一句话成功地令两个男人安静下来，秦晋荀的筷子顿了顿，将一个蔬菜卷夹进了温玉的碗里。

秦晋荀跟着温玉回到殡仪馆，不出意外地受到了所有人的瞩目。殡仪馆本来就是个沉闷的地方，乍见这种气质卓然的男人，无法不注意到他，就连馆长也悄悄地将温玉拉到一旁："听说是从京城那边来的？"

"馆长你不是还给他签了通行证吗，会不知道他是从哪儿来的？"

馆长摸摸下巴："我也是听说这是个查案方面的专家，反正我们也不亏，能帮我们尽早找到尸体也好，不然我这心里总是凉飕飕的。"

还没等温玉反应，馆长又补了一句："还有，这人是为你来的……我们馆里也缺人才啊，好好表现，争取把人留下。"

知道馆长已经头脑发热，说什么都没用，温玉无奈，胡乱应了一声。

几步之外的秦晋荀一副什么都没听见的样子，看起来依旧冷冷的："走吧，带我去地下一层看看。"

秦晋荀似乎真的只是看看，连摆摆样子取个指纹都不做，只是一边看着自己的表一边走来走去，拿着监控设施总图将殡仪馆上上下下、里里外外都走了一遍。

温玉一言不发地跟着，直到两个小时后秦晋荀停下了脚步对她点点头："可以了，我们走吧。"

上了一楼，两个人顺着最边上的走廊往外走。诸城殡仪馆是老式建筑，走廊一侧全都是规矩的正方形窗子，外面树影被风吹动，日暮的阳光投射出一地斑驳的光影，也落在人的面容上。

置身其中的秦晋荀总有一种无以言表的魔力，看着他轮廓分明的侧脸，温玉不由自主地问出了声："有什么发现吗？"

秦晋荀回答得很干脆："没有，现场没有留下痕迹。"

侧过头，见温玉皱着眉头似对这个回答不满，秦晋荀眼底光彩流转而过。

"往往没有痕迹反而是最大的痕迹。能悄无声息地搬走那么大的尸体，又没有被任何人发现，我计算过，要想从陈尸房将尸体运到大门外，最快也要十几分钟，那么，他最起码要熟悉保安巡夜的时间、监控镜头的死角等，总之，那个人必然很熟悉这里。这是你们内部人员犯案——你就顺着这个查。"

"你？"

温玉听出了他的弦外之音，停下脚步，拧着眉头："你不自己查？"

秦晋荀转过头回应她："殡仪馆人不多，但一个个排查太费时间，你来做就可以，我还有别的事情。"

傍晚的夕阳已经没有温度，却异常刺眼，走廊上的温玉安静地望向远处，余晖为她渲染出满目火红，也藏起了她眼中的微光。

让风暴席卷

　　查案不是温玉的特长，尤其是没有尸体的案件，所以嫌疑人排查得很缓慢，丢失的尸体一直也没能找到。渐渐地，殡仪馆内便出了一些流言——说是这地方阴气太重，尸体……自己走了。

　　这还只是些带有调侃性质的流言，更恶劣的还有，有些小报记者闻风而来，当然不会报道尸体是怎样自己走掉这种异闻，而是别有用心地拉住每一个路过的工作人员，问他们知不知道"尸体交易"。

　　所谓的"尸体交易"，是借由尸体非法牟利，或贩卖器官，或直接卖给非法的研究机构，总之是丧尽天良的死人买卖。

　　徐非没敲门就闯进了温玉的办公室，涨红的脸上满是气愤："是刘老师给媒体透露的消息，我听见他跟那个小报记者说话了。"

　　温玉从一众在职员工的资料中抬起头来，刚想劝他遇事不要太冲动，就看见了他身后没关上的门和门口拿着水杯路过的面色发青的刘文绅。

　　背后说人被正主撞见，徐非先是低下了头，想到了什么又执着地把头扬了起来，愤愤地看着刘文绅。

　　这新来的小员工义无反顾地站在温玉这边，刘文绅积攒的不满全化作了刻薄，索性将门完全打开，大声嚷嚷起来："我说什么了？丢尸体是事实，

56

温玉是负责人也是事实，记者来采访，我只是有一说一！"

"什么'有一说一'，你明知道器官移植只适用于刚刚死亡的遗体，那个记者问你是不是内部有黑色交易的时候，你为什么不直接反驳他？"

"他又没直接问我们丢的尸体是不是被盗卖了，说到底，温玉早点找到原因不就什么事情都没有了？"

"器官黑市那么挣钱，我看尸体保不准就是你偷的！"

刘文绅的脸色青得吓人："年轻人，饭可以吃错，但话可不能随便乱说。"

"好了。"温玉太阳穴突突地跳，忍不住出声制止，"徐非，快给刘老师道歉。"

刘文绅资历老，徐非若是跟他杠上，日后很多事情都不会顺利。

徐非却不管那么多，只当温玉辜负了自己为她鸣不平的心意，说什么也不肯低头。

就在僵持的时候，温玉的电话突然响起，是秦晋荀打来的。

"蒋韶峰的妹妹来了，现在能过来吗？"

温玉撂下电话一抬头，徐非早已经跑出去不见踪影，她叹了口气，拿上包出了门。

蒋韶峰的妹妹蒋婷婷，今年刚刚高中毕业，父母早亡，唯一的亲人是相依为命的哥哥。但外界并不知道的是他们只是表兄妹。女孩儿很懂事，看见秦晋荀和温玉进来连忙站起来问好。

"坐。"秦晋荀下巴随意地一扬，坐在了女孩儿的对面。

女孩儿听话地坐下，一只手局促地拉了拉自己的衣摆，看起来胆小又腼腆。

生怕气氛不够僵似的，秦晋荀盯着女孩儿看了几秒，突然开口问道："让哥哥给你顶罪，你现在后悔吗？"

温玉刚刚坐下，忍不住骤然看向秦晋荀。

女孩儿愣住了，像是被秦晋荀话中的含义吓到，眼中飞快地蓄起了泪。

"您……您说什……"

"两个受害人，平时的交友圈和你完全不吻合，但你们经常见面，找到这个原因，事情就很明了了。她们问你要了多少钱？或者说，她们用什么威胁你拿钱给她们，你是因为实在没有钱，才起了杀心吗？"

"秦晋荀。"

温玉低声叫他，他的问话对于一个花季少女来说过于刻薄，话到嘴边，她却又觉得自己没有说这些话的立场。

蒋婷婷明显陷入了不好的回忆之中，整个人小声啜泣，不时地摇着头。

秦晋荀冷眼旁观，不为所动，语调丝毫没变："她们过激的行为激起了你的反抗，于是你一时冲动杀死了她们，而你哥哥随后赶来，伪造了现场。"

"你根本什么都不懂！"

蒋婷婷突然冲着他们大叫，猛地站起身疾步靠近，差点撞上秦晋荀。

秦晋荀反应飞快，在蒋婷婷靠近的第一时间便侧身扶住温玉的椅子。

没有被蒋婷婷近身，温玉看出他暗自松了一口气。

站定后的秦晋荀缓和了几分："腐肉生蛆，不管粉饰多少鲜花都没用，割了扔了，虽然痛极一时，但最起码——还能看见将来的路。"

不知是不是他话中淡漠的坚定令蒋婷婷清醒过来，她情绪逐渐缓和，捂着脸开口道："她们……拍了我……不好的照片，拿刀威胁我、划我，我太疼了……"

秦晋荀了然："如果属于防卫过当，而且犯案时你们均未满十八岁，法官应该会酌情轻判，你哥哥也不至于被判无期了。"

蒋婷婷沉默了许久，终于下定决心似的抬起头，带着红肿的泪眼，局促地看着秦晋荀："我答应去投案，配合调查，但我有一个要求。"

见秦晋荀不准备答话，温玉点了点头："你说。"

"把那些……照片，找出来给我……我不知道她们把它放在哪儿，现在每一天我都害怕，害怕突然从网页、报纸上看到……"

将蒋婷婷交给刘子科后，温玉一路都沉默着，虽然是在走路，注意力却不在脚下。

秦晋荀像研究一个稀有动物一样研究着她脸上的表情："你在想什么？"

她失神地回答："或许是在想亲情的伟大吧……一个未成年的男孩儿，

有那么大的勇气去保护妹妹，不惜搭上余生。"

秦晋荀冷笑一声："这世界上没有无缘无故的好，亲情也不例外，蒋婷婷说了一句话很适合你——'你根本什么都不懂'。"

"什么意思？"

秦晋荀递给她一个信封。

"你找到那些照片了？"

"一步步按图索骥不是我的办事风格。"

温玉打开信封，几张照片轻飘飘地落在手上，虽然是偷拍，但也能辨认出照片中那两个纠缠的身影，都是她见过的。

她的眼神晦暗难辨。

所以……蒋韶峰顶罪，是亲情，却也是愧疚，或许这些不容于世的画面，才是压垮蒋婷婷内心的最后一根稻草。

世界上没有无缘无故的好。

温玉觉得他是在说蒋韶峰，却又不全是。

她抬起头，秦晋荀已经走在了前面，孤寂的背影与周遭的景色格格不入。

"你不是不准备帮我吗？"

"浪费时间。"

温玉点点头，看着面前慢条斯理吃着午饭的秦晋荀，心头涌起一阵烦闷和莫名其妙的焦躁。

依旧是那个小饭馆，依旧是桌上突兀摆着的饭盒和杯子，依旧是周围好奇的目光，依旧是男人安然自若的坐姿。

温玉忍不住嘲讽："所以你天天来我这儿就为了吃午饭？这就不浪费时间？"

秦晋荀放下筷子，从袖口掏出一张手帕擦了擦嘴，动作优雅，仿佛面前不是简简单单的两个冷食，饭馆也不是平凡普通的小饭馆，而是装修高端的餐厅，自己刚吃过出自大厨之手的饕餮美食。

"不是。"秦晋荀顿了一下，严肃的面容上嘴角上扬少许，"是为了和你一起吃午饭。"

又是这样清冷且直白的话，温玉冷了脸，手中的筷子"啪"一下拍在了桌子上。

"秦晋荀，我不想跟你咬文嚼字，我想你搞错了，我协助你调查蒋韶峰的案子是因为答应了局长。关于那个刺青……如果有你要辨认的尸体，我也会配合，这是我答应你的。除此之外，既然你不准备掺和我的事，就离我远一点。"

她眉眼精致，想要拒人于千里之外的时候，嘴角的弧度反而加深，衬得眼中的冰霜越发明显。秦晋荀看着她，觉得干净极了。

这大概是一种病态的好感，如同夏日黏腻中，见到仙山上的玉石，想捧在手心，感受那份澄澈冰凉。

徐非的电话打破了两人之间的沉默。

"温老师，您在哪里？您快回来吧。"

电话里徐非很紧张，声音也颤抖着。

"怎么了？"

"又丢了一具尸体……"

温玉急忙往回赶，秦晋荀慢悠悠地跟在后面，徐非的音量很大，他也听见了。

温玉的心情很沉重，原本陈尸房的事，她身为负责人就难辞其咎，这刚送来的遗体失踪，简直是雪上加霜。

死去的女孩儿是家中独女，家人早已悲痛万分，一时之间听闻出了这种事，父母几乎魔怔了，守在殡仪馆门口不肯离开。

刚报完警，温玉揉揉太阳穴，心神俱疲。

徐非面露难色地敲门进来："温老师，遗体家属冲进来了，要找您，您要不要先避一避？"

话音未落，几个人就推开徐非，闯进了温玉的办公室，为首的中年男人一进门就大喊起来："狼心狗肺的东西，连死人的钱都要挣，你把我女儿的尸首还给我！"

温玉试图安抚他们的情绪："这件事我们正在调查……"

"调查个屁，听说你们已经把我女儿的尸体卖了，还在这儿睁眼说瞎话，我呸！"

一口唾沫喷到了温玉脸上，温玉来不及躲避，只好闭上眼睛忍耐。

"温老师……"徐非连忙掏出纸给温玉擦脸，回头连声高叫，"保安！保安！快把他们都带出去。"

一听到要赶他们走，那几个人更加愤怒，有人一把将温玉办公桌上的东西全部扫落在地，用脚泄愤似的踹着椅子。

女孩儿的妈妈哭着想要上来揪温玉的衣服，被徐非和闻讯赶来的两个同事拉住，另有亲属抄起了办公室的垃圾桶，东西哗啦一下全倒在了温玉的身上，咖啡渍顺着她的脸流了下来。

温玉几乎被气笑了，不知道该不该庆幸自己办公室的垃圾桶还算干净，没有剩饭剩菜。

警察终于赶过来，带队的是刘子科，很快便制住了那几个家属。见到温玉狼狈的样子，刘子科瞪大了眼睛就要把这些人押回局里。

"算了吧，我不想追究。"

温玉脱下脏了的外套，面上清冷，径直走出办公室。

刘文绅抱着胸，站在角落看着这一场闹剧，见温玉看过来，撇了撇嘴，转身回到了座位上。

走廊里，温玉豁然转身："你要跟到什么时候?!"

秦晋苟停下脚步，低头看着她，而后，一件带着体温的西装外套罩上了她的肩膀。

单薄的白衬衫下，他有力的胸膛隐约可见。

"擦擦吧。"

"热闹也看过了，你该走了。"

温玉扯过帕子胡乱地擦着，被指着鼻子骂了一通，温玉的情绪还是受了些影响，冲着秦晋苟说话的语气也更糟了。无法责怪死者家属，她心里烦闷极了。

秦晋荀只是静静地看着她。

突然有人叫住温玉，她回头发现是殡仪馆的保安老刘。

老刘搓着手，有些惶惶不安，看了一眼秦晋荀又将目光移到温玉脸上："温老师，你没事吧？"

温玉摇了摇头。

"没事就好……没事就好，唉，那女孩子也是可怜，年纪轻轻的，活着的时候毁了容，死后也不安生……温老师有什么线索吗？"

温玉又摇了摇头。

老刘说了几句安慰的话便离开了。

他走得很急，到转弯处还踉跄了一下。看着老刘的背影，温玉不由得皱起了眉头。

尸体都是蒙着白布运进来的，老刘知道那是具女尸也就罢了，怎么会知道女孩儿生前毁了容？

她抬头，便看见秦晋荀洞悉了她的想法一般，冲她微微颔首："就是你想的那样。"

最熟悉殡仪馆的人……

猜测被秦晋荀肯定，温玉也并不高兴，她盯着秦晋荀那张英俊得过分的脸，冷冷地开口："什么都知道，却什么都不说，你难道喜欢玩养成游戏？"

许是秦晋荀对一切表现得洞若观火，根本没想到会听到预料之外的话，突然被她信口讽刺，他那愕然的神情让温玉难得睡了一个好觉。

隔天下午，小胡到办公室找温玉，带着愧疚将一个U盘递给她："温老师，系统修好了，之前那具丢失的尸体信息也查到了，你要看看吗？"

温玉颔首："好的，辛苦了，给我吧。"

将U盘插进电脑，温玉很快就调出了那具尸体的档案，她迅速浏览了一遍，没有发现任何特殊之处。

一个四十岁上下的中年男人，被法医判定为酒后失足落水溺亡，身上没有任何证明身份的证件，也没有接到报案说谁家里有失踪人口，尸体就这么一直存放在诸城殡仪馆。

没有疑点，一条路被堵死，温玉只好再顺着女孩儿的尸体这条线找线索。打开值班记录，温玉的视线在某一行停住——女孩儿的尸体运送过来的那天，正好是老刘值班。

对比之前老刘的表现，温玉心中已然起了怀疑，再发现那天的监控录像丢失的时候，她心底隐隐地涌起了一阵果然如此的感叹。

下班之后，温玉没有惊动任何人，从后门悄悄走出了殡仪馆。殡仪馆的后门临街，有一条马路穿过，左右都有红绿信号灯，温玉凝神看去，漆黑的探头中有红点一闪一闪。

她又转了一圈，天色昏昏沉沉，天边厚重的积云仿佛要压下来，路灯接连亮了起来，她裹了裹外套，正四处张望着出租车，蓦地看见不远处一个熟悉的身影。

对面的路口，秦晋荀正安静地站在红色的信号灯下，神色淡漠地看着空旷的马路，他风衣的一角被风扬起，周身似乎裹杂了一层透明的薄膜，将他和这个城市彻底隔离开来。

隔了十多秒，绿灯亮起，秦晋荀才双手插着衣兜，不紧不慢地顺着人行横道走过来。

温玉心中莫名地起了一丝波澜，秦晋荀这样狂妄的人，竟然还会这样遵守交通规则？

他不屑规则，却又遵循规则。

"温玉？"秦晋荀也看到了伫立着的、若有所思看着他的温玉，他的眼神中闪烁过一丝莫名的光彩，薄唇抿了抿，声音微凉："你在这儿等我？"

被他没头没脑地一问，温玉回过神来，这才意识到自己竟然盯着他看了那么久。她想也不想立刻摇头，语焉不详地问道："你怎么又来了？"

"快下雨了，我来接你下班。"

仿佛是为了回应秦晋荀的话，天边适时地传来隐隐的闷雷。

"来接我，那你的伞呢？"

"有车。"

"……"

温玉没说什么，低头看了看他锃亮的皮鞋，没有一丝灰尘，干净得令人发指。

两人并肩走着，他靠她很近，近到连吹来的风都能替她挡住，气氛莫名有些尴尬。又到了一个路口，红灯亮起，秦晋荀在人行横道前站住了。

温玉偏头看了他一眼，率先开口："你说尸体失踪是我们内部人做的，可是你又说诸城和京城的事是同一伙人做的？"

"没错。"

温玉隐约觉得抓住了一点头绪。

绿灯适时地亮起，尽管身边的车辆都停了下来，秦晋荀还是自然地靠近了温玉一些。

她没留意到，而是组织了一下语言："你怀疑那个人在我们身边，准确地说，是在我身边，你让我去排查，不是嫌麻烦，而是想要将那个人的注意力转移到我身上，你就可以观察他，知道他的目的、他的真实身份、他的……"

"错了。"秦晋荀打断她，瞥了一脸严肃地拧起眉头的她，唇畔突然勾了一下，"我就是嫌麻烦，而且……谁让我喜欢'养成'。"

温玉愣了两秒，才意识到秦晋荀是在调侃，或者说开玩笑，面无表情地开玩笑。她一时语塞，不知道该怎么接话了。

温玉只顾走路，秦晋荀却不自觉地落后一步，侧过头，街边的橱窗玻璃映出她的五官，她自顾自地走，全然意识不到正有人隐晦地将她从头看到脚。

秦晋荀感慨道："我见过很多聪明的女人，可是她们没有你漂亮。"

稀疏的人群三三两两，大家只顾低头赶路，没有一个人想得到，那个面色正经、浑身充斥着禁欲感的男人，可以毫无表情地说着恭维的话。

而已经听过几次的温玉只是冷笑着："名动警法界的秦教授这么肤浅吗？"

"饮食男女，人之大欲，你说呢？"

温玉皱了皱眉头，正要答，秦晋荀忽然拉起了她的手腕，将她往道边商铺的房檐下一带，随后整个人也跟了过去，两人面对面，呼吸交杂。

64

大雨顷刻间倾盆而下。

秦晋苟身上的味道夹杂着水汽扑鼻而来，无孔不入。忽然，她的耳旁响起了他的声音。

"你不一样。"没头没脑的一句话。

她身上的气味不一样，她身上的温度不一样，她身上的光也不一样。

意识到秦晋苟这是在回应她先前的那句"名动警法界的秦教授这么肤浅"的问话，她竟一时哽住了。极近的距离，他脸上没有丝毫瑕疵，双眸幽深。

面对他的时候，她似乎总是不知道该说些什么。

周五下午，温玉请了半天假，坐车一路摇晃到人民广场，又步行十多分钟，才走到一幢庄严的办公楼前。

她望着正门面前那一排熟悉的台阶，腿似有千斤重。

手机响起，她舒了一口气，接起电话，对面是徐非焦急的声音。

"温老师，您在哪儿啊，下午有两场殡葬，可是化妆部的人我一个都找不到。"

"我在外面，你有事就先找刘文绅老师吧。"

"好吧。"

自从两人在公开场合吵了一场后，徐非就不大乐意去找刘文绅，他答应得很勉强，最后又问道："您去哪儿了温老师，下午还回来吗？"

"我去公安局查一个监控，然后就直接下班了。有事要学着自己处理，太依赖我可不好。"

刚挂下电话，温玉就听见身后一声惊呼。

"我的天，温玉！我没看错吧！"

她猛地回身，是昔日的同事小林，和刘子科一个队的。

"来这儿办点事。"

"那正好，咱一起进去。"

见温玉不动，小林又倒回去："走啊，快进来，大家伙儿都很想你。"

温玉犹豫了一下，还是没抵过小林的热情，硬是被拉着一路到了刑侦科的地盘。小林问了同事，知道刘子科去找人了，便又一路带着温玉去了法医科。

曾经熟悉的座位上有一个低着头的小姑娘，撇着嘴摆弄着手里的圆珠笔，站在她对面的刘子科正气得面色通红，一只手拿着几张文件纸，另一只手在上面点来点去，力道之大几乎要将纸戳个窟窿。

"你看看你写的这是什么！什么叫有明显伤痕？你最起码告诉我这是不是人为的啊，你这报告里的内容我自己用眼睛就能看出来，用你总结给我？"

那小姑娘许是被说了好久，终于忍不住了，"啪"的一下将圆珠笔摔到桌子上，站起身，大声地顶了回去："我都是按要求写的啊，你们没调查出更深入的证据那是你们刑警的事，也不能怪我啊，我直接告诉你凶手是谁你去抓好不好？"

刘子科气得七窍冒烟："我说，你有点职业进取心好不好啊！"

"谁没有进取心？你有，那你还不快去查案子抓犯人，还在这儿干吗？"

"你！……"

刘子科说得口干舌燥，想要喝口水再继续，一回头就看见温玉淡定地抱着肩看他，登时便咳嗽了起来："我这是出现幻觉了还是穿越了，温玉？你怎么来了？"

温玉笑了笑："又见面了，刘队长。"

法医科五六个人，一半是温玉原先的同事，见了她一时都惊喜交加，她也浅笑着挨个打了招呼。

而刚才被刘子科责骂的小姑娘是刚来的法医，入职才两个月，就已经见识到了刘队长的威力，一直都委屈得很，可如今暴怒的狮子竟然一秒被驯服，她心里有些不是滋味，再看见这些同事熟稔的表现，她不由疑惑地看着温玉，像是在研究温玉的身份。

有人拉了拉那姑娘的衣袖："小蔡，她叫温玉，你听说过吗，之前咱们这儿的法医，听说当时专业方面无人能出其右，就连配合查案也是这个。"解释的人伸了伸大拇指。

那个叫小蔡的姑娘似懂非懂地点了点头，再抬头时，看向温玉的目光中就隐隐多了几分防备。

温玉恰好转头，看得分明，略微点了点头就不再看她。

法医也是一个职业，而且对很多人来说，只要是职业就会存在竞争。

温玉向来是不愿理会这种暗潮汹涌的办公室气氛的，不管是从前还是现在。

她转过了头，对着刘子科说道："我可不是来叙旧的，是有事情想找你帮忙。"

眼看所有人都在看这边，刘子科不乐意地挥挥手。

"这样啊，走，去我那儿说。"

蔡莉莉呆呆地望着消失的两人，那种并肩而行的熟稔是她从没有见到过的，她不由喃喃道："李姐，你跟我说说她行吗？"

回到刑侦科，温玉说了自己的请求，刘子科爽快地说："行，这事儿包我身上了，录像我想办法给你调。"

温玉心头一暖："那就谢谢你了。"

刘子科拍着胸脯说："你以后要是遇上什么事就来找我，同事一场，我权限范围内的，都给你办得妥妥的。"

见温玉笑而不答，刘子科又自我开解："也是，秦晋荀教授在呢……有什么事是他搞不定的。"

从别人的口中听到秦晋荀的名字，温玉的心忍不住起了小小的涟漪，假装毫不在意地提起："秦晋荀？关他什么事？"

"咦？原来你不知道啊，之前秦教授答应给我们做挂名顾问，才换到了局长给他开介绍信让他到你们馆里去。"

刘子科脸上挂着笑，碰了碰温玉的肩，调侃地说："秦教授也是好眼光，没想到平常看起来那么冷淡的人也会追妹子——啊，对了温玉，有件事我不知道该不该告诉你，说吧，可你现在和秦教授发展得还不错……不说吧，又对不起老朋友……"

在温玉看他犹如看智障的目光中，他突然扭捏起来，最后下了好大的决心："哎呀，我还是说吧，毕竟选择权还是在你的手中……前几天我去检察院，听他们档案室的人说，京城马上就要调过来一个新的副检察长了，说起来这人咱们还认识，他……"

"我知道，季景然要回来了。"

刘子科张大了嘴，惊诧之后露出了了然的神情。

"我就说嘛，他回来怎么也得最先告诉你，从前他追你追得多凶啊，那家伙，天天在公安局门口堵你啊，后来你突然辞职，他差点……"

见他越说越没有边际，温玉微微蹙眉："刘子科，你知道为什么你办了那么多案子，却还只是个小队长吗？"

刘子科立刻就想到曾经共事时被她批评得体无完肤的经历——他反射般地站直了身子，然后就见她抱起了胸，高冷地凝视他："太八卦。"

"……"

两人随后去看了录像，从录像里模糊的影像来看，隐约能辨认得出是老刘的身影，一路快进到十点零二分，温玉按下了暂停键。

画面中，老刘推着一个运杂物的平板车，上面不知道放着什么，他一边东张西望，一边拿出了电话。

温玉沉吟了片刻，对一旁一头雾水的刘子科说道："刘队长，看来需要让你再帮我一个忙了。"

"刘师傅，今天值班啊。"

"啊？温老师？大周末的你怎么来了？"

温玉温和地笑了笑："有点工作没有处理完。"

温玉在殡仪馆里一待就是一下午，直到晚上，就连轮班的同事都下班了，她才敲开保安室的门，扬了扬手中的袋子。

"刘师傅，我家里也没人，一起吃点晚饭吧。"

保安室有个小电视，里面传出热闹的歌舞声，起先他还有几分紧张，温玉看在眼里，绝口不提，只是招呼着叫他吃菜，又给他倒了一杯酒。

"哎呀，这怎么好意思啊，温老师。"

"最近管理的事情比较多，这进出的安保都加强了不少，刘师傅也辛苦了。"

温玉仿佛不经意提起，老刘的心悬了起来："那人还没有找到？"

温玉摇了摇头："一点头绪都没有，加上那姑娘毕竟人已经不在了，上面不重视……"

老刘没有再接话，一口气将杯中的酒干了。

温玉继而就转移了话题。

几瓶酒下肚，老刘脸上通红，人也彻底放松了。

温玉站起身："刘师傅你先吃着，我去一趟洗手间。"

刘师傅摆了摆手，看着小电视里的相声哈哈大笑。

转角处，温玉停下了脚步，从衣兜里掏出了什么，黑暗中，手机屏幕微弱的光芒映出她眼底星星点点的微光。

温玉检查了老刘手机的通话记录，没看出什么问题，又翻了翻短信，在一众平常的对话中，有一个陌生号码显得格外突兀，只有对方发过来的一条消息——"祝合作愉快。"

显然之前的已经删干净了，但这条还没来得及处理。

温玉的手指缓缓在键盘上按动，检查了几遍，发送了出去——"他们还得查多久？我有点担心。"

没一会儿，就收到了回信——"不是告诉你不要主动联系我吗？"以及"死人而已，没有那么多人会关注的，要不然你们那儿怎么会那么多无名尸？"

温玉心下一沉，她知道该去哪儿找那个女孩儿的遗体了。

电视中歌声嘹亮，老刘悠闲地敲着筷子，忽然，门被"砰"的一下推开了。被冷不丁地一吓，老刘再大的酒意也醒了，定眼一看，两个穿着警服的男人站在他跟前，神情严肃。

老刘手一抖，筷子"啪嗒"掉在了地上。

深夜，诸城公安局的刑讯室还亮着灯。

刘子科看着写得满满的记录册，拍了拍桌子："老刘，你在殡仪馆当保安也十来年了，怎么会不知道这是丧尽天良的买卖？你社会关系简单，怎么也不可能联系上倒卖器官的不法之徒，你告诉我，到底怎么回事？"

老刘垂头丧气地说道："是他们联系的我，不知道从哪儿找到我手机号，直接给我发了短信。开始我还不相信，可是他们给我打了钱……我是被猪油蒙了心啊。"

"那女孩子的遗体呢？"

"我不知道，我只负责将她运出去。"

小林低头跟刘子科汇报情况："刘队，我们查过了，汇款账户是海外账户，本身没有任何问题，电话卡也没有进行身份登记，查不到来源。"

刘子科烦躁地抓了抓头发："老刘，你偷走的那具陈尸呢？陈尸的器官可没用吧。"

温玉在一旁听着，隐隐觉得哪里不对。

老刘哭丧着脸："什么陈尸，我真的不知道啊。"

刘子科一拍桌子："都到这份上了，你还不说实话！"

"他说的就是实话。"

沉稳的脚步声响起。秦晋荀不知什么时候到了，立在门边，抱着肩很闲散地站着。

陈尸的事情跟老刘无关？刘子科再一扭头，一直沉默的温玉也是一副若有所思的样子，两人深沉的表情如出一辙，让刘子科觉得自己有点智商不够用。

温玉过了半晌才说："老刘掺和进了遗体倒卖不假，但其余的事跟他无关，他每周只有一天休息的时间，行动都是可查的。"

老刘犯下的错误，就是另一桩需要警方深入调查的案件了。而那具不翼而飞的女尸，依旧毫无头绪。

夜晚有些凉，温玉的眼底泛起淡淡的疲色，秦晋荀走上前来，自然地将外套搭在她的身上。

"再耽搁下去也没什么用，我送你回去。"

一切似乎又回到了原点。

可是工作还要继续，连轴转了二十多个小时，徐非脚步虚浮地从温玉跟前飘过。最近很忙，温玉便想着让他调休一天，好好休息休息。

行政处的同事很好说话，递给她一个厚本："这是出勤册。"

温玉调好了班，顺手往前翻了两页，忽而指着其中一条问道："上个月十三号到十八号间，怎么那么多人请假？"

行政处的同事接过来一看，回忆了片刻，"哦"了一声："刘老师联系了京城的一位解剖学教授，带了几个人去学习缝合。"

她是上个月十一号跟秦晋荀去的京城，刘文绅随后也去了？

温玉心头隐隐觉得不对，刘文绅不是醉心学术的人，否则也不会这么多年一直都没什么长进，依旧只能处理一些简单的情况，手法只比化妆部的强了一点。

只是温玉还未来得及深究，就被卷进了一场酝酿已久的风暴里——那场所谓"尸体交易"的火，终究还是愈演愈烈，烧到了温玉头上。

大概是见惯了社会上一有什么坏事，做领导的便往实习生、基层员工头上推的做法，一个保安被解聘并移交法办的结局并不能让群众满意，再加上这个案件所涉的题材太过稀少，激发了群众的好奇心，一时之间，很多网站都报道了这起遗体盗窃案，含沙射影表示依旧有幕后黑手——反正怎么吸睛怎么写。

网络上的喷子铺天盖地，阴谋论层出不穷，首当其冲被波及的就是直接负责人温玉，就连市局的领导也询问过这件事。

馆长不得已找到了温玉，有些为难："小温啊，我知道，这件事情你是受了无妄之灾，可是这年头，外面听风就是雨的人太多了，直接对我们工作造成了很大的不便，我们也很为难啊。"

温玉沉默了片刻，微微地点了点头："我明白了，馆长希望我怎么做？"

看着温玉平静的面容，馆长叹了一口气："上面的意思是，你最近先不要来馆里上班了，避避风头，也正好在家休息一下，缓一缓。"

"好。"温玉应得干脆，假装没有看到一众同事窃窃私语，下午就收拾了东西准备回家。

虽然表面冷静，但心里的烦闷感让她如鲠在喉。

陈尸丢失案到现在还没有理清头绪，从最开始在京城被人运走的尸体，到中间横生枝节出了遗体盗窃案，再到现在的舆论走向，被人牵着走的感觉越来越强烈。

外面一辆低调的商务车缓缓停下，看着从里面出来的修长身影，温玉叹了一口气："你的消息还真灵通。"

秦晋荀浑然不在意她语气中的嘲讽，接过她抱着的盒子，转身扔进后备箱里："走吧。"

"去哪儿？"

他一边压下后备箱盖，一边回道："蒋婷婷有重度抑郁症，要离开诸城去治疗，我们去见她。"

蒋婷婷的照片一直放在温玉这儿，为安她的心，总是要交给她的。

诸城机场楼上的咖啡厅里，温玉将装着照片的信封递给蒋婷婷。

"需要用作证物公开的照片面部都打了马赛克，看不清脸，你不用担心……好好配合治疗。"

蒋婷婷接过那个信封，攥紧了手，苦笑了一声："看不清脸有什么用，我自己的身体哪一处我都认得，哪里有痣，哪里有疤，一闭上眼睛，全是那些肮脏不堪的画面……重新开始？不过是自欺欺人罢了。"

蒋婷婷十分悲观，温玉想再说点什么，却终究没有开口。就连秦晋荀走过来拍了拍她的肩膀，她都没有反应，只是定定地看着蒋婷婷越来越远的背影。她突然开口说道："秦晋荀。"

"嗯？"

"在法医的世界里，尸体本身就是他的名片，再厉害的伪装都无法将一个人变成另外一个人，因为每一具尸体都有他自己独一无二的特点，从外部的各式疤痕到内在的 DNA 编码。"她霍地转过头，眼睛一亮，"我在想，或许找到那两具尸体的共同点，就能知道偷走尸体的人的目的，有目的就能寻根溯源。你那里有京城那具陈尸的具体信息吗？"

秦晋荀的反应却很平静甚至淡漠。

"你不用找了，他们的共同点大概就是，身上都有一个蝙蝠文身。有文身的人不少，但是文上蝙蝠文身的人不多，而身上有蝙蝠文身死后又确定不了身份的男人更是少之又少，我这两年才找到一个，现在看来……诸城殡仪馆里还有一个。"

温玉不解地看他："在京城的时候我就想问了，你为什么执意要找一个死人？他是谁？"

秦晋荀的表情有些莫测："他叫高万春，两年前失踪的恩克制药的总裁，是'那个案子'的知情者，还是一个聪明的知情者，他一直在躲藏，我没见过他，但是他给我递出了消息，让我找到他，无论生死，他都有那个组织的证据。"

温玉努力跟上他的思路："所以那两具陈尸？"

秦晋荀点点头："有可能其中一具就是高万春的尸体，找到他，我才能进行下一步，可是有人也想要找到他。

"你知道那个文身的意义，被卷进去的人都会被文上相同的文身，就像你……两年前，你在那里待过两天，我觉得，你们当时应该见过面。"

正午的阳光热烈，温玉却感觉有一股阴冷袭上心头，她扭头看向秦晋荀："你还有什么事瞒着我？"

"很多，只不过你从来没问过，我也不好主动说，毕竟我答应过你，你只需要帮我辨认尸体就可以了。"

秦晋荀突然笑了，眼里闪烁着黑色的旋涡似的光，让人忍不住想要探寻其中的秘密，他蛊惑般地开口道："不想过多牵涉其中的人，是你，但只要你想，我什么都可以告诉你。"

温玉动了动嘴唇，泣血般的喊声犹在耳边，葱白的手指紧了紧，终究什么话都没有说。

被停了职，温玉不好再进馆里，就将徐非约在了外面的小饭店里。

这家小饭店味道不错，徐非却食不知味，迟迟不肯动筷。

"徐非，我想让你帮我个忙。"

"温老师，我辞职了。"

两人的声音几乎同时响起。温玉一怔："为什么？"

徐非低着头："我当初决定留下来就是因为老师您在这儿，可是现在他们竟然为了子虚乌有的流言，就停了您的职，我也不想待了。"

温玉失笑："你说什么傻话，这不是任性的事。"

徐非陡然抬起头，执拗地说："我本来也不适合这份工作，现在，我连唯一想要留下来的理由都没有了，那里对我来说和牢笼没什么区别了，温老师您就别劝我了。"

温玉默然，虽然只是暂时停职，可是她知道，殡仪馆她大概是回不去了，况且，她也不愿自己成为困住一个人的原因。

见温玉面色不好，徐非反过来安慰她："其实辞职我反而松了一口气，我学医，能做的工作还有很多……别说我了，温老师，您想让我帮什么忙？"

"是有一件事。"

看着徐非仿佛一副要上战场的样子，温玉啼笑皆非地摇了摇头。

"别紧张，我就是想问问你，上个月十三号，你们有多少人跟刘文绅去了京城，你回忆一下，你们在京城都待了多少天，每天都做了什么，你什么时候跟刘文绅待在一起，又有什么时候找不到他人的。"

徐非愣了一下，显然没料到她会问这个，过了半晌才期期艾艾地开口："我们是坐的飞机，可刘老师说他有心脏病坐不了，就开了车……

"回来的前一天晚上，哦，就是十八号……我们有事找刘老师，但是老师那天电话打不通，整晚也找不见人，第二天才知道，刘老师那天自己先开车回了诸城。"

…………

徐非回忆得费劲，回答也颠三倒四，一会儿想起一件事，一会儿又更正，一会儿又加以补充，温玉就扯了一张纸，慢慢在纸上理着时间线和相关事件。

最后，温玉拿起那张纸，圈了几个圆圈，相交的中心，便是十八号。

恰好就是在那日，京城那具陈尸不见了。

温玉被停了职，但她的工作总要有人干，馆长将刘文绅叫到办公室里，出来的时候，刘文绅摇身一变就成了顶替温玉的负责人。

有同事见了不免感叹："温玉也是挺倒霉的，本来陈尸失踪交公安查就行了，偏偏送来的遗体又被老刘偷了，媒体也盯她，现在倒让刘文绅捡了个大便宜。"

"刘文绅也算熬出头了。"

"呵，他那叫熬出头？应该叫乘虚而入吧。"

"小声点啊你。"

这边刘文绅根本藏不住脸上的笑意，正准备开口请大家吃饭，却被警察堵了门。

"哪个是刘文绅？"

没有过多的解释，刚刚还春风得意的刘文绅就被带走了，留下一屋不明情况窃窃私语的人。

有了怀疑对象，调查取证并不困难。

先是小报记者承认尸体丢失的口风是刘文绅特意放给他的，再有京城那边传回影像，刘文绅的车在十八号晚上曾经出现在京城殡仪馆所在的那条胡同里，紧接着，在抓到刘文绅不过一个下午的时间，他就痛快地交代了犯罪经过。

一切看似非常顺利。

"为什么偷尸体？"

刘文绅虽然紧张，却还有基本的逻辑："温玉是负责人，我想着出了事她要负责，我的目的只是想把她从殡仪馆弄走……警察同志，毕竟只是尸体而已，判得应该不重吧？"

做笔录的人摇摇头："这些我们管不着。你再说说，为什么偷京城的那具尸体？"

"我听说京城那边的殡仪馆管理特别松懈，我寻思找个远一点的地方先练练手，如果不成，反正我也不会在京城久待。"

"听说？听谁说的？"

"哦，我偶然发现我们档案室里有京城殡仪馆的管理图。"

仅仅是因为这样吗？温玉心里有种说不出的古怪，不是因为刘文绅在撒谎，而是因为，这些理由都太巧了，实在是太巧了。

她看了一眼身边神色莫测的秦晋荀，他拿出手机，发了什么，然后就见问讯室里的刘子科掏出手机看了一眼，抬头问道："你是怎么想到偷尸体这一招的？"

"有一次，大家聚在一起聊天，说起有一家殡仪馆出了一个恋尸癖的小偷，专偷尸体，后来那家殡仪馆从馆长到责任人都被开除了。"

刘子科拍了一下桌子："行了，带我们去你藏尸的地方。"

诸城郊外一处废弃的库房角落里，斑驳的墙壁脏兮兮的，荒草都长了半人高，一堆瓦砾碎石间蚊蝇乱飞。

跟队来的法医揭开了碎石上的麻布，一股恶臭扑鼻而来……

"把刘文坤带回公安局，这两具尸体也一并带回去调查清楚。"刘子科说完，又扭头看秦晋荀和温玉，"你们要去哪儿？送你们过去吧。"

秦晋荀摇头，看着正被法医装进密封袋的两具尸体，微不可察地皱了皱眉头："不了，你们还要忙，我们自己走吧。"

刘队长丝毫没有看出重度洁癖患者秦教授眼里的嫌弃，只当他体恤他们工作繁忙，更是一门心思想要送偶像回家。

最后还是温玉看不下去，开口让他先走。

刘子科看着不耐烦的温玉和身后专注地看着她的秦晋荀，貌似了然地"哦"了一声："我是不是打扰你们了……"

极有眼力见的刘子科说完就一溜烟地跑了。

温玉一时没跟上他的思路，扭头问："刘子科说什么呢？"

秦晋荀已经恢复了一派默然，越过她往那堆碎石走过去，蹲了下来，用不知道从哪儿掏出来的镊子从旁边的杂草中夹出一只医用手套。

"有第二个人来过现场。"

她惊讶地问出声："什么？尸体不是刘文绅偷的？"

秦晋荀眼神微黯："是……也不是。不过，他没有带走尸体，最起码让我知道了，那两具尸体都不是我要找的那个人。"

悠扬的钢琴曲在静谧的空间里缓缓流泻，盆栽掩映，餐厅的环境十分清雅。

老板亲自端上了两份牛排，又当着两人的面，拆封了新的餐具递给秦晋荀。

温玉不由瞠目结舌，失笑道："是不是全天下都知道你洁癖了。"

老板听了冲她笑道："我这餐厅刚开业的时候，一个员工偷了账上的钱，多亏了秦先生，他只不过用了一顿饭的时间，就指出了小偷是谁，现在只不过是几副新餐具，应该的，应该的。"

秦晋荀这样的人还有热心肠的时候？

似是感应到温玉怀疑的眼神，秦晋荀简明扼要地说："这家的牛排很好吃，关了可惜了。"

"不够吃再点啊。"老板说完便乐呵呵地下去了。

牛排的味道鲜美，温玉却食之无味。

"现在可以说了吧，你是不是知道了第二个去现场的人是谁？"

秦晋荀擦了擦嘴："你心里就没有一个怀疑的对象？"

温玉的表情隐隐有几分焦躁，却也不说话。

他喝了一口葡萄酒，漫不经心地开口："时时刻刻都能在你身边，甚至通过电话掌握你行踪，知道你调查进展的那个人；可以用行动挑起刘文绅对你的嫉妒，又可以不动声色给他提供便利的那个人；认出了两具尸体都不是他要找的，可以毫无破绽地退出你的生活的那个人；甚至于，老刘那件事，难保不是他看准了老刘贪财的性子从而加以利用。"

温玉放下了刀叉，低垂的睫毛隐隐颤动。

相处的点滴小事一幕幕浮现，她不想承认，甚至有一刻希望秦晋荀能告诉她不一样的答案，可是秦晋荀还是自顾自地冷静地说着："满足所有犯罪条件的，除了刘文绅，还有一个人……你真的不知道他是谁吗？"

过了半晌，他看见她嘴唇动了动，听见她叹息般地开口："不应该是他啊。"

秦晋苟眯了眯眼睛："应不应该，试一下就知道了。"

"罗副队，您怎么来啦？"

刑警队副队长罗浩看着几个警察将一个蒙着白布的尸体抬到运送车上，叮嘱道："小胡，这具尸体有可能和一宗凶杀案有关，明天我们就会派法医过来检查，你们殡仪馆可要存放好啊。"

小胡连连承诺："放心吧罗副队，自从接二连三地出事，我们安保已经很严格了。"

罗浩点点头，转身之际不小心碰到了尸体的一角，白布挪了位置。

小胡只看见青色一闪："他脚上这是什么，吓我一跳。"

罗浩笑话他："我还当你们都见多识广胆子大呢，怎么连个蝙蝠文身都怕。得了，我走了啊。"

小胡送走了罗浩，仔细地将运送车推到了电梯上，下到地下一层。

夜半，一个人影轻轻地将钥匙插入了停尸间的锁孔之中，微弱的转动声响起，门"咔嗒"一声开了。

来人对这里很熟悉，缓缓走到中央的操作台前，"啪"的一下打开了手电，一双细白的手掀开尸体脚边的白布。

房间的灯毫无预兆地亮了起来。

那人一惊，门被堵死，他僵硬着身子没有回头。

秦晋苟的声音在夜里透着凉气："这个人也不是高万春，因为他身上的文身是假的——刘子科，起来吧。"

白布忽然动了，一个人"噌"地坐了起来，动作利落地下了地，拍了拍衣服。

"我做了那么多次卧底，倒是第一次演个死人。来，转过来，折腾了大半天，让我看看幕后黑手到底长什么样。"

意识到已经无路可逃，那人缓缓地转过了身子，一张俊秀的脸在冰冷的白炽灯照射下显得有几分诡异。

"徐非。"温玉轻轻地叫他。

徐非顿了一下，却还是没有看温玉，只是盯着秦晋荀问道："你从什么时候开始怀疑我的？"

"也许是第一次见面，你说，没有听说过我。"

徐非嗤笑了一声："到现在了，没什么不能说的吧。"

秦晋荀也笑了，闲聊般转向温玉："温玉，验尸你比我专业，可是查案，我是专家。在你从京城回来去殡仪馆的时候，你一进门，就和徐非撞到了一起，你忘了很多细节，但是有一点你记得很清楚，你说徐非戴了灰色框架的眼镜。"

见温玉点头，秦晋荀继续道："你有没有想过，明明灰色是最不显眼的颜色，你为什么会注意到他戴的是灰色镜框的眼镜？那是因为，他想转移你的注意力。他要掩盖不小心脱手的那一地文件——我记得你们那个时候丢了什么来着，记录着尸体信息的采集表吧。"

秦晋荀竟然那么早就开始怀疑了。

温玉看向徐非的眼睛，依旧是少年般清澈，就像她第一次在午后的光影里见到他。

"你不是辞职了吗，还在这儿干什么呢？"

徐非耸了耸肩："没办法，听说又有一具有蝙蝠文身的尸体，我必须来看看。"

见温玉不说话，徐非面上竟然浮现出一丝趣味："那个人跟我说起过你，温玉，他说，你们的渊源比你想象中的要深。"

秦晋荀皱了皱眉头，看向温玉："那个人？那个人是谁？"

温玉面色有一瞬间苍白，沉默着没有说话，秦晋荀便知道了，这是她不想言明的秘密。

徐非似乎是嗓子发痒，一只手握成拳放在嘴边咳嗽了几下，然后说："秦晋荀，我也知道你……我当然听说过你，可是没想到你们竟然认识，这就好玩了，咳咳。"

秦晋荀冷着脸，似乎失去了耐性："让你查高万春的人是谁？"

徐非笑了笑，忽然面色一变，似是极为痛苦地佝偻起身子，一只手紧紧攥着胸前的衣襟，瘫软地跪了下来。

温玉反应过来，冲上前，企图给他做心肺复苏。

秦晋苟的面上一派漠然："没用的，他自己摄入了过量的瞬发性药品，来不及了。"

他的确没想到，被发现之后，徐非竟然会选择一死，那只能说明，如若他不死，他将面对的可能会比死更痛苦……

徐非倒在地上，四肢抽动，鲜血逐渐从嘴角渗出来……短短几十秒，便归于沉寂。那双澄澈的眼睛缓缓合上，痛苦不复，神色平和，竟然有了几分解脱的意味。

"如果可以，我希望我是那个单纯的徐非，可是我的生命早已因为那个偏差再也回不了正轨了。但你不一样，你既已摆脱了，就别再陷进来了。温玉，如果人间真的有炼狱，那大概就是他们在的地方。"

这是一封预发邮件，发于三天前，徐非潜入殡仪馆的前两个小时。

字里行间透着一股绝望，他明知道可能是个陷阱，却依旧别无他法，被逼迫着往里跳。

温玉反复读了好多遍，就像强迫症患者一般，明明知道字字诛心，却依然忍不住一次次迎上，仿佛这样会让钝痛的心被撕裂得更畅快淋漓一些。直到秦晋苟用一只手蒙住她的眼睛，将手机从她手里抽走。

"别看了。"

双眼霎时陷入黑暗，温玉没有动，秦晋苟只觉出手心处的颤抖，如同蝴蝶效应传到了心尖。

她的声音颤抖："我身边有太多悲剧了，多到我甚至以为光明这种东西根本就不存在。"

秦晋苟双眼涌过无声的暗流，他克制着自己的情绪，淡漠的声音中夹着一丝柔软："我只相信人性，如果说人总会受不了诱惑走上令自己后悔的路，那就从根本上不要给他们接触诱惑的机会。"

温玉愣住了。

失踪了的女孩儿的遗体最终在临市的殡仪馆被找到，临市的警方确认她身份的时候，她已经被摘走了某些器官，这样的手法，很像这些年一直肆虐的一个犯罪团伙，传言其代号"蝙蝠"。

面对再一次崩溃的亲属，刑警们既羞愧又愤怒，这么多年来，立案，调查，却仍然对那个犯罪团伙一无所知。

得知消息后，秦晋荀将自己关进公寓一整天，出来的时候看不出任何异样，温玉却觉得，他的表情更冷漠了。

仿佛他的体内有一根弦，经年紧绷，马上要断了。

五月的诸城到处飘着柳絮，不知名的小黄花开满了城市的每一条街巷，风也柔柔地吹得人没有力气，只想要找一个有阳光的地方舒舒服服地睡上一会儿。

大概只有殡仪馆还是一如既往地冰冷。虽然遗体被窃的风波已过，但馆长态度暧昧，回殡仪馆上班已经不妥，温玉干脆递上了辞呈。

馆长既舍不得温玉过硬的专业素质，又担心她回来会带来不好的影响，犹犹豫豫不知道该不该挽留她，拿着辞呈抬眼瞟她。

她低眉顺眼地站在对面，温和却又游离于这春光之外，周身似有看不见的薄雾弥漫，馆长叹息一声，终究还是收下了这份辞呈。

温玉才走出馆长的办公室，便听得身后一声呼喊："温老师，您来了。"

乍一听见熟悉的称呼，温玉有一瞬间的微怔，回过头看见人才反应过来，是最新一批来殡仪馆实习的医大学生。

两个大男生的脸上还有着从校园带来的腼腆，从他们身上仿佛能见到那个熟悉的身影。

"你们忙。"

温玉略一点头，关上门，毫不停留地离开了，将一切记忆都留在了身后。

温玉辞职之后的变化，感觉最明显的就是梁萤，因为，她终于能将有时间的温玉约出来坐坐了。阳光、咖啡、音乐，一切都显得十分美好，前提是——不要总在她最爱的咖啡馆里碰到那两个人就好了。

三个棕色咖啡杯中间强势挤进了一个马克杯。

马克杯的主人用纤细的手指握住杯耳，彬彬有礼地请服务员将咖啡倒进来。

无论看了多少次这样的景象，梁莹都觉得新奇，她看着不管在何时都穿得一丝不苟的秦晋荀，好奇地问道："秦教授，您不准备回京城了吗？"

秦晋荀交叠着双腿，坐姿放松，淡淡地应了一声："嗯。"

温玉听了皱眉："你的事务所在京城，你总留在这里没问题吗？"

"嗯。"

"可是……"

"你担心什么？"秦晋荀打断她的话，表情带了一分高深莫测，端详着她的脸。

"你说什么？"温玉险些没有跟上他的思路。

"你坐得离我这么远，还怕我对你怎么样不成？"

"你想多了。"

"但是你没想多。"

刚才还算和睦的气氛瞬间剑拔弩张，温玉单方面地释放出了浑身的冷气。

梁莹和沈路安共同捂脸，秦晋荀简直是气氛终结者啊。

温玉抬头，眼中暗藏水光，而秦晋荀放下了交叠的双腿，两人视线交会，他的手指自然地轻叩着杯壁，一下一下像是敲在她的心上。

忽然间温玉的手机响了，她才将目光从他身上移开，来电人的名字让她微微怔了一下。

在满室安静中，电话里的男声显得格外清晰："温玉，我回来了。"

听到这句话，几个人都停下手中的动作看她，温玉第一次有了"我应该换一个手机号了"这种想法。

"景然？"

"我现在刚降落在诸城机场，可是托别人开回来的车还没到，你要不要来接我？我们顺便一起吃饭。"

温玉犹豫了一下，无意间瞥到一旁秦晋荀漆黑的眼，心一颤，低低地"嗯"了一声。

"好吧，你在机场等我一会儿，我现在过去。"

撂下电话，她看了一眼眼巴巴望着她的梁萤："我要走了，你……"

梁萤连忙说道："呃，我的咖啡还没有喝完。"

温玉点点头，拎上包就走了。

场面重新变得安静。

秦晋荀看了一眼梁萤，那意思很明确——你怎么还不走？

梁萤的脸有几分扭曲，生硬地挤出一个笑容，一字一句道："我倒是想走，您让您旁边那个人把他的脚移走！"

见秦晋荀望过来，沈路安讪讪地笑了笑："我这不是替你留人嘛，你不想知道刚才给温玉打电话的那个男人和她是什么关系？"

秦晋荀没有说话，端起他的马克杯喝了一口，目光投向窗外。

沈路安暗地里翻了个白眼：虚伪。

"梁萤妹妹，说说呗，电话里那人是谁啊？"

"是季景然。"梁萤清了清嗓子，"说起季景然，那是当时我们大学多少人倾慕的男神啊，出身好，智商高，颜值高，关键是专一。自从大二他们认识，季景然就没多看过别的女生一眼。"

沈路安吸溜着咖啡，听得津津有味："他们是同学啊。"

梁萤摇摇头："不是，温玉是学医的，季景然是学国际法的……哦，我是中文系的。"

"那你们怎么认识的？"

"我们是一个社团的，辩论社。"

沈路安连连摇头表示不信："温玉？仙女儿似的，还能参加辩论社，跟人吵架？她一个眼神就能把对方冻死了好不好？"

梁萤忍不住瞪了他一眼道："什么叫跟人吵架，沈路安，你好好说话，别以为你是富二代，我就不敢打你。"

"不是，我的意思是……"沈路安不知道怎么形容。

梁萤却懂，话里不自觉带了几分失落："温玉她以前……性格不是这样的。那时候，她和季景然还是我们社团的主力，金童玉女，连老师都撮合……"

外面春光正好，满目的绿色很容易让人陷进去。

秦晋荀自始至终都没有说话，脸上始终挂着漫不经心的表情，也不知道是不是在听，只是放到桌子上的杯子没有再动过一下，袅袅热气逐渐化为虚无。

那是他无法触及的，她没有丝毫阴影的青春。

诸城机场。

"温玉，这里。"

季景然穿着米白色套头卫衣、卡其色休闲裤，背着黑色双肩包，身子颀长，倒显得和大学时候别无二致。

路过的人都会不自觉地往这边看一下，任谁也不会想到，这个帅气高大的男人会从事检察官这样严谨刻板的工作。

温玉不自觉地向他身后张望："没有行李箱？"

季景然笑了一下，桃花形状的眼睛里眸光闪动："跟车在一起，明天才能到……但我想快点回来。"

温玉避过他的眼神，率先迈开步子："走吧，请你吃饭。"

不被祝福的婚礼

尽管离开诸城两年，可对于诸城的变化，季景然似乎比温玉还熟悉，他从容不迫地在商业街中间穿行而过，拐到一条小巷子里，温玉只有在后面跟着的份。

怕她没跟上，季景然不时回头看她一眼，眉宇间有她曾经熟悉的恣意潇洒。

季景然最终在一个街角停了下来。

小街尽头是一家无论装修还是菜品都很现代的小饭馆，两个人先后走了进去，服务员热情地引坐，递上菜单。

季景然举止间都透露出良好的修养，清瘦的手指在菜牌上点了点，随后将餐单递回给服务生，冲她礼貌地笑了笑："就要这些吧，再上一壶花茶。"

服务生姑娘红了脸，飞快地应了一声，偷偷打量温玉的时候带了几分羡慕。

等菜的工夫，季景然环视四周，无不喟叹："你还记得这儿吗？大学的时候咱们来这儿吃过饭，不过那个时候装修很简陋。"

温玉轻轻地摇摇头，她曾经有将近一年的时间将自己困在阴冷的房间里，哪里会注意到外面变化了多少。

时光催人老，也催人健忘，慢慢无论珍贵还是不堪的回忆都逐一封存。

热水以一个优美的弧度被倒进杯中，杯里的玫瑰花被水汽熏得褪了色。

季景然将杯子推给她，试探着说起："下周有个同学聚会，就是几个人在一起聊聊天，我们一起去？"

温玉接过杯子，闻言茫然地眨了眨眼睛："同学聚会，什么聚会？"

"咱们大学社团的同学会。"季景然的声音很温和，"都是从前辩论社的同窗，现在有很多都在诸城工作，最近联系到了我，想要聚一下，一起吃吃饭、聊聊天……还记得王昭、林恩词他们吗？"

季景然这次调回诸城检察院是升任，如此年轻就坐上副检察长的位子，绝不仅仅是"年轻有为"四个字就能概括的，能力、家世缺一不可，等到资历一长，自然不可能留在地方，肯定还是要调回京城高就的。

能跟这样的人物攀上交情自然是最好的。从前诸城的同学不知道从哪儿得知季景然回来的消息，辗转联系到了他，吵着要聚一聚。

温玉两只手捧着透明的玻璃杯，垂着头，看着花瓣在水中舒展，轻轻地开口："我就不去了吧，毕竟毕业之后也一直没有联系。"

阳光从她背后打过来，朦胧地照出她脖颈间细小的绒毛，那天鹅般柔美的弧度，精致得像镀了一层金边。

"怎么办？他们联系不到你就找我，我已经答应他们一定要把你带去了。"季景然仿佛早就已经知道她会这么回答，故作为难，声音隐含着笑意，"一起去吧，就当是两年前，你无缘无故就从我眼前消失的补偿吧。"

仿佛那一段时间疯狂的寻找都不值得一提，季景然神情温和，周身透着暖意。

温玉无言以对，过了半晌，点了点头。

聚会地点定在四品楼，季景然问到了温玉的住址，提前很久就开车等在楼下。

梁莹追着偶像陆泉的签售会去了临市，得知错过了见男神的机会，忍不住扼腕："转告季男神，这次没让我一饱眼福，下次一定请我吃饭啊。"

温玉的通话是外放的，季景然打着方向盘，微微偏头，笑着说："随时都可以……只要你们有时间，想吃什么，我做东。"

梁萤便笑嘻嘻地乐开了。

到四品楼的时候不过下午五点多。

包厢里很热闹，隔着老远就能听到热闹的嬉笑打趣声，引路的服务生一推开门，里面的人都不约而同停下了手上的动作往这边看。

王昭率先出声，笑着说道："呦，季检，大驾光临啊。"

季景然微笑着点了点头，往前走了一步，让出了旁边的温玉。

见到谁都不成想会见到的稀客，众人霎时静了一瞬。

"温玉？可是好久不见了。"

出声的是宋姿，她一身窈窕的修身长裙，波浪似的鬈发披在肩上，应和着精致的妆容。她的语气似嘲讽，更像是娇嗔。

"毕业以后就一直联系不到你，看来还是我们面子不够大，非得季检亲自出马才能请动。"

王昭扯了扯她的胳膊："哎，宋姿你少说一句啊，大家难得见上一面，别阴阳怪气的。"

宋姿本就长着狭长的凤眼，轻飘飘一瞟，便带了几分说不清道不明的意味，话锋直冲王昭而去："怎么，现在嫌我说话阴阳怪气了？"

"我可没这个意思。"

林恩词笑着打着圆场："好了好了，大家快坐吧。"

他笑得很儒雅，戴着黑色边框眼镜，刻板的衬衫熨烫得很整齐，纽扣系到了最上面一粒，颇有旧时教书先生的意味，只有胸前一枚蓝孔雀石做成的胸针为他添了一抹亮色。

旧友重聚，自然免不了推杯换盏。

温玉也没显得太生疏，酒敬到面前，也象征性地喝了两杯，只是她酒量差，不过一会儿工夫面上就染上了桃花似的绯红。季景然见状，收起了她面前的酒杯，说什么也不肯给她了。

酒过三巡，一片热闹中，王昭乘兴敲敲杯子，站了起来："趁着今天大家都在，我有一个好消息要告诉大家。"

王昭的长相是时下流行的那种帅气，加上生活优渥，他笑容满面的脸上一派意气风发，酒气上袭，语调也愈加豪迈。

"我这个月末结婚，就在金江楼，过两天就发请帖，还希望诸位都能赏脸光顾啊。"

温玉对面坐着的赵赫，和王昭、林恩词及宋姿都是一个班级的，他其实并没有在辩论社待多久，每次来都围着王昭转悠，堪称鞍前马后，今天来了也是很有目的性，寻找一切时机跟季景然攀关系。

"不声不响地完成了人生大事啊——恩词，你俩关系最好，没告诉我也就算了，他事先告诉你没有？"

林恩词笑着点了点头，示意早就知道好兄弟马上就要结束单身了。

忽然，不知道谁酒劲儿上头了，突兀地开口，语气分外感慨："王昭啊，你也该结婚了，你要是还跟景媛在一起的话，恐怕我们毕业的时候就能收到你的请帖了吧，哪至于拖这么久。"

王昭立刻就变了脸色。

一时之间，碰杯的声音突然就小了。

那人也知道自己说错了话，讪讪地拿起酒杯掩饰："怪我，你看我说的这是什么话……喝多了、喝多了……"

气氛变得有些沉闷，温玉没在乎这些，偏过头，语调有些钝钝的："我去一下洗手间。"

季景然倾过身子："我陪你？"

温玉摇摇头，季景然便不再坚持，只是看着她走出房间才作罢。

洗手间外面有一个大的洗漱台，镜中的温玉面色潮红，眼神有些迷蒙，她往脸上拍了把凉水。

"我还没见过你喝酒。"

耳边忽然响起的声音让她动作停顿了一瞬，指尖的水"啪"的一下滴到大理石台面上，溅出一小片水渍。

是幻听？

温玉忍不住摇摇头，脑袋一阵眩晕，脚下正踉跄时，一只手扶住了她，男人凛冽的气息冲进了她的鼻端。

……真的是他。

温玉抬头问："秦晋苟？你怎么在这儿？"

她想，她的表现大概跟平时不大一样，因为秦晋苟的表情也和平时不大一样，不是那种冷到漠视一切，而是像隔了层雾气，掩藏了内里的某种复杂情绪，黑色的瞳眸将她的脸仔仔细细地看了一遍。

秦晋苟扶着她站稳，才不慌不忙地撤回手："和沈路安过来吃饭。"

温玉狐疑地"嗯"了一声。

秦晋苟表现得很坦然。他的确是来吃饭的，不过知道她来了这里是先决条件。

后到的沈路安自觉地往后退了一步，将自己站成了一幅壁画，同时心底暗暗吐槽秦晋苟假正经。

温玉的闺密梁萤出了诸城，可是以沈路安为代表的"组织"收到了她传回来的消息。

"季男神带温玉去同学会了，好可惜啊，这次见不到季男神了。"——她估计是把"好可惜见不到季男神"这句话当成了近期的口头禅。

沈路安撂下手机，用咏叹调感慨了一声："啊，同学会，充斥着多少青涩回忆的场合啊。"

秦晋苟从文件堆里抬起头来，凉薄地看了他一眼，站起身拿起了外套。

沈路安一脸惊讶地一把拦住他，他低头盯着沈路安拽着自己的手，沈路安便讪讪地放开了，沈路安颇为受伤地问："晋苟，你干什么去啊？"

"吃饭。"

沈路安："……"

这边沈路安觉得自己很有眼色，可是那边有人非要跳出来搅局。

王昭步履踉跄地从洗手间出来，一眼就看到了温玉，便跌跌撞撞地冲她走来。

"温玉，你怎么还在这儿？快回去，咱们继续喝。哎……秦教授？"

王昭这才看见和温玉挨得极近的秦晋苟，当下就是一滞，目光在温玉和秦晋苟之间游移，像是想要弄明白两人的关系。

秦晋荀看了他一眼，没吭声。

王昭晃悠着走上前来，热络地寒暄，舌头还有些转不过弯来："原来你们认识啊，那就都是朋友，秦教授，一起进来喝两杯呀。"

他想上前去拉秦晋荀，被后者毫不掩饰地后退避开了。

王昭伸出的手落空，便有点尴尬，但还是维持着热络的笑意，又转回头对温玉说："秦教授怎么这么腼腆，温玉，你们是怎么认识的？我跟你说啊，我跟秦教授也是有缘……"

王昭一喝多话就很多，虽然两个人都不搭理他，他仍旧在自说自话。他脚下不稳，踉踉跄跄的，终于在摔倒之前，被出来的林恩词找到了。

林恩词扫了一眼秦晋荀，点了点头，便将王昭扶了进去。

温玉也看向秦晋荀："那我也先过去了，你们好好吃饭。"

温玉随着林恩词进了包厢。

唯剩沈路安憋着笑看着面色彻底冷下来的秦晋荀。

夜已深，桌上的酒瓶一个个都见了底。

宋姿拎起了包，袅袅婷婷地走到王昭旁边，险些倒在他怀里，娇娇俏俏地笑着："王昭，你送不送我？"

被点名的王昭有些尴尬，但还是赔着笑，小心地扶着她的胳膊，也阻止了她的靠近，使得两人的姿势不至于显得太亲密，随后无奈道："我这喝酒了，还怎么送啊？"

宋姿的声音大了起来，不满地说道："叫代驾啊，你到底送不送？"

王昭声音带了几分息事宁人的意思："送送送，小姑奶奶，我送行了吧。"

季景然也站了起来，对温玉说道："你穿得有点少，外面冷，你坐在这里，等我一下。"

"我没事的。"

温玉回道，季景然却似没听到，径直走了出去。

夜风吹得温玉醉醺醺的，季景然不知道去了哪儿，她走出饭店的大门，靠在冰凉的立柱上，微微垂着眼，笑语欢声，推杯换盏，让人想起很多往事。

"温玉。"有人走到她身边。

"嗯？"

她迷迷糊糊地睁开眼睛，温驯得像一只幼猫。

仿佛是觉得她这个样子很新奇，秦晋苟犹豫了一下，伸出两根手指在她的面前晃了晃："这是几？"

"……"

"走了。"

秦晋苟虽然瘦，手臂却很有力，一只手箍着她的手臂，另一只手拿出车钥匙开了锁，顺手将她塞进了副驾驶位。

汽车发动，绝尘而去。

台阶上，季景然手里拿着一件外套，沉默地看着那辆车离开，眉宇间渐渐染上失落。

他突然想起大学时代读过的一句诗："直道相思了无益，未妨惆怅是清狂。"

秦晋苟的车里从来都不放 CD，也不开广播，永远都是安静的，安静得能听见彼此清浅的呼吸声。

温玉撑着坐垫往上挪了挪，从后视镜里能看见他专心致志的侧脸和方向盘上骨节分明的手指。

他的衬衫规规矩矩地扣着，温玉莫名觉得有些憋闷，压下了喉咙间的干涩，问道："你认识王昭？"

"上个月见过一面，想雇我替他查他未婚妻有没有婚前转移个人财产的行为——把安全带系上。"

温玉照办，又问道："你拒绝了？"

秦晋苟似笑非笑。

"我只是问他，昨天晚上一起去酒店的那个和中午一起吃饭的那个，哪个是他的未婚妻。"

温玉也笑："他一定以为你跟踪他了。"

"我只是看到了他衬衫上的口红痕迹，又闻到了香水味。"

一夜未归，才无法换衣衫；香水留香时间并不久，应该是才分开没多久，况且那样艳丽的口红色和素雅清新的香水调截然相反，不太可能是同一个女人留下的。

看出她面上的疲色，秦晋苟没有再开口。

秦晋苟开车很稳，温玉不知不觉就闭上了眼睛。

"到了。"

温玉迷迷糊糊中被摇醒，开门下车，夜风一吹，头脑清醒了许多。

秦晋苟也从另一边下来。

"多谢你送我回来，路上小心。"

"这一次，不请我上去坐坐了？"

"我能看穿一个洁癖患者，但是我看不穿一个对我有所图谋的洁癖患者。"

他目送她上楼，忽然手机响起，里面是沈路安有些焦躁的声音：

"晋苟你在哪儿呢，我在饭店找你半天了，哎——你车怎么也没了……"

秦晋苟耐心地听完，然后淡定地说道："我忘了你还在饭店了，我已经走了，你自己打车回去吧。"

沈路安："……"

梁萤不在，还是有人见不得温玉闲着，刘子科约了温玉在她常去的咖啡馆见面。

咖啡馆的门半掩着，有风吹进来，门上悬挂的风铃清脆作响。

温玉坐下后捋了捋头发，问："找我有什么事吗？"

刘子科烦躁地挠了挠头，深吸一口气，但话出口就变成了蚊子哼哼："我想，请你回局里。"

"你说什么？"

话已出口，刘子科就没了遮拦，冲她大倒苦水："我想要请你回局里，大家伙儿都想。当初你非要辞职，我们怎么挽留都没有用……其实这两年大家伙儿都挺想你的。局长说，你因为那件事不想再待在局里了，希望我们不要强留你，我能理解。可是那件事已经过去两年了，再大的伤痛也该缓过来了，你那么喜欢法医这个职业，离开未免太可惜了，而且，我们真的挺需要你的。"

刘子科只觉得一言难尽，温玉走后，新招收来的一批法医中也不是没有出色的人物，只是配合起来，总觉得少了那么一份……默契。

温玉在的时候，她总能从每一具尸体中推测出他们所需要的准确信息，为破案提供非常清晰的推论，这不是"出色"两个字就能概括的。

局长都说过，法医界里，多少年才能出一个温玉。

无与伦比的专业技术、无与伦比的推断能力，总能让他想起他最崇拜的偶像——秦教授，这两个人，似乎是一个世界的人。

听着刘子科在那里大倒苦水，温玉一时间有些恍然。

刘子科小心翼翼地问道："反正你在殡仪馆的工作也不做了，现在就不考虑考虑回来？"

明明应该毫不犹豫地拒绝，可是最后她不知怎么就迟疑了，出口的话变成了"你让我再考虑考虑"。

梁萤也收到了王昭婚宴的请帖，于是温玉婉拒了季景然的接送，当天上午，两人便结伴一起去了金江楼。

新娘子许欣妍家里没什么女性亲戚，王昭便请自己的女性朋友提前去新娘准备室那里帮帮忙。

顺着酒店的长廊一直往里走，梁萤一边走一边数着门牌号："1612，1613……1614，是这一间吗？"

温玉前后看了看，皱眉道："小萤，新娘在十九楼，十六楼的应该是新郎在的地方，我们好像走错楼层了。"

两个人正准备提步上楼，忽然听到门后隐隐地传出了哭声，声音莫名有几分耳熟。

梁萤有些疑惑地抬头又看了一眼门牌号："1614……那这里是新郎准备间没错吧？"

两人正面面相觑，"砰"的一声，门忽然开了，王昭铁青着脸从里面走出来，西装革履，穿着极为正式而华贵，他一抬头就看见温玉和梁萤站在面前，不由得面色微变。

门半开着，这回，温玉准确地听到了里面女人的哭声，带着几分嗔怪、几分哀怨，她的脑中立刻浮现出一个女人的身影来。

王昭显得有点紧张，温玉不自觉地向屋里望去，被他挡住了，他警惕地反手关上门，阻止了两人的探寻。

王昭尴尬地笑着："温玉、梁萤，你们来了。"

梁萤点点头："我们走错楼层了，正要离开，你……"

王昭截住了梁萤的问话，催促道："仪式快开始了，十五楼的宴会厅，你们快下去坐吧。"

温玉面色平静地点了点头，拉着懵懵懂懂的梁萤下了楼。

路上梁萤还想问什么，几番开口，都被温玉堵了回去。温玉一向不喜八卦，不关她的事，便不会好奇，此番情形，两人干脆直接到了宴会厅找到自己的位子坐下。

季景然也到了，彬彬有礼地和这几桌的旧相识打招呼，笔挺的西装衬得整个人越发雅致。

他的位子在温玉的对面，挨着赵赫，他刚坐下，便被赵赫拉着寒暄，只得无奈地看了一眼温玉的方向。

音乐声响起，许欣妍穿着白色的婚纱，裙摆蓬松，缀着碎钻，颈间的钻石项链闪耀着璀璨夺人的光辉，她头发高绾，面上洋溢着幸福的微笑。

仪式开始，灯光逐渐暗下来，温玉旁边的两个空位突然坐下人来，她还没看清人影，另一边的梁萤就先叫了出来。

"沈路安、秦教授？你们怎么在这儿？"

秦晋荀一身深灰色西装，领带中暗紫色的花纹隐约浮现，目不斜视地在温玉身边落座。

季景然见状狠狠地皱起眉头。

沈路安穿得人模狗样的，一开口就露了馅儿，调侃地回答道："王昭的父亲和我父亲有合作，身为一个合格的富二代，商业伙伴的婚礼总是要参加的。"

梁莹看看秦晋荀，又看看季景然，一脸兴味地佯装感叹道："这也……太巧了点儿。"

沈路安只是一脸迷之微笑。

台上流程进行到新郎王昭致辞，他牵着许欣妍的手，深情款款："能和欣妍在一起，是我这辈子最大的幸福。"

忽然一滴暗红色的液体从棚顶滴落下来，正好砸在王昭的脸上，浓稠的液体顺着他的脸往下流。

秦晋荀停下了无意识敲击桌面的手指，季景然也意识到了什么，"噌"地一下站起来。

台上的王昭下意识地抹了一下脸，配合着周围帷幕缓缓地变化，舞台正上方缓缓降下来一个小台子，上面放着一个红色的锦盒。王昭拿起它打开，接着用哽咽的声音继续说道："以后的日子里，我会用我全部的生命爱她，保护她。"

滴滴答答的液体越来越多，底下隐隐骚动，新娘子脸色微微地变了，忍不住向后退了一步。

王昭莫名其妙，觉得哪里不对，低头看了看自己的手——钻戒上面满是殷红的血迹。

他脑中还来不及反应，忽然间，一个人从高高的顶棚上掉了下来，"扑通"一声重重地摔在舞台上。

血缓缓铺展开，女人瞪着眼睛，呆滞地望着前方。

是宋姿。

宋姿死了。

警笛声呜呜而至，宴会厅内宾客一片哗然，爱情片变惊悚片，这一幕大概会成为好多人的噩梦。

舞台周围拉起了警戒线，闲杂人等一律被拦截在警戒线以外。

秦晋荀跟着刘子科去查探了十六楼的道具间。这里的地板是有机关的，打开的时候直通底下的宴会厅。

秦晋荀踩了踩中间明显分割出来的方形地板，上面有个滑轮吊着。他问一边的婚礼道具师："这个是做什么的？"

那个道具师有点紧张，先是声明了一下他不在现场，然后才解释道："这是个升降台，是婚礼的时候新娘或者道具出场的装置。"

秦晋荀若有所思地点点头。

另一边宴会厅里，一个穿着警服的年轻女孩儿越过警戒线走了过来，目光在梁萤身上一转，又落到了温玉身上，带着几分矜持微微颔首："温小姐你好，我是蔡莉莉，局里的法医。"

温玉冲她点了点头，认出是那天在公安局见到的跟刘子科吵起来的那个女孩子。

蔡莉莉眼底有明显的不情愿，但还是开口说道："我们在尸体上没发现什么有用的信息，尸检这一块儿……你不是很擅长吗，过来看看吧。"

梁萤面色煞白地攀着温玉的胳膊："温玉，你别过去了。"

蔡莉莉见状，不耐烦地双手抱着胸，扬了扬下巴："你到底进不进来呀？"

温玉安抚性地握了握梁萤的手，就跟着蔡莉莉进了警戒线内。

温玉其实也很想知道具体的情况，虽然和宋姿并不熟，但是她举手投足间的妹色总会让她整个人都生动起来，让人很难忘记，而现在，那个眉眼浓丽的女人就这么冰冷地躺在地上，这大概是她这一生最狼狈的时刻。

尸体的脑后有钝器重击的痕迹，而且脖子处有一条深深的红痕，绕着脖子一圈，前者最多导致昏厥，后者才是她死亡的真正原因，在尸体上隐约能窥见她死前的痛苦和激烈的挣扎。

她外套左边的口袋里口红断了半支，衣着微微凌乱，别在头发上的发卡歪歪斜斜。

"有什么发现吗，温小姐？"

见温玉查验得专心，蔡莉莉试探地看向她，颇为忌惮。从第一次见面起，温玉就发现，蔡莉莉对她有一种莫名的敌意。

见温玉不语，蔡莉莉似隐隐松了口气，向身旁的助手示意，记录自己的发现——

"除了脑后的瘀青和脖子间的红色勒痕，宋姿身上没有其他明显伤痕，也没有病发的症状，她是被用力勒住咽喉窒息而死，可以初步推断作案者是一个成年男性，并且手臂十分有力。"

助手怯怯地停了笔："莉莉姐，推测凶手是成年男性这种事，是不是还是等刑警来了再商议一下比较好？万一有误导，我们……"

蔡莉莉瞪了她一眼："让你记你就记下来，省得刘子科总是说我不够敬业，帮不了他什么忙。"

蔡莉莉说到这儿，侧脸看向若有所思的温玉，语气不善地问道："温小姐，你觉得呢？"

温玉无视她咄咄逼人的语气，只是简单地总结道："确实是窒息死亡，但是无法解释脑后的瘀青，而且，尸体上没有明显的掐痕能直接证明是人为。我同意你助手的看法，推论还是暂时不要写为好。"

蔡莉莉的脸色有些难看："凶手没有直接用手，而是用绳子勒死的，不行吗？"

"不是不行，如果凶手是用绳子勒死了宋姿，那么宋姿脖子上的一整圈完整瘀痕的形成必然要有一个特殊的契机。"

疑点还有很多，但是蔡莉莉现在显然陷入了对她的敌意中，完全听不进去。温玉叹了一口气，不与蔡莉莉再争辩。

"我同意温玉的看法。"

秦晋荀走过来，戴着一次性手套，蹲下身检查了一下宋姿的尸体。他站在后面已经听完了温玉的判断，现在的检查更像是走一个流程，因为他很快就直起了身子，淡淡地说道："先派人查探一下舞台楼上的那个道具间吧。"

蔡莉莉上下打量了一下秦晋荀："你是谁？"

秦晋荀没说话，跟来的刘子科却语气不大好："我让你带温玉进来是因为她经验丰富，可能会给你提供些有用的意见，可是你看看你这是什么态度！"

温玉这才知道原来这位蔡法医不是主动邀她来的。

蔡莉莉面色一沉，不置一词，默默离开了。

刘子科嘟囔了一句"怎么脾气这么大"，转身将一个红色的女包递给了秦晋荀。

"秦教授，道具间所在的十六楼西侧是监控盲区，不清楚宋姿是什么时候去的，宋姿的尸体掉下来，道具间还有她的包，你看看有什么发现。"

虽是询问，可是刘子科期待的小眼神怎么也隐藏不住。

秦晋荀没接包，只是就着刘子科的手往里面看了一眼，忽然说道："有香水味。"

他扭头在温玉的颈边嗅了一下，凑得极近："你用了香水吗？"

温玉镇静的神色隐隐有皲裂的迹象，她侧过头静静地和他对视："我们一般不用香水，会破坏现场。"

"那就是宋姿的香水了，包里的味道还很浓郁，可见她死前刚刚补过香水，时间不会很久。

"排查宋姿遇害前两个小时内监控里出现在十六楼西侧走廊的人，这个是你们的事了。"

秦晋荀摘了手套，一回头，王昭在警戒线外看着这边，面色不佳，身子微微有些晃动。

十五楼宴会厅人员的进出受限，但凡和宋姿沾上点关系的人，直到初步排查结果出来之前，都不被允许离开。

刘子科带了人去调电梯监控，秦晋荀好整以暇地从警戒线中走出来，回到自己的座位上，手指轻轻叩着桌沿。

人群里有小范围的嘈杂声，间或有几个胆子小的女孩儿被吓得小声啜泣起来。

忽然，现场播放 VCR（录像或短片）的大屏幕亮了起来，一段视频突兀地呈现在众人眼前。

与婚礼毫无关联，一开头就是青山绿水，画面有点抖动，是一个人手持录像机录制的。

下一秒，镜头从风景转回车窗内，前面副驾驶位上有一个长发女生的背影，她将头探至窗外，侧脸温柔似水，眼睛半闭着，全身心沉浸在清风当中。

画面外有声音响起："你别把头伸出去啊，外面风大，当心给你吹感冒了。"

温玉听出声音是王昭的。

视频里，女生乖顺地将头转了回来，笑着面对驾驶位上的人，声音婉转："我知道了，你别担心。"

后面就是同伴的一阵哄笑，夹杂着"景媛你怎么这么听话啊？"的调侃。

"景媛。"不知什么时候走到众人身旁的赵赫双眸失神，喃喃道。

温玉想起了同学会上无心听到的那句"王昭啊，你也该结婚了，你要是还跟景媛在一起的话……"——王昭的前女友就是视频里的这个女生。

听过的名字再次出现，温玉不由得心思一动，问出了声："景媛在哪儿？"

赵赫扭过头，神色古怪："景媛她……她已经死了，死了三年了。"

新郎的前女友，一个死了三年的女生，她的视频不知道被谁带到了婚礼庆典上播放。

新郎的情人，在新郎宣誓的时刻，尸体从舞台顶上的道具间摔下。

这大概是有史以来最具有悬疑色彩的婚礼了。

视频里的女孩儿转过头来，红着脸让朋友们别再闹了，她的双眼仿佛盛满了清泉，波光潋滟，定格在画面里。

刑警在意识到录像带有问题的第一时间就赶去放映位置，却还是一无所获。

秦晋荀的视线从录像上转回来，落在面色煞白的王昭身上："那个录像带里驾驶位上的人应该是你吧，你知道这个录像是哪儿来的吗？"

王昭低着头不知道在想什么，冷不防又被点了名，他一个激灵，一边后退，一边想也不想地指向林恩词："录像带的事跟我无关，是他录的，你问他。"

林恩词表情还有点失落，见状低低地回答道："王昭说得没错，这个录像带是我们几个好朋友毕业旅行的时候，我录制的。"

"那么，谁的手里有这个录像？"

"我们当时去了七个人，人手一份儿，哦对了……景媛生前很喜欢我们学校，我们就给了校史影音馆留了一份做纪念，也是希望她死后有人能记得她。"

那就是任何一个有心人都有可能拿到这个录像带进行剪辑了。秦晋荀了然地点点头，手指抚摸了一下下巴。

舞台那边，宋姿的尸体已经被运走。刘子科穿过警戒线过来，面色严肃："秦教授，现场初步排查，在这一段时间里出现在十六楼西侧的嫌疑人共二十一人，其中宾客十四人，服务生四人，还有清洁人员三人。"刘子科顿了一下，然后恳请道，"我们现在要带这些嫌疑人回公安局做笔录，查案方面，您是顶尖的，还请您继续帮忙。"

秦晋荀"嗯"了一声，接过那张潦草地记录着排查结果的纸，从怀中掏出一支笔，"唰唰唰"几下，漫不经心地画掉了一些人名，收起笔，又将纸递回给刘子科。

"秦教授？"刘子科不解地皱眉。

"画掉的这些人没有嫌疑，也不排除嫌疑人不在你的名单上。"

刘子科正若有所思时，小林伸出头来说道："刘队，车已经安排好了。"

刘子科遂看向秦晋荀，秦晋荀不置可否，略点了点头就提步跟上了。

梁萤扯了扯温玉的衣袖，小声说道："秦教授怎么这么乖啊，警察一叫就去帮忙？不是说他这种天才都恃才傲物吗？"

温玉冷声回答道："谁让他有求于人，出卖了自己的劳动力。"

为了一个殡仪馆的通行证，他已经介入了太多以往他看都不会看一眼的案子，他的价值观里大概没有值得与不值得，只有想做与不想做。

"温玉，你也来。"

秦晋荀走出去前，又回过身冲温玉招招手。

温玉理所当然地抬脚朝秦晋荀走去，只给梁萤留下一句："你先回去吧。"

梁萤茫然地看着温玉走向秦晋荀，两个人一前一后走远，她总觉得有哪里不太对。

温玉有这么热心吗？

秦晋苟有这么需要帮助吗？

两个人之间，是不是太和谐了？

回公安局的车上，刘子科握着方向盘，想缓和一下气氛，他从后视镜里偷偷地瞄着后座两个男人，最终选择了一个稍微温和一点的人开启了闲聊。

"季检，检察院那么多事，您其实不必跟我们回去的。"

季景然闻言将视线从窗外收回来，冲他温和地笑笑："没关系，都是从前的朋友，你也别这么客气，你可以像温玉一样叫我的名字。"

说着，季景然的目光扫过副驾驶位的女人，唇畔弯了弯。

后座另一边的寒气直逼心腹，刘子科暗道有杀气，转而就听见秦晋苟悠悠开口："季检察长恐怕是会错意了，刘队的意思是，既然您不在嫌疑人的名单上，就没有必要跟车回公安局，浪费警方资源。"

季景然表情不变，反唇相讥："秦教授是编外人员吧，不知道特聘顾问这个身份经不经得起手续上的推敲。"

"嘀嘀——嘀嘀——"

空旷的马路上突兀地响起两道汽车鸣笛声。

没控制住自己手的刘子科尴尬地笑了两声，瞥了一眼身旁坐着的温玉，连他这么粗线条的神经都能看得出来两个人争执的原因多少和她有关，她却依旧能安稳地看着风景，无动于衷。

众人回到公安局的同时，一些琐碎的线索也逐渐传了回来。

小林拿着一台笔记本走进问讯室，指着屏幕上不甚清晰的画面说道："电梯间的画面显示，案发前三个小时，大概九点钟的时候，宋姿和王昭一起到了十六楼，两个小时后王昭乘电梯下到十五楼宴会厅，之后，监控里宋姿再也没有出现。"

可以说，现在最大的嫌疑人便是王昭。

问讯室第一个进来的就是王昭，他拘束地坐在对面，虽然有些紧张，但思维还算清晰。刘子科用例行公事的口吻问道："你认识宋姿吗，和她是什么关系？"

"认识，我们是大学同学。"

听到他的回答，刘子科眉头皱了皱："你最后一次见她是什么时候？"

"最后一次见面……是同学会，对，是同学会。我给当时在座的人都下了请帖，邀请他们参加我的婚礼……我真的没想到，她会……"像是回忆到伤心处，王昭的眼眶有些泛红。

可刘子科对这种惺惺作态厌恶至极，见他还是满口谎话，当下狠狠地一拍桌子："监控摄像头都拍下来了你还狡辩！说！你为什么会和宋姿单独上十六楼？"

王昭还在硬撑着，可刘子科也不是吃素的，他话里的漏洞一个接一个被揪出来，没过一会儿，王昭便不得不承认——他和宋姿是情人关系。

婚礼当天竟然还和情人幽会，刘子科简直瞠目结舌。

忽然间一个平静的女声响起："那么你们为什么要吵架？"

王昭抬头，这才看见坐在角落处的温玉和秦晋荀，面色微微变了变，却依旧摇头："没什么。"

"我听到了争吵声，你知道的，受害人临死前的社交很可能会和凶手的作案动机联系起来，你现在嫌疑很大，你如果心中没鬼，还是实话实说的好。"

秦晋荀饶有兴致地看着有几分咄咄逼人的温玉，她的逻辑性很强，如果她不是做了法医，想必也能成为一个出色的刑警。

接连的问话，令王昭思维明显已经有些混乱，温玉干脆地抛出了一个猜想："是因为你已经结婚了，却还想脚踏两只船，跟她保持情人关系，她由爱生恨跟你吵了起来，然后你就失手杀了她？"

"不是！我没有杀她！我只是想跟她断了关系！"

话一出口，王昭就发觉自己承认了什么，不禁有些垂头丧气。

"她的胃口太大。娶欣妍前，我们说好了，我给她买一辆车，并将城西的一处房产给她，可是没想到，她依然不满足，她问我要五百万现金，我说我一时之间拿不出来这么多，她就威胁我要搅黄我的婚礼，所以我才跟她吵了起来。但是我真的没有杀她，我过后就离开了。温玉，你和梁萤也看见了，我怎么可能杀她？"

王昭一直在重复最后一句话。

似乎觉得这样的对话已经索然无味，秦晋苟站起了身，向刘子科点点头："可以了，我想见见许欣妍。"

王昭出去之后，许欣妍在闺密的搀扶下面色苍白地走了进来。

"许小姐，请坐。"

许欣妍还穿着庆典时的白色纱裙，只是拿掉了头上的白纱，又披了一件外套，脸上的妆还没来得及卸。

秦晋苟端详了许欣妍好一会儿，突然开口道："许小姐今天的装束非常美丽。"

刘子科神色霎时间变得有点古怪，小心翼翼地觑了一眼温玉。

秦晋苟这是搞事情啊。

被他这么盯着，许欣妍白净的脸庞忍不住染上一抹绯红："谢……谢谢。"

"从我进宴会厅，就能感受到，从捧花到菜品，每一处都极其完美，想必许小姐花了不少心思吧。"

"应该的。"

秦晋苟翻着婚礼准备流程单，轻轻点着一处问道："这里写着，有两个花童会托着裙摆和你一起出场，可是现场并没有看到。"

许欣妍"啊"了一声，面有惆怅："因为之前我的礼服是拖尾的，可是王昭他……不喜欢，就临时换了。"

刘子科咳了两声，问道："许小姐一向都这么……随和吗？"

许欣妍面色有些懵懂，不明白刘子科是什么意思。

刘子科犹豫了一下还是说道："你知道王昭和宋姿的关系吗？"

许欣妍一愣，虽然极力掩饰，但还是笑得有些勉强，只说："我知道的，宋姿是王昭的大学同学。"

那就是知道王昭在婚前就有了情人，就这样还能心无旁骛地准备婚礼？这个许欣妍也够厉害的。但终归是别人家的事，这个话题也就此打住了，刘子科又问："你去十六楼干什么？"

"我去给道具师送婚戒，现场有个环节是戒指装在盒子里从棚顶缓缓降下来。"

这和之前道具师的说法对得上，没什么疑点。

许欣妍出去后，刘子科迫不及待地问秦晋荀："秦教授，你知道是谁杀了宋姿吗？"

"你当我是福尔摩斯还是名侦探柯南，找几个人问问话就能破案？"

刘子科激动起来："原来你也看电视剧啊？！"

秦晋荀颇为无语。

"你们继续查吧，景媛的录像带交给我。"

刘子科迟疑地问道："录像带？秦教授，您觉得几年前就死去的一个女孩儿会和宋姿的死有关系？"

秦晋荀起身，指尖点了点自己的太阳穴，似笑非笑道："你也知道是'觉得'，我破案，很多都是靠了这份直觉。"

刘子科只好毕恭毕敬送走了这尊大佛。

接下来赵赫等人的回答更是挑不出错来，赵赫一句"王昭的婚礼我跟着忙上忙下也不是一天两天了，兄弟嘛，帮帮忙是应该的"就将刘子科的话堵回嘴里。

幸好，他也没指望一次审问就能揪出真凶。

夕阳西下，秦晋荀和温玉一前一后走出了公安局。

黄昏的阳光将两个人的影子拉得很长，走在前面的秦晋荀忽然停下脚步，认真地看着温玉。

"你明天能陪我去一个地方吗？"

"什么地方？"

"婚纱店。"

温玉呆滞了一瞬间，但很快就反应过来，问道："是王昭和许欣妍订婚纱的店？"

"嗯。"

许欣妍极其重视这次婚礼，一生只穿一次的婚纱，却在婚礼前夜改了款式，不太合情理。

"让我去干什么？"

"当我的未婚妻。"

温玉有时候觉得，要不是她还有一些基本的逻辑，还真就听不懂秦晋荀的话。

"为了套话？"

"是。"

"好。"

不知道是不是错觉，在她说出这个字的时候，秦晋荀的眼神亮了一下。

"明天早上我去接你。"

看着秦晋荀满意地离开的身影，温玉才从他幽深的眼眸中挣脱出来，她露出了一个近似懊恼的表情，而后又慢慢变为平静。

建设路上的婚纱店是本市有名的礼服店。一进门，满目璀璨，水晶灯折射的光芒晶亮耀眼，店员迎上来，有礼貌地问道："先生、小姐，是来选婚纱礼服还是晚宴礼服？"

"婚纱。"

店员将两个人引到里间，倒了两杯红茶。

秦晋荀不出所料地没有动那个杯子，水汽蒸腾中，他修长的手指随意地翻着样片。

婚纱店的店员很好奇地看着这一对俊男靓女，来他们这儿的大多沉浸在浓情蜜意之中，极少有这么……矜持的情侣。

女人长相偏浓丽精致，可偏偏周身寡淡的气质硬是压下了她三分艳色，转而多了三分悠远；男人更是矜贵得令人脸红心跳，她们见识过的权贵富豪多了，也练了几分眼力出来，反是他腕上那款表——低调得近乎绝迹的牌子，她们只在杂志上见过。

男人专心致志地研究着样片上礼服的款式，反观女人，便显得有些不上心了。

秦晋荀"啪"的一下合上样片册子，动了动手上的表，表情多了一分刻薄：

105

"就这些？"

温玉冷眼看他表演。

得知可能是大客户，亲自来接待的店长莫名觉得有点羞愧。

秦晋苟慢条斯理地说道："我们是王昭介绍过来的，他在你们这里订了礼服，推荐给我，我觉得品位很好。"

店长立刻明白过来："啊，您是王先生的朋友，那您等一下，我去叫当时王先生的导购来给您推荐。"

看没有人在旁边，温玉偏头问他："有必要做得这么真吗？"

"他们这里是本市最高端的婚纱店，对顾客的隐私一向守口如瓶，想要撬开他们的嘴，自然要演得逼真一点儿。"

导购进来之后，秦晋苟深刻地诠释了什么叫作假戏真做。

秦晋苟指着一款礼服，自然地对温玉说道："换上这个给我看看。"

那是一款纯白色无袖的曳地礼服，下身鱼尾形状，周边装点着水钻，看起来很清雅。

助理跟进了试衣间，只剩下导购站在秦晋苟的侧后方。

秦晋苟交叠着双腿，一扭头就看见身旁偷看他的导购。

导购吓了一跳，刚想道歉，就见他浅浅地露出微笑："你要是累了就坐一会儿吧，没有关系，反正这里也没有别人。"

他的笑很有蛊惑人心的意味。

"没有关系的，我们都习惯了。"

导购受宠若惊，连连摆手，拘谨地站在一边，不过表情已放松了许多。

里间的帘子被助理拉开，温玉换好了礼服。

纯白色的身影转过来，秦晋苟不由得放下了交叠的双腿，神色专注地看向她，像是要把这一刻镌刻进心底。

空气中有异样的因子在涌动。

温玉垂下眼帘，没有看他，浓密的睫毛忽闪。

导购目光中也闪烁着亮色，转头询问道："秦先生，您觉得怎么样？"

过了一会儿，秦晋苟慢悠悠地开口："不好。"

导购神情有几分疑惑，他方才的神情明明是极为满意的啊。

秦晋荀喉结微动，声音低沉："我想让她穿上最好的婚纱嫁给我，价格上不必考虑。"

如果是一个戴着金链子的胖子来说这话，她们只会在暗地里鄙视这是个土大款，可是同样的话换作面前这个男人来说，简直性感得令人要昏过去了。

"啊，我想起来了，我们店里还有一条拖尾的礼服。小云，你去把之前包装好的那条裙子拿来。"

盒子打开，似乎只有"华美"两个字才能形容得了这条婚纱，周围细细地镶着碎钻，蕾丝花纹复古又精致，一纹一路都在诉说着洁白的梦，这大概是所有女孩儿梦中都出现过的一条裙子。

"倒是很漂亮，这就是王昭之前想要买的裙子吧，可是他们最后没选这个，是不是有什么问题？"

导购见周围没人，又一心想做成眼前这一单，便靠近了小声说道："我们的礼服绝对没有问题，这件礼服是我们店的镇店之宝，只不过由于价格高昂，一直没有售卖出去，王先生……其实是……结账的时候出了点差错。"

秦晋荀淡淡地"哦"了一声，语调上扬，像是要挠到人的心底。

导购的话脱口而出："王先生的卡余额不足，换了几张也都是这种情况，当时脸色就不太好，许小姐说她可以付账，结果王先生一下子就生气了，摔摔打打地说不要了。最后许小姐妥协，换了一条相对便宜的。"

得到了想要的信息，秦晋荀也没让导购白忙活一场，他的视线在那件拖尾礼服上一扫而过，指了指第一次温玉试的那件："把那件装起来，结账吧。"

秦晋荀从容地从衣兜里面掏出钱夹，被温玉一把按住，用眼神示意——你干什么？

秦晋荀看着她，将手从她的手中抽出来，把卡递给收银员。

卖出了一件价格不菲的礼服，导购高兴得很，几乎是依依不舍地看着秦晋荀拎着袋子跟在温玉的身后走出大门，而后对着同事八卦道："我今天才算是见到了什么叫作'金童玉女'。"

"是啊，哪怕他们没什么亲密举动，我就是觉得很配啊。"

"得了吧，你就是看脸。"

而被议论的两个人浑然不觉，秦晋苟一边掏出车钥匙，一边说道："连一件婚纱的钱都无法即时支付，王昭应该是财务出了问题。"

连一件婚纱的钱都无法支付？一件两百万的婚纱，很便宜吗？

还没等温玉胡思乱想完，秦晋苟便将手中的手提袋递给温玉："礼服是送你的，我问过了，这一件可以单独当晚礼服穿。"

温玉后退一步："我用不到，也不能要。"

秦晋苟拉开副驾驶位的门，将袋子放了进去："收着吧，我也没有别人可送。"

顺着秦晋苟的猜测往下捋，沈路安查到的信息也适时传来，几个电话的工夫，就把王昭的底细摸了个清楚。

"这个王昭啊，也不知道走了什么狗屎运，搭上了许欣妍这条船。"

王昭的财务状况向来不是很好，他游手好闲，花钱又大手大脚，他父亲已经对他很失望，将他留在诸城反而带走了女儿便是一种证明。这次他能娶到许欣妍，可以说是打了一个漂亮的翻身仗——许欣妍妈妈去得早，父亲身体也不好，婚后庞大的资产自然就都会归他们小两口打理。

所以，王昭既供不起宋姿无休止的贪欲，也不敢让宋姿闹到许欣妍的眼前，所以杀人灭口也不是不可能。

秦晋苟让沈路安将这些查到的证据全都移交给警方。

很多不利于王昭的证据也一条一条被找到，宋姿身上有他的指纹，表示她死前两人曾有亲密接触。有个精品店的店主曾亲耳听见两人吵架时，宋姿大喊："怕我说出去啊，有能耐你杀了我。"

刘子科琢磨着，是不是可以再传讯一次王昭了。

秦晋苟把玩着一支派克笔，兴致不高："不着急。"

刘子科不由得问道："为什么啊，秦教授？这些证据都很明显了，王昭有重大作案嫌疑。"

秦晋苟摇摇头："表面上的证据罢了，全都经不起推敲。"

刘子科"啊"了一声，以示他听见却没听懂秦晋荀的话，他其实很想问一句：经不起推敲你为什么还要给我那些证据呀？！

看到刘子科扭曲的表情，秦晋荀只是说道："将这些查到的线索都透露给王昭。"

有些时候，证据不是不合理，而是多了很多没有用的细枝末节，就像一个用螺丝钉堆砌的精巧的玩具，把玩着，却发现多了一个螺丝帽，找不见适合它的螺丝钉——比如婚礼上突然播放的录像带。只有这些螺丝帽和钉子严丝合缝地组装完成，整个案子的真相才能水落石出。

一个人只有感到惊恐的时候，才会乱了阵脚，而那些"证据"，足够让王昭心慌意乱。

刘子科还是忍不住好奇心问了出来："为什么？"

秦晋荀若有所思地瞥向窗外："关于景媛，我相信他能给我更多信息。"

秦晋荀没有预料错，风声放出去后，王昭果然坐不住了，率先找上门来，开口就是道歉。

"秦教授，我从我爸那儿知道您的身份，之前是我瞎了眼，竟然把您当成那些街头巷尾的小侦探，让您查那些难登大雅之堂的事情。但是您这次千万要救救我啊，人真的不是我杀的，一旦我洗刷了嫌疑，我和我爸必有重谢。"

他看起来精神状态很不好，眼底血丝密布，见秦晋荀不说话，他放下了手中的杯子，咽了口唾沫，径直跪了下来："秦教授，求您救救我，我真的是被冤枉的，有人陷害我。"

刘子科吓得从椅子上跳了起来，连忙扶起他："你有什么话就好好说，这里是公安局，你有嫌疑就要配合调查，没罪自然也不会冤枉你。"

王昭抿了抿干涸的嘴唇，从怀中掏出一个手机，按了几下，摆在桌子上，推了过去。

"这是什么？"

刘子科伸手去拿，正好看见手机屏幕上有一条未知号码发来的消息。

看清了上面的字，刘子科不由得面色一变："这是……"

王昭清了清喉咙："我知道，现在我的嫌疑是最大的，可是我真的没有杀宋姿。事实上是，从两个月前开始，我就经常收到一些短信，起初还只是一些没有意义的谩骂，我回拨显示是空号，我也没太在意，以为是别人的恶作剧，可是后来……"

"后来你发现这个人认识你。"

秦晋苟举着他的手机晃了晃，上面显示着几条短信：

"恭喜你要结婚了。"

"很开心吧。"

之后还有几条：

"你未婚妻的白色礼服很漂亮。"

"你的情人见过吗？"

王昭只看了一眼就低下头去："我觉得就是发短信的人杀了宋姿，现在警方怀疑我正合了他的意。"

刘子科又问："这么重要的线索，你之前为什么不早说？"

"之前我一直以为是恶作剧，后来，我就害怕，万一真的是杀人凶手，我牵扯出了他，他会不会报复我。"

"那你为什么现在又说了？"

王昭示意刘子科将手机短信翻到最后一条，也就是他方才看到的那条：

"宋姿都死了，你怎么还活着？"

时间是昨天晚上八点。

单看这句话，很显然是凶手的手笔，可是也不能就凭几条短信，就认定王昭毫无嫌疑。

王昭心有戚戚："我觉得，他这是在威胁我，说不定他杀了宋姿之后，下一个就会来杀我了。"

刘子科翻看着之前的短信："这种极具报复色彩的谩骂、诅咒，绝对不是惯犯，十分有针对性。你和宋姿有没有得罪过什么人？"

王昭像是回忆了片刻，最后苦笑着摇摇头："我不知道。"

他的作风在他的圈子里是出了名的，有心人对他和宋姿的关系都能揣测一二，看不顺眼的肯定也有，他从来都不放在心上，但看他不顺眼到要下杀手的，他是真的不知道。

刘子科陷入了沉思。

秦晋荀忽然开口："你的短信删过？"

王昭面上有一闪而过的慌乱，转瞬就镇定下来："没有……您怎么会这么问？"

秦晋荀摇摇头，平静地回答："没什么，随便问问。"

刘子科了解完情况后说道："行了，你先回去吧。"

见王昭还有所忌惮，刘子科又补充道："你放心吧，我们会派人保护你的。"

王昭走后，刘子科寻思半天总觉得哪里不对，直到拿到秦晋荀托他向档案室调取的景媛的案宗，他才一拍脑袋——秦教授不是想问问王昭和景媛的事吗，怎么一句都没提呢？

"秦晋荀？"

温玉走进咖啡厅，就看见窗边坐在一台笔记本电脑前的男人，桌上放着他的标配马克杯，正冒着热气。

"秦教授还喜欢在咖啡厅里梳理案情？"

秦晋荀抬眼看她："不喜欢，只不过觉得在这里可以碰见你，看来我的直觉真的很准。"

这是一个星期来的第三次"巧遇"，秦晋荀欣然邀请温玉入座并跟她复述了他的想法和王昭在公安局说的话。

"我本来想听听他口中景媛的事，可是后来我发现没有必要提。"

"因为那些短信？"

秦晋荀点头："短信给了我许多有用的信息，至少比我直接从王昭口中听到的多。"

温玉放下手中的杯子问道："你觉得他说的是真话吗？"

"半真半假。"

"怎么说？"

"他说经常收到短信是真的，可是他说短信一条也没有删过，是假的。"

短信里有一条写着——"你门前的扶桑花也很美丽。"

读完那几十条短信，很容易发现那个人发短信有个习惯，喜欢把长句拆开发送，一个"也"字，必定是一句话的后半段，可是短信里却没有前半句？

秦晋荀的电脑屏幕上，在订婚仪式上突兀播放的 VCR 正循环播放着，画面中，车窗外大片大片的扶桑花开得绚烂无比，车内欢声笑语，隔着屏幕也能感受到融融暖意。

短信的前半句可能是——"你还记得城子山上那一大片扶桑花吗？"

或者是——"你还记得景媛的死吗？"

宋姿的死，王昭受到的威胁，包括王昭至今仍想掩藏的，或许都和景媛的死有关。

"所以，是王昭删了那条和景媛有关系的短信？"温玉斟酌着说道，"你是怀疑，三年前景媛的死和王昭有关？"

秦晋荀浅笑："不是我怀疑，而是幕后之人认定，景媛的死就是王昭造成的，或许还跟宋姿有关。"

所以，想要找到幕后之人，就要先弄明白景媛的死因。

官方给出的"意外坠崖身亡"，恐怕并不是最后的真相。

秦晋荀喝完杯子里已经冷掉的最后一口咖啡："我已经找警方调出了当时景媛的案卷，还需要走访几个人，你和我一起去？"

温玉迟疑了半晌，他的眼睛很亮，那是对未知事物的好奇，以及对自己可以征服它的笃定，那深邃的目光仿佛能将人吸至眼底。温玉点点头，就听见秦晋荀低低地说道："我知道你也懂这种感觉。"

抽丝剥茧，逐渐接近真相，一种令人欲罢不能的感觉，足以让她的心怦怦跳起来。

绝 对 不 可 靠 近

景媛在大学同学口中的评价极高。

"景媛啊……她是我们班里学习最好的女孩儿了，为人也和善，当时班上几乎一半的男生都暗恋她。"

秦晋荀找到的第一个人是景媛昔日的室友，这人毕业后直接留在学校当了老师。

"她当时出了意外大家都很难过。

"我去了她的葬礼，王昭他们几个都哭成了泪人。

"我这儿还留着一张他们刚到露营地时照的合影呢。"

夕阳染透了天边，几个人嘻嘻哈哈地挤在一团，照片上最中间的那个女孩笑得很文静，长发飞扬间，有种温婉的意味。

秦晋荀一边翻看，一边问道："校史馆的资料我可以借阅吗？"

"可以的。"

"你知道景媛是怎么死的吗？"

被问到的同学摇摇头："只听说是摔下了山崖，具体的情形，你还是找这张照片上的其他人问问吧。"

照片上的七个人中，景媛死了，宋姿也死了，如果景媛的死不是单纯的意外，那这张照片上的其余五人，会有一个是凶手吗？

"景媛是怎么死的？"

当秦晋荀问出这句话的时候，孙婉的面上浮现起一丝不明显的怅然。

她叹了一口气，开始回忆起来："三年前的毕业旅行，我们去了城子山，有我、余爽、宋姿、景媛和王昭，还有林恩词和赵赫。"

…………

那是他们学生时代最后的狂欢，王昭家里最有钱，他开了他爸的大吉普，一辆车上坐了包括王昭、景媛、林恩词、赵赫在内的七个人，都是平常玩得好的。

王昭开车，景媛是他的女朋友，自然坐在副驾驶位。

几个人到了城子山的时候已经是黄昏，林恩词指导着几个人搭起了帐篷，趁着天光仍旧在，余爽张罗着照了张合影。

第二日的天气没有想象中好，清晨不见阳光，先是浓雾笼罩，随后又淅淅沥沥下起了雨，空气中泛起的潮气快要让人睁不开眼睛，他们几个人整个上午都缩在帐篷里玩牌。

下午的时候，雨停了，天边隐隐出现了几缕霞光，景媛提议去看夕阳。

众人都说今天的天气怕是看不到夕阳了，可是见景媛有些失望，王昭便开着车，载着她去山顶看看。

然而刚下了雨，山石滑落形成了阻碍，山路又泥泞不堪，王昭握着方向盘向前行驶。在一个急转弯处，车门被滑落的山石撞开，没有系好安全带的景媛掉下了山崖。

又复述了一遍当年的事件，孙婉的嗓音有些沙哑，眼眶也红了起来。

"当时看见王昭那么狼狈地跑下来，我们都吓坏了，连夜就下了山，报了警，可是有什么用呢，那么高的悬崖……后来听说，警方找到了景媛的遗体。"

"照你这么说，这完全就是一起意外事故了？"

孙婉叹了口气："山路本就崎岖，又赶上一场大雨……"

这也是王昭口中的版本，可是秦晋荀对这种笼统的概括性的复述并不感兴趣，眉头一直皱得很紧。

过了半晌，他又问道："你看见王昭下来的时候，都有谁在你旁边？"

　　"当时天很黑，我没看太清楚，而且，我们营地附近还有一群野营的学生，知道出了事全都围了过来。当时……王昭下来，林恩词就迎上去了，两人没踩稳，好像还摔了一跤。余爽拿了毛巾给他们擦，赵赫就开始大喊着问王昭，景媛哪里去了，为什么只有他自己回来，王昭哭着说出事情经过之后，两人还扭打起来……"

　　秦晋苟忽然打断她："宋姿呢，为什么你没提到宋姿？"

　　孙婉讷讷，思索了片刻，才犹疑道："我不记得了……我只记得后半夜警察来了，宋姿哭了很久，余爽跟她说她身上都是泥，让她先去冲个澡冷静一下。"

　　秦晋苟在重新调查景媛死因的时候，刘子科对于宋姿案的调查也有了新的进展。

　　同一天下午，小林拿着一沓打印出来的单据兴冲冲地来找刘子科。

　　"刘队，我们查了宋姿的银行账目，她的银行卡大都透支了，说起来，王昭给她的钱虽然多，但是她花得更多，根本就不知道节制，一旦有大额入账，接下来一段时间必然会有很多名品店的账目，支出倒是没有什么问题。但是汇款，除了她每个月的工资收入，其他的几笔大都是从王昭的个人账户汇过去的，只是其中有一笔二十万的汇款来源很奇怪。"

　　刘子科停下翻着单据的手，问道："什么？"

　　小林顿了一下："那一笔汇款的户主名字叫林恩词。"

　　"林恩词？那不是王昭的伴郎吗？这什么情况，好兄弟给自己的情人汇款？"

　　"而且最可疑的是，汇款日期就在宋姿死的前一天。"

　　林恩词在诸城一家证券公司工作，月薪不高不低，对诸城这种消费水平中等的城市来说，二十万绝对不是一笔小数目，怎么可能无缘无故给一个女人？偏偏又是这样一个敏感的日期。

　　这里面必定有些文章，第二天，刘子科便带了几个人在证券大楼附近的一家茶室约见了林恩词。

地方是林恩词选的，很符合他考究的性格。

刘子科是干脆利落的性子，光是看林恩词替他们滤好茶就已经耗掉了几乎全部的耐心。他大手一挥，就把那份转账记录拍在林恩词面前。

看清纸上面的字，林恩词先是愣了一下，而后面上泛起淡淡的苦笑，放下了茶壶。

"是我转的，你们有什么要问的，就问吧。"

"你为什么转账给宋姿？"

"那天是婚礼彩排，我作为伴郎也是要参加的，间隙里我去给道具师送东西时，恰巧见到了王昭跟宋姿在角落里吵架。"

刘子科偷偷在心里琢磨，应该是宋姿再一次问王昭要钱的时候。

林恩词说到这儿叹了口气："我和王昭是兄弟，虽然他在男女关系方面有些混乱，可是我不想看着他的幸福被破坏。"

"所以你就替王昭给了宋姿钱？"

林恩词苦笑："那我有什么办法，眼睁睁看着她去大闹王昭的婚礼吗？"

"你对朋友倒是好，这事儿，王昭知道吗？"

林恩词摇摇头："我还没来得及告诉他，本想等他婚礼过后叫上宋姿一起彻底解决一下，可谁知……"

刘子科倒是有点同情林恩词了，他这副呆板的样子一看就是书香门第教出来的，哪怕是走上社会了，仍旧将感情看得很重。

想到这儿，刘子科的语气平和了些，拍了拍林恩词的肩膀："宋姿的账户都冻结了，若是日后有证据表明宋姿生前涉嫌敲诈，指不定你那二十万还能追回来一些。"

林恩词感激地笑笑，唇畔的苦涩淡了些。

"我倒宁愿能用这二十万换回宋姿的命。毕业以后，大家都各奔东西，王昭是外表光鲜，我又做的是一刻脱不得身的工作，赵赫倒是开了个小的手机营业厅……"

"等等，你说什么？"刘子科突然站了起来。

林恩词有些莫名其妙，但还是在刘子科的要求下重复了一遍自己刚说的话。

"赵赫开了个手机营业厅？"

刘子科觉得自己抓到了一点苗头。

自己开的手机营业厅，利用这点用未知号码发送几条信息，应该不难吧。

阳光正好，林荫树的光影随着风懒洋洋地晃悠着，路上的行人看上去都很悠闲，诸城的生活节奏并不快，舒坦得足够让人在上班前拐到巷子吃个早点，抑或是在午后悠闲地到办公楼下漫步消食，因此，街角随处可见咖啡馆、茶室、书店一类的地方。

"刘子科那边费心费力地调查，你不用跟进吗？"

温玉看着坐在对面沉浸在电脑视频中的男人，颇为无奈。

自从沈路安从梁萤口中得知这是她最常来的咖啡馆，她在这里碰到秦晋荀的次数就直线上升，从上几次的"巧遇"，到这一次，秦晋荀干脆将车开到了她公寓楼下，问她要不要去咖啡店吃点东西。

"我的工作不是靠我在哪儿，而是靠我的大脑，只要它在运转，我就是在工作——你为什么愿意来这家咖啡馆？"

"这家早餐午餐都提供三明治，我不需要在家里开火，很方便。"

秦晋荀头也不抬地敷衍道："你就姑且认为我也是这么觉得的。"

温玉深吸了一口气："可是秦晋荀，这是我家附近。"

秦晋荀霍然一敲空格键，语气正经道："过来看。"

温玉忍了片刻，还是寒着脸凑了过去。

是完整录像中的一幕。

摄影师似乎格外偏爱景媛，她笑着跑向镜头的身影俏丽得让人着迷。

秦晋荀又打开一份文档，是在发现景媛尸体的现场拍摄的图片。

视频中的一幕像春阳，尸体现场这一张如炼狱，由于不是原件，图片都不太清晰。

秦晋荀突然回头问道："你看出什么来了……吗？"

117

温玉就站在他身侧，为了看清画面，她微微俯着身前倾，他猛地回头，她惊诧地偏头看他，唇畔堪堪擦过他的鼻尖。

忽然间，室内温度紊乱。

温玉站直了身子，镇定地走回座位，下垂的双手略微僵硬地扣在身侧。

秦晋荀转回头，神色漠然，只是耳根略红。

"是项链，景媛脖子间的那条项链不见了。"

视频里的景媛一直都佩戴着一条孔雀石的项链，遗体被找到后却不见了，缺失的一段，只有悬崖边上的那一刻。

秦晋荀开口道："所以温玉，你知道……诸城哪里既卖贵重首饰，又做首饰重铸的吗？"

温玉张了张嘴，正要说话，忽然……

"我大概知道，我带你们去吧。"

伴随着一阵门铃响动，季景然走了过来，他走到温玉身边递给她一个袋子。

"问了刘子科知道你们在这儿，还没吃饭吧？"

温玉刚想回答，季景然就不容置疑地将袋子推进温玉怀中。

"总吃三明治对身体也不好，你嫌费事这个毛病还是没改。"

温玉拉开袋子，里面几份包装好的点心，都是她曾经最爱吃的，只是她已经有段时间没有吃过了，她不主动要，也再没有人会问她想不想吃。

秦晋荀的声音有了几分冷意："季检如此细心，真是出乎我的意料。"

季景然不动声色地回视："秦教授会寻求别人的配合才是真的出乎我的预料，秦教授不是习惯独来独往吗？"

秦晋荀扬了扬眉，食指轻点了两下自己的太阳穴，似笑非笑道："他们总是事后惊叹我能准确地抓住罪犯，但总要有人分享我查案过程中更精彩的逻辑推理过程，不是吗？"

季景然眉间一凛："您还有大案子要查，来诸城是不是屈才了？"

秦晋荀站起身，将杯子和笔记本电脑都收回包里，最后掏出手绢慢条斯理地擦了擦手："案子大不大，值不值得我插手，这个还是应该归我界定，不劳季检费心。"

秦晋苟走到季景然身边，眼角睨了他一眼，转头对温玉道："我们走吧。"

秦晋苟的车正正地停在绿化带旁的停车位上，他按开了门锁。

跟出来的季景然忽然扬声喊他："秦晋苟，我知道你在查什么，关于'那个案子'，我这儿有一个线索，你要不要听？"

两个人隔着路对视片刻，秦晋苟将打开的车门重新合上，将钥匙和他一贯出门携带的手提包一并递给温玉。

"看来今天只好你自己去找首饰店了。"

温玉淡淡地点了点头，丝毫不好奇两人谈话的内容。她能知道的那部分，秦晋苟会告诉她，不知道为什么，她就是如此笃定。

汽车绝尘而去。

季景然皱了皱眉，没说什么，只是对着秦晋苟一点头："秦教授，请吧。"

两人重新回到了店里，服务生看他们的眼神顿时有些微妙。

"秦教授想喝些什么？"

秦晋苟又显现出了他那一副拒人于千里的表情。

"不必了，我的杯子让温玉拿走了。"

季景然也不勉强，给自己要了一杯热可可，抿了一口。

"你是不是要找一个叫高万春的人？"

这句话尾音一落，季景然就如愿见到了秦晋苟除了冷漠以外的第二种表情。他从一只毫无顾虑的仙鹤变成了一只瞳孔放大的兽，凶狠地等待捕食的时机。

"他去年被登记死亡，但是尸体是否火化，或者运往何处并没有记载，我又顺着这条线查了一下，登记他死亡的是个男人，自称是他的表哥，可是实际上，他唯一的表哥在小时候就因病去世了，再往下查，就找不到人了，那个所谓的'表哥'登记备案的电话、地址、身份证号都是假的。想到你找高万春的原因，我猜……"

"高万春可能没死。"秦晋苟淡淡地接口，"一个能从那里脱身出来的人，自然也不会甘心就这么无名无分地死了，我先前也不确定……谢谢你。"

季景然又喝了一口杯子里的可可，很甜，却不能化掉他心底挥之不去的

119

苦涩。

"能得到秦教授的一声谢谢可不容易，只是，我并不是为了你的一句谢谢。"

秦晋荀看着他的眼睛："我不意外你能查到，但我好奇的是，你为什么要帮我查？"

季景然沉默了片刻，缓缓开口："我希望你可以离温玉远一点。"

秦晋荀双手抱胸，笃定地说："你讨厌我。"

季景然没有否认，神色郑重："我讨厌你，但我也敬佩你。你聪明，总能够抓住罪犯，所以我愿意帮你，但是……"他将手中的杯子推远了些，"即便所有人都仰望你，我也会记得，曾经有人妄图陪伴你一起走上这条道路，付出了生命的代价。"

在秦晋荀神色怔忪，没有开口的时候，季景然没有丝毫犹豫地继续说道："秦晋荀，你只适合一个人在这条路上走下去。"

秦晋荀的眼神一动，视线落在季景然面上，很有压迫性。季景然说得很艰难，却执拗："所以，不要靠近温玉。原谅我的自私，如果世间注定要有人为扫清黑暗背负上不幸，就请你一个人独自承受吧。"

夜色渐浓，秦晋荀回到公寓时，看见自己的那辆车静静地停在楼下。他顿了一下，走上前去，敲了敲车窗。

驾驶室的门开了，温玉从车上走下来，将车钥匙递给了他。

"多谢。"秦晋荀接了钥匙，淡淡地说道。

温玉一皱眉，敏感地察觉到他周身气氛不对。

"季景然跟你说什么了？"

月光下，她的脸泛着冷清的光，秦晋荀不知怎么的，突然很好奇她和季景然两人的关系。

"听说季景然追你四年，你就不动心？"

温玉皱眉，将他从眼眉到嘴角上下看了两遍，后退一步，双手抱胸。

"我一个下午跑了五家首饰店，翻遍了他们的图样册子，终于在其中一家找到了景媛的那一款，又想方设法套出了对景媛项链上的宝石进行再加工的买家信息，最后又把你的车开回你公寓楼下……你就想问我这个？"

秦晋荀默然听着她难得生动的抱怨，表情浅淡，在夜幕的衬托下，他长长的睫毛竟然扇动出了几分无辜的意味。

温玉看着他，拧着眉头问："你是不是跟季景然待了一下午，回来被人调包了？太不像你了。"

今天不想再从她嘴里听到这个人的名字，秦晋荀敛下神色："我送你回家吧，其他的事情明天再说。"

"不用了。"

她说完就走，将他先前的问题彻底抛到脑后，样子就像一个急于从猎人的网中逃脱的小动物。

秦晋荀看着她的背影，嘴角泛起柔和。

季景然对温玉的心思很容易懂——爱慕她，也想保护她，可是他不同，他清楚地知道，她可以与他并肩而行。

他是怎么回答的？

"我不是要靠近她，我是想拥有她。"——拥有她不经意的浅笑，拥有她偶尔的锋芒，拥有她干净的气息，甚至哪怕是一段相似的痛苦。

他想要在自己选择的这条路上也印下她的脚印。

他想要拥有她。

他早晚都会拥有她。

第二天一大清早，薄雾未散，温玉的门铃就被按响了。

受了一夜的穿堂风，她面上微微发白，指尖也冰凉，打开门看见外面穿戴整齐的秦晋荀，嗓音还有些暗哑，惊诧地问："你怎么来了？"

秦晋荀浅笑："自然是来听你得到的线索，昨天的话题还没有说完。"

他看了看她身后的客厅，意思很明显。

见温玉不动，秦晋荀高深莫测地笑了笑："今天是聊正事，何况青天白日的，你怕什么？"

门"刺啦"一声完全打开，温玉转过身去："进来吧，带上门。"

秦晋荀的目光追随着她，看着走向卧房方向的温玉，他忍不住清了清嗓子："给我一杯水可以吗？"

不近不远地传来她稍显冷淡的回答："一次性的水杯用光了。"

"你的杯子就可以。"

"哦……没有水。"

等温玉收拾整齐出来，发现客厅的窗子已经被关上了，常年垂下的轻纱窗帘也被拉到两边，用带子缠好，一缕阳光透进来，莫名多了一分暖意。

她不适应地皱了一下眉头，坐到了秦晋荀对面，两人之间隔着一个长长的茶几，她开口道："你想的很对。"

秦晋荀略微点了点头，表示洗耳恭听。

"有一家珠宝店确实卖出过景媛照片上的那条项链，而且，有人拿着这条项链到过店里，要求重铸。"

秦晋荀接话道："时间是在景媛死后。"

温玉点了点头："时间就在景媛死后的第二天。"

有人拿走了景媛脖子上的项链，并且在她死之后，拿着这条项链回到店里要求再加工。

那人他们都曾见过。

视线相交，他们一瞬间读懂了彼此的心意。

是他。

有时候，真相便是如此。

蓦然，秦晋荀的手机响了起来，里面是刘子科兴奋的声音。

"秦教授，凶手抓到了，您快来公安局一趟。"

秦晋荀"哦"了一声，脸上带上些许趣味。

"抓到人了？好，我们现在就过去……"

"'我们'？"

"对，我和温玉。"

撂下电话，沉浸在喜悦中的刘子科没发现秦晋荀自动忽略了"凶手"两个字。

驱车到了公安局，秦晋荀一路带着温玉到了问讯室门外，指关节在门扉上轻轻叩了两下。

门"唰"的一下从内被拉开，露出了里面精神振奋的刘子科和精神萎靡的赵赫。

看见两人，刘子科站起身来，示意身边的同事继续。

"秦教授、温玉，你们两个怎么一起来的？"

秦晋荀越过这个问题，直接问道："人是怎么抓到的？"

刘子科解释道："之前我们查了那个未知号码的归属地，大致确定了一个范围，只是面积太大，根本没有用，可是，后来又得知这个赵赫自己就开了一个营业厅，恰好就在那个范围内。而后，我们又从他的店里找到了这个。"

刘子科拿出了一盘录废了的带子。

婚礼上突然放起的录像带就是出自赵赫之手。

赵赫的问讯顺利也不顺利，说顺利是他有问必答，极其配合，不顺则是他说的话太多了，话题总容易跑偏。

"我是嫉妒他，我从小家庭条件就不好，稍微大一点就学会了溜须逢迎，攀这个攀那个，好不容易有点自己的事业，但还是问王昭借了不少钱。可王昭不一样，他有钱长得又帅，女人都上赶着靠近他，可是……可是他不该害死景媛。"

小林听得直皱眉："现在说的是宋姿，你怎么又扯到景媛那个案子上去了，更何况那个案子的卷宗很清楚，是意外。"

赵赫一拍桌子，瞪大了眼睛，眼底还有血丝，显得分外吓人："两个人上山，为什么就他一个人下来了，怎么出意外的就不是他？"

刘子科不由得气笑了："你老实点，再拍桌子就给你铐上。你说说，为什么给王昭发那些短信？"

赵赫回答得也是有理有据："我就是想要他知道，景媛死了，还有人盯着他。"

刘子科呵斥道："那你为什么杀宋姿？"

123

赵赫被问急了，顾不得刘子科方才的警告，愤愤地捶起桌子："我没有杀她！"

赵赫始终不承认是自己杀的宋姿，而刘子科他们除了能证明赵赫确实威胁过王昭之外，也拿不出其他证据。宋姿的死留下的痕迹太少了，没有目击者，没有凶器，只有脑后被钝器击伤的痕迹，却不足以致命，她就像是被凭空多出来的一个圈完完整整、密密实实地给勒死的。

而按照赵赫的说法，他去十六楼找王昭，却看见宋姿一个人从新郎准备室出来，泪眼模糊，紧接着不知道看到谁了又破涕为笑，跟着那人走了，他只看到了一截衣袖，西装的那种。他回过头看见许欣妍冲这边走来还好心地拦了一下，生怕许欣妍撞见王昭和宋姿的密会。

秦晋荀听了很久，才慢悠悠地问道："等一等——我只是好奇，你为什么会那么确定是王昭杀了景媛？"

赵赫一愣，挠了挠头："我没跟你们说吗？"

刘子科沉下脸，赵赫立刻顺从地说道："是宋姿说的，有一次她威胁王昭的时候我听到了。她说：'王昭，我看见在悬崖边上你掰开景媛的手了。'"

赵赫的声音含着恨意。

所有人都愣住了。

秦晋荀和温玉对视一眼，孙婉含糊的话便有了合适的解释，孙婉不是不记得了，而是在她的记忆中，那个混乱不堪的前半程，本来就没有宋姿的存在。

秦晋荀缓缓地扯了扯嘴角："景媛坠崖时，宋姿果然是在现场的。"

那天下午的风应该很大，并且风向变了，刮得人睁不开眼，将远走的乌云又吹了回来，彻底挡住了仅有的两束霞光。

宋姿是步行上山的，自然慢了很多，她的心情也很糟糕，这样的天气，怎么会有夕阳？可是偏偏景媛就是想要看看，偏偏王昭就是愿意开车陪着，王昭——英俊，富有，出手阔绰，大概可以满足宋姿所有肤浅的幻想，只可惜，他已经有了景媛。

她漫无目的地向上走，沿着车辙的痕迹向上，空气逐渐清冽，她想要借此消解心中的郁气。

直到她抬起头，看见一辆熟悉的吉普车晃晃悠悠地挂在山崖上，右侧的前后两扇门都被撞开了，副驾驶位上一个纤细的身影被半甩了出去，是景媛。

景媛惊慌失措，两只手牢牢地攀着什么，从宋姿的方向，只能看到景媛飞扬的发丝，王昭也试图拉回她，可是他一动，挂在悬崖上的车便又向右倾斜了几度。

碎石噼里啪啦地掉到悬崖下。

宋姿想要尖叫，想要奔过去帮忙，可是下一个瞬间，王昭的动作令她不由自主地捂住了嘴。

王昭颤抖着，一根一根地掰开景媛的手指，让她就像一个被遗弃的布娃娃一般，瞬间掉了下去，没有听见半点响动，甚至没有呼喊。

王昭呆呆地维持了一会儿这个姿势，然后发了疯似的打着火，向左扣住方向盘，一踩油门——车出来了。

直到王昭半爬着从驾驶位上出来，逃也似的向山下跑去，宋姿才缓缓放下了自己的手，看向空无一人的悬崖，脚下迈了一步，又收了回来。

她想，她的机会到了。

重现完案情之后，秦晋荀也大方地跟刑警队的同僚们分享了进展。

可是刑警队上下都仿佛陷入了一片浓重的迷雾之中。如果说景媛的死是王昭自私地想要保命的悲剧，那宋姿的死却是重新回到茧里的蝴蝶，明明方才已经要触及真相边缘了，只一瞬间，一切又好像回到了原点。

忽然间，一个警员推门进来，急匆匆地说道："王昭跑了，我们派去保护王昭的人回来了。"

刘子科一愣，立刻就想到了赵赫对于王昭的指控："畏罪潜逃？"

警员摇摇头："王昭跑了之后，我们稍后发现他留在家里的手机，他又收到了凶手发来的威胁短信。"

赵赫已经被抓起来了，谁给王昭发的短信呢？

见众人的目光都望过来，赵赫急得额头上都冒了汗："我说过了，我真的没有杀宋姿。"

刘子科急忙问："短信呢？"

警员将手机递过来："王昭似乎是怀疑他的手机被装了定位系统，逃跑的时候根本就没拿。"

手机上赫然显示着：你还记得今天是什么日子吗？三年了，你欠的，该还了。

秦晋荀扫了一眼，说道："今天是景媛的忌日，凶手定然早有安排，若是不及时将他抓住，王昭活不到明天。"

刘子科冷笑："遇到人身威胁不想着求助警方，反而像老鼠一样藏起来，果然是做了亏心事的人。"

队长不急副队急，罗浩苦着一张脸："我说刘队，现在都什么时候了，王昭现在有危险，可是我们去哪儿找王昭呀？"

到哪儿去找王昭呢？

秦晋荀眼神飘到窗外。

今天是个好天气，傍晚应该会有最美的夕阳。

"不着急，我还有些事情没想明白。"

秦晋荀又将自己关到了隔壁的问讯室里，时而踱着步，时而又自言自语。

问讯室是单向玻璃，对于秦晋荀来说，他的周围黑暗而没有一丝声响，这是他自己的世界，但在外面的人能清清楚楚地看到他的一举一动。

秦晋荀正站在问讯室中央，指尖无意识地在空中画着圈。

尽管事态紧急，刘子科也知道，他们现在只能依靠秦晋荀，而秦晋荀是不能催的。

刘子科蹭到温玉身边，努了努嘴："秦教授办起案子来，是不是像非人类？"

温玉点了点头："但是很好。"

说完她就走开了，只留下一头雾水的刘子科，什么"很好"？案子很好？秦晋荀很好？还是办案子的秦晋荀很好？

按照赵赫的叙述，他确实看见了一个男人在跟宋姿牵扯不清，可是他认定的那个人，完全没有理由再同宋姿牵扯，不会受她的威胁，更不会蓄意杀了她。

除非，他也有怕人知道的隐秘。

城子山是一片山脉的统称，最近的地点离诸城也就两个小时的车程，而靠近诸城的一面有一座险峰异军突起，高高地耸立在诸城的北边，隔开了诸城和临市。

青山埋骨地，黑土英雄冢。曾经在纸上读来豁然开朗的词语，搬到现实生活中，生生地多了两分凄凉与阴森。

刘子科带着一队人正艰难地向上攀爬。

越往上游人越少，直到只剩一条通往主峰的路，被警示线拦截住了，上写着"前方危险，游人禁入"，后面隐约可见修葺一半还未完工的护栏。

刘子科迟疑地回头，秦晋苟微微点了点头，刘子科便一挥手，小队几人分成两面，逐渐包抄着前进。

彼时，炙热的阳光似终于困倦，逐渐西坠，眼看便要彩霞漫天。

尽管秦晋苟已经将可能性告诉了众人，可是刘子科见到那个男人依旧吃了一惊。

他站在悬崖边上，似乎在眺望着夕阳，身旁是被迫跪着的五花大绑的王昭，王昭看见他们就开始呜呜地剧烈挣扎起来。

秦晋苟站在距他们二十米左右的地方，声音刚好能让那个人听到。

"煞费苦心营造自己温和无害的表象，又故布迷阵引警方怀疑赵赫，而后趁机绑了王昭，林恩词，你是不是真的以为自己是复仇使者？"

林恩词转过身来，镜框下的眼睛染上了不同以往的火焰，让他整个人有种奇异的亢奋。

"我只是想让他赎罪。"

刘子科上前两步，冲他喊道："林恩词，你这是做什么，还不快放了王昭，你是在犯罪你知道吗？"

王昭被绳子捆着，又紧邻着悬崖，他们不敢靠近分毫，生死都在林恩词一念之间。

林恩词听了刘子科的话，忽然笑起来，笑够了又冲他们大喊：

"你们不懂，你们根本什么都不懂！"

他一边喊，一边移动着身子，脚下的沙石被他踢到了悬崖下，不见一点响动。

看这情形，刘子科暗道不妙，林恩词的精神状况显然不太好，威胁或者安抚根本是不可能的，早知道申请带一个谈判专家好了。

刘子科语塞间，却听见秦晋苟用冷漠的语调接话："我不需要懂，我只需要知道，有些人为恨，有些人为爱，可是这些都成不了实施犯罪的理由。"

林恩词嗤笑了两声，倒没有怒意，只是又大声问道："犯罪？那王昭呢，他没有罪吗？"

说着，林恩词不由得拽了拽缠在王昭手上的绳子，王昭吓得"呜呜"地直摇头，眼泪鼻涕都被逼了出来。两个人到了悬崖边上，摇摇欲坠，似乎一阵风就能将他们掀到悬崖底下。

刘子科赶忙两只手在空中摆动，试图稳住他："林恩词你别冲动，他如果犯了罪，自然会受到惩罚。"

林恩词摇摇头，表情是笑着的，眼角却有泪不停地滑下，两相纠结中他的表情多了一分怪异的狰狞。

"惩罚有什么用，她死了！景媛死了，就因为他！可是他凭什么害死景媛之后，还能那么心安理得地活着，凭什么?！"

林恩词越说越激动，眼镜早就被他自己踩进了泥土里，由于动作太过用力，衬衫上面的扣子也崩开了，整个人十分狼狈。

秦晋苟的眼神丝毫不起波澜，仍旧是那副目空一切的态度，仿佛那两个人的生死并不在他眼中。

"害死景媛的也有你，林恩词。"

此话一出，犹如石破天惊。

所有人包括林恩词甚至王昭在内都愣住了，刘子科甚至一瞬间怀疑自己魂游天外，这是现场翻案的桥段？

128

秦晋苟抬起手，轻轻指了指自己心口的方向。

"你的胸针，你看来似乎真的很爱景媛，可是既然你那么爱她，关键的时候，你却没有救她，捡到一条项链有什么用，把她的东西佩戴在身上就以为她还在吗？"

林恩词扔了绳子，慌忙用手捂住胸前的胸针。

秦晋苟眼中尽是冷漠，语气也刻薄起来。

"其实，从第一次见面我就觉得这枚胸针跟你的衣着不搭，其实你的外表也跟你的内心不搭，你表面上儒雅、安分甚至墨守成规，内心却自卑、嫉妒、自私、胆小。让我想想，那辆吉普车就那么大，当时你藏在哪儿？景媛看得到，但王昭看不到的地方——后备厢里是吗？"

一瞬间，林恩词的目光透出些许茫然。

林恩词以为，这世上不会再有第二个人知道这件事了，每每午夜梦回，他总能看到她那双绝望的双眼，他强迫自己忘记那天的景象，不断告诉自己，是王昭的错，而他会为她报仇，久而久之，他竟也真的因此解脱了。

可是记忆一旦被触及，便像开了闸的洪水，喧嚣着奔涌而来。

那天下午，雨渐渐停了后，他只想独自出来散散心，也没告诉其他人，顺着一条并没有那么多人走的山路慢慢地向上爬，却没料到会遇到景媛和王昭。

他们是开车来的，一个急刹，车在土路上停了下来。他刚想上前去打声招呼，再提醒他们在这么陡峭的山路上开车很危险，可就在这时，驾驶位的门一下子打开——

王昭从里面走了出来，回身冲着车内厉声说道："我说了多少次不许你动我的手机，你是不是听不懂人话？"

两人似乎吵架了，王昭气冲冲地摔上车门，自顾自地往远处走，一边走还一边从衣兜里掏出烟来。

王昭走后，副驾驶位置的景媛也走了出来，靠在车上轻轻啜泣着。

林恩词的突然出现吓了景媛一跳，她哭得眼睛红肿，他连忙掏出纸巾给她，询问她发生了什么事。

自然是王昭哪怕交了景媛这个女朋友，莺莺燕燕却都没断过，因打小认识，他当然知道王昭是个什么德行，却也更心疼景媛。

林恩词安慰她，让她靠在他怀里哭，她哭得那样伤心。他着了魔似的低下头，想亲吻她殷红的唇，却被她慌乱地推开，可是他当时只想告诉她，他爱她！

直到"沙沙"的脚步声传来，王昭回来了，林恩词想再另找藏身之处已经不可能，若是被王昭看见两人这副样子，以他暴躁的性格，保不齐会大打出手。

林恩词哀求地望向景媛，她那么善良，当然终究还是心软了。他迅速钻进了后备箱里。

车里的争吵并没有因为这短暂的冷静而停止，反而还有愈演愈烈的痕迹，王昭一直在斥责，景媛只是哭。

车速越来越快，他躲在后备箱不敢发出一点声响，只是突然听到了身下车轮一阵打滑的声音。

后来，便是急刹车和巨大的撞击声，他的身体被"砰"地撞到了右边，后备箱顿时弹开了。

晃晃悠悠中，他睁开眼，能看得清远处的群山和底下深不可测的深渊，还有景媛悬空的身子。

汽车的右后边都在悬崖边上悬着，林恩词清楚地知道，重量太大，车根本开不出去，他和景媛之间，只能活下去一个，若是王昭知道他在后备箱……

林恩词努力回想，她临死前大概是有向他求救过的。

后备箱被撞开了，他看到她的同时，她在慌乱中也看到了他，像是突然想起来后备箱里还有他，眼眸蓦地燃起了生的希望，美丽的眼睛睁得大大的，她情绪激动，语无伦次，一只手抓着汽车边缘，别一只手试图向这个半刻钟前刚口口声声说爱慕自己的男人伸了过来。

可王昭推开了她，后备箱里的林恩词也只是呆呆地望着她绝望的眼神。

从他没有伸出手的那一刻开始，他的心便不再安稳了。

他后悔了。

景媛直到死都没有喊出他的名字，他像只偷生的老鼠一般蜷在后备箱，直到王昭从驾驶位上逃也似的跑开，他才失魂落魄地出来。在悬崖边上，他捡到了那条项链——她最爱的孔雀石。

后悔，不安。一切最终演变成绵延的恨意。

可是秦晋荀的声音那样冷漠，直白地告诉他，景媛是被他害死的。

林恩词怔怔地说："我只是……一切变化太快了，我根本来不及反应。"

秦晋荀讥讽着："来不及反应？你不光放弃了她，你甚至伪装出一副毫不知情的模样，你反应得多快啊，回到人群后跌倒的那一下，不就是为了掩饰你和王昭同样凌乱的衣衫吗？你有什么资格替景媛报仇，你不正是害死她的帮凶吗？"

林恩词用双手捂住耳朵，向旁边踉跄了几步。温玉悄悄移动步子，拽了拽刘子科，刘子科心领神会地点点头，两人摸了过去，趁林恩词兀自混乱的时候，一把抓住王昭，将他拖了过来。

可还没等众人松口气，突然就见林恩词掏出了一个黑色物件，眼中有疯狂之色闪过。

"反正我已经走到今天这一步了，我们就一起下去陪她吧。"

"他手里有枪，趴下！"

刘子科喊完，就朝离他最近的温玉飞身扑去，双手将她的脑袋护住。

"砰！"

一声枪响。

一名刑警拽倒了王昭，子弹"噗"地钉在山石之中。

没有打中，林恩词颓然放下了手，眼中最后一丝光亮熄灭，嘴唇微动。

下一刻，他手臂张开，身子后仰，倒向了悬崖下。

四周又归于安静，只有风声拂过山野，温玉仰天倒着，视野里的夕阳似血，如泣如诉，她最后还是看清了那个男人的口型。

他在说："对不起。"

她动了动身子，刘子科压着她的膝盖，侧着脸闭着眼睛，满脸痛苦之色。

温玉皱眉，动了动腿："你没事吧。"

刘子科有些虚弱："刚才那枪可能打中我了，我皮糙肉厚的不要紧，但我很庆幸能保护好你，你是优秀的法医，出了事就是公安局的损失。"

他睁开眼，神色坚定，又带着几分期待："温玉，回来吧，你看咱俩配合得多好。"

"你先起来。"

"不，你先答应我。"

"别装了。"

"我都是自愿的……嗯？"

"你不是说我是你见过的最优秀的法医吗？我会看不出来你是假装的？"

身后传来王昭的哀号声，温玉捅了捅他的肩膀补充道："但那一枪擦过王昭了，起来。"

"那我这也是为救你擦破的皮，哟——真疼啊，轻一点。"

忽然间，一个和温玉无奈的声音截然相反的男声冒着寒气响起："自己能起得来吗，需不需要我帮忙？"

这不是送分题，这是送命题。

下一瞬，刘子科麻溜地从温玉的身边爬了起来，冲着秦晋荀苦笑了一下，忽然扫到空无一人的悬崖，面色一变。

"林恩词呢？"

"跳下去了。"

说着，温玉站起身提步向悬崖走去。

"温玉。"

温玉停下脚步转过头，脸上有着一贯的清冷。

看着她走向悬崖，秦晋荀下意识就喊出了她的名字，带着点不自觉的小心翼翼。

"小心点。"

温玉点点头走过去，弯腰，从地上捡起了那把枪，低着头立了片刻，又走了回来。

枪口还有丝丝的温度，枪把上有个"S"刻痕。

温玉眸色不自觉加深："秦晋荀，我认识它。"

这把枪不应该出现在这里，而应该在那个遥远的男人手里……那个男人有着阴鸷的双眼，苍白的手指曾把玩着这把黑色的手枪，另一只手捏住她的下巴，轻蔑而随意。

"你叫温玉？"

她不敢动，枪口还是灼热的，视线所及，他手指拂过的地方，一个"S"形状的刻痕显露出来。

"你就是那个温玉？"

恍惚间，噩梦与现实重叠。

忽然，手中的枪被抽走，秦晋荀干净利落地卸了弹匣，发现里面一发子弹也没有了，于是又将它装进透明证物袋里，皱着眉看向温玉还停在半空中的手。

"你在发抖。"

温玉回神，将手揣进了兜里，神色恢复了自然。

"是，因为我想起来，这把枪，原本属于那个组织中的一个人，我上一次见到它是两年前。"

可是现在这把枪到了林恩词手里，这说明，在他们还无知无觉的时候，那个人就找来了。

秦晋荀沉吟道："枪里只有一发子弹，林恩词势必会留给他最恨的人，所以，那个人给了他枪，不是想要他杀你，而是想……"

"他是想告诉我，他来了。"

温玉闭了闭眼，睫毛微微颤动，没人能看见她的眼神，也就没人能勘破她的内心。她试图将一切惶恐不安都伪装在平静的面容下，头顶却突然一暖，秦晋荀的手落了下来，轻轻地在她头顶拍了拍。

和他的外表不同，他的掌心很热，似乎很不习惯做这种温情的动作，他的手很僵硬。

"他们确实是很厉害，一年一年，积累了众多反侦察的经验，隐秘又张狂，令警方束手无策，可是对我来说，世界上永远没有完美的犯罪，只要是人为的，总会有迹可循，终有一天真相会大白于天下。所以不要担心，我可以找到他们。"

山上的风从平地翻起，吹过低地中的草，吹过山丘上的松尖，人安静下来，风声便格外清晰。

风声中，秦晋荀面容沉静，温玉仿佛感受到了一种难以言喻的安心，这安心促使她不由自主地点了点头。

"我相信你。"

婚礼死亡案告破，案犯林恩词在抓捕过程中自杀身亡，其余并没有多余的细节流传出来，只是自杀地点的巧合，又让景媛案重新回到众人的视线。

景媛的家人被告知了内情，得知自己女儿的死并不完全是意外，她母亲直接哭晕过去，连声说委屈了她。

景媛的父母为她办了三年祭，温玉和秦晋荀也去了。

天空下着淅淅沥沥的小雨，草木清新，泥土的味道上翻，天空单调却不至于沉闷。

温玉到的时候，景媛的碑前已经放了一张照片，是一张集体照，是在城子山照的那张。

那张集体照后面，不知道被谁用圆珠笔写上了字，被雨点打到，字迹已经有些模糊。

"Light of my life, fire of my loins. My sin, my soul." 温玉轻声念道。翻译成中文便是：我的生命之光，我的欲念之火。我的罪恶，我的灵魂。这句话原是出自《洛丽塔》中的一段忏悔，被截取用在了这里。句尾没有落款。

温玉有些恍然，这应该是林恩词放的，他绑架王昭的时候，便存了死志。

被教育并罚款后放出来的赵赫沉默着走了过来，拿起那张照片，用打火机点燃，照片化成了灰，风一吹便散开了。

一柄黑色的伞靠近，遮住了纷纷落到温玉头顶的细密雨丝，秦晋荀偏头问她："在想什么？"

温玉叹息道："只是在想，人真是复杂的动物，林恩词懦弱了一刻，怨恨了三年，却做出了一个同归于尽的决定。他因为贪生怕死放弃了爱人，最后却又怀着满腔爱意用生命去追随。"

"我不会。"秦晋荀突然开口。

温玉一愣，就听见他继续说："我不会放开手，不会有别的女人，更不会危险驾驶将你置于险地。"

温玉讷讷不成言："我？……"

"我只是想说，人是个体，对于他来说，感情是复杂的，将他逼疯。而对于我，感情是我所接触到的东西中最纯粹的，温玉，我并不复杂。"

献花、叙旧，来了几个景媛的朋友，孙婉、余爽，还有王昭和许欣妍。

景媛死了，宋姿死了，林恩词也死了，见证过王昭人性里最不堪的一面的人都死了，再没有人知道他犯的罪，他仿佛可以没有负担地活在这世上了，英俊的面容还在，还可以用虚伪的悲伤来赢得他想要的筹码。

在很多人看来，整个事件，他成了最无辜的人了，前任女朋友掉下山崖，情人被杀，自己被绑架，好兄弟竟然是幕后元凶，最终跳崖自尽，他的遭遇真令人唏嘘。

最多有些人会说他也是个懦弱自私的人，但终究翻不起什么太大风浪。

王昭看了一圈，视线固定在温玉身上，他穿过几人走过来，那一枪擦伤了他的腿，导致他走路的样子有些滑稽，他却依旧维持着自以为是的翩翩风度。

"我真的没有想到，景媛她……唉。"

温玉内心感到很厌恶，面上也只是淡淡的，仿佛没听到王昭的话，只是在他调转话锋询问是否有空闲时间一起出来喝一杯时，她扭头盯着他，那洞悉般的目光让他有些不自然。

许欣妍走了过来，面上还是柔顺的浅笑。

"王昭，我们该走了。"

"许小姐。"

许欣妍走过秦晋荀身边的时候，秦晋荀突然出声叫住了她。

许欣妍停下脚步，微微偏头，疑惑地看向他。

"许小姐，你曾经听过一个成语吗？"

"什么？"

"袖手旁观。"

许欣妍表情丝毫不变："秦教授学识渊博，但是你说的什么意思我真的听不懂。"

秦晋荀向前走了一步，盯着她柔顺的面孔："赵赫那天真的拦住你了吗？"

"我们还有事，就先走了。"

秦晋荀又附耳说了一句话，许欣妍秀美的面孔微僵。

"你跟她说了什么？"

"我只是告诉她，王昭不是他父亲的儿子，他以后也不会得到他父亲集团的任何财产。"

"又是观人的本事？"

"不是，他父亲委托我在京城的事务所查过，他的母亲在嫁进门之前就已经怀孕了，财阀秘闻，屡见不鲜，不然，你以为他为什么会被他父亲留在诸城这么多年？"

温玉心中非常惊诧。

王昭自私又自负，娶许欣妍为钱，而许欣妍善于隐忍和伪装，嫁王昭借势。

可是如今，钱财已空，权势不再，只剩两人彼此钩心斗角，那场血色婚礼只是开端，法律触及不到的地方，未必只有道德来牵制，余生漫漫，也是一种惩罚。

一周后，刘子科找来了温玉和秦晋荀。

刘子科心有戚戚："宋姿的案子总算可以结案了，只是这个报告……还真的不太好写呢，我有几个小问题……"

秦晋荀毫无波澜地移开目光："办过的案子不会再重提是我的准则之一。"

刘子科无法，又讨好地看向温玉。

"我是真的搞不清楚，林恩词杀宋姿的动机在哪里。"看着他左一圈右一圈的绷带，尽管虚假成分很多，温玉还是心软了。

温玉喝了一口水，缓缓解释道："他杀宋姿，可能只是一个误会。他没有听全那句话，又或者执念太深，总之，他认为宋姿知道了他在现场的事，所以，再遇到宋姿向王昭要钱不成，又想从他身上勒索时，他答应了转账，可能情急之下，他杀了她。"

"那作案手法呢？干净利落，不是蓄谋已久就是犯罪天才。"

温玉眉头轻轻地拢了起来，带了几分不确定，刚要开口，就被一直看着她的秦晋苟截去了话头：

"临时起的杀机，能有什么手法，只不过因地制宜罢了。他是伴郎，熟悉婚礼流程，将宋姿敲晕，再用升降台的绳索将她的脖子缠一圈，现场升降台的滑轮一端下落的时候，另一端就将她吊了起来，所以这也是为什么她的脖子上是完整的一圈勒痕，而戒指被取下，升降台上升，情况正好相反，绳子一松，她就掉下来了，这样林恩词自己的嫌疑也小了很多。让法医去道具室查一查棚顶吊着的那些绳索，应当能发现指纹。"

刘子科一边听，一边咽了一下口水。

"最后一项……"刘子科有些踌躇，"案子中出现了枪支，这个事情……"

温玉和秦晋苟沉默着对视了一下。

一头雾水的刘子科特意将左手还缠着纱布的胳膊露出来，伸到温玉眼前，刚想开口，就听见温玉说："我已经向局长交了复职申请。"

惊喜来得太突然，刘子科一时间不能接受，就连秦晋苟也看了过来。

温玉笑了笑。

这个决定下得并没有想象中艰难，她已经尽可能地想远离那些致命又诱惑的黑暗，只是或许冥冥之中，真的有什么在牵引，长了什么样的眼，就会看到什么样的风景，而同类的人，也总会遇见。

"一年多，我知道我该试着走出来了。"

而且，有那么一个人，总在她黑暗的噩梦里闪着微弱的光芒。

温玉的复职审批很快就发下来了，只是和预想的有一点出入。她本以为还是回到法医科当法医，但新一批法医刚招上来，暂时没有空岗，考虑到她过往的履历，陈立仁大手一挥，她的名头就变成了特聘。

周一，温玉便去了公安局办理入职手续，中午，有几个从前的同事得知此事，纷纷表示要温玉请大家吃饭。

温玉陡然之间还不太习惯这种热闹，只浅笑着应允，跟着大家刚下楼，就和一个人撞了个正着。

季景然抱着一捧郁金香，站在大厅里头，看见温玉，眼神中的笑意愈加明显。

"祝贺你复职。"

公安局很多人当年都是围观过季景然是如何细致入微地追求温玉的，也曾见过在温玉失踪的那段时间，季景然天天来打听消息的失魂落魄。见此情形，大家大多乐见其成。

不知道是谁突然叫了一声："秦教授，您怎么来了？"

温玉闻言望过去，秦晋荀还是一副生人勿近的模样，他目不斜视地从众人身边走过，拐进了一旁的电梯。

温玉忍不住在心底怀疑，他是不是没看到自己？

"温玉。"季景然似乎没意识到她走神，依旧温和地说，"你能单独跟我过来一下吗？我有话跟你说。"

他含糊地比了一下，温玉就意识到，他是说那支枪。

"你们先过去吧，我稍后就来。"温玉冲大家说道。

秦晋荀在警法界虽然十分有名，可他不隶属任何一个机构的身份也让他的信息来源有了诸多限制，这一点上，季景然的消息就灵通得多。

"林恩词曾经去过一趟滨江市，去的时候是飞机直达，回来的时候却倒了三班大客车。我猜，航空安检严格，他应当就是那个时候得到的这把枪。"

温玉也同意这种推测："可以打听到林恩词去滨江是干什么吗？"

季景然皱起眉头："这个有点难，我只能尽量托人去打听……我有一个朋友在滨江的交管所，说不定能有一些信息，我现在给他打电话。"

温玉还没来得及说话，季景然的电话就已经拨出去了。

他踱步到窗边，说话的声音很温和。

过了十来分钟，季景然才撂下电话，走过来对温玉说："我回去把林恩词的资料传给他，看看能不能找到什么有用的信息。"

听着他有条不紊地安排，过了半晌，温玉才道："景然，多谢你。"

季景然失笑道："我们之间，说什么谢。"

他有多心疼面前这个温玉，就有多怀念从前那个温玉。他忍住想要拍拍她脑袋的欲望，只是更加温和地说："你能再次回来，我是真的很开心。"

一辆性能极佳的商务车在马路上靠一侧行驶着，速度不快，像是在沿途寻找着什么，车忽而拐到一条小路上，挂了倒挡，缓缓地后退，最终在一家店前面停了下来。

车门打开。

秦晋苟板着脸，迈开长腿下了车。

温玉回公寓的时候已经快入夜了，路灯未亮，天边泛着最后一丝昏黄，行人身上都似镀了一层暗影，不甚清晰。

公寓前面停了一辆车，看了一眼车牌号后，温玉不由得减缓了脚步。

车灯闪烁，秦晋苟从驾驶位出来，没有看温玉，而是直接绕到了副驾驶位，开门弓腰进去，再站直的时候，温玉就看见他手上托着……一盆花。

秦晋苟将花盆递给温玉："给你。"

"哪儿来的花？"

"花店买的。"

温玉道了谢，有些惊讶："怎么会想到买一盆……这是蝴蝶兰？"

"我只是告诉那间花店的老板娘，我是第一次送花，她就给我挑了这个。她说，蝴蝶兰象征初恋。"

西装革履、气质禁欲、面容冰冷的男人，捧着一盆蝴蝶兰送她，板着脸说它代表着初恋，场面竟然有些滑稽。

温玉猝不及防，"扑哧"一声笑了，不是压抑的、敷衍的、顺意的浅笑，而是真真切切地觉得好笑而笑出了声。

路灯骤然亮起，照亮了两个人的眼睛，她看着花，他看着她。

温玉回神去看他，却见他忽然别开了脸，短促地说："你喜欢就好。"

温玉来不及看清他面上泛起的潮红，不知是否消散了些他周身长久以来的寂冷。

"我很喜欢，谢谢。"

不料秦晋苟突然提起："在办殡仪馆那件案子的时候，你也说过谢谢我。"

温玉哑然，顿了一会儿，试探地问："那我请你吃一顿饭吧。"

秦晋苟淡淡地"嗯"了一声，又没有别的话说了。

"我不用每日去公安局报到，不如就明天中午。"

秦晋苟摇了摇头："明天上午我有事要去一趟机场，中午不一定能赶得回来，不如就晚上。我来订餐厅，到时候把地点发给你。"

温玉迟疑了一下，而后才点点头。

如蝴蝶兰盛放

汽车飞驰而去，秦晋荀走了，温玉却看着面前这盆盛放的蝴蝶兰犯了愁。

蝴蝶兰，不太好养吧。

把它从玄关移到卧室，又从卧室移到窗台，长久以来一直开着窗的温玉却突然觉得，今晚的风有些大，会吹折它吧，思索片刻，温玉关上了窗子。

第二日下午，温玉换了身深蓝色长裙，素面朝天就出了门。

秦晋荀订的餐厅位置离温玉的公寓不远，只需要拐进一条小街，温玉在这一带住了许久，竟从来都没听说过有这样一个吃饭的地方，顺着门牌号一路找过去才看到。

她进门时，只有收银台一个姑娘，正在低头看杂志，见进了人，漫不经心地抬头问道："几位？"

"我约了人。"

那姑娘眼睛一亮，双颊不由浮现出了一丝红晕："您是那位秦先生的朋友吧，他们在楼上包房等你。"

他们？温玉以为是沈路安，也不太在意，径直上了二楼，一推开包厢的门，手一顿。

秦晋荀淡然自若地望过来，他身边坐了一个五十岁左右的中年妇人，穿

141

着天青色的麻料长衫，脖子上戴着一条细细的银链子，面目显得有些苍老，神态却很平和，此刻正诧异地望着突然推门进来的温玉。

"阿荀，这位姑娘是？"

秦晋荀推开凳子朝温玉走过来，手虚虚地搭在温玉的后腰上，自然地说道："妈，这是温玉。"

"阿姨、晋荀，我来晚了……"姗姗来迟的沈路安进来就看见这般光景，咂咂嘴，乐道，"呦，今儿这一桌，我是不是有点多余？"

隐约记得秦晋荀是随养母姓，温玉欠了欠身："阿姨好，我是秦晋荀的……朋友。"

在秦妈妈那样温和的注视下，温玉觉得自己无法冷下声说话。

果然，秦妈妈听完笑得更开朗了："都是小荀的朋友，快来坐，别客气。"

菜上来，秦妈妈热情地招呼三人吃饭，又问温玉："你跟阿荀在一起工作是吧，你们工作辛不辛苦啊，是不是经常需要加班？"

温玉一听就知道秦晋荀没跟他妈说他真实的工作性质，故而也就含糊地回道："偶尔需要，但是一般来说还好。"

秦妈妈舒了口气："那就好，不过你一个女孩子也要注意休息的，看你这么瘦，来，多吃点。"

这一顿饭，倒真叫温玉看到了跟平时不一样的秦晋荀。

他对饮食有多挑剔她是见识过的，可是今天这顿饭，秦妈妈给他夹了几次菜，她明明看到他皱了眉头，最后却还是一声不吭地全都吃下去了。

饭后，沈路安在前面一边走一边介绍着周围有哪些好玩的地方，一口一个秦姨将秦妈妈哄得合不拢嘴。温玉跟秦晋荀走在后面，开口问道："你说中午要去机场，就是去接你妈吗？"

秦晋荀点了点头："她不放心我，就接她来诸城住几日。"

"我们的饭其实可以改日再吃。"

她其实更想说，这样的见面有些尴尬，可是秦晋荀就像是没听出来她的言外之意，只是淡淡地回答："不用。"

他就这样一丝一丝地增加和她的联系，总有一日，会织就一张密密实实的网，网住她，到一个安全、光明的地方，和她一起。

　　温玉晚间和梁萤通话的时候，躺在床上敷着面膜的梁萤听到了电话里温玉走动的声音和窗户关上的声音。

　　梁萤不由得惊奇道："今天晚上不下雨吧，你不是嫌空气不流通不肯关窗吗？"

　　温玉单手插好了安全锁，说道："今天风大，我怕吹折了花。"

　　"花？什么花？"

　　"秦晋荀送来的，恭喜我复职。"

　　梁萤得知温玉养了盆花，还是秦教授送的，立刻表示出了强烈的好奇心，说什么都要去探望它，美其名曰要带点见面礼，还非拉着温玉去她最近看好的一家店里买花肥。

　　温玉拗不过，只得应允。

　　那家花店说是花店又不太准确，橱窗的玻璃干净得没有一点灰尘，摆放着各式干花制成的摆件，店门开着，门口一个浅色的木桶里斜斜插着几枝含苞欲放的玫瑰。

　　"全市估计只有这里，只要是和花有关的东西都会卖，花束、盆栽、干花，啊，还有花果茶，而且这里的花果茶还可以在店里享用。"

　　满目鲜花，汇聚了世间的美好。

　　"温玉，你那是什么花？"梁萤俯身在一旁的货架中挑选营养液，随口问道。

　　"就那盆。"温玉指了一指墙上的宣传页。

　　一个二十多岁的女人恰巧走过来，看见温玉的动作，笑着搭话道："你也喜欢那盆蝴蝶兰吗？可真不巧，店里唯一的一盆前两天被人买走了，要送给初恋。这个品种不多见，最好提前预订。"

　　温玉微微一怔。

　　梁萤反应过来，笑着说："老板娘，她就是那个收到花的初恋哦。"

　　那女人一愣，随即也笑了，顺手用毛巾将梁萤方才拨找间溅出的水渍擦干净。

"既然这么巧，今天我请你们俩喝杯花茶吧，本店的新品。"

不过一小会儿，老板娘就端上了两杯花果茶，笑容亲切："需要蜂蜜就去前台取哦。"说完去给购买鲜花的顾客结账了。温玉的目光一路追随着她，老板娘收款的时候会戴上一只手套，将钱放进收银盒之后才又脱下来。

白色的内饰本就容易显脏，可是店内的每一处都被擦拭得纤尘不染，就连装满土的盆栽，花盆边缘都是干干净净的。

温玉忽然有点理解，为什么诸城有这么多花店，秦晋苟偏偏会选择这间花店了。

见温玉看得仔细，梁萤小声嘀咕着："是不是莫名觉得有几分眼熟，这大概是我这辈子见过的第二个洁癖患者了。"

老板娘送走了一拨客人后又赠了她们一碟小点心，梁萤目光锃亮，恨不得上去抱抱她。

"哇姐姐，你手真巧啊，这些都是你做的吗？"

老板娘笑笑："叫我杜芊好了，我平时打理花店不忙的时候，喜欢做些甜品，你们喜欢就好，以后可以常来吃。"

快黄昏的时候，温玉才拖着恋恋不舍的梁萤离开了花店。

出店门前，杜芊才又想起来，叫住了温玉。

"对了，上回买蝴蝶兰那位先生说自己也想养一盆，明天早上就能到货了，你要是方便的话，就告诉他一声，可以过来取了。"

温玉点了点头，随手就将老板娘的话编辑好发给秦晋苟，过了一会儿就收到了回信，简短的两个字：多谢。

温玉在公安局没有办公室，是属于二十四小时在家等候命令的那种。本以为刚复职，没有什么新的案件，她已做好了被闲置一段时间的准备，可是没想到，这么快就来了新案子。

一周后的一个晚上，本就浅眠的温玉在手机刚响铃的时候就惊醒了，看到来电名称，温玉清了清嗓子就接起来。

"喂，我是温玉，发生什么事了？"

刘子科的声音在电话里听起来十分严肃："南郊发现了一具尸体，你现在就过来吧。"

"好。"

撂下电话，温玉迅速翻身起床，从洗了把脸到套上衣服，不过十分钟她就抓着手机出了门。这是之前当法医时就养成的习惯，办起案子来没有晨昏，累得很，可是很奇怪，现在捡起来，反而有一种顺畅的感觉。

南郊有一片小树林，紧邻着一片空地，早些年政府说要开发，但是由于开发商的问题一直搁置着，因此显得分外荒凉，鲜有人至。

出租车到了这里就没有路了，温玉下了车，在司机好奇的目光中走远。她老远就看见夜幕里闪烁着的红蓝警灯，不自觉加快了脚步。

那儿已经聚集了二十多号人，现场一个十多平方米的区域被拉起了警戒线，温玉出示了证件，迅速弯腰钻进警戒线里。

刘子科正在指挥着清理现场，见她来了，冲她点了点头："温玉，你过来看看。"

是一具男尸，已恶臭不堪，像是从粪堆里刨出来的，身上的衣服破破烂烂，脸被乌漆墨黑的泥糊住，看不清面容。

周围已经有两个法医摆弄着仪器，对现场进行线索勘察，温玉解开风衣扔到一边，戴上手套蹲了下来。

她一只手拿着专用灯，另一只手在尸体上面翻看，随着手部的移动，边查验边对身边的记录员示意："面部完整，可是身体皮肤上偶有划痕。脑后有凹陷，疑似大力敲击所致。"

温玉毫不避讳地挑起破碎的衣衫，手探了进去："肢体齐全，没有开腹痕迹，然后……"

查验到尸体下身，温玉面色一凝，身边的蔡莉莉目露惊色，往后退了一步又生生站住。

温玉沉声道："生殖器官缺失。"

检查完尸体的基本状况，温玉站起来，一边摘手套一边对刘子科说："这是初步检查，我需要更详细的检查，把这具尸体运送到鉴定科。"

刘子科应了一声就飞快地招呼人忙活。

尸体运到解剖室的时候已经是凌晨三点多了，开了大灯，室内明亮如白昼。

温玉看了一眼跟进来的蔡莉莉，想起她方才有些不舒服的模样，问道："你要上操作台吗？"

蔡莉莉瞪了她一眼："怎么，不行？"

一遇到温玉，可能是气场相斥，蔡莉莉就像一只竖起了刺的刺猬。温玉没再说话，递了口罩和手套过去。

尸体有多处被刀锋划伤，痕迹很深，有的地方已经见了骨头，血肉模糊，上面除了血迹还有很多脏兮兮的泥土，甚至隐约有虫蚁乱爬。

蔡莉莉面色有些发白，她好歹也是高才生，不是没有见过尸体；相反，专业课她是全校顶尖的，解剖课操作甚至是满分，不然也不会一毕业就被诸城公安局录取为法医。

可是一见温玉这阵仗，蔡莉莉还是惊得不行，仿佛她面对的不是一具泛着臭味的尸体，而是一张桌子、一把椅子或是别的什么器物，她仅仅是在研究这些东西的构造，完全感受不到丝毫不适，各种仪器设备用起来得心应手。蔡莉莉虽然嫉妒，但是不可否认，温玉的确是法医中的佼佼者。

蔡莉莉竭力稳定住心神，可是只要一触碰到尸体身上最血肉模糊的那个地方，胃里就有什么似乎要翻腾出来，她心中沮丧极了，有些恼恨自己没用。

温玉注意到她颤抖的手，突然"喂"了一声。

蔡莉莉立刻抬起头来，已经做好了被嘲讽的准备。

温玉一边用剪刀剪着尸体上的衣服，一边垂着眼说道："你知道我之前离开了公安局去哪儿工作了吗？"

蔡莉莉虽然疑惑，但也立刻接话道："殡仪馆，你的事情局里没有几个不知道的，想来就来，想走就走，现在又想回就回。"

温玉没理会她的讽刺，又接着说道："我在殡仪馆做入殓师的时候，身边有个助手，当时还是个实习生，他是医学院毕业的，但是一开始上操作台的时候，也不敢下手。我就告诉他，你把尸体当成一个古董……把取样纸递给我。"

温玉手上动作不减,有条不紊地讲了殡仪馆发生的一些趣事,声音徐徐,很舒缓。

"也真是没用。"蔡莉莉还是没忍住好奇,问道,"那后来呢,他现在缝合尸体之前还会吐一气吗?"

"不会了。"

温玉淡淡地说道:"其实这东西多见几次就好了,跟能不能做没关系,都是经验问题。"

不知不觉间,清理工作已经完成,蔡莉莉的注意力一直在温玉身上,她竟也不觉得太过难挨,直到温玉取下手套,她才意识到今晚的工作已经完成了。

她看温玉的表情有些复杂。

温玉将取的几个样本放在托盘里,走出去递给等候在外面的助手:"这几份样本送到检验科吧。"

刘子科那边连夜加班加点,电话打了无数个,电脑资料库飞速运转,终于在天亮的时候,死者的身份得到了证实。

死者的身份并不复杂,甚至一听就觉得跟命案扯不上什么关系。

李明复,男,五十六岁,诸城第二十五初级中学的校长,在任已经十余年,因学校的重点高中升学率一直在诸城遥遥领先,几次获得市级荣誉,还接受过电视台和报纸的采访,履历光鲜,可以说将毕生都奉献给了教育事业。

本应是教育界的楷模,谁也没想到,他会以这种不体面的样子死去。

刘子科皱起眉头:"先通知李明复的家属吧。"

那天下午回复完温玉的短信,秦晋茼刚出房门,就看见秦妈妈在厨房里忙活,厨房里的炊具都是新的。秦妈妈一边做饭一边自顾自地说着:"这么大的厨房,也太浪费了,哪天请你的朋友们来家里,妈妈做饭给他们吃。"

秦晋茼听了,思考了两秒钟,点了点头。

晚上夜色宁静,秦晋茼难得地睡了一个好觉,天亮吃完早餐,他就开车到了花店。

正在擦着桌子的杜芊看到他一愣，随即露出温和的笑容："这么早啊，那盆花还在后面的花房，我让人去取，你可以坐着等一下。"

秦晋荀点头，依言在店里随意找了一处坐下。

杜芊问道："要来一杯花茶吗？"

目之所及的餐具异常整齐，秦晋荀犹豫了一下，没有立刻拒绝。杜芊像是懂了一般，嫣然笑道："我今天刚好进了一批新杯子，正在消毒，准备今天替换呢，你等一等。"

秦晋荀的目光顺着她离开的方向看到了那个价值不菲的消毒柜，也就默应了。

花店刚开门还没有客人，将秦晋荀的茶端上来后，杜芊就去了门口，坐在椅子上安静地修剪着木桶里的玫瑰花。

店内的电视上正播放着早间新闻。

诸城电视台的早间新闻，从本市民生到时事政治都会有所涉猎，主持人一本正经地播报着："我市第一季度 GDP 预计较往年上升三点二个百分点，市长……"

新闻的内容自然枯燥，很少有人会感兴趣，可是秦晋荀不同，每一条新闻他都看得非常认真。

片花过后，主持人开始了另一个版块。

"下面是今日速递。据悉，我市警方昨夜在南郊发现一具男尸，已确认尸体身份是我市一所中学的校长，具体案情还在调查当中，警方在这里提醒广大市民，注意出行安全……"

配图有一张是在案发地点拍摄的打了马赛克的尸体图片，只能隐约看见那个男人的身形和姿势。

突然，门口"叮"的一声，是什么金属落地的声音，秦晋荀掉转了目光。

杜芊面色有些惊惶，玫瑰花从手中滑落，剪刀也掉在地上，手指尖的鲜血一滴滴落下来。她没有顾得上处理伤口，而是神经质地拽过一旁的抹布，低着头将地上的鲜血擦净。

秦晋荀不由得皱起了眉头。

突然，放在桌子上的手机嗡嗡振动，他便移开目光，接了起来。

"喂，我是秦晋荀。"

电话那头是京城事务所的一个顾问，声音有几分急切："秦教授，我们这边遇到了点问题。"

花店的店员拿来了蝴蝶兰，秦晋荀一边接过，一边打着电话离开了。

检验结果出来已经是两日后了。

公安局里，温玉按了按眉心，将检测报告递给刘子科，并在一旁说道："今天是二十五号，根据尸体的腐烂和僵硬程度，被害人死亡大概是在六月二十一号下午两点到晚上八点之间，由于春夏气温高，菌类繁殖快，时间可能还会更晚一点，但总归不会差太多。"

刘子科翻着检测报告，里面有些参数是他看不懂的，他放下报告，直接问道："你怎么看？"

温玉沉吟着说："我们现在有充分理由认定，如果凶手不是变态，这就是一起仇杀，而且，根据受害者的尸体伤况，可能涉及男女关系。"

顿了一下，温玉又面无表情地补充道："也可能是男男关系。"

见周围几个男同事都用难以言喻的目光看她，她茫然地回视，问道："怎么了，有哪里不对吗？"

"没有，只是觉得你的逻辑还是一如既往地缜密啊。"

还是熟悉的配方，刘子科干笑几声，对身后的同事说道："先联系下面，排查一下李明复的社会关系吧。"说完，转头又看见站在身后神情有几分萎靡的蔡莉莉，忍不住皱眉道，"你还愣着干什么，该上哪儿去上哪儿去啊。"

蔡莉莉面色一变，"哼"了一声，铁青着脸走了，刘子科看着她高傲的背影，一头雾水。

"我又怎么了我，大家忙活了几天了，我让她早点回去休息有错吗？什么态度！"

他正叨咕着，外面有警员敲门。

"刘队，受害人的妻子来了。"

刘子科一下子就来了精神。

本来李明复遇害的事，连夜就传给了家属，但是足足过了三天，他的妻子才来。

当时警察拨通了电话告诉她李明复遇害的消息，那头安静了好久都没有人说话。打电话的是个女警，十分能理解这种心情，正想要开口请她节哀，就听到电话那头的女人开口，声音很平静，平静到让人觉得不正常："我知道了，可是我现在在外地回不去，等我一回去就去公安局。"

因着这种奇怪的态度，刘子科见到李明复妻子的时候，先隐晦地打量了她一遍。

"您好。"

"您好，我是于素兰。"

于素兰比李明复年轻一些，也就四十来岁，眉眼清秀，气质温和，有种小家碧玉的感觉。

刘子科客套了几句，才说道："对您丈夫的不幸，我们表示很同情，也希望您能配合我们警方，早日找到凶手。"

于素兰点点头："您有什么问题我一定全力配合，只是希望警察不要去打扰我的孩子。"

这个要求很合理，刘子科点头应允了：

"如果没有需要我们不会的。您去外地是做什么？"

"儿子在外地读初中，我经常会去看他。"

丈夫就是重点中学的校长，儿子却去了外地读书，刘子科不是很能理解。他摸了摸鼻子又问道："你丈夫平时性格怎么样？"

"我先生……他在学校师生中的口碑很好，其他的，我也不太清楚。"

她回答得很保守，对于刘子科提出的每一个问题都没有抵触地回答了，但是又丝毫不带主观情绪，就像李明复对她来说只是一个陌生人。

回答完所有问题之后，于素兰就离开了。刘子科看着她离开的身影，挠了挠下巴。

小林凑上来问道："刘队，看出什么来了？"

150

"这李明复与他妻子关系不是很好啊。"

"是啊，他妻子连他怎么死的都不怎么问，就只说相信警察……"

在后面目睹了询问经过的温玉这才收拾收拾，跟他们告了别。

紧绷的神经一松懈下来，叫人只想回家好好睡上一觉，已经连续三天都没有见过外头的太阳了，一出大楼，猛烈的阳光晒得温玉有些头晕目眩，她紧紧闭上眼睛想要等这阵眩晕感过去。

突然旁边有一道惊喜的声音传来：

"温玉？"

温玉愣了两秒才辨认出了来人：

"秦阿姨？"

秦妈妈一见温玉这样，立刻上前扶住她，也不顾她摆手说没有事，就将她扶到了一边的树荫下，还从手提袋里掏出一份报纸放在石头上。

"来，稍微坐一会儿。"

过了一会，眩晕感才渐渐退去，温玉抬头问道："秦阿姨，您怎么到这儿来了？"

秦妈妈浅笑着说道："小苟昨天没回家，我寻思着你们可能又加班了，就做了点吃的，想着给你们送来。"

她身边有一个保温盒，盒子有点旧，像是用了有些年头了，大概是秦妈妈从京城带过来的。

"您怎么不给他打个电话呢？"

"他电话打不通，我又不敢贸然进去，怕给他添麻烦，就想着在门口等等看——这不就把你等出来了吗？"

说完，秦妈妈又好奇地问温玉："你这是下班了？"一边问着，一边又向大楼门口瞟去。

温玉笑着摇摇头："我休息一会儿，出来买点吃的。"

秦妈妈一拍手："那我还送对了，你快把它拿去吧，你们分分吃了。"

"谢谢阿姨。"

"别客气，想吃什么就告诉阿姨，下次给你们做，女孩子家家的，别累

151

坏了自己。"

全然的热情，很容易就让人感受到她从内而外散发的关怀。

温玉在楼里看着走远的秦妈妈，低头给秦晋苟发了条短信，才缓缓走出大楼。

回到公寓，温玉倒头就睡，直到黄昏的时候，才被秦晋苟打来的电话吵醒。

"我昨天一直在做实验，没注意看手机。"

他虽然人在诸城，可是京城那边的事务也不能不理，所幸沈路安经常往返，帮他处理了不少琐事，只留下技术性的难题，这次就是一桩盗窃案，查到了一半。

"嗯，我担心你妈妈找不到你会着急，就说你在公安局还有工作没做完，你妈妈就把饭给我了，你过来拿？"

她才睡醒，语速很慢，声音还有些喑哑，秦晋苟听着，只觉得耳朵微痒。

他缓缓做了一个深呼吸，才慢慢说道："嗯，我还有半个小时就能到你家。我们一起吃。"

半个小时后，秦晋苟敲响了温玉家的门。

他穿着白衬衫、黑西裤，在实验室熬了两天，衣着依旧整齐，只是面色有些疲惫，发丝微微凌乱，却掩饰不住他眼中的锋芒。

保温盒里的饭还是温热的，足够两个人吃。

温玉看着明显是精心准备过的饭菜，不由得感慨道："秦阿姨对你很好。"

她有些羡慕，甚至有些嫉妒，但她及时地控制住了自己的情绪，不让这个念头陷得太深，只是眼中的失落被秦晋苟逮了个正着。

他不动声色地转移着她的注意："听说，你手上接了一个案子？"

"你消息很灵通啊。"

秦晋苟不置可否，没有说他在新闻中给出的几张模糊的图片上，一眼就辨认出了她的字迹。

她的字迹娟秀工整，一如她本人的作风。

"你怎么看？"

"这种目的性很强的犯罪，很容易排查出嫌疑人。"

秦晋荀的话一向很准。

警方的办事效率高，不过一天就通过一份陈年的报案记录锁定了嫌疑人。

那是一个年轻的女孩儿，留档时年纪只有十四岁，肆业于李明复任职的初中，就在她初二的时候，她曾只身跑到学校附近的派出所报案，控告时任班主任的李明复强奸。

女孩儿当时虽然哭着，但是说出的话却条理分明，还跟着警察去做了尿检。可是尿检结果出来，并没有显示有什么异常。这时候，女孩儿的父亲也匆忙赶来了。他拿出了一份女孩儿两年前的医学诊断书，说自己的女儿心理不正常，说的话不能当真。警察将信将疑，此后曾多次上门求证，却也无果。

后来，女孩儿辍学，再也没有出现在同龄朋友们的视线里。

生活中只有案子的刘子科，没想到自己有朝一日还能迎来人生巅峰的一刻：他的偶像秦晋荀秦教授，亲口向他发出了晚餐邀请。

虽然不是最高规格的烛光晚餐，但好歹也是"朋友"这个身份才能去的"家宴"。

于是刘大队长立刻拿出手机上网查询：初次见对方长辈需要带什么礼物？

温玉不太能理解兴奋得找不到北的刘子科，偏过头用眼神问道：为什么请他？

秦晋荀回应："我妈妈喜欢热闹。"

刘子科已经开始就穿什么衣服征求温玉的意见，秦晋荀终于看不下去，插嘴道："李明复那个案子的进展怎么样了，嫌疑人查到了吗？"

刘子科这才冷静下来，回答道："目前有一个，是个花店老板。"

花店老板？温玉不由得停下了手中的动作。

刘子科愣了一会儿才想起来，一拍巴掌："好像是叫……杜芊。"

不仅温玉语塞，就连一向喜怒不形于色的秦晋荀都忍不住面露诧异。

见两人这个反应，刘子科也咂摸过味儿来："怎么，你俩认识她啊？"

温玉迟疑着点了点头："见过，我们在她的店里买过花……但是她跟我脑海中对罪犯的认知不太一样。"

仅仅是凭直觉，温玉觉得，那样干净舒服的女人，不太可能会以那种残忍的手法杀人。

温玉又问："你们已经找她做过笔录了吗？"

刘子科摇头："还没有传讯，证据不够，我们也不能仅凭一点陈年旧事就打扰群众生活，只是把她列为监控对象，看看还能不能有什么线索。"

温玉垂下眼睛，想到那日下午花店的阳光，心头莫名有些不适。

刘子科最终扛了两箱苹果来到秦晋荀家。

秦妈妈见了刘子科开心得不得了，刘子科借机跟秦妈妈进了厨房打下手，殷勤至极，连沈路安都甘拜下风，只是悄悄叮嘱他，不要说太多秦晋荀的工作。

温玉第一次来秦晋荀家，每一个角落似乎都充斥着他身上的味道，让她静不下来，于是踱步到了窗边。

巨大的落地窗，采光十分好，目之所及都是盎然的绿意，隔离了城市的喧嚣，夜晚想必也是静谧安宁的。

秦晋荀看着她单薄的背影，心中微动，走过来，清清嗓子："离吃饭还有一段时间，你也可以去书房看看。"

主人不介意公开书房，温玉当然乐意之至。

秦晋荀将她引到书房后接到一个电话就离开了。

温玉慢慢地走向他的书架，手指从一排排书上拂过。

这些藏书不知道是什么时候搬来的，足足摆满了三个大架子，从天文地理，到文学医学几乎都有，温玉随手抽出一本心理学的书翻开，里面夹了几张秦晋荀作的注释。

他的字就如同他的人，飞扬洒脱，暗藏锋芒。

书架尽头是一扇单开门，虚掩着，以为那是一个小书房，温玉没有多想就推开门走了进去。

这个房间不大，很空旷，全部的摆设也只有中央的两个画架和一张凳子，一个画架上还蒙着白布。

书房的窗子开着，风从她身后吹过来，发丝轻扬，白布缓缓垂到地下，露出了里面一幅未完成的油画。

各色花海中，一个女人转头凝眸，眼波盈盈，仿佛望着画外看她的人。

某处突然如银瓶乍破。温玉一时忘了思考，仿佛能听到自己体内血液流动的声音。

"原来这幅画在这里。"

身后突然传来了沈路安感慨的声音，他停在温玉身边，端详着画中的女人。

"我在京城见过这幅画，秦晋荀画了好久，中间那个女人始终只有一个轮廓，我还以为这辈子都见不到成品了。"他的语气充满惊奇，"没想到画中的女主角最终是你。"

他举步向前，将白布盖回了架子上，半开着玩笑："这可是晋荀的宝贝，不让人看的，我们出去聊。"

露台上，一缕烟丝顺着风向飘远。

沈路安好奇地问道："能说说你是怎么看秦晋荀的吗？"

也没有觉得这个问题很突兀，温玉干脆利落地回答："聪明、自制、正义。"

沈路安哈哈一笑："我以为你会说高智商、洁癖、变态……毕竟几乎所有人都这么认为。"

温玉没有接话。

沈路安弹了弹指尖的烟。

"真的，我曾经甚至以为我会在某个国际大案的通缉令上见到他的名字。"

温玉轻笑了一声。

沈路安加重了语气："我是说真的，你是不知道那个时候秦晋荀有多么反人类。"

"你想说是你友谊的温暖让他回头是岸了？"

温玉半开着玩笑，风吹在她身上，带出一种夏天独特的慵懒味道。

"得了吧，我哪有那个本事。"

沈路安看着随风摆动的绿叶，又重重吸了一口烟。

"从前是他的养母。而现在，那个人是你。"

温玉愣怔的工夫，沈路安眼中飞快地闪过了一丝什么。

"那根线在你手里，温玉。"

露台的门"哗啦"一下被打开，露出了秦晋荀颀长的身影。

他皱着眉头看着有些意外的两人，冷着脸说道："都在这儿干什么，吃饭了。"

沈路安冲他笑道："这不是有人替我，难得偷一会儿懒嘛，是吧，温玉？"

他冲温玉挤挤眼睛，温玉没有说话，可能是那幅画带给她的冲击太大，也可能是沈路安方才的话让她心中起了波澜，她发现，她现在根本没有办法用平常心来面对秦晋荀。

发现她的不对劲，秦晋荀眯了眯眼，看向沈路安的眼神中暗含了警告。后者摊了摊手以示无辜，飞快地从秦晋荀身边溜走了。

露台只剩两人面对着面，秦晋荀靠近，居高临下地俯视着她，眉眼间暗流涌动。

"怎么了？"

温玉侧过头，露出一截细白的脖颈，神色淡淡。

"没什么，出去吧。"

菜端上来，五菜一汤摆了满满当当一桌，想必秦妈妈也是足够了解秦晋荀，知道他不会跟别人在一个盘子里夹菜，事先拨出了一部分放到他面前。

秦妈妈的手艺很好，刘子科发挥了一贯作风，一顿狼吞虎咽后，盘子里的菜迅速减少了不少。

秦妈妈捂着嘴直乐，一边叮嘱："好孩子慢慢吃，别噎着。"

秦晋荀盯了刘子科几秒钟，眼神又移到快被清空的盘子上，沉默几秒，继而缓缓地拿起筷子，将自己面前盘子里的一块可乐鸡翅夹进了温玉的碗里。

刘子科是个有食物万事足的二傻子，根本就没留心这一幕，而在一旁看得分明的沈路安却心领神会，至于秦妈妈，看温玉的眼神当场就有点惊奇了。

温玉动作顿了一下，没有抬头看秦晋荀，筷子也没有碰那只鸡翅，只是默不作声地吃着自己的饭。

完全没意识到饭桌上的风起云涌，刘子科自顾自吃得正欢，手机突然响了。

他擦擦嘴，接起电话，众人只隐约听见对面急吼吼喊了句什么，他面上当场变了颜色。

撂下电话，刘子科"噌"的一下站起来："你们先吃，我有事要立刻走。"

秦妈妈面露关切："怎么了这是？你们局里打来的啊？连吃口饭的时间也没有了啊？"

刘子科抱歉地挠挠头，又扭头看着秦晋荀和温玉，面色带了几分肃然。

"杜芊在家里遇到了抢劫，人昏过去了，我得去看看。"

电话是刘子科派去在杜芊的花店周围盯梢的小林打来的，遇到了这意料之外的事，不免有些焦急。

这下，连温玉都站了起来，一边拿上风衣，一边利落地说道："我跟你一起去吧。"

想着法医也算半个医生,何况是温玉这种段位的,刘子科飞快地点了点头。

"行，那我们走吧。"

两人从起身到道别出门不过两三分钟，随着房门"啪"一声关上，秦晋荀微微沉下了脸，扭头盯着温玉碗里那块丝毫未动的鸡翅，不知道在想什么。

沈路安琢磨出几分味道来，调笑道："秦晋荀啊秦晋荀，往日都是你沉迷调查，根本不理会一旁可怜的我，今天也算是尝到了被忽略的滋味了吧，真是……大快人心啊。"

秦晋荀眸光转深，没搭理沈路安。

温玉的表现很不对，他好像知道是哪里出了问题，于是他也放下了筷子。

"沈路安。"

"啊，叫我干什么？"

"你跟我出来一下。"

温玉和刘子科几乎是和医护人员一同赶到现场的。

看见两人，穿着便衣的小林立刻迎了上来。

"刘队、温法医。"

刘子科冲他点了点头，紧接着问道："里头到底怎么回事？"

小林面露愧色，他本是被派出来盯着嫌疑人有没有什么异常举动的，结果却让嫌疑人在自己眼皮子底下变成了受害人，当真是自己执行任务不力。

"我当时看着杜芊进了家门，眼见着她卧室的灯亮了，就有点松懈，蹲在墙根儿底下寻思吃点东西。刚才……八点来钟吧，屋里面的杜芊突然叫了一声，然后我就听见她冲什么人大喊了一声，叫他出去。"

小林说着，面露疑惑。

"我当时就觉得有点奇怪，也没看见有人进出她房间啊，等我翻过栅栏冲里头一看，就瞧见她昏倒在地上了，旁边没有别人，应该是逃走了。"

杜芊的家就在她开的花店后面的一条街上，一楼，外头还有个不算大的小花圃。可能由于职业关系，杜芊将这里打理得很好，街上平日里也算有行人往来，毕竟隔着两条路就是繁华的商业街，但往日没听说过治安有什么问题。

刘子科留在外面调查，温玉跟着医生去里头看杜芊的情况。

杜芊已经被抱到了床上，温玉看了看屋内，四周陈设凌乱，有推搡的痕迹，她走近床边，见床头桌上有几个白色的药瓶，看清上面的字，她目光一凝——都是安眠类药品，从药房就能买到的普通品类到只有医院可以拿到的处方药，有几个瓶子已经空了，被歪歪斜斜地扔在一边，一点也不符合一个爱干净的女人的作风。

温玉出来，看见刘子科正在花圃的后门研究着什么，她走过去俯下身子："杜芊没受什么外伤，常规检查也正常，应该是情绪太过激动晕了过去。"

刘子科站起来，理解地点了点头："受了大的惊吓，是挺容易昏厥的。"说着，刘子科冲门锁指了指，"你看，这个门锁被撬开了。"

刘子科摆弄着坏锁，眉头扭成了"川"字。

"看来那个人是从这里跑的——可是也说不通啊，他是怎么进来的？而且小林就是从这个方向来的，那个人逃跑，两个人不可能碰不上。"

刘子科百思不得其解，突然拍了拍脑门："哎呀，刚才叫着秦教授一并来就好了。"

温玉一怔，不由得冲自己的身侧微微偏头，没有人。

有风从某个方向吹来，空荡荡的，直接拂在她的身上，她低下头来，垂在身侧的手指拢了拢。

"你在找我？"

忽然间风似乎一下子被阻隔在他的身后。

秦晋荀从后面走过来，面无表情地站到温玉身边，在她望过来时将手里的一个手提袋递了过去。那袋子有几分眼熟，温玉一愣，想起秦妈妈拎着它等在公安大楼下的样子。

温玉不出声，秦晋荀的手也不缩回来，他手臂平举着，也不嫌酸。瞧见鼎鼎大名的秦教授出现在这里，小林等人已经好奇地望过来。

温玉盯着自己的脚尖，低声问道："这是什么？"

"我妈说你没吃多少东西，让我给你送点点心水果。"

温玉别开眼睛，没有伸手接，只是淡漠地开口，语气中带着刻意的疏离："我已经吃饱了，替我谢谢阿姨。"

秦晋荀看了她几秒钟，平静地移开目光，走到那把坏了的锁前，垂下头端详了片刻。

"这个锁的锁孔周围划痕凌乱，如果真是小偷撬开的，这应该不是第一次作案了。"

刘子科一愣，上前仔仔细细看了一遍。

"还真是。"

他摸着下巴，有些不可置信："被撬了那么多次也不报警，这个杜芊防盗意识也太差了吧。"

"刘队，你过来看，这里好像有脚印。"

不远处有人喊刘子科，刘子科应了一声就过去了。温玉也要跟去，但手腕一紧，她就对上了秦晋荀漆黑的双眼。

"从刚才晚饭的时候开始，你就躲着我，为什么？"

花圃僻静的一角，两个人相对站着，空气里流转着淡淡的凉意。

"你看到那幅画了？"

温玉没答。

秦晋荀眯起眼睛，意味深长地开口："你又不是第一天知道，我对你有非分之想。"

她的眼中有复杂的光闪动，心里有很多话要说，却又不知道该如何开口，最终只是说道："可是今天我才意识到，我将这件事想得太简单了。"

刘子科在不远处大声地叫她："温玉，杜芊醒了，过来一下。"

"我过去了。"

她身形纤细，路过身边时，长发被风扬起，其中几缕拂在了他的面上。

秦晋荀能勘破的事物很多，只是这里面并不包括温玉现在脑袋里的想法。他抿起嘴角，英俊的眉头拧了起来，望着她的背影，显出几分烦躁来，顿了几秒钟，也提步跟上。

家里一下子多出这么些人，杜芊一开始有些慌乱，但很快就镇定下来，倒是看见温玉和秦晋荀的时候显出了几分讶异。

刘子科在她旁边坐了下来，问道："你看清那个小偷长什么样了吗？"

杜芊犹疑地反问："小偷？"

"是啊，入室盗窃不是小偷是什么？"

见杜芊有几分迷茫，刘子科又耐着性子问了一遍："他跑了，你还记不记得他有什么特征？"

"抱歉，我现在头很疼。"

刘子科便用浅显的问句试图引导，比如，是男是女，身高是否比她高。

温玉一直在看杜芊，她肯定和那个小偷正面相遇过，只是在刘子科进一步询问小偷的面部特征时，她几次犹疑，就连一个头发的长短问题都改了两次口，唯一能确定的是这个小偷是个女人。

可能是方才的昏厥，让她现下的思维有几分混乱，回答起刘子科的疑问时也显得心不在焉。

眼下无法再多问出来有用的信息，刘子科叹了一口气。

"我们刚才看到你花圃后面的门锁了，之前是不是遭了几次小偷？"

杜芊点点头。

刘子科的语气带了几分责备："为什么不报警？"

杜芊垂下眼，表情有些寡淡："我检查过，也没丢什么东西，报警……

也没什么必要。"

刘子科看过她的档案，想起她的遭遇自然知道她为什么这么说，可是当年那桩强奸案毕竟没有受理调查，无法确认她说的是不是真话，只是刘子科的心头依旧有些不是滋味，那种认命的表情太悲观，里面有着对生活的麻木。

与其说报警没什么必要，还不如说，杜芊已经对警方失去了信心。一向心大的刘子科有些快快不乐，周围的小林等人也不知道说什么好。

一片沉默中，杜芊却在这时抬起了头："不过，有哪位能跟我解释一下，警察为什么会出现在我的家里？"

她的问话没有攻击性，甚至是温和的。

刘子科还没有想好应不应该现在就告知她李明复的死，以及警方对她的怀疑，她却已经接口：

"我看到那条新闻了，我也知道被打了马赛克的那个人就是李明复，所以……你们怀疑人是我杀的？"

杜芊的气质给温玉一种很奇怪的感觉，她是温和的，可是这一瞬间，又有一种绝不可沟通的讥诮，这两种情绪在她身上奇异地融合在一起。

嫌疑人不按常理出牌，刘子科有些讪讪："排查嫌疑人是我们警方的职责。"

"人不是我杀的。"杜芊的话很干脆。

"知道他死了我很高兴，我的确跟他有仇，如果有这个条件，我也愿意杀了他，但是他确实不是我杀的。"

刘子科："……"

从杜芊的家里出来，刘子科面色沉重地对小林说："将杜芊正式列为嫌疑人，限制出市。"

小林有些不忍："我觉得，杜芊不像是杀人凶手。"

"要讲证据，证据知道吗？现在杜芊自己承认有犯案意愿，她又有作案动机，必须调查。"

话虽如此，刘子科却又烦躁地挠了挠头："将当时那桩强奸案的卷宗调出来吧，既然当年的事情有疑点，我们就不能置之不理。"

一个正在收拾东西准备回公安局的小警员突然发现身边站了一个人。

"温玉呢？"

小警员见秦晋荀主动跟他说话，有些受宠若惊，立即回答道："温法医已经走了。"

而且是一从杜芊那儿出来，就头也不回地走了，像是稍晚一步，身后就有什么要追来。

只是看秦晋荀面色愈加冷沉，小警员识趣地将这句话吞了回去。

这一趟折腾下来，温玉回到家的时候，已经将近十二点。

她随手将包挂在架子上，借着月光，时针分针严丝合缝地贴在一起，秒针"嘀嗒嘀嗒"地走着，她侧耳听了会儿，第一次觉出了家里的空旷。

于是在满室昏暗中，她疾走几步，将紧闭的客厅窗户一下子拉开，夜风呼地灌了进来，不凉，却让周围有了细微的响动，风吹在窗框的声音，拂过窗帘的声音，甚至扬起她的头发摩擦着她侧脸的声音都异常清晰。

她垂眸看着被风刮得微微摇晃的蝴蝶兰，轻轻叹了口气。

第二日一早，梁萤家的门铃便响个不停。她刚熬夜赶稿，此时哈欠连天地出来开门，却被外面的人吓了一跳。

"阿玉，你怎么来了？"

"进去说吧。"

梁萤倒了两杯水，坐下来，面色古怪地瞥了瞥温玉旁边的东西，伸出手指。

"你确定——要把它送给我？"

温玉面色不变，点了点头："我最近工作会很忙，没时间侍弄它。"

梁萤犹犹豫豫，却抵不过心中的好奇："这是秦教授送给你的花吧，你就这么送给我？"

温玉喝了口水，没说话。

梁萤似有所悟："阿玉，我们好歹已经认识这么久了，你和我说实话，

162

你……你和秦教授之间，是不是出了什么问题？"

对上梁萤关切的目光，温玉笑得很坦然："我们之间能有什么问题啊。"

梁萤没那么好骗，身子向后靠，双手交叉抱肩，一副"你别想糊弄我"的神情。

想到今天来，总归是要告诉她一些事的，温玉缓缓吐了口气。

"小萤，你知道自欺欺人和掩耳盗铃的区别吗？"

梁萤点点头，又摇摇头，字面意思她都懂，可是放在这种情景下，她的脑子有点不够用……

温玉拨弄着面前的玻璃杯："你觉得，秦晋荀……喜欢我？"

梁萤理所当然地点点头："他当然喜欢你。"

温玉笑了，摊摊手："你看，他对我说过喜欢我，你们也知道他喜欢我，可是偏偏我自己自欺欺人，像是没事人一样，听过了却假装忘了，这不是掩耳盗铃又是什么？"

那幅画中的她，脸上是全然的温暖，是她从未展露在他面前的笑颜。

那一刻，她清楚地听到了自己的心跳声，他甚至比她想象的还要更喜欢她一点。

可同时，她也清楚地知道，她不能再放任自己被动地接受了。

"我不明白，依我看你也不是对秦晋荀没感觉，那在一起就好了啊，你还在顾虑什么啊？"

温玉叹了口气："我只不过是突然意识到，他要做的事情已经很危险了，我不能把我周围的危险也加在他身上。"

梁萤蹙起眉头："我真的听不明白，秦教授那么聪明，会保护自己，也一定会保护你，我知道你们的工作性质有点危险，可是……"

"那个人回来了。"

温玉打断了梁萤的喋喋不休。

"啪"，梁萤手里的杯子摔在地上，霎时间四分五裂。

"那个人？哪个人？你说两年前绑架了你的那个男人？"

温玉默认。

163

梁萤慌忙站起来，甚至没工夫搭理自己身上的水渍，急吼吼地去拉温玉的手。

"不行，阿玉，你不能留在诸城了，这里对你来说太危险了。"

"小萤，你冷静一下。"

梁萤环视着四周，仿佛目之所及都有潜在的危险："你回去收拾收拾东西，我们走，随便去哪儿都好，我带你离开诸城。"

"小萤。"

"我现在就订票……"

"小萤！"

温玉加重了语气，眼神却很温和，她平静地看着梁萤，梁萤的眼眶瞬间聚集了豆大的泪珠，"啪嗒啪嗒"砸在桌子上。

"阿玉，怎么办……怎么办啊，阿玉？"

温玉上前握住她的手安抚着："我告诉你这件事，不是想让你替我担惊受怕，而是……我不知道他什么时候会找上来，他见过你一面，我希望你多加留意，小心一点。"

被温玉的镇定感染，梁萤的情绪也渐渐缓和下来，只是仍旧不死心："既然可能有危险，我们避开就好了啊，我的工作只要有个电脑就行，你去哪儿我都可以陪着你。"

温玉摇了摇头，目光落向远方。

"秦晋苟说，他在查这个案子，让我信他，我就姑且把他当作我不用再逃避过去的借口吧。两年了多，我不能，也不打算逃避了。"

梁萤有些愣怔。

温玉的身形单薄，但是比两年前已经好了太多。她的父母死于那场大火，元凶却扬长而去——她自责到了极点，也绝望到了极点，曾经梁萤甚至害怕她会轻生，有那么一段时间，梁萤一刻都不敢离开她的身边。

那段时间是个噩梦，他们所有人的噩梦。

温玉站起身："我还要去局里，你最近……也小心些，有事情就给我打电话。"

梁萤点了点头。

温玉走了，留下了那盆蝴蝶兰。

因为参与了李明复被杀害并被抛尸的案子，温玉转身就去了局里，打算研究一下李明复的验尸报告，看看能不能有什么新发现。

检验科给出的报告十分详细，队里已经根据李明复鞋上的土壤成分与现场土壤成分相差较大的检验结果，明确了抛尸地点并不是第一案发现场，温玉便想顺着这条线索推测凶杀案的案发地。

那边刘子科打着瞌睡，"砰"的一声，脑袋磕在了桌子上，他立刻强迫自己睁大眼睛直起身来。

温玉颇为担忧地看向他。

十年前的档案，尤其是未立案只有笔录的，十分不易找，可是刘子科愣是在档案室泡了一夜给找出来了，此刻，稍微恢复了点精神的刘子科正挂着眼袋埋头梳理杜芊当年的报案记录。见温玉看过来，他抱怨道："十年了，有用的线索太少，没有证据，就这一份简单的笔录，不过现在看来，杜芊说的如果都是实话，死者，哦不，李明复，真不是个东西。"

对刘子科疾恶如仇的性子有几分了解，温玉只是安抚地看着他。

"不过若论杀人动机，这个杜芊有绝对的嫌疑。"刘子科又翻了一页，将笔录递给她，点了点其中的一行字，"你看看这里。"

当时的笔录是手写的，由于时间久远，黑色的水性笔痕迹已经微微模糊，但还是能清楚地看到有一个地方被重点圈了出来。

"这里是杜芊自己说的话：'法律如果不能给我公平，我就亲手替我自己夺回来。'"

不难想象杜芊当时是有多绝望，底下还有当时记录的警察自己写的话：报案人有强烈的报复意欲，建议家长回去多加疏导，以免日后酿成严重后果。

温玉合上记录册。

"这毕竟只是一份证词，而且杜芊那时才十四岁，是未成年人，当时现场的情况还需要进一步核实，还能找到当年做笔录的民警吗？"

"我正在找，那位民警现在已经不在公安系统了，需要费点时间。"

这时候，小林走过来问："队长，于素兰想要取走李明复的遗物，可以吗？"

刘子科点了点头："走个程序吧，看看李明复遗物里面有什么，登记一下就让于素兰拿走吧。"

闻言，温玉不由蹙眉："李明复还有遗物？"

刘子科一愣，然后解释道："对，刚发现尸体的时候，他还有一件外套，也脏得不像样子，那个时候你还没赶到，蔡莉莉她们收起来的。"

"里面都有什么？"

"衣兜里的东西……也就是一把车钥匙、一张自己的名片、一支笔，哦对了，还有几颗糖。"

"糖？"

刘子科点头："对啊，据说李明复有点低血糖，他老婆经常在他兜里揣点糖、饼干什么的。"

温玉严谨惯了，本能地皱皱眉头："还是先交给法医处查一遍吧，没什么问题再让于素兰拿走。"

刘子科点点头，示意小林去通知蔡莉莉采样。

温玉也转身要去帮忙，刘子科突然叫住她："啊对了，温玉。"

温玉疑惑地回头："嗯？什么事？"

刘子科冲她眨巴眨巴眼，放下手中的记录册，双手交叠放在膝盖上，一副乖巧的模样。

"我明天下午想再去一趟杜芊的花店找她询问一下情况，顺便了解一下十年前的案子，你帮我跟秦教授说一声，要是他没什么事就陪我去看看呗。"

温玉扭头看他："你自己也查了这么多案子了，怎么，还不敢单独去调查嫌疑人？"

刘子科顿觉泄气，挠了挠头："不是……我就是觉得，每次面对杜芊的时候，我都有点愧疚。"

同样身穿警服，十年前的同僚却没有调查这桩可能毁了一个女孩一生的案子，以至于现在，刘子科面对可能是嫌疑人的女人时，也忘不了她当年也许同样是个受害者，一直没有得到过公正的受害者。

166

当年这件事必然存着很多不可告人的秘密，温玉也沉默下来，隔了几秒钟才说道："你还是自己问问他吧。"

"别啊，温姐姐，秦教授气场太强，我怕他拒绝我，我这小心脏肯定受不了。"

所以就把锅甩给我？想起秦晋苟这几日她一出现便现出压迫性的眼神，温玉用咳嗽掩饰住自己的不自在，而后一记眼风扫过去，看似柔和，实则暗藏杀气。

刘子科立刻转了口风："哎哎，那你陪我去一趟也行，你不是认识那个杜芊吗，她总不会把你也赶出去。"

温玉听了这话微微恍惚。

她跟杜芊见了仅仅那么两次，可奇异的是，她总也忘不掉杜芊反复擦着灰尘的样子、小心翼翼避免着旁人触碰的样子、衣衫沾了土慌乱离去的样子……这些癖好仿佛能带给杜芊莫大的安心。

每个人习惯的养成都离不开幼时环境的影响，温玉不确定杜芊是不是因为那一遭事留下了阴影，因为恐惧与人接触，表露在外便是一个洁癖症患者的模样，无端令人揪心。

她却又不合时宜地想起那个男人，孤僻、傲慢、冷漠，同样有洁癖，令人发指。她控制不住自己去想象从前的他又是什么样子的。

"温玉？你在想什么呢？你陪不陪我去啊？"

"好吧。"温玉稍加考量就答应了下来。

于是第二天，刘子科带着小林，三人约了在杜芊的花店对面碰面。

可是等温玉看到两人的同时，也看到了那个漫不经心地站在一旁，发着呆，眼中的焦点不知道落在哪里的男人。

秦晋苟也来了？

温玉的嗓子有些发紧，衣衫下的手微不可察地握了握，表情未变，走了过去。

刘子科先看到温玉，不等她开口，立刻咧开了嘴："怎么样，看到秦教授在这里是不是很惊喜？是不是感觉今天的问询一定会很顺利？"

温玉笑了笑，没有接话。秦晋荀也并没有因为刘子科发自肺腑的恭维多给他三分青睐，在发现温玉有意避开自己的眼神后，秦晋荀彻彻底底地将自己站成了一座冰雕，一座帅气的冰雕。

刘子科没有感受到两人之间奇怪的氛围，喜滋滋地对温玉说："我昨天随意提了一嘴，秦教授立刻就答应陪我过来，果然相处久了后才知道秦教授其实很好说话啊。"

如果打了三个电话喋喋不休并最终搬出了温法医也能算随意提了一嘴……一旁的小林翻着白眼暗自腹诽。

花店门口的风铃叮叮当当响了起来，杜芊一只手拿着话筒转过来。

"欢迎光……"

看到走进来的几人，她面上舒心的笑意便变得浅淡了，扭过头对着电话里头说道："姜先生，一旦您订的花到了，我会给您打电话的……好……再见。"

撂下电话，她慢慢走过来："是你们。"

刘子科掏出警察证在杜芊面前晃了晃："杜小姐，请您配合。"

杜芊沉默地点点头，走过去关上门口的玻璃门，又在上面挂了一个"暂停营业"的牌子，而后才坐到刘子科的对面。

"是还有什么问题吗？"

刘子科点点头，清了一下嗓子："你不用紧张，我们也是按规定问点问题。杜小姐，请问你六月二十一号下午到晚上这一段时间，在做什么？"

六月二十一号是温玉通过尸体腐烂状况推测出的李明复的大致死亡时间。

时间已经过去了大半个月了，杜芊困惑地想了一会儿，而后摇了摇头。

"我不记得了，我……没什么朋友，平常那个时间段，我应该都会在店里，不过晚上七八点就闭店回家，具体的关门时间还要看当天店里有没有客人。"

"不记得了是吗？"

刘子科正要记录下来，忽然杜芊像是想起了什么。

"虽然我不记得，但是我的店里有监控，你们可以调出来看看，说不定能作为我不在场的证明。"

有监控？这可是有力的不在场证明，刘子科一愣，只是杜芊的反应未免也太快了些，他不由细细地打量起杜芊的神情。

她的表现异常镇定，以往的嫌疑人，只要是有一点心虚，都逃不过他们这些办案多年的刑警的眼睛。

刘子科又看向秦晋荀，发现他敬爱的秦教授正端庄地坐着，对着温玉一副神游天外的样子，根本给不了他任何提示。

刘子科干笑一声："好吧，那个……小林，把杜小姐店里的监控录像拷出来一份带回局里吧。"

监控录像留存了很多，小罗拷出来需要费点时间。

等待的时间，杜芊又端上来一个托盘，玻璃盘上的几杯花茶在日光折射下晶莹剔透，杯子里花瓣舒展，显得十分漂亮："来，喝点茶吧。"

托盘中间还有一份精美的小点心，形状可爱，温玉上一次和梁萤一起吃过，是杜芊自己烤的。

她拿了一块放进嘴里，花香中透着丝丝微甜。

杜芊端了茶上来又转去另一边打理那些花，门口有好几个花桶，里面是一枝枝修剪好的花，红的玫瑰，白的百合，还有淡紫色挺立的风信子。

一直被秦晋荀的眼神骚扰，温玉再也坐不住了，佯作无意地站起身，走到杜芊的身边看她给鲜花喷水。

温玉的眼神不由落在了那些风信子的花球上，由衷地感叹："这风信子真漂亮。"

杜芊表情柔和，用一个透明喷壶"呲呲"地喷了几下，水雾自空中缓缓飘落在淡紫色的风信子花瓣上。

她的声音很轻："我妈妈喜欢这种花，我每个月都要进一些送给她，其余的就摆在这里卖，不过风信子不出挑，还是买玫瑰的客人多一些。"

温玉附和着："室内摆些鲜花，确实能让人心旷神怡。"

杜芊又笑了笑，回头看了看坐着的秦晋荀，又偏头看她："之前你男朋友送你的那盆蝴蝶兰也很漂亮，现在开得还好吗？"

温玉顺着杜芊的目光回望，秦晋荀遥遥地看着这边，目光晦暗，像是包含了太多情绪，又好像由于一直干涸，深处一片荒芜。

他的目光看得她心慌意乱。

温玉匆匆转回头，不由语塞，不知道是应该先告诉杜芊那盆蝴蝶兰她已送人，还是应该先解释她和秦晋荀并不是那种关系。

两人正说着话，忽然间，玻璃门被推开了，一个男子艰难地抱着一大捆花进来。花底下还带着花泥，很沉，男孩儿的额头上冒着豆大的汗珠。

"杜芊姐，我给你送花来了——这是有客人？"

他费力地扭头看了看门上挂着的牌子，又看了看桌旁围坐的几个人，立刻就拘谨了些。

他二十岁左右的年纪，个子挺高，可能是常年日晒，皮肤显得有点黑，浓眉大眼的，整个人透着朴实的憨厚劲儿。

见几人都有意无意地打量着他，杜芊便笑着解释道："他叫王政，在花场工作，一直以来我从南郊那边花场订的花，都是他给我送过来的，他人很好，很能吃苦。"

话里话外都是维护，言下之意，这个男孩儿并不会和李明复的案子扯上什么关系，希望刘子科等人不要为难他。

说罢，杜芊走近他，掏出一张纸手帕递过去，显露出几分亲近，却又控制着没有碰到他。

"外头热吧，你看你这一头汗，花放下，过来歇一会儿吧。"

王政将花小心翼翼地放在门口的地上，接过杜芊的纸手帕，攥在手里："杜……杜芊姐，我不坐了，回去还有事，我就先走了。"

"这么忙，你们老板可要给你涨工资的。"

"杜芊姐你可别夸我了，我本来就没念过几天书，要是再不好好干活儿，可就吃不上饭了。"

似乎是听到杜芊的称赞有点害羞，王政说完便飞快地跑出去了。

刘子科狐疑地挠挠头："他又不知道我是警察，跑啥？"

温玉随口回答："他害羞。"

"那你呢？"从进来就没吱过声的秦晋荀突然插嘴。

刘子科觉得周围的空气瞬间凉了几分。

温玉蹙眉："我什么？"

"你为什么总是不看我？我又不会吃了你。"

光天化日，秦晋苟问得很直白，就差将"女人的心思不好猜"这几个大字写在满是不爽的脸上。

刘子科悄悄咽了一下口水。

秦晋苟说完，皱了皱眉头，似乎也意识到这句话并不是很妥帖，于是顿了顿又补充道："最起码现在不会。"

温玉："……"

打破这尴尬的沉默的是小林，小林拿了硬盘出来："可以了，刘队。"

东西拷完就可以打道回府了，刘子科犹豫了一下，还是回头对杜芊说道："谢谢杜小姐的配合，如果有需要，我们会再联系你的。"

杜芊点了点头，开门送他们出去。

几人走到街上，刘子科眼巴巴地看向秦晋苟——只有秦晋苟开了车。

只是秦晋苟走了两步，突然停下："在这里等我一下，我有点事。"

说完，秦晋苟又转身回到了店里。

刘子科和小林只好百无聊赖地等在路边。

一阵突如其来的阴郁席卷了温玉的感官，她默不作声地四下望了望。

夏天的风吹来，四处温暖懒散，店铺林立，行人二三，稍微打眼的，是一辆银灰色的跑车，静静地停在道路的对面。

车窗关得很紧，黑色的玻璃膜阻隔了外面的人探寻的视线，完全看不到里面是否有人。

"温玉，你在看什么？"

"没什么。"

温玉只是看了一眼就收回了目光。

刘子科却顺着温玉的视线看过去，忍不住将嘴张成了"O"形。

"我的天，你看到那辆跑车的车标了吗？我还是第一次见到这种豪车，太拉风了吧。"

身后有风铃声响起，秦晋苟开了门重新走出来。

"秦教授，你刚才又回去干什么了？"

秦晋荀双手插着兜，神色淡淡："没什么，走吧，我跟你们一起回公安局。"

温玉抬步跟上，走了几步，又回头看了一眼。街角处，那辆跑车发动，缓缓驶离，而先前她被什么盯住的感觉也瞬间消失。

她敛下神色，低着头快步跟上。

回到公安局是下午三点，刘子科撸起袖子霸占了一台电脑，看那架势是准备通宵将这些录像都过一遍，温玉也在他旁边坐了下来。

秦晋荀坐在宽大的椅子上，双手交叠，看着温玉的背影，神色又开始迷茫了起来。

阳光斜斜地从温玉身后照进来，为一头黑发镀上了金边，他眼神不错，还能看到她形状优美的脖颈儿上面细小的绒毛，透着恬静的气息。

温玉不觉得有什么，刘子科却如芒刺在背，点鼠标的手都快不听使唤了，他转过头讨好地看着秦晋荀。

"秦教授，要不您……回去休息一会儿？"

他刘子科是得有多大的面子，能让秦教授陪着他看这些枯燥无味的监控录像。

秦晋荀却站了起来，轮廓分明的下颌微扬，视线从他身上一扫而过，薄唇轻启："辛苦了，时间也不早了，我点晚饭给你吃？"

刘子科抬头看了看明晃晃的日头："不用，我不饿——"

秦晋荀冲着他露出了一个浅薄的笑。

"咳咳。"小林在一旁突然剧烈地咳嗽起来。

"但是也有点想吃，那就麻烦秦教授了。"求生欲促使刘子科的话硬生生地转了个弯。

秦晋荀满意地点点头，走到一边掏出电话打给了什么人，足足讲了约莫五分钟的话，声音很小，众人都听不大清楚。

撂下电话，秦晋荀又重新回到座椅上，晒着太阳，发呆。

不过半个小时，办公室的门被敲响了，一个警员推开门，同时一股麦香涌了进来。

172

刘子科以为是哪位好心的同人将外卖送过来了，立马扬着笑脸站起来："这么快啊，闻着真香——哎，季检？"

刘子科不由得一愣。

季景然迤迤然跟在警员的后面走进办公室，手中拎着一个糕点盒子，盒子上有一家需要排很长队才能买到的网红蛋糕店的标志。

他似乎第一眼看到的永远只有温玉，目光柔和地冲她笑笑。

温玉直起身子："景然？你怎么来了？"

被翻出的旧案

季景然身上还穿着检察官的制服，帽子端在手上，脊背挺拔。

见到秦晋荀，季景然只是微微点头，眼神交会间，是只有两个男人才明白的无形的硝烟。

季景然将糕点盒子递给温玉，唇畔晕出一抹笑意："办事路过，听说你们最近都很忙，就顺道过来看一下。"

"谢谢。"温玉也笑着回答，将盒子放到桌上。

季景然跟了过来，将点心一一分给周围的人。除了刑警队的队员，还有两个法医。

大概真是巧了，分到秦晋荀的时候，只剩下一个空盒子。

季景然微笑："不知道秦教授也在这里，不太够。"

吃人家嘴软的众人内心戏惊人地一致：季副检察长不是小心眼的男人——吧。

秦晋荀站了起来，两人身高相仿，气场不同，对视之下，刘子科只觉得眼前一片刀光剑影。

"没关系。"秦晋荀矜持地微微颔首，眼中闪过一道光，迅速从温玉手中抽出季景然递给她的最大的那个，然后又恢复了一脸面瘫。

见温玉看过来，他还煞有其事地问道："有点饿，不介意吧？"

温玉看着空空如也的双手，咬了一口的那个点心已经到了秦晋荀的手里，她脑袋有点蒙——这不像是个洁癖患者做出来的举动。

空气中弥漫着一股淡淡的尴尬。

这时候，门又一次打开了，一个穿着警服的人拎着一个糕点盒子在门口探头探脑。

"哎？小王，你们科室没事儿？来我们这儿干吗？"

小王溜进来，将手中的盒子放到桌子上，打趣道："是你们队订的外卖吧，生活质量真高啊。"

小王送了东西就走了，留下一众摸不着头脑的吃瓜群众，看看秦晋荀，再看看季景然，最后视线落在桌子上那包装精致的糕点盒子上，没有任何一个标志，只是香气扑鼻。

小林干笑了一声："那什么……我们今天真是有口福了哈，感谢季检，感谢秦教授。"

秦晋荀出乎意料地亲民了一下，他冲着小林微微点头，然后在后者受宠若惊的表情中转向温玉。

"吃这个，你喜欢吃的。"

盒子打开，糕点的形状格外眼熟，温玉忍不住问询地看向秦晋荀。

秦晋荀自若地掀了掀眼皮："我见你在杜芊的花店里喜欢吃这些小点心，就问她买了配方，这是刚才让沈路安找糕点师傅做的，很干净。"

秦晋荀一边说，一边恍若无意地拿眼角睨了一眼季景然带来的点心盒子。

温玉面色古怪地看着他："所以你那会儿回去，就是为了问杜芊要这个点心的配方？"

秦晋荀理所当然地点头，全然不晓得这番作为有什么不妥，只专注地望着她，一脸的云淡风轻。

温玉无端想起了一句烂熟的古诗词：一骑红尘妃子笑，无人知是荔枝来。

他将盒子捧到她面前，就像那个帝王将千里迢迢送来的荔枝捧到心爱的美人面前。

温玉低头看了看那只骨节分明的手，垂下眼睛，默不作声地拿了一块。

"好吃吗？"

好吃，比在杜芊那里吃到的似乎要甜一些，一直甜到了心底。

可是温玉什么话也没说。

刘子科总算是看明白了，秦晋荀这是在讨好温玉呢，然后又悄悄瞥了一眼季景然，他唇边的笑依旧令人如沐春风，只是弧度已经很久都没变过，显得有几分僵硬。

三角恋啊。啧啧，他莫名地有点羡慕温玉，做个技术好又漂亮的女孩子真好。

忽然胳膊一痛，刘子科扭头接收到了一旁的蔡莉莉的白眼，打了个哆嗦，及时地止住了脑袋里的"奇思妙想"。

下午茶结束，季景然没什么理由再留在这里，走之前温和有礼地询问秦晋荀是否需要顺路送他一程，并亲切地表示不顺路也可以送，但被对方高冷地拒绝了。

余下的人散去，该干什么干什么，秦晋荀则拿了之前和杜芊有关的档案看了起来。

刘子科专心致志几个钟头后，终于发出了声音："咦？"

视频显示杜芊那天下午一直在花店里忙碌，只是快到晚上八点的时候，闭了店门，出去的方向是她家的方向，花店的监控只能勉强照到街角，视频边缘的一角隐约可以看见杜芊家楼下的花圃，再往那边，就是这个监控摄像头拍摄不到的角落了。

刘子科站起来冲靠在椅子上闭目养神的男人招呼道："秦教授，你过来看。"

温玉原本已经迷迷糊糊，被刘子科的声音惊醒，发现自己的身上披了一件眼熟的外套，有淡淡的薄荷的清香，她默默将外套拿在手里，走到刘子科身后看视频。

不甚清晰的视频里，一个人影鬼鬼祟祟地走到了花圃的门口，在门外鼓捣了半天。门打开后，那人左右张望了一下，迅速离开了。

秦晋苟的手指有一下没一下地轻叩着桌面，神色有些深沉。

刘子科按下暂停键，犹疑地偏头问他："这就是杜芊家进的那个小偷吧？"

视频里的人，衣衫宽大，戴着宽檐的帽子，加上像素实在很差，除了能隐约地看出是个女性，几乎没有一点参考价值。

刘子科摸摸自己的下巴："不过，既然监控摄像角度有限，杜芊这个不在场证明就不能成立了……而且也不能肯定地说，这个人就是进入杜芊家的小偷，或许是杜芊自己呢，假装从店里回家休息，等到天色暗了再偷偷溜出来去杀了李明复，然后在警察找上门来的时候故意拿着监控录像给我们想浑水摸鱼。"

虽然自己手上没有什么工作但愣是没有下班，留下来陪着众人熬夜的蔡莉莉突然冲着刘子科冷笑一声："你想象力这么丰富，不去写小说可惜了。"

刘子科说出这种话完全是职业习惯使然，被蔡莉莉这么一数落也觉得是自己想多了。

秦晋苟倒是难得地没有忽略他的话，只是又点开了视频，退回去一小截重新播放。

"杜芊有很严重的洁癖，这种习惯是不可能伪装得毫无差错的，可是视频里这个女人——单是从她撬锁的姿势和过后随意地将泥土拍了拍这种小细节上来看，不可能是杜芊。"

说完，他似乎还犹豫了一下，不知道想到了什么，皱皱眉头不再说话。

听完秦晋苟的分析，刘子科恍然大悟，可是忙了一晚上，除了在视频里看见再次出现的那个小偷，再没有发现任何线索。刘子科头疼地揉了揉太阳穴，转头对小林说道："之前不是还列出了几个嫌疑人吗，将他们的资料再筛选一遍吧。"

小林点头，刘子科又补充道："另外，查一查杜芊家附近还有哪里有摄像头，如果是商铺就派人协商，如果是交通摄像头就去交通运输部门调，申请将那晚的录像全部拷回来，看看能不能抓住那个小偷。"

直到深夜，众人才从公安局离开，秦晋苟将车开到公安大楼前，打开车窗，刘子科几人眼巴巴地在夜风里伸长了脖子看他。

秦晋苟的视线一扫而过："温玉呢？"

下午刚刚目睹过两个男神的一场年度争宠大戏，刘子科小心翼翼地回答："温玉一出来就打了辆出租车走了。"

而且那还是这附近唯一的一辆出租车——可看着秦晋苟寒冰似的脸，刘子科将这句话生生咽了下去，眼睁睁地看着秦晋苟的车窗又关上了，那张冷漠的脸被隔绝在车内。

刘子科的车早在去年追匪徒的时候报废了，其余人也不开车，几人一脸凄惨，做好了步行半小时的准备。直到秦晋苟的车缓缓掉了个头，又重新停在门前。

秦晋苟满脸冷淡地冲众人道："都上来吧，这个时间这里不好打车。"

几人眉开眼笑，刘子科拉开后座的门麻利地坐了进去。

"秦教授真是好心人啊。"

"好心人"秦教授表情未变："等到了大马路上你们就下去打车。"

刘子科乖巧地闭上了嘴巴。

城市深夜的灯光不停闪过，刘子科悄悄地打量着秦晋苟。

这位秦教授和传闻中的其实不太一样，就像是一个久居神坛上的人，被凡尘琐事困住，生生拽了下来，不得不沾染上烟火气，因此更加地生动了。

正这么想着，车缓缓靠边停了下来，驾驶位的男人冷冷开了口："这里很多空出租，你们下车吧。"

刘子科于是愤愤地想到，能成为这种智商可怕、情商可怜的"凡尘琐事"中人，究竟要有多大的自制力和忍耐力……

一夜的折腾，第二天终于传来了好消息，刘子科找到了当年做笔录的警察，他发了个短信告知秦晋苟一声，就单枪匹马地顺着地址找到了郝杉的家。

郝杉今年五十多，已经退休了，儿女双全，可能是由于工作性质，被时间涤荡的痕迹留在他脸上，看起来比平常人要老一些。提到十年前杜芊的事，他还有印象。

"那个小女孩儿……"

刘子科打断他："杜芊已经不是什么小女孩儿了，已经过去十年了，她已经顶着那阴影长大了。"

感受到不是那么和谐的气氛，郝杉一愣，刘子科也意识到什么，咳了一下，缓和了语气："你能回忆起来她当时到派出所报案的情形吗？"

郝杉犹豫了一下，点点头。

"她进来的时候，眼眶含泪，看起来十分羸弱可怜，大家都吓了一跳，问她发生什么了。"

忆及往事，郝杉双眼有些无神，望着自家客厅的窗口，外面有两只小麻雀轻巧地落在青翠的枝头。

"她有些慌乱，可是还在竭力讲清楚发生了什么，当时在岗的民警还带她做了检查。然后没过多久，她的父亲就来了，一个劲儿地跟接待的民警道歉，说他女儿有精神类疾病，然后就把她拉走了。"

"所以你们就没再往下调查？"刘子科面色难看。

郝杉摇了摇头，说道："当时我们留下了他们的联系方式和地址，他们回家之后，民警也几次上门询问，还特意安排了女同事，想要找杜芊好好聊聊。可是自从杜芊被她父亲从派出所带走后，她好像对我们就不信任了，再也不肯说话，我们得不到任何有效信息。再加上那段时间辖区正好有几个大案，大家都分身乏术……"

郝杉声音渐低，面有愧色。

林林总总的原因加起来，这桩事便逐渐消散在时间中，不再为人记得。

刘子科说："你也认为这件事可能另有隐情吧，当时你们没能保护她，现在，十多年过去了，李明复死了……我就是想查查还有什么有用的证据，想还她一个公道。"

郝杉沉思许久，最终还是摇了摇头说："当时有一份尿检的检测报告，结果显示没有任何问题，我其实觉得有些奇怪，但也没有继续追究。"

"那你还记得检测是在哪里做的吗？"

"记得，是在中心医院。"

刘子科沉默了一会儿，抬头看着郝杉："郝警官，你后悔过吗？"

他后悔吗？他曾经很多次想起，被自己的父亲带走时，那个女孩一直在挣扎，她死死地盯着他，冲他伸出手，仿佛是在渴望这个穿着警服的叔叔能够拉住她，她的眼中也尽是绝望。

郝杉闭了闭眼。他当时想着，那毕竟是女孩儿的父亲。

之后，他也再没有见过她，只是后来听管理户籍的同事说，那并不是女孩儿的生父。

大家唏嘘几句也就散了，他也是其中一人。

只是每每午夜，他都无法忘记那双眼睛。他后悔过吗？他不敢想，一想他的心脏就会抽搐不安。

所以郝杉只当没听到刘子科的问话。

"刘队长，您慢走。"

刘子科只觉得面前那张脸孔有些模糊不清，莫名就想起秦晋荀曾经评价王昭未婚妻许欣妍的一句话："最盲者，莫过于视而不见。"

他不懂许欣妍做了什么，却知道，这句话用来形容郝杉再恰当不过了。

屋里隐隐传来孩子的喊声："爸爸，你好了没有，快来陪我们玩儿啊，哥哥太坏了。"

郝杉抱歉地笑了笑，而后冲着屋里喊了一句："你们先玩儿，爸爸处理完事情就过去。小东，你不要欺负妹妹。"

刘子科动了动嘴，终究没有说什么。

"再见。"他扭头向楼下走去。

外面青天白日，刘子科的脸色却有些阴沉，忽然，后面响起急促的下楼声。

"刘队长，等一下。"郝杉追了出来拦住他。

郝杉故作镇定的表情里隐藏着丝丝愧疚："如果你们查到了什么，能不能也告诉我一声。"

刘子科淡淡地点了点头，走了。

刘子科从郝杉家出来转头就去了中心医院，再回到公安局的时候面色更

180

是阴沉。

"我找中心医院的人确认过了，系统里并没有当时检验报告的录入记录，可能是被人为删除了，也可能是年代久远出了差错，更糟糕的是，根本就没人记得是哪个医生做的检测，这里面一定有问题。"

刘子科愤怒地一拳打在桌上。

蔡莉莉、小林他们倒是能理解刘子科的愤怒，并不是因为迟迟找不到凶手，而是因为，当年杜芊指控李明复强奸一事，已有越来越多的证据浮出水面。

可是有这么多的证据，当年竟然受到各方阻碍，无法立案。

刘子科越想越气，气得要命："人渣，死得活该！老子不查了！"

"刘队你冷静一点，现在这些证据都只是曾经有过，仅凭人证口述根本无法定李明复的罪——更何况人已经死了。"

"小林你说的这也叫人话？"

"行了刘队，小林说的一点也没错，"蔡莉莉说，"光凭一个退休警察的证词，哪怕李明复活着，哪怕杜芊重新报案，也缺乏证据。"刘子科眼睛都红了。

蔡莉莉继续说道："当务之急是查出李明复案件的凶手，将其绳之以法。"

刘子科依旧气鼓鼓的："不行，我不能放着杜芊的案子不查。"

蔡莉莉一手按住他，问道："那你想怎么办？"

刘子科瞪了瞪本就不大的眼睛，一副九头牛都拉不回的气势："老子当然知道自己是警察，杀他的人要找到，但是这案子也要查！"

蔡莉莉冷笑："一个案子就够你头疼的了，没有金刚钻就别揽瓷器活儿。"

"那你说怎么办？"

蔡莉莉抱着胸努努嘴："温玉那儿不是还有尊大佛？"

有眼睛的人都能看明白那个人对温玉的痴迷，蔡莉莉的语气中泛着酸。

刘子科眼睛一亮，抓住蔡莉莉的胳膊："对啊，你说，我要是让温玉替我求情，万一秦教授一高兴就接下了李明复被杀的案子，他那么天才，肯定很快就破了。"

看着自己被刘子科抓住的手臂，蔡莉莉表情有些不自然，没有甩开，只是别过头硬邦邦地说道："那你就去试试啊，在这儿抓着我有什么用。"

第二天，温玉一到办公室，就得到了刘子科的贴心服务。

"来小姐姐，没吃饭吧，给，早餐。呦，小姐姐你衣服皱了，我给你拍一拍。"说完就伸手企图去扯温玉的衣服。

温玉莫名其妙，反射性向一旁偏去，一下子就露出了身后衣着笔挺的男人。

秦晋荀站定，视线扫向刘子科，只是轻轻撩了一下眼皮子，鼻子不轻不重地发出了一个声音："嗯？"

语调微微上扬，充满磁性，刘子科作为一个男人听了都觉得性感得要命，只是太不称他快要结冰的眼神。

刘子科的手先于脑子反应，极快地收了回来，怎么办，他仿佛已经看到自己由于期限内破不了案被陈局长大骂，丢了队长职务，无法给受害者伸张正义的场面……

刘子科问得小心翼翼："秦教授，您怎么也来了？"

秦晋荀和温玉同时沉默。

前者是因为起床气不想说话，后者是因为一大早在自家门外看到不知道等了多久的秦晋荀，依旧处于惊讶中——这个男人费力地掀起眼皮，张口就说："去公安局吗？我也去，正好顺路，我送你。"

如果把温玉和秦晋荀的家连成一条直线，那么公安大楼刚好就在直线的中心，半分都不会偏移。

车窗上还带了一丝清晨的薄雾，车子熄着火，不知道在楼下停了多久。

秦晋荀的表情真挚得不像样子。

哪怕温玉一直告诫自己，这样是不对的，她应该不发一词，转身走掉，可是一抬头，秦晋荀可能是由于没有睡好，后脑勺有一撮头发翘了起来，饶是如此，整个人依旧帅得一塌糊涂，一塌糊涂到让她又心软了。

坐上车，她一路无言。

到了公安局，她默不作声地换上白色的法医袍子，准备继续她的土壤分析实验：李明复周身沾染的土壤元素分析初见成效，诸城符合其中所有元素的地方不多，温玉请刑警去取了样，正在排查之中。

秦晋荀也不知道从哪儿弄来了一套白大褂，正在慢条斯理地系着胸前的扣子，看起来今天是要给温玉打下手了。

蔡莉莉使了一个眼色给刘子科，那意思是：你看，我没说错吧，你的偶像秦教授是个不折不扣的痴汉。

不过蔡莉莉有一点还是预料错了，能帮助他们的，不只是秦晋荀这尊大佛，还有另外一尊品质上乘的。

小林敲敲门："刘队，季检来了。"

季景然手中拿着一个牛皮信封，看起来有些风尘仆仆，走进来，简单地跟众人打了个招呼后，就将手中的牛皮信封递给刘子科。

"之前做调查的时候去了中心医院，我在中心医院的档案室里偶然发现了这个，想着你们可能需要，就送过来了。"

刘子科接过，打开一看，是一份检测证明，日期是十年前，再移到姓名栏上——杜芊。

这可真是瞌睡了便有人送枕头。

刘子科睁大了眼睛，失声道："这是杜芊做过的尿检证明！"

他欣喜异常，声调都比平常高了两度。

季景然浅笑："只能找到影印版的了，有些地方着色不是很均匀，不知道有没有影响。"

温玉从刘子科手中接过，仔仔细细看了一遍，冲两人点了点头。

"没问题，而且这里——"温玉指着签字栏，"这上面有当时那个医生的姓名，钱玉峰。"

对于警察来说，有特定的范围，又知道了名字，找个人简直易如反掌，刘子科就差蹦个高了。

这单子不可能是偶然发现的，在什么记录都没有的情况下，还能找到一张谁也不知道它存在的复印件，难度不亚于在茫茫大海中寻找丢失的一根绣花针。

"太谢谢你了！"

刘子科脸再大也知道季景然不是为了自己查的，于是也顾不上秦晋荀的死亡凝视，麻利地后退一步，同时将身侧的温玉推了出来，冲温玉挤眉弄眼。

他那张脸上分明写着：替我们刑警队谢谢季检！

温玉不知道该说什么好。

季景然温和地笑笑，率先打破了沉默："我昨天遇见了小萤。"

温玉立刻就意识到梁萤可能会跟季景然说的话，她条件反射般地看了一眼秦晋荀。

后者正低着头自顾自地释放着低气压。

温玉于是微不可察地舒了一口气，回过头对季景然说道："走吧，我们去别的地方聊。"

两人一前一后离开了。

转身之际，季景然不动声色地扫了一眼秦晋荀，秦晋荀也像是察觉到了什么，倨傲地微微扬了扬下巴。

一瞬间，空中火花四溅。

季景然对公安大楼也很熟悉，两人三拐两拐就到了一处鲜有人至的走廊。

温玉捋了捋挡住眼睛的头发，无波无澜地看向季景然。

"小萤她是不是跟你说了很多乱七八糟的？你不必放在心上。"

季景然摇摇头，清了清嗓子："我早该想到的，那支枪的出现只是一个开端，对方可能已经找过来了。"他的声音沉了沉，"诸城就这么大，你最近有没有觉得周围有什么不对劲的地方？"

温玉神色微动，只是低垂着头，季景然看不清她的表情，只能看到她微微摇了摇头，然后语气平稳地回答："没有。"

季景然一时分不清她说的话是不是真的，叹了口气，担忧地看着眼前人白净秀美的侧脸。

"梁萤很担心你，'一朝被蛇咬，十年怕井绳'，那种感觉……我懂的。"

温玉直接略过了季景然的后半句话，只是轻轻地扯了扯嘴角："早知道她这么担心，我还不如不告诉她。"

季景然犹豫了许久，终于像是下了决心，开口叫她："温玉。"

"嗯？"她抬起头看他，尽管她的五官已经深深地刻在他心中的某一处，但是每一次见到，他仍有一种控制不住自己呼吸的错觉。

季景然用力让自己的声音平稳，像是在说一件寻常事："你自己住我不太放心，搬到我家附近吧。"

温玉不由得抬头看他。

她明亮的眼睛中映出他的表情，他知道，那是一种为了掩饰自己的渴望，而欲盖弥彰的神情。

可是她只当看不清。

他害怕她看清的后果，便只好当她看不清。

温玉笑着低下头："我好端端的，搬到你家附近去做什么。"

季景然在这件事情上却很坚持，他皱了皱眉头："我那里安保很严格，最起码安全系数比你现在住的小区要高一些，而且你搬到我那儿，有什么事，我们之间相互也有一个照应。"

还有更深的，有关于他无法言明的私心。

她垂下头，嘴角微微扬着，那是一个客气的弧度："谢谢你，景然。"这便是拒绝了。

说罢，温玉像是下定什么决心，抬起头来，一派坚定："景然，我想跟你说……"

"好了。"

季景然突然出声打断她，亲切的笑容无懈可击，只是眉心隐隐地动了一下，看不真切。

"我们是朋友，如果有需要帮忙的地方，你只管说，别跟我客气。"

季景然说，他们是朋友。温玉原本准备要说的话，便说不出口了。

一阵沉默蔓延开来。

直到有脚步声不紧不慢地靠近，与此同时响起的，还有秦晋荀清冷淡漠的嗓音："两位说完了吗？"

秦晋荀不知道在那里站了多久，见两人不约而同转头看他，他悠闲地迈

185

着长腿走过来，面对温玉站着，将窗外刺眼的光拦在了身后。

"托季检的福，刘子科找到当年给杜芊做检测的那个医生了，正准备去问问当年的情况，以及系统内数据丢失的事。"

这么快？

温玉提步想走，立刻想到后面还有一个季景然，她回过头："那我就……先走了。"

"好。"季景然微笑着点了点头。

秦晋荀一个眼神都没有给他，跟着温玉走了。

季景然站在原地，久久都没有移动脚步——就像之前的每一次一样，他们两个人，总会走在一处，就像是光与影之间，有一种模糊了界限的相融。

他的影子映在地上，被拉长。

温玉忍不住偏头看了看秦晋荀的侧脸，棱角分明的下颌，薄唇微微抿起，眉头也轻微地蹙着——他在生气？

可是他为什么生气？

回到办公室，刘子科已经整装待发。见温玉和秦晋荀回来，刘子科眼珠一转，热络地凑过去："温玉，要去吗？"

温玉一怔："也好。"

刘子科于是分外殷勤地替温玉提上包，一旁的蔡莉莉见了不由得冷哼了一声。

秦晋荀一双手横了过来，轻巧地拿走了刘子科还没焐热乎的手包，越过几人向门外走去。

"你们都不开车，还是我送你们去吧。"

他明明心里在乎得挖心挠肝，面上却平静至极，犹如不开窍一般！

刘子科暗暗吐槽，却乖顺地跟上了。

中心医院的前台，刘子科出示了警察证，前台的小护士有点慌，不明白自己怎么就惹上了警察来找。

刘子科露齿笑了笑："别紧张，你们这儿的检验科有没有一个叫钱玉峰的医生？"

本以为小护士需要查一会儿，谁知她很快就摇了摇头。

"我们这儿确实有一个叫钱玉峰的医生，不过是在精神科。"

"精神科？"刘子科有点疑惑，"他在哪儿？"

小护士告诉了他们科室的位置。

三人上了五楼，最里间的一间诊室，装修风格明显不同，地上甚至铺了地毯，脚踩在上面，发不出一丝声响。

"你们是——预约的病人吗？"

有个护士恰好进来，目光在三人身上逐一扫过，最后落在看起来最正常的家属——温玉身上。

刘子科再一次出示了他的警察证："我们是警察，找钱医生有事。"

小护士抱着本子犹犹豫豫地说："这……钱医生一会儿还有病人。"

"我们问几句话就走。"

忽然屋里传出几声咳嗽，语气带着微微的刻板："小茜，外面是谁？"

刘子科对钱玉峰的第一印象其实还不错，这人看起来四十来岁，五官端正，气质儒雅。

钱玉峰见了警察倒是不见紧张，礼貌地问道："请问诸位找我是有什么事吗？"

刘子科清了清嗓子，问道："钱医生在精神科多久了？"

"十来年吧。"

"你是怎么从检验科调到精神科的？性质完全不同啊。"

钱玉峰不急不缓地说道："都是凑巧……"

秦晋荀可能是坐得久了想站起来活动一下，他随意地打量着这间办公室。精神科的办公室比别的科室都要明亮，而且新鲜植物很多，墙上也挂着一些优美的风景画，想必这样能够让前来就诊的患者心情稍微放松一些。

"你还记不记得十年前，在检验科时给一个叫杜芊的十四岁的女孩做过一次性痕迹鉴定？"

钱玉峰神色微怔，下一秒立刻摇摇头："不记得了。"

护士进来拿了什么让他签字，他一边敷衍刘子科，一边扫视纸上的字，一副很忙的样子。

刘子科拿出复印件，"啪"的一下拍在桌面上推过去。

"你仔细看一看，这上面还有你的签名。"

"对不起，我真的不记得了——这个写好的诊断书送给外面等候的病患家属。"钱玉峰一边将诊疗本递给护士，一边偏头交代。

刘子科一看他这个打太极的样子，心里就升起一阵烦躁，也顾不上诊室里面还有人，将桌子敲得震天响。

"配合公安机关调查是每个公民应尽的义务！你这是什么态度？"

"刘子科！"被秦晋荀这么一叫，犹如大夏天被一桶冰水浇头灌耳，让刘子科发昏的脑子奇迹般地镇定下来。

刚才刘子科若是再冲动一点，说不定真的要起冲突，到时候无功而返是肯定的，让陈局长知道了，一顿狂批更是少不了。

片刻后，刘子科冷静了下来。

秦晋荀缓缓开口道："钱医生，我们既然能找到你，就已经不是你逃避可以解决的问题了。"

这句话从他口中说出来，像是宣判着什么，有种令人绝望的笃定。

钱玉峰愣了一下，将接诊暂停了。他开始抽起了烟，一根接着一根，屋子里很快烟雾缭绕。

忍受不了的刘子科站起来将窗户打开了，而秦晋荀却不置一词，耐心地等着。

良久，钱玉峰掐灭了手里的烟，长长地叹了口气："我真的是一念之差啊。"

而后，他又像是自言自语般说道："杜芊，我当然还记得这个名字，我怎么可能忘记呢。"

秦晋荀和温玉对视一眼，前者丝毫不感到意外。

钱玉峰望向窗外。

"早在杜芊来之前，就有一个男人找到了我，他告诉我一会儿会有人带着一个十四岁的女孩儿过来做尿检，让我帮忙隐瞒真实情况。

"我本来不同意，可是那个男人给了我一笔钱，数目很大的一笔钱。我当时刚结婚不久，买不起房子，只能和老婆挤在一室一厅的出租屋里，哪怕当上了医生，我也不知道还要干多久才能买得起属于自己的房子。"

他说得凄苦，可是在场的没有一个人同情他。刘子科更是不耐烦地打断了他，让他描述了一下那男人的长相，一番描述后，确定那人是李明复。

"的确是我在检测结果上做了手脚。可是事后我就后悔了，成宿成宿地睡不着觉，这么多年了……如今也算是解脱了。"

"不过是被负罪感压得喘不上气来，这本就是你早该做的事，晚了这么多年才说出来，算什么解脱？"刘子科忍不住说道，"你这医生也算是当到头了，等到了法庭上，再说这两个字也不迟！"

秦晋苟问道："我还有一个问题，你跟杜芊之间，还有没有别的交集。"

钱玉峰认命地点了点头："我不止见了她一面，我和她一共见过三次。"

"有一天晚上，大概就是检测报告出来的一周后吧，她突然找到了我。

"她不知道从哪里找到了我家的住址，半夜三更找上门来，从我家厨房翻了进来，面色惨白惨白的，她出现在我卧室门口的时候我差点以为见鬼了。她眼睛都是肿的，浑身脏兮兮的，求我把真的检测报告给她。我虽心里有愧，但还是没有承认。她开始变得很暴躁，前言不搭后语的，我什么也没听明白，后来我老婆还给她倒了热水，等她慢慢平静下来，我就打了个车送她离开了。

温玉不由得问道："那第三次呢？"

"第三次是一个月之后，我又在医院看到了她，瘦得跟个杆儿似的，她像是不愿意再跟我有什么交集，看到我就跟没看见似的，目不斜视地从我身旁走了过去，我自然也没有主动跟她打招呼。"

刘子科接着问道："杜芊去医院干什么？

钱玉峰摇摇头，又拧起眉头，费力地回忆道："我隐约记得，她走来的那个方向，应该是重症监护室……可能是家里有什么人生了大病吧。

"我真的很后悔，那时候要是没答应下来就好了……"

刘子科冷笑道："你一直在说你后悔，可是如果不是我们找上你，这么多年你就没想过把这件事告诉警察，还杜芊一个公道？"

"我想过的！"钱玉峰大声吼道，"虽然我交给警察的检查报告是假的，可是真的我也留存了，但是……但是后来它被人删除了！"

钱玉峰的神色不似作伪，他现在也没有说谎的必要了。

见众人都将信将疑，钱玉峰急急地掰过自己的电脑屏幕，点了几下。

"我真的没有骗你们，真的检查报告原本就存在这里的！"

电脑上显示的是一个十年前的文档，由于时间太久远，那个时候的系统还不完善，信息量并不多，只有简单的患者姓名和处方。

刘子科随意地滑着鼠标，突然间"咦"了一声，手停了下来，在众人莫名的目光中，又往上翻了翻，紧接着将鼠标一摔。

"这不是李明复的老婆吗？"刘子科一边说，一边将屏幕转向众人，手指就差戳进屏幕里了。

患者一栏明明白白地写着：于素兰。诊断结果为重度抑郁症，下面开了一系列的药。

钱玉峰也瞟了一眼电脑屏幕："我完全没有印象，我在这个科室待了十来年，接触过的病人没有上万也有几千，不可能每一个都记得住。"

有些事情确实存在巧合，刘子科视线不由自主投向秦晋苟。这回，秦晋苟倒是给了反应，他的目光落在了屏幕上的那个名字上。

这世上有巧合，可是在死亡之地遭遇的巧合，往往都盛开着罪恶之花。

于素兰，究竟在这相隔十年的两桩案件中充当了什么角色？

一整天风尘仆仆地跑来跑去，刘子科依旧显得精神奕奕，回到公安局，立刻就让警员联系了于素兰。

"刘队，于素兰的电话打不通。"

刘子科本就由于破不了案正忐忑着，听到这个消息更是皱了眉："听说这几天就是李明复的葬礼了，这关头，于素兰怎么会联系不上？派人去查一下，看看人在哪里。"

办公室的人纷纷动了起来，打电话的，出警的，还有烦躁地出去透透气冷静一下的。

才一会儿，办公室只剩下了温玉和过来送东西的蔡莉莉。

温玉忽然想到什么，扭头看向蔡莉莉："对了，之前李明复的遗物送去检验科了吗？"

蔡莉莉愣了一会儿，记忆有些模糊，又打了个电话才确认："检验科最近也加班加点呢，有好几个人命案子，一直在分析血样。"

温玉点点头。

万事俱备，刘子科信心满满，只差说服当事人杜芊站出来当原告。

可出乎意料的是，等刘子科满腔热忱找到杜芊，却被人家拒之门外了。杜芊并不愿意再旧事重提。

刘子科便又找上了温玉，苦兮兮地说："姑奶奶，给您拜个早年了，去劝劝杜芊吧。"

"你真的高估我了，如果你真想还杜芊一个清白，在这件事情上，只有一个人能劝动她。"

"不用你说我也知道这个人一定是秦教授。"

温玉面无表情地跟刘子科对视了十几秒，刘子科泄下气来："我其实是想让你劝劝秦教授。"

"你觉得我说的话他会听？"

刘子科理所当然地点点头："是，谁让他喜欢你呢。"

温玉一时噎住，不自然地侧过了头，拒绝了他："你自己去，你不是说秦教授和你熟了之后是好人吗？"

说完，温玉便掩饰性地戴上医用口罩，借口要忙，迅速抽身。

目睹一切的小林从刘子科身后经过，幽幽说道："刘队，你知道吗，在自然界中，雄性孔雀都是为了吸引雌性孔雀才开屏的……"

刘子科脑中灵光一闪，而后真的用那套公孔雀理论请出了秦晋荀一起去杜芊店里。

隔日，以调查李明复的死为借口，刘子科再一次迈进了杜芊的花店。

花店里面有客人，三四十岁的样子，文质彬彬，手里正捧着一束火红的玫瑰。

"姜先生，这些玫瑰的品种比较名贵，其实如果能确定下来送人日期的话，以后还是现订的好，不然枯萎了就得不偿失了。"

那个姜先生犹豫了一下，问道："把它们插在营养液里，能开多久？"

"一个星期是没问题的。"

"好的，谢谢。"

"您慢走。"

像是强撑着送走了客人，杜芊转回身来，眉宇间有几分压抑的疲倦。温玉不由得想起了她卧室床头的那些安眠药。

杜芊叹了口气："我已经解释清楚了，你们还有什么疑问？"

"不是的，杜小姐，我来是为了诉讼的事情。"

杜芊眉心一紧，慢慢地顺着桌沿坐下来："没什么可说的了，十年了，而且他人都死了，再告他还有什么意义？"

刘子科不明白："最起码还可以还给你一个公道。"

"公道现在于我来说也没什么用，我只想像现在这样平平静静地生活。"

"可最起码，那是你应得的啊。"

见杜芊无动于衷，刘子科急急地转向温玉："你说是不是？"

温玉垂下眼，没有附和。

杜芊笑了，带着三分嘲讽、七分惨淡。

"公道？他活着的时候没有人给我公道，现在他死了，还有什么用？我好不容易走了出来，再翻出那些往事，媒体抓到了噱头一渲染，不过是给那帮看热闹的人徒增笑料而已。"

她态度坚决且消极，刘子科再也说不出来一句话。

秦晋苟突然漫不经心地开口："你真的以为罪魁祸首死了，他带给你的痛苦就烟消云散了？自欺欺人。"

不顾杜芊隐隐发白的脸，秦晋苟的表情十分刻薄。

"他还有很多帮凶，眼睁睁看着你被带走的警察，说谎的继父，协助作

192

假的医生。"秦晋荀的语气冷冰冰的，不含半分怜悯，"导致你这一生不幸的，还有很多人，你就希望这么算了吗？我若是你，定然会好好论个是非。"

在秦晋荀接二连三"劝说"后，杜芊终是同意了。

相比较温玉接触过的那些扑朔迷离的各色案件，杜芊的经历十分明了，可恰恰就是这份明了，越发让人心惊胆战。

刘子科已经在郝杉那儿了解了一些情况，可是都不及杜芊亲口陈述来得震撼，来得让人心痛。

那时杜芊刚上初二，隐隐约约知道男人和女人的身体是不一样的。

"我爸爸很早就死了，后来，妈妈改嫁了，继父游手好闲，还嗜赌成性。李明复是我的数学老师，有一天放学后说要给我补课，结果就把我拉到了他的家里……"

杜芊做了一个深呼吸，继续说道："后来的事你们应该知道，我继父收了他的钱，把我从派出所抓了回去，暴打了一顿，我妈上前拦，被他狠狠地踹开了。"

听到这里，秦晋荀突然提出了疑问："你知道你的继父现在在哪儿吗？"

杜芊摇摇头："后来，我带着我妈妈搬了出来，再也没和他联系，听说他把我和我妈的那个房子卖了，也搬走了，不知道他现在住在哪里……我也没试图找过。"

落日西垂，杜芊终于从回忆里恢复了过来。

刘子科起身："杜小姐，材料我整理好会递交上去，我这边也有些物证，当时给你做检查的医生和做笔录的警察也答应出庭作证，还有……能不能让你母亲也出庭作证？"

杜芊有瞬间放空，仿佛没听到刘子科说话。

"杜小姐？"

"抱歉，我没听清，您说什么？"

刘子科又重复了一遍："我说，能不能让你母亲也出庭作证？"

"不行。"杜芊突然发出了一声类似尖叫的喊声。

怎么说翻脸就翻脸？不明白杜芊突如其来的疾言厉色是怎么回事，刘子科吓了一跳，急忙安抚她。

"如果你是怕她之后的生活会受到影响，我可以向你保证，到时候不会有媒体在场。"

"不行，我母亲不能再卷进来。"

杜芊格外坚决，不容商讨，刘子科只好妥协。

从杜芊店里出来的时候天色还微微亮着，夏天的夜，总有些姗姗来迟。

过马路等红灯的工夫，秦晋荀看了一眼发呆的温玉："你在想什么？"

温玉看了他一眼，这次倒没有刻意避开，只是望着远处淡淡地说："我在想，我的这两年多和杜芊的这十年有什么区别。"

一样被一团黑气困着，自以为逃离了便可以遗忘，一路向前。只是偶尔回头的时候，发现它并没有停留在原地，而是跟着她，如影随形。

秦晋荀嗤了一声，回答道："当然有区别，区别在于——我。"

是了，他说过会替她拔出那根刺，也说过，会护着她。

两人心照不宣地对视一眼，温玉率先移开了视线。

刘子科几次三番看着秦晋荀欲言又止，而后拼命地给温玉使眼色。

温玉接收到了讯号，想了想，直截了当地问道："最近公安局事情比较多，刘子科担心顾不过来李明复的案子，问你可不可以帮帮忙接手。"

秦晋荀闻言瞟了一眼刘子科，那是一种来自高智商的藐视。

但身为刑警队队长的尊严支撑着刘子科没有瑟瑟发抖。

秦晋荀动了动嘴唇："这不是时间问题，愚公移山这种情节不可能发生在现代。"

一句颇有水准又恶意满满的嘲讽，刘子科想，他要是个姑娘，此刻都能哭出来。

而真正的姑娘，只是沉默地看着秦晋荀，直到秦晋荀受不了似的挑了挑眉头，妥协般叹了口气："我不是一直都在查这个案子吗？"

绿灯亮起，刘子科一半欢快一半心塞地走在前面。

只剩温玉和秦晋荀两个人的时候，温玉声音很低地说："你如果直接告诉刘子科你答应帮他，他会更高兴。"

秦晋荀嗤笑："我要他高兴做什么？"

温玉轻笑出声："口是心非的男人。"

秦晋荀脚下一顿，看着不紧不慢走开的温玉，眼睛微微眯了起来。

第二天温玉一到公安局就被一个人叫住了。

"温玉。"蔡莉莉走过来，面上依旧带着倨傲，手上却诚实地递过一张纸单。

"上次你让检验科做的化验，这个是新的检测报告，我给你取回来了，我发现……算了，你还是先自己看看吧。"

这是蔡莉莉第一次主动找温玉说话，温玉诧异地看了蔡莉莉一眼，后者偏过头，一阵不耐烦："你到底看不看？"

"谢谢。"

温玉本是随意地扫了一眼，目光却突然定格，面色逐渐凝重起来。

在一块糖纸外边发现了一种化学试剂，检测报告里面详细地写明了它的化学式，不会有错。

"甘醇？"温玉很诧异。

蔡莉莉不确定地说："李明复是中学校长，现在中学有化学课，可能是课上做实验沾到的也说不定。"

温玉摇摇头："杜芊曾经说过，李明复不是化学老师，是数学老师。"

蔡莉莉也是一脸迷茫："不然问问于素兰好了，于素兰是他的妻子，这些事情她肯定了解。"

"刘子科已经在找于素兰了，只是她人可能不在诸城。"

温玉抬起的手指不由地点着自己的下巴。

"等等——之前于素兰是不是来过公安局，想要取回李明复的遗物？"

蔡莉莉恍然大悟却又似不可置信，连带唇瓣都开始微微颤抖："这些糖，是于素兰准备的，你说，于素兰会不会知道？"

知道什么？

知道人体只需摄入一定量的甘醇，就足以引起机能衰竭，不出一个小时，便会肾功能衰竭而亡。

这种东西向来是高危化学物品，寻常地方不会出现，糖纸外的甘醇，到底是从哪里来的？

温玉瞥到了走过来的刘子科，沉声道："刘子科，我觉得你真应该仔仔细细地查查于素兰了。"

刘子科一脸无辜："之前做常规调查的时候，收集过一部分资料，你先看看有没有用——不过谁再来给我解释一下，怎么又和于素兰扯上关系了？"

回到办公室，温玉翻着于素兰的资料，抬起头来："这个于素兰在诸城还有一个表哥，两人都是绍乡人？"

刘子科朝档案上瞅了一眼，点点头："于素兰周围的人都是这么说的，他表哥叫姜维，还是个主编呢。"

温玉沉吟片刻："于素兰交友不广，而且甘醇这种东西，她自己很难弄到……"

案情的复杂程度超出了预料，温玉还是给秦晋荀打了电话。

秦晋荀的车在报社门口缓缓停了下来。

两人下了车朝报社里面走去，秦晋荀一边走一边随手将衬衫的袖口系好。

"刚才打过电话来，是想在贵报社投放广告，约了主编。"

"好的，稍等。"

前台小妹打了个电话，像是在征求什么人的同意，撂下后笑眯眯地指了指左边："姜主编就在第二间办公室，这边走就是。"

秦晋荀看着有些斑驳的木门，伸出的手在半空顿了顿。

温玉叹了口气，俯身上前叩了叩，发间的香气飘飘悠悠钻入了秦晋荀的鼻腔。

"进来吧。"有点耳熟的声音。

两人推门进去，一个男人坐在桌前，正翻着刚印刷出来的报纸，温玉一怔，不动声色地看了一眼秦晋荀。

这个男人他们见过，不久前在杜芊的店里订了一束花，品种格外名贵的玫瑰，送给心爱之人的绝佳礼物。

"您好，姜主编，我是秦晋荀。"

姜维放下手中的报纸："抱歉，赶着校对，怠慢了，两位请坐。"

…………

秦晋荀和姜维相谈甚欢，大手一挥，便签了一个月的广告位——给远在京城的事务所，并且还当场付清了钱款。

可能是秦晋荀刷卡的动作十分流畅，再加上那张明星级别的脸诱惑力太大，收款姑娘的脸霎时间就红了。

仿佛为了拉近距离，秦晋荀与她聊起了天："你们主编和他女朋友关系很好啊！"

那姑娘有些疑惑："没听说过我们主编有女朋友啊……"

秦晋荀淡淡地"哦"了一声，不逊于温玉的长睫毛垂下，掩住了眼中一闪而逝的精光。

那姑娘看看秦晋荀，又看看他身后的温玉："您的女朋友很漂亮啊。"

秦晋荀利落地签上自己的名字，然后缓缓地扯了扯嘴角："谢谢。"

温玉站得远，没太听清两人的对话，只看到秦晋荀回过身的时候，面上的笑意简直要漾出来。

以为是案子有什么进展，温玉刚想开口询问，刘子科的电话就打了过来。

"于素兰找到了。"

警察终于联系上了于素兰，出乎意料，于素兰前几日竟然回了绍乡老家。

刘子科马不停蹄地找了过去。

于素兰的儿子今年才十四岁，怯怯地低着头，半大不小的孩子，已经知道是因为父亲不光彩的事情，警察才出现在这里的。

来之前，刘子科心中憋了很多疑问，只是一见到憔悴的于素兰，也忍不住缓和了语气，她的沉默中有类似杜芊的一种漠然。

于素兰将孩子送到屋里，看着他上床睡午觉，才又在刘子科对面坐了下来。

"您和您先生是怎么认识的？"

"有一年，他到绍乡支教，我们相爱了，他回诸城，我就嫁过来了。"

于素兰语气无悲无喜，不像是在回忆，倒像是照本宣科。

"马上就是李明复的葬礼，你这几天回绍乡做什么？"

"散散心……我先生走了以后，我心情一直不太好，我之前就有过心理疾病，是抑郁症，还曾经去中心医院看过医生。"

竟然都对上了，刘子科的疑问甚至都没问出口，就被于素兰轻巧地回答了，这让他有一种错觉，仿佛在中心医院的就诊记录，真的只是一个巧合。

刘子科却总觉得好像有哪里不对劲，这种直觉让他没有将甘醇的事情问出口，而是装作不耐烦地站起身。

"我就是告诉你一声，李明复的谋杀案暂时没破，但近期，他十年前曾涉嫌强奸未成年人的案子就快要开庭了，你注意点，远离媒体。"

于素兰顺从地点了点头。

刘子科带着人走了，一出来，就给去了报社的温玉和秦晋荀打了电话。

秦晋荀听完他的叙述，点了点头："没问她是对的，她显然早有准备，在没有证据前，我们不能再打草惊蛇。"

刘子科问道："那我们接下来怎么办？"

"于素兰和姜维之间的关系有点奇怪，我要亲自去查一下。"

撂下电话，秦晋荀偏头看了看温玉，随口说道："跟我去一趟绍乡。"

温玉系安全带的动作一僵："去那儿做什么？"

"查案子，顺便也避避风头。"

避避风头？什么意思？温玉的疑惑明晃晃写在脸上。

秦晋荀发动了车，流畅地打着方向盘："其实那天你跟季景然说的话我都听到了。"

"堂堂秦教授也会偷听人讲话？"

"如果你指的是我看到季景然提出同居并且眼睛一眨不眨地盯着你而我不好意思上前的话……是的。"

温玉忍不住揉头："不是同居……"

秦晋荀的表情有几分玩味："结合你们谈话的内容，我不得不猜测，你最近总是避开我，是因为怕遇到危险会连累我。"

差一点点，他就全猜对了。

温玉隐晦地按住自己的胸口，头转向窗外。

秦晋苟嘴角轻轻扬起，细微的弧度破坏了他的冷峻，却平添了一分生动。

沈路安得知秦晋苟和温玉要一起出公差，表情是猥琐的。

梁萤最近跟沈路安走得很近，连带着也戴了有色眼镜看待这件事，满脑子都是桃色画面，想到迷离处，思如泉涌，急吼吼地跑回电脑前将键盘敲得震天响，她还给温玉发消息：会不会走到荒郊野岭，遇到大雨倾盆，好不容易找到一处客栈，只是遇到满房，不得不共处一室？

温玉无语。

梁萤感慨道：不知道为什么，男主角一代入秦教授的脸，我就觉得特别有感觉。

秦晋苟买了三个人的机票，他和温玉去绍乡，秦妈妈回京城，就在两人出发的前一天。

秦妈妈在诸城已经待了大半个月了，秦晋苟平时也陪她逛逛，秦妈妈却依旧觉得无聊，看够了儿子就决定回京城。

临走前，秦妈妈又特意包了一顿饺子，只请了温玉。

秦晋苟打来电话的时候，温玉起先还犹疑着想要拒绝，那边却冷不防换了秦妈妈讲话。

"小温啊，上次你急急忙忙就走了，饭也没好好吃，明天你可得来，阿姨包饺子的手艺很好，看着你多吃点我才能放心上飞机……"

可能是世界上所有妈妈的通病，秦妈妈唠叨起来就没完。

温玉心里却没有一点不耐烦，听完后，便应了下来。

撂下电话，她走进卧室，无意识地环顾一周，又拉开了床头柜。

里面空荡荡的，只有一个被反扣的相框，她缓缓把相框拿出来，抚摸着光滑的玻璃面。

那是一张合影，一对夫妻，中间站着一个小女孩，三人都笑得分外灿烂。

她很羡慕，也很想念。

秦妈妈的手艺自然当得起刘子科每每回想起来的吹捧。再没有什么突发情况，饭桌上的气氛很和谐，秦晋荀先吃完，去室内提秦妈妈的行李箱。温玉则留在厨房清洗碗筷。

流水潺潺，秦妈妈不知什么时候走了过来，踌躇了片刻，开口问道："你跟晋荀……"

温玉知道她想问什么，将筷子拢了拢，浅笑着接话："阿姨，我们不是那种关系。"

秦妈妈失望地"哦"了一声："那可惜了，你跟晋荀都是好孩子。"

她望着温玉认真的侧脸，叹了口气，自顾自地感慨着："晋荀他小时候过得不好，自我保护意识比别的小孩强了很多，打小不喜欢与别人接触，可能没有现下的男孩子那么会照顾人，但是我相信，他一旦对谁上了心，这一辈子都会对她好的。"

温玉没有再说话。

秦晋荀拎了箱子走出来，里面装满了秦妈妈要给京城的邻居带回去的土特产。

"妈，我们走吧，安检还要排很长时间的队。"

趁秦妈妈换鞋子的工夫，秦晋荀偏头看向温玉："我妈刚才跟你说什么了？"

温玉看着他的脸，他的眼中带着强烈的探寻意味，她不自然地低下头："没什么。"

秦晋荀走了一步，又突然回身，认真地问："那你用那种眼神看着我干什么？"

"什么眼神？"

"想要抱我的眼神。"秦晋荀似笑非笑，"我真的会忍不住。"

罗生门

这是温玉第二次单独跟秦晋荀乘飞机。

机舱狭小，手臂稍不留意就能碰到旁边男人的衬衫。

"温玉，我是个男人，而且是个对你有企图的男人，你不要动来动去，我很不舒服。"

"你这两天是不是吃错药了？"

否则说话怎么会越来越不着调，满嘴荒唐话，根本就不像他。

秦晋荀仿佛看穿了温玉在想什么，头微微地向她这边凑过来："不像我？那你觉得我是什么样子的？"

这话沈路安也问过，她对着沈路安尚能以平常心回答，可是现在，她却在他灼人的目光中略显狼狈地扭过了头。

短途飞机，温玉想用睡觉来避免尴尬，但时不时响起的广播和经过的空姐实在让这成了奢望，她们似乎将这个位置当成头等舱了——半个小时内，来添了七次水，这大概算是秦晋荀那张脸带来的不便吧。

绍乡虽然以乡命名，但是因为有国内两个大型的汽车制造厂建在这里，经年发展下来，已成为不折不扣的繁华工业小城，不过也正因为工业发达，这里的天空从早到晚都是灰蒙蒙的。

秦晋荀一下飞机便从包里掏出了一个防尘口罩，将鼻子密密实实地捂了起来，配上高挑的身形、矜贵的气质，那样子，不禁让人怀疑是哪个来演出的明星，甚至吸引了一众涉世未深的小姑娘聚堆儿跺着脚，兴奋地偷拍他。

两人根据于素兰家的地址到了一条小巷子里。

秦晋荀却没有停下脚步，温玉疑惑道："不是找于素兰？"

秦晋荀看了她一眼，说道："早些时候我托人上门查看了，于素兰不在家里，更何况，直接找她，我们问什么，她就会告诉我们吗？"

"……"

旁边几米远的地方，一个四十来岁的妇人靠着墙根儿坐在一个小板凳上，一边弯腰择菜，一边时不时地往这边瞥。

秦晋荀故作不觉，像模像样地敲了门之后，就在门口徘徊，似在等人。身长玉立、气质斐然的男人，很容易让人升起好奇心来。

那妇人终于忍不住，扬声问："你们是来找于素兰的？"

秦晋荀顺势走过去，在妇人的身边蹲下，十分自然地伸手帮她择菜。

"是啊，我们是她朋友，打她电话也没打通，只好上门来找。"

谁不喜欢长得俊又有爱心的小伙子呢？自然而然的，两个人聊了起来，没过多久，妇人彻底放松了警惕。

她本就是个话多的人，谈兴上来，嘴上没个把门的。

"你们来得不巧，于素兰前几天回了诸城，听说是他男人死了，要回去操办葬礼。"

温玉配合着叹息："是啊，真不巧。"

"于素兰命不好，你们不知道吧，她原来在家里是定过亲的，只不过男娃子上大城市读书去了，也没回来过。"

温玉动了动眉眼，语气熟稔："是叫姜维吧。"

"对对对，就是叫这个名。"

温玉轻笑，默不作声地瞟了一眼秦晋荀——所以姜维不是于素兰的表哥……而是……情人？

那个女人没察觉到两人交换的隐秘目光，兀自滔滔不绝："唉，说起来她也挺倒霉的，好不容易念了护理专业。但大医院哪能看上我们这些护校出来的人啊，只能在一个厂子上班，不过挣得倒是比小诊所多。"

温玉于是听出来，两人不单是邻居，还是曾经的工友，这或许是一个突破口。

"你们厂子是做什么？"

"做汽车配件一类的，都是生产线，具体的我可不懂。"

"那你知道她这次回来都干什么了吗？"

"也就是见见曾经的同事、朋友吧，有个成语叫什么来着，旧地重游，是吧？"

温玉笑着点点头，她笑得很好看，没什么距离感，女人更是一阵絮叨，直到天色渐渐暗了下来。

眼看天色不早，秦晋苟便开口询问这附近是否有酒店。

女人不想错过这两个看起来就出手大方的外地人，更加热络："小地方没有什么好酒店，外面的招待所还没家里头干净呢。"

这时天边骤然闪过一道亮光，紧接着，一个雷响轰隆一声如同山崩。

天顿时下起了瓢泼大雨。

秦晋苟狠狠地皱起了眉头。

温玉心里也有些崩溃：梁萤那张乌鸦嘴……

女人笑了起来："我男人今天上工不回来，你们就在这儿凑合一宿吧。"

女人家的客房显然平时没什么人住，堆放了很多杂物，但也因此没有什么生活的痕迹，倒是令两个人没那么难以忍受。

温玉坐在床沿上，看着秦晋苟从行李箱里掏出一块床单展开，姿态认真地将它铺在沙发上。

"你睡沙发？"

秦晋苟闻言，直起腰来，目光在那张单人床上一扫而过，意有所指地问道："你想我陪你一起睡床？"

灯光昏黄，他站直的身影极有压迫性，狭窄的房间里仿佛一下子燥热起来。

"我要睡了。"温玉按灭了灯,侧过身。

秦晋苟在黑暗里站了一会儿,也窸窸窣窣翻身躺到沙发上。

她睡得不踏实,迷迷糊糊间,突然听见有什么咔嚓一声响了一下,很细微,却让她惊醒。

窗外的雨淅淅沥沥,已经没有一开始那样滂沱,只是风渐大,吹开了窗棂,雨点落了进来,打湿了窗台。

温玉蹑手蹑脚地翻身下床,重新将窗子关好,回身的时候,不由得愣住。

沙发很小,秦晋苟的身子平躺着,有点委屈,可能是翻身的时候没有注意,身上盖的外套半耷拉在地上,借着天光,她看到他眉心隐隐地皱着。

这莫名让她想起原来家里的那盆蝴蝶兰,放在哪里都担心会碰到吹到。

在脑子反应过来之前,温玉已经不受控制地走了过去,坐到沙发上,捡起那件外套,小心地搭在他的身上。

剑眉、狭长的眼睛、薄唇,以及刀削般的下颌。

"温玉,你这算是现行犯。"他忽然睁开了眼。

温玉只觉似陷入一潭深水,水中酝酿着未知的危险。

她骤然惊醒,扭过头便要起身离开沙发。

秦晋苟的眼神像是黑夜里突兀地起了波澜的海,于黑暗中搅动起旋涡,有一种扑面而来的桎梏之力牢牢攥住了温玉。

"温玉,你不试试,怎么知道我们不能在一起?"

温玉面颊仅有的血色褪去了,几缕垂下来的长发隐隐遮住了她闪动的眼,唇色在清冷的天光下无端淡了几分。

秦晋苟支起身子,打量着她。

鬼使神差,温玉伸出了手,轻轻触着他的侧脸,手指上移,他的发丝,格外柔软,就像猫的毛一样。

"温玉,你在干什么?"

秦晋苟没指望她回答。

温玉也不知道自己在做什么,她想,她需要冰来降降温,最好将那颗躁动不安的心彻底冰封。

抓住温玉的手，秦晋荀将吻轻轻落在她细白的手指上，又缓缓转移阵地。

"别躲。"他的声音近似呢喃，温玉如同被蛊惑，彻底陷进这深不见底的旋涡里。

他的唇凑近，灼热的呼吸喷洒在她的脸上，那是与他的指尖全然不同的温度。

温玉顺势想起身，却又被他一把捞了回来，按在了柔软的沙发上，随即便是干脆利落的俯身。

沙发背面墙上的时钟"嘀嗒嘀嗒"地走着。偶有细碎的音节传出，又转瞬被什么压制，而后，慢慢地消失。

万物寂静。

秦晋荀的衣衫微微凌乱，黑暗中，无法看清他的表情。

温玉微微喘息着，他不起身，她就无法离开。

她的眼睛不知道该往哪儿看，思绪已是游离地绕圈圈，突然，就着隐约的光亮，她看到角落里堆了几个纸壳箱子，里面装的全都是平时不用又舍不得扔的杂物，外面的商标却分外明显。

"我想我知道糖纸外面的甘醇是怎么来的了。"黑暗中，她的眼睛闪闪发亮。

秦晋荀觉得自己着了魔。

灯开了，屋子里亮了起来，那些黑暗中窃窃的小心思顿时不复存在。

角落里，那几只纸壳箱上面的商标格外明显，是一个汽车冷冻液的牌子。

温玉疾走了几步，自言自语："甘醇，汽车配件工厂……我早该想到的。"

秦晋荀坐在沙发上，眼睛一眨不眨地望着她，从她微微泛红的唇瓣，一直看到因兴奋而越加水润的眼。

"哦？想到什么？"他配合地搭话。

"甘醇，是制作防冻液的一种化学原料，于素兰在汽车配件厂里上班，完全有这个条件接触到。"

"所以……"

"所以于素兰回来不是她所谓的散心，而是为了避免露出马脚，特意来

205

处理她用剩下的甘醇。"

目光交会，秦晋苟眼中满是从容。

温玉感觉浑身都不自在，意识到自己刚才过于兴奋，她逐渐冷静下来："我们……回去吗？"

秦晋苟摇了摇头，像是发现了什么好玩的事情。

"不急……先睡觉。"

他的眼神一直黏着温玉，如独狼一样意图掠夺，又如奶狗般钻人怀里拱一拱……或者被拱一拱。

刘子科接到电话时刚刚起床准备去晨跑，听到秦晋苟的声音不由得睁大了眼睛。

"你们要回来了？这也太早了吧。"

"我们正在机场，大概中午能到，派人将于素兰控制住。"

"啊？你们是不是查到什么了？"

"于素兰涉嫌谋杀李明复。"

秦晋苟和温玉上飞机的时候，刘子科带人将于素兰堵在了家门口，她正拎着行李箱领着儿子，一副要出远门的样子。

"于女士，您要去哪儿？"

于素兰看到刘子科的一瞬间，眉心不易察觉地拧了拧。

"是刘警官啊，您来有什么事？"

"您还没回答我，拎着这么大的行李箱是去哪儿啊？"

于素兰将儿子往身后揽了揽。

"李明复被告了，他做了这种不光彩的事情，他倒是一走了之了，我们孤儿寡母却免不了受人非议，我已经决定，将家搬到儿子念书的城市，再也不回来了。"

"您走之前，还需要解释一下某些问题，比如，甘醇的事情。"

于素兰陡然变了脸色，但不过片刻就镇定下来。

"我先把小浩托付给邻居照顾，让他奶奶待会儿来接他。"

"好。"

于素兰交代了很久，而后又对刘子科歉意地笑笑："不好意思，再等我一下，我进去将水电断了。"

刘子科抿抿嘴，沉默地点了点头。

树影摇晃，半晌不见人出来。

刘子科皱起了眉头："进去看看。"

不一会儿，小林慌慌张张地跑出来。

"不好了，于素兰死了。"

救护车横穿了几条街道，鸣哇的声音响彻城市上空。

于素兰抢救无效，在送到医院的十分钟后，停止了呼吸，死因是服用甘醇过量。

秦晋荀和温玉下了飞机便直接赶赴医院。

刘子科坐在医院的椅子上，头深深地埋进了膝间。

"都是我的错，我若是坚持立即就带走她，她也不会……"

他狠狠地咬着牙，嘴唇有星星点点殷红的血迹，见他如此，身旁的蔡莉莉也忍不住红了眼眶："这不是你的错。"

她轻轻拍着他的背。

温玉待了片刻，悄悄出去。

秦晋荀正站在医院长廊的窗前，沉默地看向窗外。

温玉在他的身旁站定："我一直在想，于素兰被刘子科找到的时候正要带着儿子离开，她不可能会在这个时候自杀，她的儿子怎么办？"

"没错。"

温玉正要开口，忽然间，走廊响起了犹犹豫豫的声音。

"秦……先生，温小姐？"

温玉扭头一看，杜芊从不远处拿着一沓单据走过来，看见他们的正脸，像是很惊讶在这里巧遇。

温玉冲她点点头："杜小姐怎么会来医院，是哪里不舒服吗？"

杜芊摇了摇头："不是我，是王政，他今天送花来的时候，手划伤了，我怕他感染，陪他来医院看看。"

秦晋苟淡淡接话："杜小姐也是好心人。"

杜芊神色寡淡："我也不是滥施好心，只是王政在诸城没什么亲戚朋友，他平时也很照顾我——唉，我有点啰唆了吧？"

温玉摇摇头，杜芊浅笑着说："那你们忙，我先走了……"

办公室里的气氛有些严肃。

刘子科的情绪低沉了一下午，蔡莉莉一直在旁安慰，别看她平时嘴毒傲娇，此刻却显得格外温柔体贴。

但刘子科心情并没有好转。

秦晋苟开口打破了沉默："于素兰的儿子呢？"

问了两遍，刘子科才抬头，目光有些无神，刻板地回答："李明复母亲还在世，送到她那里去了。"

秦晋苟看着他，沉默了几秒钟，突然鄙薄地开口："你以为自己是谁？"

"啊？"无辜被挤对的刘子科感到心口更痛了。

气氛一时之间降到了冰点。

蔡莉莉有些急："秦教授，您不能……"

秦晋苟没理她，继续说道："你不是上帝，上帝且不能掌控死亡，何况你一个小小的警察。于素兰会死，不是意外，也与你无关，这是金子吗？非得往自己脸上贴？你们局长让你当队长之前知道你这么轴吗？"

机枪一样的定点扫射。

秦晋苟说这些的时候表情很刻薄，可温玉偏偏觉得自己的心软得一塌糊涂，为那伪装之下的暖意和稚拙。

"你现在最应该做的是哭一场，然后尽快投入调查。"

刘子科听得一愣，下一瞬，他紧紧抱住自己的膝盖，隐约间有压抑的啜泣声传出来。

蔡莉莉终于松了口气，这人把自己绷得太紧了，她很怕于素兰的死在他心底刻下一道疤。

男儿有泪不轻弹，但一旦开始弹，那就可能是决堤洪水滔滔不绝。刘子科哭得把裤子都洇湿了，他抬起头的时候，眼睛红肿成了兔子眼。

秦晋荀的表情一言难尽，他飞速移开目光，生怕辣到眼睛似的。

"我们可以做一个大胆的猜想。"秦晋荀开口，底下一排人整齐地点头。

"姜维其实就是于素兰之前的情人，后来于素兰不知为什么移情别恋，嫁给了李明复，并跟着他回到了诸城，结果又在诸城与姜维重逢，于是于素兰为了重新回到姜维身边，毒杀了李明复。"

果然很大胆……刘子科双眼闪烁着崇敬的光。

"最浅显也是最愚蠢的推论，于素兰见犯罪事实曝光，于是自尽而死——但是有一个几乎所有人都忽略了的点，那就是于素兰既然已经处理了那瓶甘醇溶液，怎么还会有甘醇？"

"可能是忘了，哪里还有残余没处理干净？"秦晋荀不以为然的目光让刘子科摸了摸鼻子，重新低下头。

温玉也摇摇头："于素兰不是那种粗心的人。我检查了她的身体，有仓促倒地时磕碰的痕迹，如果她是自杀，倒地的时候不可能一点防备也没有，所以……我觉得她是被毒杀的。"

秦晋荀微微笑了，看着她的眼神中有一闪即逝的亮光。

"没错，还有另一个人能从于素兰手中拿到甘醇，并且能悄无声息地接近她而不会被她怀疑。"

有一个人的身影慢慢地浮现在温玉心头——姜维。

秦晋荀的目光扫过众人，淡淡道："你们明白了吗？去吧。"

刘子科："……"

男神偶像大天才！您什么也没说啊！就算您是福尔摩斯，可是我们这群凡人连华生都赶不上啊！

他将求救的眼神投向温玉。

察觉到秦晋荀此刻已经有些放空，再看看眨巴着眼睛的"好奇宝宝"们，温玉有些啼笑皆非，只好解释道："杜芊被李明复强奸的关键证据是尿检报告，一份假的交给了警察，一份被钱玉峰保存的真的报告很有可能被去医院看病的于素兰发现并删除了。如果假设成立，于素兰便是强奸案的知情人，为了替丈夫隐瞒才兵行险招。可是现在于素兰已经死了，我们已经无法从她口中证实这些猜测，但我们已经知道，于素兰和姜维是有关系的。"

"嗯嗯，嗯嗯。"

"再说李明复的死，南郊外的林子并不是第一案发地，他的尸体遭受到了极端的侮辱，死前曾被下了致命的毒药，最大嫌疑人是于素兰。"

"嗯嗯，嗯嗯。"

"可是今天——于素兰也死了，他杀，在诸城，唯一跟她扯上关系的，就是姜维。"

"嗯嗯，嗯嗯。"

温玉说得有些口渴，不由得舔了舔嘴唇。秦晋荀眼神一暗，好像是早晨的起床气一直攒到现在突然爆发了。

"我不相信姜维只是凑巧被卷进来的，所以去查姜维，立刻、马上。"

"嗯嗯，嗯嗯……"一群人条件反射般地点头，但很快就察觉出秦大教授语气里的不耐，赶紧四散而去。

查姜维——这大概是这一系列案件里最不复杂的一件事了，仅仅八个小时后，他们就从姜维家外面的垃圾箱里搜出了香水瓶装着的少量甘醇。

姜维被连夜逮捕。

凌晨一点的问讯室，日光灯发着冷冷的光，一身警服的刘子科严肃起来还真有点不怒自威。

"李明复被杀案，于素兰被杀案，你要先交代哪一个？"

姜维的反应有些迟钝，他神经质地打量着问讯室周围的环境，以及自己手上的手铐——被指认为两桩凶杀案的重大嫌疑人，处于极端危险的境地。

"我……我是报社主编。"

"姜维，你以为这是哪儿？主编？犯了法，你是天王老子都不管用。"

问讯室的情况通过监控探头清晰地传到隔壁的控制室里。

嫌疑人被抓捕归案，秦晋荀面上并没有松懈几分，温玉见了，也不由得皱起眉头。

"姜维确实不清白，你是觉得哪里奇怪吗？"

秦晋荀拇指擦过自己的下颌，若有所思："若说姜维杀李明复是跟于素兰之间的陈年往事有关，可在心理学上，男性一般不会采取割去对方生殖器的手段进行报复——哪怕是情杀。而且下毒，完全没有必要多此一举将尸体换个地方，划得到处都是伤口，弄得肮脏不堪，这种情况太奇怪了。"

他说完，扭头看向温玉，却见她耷拉着眼皮，似是精神不太好。

早晨起得太早，熬到深夜，温玉有些扛不住了。

秦晋荀指了指一旁的小沙发："刘子科一时半会儿审不完，现在也不需要你，不如你先睡一会儿？我这儿有外套，给你盖。"

他的神情中似带着一丝跃跃欲试，仿佛"沙发""睡一会儿""外套"这样普通的字词都能让他的精神兴奋起来。温玉完全不想懂他的兴奋点在哪里——仿佛一夕之间，这个原本只擅长刻薄冷笑或面瘫的男人，一下子就解锁了一个奇怪的技能。

一墙之隔，姜维养尊处优惯了，经不住刘子科雷厉风行、尽是套路的审问，被吓得思维混乱，招供也颠三倒四，有些话让人摸不着头脑。

比如现在——

"李明复也没有对你做出什么人神共愤的事情，就因为于素兰爱上了他，你就对他下如此毒手？"

"于素兰没有爱上他！"

刘子科不太耐烦地道："我不管你们之间到底是怎么一回事，你只需要跟我说明……"

"于素兰不可能爱上他，谁会爱上一个强奸犯！"姜维怒吼着打断他的话。

刘子科不由得愣了……是他想的那个样子，没错吧。

他抬头看了看上方的监控探头，知道秦晋荀正在另一间屋子里观察着这一切，心中多少有些底了，清了清嗓子又问道："你说……于素兰也曾经是李明复的犯罪对象？"

于素兰竟然是被强迫的，可是她没有报警，而是选择嫁给这个强奸犯，甚至，在下一个受害者出现以后，协助李明复毁灭证据，与其同流合污。

姜维没有否认，只是一遍遍地重复："李明复就是个人渣、禽兽，他死得不冤枉！"

他情绪激动、义正词严，是在说服自己，还是其他的，谁也分辨不出。

时间一点一滴流走，度过了最初的抗拒，姜维的头脑清醒了一些。

"我……不是，是于素兰，她意外发现那种东西可以致死，而且死状会如同器官衰竭引起的症状一样，我们就想……试一试。"

刘子科也渐渐捋清了线索。

于素兰在诸城与少女时代的恋人重逢，在二人重燃爱火之际，吐露了当年的秘密：李明复支教时见色起意，强奸了于素兰，于素兰本想忍气吞声，可事后发现自己怀孕了，李明复回诸城就能升任校长，他不敢闹出什么风波，十个月之后，便有了儿子。

这自然是刘子科他们整理出来的版本，在姜维看来，于素兰当然是迫于无奈，不得不屈从，而自己也是为了解救她，才配合了她的计划。

姜维真的是为了爱情吗？李明复当了多年的校长，家底颇丰，现在他死了，孤儿寡母守着偌大家产……

至于之后他潜入于素兰家，骗她喝下毒药——自保而已。

若不是秦晋荀洞穿了现场的疑点，保不齐真让他蒙混过关了。

刘子科合上记录册，有种得来全不费功夫的不真实感，困扰了这么久的谜团，现在一朝就要结案了？

这时，问讯室的门被"咚咚"地敲了两下。

打开门，秦晋荀颀长的身影出现在门口。

刘子科看了一眼他身后，空无一人，不禁问道："温玉呢？"

他一向面无表情的脸上竟起了细微的变化："她睡了。"

刘子科顿时觉出了点某人无意秀出来的优越感。

秦晋荀瞟了他一眼："我过来是有几个问题想要问问姜维。"

刘子科赶紧抛开杂念，做了一个请的手势。

秦晋荀在姜维的对面坐了下来，偏了偏头："姜主编。"

姜维认出了秦晋荀，露出恍然大悟的神情。

"秦……原来你是警察，你来报社说要投广告位原来是……"

秦晋荀点点头："算是吧，不过你放心，投广告的钱我是不会撤回的。"

姜维诧异地回视，而后苦笑。业绩现在于他还有什么用呢？他以为查到于素兰那儿就该截止了。他知道法网恢恢，但都是报纸上的用词，不想应在了自己身上。

秦晋荀手指叩着桌子问："为什么下了毒之后又要用刀杀了他？又为什么要搬运尸体到另一个地方？"

他问问题的样子很认真，隐隐地带着求知欲。

"我们当时开车往市内走，李明复低血糖犯了，于素兰就把裹了甘醇的糖递过去——他快要断气的时候，我们把他扔下去了。"

"扔在哪儿？"

"我只知道那附近是青山公墓。"

"想必你也看新闻了，你们没动尸体，那尸体怎么会无端出现在南郊？"

"我……我不知道，我们真的把他扔在了公墓附近，他有亲人葬在那儿，病发死在扫墓途中也不突兀……也可能是于素兰后来又回去了。"

姜维说，扔下李明复的时候他还没死，是于素兰干的吗？记恨同在一个屋檐下的丈夫十四年，伙同情夫下毒还觉得不够，又一个人回到现场，补刀杀了他，再多此一举将尸体转移到另一个地方？

这种可能性几乎为零。

果然，还没有结束。秦晋荀露出了一个极淡的微笑，眼神深处有火光涌现。

人死如灯灭，李明复永远也无法站到被告席上受众人唾弃，可并不能妨碍真相大白。

刘子科跟杜芊说了调查结果，她低着头，没有人知道她在想什么。

十年噩梦，终得沉冤，可是杜芊似乎并不开心。

郝杉也来了。他面皮涨红，终于还是没有勇气抬头看看杜芊，听完结果后，很快就转身离开了，背影有几分落寞的意味。

郝杉走后，刘子科犹豫着开了口："你……怪郝杉吗？"

杜芊目光有些茫然："怪，或者不怪，有什么意义呢？我还记得，他见到我的时候，问我的第一句话是什么。"

没有人说话，她便自言自语："他问我那天下午穿的什么衣服，我说，校服，还能是什么。我相信他的话是没有恶意的，但是我那一瞬间就明白了，周围人的态度，包括应该抓住罪犯还我公道的警察，他们都在以一种置身事外的态度，做着他们认为没有错误的事情。我甚至还记得，我继父把我拖走的时候，他在旁边的表情，好像是有点于心不忍，但也并没有上前阻拦。"

刘子科讷讷无言，杜芊恍然般笑了起来："对不起，我的言语有些悲观了吧，我妈妈也常说我应该更乐观一点，所以我养了很多花儿，和美好的事物在一起，心情也会开朗起来。"

杜芊转头看向刘子科，目光逐渐柔和："还没跟你说声谢谢……好了，我先回去了，花店不能没有人看着。"

杜芊走了两步，便看见秦晋荀和温玉，她冲他们点了点头，经过秦晋荀身边的时候，脚下好似被什么绊住，忽然一个趔趄，旁边伸出一只手像是要扶住她，她却皱了皱眉头躲开了，所幸只是晃悠了一下。

秦晋荀眸光颇深："小心。"

杜芊额头上冒出了细密的汗珠，舒了一口气："谢谢秦先生。"

杜芊走了，可是秦晋荀看着她的背影，久久没有移开目光，他微微蹙起眉峰，飞速地思考着。

病态的洁癖、体弱、性格温和，这的的确确就是杜芊的个人画像，他的判断从不会有错，可是怎么就觉得哪里不对劲？

秦晋荀转过头，便看到温玉若有所思地盯着他落空了的手，不咸不淡地问道："你的洁癖好了？"

"我只是试探一下，又不会真的去拉她。"秦晋荀忽而眯了眯眼，嘴角上扬，"温玉，你是不是——"

"你是不是怀疑杜芊？"温玉硬邦邦地截住了秦晋荀的话。

杜芊看着像只不可侵犯的凤凰，实际却是一只胆小的刺猬——但，来日方长。

秦晋苟深深地看了她一眼，才从容般配合着她转移了话题："是，一方面，我确定杜芊与杀李明复的凶手画像不符合；可另一方面，她身上确实还有很多疑点，多到我无法不怀疑她。而且我有种预感，这些疑点，最终会成为找到真凶的重要线索。"

回到公安局后，刘子科正在整理姜维的供词和证据，准备移交法办。

温玉看着刘子科工整地写下第一案发现场，李明复的尸体又浮现在脑海，脏兮兮的泥土、细碎的秸秆，还有攀爬的小虫，突然有什么一闪而过。

她迅速跑到法医办公室的档案柜前，取出了李明复的档案。在他尸体上的土屑里，有一种与草木灰相同的化学物质。

她捏着那张化验单坐到电脑前，打开了诸城的地图，地图一点点被放大，纤细的手指拖着光标一路南移。

蓦地，耳边被一片阴影遮住，秦晋苟俯下身来，声音低哑，仿佛一个低音音箱，让她一瞬间有些微微颤抖。

"从青山公墓到南郊的荒地，只会经过一个地方，诸城唯一的一间花场。"

烫手似的，温玉丢开鼠标，霍地站起身来，语气带了些许烦躁："下次靠近我之前麻烦出点声。"

秦晋苟站直，双手抱肩，悠闲地看着她："那晚在绍乡，沙发上，你靠近我也没有提前出点声。"

那晚——温玉不可避免地想起了那个吻，它已经代替那个做了无数次的噩梦，连续几天在她梦里重复上演。

她闭了闭眼，试图让自己的声音更加平静："秦晋苟，那个……不具有任何意义，我们都有自己不得不做的事情，现在……"

周围的温度骤降，秦晋苟的面色不佳。

温玉扭过头不看他："现在最重要的事就是破了李明复这个案子，既然已经有了目标，我们这就去南郊的花场看看吧。"

那人眼中风暴将起，温玉能感受到他是有话想说的，甚至做好了被他怒气波及抑或是嘲讽的准备，可是他不知为何忍了下来。

215

"不急，时间不早了，你最近一直都没有休息好，今天先送你回家，我们明天再去。"

秦晋荀的话向来不容置疑，不等温玉反应，他便几步越过她，在她身边扬起一阵小小的风。

温玉将眼前的碎发拨开，微不可察地舒了口气。

刚才，她是有些怕，怕他纠缠，又怕他真的掉头就走，怕着怕着，就连自己也分不清到底希望他回应些什么。

温玉轻叹一声，不远不近地跟上，也许这样的距离刚刚好，不会有妄想，也不会有危险。

秦晋荀走在前面，轻笑了一声。他还能怎么生气呢，或许连她自己都没发现，她说话的时候睫毛颤抖得都要化成一对蝴蝶翅膀，呼扇呼扇飞上天去。

她倔强又小心。

第二天是阴天，温玉接到秦晋荀电话后正要下楼，见窗外阴得像随时要下雨，又临时换了一套长衫长裤。

就是这么一耽搁，秦晋荀已然上了楼，敲响了她的房门。

对秦晋荀的行为再无语，温玉也没法真的将他关在门外，于是便让他进来等，自己转身去了卧室。

秦晋荀顺理成章地进屋，出色的记忆令他几乎只需环视一圈，便像是玩找不同似的，轻易分辨出了几处与上次来时不同的地方。

玄关挂着的深灰色呢子大衣换成了一件米白色的真丝开衫；露台上挂着的长筒袜变成了一套黑色蕾丝内衣，上面有蝴蝶的纹路，秦晋荀的视线在那儿停留了片刻，才不着痕迹地移开。

窗台……他面色一凝。一个托盘还没来得及被撤走，孤零零地摆在那儿。

温玉再出来时，秦晋荀眼神执拗地指了指窗子："花儿呢？"

有一瞬间，温玉觉得似乎从那墨玉般不含一丝杂质的眸子里看出了委屈。

总归是送给自己的，被自己一声不吭地送人……温玉有些歉然，想了想便找了个诚恳的借口：

"那花有些娇贵，我怕养不活，就拜托梁萤了。"

能用头发丝儿细的手术线将一堆碎肉按照生物结构拼成人的形状的温法医，会养不好一盆花，这套说辞秦晋苟是不信的。

温玉拿起一边的包，走向门口："我们走吧。"

秦晋苟却没有这么好糊弄，大步追过去，反手关上被她打开的门，收回的时候手掌顺势拽住她皓白的手腕，将她困在身前，瞧着她的眉眼，蛊惑性地开口："你是怕……睹物思人？"

她一身素白，衣衫拉扯间，隐约可见消瘦的肩膀。那样冷清的一个人，眼神躲闪间，竟不敢与他对视，眸子里含着的三分恼被他看成了十分诱惑。

他有些心浮气躁。

温玉试图和他讲道理："不告诉你一声，就把你送我的蝴蝶兰送人是我的不对，你如果不愿意，我可以拿回来，还给你。"

"不要，不过我确实不怎么高兴，你想道歉，那……"说着秦晋苟便一点一点靠了过去。

温玉面色一变，忍不住咬牙："秦晋苟，你个变……"

"我只是想让你看我一眼。"他的眉目间恢复了浅淡的冷静，却有一丝化不开的情绪，逐渐浓烈。

温玉一下子愣住了。

汽车一路向南，两边的高楼大厦逐渐稀疏，道路也越来越狭窄，快到出市的高速公路时，远远地能看见一片小山丘，被围成一个公园模样，大门处还立着花卉种植基地的牌子。

秦晋苟停了车，两人步行进去。

几个园艺师正在浇水，有两个生人从旁边走过，他们看也不看一眼，显然习惯了来来往往的花卉商人。

穿过一些开满鲜花的花坛和几个长长的大棚，两人终于来到了商务楼。

值班的办公室主任正在喝茶看报，忽然门被敲响了。

"您好，我想找一下王政。"

眼前的男人气质风度俱佳，显然来历不凡，身旁的女人更是面容精致，与他们这些终日同花花草草以及泥巴打交道的可不是一类人，怎么会无缘无故地找王政？

办公室主任的狐疑明明白白地写在脸上，比起秦晋荀一张"别问为什么，反正我就是要见到人"这张面瘫脸，温玉就显得柔和得多。

"您好，我们是王政的朋友，他经常给我们那儿送花，品相都不错，这不是快到他生日了，他家里也没什么人，已经好几年都没回去过了，我们给他带了点吃的，算是庆祝一下。"

说得有鼻子有眼的——当然，这些都是刘子科连夜努力的结果，加上温玉这张脸的欺骗性太大，主任便痛快地喊人找来了王政。

王政一眼就认出了两人："啊，你们是杜芊姐店里的客人吧。"

王政平常就肯吃苦，嘴也甜，见几人确实认识，主任背着手站了起来。

"小王啊，你平常也不怎么出去玩，这回朋友来了，好好说说话，我去大棚里头看看新来的那批波斯菊。"

"好嘞，谢谢主任。"

办公室里只剩三个人的时候，王政才不自在地红着脸低下头，扭捏地问道："是不是杜芊姐……有什么话托你们带？"

的确是个单纯的大男孩儿，温玉缓和了语气，正要铺垫一下，冷不防秦晋荀突然开口，目光如炬：

"王政，第二十五中学肄业，之后就开始打零工，后来就来了这花场工作至今，应该算得上是杜芊的学弟吧。"

王政一愣，面颊上的潮红褪去，眼神不太自在地瞟了瞟别处。

"你们怎么知道……我谁都没说。"

"我还知道，你辍学，是因为偷偷向教育局检举时任校长李明复对女学生行为不规矩，但是被他发现了，他找借口让你退了学。"

王政握起了拳头，死死地咬住嘴唇，眼神是不甘又无能为力的憎恨。

秦晋荀把玩着手里的笔："或者我换一个问法吧。每逢十五号和二十号，都是你到诸城几家花店送花的日子，早晨去一趟，中午回来再去一趟，你在路上……就没碰见什么事？杜芊对你那么好，你看见了那种事，心里应该很慌张吧，要不然也不至于后来一看到她就急着离开。"

秦晋荀是在诈他，态度之笃定，让他生不出丝毫还手之力。

窗户开着，郊区的空气比市内好了不止一点，隐隐约约还有阵阵不知名的花香传来，使人闻之忘忧。

王政始终踌躇不语，嘴唇干涸。温玉给他倒了杯水，被秦晋荀拦下，放到了一边。

如果一个人犹豫着不知道该不该说话的时候，给他一杯水，他喝完了，就会把话和水一起咽下去，这是秦晋荀多年以来实践的经验。

每一秒的沉默对王政来说都是煎熬，他抿了抿嘴，终于开口："天太晚了……我真的没看清，只能认出底下那个是李明复，后来那个女人回过头走了，样子有点像……杜芊姐。那儿离我们花场太近了，而且那天是进货的日子，人来人往，我害怕她被发现，我想，尸体运得远一点、偏僻一点，就不会那么快被找到了，她可能也有时间……"

秦晋荀玩味地笑道："连犯罪嫌疑人的脸都没看清，你就帮忙掩盖？"

"我觉得那个身影不是杜芊姐，可我……清楚李明复那个狗东西，要真是杜芊姐做的，我也不奇怪，他死有余辜。"

王政本就不是聪明的人，头脑一热干了点蠢事，也捋不清自己那么干的具体原因。

王政摇着头，一遍一遍地说着："是我移动了尸体，我没看清凶手，跟杜芊姐无关。"

秦晋荀勾起嘴角，周身的冷冽逐渐消融："你相信她？"

王政握起了拳头："是，杜芊姐不可能杀人。"

"我也相信，不是相信你，而是相信我自己的判断。"

秦晋荀说完后一扭头，正对上温玉迷蒙的双眼，只觉得她这副认真思考却又不得要领的模样无端有些可爱，顺口便说道："我现在有些猜测，回局里再跟你说。"

大抵有些人是对抗不了自己与生俱来的好奇心的，尽管对他这种态度有些懊恼，温玉却仍点了点头。

听他们提到公安局，王政的眼睛有些暗淡："警察同志，我犯了法，你们是不是要把我抓起来了……"

秦晋苟嗤笑："原来你也知道你那么做是犯法的？为了爱情？"

王政又红了脸："我从来都没有奢望，不管她从前都经历过什么，我现在也……配不上她。"

秦晋苟轻巧地将笔插回自己的衣兜里，说道："好了，你这些少男心思以后留着跟当事人去说吧。"

他的口气漫不经心，似乎不觉得这桩事情有多严重，王政的眼睛亮了一下，又听他问道："你知不知道，杜芊为什么会出现在那儿？你一直在这附近工作，从前有没有见过她？你要如实回答我，这也是为了她好。"

王政像是下了什么决心，抬起头："见过一次，那是去年的事情了，杜芊姐拿着一束风信子，往青山公墓那边去了。"

风信子？温玉记得杜芊说过一回，那是她妈妈最喜欢的花。

她不由得看了一眼秦晋苟，秦晋苟也回视，而后冲着王政挑了挑眉："哦？你知道她是去看谁吗？"

王政摇了摇头："我……没敢问，我就叫了她一声，她可能是心情不好，冷冷地看了我一眼就走了。"

"没跟你打招呼？"这可一点也不像那个好脾气的杜芊能做出来的事。

王政的表情一瞬间也有些奇怪："没有，杜芊姐的眼神就好像……就好像不认识我。"

在没见过秦晋苟之前，温玉就听说过，秦教授的场景还原是业内顶尖的。

他的脑袋里自带三维建模，足以还原案发现场的任何一丝风吹草动，可是每次亲眼见到，她都不免感叹这人逻辑思维的强大。

就如同现在，原本繁杂枯燥的案情进展竟被他讲成了电影脚本，条理清晰，极具画面感，下面的警员听得津津有味。

六月二十一号晚八点。

李明复到外省参加会议回来，半路捎上了据说是来扫墓的于素兰和一块来的表哥姜维，就在出了青山公墓的那一小段路上，他接过于素兰递过来的致命毒药，奄奄一息时被丢在了荒郊野外。

垂死挣扎、极度虚弱的李明复隐隐约约感觉有人靠近，正准备努力呼救，下一瞬，心脏便被用力刺穿……

而凶手没有料到，还有一双眼睛不可置信地看到了这一幕。在她走后，那人没有报警，没有离开，而是上前搬着那具残缺不堪的尸体走了两里地，将其运到了更加偏僻的地方。

"现场情况基本就是这样了，你们顺着第二案发现场一直往青山公墓的地方排查，运气好的话，大概还能找到李明复尸体上缺失的某个器官。"

大概是说得太过生动形象，底下的蔡莉莉脸一白，捂住嘴生生忍住了干呕。温玉默默递了手纸过去，蔡莉莉虽没有说谢谢，却还是收下了，冲她微微点了点头。

"所以，秦教授，你的意思是，杀了李明复的那个凶手，真的是杜芊？"

刘子科并非怀疑秦晋荀的判断，只是这个结果他很难接受。

"经过这一段时间的接触，我相信你们都能看得出来，杜芊并不像是那种沉浸在黑暗中、一心只想着复仇的人，她的性格宽容，而且在生活上更重视未来，她怎么会为了一个人渣赔上自己的后半生，并且手段还不是一般的残忍？"

"可能就是因为她平时生活得太压抑了，就是这种人一旦受了刺激，爆发起来才更可怕啊。"旁边有人质疑道。

刘子科也说道："我们也怀疑过她，调查过她，可是杜芊不像是受了刺激就发疯的样子，或者说，她到底怎么了？"

秦晋荀指了指办公室墙上挂着的一幅诸城地图："刘子科，杜芊以前的家，地址是哪里来着？"

"城东的一个旧小区。"

他忽然意味不明地笑了起来。

"她的花店开在城东，家也在城东，她抱着花，无缘无故跑去南边的青山公墓干什么？"

"或许她有什么逝去的亲属？"

秦晋荀说道："她从来都没有提过在诸城还有什么亲戚，而且，她在调查里面说，她一直是和母亲相依为命，我想问问，到目前为止，你们谁见过杜芊的母亲？"

杜芊的母亲？所有人都疑惑了起来。

就在这当口，一个警员喘着粗气跑进来传话："刘队，之前一次扫黄行动中，我们抓到了一个中年男人，带回来一查发现他身上还背着赌债，罚款拘留教育之后放了，今天汇总档案的时候，我们发现，他可能就是咱们在找的那个杜芊的继父。"

杜芊的继父是个老赌鬼，由于欠别人钱，经常四处躲债，居无定所，作为当事人之一，警方一直在找他。

原本打算不多为难这帮愣头青的秦晋荀顿了下，对着刘子科说道："你总得自己查到点什么，到底是不是杜芊杀的人，杜芊为什么会杀人，不如我们一起去揭开这个谜底怎么样？"

刘子科一马当先冲了出去。秦晋荀理了理衣服，抬头看到一直没有动作的温玉，走上前去，声音和缓："怎么了？不想去？还是哪里没听明白，我讲给你听啊？"

会议期间温玉一直沉默着，直到此时才抬起头来："只是很诧异……觉得真相太过意外了，那杜芊呢？她会怎么样？"

秦晋荀没有回答这个问题，他身边聪明的女人很多，可是没有一个被他获准接近，只有她，他会因她的迷糊而觉得可爱，也会因她的懂得而欣喜，能站在他身边的女人，活该是这样的，令他觉得怎样都可爱。

"有的时候我真的在想，你要是一开始就在我身边会怎么样？"

温玉还在纠结杜芊的事，无意识地问道："会怎样？"

"我就不必如此克制了。"

秦晋荀的视线在她的唇畔一扫而过，她立刻收敛了眼中的迷茫之色，方才那点郁结的小情绪烟消云散，她警惕地跟在他身后，与他不近不远，隔了两三步的距离。

秦晋荀浅笑，眼角睨着身侧那一方衣角——会让你不必经历那一遭劫难，会让你将所有的光芒都毫不避讳地绽放出来，会让你不必再有任何犹疑地接受一段爱，够不够？

诸城发展得很快，到处都是摩天大楼，却也免不了在某个胡同里有几家简陋的住宅，破破烂烂，就等政府什么时候想起这里了，拆迁开发。

七拐八拐后，几人总算到了一个连门牌号都没有的小楼前，爬了几层狭窄的台阶，找到了杜芊继父的住处。

"砰砰砰"敲了好半天门，才听到里面有沉重的脚步声响起，夹杂着男人嘀嘀咕咕的叫骂："来了来了。"

"吱呀"一声，一个邋遢的男人开了门。

"你是……杜芊的继父？"

男人警惕地看着眼前几个人，门始终只开了一条小缝。

"你们是谁啊？我早就跟她没什么关系了，你们找错地方了。"

秦晋荀从怀中掏出了钱包，当着那个男人的面，取出钱夹里的钱，厚厚一沓。

"问你点事，配合得好，钱就是你的。"

男人瞬间就开了门，伸手想夺过秦晋荀手里的钱。秦晋荀为避免他触碰到自己，提前松了手，几张大钞散在地上，男人毫不顾忌地立刻蹲下去捡，生怕秦晋荀反悔一样。

屋里既脏又乱，秦晋荀强忍着不适，拉着温玉站到了窗口的通风处。

刘子科他们办的案子多了，再凌乱的环境都能待得住。对这个男人的品行早有了解，刘子科也不绕圈子，直接说道："我们有些关于杜芊的问题，想要问问你。"

男人双眼闪烁着诡秘的贪婪："你是那丫头什么人？姘夫？"

刘子科不能忍受他粗鄙的言语，皱了皱眉头："注意你的言辞，废话少说，知道哪些跟杜芊或者她妈妈有关的事情就赶紧告诉我们，别等着我动手，否则你就不能像现在这么站着胡言乱语了。"

被刘子科唬住，但又不想让人觉得自己太尿，男人恶狠狠地冲地上唾了一口，骂道："你们有病吧，杜芊那都是多少年前的事儿了，跟我无关，我早就忘了，而且她妈早死了，我上哪了解她们去？"

刘子科只觉得脑袋"嗡"了一下，几乎不能思考，只是条件反射般地向秦晋荀求证，但只得到了后者平静无波的回视。

隐隐约约觉得自己就要碰触到事情的真相，刘子科清了清嗓子："杜芊说……她们母女俩离开后，她一直跟她妈妈在一起。"

男人讥笑道："呵，你们叫那丫头骗了吧，她妈早死了，她出事后没几天就死了，现在尸体都烂了。"

刘子科几人面面相觑，过往杜芊提及母亲那温柔的神色，如今回忆起来却添了几分惊悚。

杜芊口中的母亲，根本就是记忆中的母亲，只存在于十年之前，那些还算温馨的记忆里。

杜芊有病，恐怕病得还不轻。

刘子科觉得嘴巴有些发苦："杜芊她的妈妈是怎么死的？"

男人毫不在意地咧着嘴："被闲言碎语气死的。杜芊当年做了那样的丑事，谁还有脸活着，要我说，她就该跟她那倒霉妈一起去了，省得那几个月老子也遭人嘲笑。"

说着，那男人也不顾忌，又狠狠地往地上吐了一口痰。

刘子科心头一股怒火，只觉得男人瞧不起的目光是那样刺眼："那根本不是杜芊的错。"

男人听了反而嘲讽地看着刘子科："是她自己不检点，怎么怪得了别人，要不然，怎么偏偏是她，不是她同学，也不是任何一个路上的姑娘？"

"恐怕不止如此吧。"秦晋荀眼神冷漠至极，突然出声，"李明复给了你多少钱，让你拦住她们母女不要报案？恐怕还不少吧，足够你挥霍几年的。"

谎言被拆穿，男人讪讪的，但片刻就缓和回来，破罐子破摔地承认了，面上还一副无赖相：

"拿点钱怎么了，老子出去工作养活老的，还得养活一个不是自己的小的，有人送钱上门来，我拿点怎么了？"

他顿了顿，继续说道："唯一可惜的是，那丫头长得还不错……"

男人说着舔了舔嘴唇，猥琐淫邪之色顿显。

大家还没反应过来的时候，秦晋荀突然走上来一步，一抬脚，重重地踹在男人的小腹上，他往后一仰，身后的桌子椅子哗啦啦地倒地，发出刺耳的声音。

谁也没有想到，一向看起来高冷得不理凡尘事，就像任何事也无法把他激怒的秦教授也会动手，哦不，动脚踢人。

这一脚力道极大，男人"哎哟哎哟"叫着，好半天也没有爬起来。

刘子科直接看呆了，心底不断发出尖叫。他们干警察的只一点不好，惦记着自己的身份，很多时候哪怕心底有怒气，也只能憋回去，不能痛痛快快地发泄出来，秦教授这也太帅了。

只有温玉察觉到秦晋荀的状态不太对，那双眸子里酝酿着可怕的风暴，仿佛下一瞬间就能毁灭他周身所有的东西。

这绝不是一种正常的精神状态。

她突然想到秦妈妈临走前说过的，秦晋荀小时候吃了很多苦。

是什么呢？他克服了吗？他遗忘了吗？

他身上有太多秘密，她第一次对他从前的经历产生了好奇。

很多年没有那种暴虐的冲动，秦晋荀看着地上的男人，双眸一片漠然，他的脚抬起来，往前迈一步，男人就哆哆嗦嗦往后退，嘴里支吾着什么。

他不想再从这个男人嘴里听到任何污秽的话语，他想让这人永远地闭嘴。

忽然，紧握的手被一只柔软的、温热的手抓住。

他低头，她的手指纤长，半握着他的拳头，轻易地攥住了他的半边心。

怒火奇异地平静下来。

仿佛他那一瞬间的失态就如同刘子科他们认为的那样，完全是被杜芊继父不要脸的无赖相气到了，他忍不住才冲了出来。

出了屋子，刘子科说道："秦教授真是不鸣则已，一鸣惊人，我还以为这辈子我看不到你这么激动的时候呢，原来秦教授和我一样，也是性情中人。"

秦晋荀冷冷地看他一眼，没有说话，那眼神跟平时不太一样。刘子科一愣，正想凑过来，两人中间就多了一个温玉。

她挡住刘子科的视线，晃了晃自己手里的手机。

"刚才的话，我都录下来了，最起码能确定杜芊的继父当年收了李明复的封口费，不能让他就这么轻易逃避法律制裁。"

信息轰炸之下，这一点被众人忽略，温玉的补漏对刘子科来说简直就是仙女下凡普度众生。

他顿时对温玉感恩戴德，暂且遗忘了心中新鲜出炉的热血秦教授。

再次回到公安局时已是深夜，除了秦晋荀外，众人都神采奕奕的。

这种连续的加班熬夜对刑警这群夜猫子来说根本就不算什么，可在秦晋荀看来就是一件极度不爽的事。之前沈路安跟温玉闲聊时告诉过她，秦晋荀这个人作息很怪，他可以不眠不休做上三天三夜的实验，也可以因为各种特殊情况在任何地方以任何姿势小憩几个钟头后立刻清醒，只是不能在他舒服地躺在自己的床上休息时强制把他叫起来，这时候如果没睡够，他就会有一种寻常人才会得的毛病——起床气。

接连几天睡眠不能自己掌握，秦晋荀兴致不高，无精打采地耷拉着眼皮，却还是跟在温玉后面看着她的一举一动。

温玉感觉芒刺在背，几乎汗毛倒立，恨不得他还是下午那种诡异的状态，也比此刻刀枪不入的好。

所幸刘子科很快就回来了。

"这是我的疏忽，因为之前没让他们排查杜芊的社会关系，也就没留意过她母亲。这儿还有几份就诊记录，都是她妈妈的，你看看这，多处骨折，那男人显然在把她关起来的同时也对她妈妈下了手，真不是个东西。"

秦晋荀的身子微微前倾，温玉知道，这是他感兴趣的表现，本着一种单纯的好奇，他想知道这一切悲剧发生的根源。

"但是这个杜芊真的有精神方面的疾病吗？完全看不出来，她没有任何相关的就诊记录，并且在为数不多的社交活动中都表现得很正常——除了不怎么爱交际，来往的朋友不多，或者说，一个都没有，那个隔三岔五给她花店送花的王政，就算是跟她走得近的了。还有，这是新找到的视频，有一个超市的监控拍到了当晚经过的人，经过辨认，是杜芊。"

视频定格在她扬头看向监控的表情上，视频中那张跟杜芊一模一样的脸上，却挂着锐利漠视的表情，那是平时杜芊脸上永远不会出现的。

秦晋荀默默地看完，没有说话。倒是刘子科叹了口气，感觉自己已经弄清楚了整个事件的来龙去脉。

"是我们一叶障目了，因为小偷的事，我几乎已经不怀疑杜芊了，可是现在想一想，如果杜芊就是那个小偷，她就完全有了作案的时机。她之所以坦然地将监控录像给我们，不是套路，而是她精神不好，病人的做法本来就不能用寻常思维衡量啊。"

话音一落，刘子科就发现秦晋荀看他的神情有几分古怪，无端令他想到了小学时他补了一个假期的课，结果在开学第一次考试就拎回家五十九分的试卷时，他老爸看他的眼神……

秦晋荀仿佛不太确定，问他："你是这样想的？杜芊是个精神病患者，所以思虑不周到？"

"怎……怎么了秦教授，我的话哪里有问题吗？"

就连温玉也闭了闭眼，所以秦晋荀之前那些分析对这个愣头青没有一点触动……

秦晋荀忍了半天，还是没忍住，嘴唇扯了扯："冰冻三尺，非一日之寒。"所以解冻的时候，也不能期望一蹴而就。

刘子科："咦？"

秦晋荀站了起来："今天就到这儿吧，明天下午我要跟她谈谈。"

刘子科开口问道："杜芊？"

"不是。"

"那是谁？"

秦晋荀缓缓说道："杜芊。"

刘子科："咦？"

刘子科觉得自己快要被绕晕了。

秦晋荀要跟另一个杜芊聊一聊，但要在他睡醒之后，他一边想，一边偏头看向温玉："走，回家。"

秦晋荀想要表达的是送她回家，她也听习惯了，没觉得有什么不对，拎起包就跟上去，留下一地满脑子问号的吃瓜群众。

过了一会儿，有人弱弱地开口："他们……是什么时候在一起的？"

"可怜的季检。"

浑然不觉造成什么误解的两个人和谐地上了车，直到温玉发现这不是回自己家的路，才警觉地问道："我们去哪儿？"

"虽然我很喜欢你这副善于保护自己的模样，但是我要告诉你，我现在从心理到生理都很冷静，你不必担心。"

温玉疑惑地看了他一眼，秦晋荀于是露出了一个近似妥协的表情："顺路去找一个人。"

"谁？"

"杜芊这种情况我没碰到过，需要找一个精神科的医生详细了解一下。"

车很快开到了市三院。秦晋荀找了熟人推荐的杨医生，两人一见面就去了办公室里间。温玉觉得有点闷，就出来到医院的长廊上坐着，月光凄清，更衬得医院的走廊幽静诡异。

和一般人不同，她从小就喜欢医院，只是因为，她的父母都是临床医生。

他们工作繁忙，温玉有时候实在想爸爸妈妈了，就趁放学偷偷跑过来，还像模像样地挂了个号，捏着病历本兴奋地沿着走廊跑……

爸妈说了她好几次，她都不听，他们就笑："傻阿玉，以后你长大了，爸妈老了，退休在家，有你烦的时候呢。"

她懵懵懂懂，只一心想，她的爸爸妈妈什么时候才能老啊？

盼着盼着，突然有一天，她意识到，她的爸爸妈妈永远都不会老了，而

228

她也永远不会有爸爸妈妈了。

秦晋苟走出来的时候，就看见温玉歪在长椅上，手肘支撑着额头，眉心微微皱起，仿佛做了一个不好的梦。

秦晋苟脱下自己的外套，轻轻地盖了上去，表情是他自己也没有意识到的疼惜。

杨医生正好拉开门寻他："秦教授，你来，我找到一个国外的案例。"

声音来得突然，温玉微微动了动，睁开了眼睛，秦晋苟的脸近在咫尺，她的目光还没有聚焦，只能隐约分辨出走廊墙上大大的医院的标志。

她双眼迷蒙着，周身独属于她的气息将秦晋苟牢牢钉在她眼前。

温玉朱唇轻启，轻唤了一声："爸爸。"

秦晋苟脑袋犹如被重石砸了一下，霎时间愣住了。

片刻后，清醒的温玉和回过神的秦晋苟都有些尴尬。

不远处的杨医生捏着案例，有些迫不及待地喊道："秦教授你磨蹭什么呢，快过来啊！"

秦晋苟清了清嗓子，迅速站起来，手抬到领口处才想起来自己今天没有扎领带，于是尴尬地摸了摸领口的纽扣，用余光扫了一眼温玉，面色冷凝，只耳根处绯红。

"很快了，我一会儿送你回去。"

温玉低着头点了点，也不管他能不能看见。

直到秦晋苟走远，温玉才顿了顿，抬起手摸了摸自己似乎烫熟的脸。

能管秦晋苟叫"爸爸"的人，至今大概只她一个。

隐约间，她听见杨医生还没进办公室就语速飞快地说："这种……一种是根本没有能力，另一种是心理障碍，如果是后一种情况，生理机能因着心理状况完全改变也不是不可能，但终究还要归结于心理问题……"

正午的太阳火辣辣地晒着，街上的行人寥寥无几。

几人远远地透过玻璃门瞧见了杜芊，店内没有客人，她正拿着喷壶给花挨个喷水，烦琐的工作，她的面上却带着舒心的笑意。

刘子科吸了一口气，当先推开了门。

杜芊闻声望过来，面上带了几分不解，却也很快反应过来，只先请几人坐，依习惯上了花草茶。

"刘警官……是还有什么事情找我吗？"

已经锁定了嫌疑人，刘子科不知道该用什么表情面对杜芊，又对现下状况一知半解——昨天晚上他翻来覆去睡不着，想着自己的推测被秦晋荀否定，又百般回想着秦晋荀说过的话，两人明明知道一样的线索，秦晋荀胸有成竹，可自己还是理不明白，想得都快魔怔了，还是没有想到一个合理的解释。

他现在甚至有些丧气自己是不是不够资格当这个刑警队长。

他勉强挤出一个笑容，又觉得不应该对嫌疑人这么笑，硬生生地收了回去，本是阳光的脸变得有些扭曲。

杜芊却会错了意，以为刘子科是不知道怎样开口，便善解人意地先起了话题。

"一直想找一个机会谢谢你们。说实话，这件事的阴影一直梗在心头，现在我真的觉得好多了，谢谢你们。"

秦晋荀缓缓开口："是刘子科出的力，杜小姐感谢他就好了……不过，既然这根最大的刺拔掉了，你最近还失眠吗？"

杜芊微怔："你怎么……"

温玉解释道："上一次，我在杜小姐的家里见到了很多安眠药。"

杜芊点点头，眼神微黯："我吃安眠药很多年了，最近也是，虽然已经没什么大山压着了，可是就像是养成了习惯一样，不吃根本无法入睡。"

秦晋荀将双手搭在一起，身子前倾看着她："可是说起来很奇怪，一般吃了安眠药的人只会乖乖躺在床上睡觉，不会满城市晃荡吧。"

"啪嗒"，杜芊手中的杯子砸到了地上，她呆呆地看着秦晋荀，整个人突兀地显出几分不安。这种表现已能很好地说明，杜芊对自己熟睡后的异样确实有些察觉。

"你有可能是梦游症，失眠加梦游，病情比较严重，我建议你去看一看医生。"

"不，我不想去看医生。"

杜芊一直在摇头，起初还有些犹豫，可后来目光越来越坚定，嘴里还重复着："对，不去看医生，我很好，我现在这样就很好了。"

她显然清楚自己面临着什么状况，但却又不想改变这种状况。

秦晋荀眼神一黯，站了起来："你知道自己晚上睡着之后都干了什么吗？"

"我……我真的只是在睡觉。"

"那天看到早间新闻的时候，你是不是立刻就知道了死者是李明复？"

"我……"

秦晋荀的语气有些咄咄逼人，杜芊明显慌了神。

"你花园的锁坏了，真的是进了小偷吗？警察和救护车去了你家的那晚你在跟什么人说话？你见过钱玉峰的，那个精神科医生，除了做检查以及之后你去他家请求他把真正的证据给你，你还记得你在医院还见过他一次吗？你不记得了？还是说，第三次见到钱玉峰的人根本就不是你。"

杜芊只是摇头。

秦晋荀表现出了非同寻常的耐心，等着她慢慢缓和情绪，而后在她稍微松了一口气的时候，又突然靠近她，问道："杜芊，你的妈妈呢？"

"我的妈妈在家……"

忽然间，她的话说不下去了。

秦晋荀将一针管药物缓缓推进了杜芊的血管里。

一种强效的安眠药，适当使用对人体无害。

秦晋荀虚拍了几下她的肩膀，语气低沉："睡吧，你妈妈走了，她也不想看到你这样。"

温玉侧头看了看他，他的表情犹如隔了一层雾气，看不真切，有一种缓慢流动的伤感凝在他身上，久久未能消散。

在秦晋荀的示意下，刘子科接住了软倒的杜芊，将她小心地安置在椅子上。

他听明白了，是杜芊杀了李明复，却不是这个杜芊。

而是——即将苏醒的那一个。

双重人格，如此对立，他办了几年的案子，从未遇到过。

刘子科放好杜芊，正要起身，忽然间，袖子被什么拽住，他一愣，低下头，本该陷入沉睡的女人却迷蒙地睁开了眼。

刘子科的第一反应是，药失效了？可是很快他就知道不是，因为，这个女人醒来后，看他的眼神有几分陌生，却小心谨慎地没有说话，只是坐了起来，环视了一圈周围的人。

秦晋苟食指擦过薄唇，微微地笑了："杜小姐，我们是来询问李明复的谋杀案的，您中途睡着了，不太好吧。"

杜芊的表情瞬息万变，像是得到了什么信息，低着头闷声说道："我……我不清楚，但是我真的没有杀人，对不起，我今天有一点头疼，我们改天再说吧。"

于是秦晋苟确定了他好奇的一件事……

杜芊知道第二人格的事，第二人格却不共享杜芊的记忆。据杨医生说，这是极其罕见的情况。

秦晋苟站了起来，一步一步走近她。

"我相信你说的，杜芊没有杀人。"

杜芊眼神一闪，就听见秦晋苟继续说道："但是我不相信你没有杀人——你是谁？或者说我该如何称呼你？"

"我不明白警官您是什么意思，我就是杜芊。"

"我的意思是，我们已经找到你了，'第二人格'小姐。"

端倪初露

杜芊低着头，阳光打在她脸上，斜斜地从鼻尖画出了一道清晰的阴影。

在众人紧张的注视中，她缓缓地抬起了头，阳光刺眼，她也不躲，反而勾着嘴角，迎着光，面带享受。

"被人认出来，我竟然有点高兴。"

那是一种截然不同的口吻。

平时的杜芊有多隐忍、多温良、多顺从，这个女人就有多乖张、多傲慢、多不屑。

秦晋苟的口吻很平和："为了找你，我也费了不少功夫。"

"人是我杀的，你们还有什么不明白的吗？"

秦晋苟摇摇头："没有了，只是没见过你，好奇。"

"那现在见过了呢？"

秦晋苟顿了顿，像是在思索，而后认真地回答："很难过。"

秦晋苟眉头紧锁，杜芊却忽然笑了，笑着笑着眼泪就涌了出来，嚣张、放肆，却又隐忍而悲戚。

刘子科默默递了一张纸过去，她擦了擦眼泪："你倒是挺有意思，冷冷清清一个人，倒这么感性，莫不是跟我一样？"

温玉皱皱眉，看向秦晋苟。秦晋苟表情未变，只是安抚性地看了一眼温玉。

"情之所至，不懂得遮拦而已。"

她就笑了笑，不再说话了。

刘子科犹豫半晌，又拣了几个案件中的小问题问她。她大仇得报，也没什么抗拒的，很顺利地就回答了他。

最后她叹了一口气，轻声道："有一句话我没有骗你们……我就是杜芊。"

脸色本已毫无波澜的秦晋苟又怔了一下，她走近他，学着他刚才的模样在他耳边悄悄说了一句话，除了他没有人能听得到。

然后她退后，定定地看着他。

秦晋苟沉默了片刻，点了点头。

她真切地笑了起来，仿佛所有的重担都就此卸下。

太阳逐渐西斜，杜芊缓缓睁开了眼睛，半晌不知道到底发生了什么事。

刘子科走过去小心翼翼地问道："你觉得哪里不舒服吗？"

杜芊揉了揉脖子，目光还有些迷茫。

车里很安静，秦晋苟闭着眼睛坐在驾驶位上，等着刘子科处理好其余的事。

温玉被他拽着坐在了副驾驶位，她偏头看到他眉心聚了一团揉不开的烦闷和忧郁，试探着问："不如我放点舒缓的钢琴曲给你听？"

"不用。"

"那……"

"你在我身边对我来说就是最好的安抚了。"

温玉一下子闭上了嘴巴，不再跟秦晋苟说话。

秦晋苟自顾自地闭目休息，脑袋里却依旧思考着。

许是很少与人交流，苏醒过来的杜芊说了很多话。

"谢谢你们。"

"是我杀的。"

以及最后在秦晋苟耳边的话："我想让她活在这个世界上。"

那个"她"指的是像自己母亲一样的那个"她"。

当生命中唯一的光消逝，杜芊只能自己温暖自己。温和的那面，活出了母亲希望的样子；残忍的那面，为复仇而存在。可是现在大仇已报，她累了，想陪着她的妈妈去了。

所以，那个最常出现在大众视线里，生命中仿佛只余阳光的女人是杜芊的第二人格，而杀了李明复的那一个，才是真正的杜芊。

可是现在，这都不重要了。

秦晋荀重重地叹了一口气："这个案子还真挺复杂的是不是？牵扯到的人简直能演一出罗生门了。"

温玉的目光望着窗外淡淡地"嗯"了一声。

她心里想着，方才开过去的那辆银白色跑车，真的是又恰好停在这里的吗？

不知道过了多久，外面的警笛声逐渐接近，停在了花店外面，又过了一会儿，刘子科过来敲了敲窗。

"我们还要带杜芊回局里，秦教授和温玉你们先走吧。"

说完，刘子科就跑回去，上了前面的一辆警车。

秦晋荀发动汽车，也缓缓地汇入车流。

"我们去哪里？"

"市三院。"

他们又找到了杨医生，说了杜芊的真实情况，也说了杜芊最后的那句话。

杨医生听后沉默了良久。

七月末，已经是彻彻底底的酷暑了，不管是树木还是人，都被晒得蔫了吧唧的，可是秦晋荀仿佛一个天然的移动冷库，连带着他周围的人都似乎"幸福"了许多。

最起码刘子科表现得很幸福，他一边躲过地上一只爬行的虫子，一边嘟囔着："夏天真想一直待在秦教授身边啊。"

秦晋荀没有理他，向旁边看了一眼，看温玉是否跟上了。

青山墓园很大，管理却不够规范，墓碑前七八束枯萎的风信子旁，又被放上了一束崭新的花。

235

刘子科冲着那个只刻了"慈母"二字、连张照片也没有的墓碑规规矩矩地行了个礼，碎碎念着："阿姨啊，您泉下有知，尽管放宽心吧，我今天没穿警服，我就直说了——这死的死、抓的抓，也算给你们母女二人一个交代了。杜芊正在积极地接受治疗，她的主治医生可是咱们诸城最有名的精神科医生了，她现在笑容一天比一天多……"

秦晋荀只听了一会儿，发现温玉在不远处愣神，便朝她走过去。

一个人孤独地吹风变成了两个人沉默地吹风。

这无疑是好的结局了，可是温玉的思绪依旧很乱，总觉得心中很堵。

杜芊的母亲无法帮女儿讨回公道，最终因流言蜚语而撒手人寰，独留只有十四岁的女儿辛苦过活。于素兰遭受了暴力，自怜自哀，却又完美地融入了这份暴力，甚至在发现自己不是唯一的受害人时，帮助李明复隐瞒，最后也死于这场婚姻带来的阴谋里，留下了十四岁的儿子。或许以后他也会知道父亲和母亲犯的罪，或许以后也会有人将这些事当作刀狠狠地刺向他。

他人的眼光太可怕，像是锋利的刀子。可是一开始的于素兰、杜芊，她们有什么错呢？

心被捅出了一道永不愈合的伤，却还要再被这些刀子磨来磨去。

有人攀折了一枝娇嫩的玫瑰，粗暴地把玩之后扔在泥泞的土里，从上面踩着走过，可是后面路过的人见了，只是一边叹息一边鄙夷：谁让你不好好地收敛起艳丽的颜色呢？

这已不是冷漠，是病态，昔日的袖手旁观，全部都是今朝的刽子手。

风有些大了，温玉摇了摇头，将吹乱的头发重新捋了捋。

"走吧，我们回去吧。"

"好。"

秦晋荀很满意这个越来越自然的"我们"，便跟着她，一步一个脚印走下山去。

李明复谋杀案宣布告破，刘子科又难得有了几天假期，放飞自我了一天后，觉得还是喜欢公安局的氛围，于是死活拉了秦晋荀、温玉加上蔡莉莉、小林几个陪他吃饭。

谁请客呢?

秦教授有钱,秦教授请啊。

饭局中聊的更多的还是案件,但是刘子科知道分寸,不会说公安局的案子,只是挑着网上看到的几个悬案,两眼冒光,热烈地讨论着。

"前年那个京城的连环杀人案,你们知道吧,那家伙,尸体是五马分尸啊……去年的那个北江保姆摔婴案,判了死刑,那么小的孩子都下得去手,活该! 今年的那个……"

不知不觉间,原本满满当当的餐厅,空了好几桌……

刘子科喝了一口水润了润嗓子,又想到什么,对秦晋荀和温玉说道:"后天周五,我们局长说要在公安局表彰你俩,二位有没有时间啊?"

蔡莉莉看了眼温玉,微微地哼了一声。

秦晋荀看了看温玉,后者摇摇头,秦晋荀于是意会:"表彰就不必了,我这周五要去外地几天,不一定什么时候回来,不过如果方便的话,奖杯或奖牌可以快递回京城我的事务所里,如果有奖金,给温玉就可以了。"

刘子科意外地眨眨眼:"秦教授要去哪里,是要去度假吗?"

"事务所有些工作,需要我去解决一下。"他的话不知道是对谁说的,然后顿了顿,又说道,"如果有什么事,可以打电话给我。"

可是刘子科等人接收到的信息却是:不怕死的你们可以打来试试看。

第二天,温玉想着还有几份报告没写完,一早就来了公安局善后。

快到中午的时候,她办公室的门被敲响了,一个同事探脑袋进来:"温法医,外面有人找。"

传话的人神色暧昧,温玉只当不察,心中已经模模糊糊猜到了来人是谁。

察觉她的冷淡,那人便也不打趣了,只是心里还嘀咕着:若是连外面那男人她都看不上眼,她的眼光也太高了……还是说,像最近局里传说的那样,温玉真的跟那个京城来的秦教授好上了?

温玉走出办公室下楼,在大堂见到了眼熟的男人。

"景然,你怎么来了?"

季景然未穿检察官的制服，换了一件米白色的亚麻衬衫，灰的休闲裤子，举手投足间一派温润的贵公子风度。

看见温玉，季景然眼睛一亮。

"你来了。"

温玉笑笑，季景然继续说道："我来是想跟你说一声，我上午刚请了假，准备周五动身，临走前有些事想要详细问问你。"

"你要去哪儿？"

季景然目光中有细碎的笑意："我要去一趟滨江。"

温玉的眼神不自觉地带出一丝讶异："是不是林恩词那事有什么消息了？"

季景然又点点头，看了看周围，都是行色匆匆的同事们，他压低了声音。

"我在滨江交通局的朋友给我发了消息，说是可能查到了些不太对劲的地方，想让我过去看看，你将具体的细节告诉我，越多越好。"

温玉听了毫不犹豫地摇摇头，然后坚定地说道："我跟你一起去。"

季景然的眼神闪了闪，嘴角逐渐漾出一道温柔的笑意："好，那我们就一起去。"

温玉没注意到季景然的表情，只是思索片刻："我这边的工作基本上完成了，我现在就去找局长请个假。"

"好，那我在外面等你。"

"不用了景然，你先回去吧。"

他摇了摇头："我一会儿还有些详细的情况想要跟你说。"

温玉便点了点头："好，外面热，要不你去车里等我吧。"

看着温玉疾步离开的身影，季景然弯了弯眼角，面上一派愉悦。

温玉的请假条是陈立仁亲手批的，问明了温玉要去滨江的原因，陈立仁只是嘱咐她多加小心。

"如果需要帮忙，你就打电话回来。"

温玉对这位一直帮助她的局长很是尊重，点点头，鞠了个躬才走出来。

交接剩余的工作用了二十多分钟，她出来的时候，季景然正站在艳阳下等着她，被炙热的太阳烤着，他的额头上沁出了一层薄汗。

"不是说让你到车里等我就好吗？我又不是不认得你的车。"

季景然毫不在意地笑笑，似乎很享受温玉对他说这么长的话，全都听完了之后，才笑道："走吧，送你回家，我们的行程有些赶，不知道要在滨江待多久呢，你要是在诸城还有什么事，这两天就尽快安排好。"

温玉点了点头，两人来到了车旁，她突然想起了秦晋苟——这个案子他也很关注，现在有进展了，是不是应该告诉他一声呢？

在告不告诉秦晋苟这件事情上犹豫不决，温玉坐在车里发了好一会儿呆。

狭小的车厢内，空调吹出舒适的冷气，季景然从后视镜中看着她秀美的侧脸，以及陷入沉思的眼神。

季景然不知道她在想什么，却知道定然不是在想他。

这个想法令季景然的喉咙有些发干，他清了清嗓子："对了温玉，把你的身份证号给我，我一会儿就订飞机票，不然晚了，怕买不到商务舱了。"

突如其来的声音打破了某种魔咒，温玉回神，"啊"了一声。

"不用了，不如你告诉我应该坐哪趟航班，我来买票就好了。"温玉回答后，心里想着：算了吧，还是不说了吧，他有事要出差的，自己调查到结果了再告诉他也一样。

见她不想多亏欠自己一分一毫，季景然闻言不由得想要苦笑，勉强按捺住心头泛起的苦涩，调侃着："不过一张机票，我好歹收入还行，怎么能让女士花钱。"

"毕竟是我自己的事。"

季景然叹息一声："你何必跟我算得这么清楚……都是老同学。"

季景然的语气里有掩饰不住的黯然。

"谢谢你，景然，不过你要做好准备，毕竟女士有点抠门，只能给你买经济舱了。"

季景然从后视镜里对她笑了笑，算是应和她想调节气氛的玩笑话，然后又专心开车。

温玉看着，心有愧疚，似乎她对他说得最多的话便是谢谢，但是除了这一句，她也没有别的话好说。

周五一大早，温玉便赶去机场和季景然会合。

温玉买的是经济舱的票，加之是小机型，座椅不是很宽敞，对季景然这种高个子非常不友好，腿不得不委委屈屈地蜷缩在一起。温玉有些抱歉，季景然本人倒是兴致很高的样子，说说笑笑的。

温玉关了手机，看着窗外的飞机起落架缓缓收起，随着高度的增加，地面缓缓消失，目之所及只余一片湛蓝。

乘务员来回走动着添加饮品，头等舱间隔的帘子开合间，温玉不经意瞟了一眼，总觉得看见了一个熟悉的身影——身形挺拔，浅蓝色的衬衫规规矩矩，没有一丝褶皱，正低着头看报纸。

温玉用力地摇了摇头，想着自己真是疯了。

诸城飞滨江不到两个小时，下了飞机，旅客鱼贯而出，有人在找行李，有小孩在哭闹，在一片纷乱嘈杂中，温玉偏偏就捕捉到了接机的地方一个女孩儿的喊声，带着无尽的欣喜与祈盼。

"秦教授。"

巧合吧。

尽管这样想着，温玉还是心思一动，不由自主地回头望去。

人流中，一个穿着浅蓝色衬衫的男人，拖着银色的行李箱，走出了两米八的气势，在人群中一眼便能捕捉到。

秦晋荀原本是目空一切地往前走着，忽然看见温玉，脚步生生顿了一下，眼中某处骤然亮起，让那一张面瘫似的脸突然生动起来。

不知是不是错觉，他脚下的步子大了些，来回摆动的频率快了些……直到来到温玉的身前。

他蹙起眉头，有些别扭地问道："你来这里……找我？"

温玉还没来得及回话，回过头的季景然沉着脸上前一步："我们来这儿是有私事，秦教授，好巧。"

秦晋荀这才看见季景然——目光一扫而过，冲他礼貌性地点了点头，又视而不见地移了回来。

"你来这里做什么？"

不是都说了是私事吗？

温玉没有抬头，声音倒是正常："那支枪有线索了。"

听到她的回答，秦晋苟先前那一点轻巧的笑意瞬间便又一次湮没在那张寒冰似的脸上。

"你们查到了什么？为什么不提前告诉我？你清楚那些人的危险性，为什么还自己冒冒失失地跑过来？"

什么叫自己？季景然简直要气笑了，却还苦苦维持着自己的风度。

不知什么时候走到秦晋苟身边穿着淡紫色长裙的女孩儿突然开口道："秦教授，我们叫的车子已经在外面等着了。"

尴尬的氛围中，几人不约而同地看向她。那姑娘咬了咬嘴唇，往秦晋苟身后退了一步。

温玉不解，这是——谁？

季景然不动声色地扫过温玉的表情，而后笑意温和地开口问道："这位来接机的小姐是？"

还不等那位紫衣姑娘开口介绍自己，秦晋苟便生硬地回答："我事务所的员工，舒婵。"语气依旧冷凝，昭示着他糟糕的心情。

沉默中，四个人一起出了机场的大门。

舒婵站定开口问温玉："你们订好住的地方了吗？"

温玉懂她的言外之意，刚要点头，就听见秦晋苟毫无波澜的声音："退了吧，不干净，住我那里去。"

季景然再有风度也经不住秦晋苟这般目中无人，再开口就带了些贵公子似的愠怒："谢谢秦教授关心了，我订的酒店如果还够不上秦教授的标准，秦教授大概就只能坐飞机回诸城睡了。"

温玉在一旁没说话，秦晋苟在外是能不住酒店就不住酒店，若必须住，也是五星级的规格，还得换上自己惯用的一套床品，温玉领教过他的洁癖。

果不其然，秦晋苟只是淡淡地瞥了季景然一眼，悠悠开口："不是酒店，酒店……我住不惯，是沈路安家在这里的一处产业，已经提前收拾过了，房子足够大，你……你们不必另外订酒店。"

他其实更想说季检你最好还是住到你订的豪华酒店去吧，可料想季景然绝对不会让温玉独自跟他走，只好压下了心头那一丝可惜的情绪。

车行驶了四十多分钟，才在一处别墅区停了下来。这里符合秦晋荀一贯的择房标准，环境清幽，又不远不近地靠着繁华地带。

舒嫶走在前面，掏出钥匙开了门。

一栋二层楼的小别墅，面积并不算太大，一楼主要是大客厅，窗明几净，桌上还摆放着新鲜的瓜果，显然是用心收拾过的。

秦晋荀冲舒嫶微微点头："辛苦了。"

舒嫶垂了垂头，手指伸到耳边，将一缕长发绕着手指缠了一圈又掖到耳后，露出耳垂上精致的环形耳钉。

"秦教授别客气，这是我应该做的。哦，您的房间在二楼，中央敞开的那间，我特意打扫了两遍。"

秦晋荀扬头，轻而易举就看清了二楼的结构。

"凹"字形，他的卧室左边只有一间客房，然后便是墙壁的阻隔。

秦晋荀伸手指了指最里面那间房，对着虚空说道："你就住里面的那间。"

如果不是因为这里人少，其他两个人又很有自知之明，还真就听不出来秦晋荀是在对温玉说话。

温玉也是第一次和这样情绪化的秦晋荀接触，一时还没反应过来，于是只是点了点头。

秦晋荀等了一会儿见没有应答声，面色更沉了，又转身对着季景然说道："季检随意，区区陋室不要嫌弃。"

"不敢，比不得秦教授会享受生活，也替我多谢沈先生。"

"客气了，那么我先上楼了，有什么事可以叫舒嫶。"

秦晋荀矜持地点了点头，越过温玉，自顾自上楼去了，半点眼风也没有分给她。

见此情形，舒嫶似乎松了口气，赶紧小跑着追过去，路过温玉身边，眼神扫过，第一次露了笑容。

房间很干净，温玉只不过用了十多分钟就放好了行李，然后便坐在窗边发呆。

滨江是沿海城市，海风终年调节着这里的气温，这里的夏天比诸城凉快了不少。

温玉吹了会儿风，走到门口，开了门听了一会儿走廊的动静，舒婵可能已经回到自己房间了。温玉走到旁边的卧室，犹豫了半天，还是抬手敲了敲房门。

大约过了半分钟，里面才有了动静。

房门开了，露出了秦晋荀的身影，他的头发还滴着水，一只手拿了毛巾在擦。

"进来吧。"

温玉沉默地跟了进去，看着秦晋荀擦了头发，又看着他从行李箱里掏出一件短袖，然后回头看了她一眼，利落地脱掉了上衣。

温玉几乎是第一时间别开了头，只是方才那一瞬，能看见的还是都看到了。

若是梁莹在这里，大概会一边流着口水，一边狂喊，看不出来秦晋荀竟还是传说中那种穿衣显瘦、脱衣有肉的标准倒三角身材啊。

秦晋荀似乎轻嗤了一声，将湿了的上衣扔进衣篓里，利落地换好新衣服，又转头取出那只从诸城就跟随着他的马克杯，给自己倒了一杯水，喝了一口，舒舒服服地在沙发上坐了下来，这才抬头注视着温玉。

"你站在那儿干什么，不是有话对我说才来的吗？"

温玉还记得两人的第一次见面，在她的家里，她略占上风，他轻易还击，可假若当初这两个场景调换一下，她大约是一败涂地的。

秦晋荀这个人可以是神仙，也可以是妖魔，温玉有些想走。

可是在他那双似笑非笑的眼睛注视下，她又觉得逃避就是承认了什么。

她深吸了一口气，走过去，坐在离他稍远的一侧，力图淡定地开口："对不起，我并不是特意隐瞒，景然他也是前两天才收到了点消息，我们就想着先过来探探情况再做打算。"

秦晋荀没说话，只是又喝了口水，将杯子放在一旁的小桌上。温玉又说："还有就是，知道你今天也要出差，分身乏术，大概是没什么时间的，就想过几天再告诉你。"

她又说了几句，微微瞟向旁边的男人，却发现秦晋荀根本就没有仔细听，她干脆闭口不言了，换成思索自己到底为什么要来解释这些。

"我想知道你什么时候会跟我说实话。"秦晋荀眼中分明闪过无奈，让他坚硬的轮廓线有所缓和。

温玉盯着自己的脚尖："我说的就是实话。"

"你还不如说，如果是我们两个人一起出来，你不知道该怎么日日夜夜面对我，这个理由对我来说更具有说服力。"

他的声音就在耳边，温玉抬头才发觉，他不知何时已经默默地靠过来，本来还算宽敞舒适的沙发似乎一下子就变得狭窄起来。

"没有。"

"我不信。"

这样的争论毫无意义，温玉叹了口气，面上也染了些疲惫之色："如果那个人真的在这里，那么这里就很危险了。秦晋荀，我不希望我们同时涉险。"

秦晋荀霍然抓住她的手腕："可是温玉，我说服你、鼓励你面对，承诺会保护你，可不是为了让你有什么线索就只身犯险。"他冷冰冰的口气中还带了点咬牙切齿的意味。

"哦不，你还带着季检察官……你还不如就自己来。"

他最后这句话声音有些小，温玉听得不真切。

"你说什么？"

秦晋荀不再说话，反而凑近她，头发上还带着水汽，如同迷烟一般在她的脑袋里逐渐散开。

她半站了起来："秦晋荀……"

他一推，温玉又跌坐回沙发上。

她觉得自己应该说点什么，可是又怕自己的举动会让他变得更加奇怪。

秦晋荀眯了眯眼，周身的禁欲气质在此刻似乎突然消弭，取而代之的是眼神中透露出来的无尽的渴望。

"你这么聪明，如何会不知道我在意的、生气的是什么？"

温玉反手抓住自己身下的沙发垫，身子往后仰，都快悬空了，她抓得紧紧的，像是连自己躁动不安的心都一起抓着，好让它别这么不坚定地胡乱跳动。

他的声音低沉，有着迷人的烟嗓："是谁说你既淡定又大胆？"

他的手指冰凉，拂过她因紧张而颤抖的睫毛，目光转而移到她嫣红的唇瓣。

温玉几乎已经能预见他接下来的举动，她不由得心乱如麻。

眼前阴影渐重，呼吸交错间，她听见他报复似的说道："不吻你。"

忽然，门"吱呀"地开了半边，来人也没想到门没关，顿了一下才小心翼翼地往里望过来，然后就被里面的场景怔住。

"秦……秦教授。"舒婵结结巴巴地说道。

秦晋苟慢条斯理地起身，同时将上半身快从沙发上掉到地下的温玉扶了起来，"什么事？"

舒婵没有移开眼，看着他的一举一动，声音带了丝波澜和委屈："委托人在楼下等您。"

秦晋苟拧起眉头："下去等我，关上门。"

可能是他的语气太过严厉，舒婵红了眼眶，扭头就往楼下跑，关门力道重得墙上的画都震了一下。

他身上的衣服在方才的纠缠中再次变得又皱又湿。他低头看了看自己，又从行李箱里取出一件跟刚才一模一样的 T 恤，当着温玉的面毫不避讳地换上了。

温玉端着一张脸，背挺得笔直。

"你有什么事就先去忙吧，等到去找那个知情人的时候会告知你。"

秦晋苟一边扣扣子，一边瞥了她一眼，嗤道："自作聪明。"

他出了卧室，只留下温玉一个人。

她维持着平静的表情又坐了一会儿，然后突然捂住脸，弯下了腰，将自己深深地埋在柔软的沙发里。

不对劲，这种感觉真的不对劲。

舒婳没有下楼，而是在楼梯口等着，她小心翼翼地觑着秦晋荀，试探着问道："秦教授……你和那位温小姐？"

秦晋荀脚下没有丝毫停留："以后进来记得敲门。"

舒婳的脸不由得又白了，她深吸一口气，咬了咬唇，重新跟上，语气小心谨慎了许多："我知道了秦教授。"

楼下的客厅沙发上坐着一个中年女人，四十岁的样子，皮肤保养得很好，实际岁数可能还要大一些，周身一派华贵。她焦虑地握着双手，指上一枚硕大的"鸽子蛋"夺人眼目。

听见楼梯口有声音传来，那女人立刻站了起来，冲着秦晋荀伸出手："您好，想必您就是秦教授吧，我的律师极为推崇您。"

秦晋荀看了一眼她伸出的手，而后恍若未见，随意地坐在了她对面。

那女人面色一变，颇有点恼怒。舒婳很有眼力见，低声解释道："邹夫人，这是秦教授的习惯，从不跟人握手。"

邹夫人找到了台阶，面色缓和了一些，又想到有求于人，于是清了清嗓子，憋出了一个笑："秦教授，这个案子您底下的人跟您说了吧，我也就不绕圈子了，想要打赢这场官司需要多少钱？"

秦晋荀头也不抬，双腿交叠，将手置于膝上。

"我想您搞错了，我们做的是调查解疑的生意，帮人打官司这种事，是律师做的。"

女人激动地站起来："那你就去调查啊，我丈夫真的是无辜的，他只是平常有些暴躁，怎么可能能杀人，肯定是他生意上的对手见不得他好，陷害了他，死的那个经理，就是他竞争对手旗下的。"

秦晋荀翻着舒婳从事务所带来的记录簿，笑容有些讽刺："这位夫人，您先生已经不只是暴躁的问题了。根据我们的取证，您先生遗落在现场的那条领带是他找高级设计师定制的，那个设计师为他设计了一系列的领带，为了保证这种设计独一无二，她甚至申请了设计专利，整个滨江，除了您先生，再不会有别人拥有了。而且，受害人颈间的指纹属于您先生的无疑，案发当晚所有人都能证明是您先生最后带走了醉酒的受害人，说要送他回家——这个案子没有一点问题，警方调查取证很迅速。"

秦晋荀甚至满意地点了点头，夸赞起滨江公安局的效率来。

那女人面色一黑，当即就将包狠狠地往桌子上一拍："我先生无缘无故送个男人回家干什么，那是客套话，客套话懂不懂？再说了，我可是交了钱的，你们知道我交了多少调查费吗？你们就给我这个结果？"

舒婳面色不佳，但还是维持着基本的礼貌："邹夫人，如果不是您欺骗我们，这个案子我们一开始就不会接，而且我们的合同上写得清清楚楚，一切以我们调查的事实真相为准。"

"没能耐就说没能耐，还什么事实真相，现在的小姑娘一个个都能说会道，拿了钱不办事儿，跟当了婊子还想立牌坊有什么区别。"

她这话说得不光十分难听，还相当粗鄙，舒婳想要还击却不知道说什么好，只是眼眶通红，伸长了脖子，反驳道："我们按照合同履行约定，完全没有任何违约的问题，您的丈夫犯了罪，就应该接受法律的制裁。"

这一下更是惹火了女人，她盛气凌人地将面前的杯子往地上一摔："我的助理为我推荐了另一家事务所，告诉我他们专业得多，我起先还不信，不过现在看来，大名鼎鼎的秦晋荀也只不过是一个没用的蠢材，你们这破事务所就等着关门吧。"说完，就踩着她那双价值不菲的"恨天高"气冲冲地出了门，反手将大门摔得震天响。

秦晋荀青着脸站起来，将客厅的窗户拉开，外面的风涌了进来，将屋里浓烈的香水味驱散，秦晋荀这才觉得自己又可以呼吸了。

舒婳往前走了两步，低着头，声音细若蚊蚋："对不起秦教授，都是我们初步调查没有做好，签下了这样一单合同，给您添麻烦了。"

秦晋荀点点头："知道给我添麻烦了，你们干脆都辞职吧。"

舒婳悄悄将眼泪咽了回去……

那个女人叫邹兰，是滨江当地首富马之章的妻子，上个月只身到京城找上秦晋荀的事务所，哭哭啼啼说自己的丈夫被人陷害，可是警察愚钝，不分青红皂白就扣押了她丈夫。

本来事务所正常的流程是提前派个侦探来滨江调查一下，如果说案件确实有疑点，才会接下来。

可是邹兰哭得厉害，怎么也不肯让人来，又说时间紧，从包里掏出了一张六位数的支票，并且说事成之后还有两倍的酬金，这么大一笔钱就在眼前，事务所的小张一时糊涂就签了合同。

事实证明，天上不会掉馅饼。调查的人一来滨江才发现，那个马之章根本就是个证据确凿的杀人犯，行为恶劣得让人只想催法院赶紧判决了。

可是马之章是本城名人，这个案子闹得滨江尽人皆知，处理不好，事务所的名声极容易被牵连，众人无法，只好把几乎快在诸城扎根的秦晋荀请过来收拾烂摊子。

舒嬅刚才被冷嘲热讽一通，心里不痛快，撇着嘴说："现在的人有点钱，就以为他们可以凌驾在法律之上了，公安局不敢惹，倒是把主意打到我们身上，编谎话骗我们，证据确凿，我看哪个事务所敢接。"

可是还真就有一家敢接的。

秦晋荀回头问她："你知道邹兰说的是哪家事务所吗？"

舒嬅犹疑地点了点头："我倒是能猜到，是一家滨江本地的侦探事务所，也有诉讼方面的服务，老板叫敬堂，这两年在滨江声名鹊起，我们在京城都有所耳闻。他们解决了很多棘手的案子，确实厉害……不过自然是比不过秦教授的。"

"证据确凿的案子，他们竟然肯接——这是不是很奇怪？"

秦晋荀摸了摸下巴，眼神中透着几分深思。

舒嬅的目光不由自主被他的手吸引，白净的手指骨骼分明，优雅极了，反应过来的时候已经悄悄红了脸。

"舒嬅。"

舒嬅一惊，还以为是偷看被抓住了："啊，什么，秦教授？"

"我对这家事务所有点好奇。"

舒嬅会意："我这就打电话回京城，让他们查一下这家事务所的资料。"

话音刚落，楼上便传来了脚步声，温玉和季景然一起走了下来。

季景然的目光在地上的一片狼藉上扫过，他眼睛弯了起来，显得有点幸灾乐祸："看来秦教授遇到了点小麻烦啊。"

秦晋荀利落并且优雅地跨过脚下的一块碎玻璃碴，神色从容道："已经处理好了，不要紧。"

他又看了看温玉一身外出的装扮，开口问道："你们这是要去哪儿？"

温玉怕他又误会，解释道："是景然的朋友，也是学弟，我大学的时候也曾见过的，晚上约了一起吃饭。"

想了想，她又补充道："跟林恩词案无关，只是叙旧。"

秦晋荀装作没听懂的样子，微微扬了一下下颌："好的，等我一下。"

他一边说，一边往楼上走去。

季景然伸出手拦住他："秦教授没听明白？我们是同学聚餐。"

"听得很清楚，是那个查到了些林恩词线索的人。"

秦晋荀本就不是顾忌别人眼光的人，他要去，还真就没人拦得住他。

温玉看了看潇洒自如的秦晋荀，又看了看面色不佳的季景然，莫名觉得季景然是输在了脸皮太薄上面……

华灯初上，格调雅致的餐厅里，小提琴声悠扬。

看见季景然出现，徐谦从座位上站起来，挥了挥手，神色有些激动。

"季学长，这里。"

徐谦和季景然一个系，小了两届，毕业之后考上了滨江的公务员，最后分配到了交通局，平日里工作十分清闲，故而毕业几年，还像之前在学校里一般做派，仍是毫无城府的欢脱模样。

季景然身后跟着温玉和秦晋荀。

徐谦是见过温玉的，友好地打了个招呼，目光又好奇地落在秦晋荀身上，在称呼上犯了难。

秦晋荀和季景然各自将目光反方向转了三十度仰天，没有开口的意思，温玉只好充当介绍人："这是秦晋荀，刑侦方面的教授，对林恩词的事情也很感兴趣。"

徐谦于是恍然大悟。

服务生带了菜单，徐谦热络地招呼几人点菜。

"学长，你们想吃点什么？这家的淮扬菜做得很好吃，可以尝尝鲜。"

季景然极为绅士地将菜单推给温玉："这个红豆沙冰看起来不错，要不要试试？"

温玉略一犹豫，旁边的秦晋荀轻描淡写地插了一句嘴："若我没记错，你这几天不能碰凉的。"

温玉正要点头的动作一顿，面色泄露了心中的尴尬。

有一次她的包开了，露出了里面的卫生巾，秦晋荀随意地扫了一眼，当时没有说什么，可是他竟然记着了……

不知是不是徐谦的错觉，这餐桌上的三个人表情一下子都变得微妙了起来。

徐谦本来想着今晚只叙旧，线索的事情就留到明天看了监控录像再说，可是又觉得秦晋荀在场显然是因为事出紧急，并且焦虑得连饭都吃不下，这一桌子菜就没见过他下筷。

徐谦也不好意思再东拉西扯，便压低了音量，说起自己的发现："上次学长给我打电话之后，我就格外留意了那一段时间各大高速公路口的视频，却一直一无所获，也就一直都没好意思联系学长。"

"没关系的。"

季景然理解地点了点头，林恩词回诸城时身上携带了枪支，自然是要偷偷摸摸的，再加上那些主干路每天车来车往的，让徐谦一个人找，无异于大海捞针。

"直到前几天，有一桩六月八号的交通纠纷闹到了交通局，我们调取了那个路口的交通回放来判定责任，看着看着，视频边上路过了一个人，我越看越觉得像你给我的那张照片上的人。

"紧接着，我又切换了附近的摄像头，在一条街上也发现了他的身影。"

季景然问道："他都在干什么？"

徐谦放下筷子，皱着眉回忆起来："第一次出现是在一个商务楼前，有

景 ——— 北

个穿西装的男人跟他说了几句话，然后两人就往楼里走了，我就看不到了。他的穿着打扮不太像照片里的风格，我一开始还没确定，直到第二个视频，我看到了他胸前挂着一枚胸针。"

说着徐谦在自己的胸前比画了一下："你们说过的，林恩词有一枚不离身的胸针。"

季景然赞许地点点头："你观察力很好。"

徐谦笑了笑，又说道："本来如果就是这两段视频，我也不会让你们来一趟的。"

秦晋荀显然也是这么想的，抱着胸静待徐谦的下文。

"他第二次出现的那条街有些特殊，那是滨江公认的……红灯区吧，鱼龙混杂，不光如此，里面还有涉赌涉毒的，公安打击了几次，但几乎每次都因提前走漏了风声，人去楼空，偶尔能抓到几个，不过是些嫖客，关几天罚了款就得放了，屡禁不止。"

徐谦又叹了口气道："那个林恩词是外地人，来滨江办事情，却还匆忙地去了一趟红灯区，我觉得这里面有古怪。若说他是去那里面办事的——恕我直言，每次警方出动都走漏风声，那帮人肯定是和警方有些关系的，若是林恩词跟他们扯上了关系，那可就有点危险了。"

徐谦说的话有些道理，季景然点了点头。

"徐谦，多谢你，托你调录像已经很麻烦你了，之后的事情，就不再麻烦你了。"

一顿饭吃得差不多了，秦晋荀冷眼看着季景然和徐谦寒暄，徐谦极为热络地约定下次再聚，温玉也附和着点点头。

秦晋荀突然站了起来，吓了徐谦一跳，望过来，见他扯出一个礼貌的微笑："你们聊，我去结账。"

徐谦一听立刻站起来拦住他："别别别，这顿饭是我该请的，秦教授千万别客气。"

一边说着，他一边拿了自己的钱包向收银台飞奔。

耳边顿时清净，秦晋荀露出了满意的神色，低头看了一眼温玉："时间不早了，我们回去？"

回到别墅的时候也才八点多，秦晋荀走上台阶，刚要刷门卡，旁边的灌木丛里突然窸窸窣窣一阵响动。

三人防备地看了过去，几秒钟之后，钻出来一个女孩儿，也就十来岁大，穿着小裙子，衣服和脸蛋儿都脏兮兮的，只一对大眼睛异常明亮。

季景然上前一步蹲了下来："你是谁家的孩子啊，这么晚了，怎么不回家去？"

那女孩儿没有回话，眼神在三个人之间来回转动。

被她的目光扫到，秦晋荀立刻皱着眉头向后退了一步。

那女孩儿却眼睛一亮，绕过季景然跑到秦晋荀跟前，伸出手指指着秦晋荀，张口问道："你就是京城来的那个叔叔吗？"

她还要上前，路灯照亮了她灰扑扑的脸蛋儿，还能看到她指甲里的泥巴，秦晋荀立刻又向后退了一步，几乎挨在温玉身上，薄唇轻启："你有什么话就说，别过来。"

女孩儿听话地停下了脚步，然后，"哇"的一声号啕大哭起来，一边哭一边喊着："我终于找到你了。"

秦晋荀盯着她，表情很严肃。

季景然看他的眼神有些微妙，就连温玉也忍不住在脑袋里补了一出某某相认的戏码。

听到外面的动静，别墅的门从里面打开了，舒嬅露出诧异的表情："你们这么快就回来了——咦，这小女孩儿是谁？"

二十分钟后，舒嬅领着冲过澡的小姑娘出来，衣服已经被舒嬅简单地处理过，干不干净不知道，最起码表面上没有那些能让秦晋荀犯怵的泥灰了。

秦晋荀坐在沙发上，温玉跟季景然也不知道出于什么心思留了下来，没有上楼。

"你是怎么找到我这儿的？"

小姑娘捧着杯热水，怯生生地回答："白天跟在那个阿姨身后来的。"

邹兰？

可能是洗干净了的小姑娘长得还算顺眼，秦晋荀语气平和地问道："那么你来找我干什么？"

"我听说你是很厉害的人，我想让你救救我爸爸。"

忽略小姑娘期待的眼神，秦晋荀丝毫不动摇："我确实是很厉害，可是你爸爸是谁，我为什么要救他？"

小姑娘见他没有答应，眼里又积了泪水，只是硬忍着没有流下来："我爸爸叫孙元，他们说我爸爸勒索又杀了人，把他关起来了。"

他们……自然指的是警察。

秦晋荀还没说什么，一旁的舒嬅却轻轻地"咦"了一声，见秦晋荀看过来，她便斟酌着开口："您走之前不是让我查一下那个于敬堂的事务所吗？方才小王那边传了点文件来，他们刚刚结束的一个刑事诉讼案，最后判定有罪的人，就叫孙元。"

小姑娘听到爸爸的名字，立刻带着哭腔大声反驳道："我爸爸才不是杀人凶手呢，是那个宋涛！于敬堂不是好人……但是你跟他们不一样，你是好人。"

莫名被夸了的秦晋荀疑惑地看向舒嬅，后者轻声答："宋涛就是于敬堂的委托人，于敬堂帮宋涛洗脱了罪名。"

信息量有点大，不过这也就解释了这个小女孩儿怎么会知道邹兰。想必邹兰也已经跟于敬堂那边接触过了，她跟着邹兰又找到了秦晋荀。

秦晋荀沉默片刻，看着眼前兀自啜泣的小女孩，问道："你叫什么名字？"

"孙圆圆。"

舒嬅"扑哧"一声笑了出来，立刻招来孙圆圆埋怨的瞪视。

秦晋荀冷声道："好了，情况我知道了，你先回家吧。"

孙圆圆睁大了眼睛，问道："你愿意帮我爸爸了吗？"

秦晋荀摇摇头，眼看她又要哭，秦晋荀不由得板起了脸，表情有些烦躁，语气郑重地说："我需要调查，有需要你配合的地方会再联系你。"

孙圆圆也一本正经地点点头："有需要你们可以打我妈妈的电话找我。"

"知道了。"

秦晋苟让舒嬅送孙圆圆回家，顺便向她妈妈了解一下孙元的事情，关上门一回头，就瞧见了温玉来不及收回的浅笑。

秦晋苟当即就是一怔，随后颇为不自在地握拳掩在嘴边，咳了咳："你在看什么？"

温玉没注意到他的异样，笑意不减："我还以为你会把那个小女孩儿赶走。"

秦晋苟嘲讽地勾起嘴角："我就是这么没有人性的人？"

秦晋苟开玩笑般地问，温玉也没有想认真作答，她一早就知道人们口中的秦晋苟和眼前的这个不同，可是看到一本正经跟孩子相处的秦晋苟，又觉得是一个新的他。

他尽管冷言冷语，却依旧令人觉得可靠，孩子是最敏感的，但孙圆圆不怕他。

"不知道你还在笑什么。"秦晋苟低低说了一句，而后便施施然上了楼。

温玉瞧着他的身影，眸光深处有一丝自己也未察觉的暖意。

"温玉。"一直在旁边默不作声的季景然忽然唤她。

温玉扭头，看见了他面上来不及收起的晦暗，以及一丝不受控制的惶然。

"怎么了？"

季景然定定地看着她："你是不是对他……"

温玉疑惑地微微睁大了眼睛，她回想着自己看着季景然的时候，一派纯净，没有任何心思，可是看秦晋苟的时候分明不是这样的。

有些话已经到了嘴边，可是他还是怕，怕说出来就变了质。

季景然最终摇了摇头，怜惜地看着她："没事，早点休息，明天我们还要去交通局找徐谦拿视频。"

温玉点了点头："知道了，你也是。"

说完，温玉就上楼了，直到关门声响起，都没有回过头看一下楼下之人是什么表情。

季景然低低地发出了一声叹息，也抬步准备上楼，一抬头就与扶栏旁的秦晋荀对了个正着。

他面上的怅然退去，眼神逐渐变得锐利，做好了战斗准备，但却听见秦晋荀好像嗤了一声，顶着那张嘲讽脸回屋去了。

所以秦晋荀专程出来笑话他的？

季景然的脸色变得十分难看。

第二天清晨，温玉是被窗外的鸟鸣唤醒的，她推开窗，空气中还夹杂着大海的潮湿，令人心旷神怡，她略微洗漱一番就下了楼。

客厅里隐隐有对话声，是舒婵拿了一沓纸正在跟秦晋荀说着什么。

秦晋荀瞥见温玉，用眼神示意了一下厨房的位置，餐桌上有四份准备好的早餐，两份已经吃掉了，剩下的两份应该是留给她和季景然的。

都是舒婵准备的？所以，他们两个人已经一起用过早餐了？

她拿起牛奶喝了一口，听见舒婵在说着拿到的于敬堂的资料。

"他们破了滨江'2·11连环杀人案'，这个就是让于敬堂的事务所声名鹊起的案子。从那之后，他们几乎只接手大案，这个大案不是说案件性质，而是指代理费，至少是几十万起的。而案件种类大到刑事案件、商业官司，小到哪位富豪包养了情人，或者冒出个私生子，都在他们的服务领域。

"听说宋涛的那个案子光诉讼费就花了四十万，于敬堂最后拿到手的钱怎么也得七位数了。"

秦晋荀的表情一直很冷漠，听到这里，只是说了一句："这么多钱，买命都够了。"

意识到温玉在往这里看，秦晋荀又扭过头去，眉宇之间不是很高兴的样子："我大早上起来做的早餐，你就一个人坐在那里吃？"

叼着一片煎土司的温玉一愣："我以为你吃过了。"

秦晋荀起身向餐厅走了过来，边走边问舒婵："昨天晚上去孙圆圆家是什么情况？"

说完后擦了擦手，坐到温玉对面，拿起了刀叉。

看着两个人和谐地坐在一起，舒婵顿了一下，佯作无事地开口："孙圆圆的妈妈提起这件事也只是哭，死者尸体旁有孙元的东西，孙元勒索是有证

255

据的，并且他已经把勒索来的钱款都花了。"

秦晋苟用手绢擦了擦嘴边的奶渍："花了？"

"是。"舒婵也叹了口气，然后才说道，"基本拿来给孙圆圆治病了，再生障碍性贫血，需要做骨髓移植。"

孙圆圆，生了重病？

温玉顿时觉得有些食不知味。

秦晋苟又问："警方那边有没有什么能用的资料？"

舒婵摇了摇头，看了看手上的资料："没什么能用的，哦，有几个基本信息是对外公开的。"

秦晋苟点点头："念来听听。"

"死者是孙元的同事，叫苗娇，财务部负责人，六月八号被发现死在自己家的公寓里，一刀毙命，保险箱里的二十万现金不翼而飞。六月九号，根据苗娇当晚行踪以及现场留下的指纹等信息，警方锁定了嫌疑人宋涛。但是紧接着，在六月九号晚上，不过十二小时的时间，宋涛的辩护方就找到了证据证明宋涛当晚不在现场，宋涛是被冤枉的，证据最终被警方采纳，宋涛被释放。六月十五号，孙元因为有重大嫌疑被抓，随后庭审证据充分，被当庭宣判有罪。"

季景然正好从外面回来，他穿着短袖和运动裤，踩着一双跑鞋，额头上冒着细密的汗珠。晨跑回来，他腰间露出的一小截结实的腹肌，格外明显，配上他俊雅的五官，男性荷尔蒙迎面扑来。

就连对秦晋苟有点想法的舒婵都忍不住微微红了脸，拿出来一块毛巾递给他。

"季检，擦擦汗吧。"

季景然接过，对舒婵温和地一笑："谢谢。"

他一边擦汗一边朝温玉走过去。

"早上起的时候见天色还早，就没叫你。"

温玉点点头，喝光最后一些牛奶，问道："我们收拾一下就去找徐谦？"

我们？秦晋苟挑了挑眉："我上午还有些事，等下午再去吧。"

"不用了。"温玉摇摇头，"你有事就先忙，我们就是去取视频，很快就回来了。"

季景然也说："又不是有什么新线索，惊动秦教授未免太大材小用了。"

秦晋荀冷着脸不再看他们，擦了擦嘴，站起来："那就收拾好餐具再去。"

这很合理，毕竟是在秦教授的陪伴下吃了秦教授做的早餐，温玉心情愉快地涮洗了餐具，才跟季景然出了门。

秦晋荀上午约了孙圆圆和她的妈妈。

舒婵在路上有些犹豫："秦教授，孙元的案子是警方已经敲定了的，法院的判决书都下来了，这里面真的有蹊跷吗？"

见秦晋荀没有将她的话放在心上，她犹豫了一下又开口："如果孙元真的是罪有应得，我们会不会在这个案子上浪费太多的精力，毕竟我们这一趟来滨江，主要是看着邹兰别生事端……这样会不会有点太顾此失彼了？"

可能是她话太多，秦晋荀终于看了她一眼："这个案子有没有蹊跷我不知道，但是我的直觉告诉我，于敬堂一定有古怪。"

所以，作为于敬堂的辩护对象——宋涛，到底有几分可信？

"可是……"

两人下了车，步行到了三楼，舒婵还要再说，秦晋荀指了指前面普普通通的居民楼："是这里？"

"啊，对，孙圆圆的家就在三楼。"

舒婵上前敲了敲门，不一会儿门开了，是孙圆圆怯生生的小脸。

孙圆圆看见舒婵身后的秦晋荀，眼睛一亮，张开手冲他迎了过来，被他身手敏捷地躲了过去。

"圆圆，是谁啊？"

孙母围着围裙从厨房里绕出来，看见家门口的两人一愣。

两杯闻起来就很劣质的茶水被孙母小心翼翼地端了上来："家里没有好茶，别介意。"

秦晋荀脸色未变："不必。"

孙母于是更局促了，舒婵笑着开口道："姐，这就是我昨天跟你提过的秦教授，你对孙元的案子有什么了解，就直接跟我们秦教授说。"

孙母一提起自己老公就开始抹眼泪，说话也词不达意的。

秦晋荀不打断也不问，不知道听进去了多少，在孙母擦眼泪的时候，他用手机飞快地发了一条短信。

温玉正在接待室等着徐谦，季景然在交通局被某个从京城调来的处长认了出来，对方喜出望外地拉了他去办公室一叙旧情。

忽然，手机屏幕亮了起来，是秦晋荀发来的短信："怎么样？"

没头没尾的三个字，让温玉细细琢磨了好一会儿，过了片刻，她才回复道："很顺利，大概还有半个小时就可以回去了。"

很快徐谦就将存储了视频的 U 盘送了过来，季景然还是不见人影。

"要不我去叫他一下？"

温玉摇摇头："不用了，我在这里等一会儿就好，你先去忙吧。"

短信又响了起来，依旧是秦晋荀发来的："来金茂大厦。"

温玉皱眉，然后抬起头对徐谦说道："我有点事得先走了，如果你碰到景然麻烦告诉他一声，让他直接回去就好。"

说完，温玉便离开交通局，拦了个出租车，直奔金茂大厦。

从交通局打车到金茂大厦大概半个小时，金茂大厦算是滨江标志性的建筑了，是滨江商业中心最高的一栋写字楼。温玉正想给秦晋荀打电话问问他在哪儿，便又收到了他的短信："左边绿色标志的咖啡厅。"

秦晋荀独自坐在靠窗边的位置，望着人来人往的金茂大厦正门。

温玉走过去坐在他对面："你给我发短信有什么事？"

秦晋荀指了指她面前的热可可，"这家店长说他们这儿的热可可奶盖是特色饮品，你尝尝。"

"你找我过来……喝咖啡？"

温玉面露愠色，却还是依言喝了一口奶盖，桃花状的眼睛微微眯了起来，感觉很不错，温玉又喝了一口。

秦晋荀浅笑了一下，抬了抬下巴，示意温玉看向金茂大厦的正门。

"孙元的妻子说，孙元以前是宋涛公司里的一个员工，而宋涛的公司就在这儿。据孙元以前回家时不经意的透露，他的老板中午不会在员工食堂吃饭，而是会带着他的秘书，在这附近找一家饭店。"

　　说着，秦晋荀看了看腕上的手表，指针指向了十一点五十五分。

　　"快了。"

　　温玉捧着杯子看出去，问道："所以我们是来这儿看看曾经的犯罪嫌疑人的？"

　　秦晋荀的表情有些傲慢："说是看看也对，我看一个人便能看到他所有露在外面的，或者是企图掩藏的细节，那些细节有助于我以后分析这个人，并判断他的威胁性。"

　　"可是你没见过宋涛。"

　　"宋涛的秘书，终年只穿红色套装。"

　　话音刚落，楼里就走出来一个显眼的红色身影，那个女人身边，是一个西装革履的中年男人。

　　秦晋荀和温玉不约而同地愣住了，不是因为那个男人通身宝蓝色的西装有多么扎眼，也不是因为他一出来就搂上了他身边红衣秘书的腰，而是因为，那个男人，宋涛，长了一张与林恩词极度相像的脸。

重新席卷的噩梦

相似到什么程度呢？身形矮了些，略胖了些，以及面上终年被酒色熏染出来的富态，除此之外，简直就是十年后林恩词的翻版。

温玉脑袋里仿佛有一团毛线交替缠绕，她不由自主看向秦晋荀，却见他慢慢自语道："奇怪。"

真的是十分奇怪，人这一生，能见到相像的两个陌生人的机会本就稀少，何况相似度几乎在百分之九十以上了，若不是之前对林恩词调查得足够深入，她几乎要怀疑眼前这个人是林恩词的亲哥哥。

宋涛在滨江，林恩词也曾经莫名其妙地来了滨江。

这二者之间，是否有什么必然的联系？

回别墅的路上，秦晋荀一直沉默着，紧锁的眉头就没有一刻放松过。

一到别墅，秦晋荀就自顾自地往楼上走去，走了一半像是突然想起来，回头看向温玉："林恩词出现的那两段视频拷回来了吗？"

温玉点点头。

"给我。"说完后，秦晋荀又顿了一下，"你也上来。"

别墅里没有配电脑，秦晋荀带了自己的笔记本，插上 U 盘，找到了今天徐谦拷进来的视频。

电脑屏幕不够大，两个人不得不挨得很近。

第一段视频，林恩词站在原地，像是在等什么人，过了不到两分钟，一个西装革履的人便跑了过来，热情地跟他握手，两人似乎说了什么话，然后那个男人就引着他离开了。

第二段视频，林恩词在路口左右观望了一下，一副很小心谨慎的模样，而后迅速拐进一条小巷，也就是徐谦提到过的那个红灯区。

除此之外，再没有别的了。

秦晋荀抿着嘴将视频反复播放了五六遍才罢休。

温玉微微蹙眉，交通摄像头拍摄得并不清晰，而且林恩词对面的男人始终背对着摄像探头，根本看不到面容。他们走的方向也是一个金融区，摩天大楼林立，根本无从下手去查，至于红灯区，鱼龙混杂，更是连警方都束手无策。

胡思乱想间，秦晋荀突然开了口："你怎么想？"

温玉看着电脑屏幕定格的身影，沉吟片刻，犹豫地说道："我总觉得这件事太奇怪了，或许可以先查查宋涛，看看他跟林恩词有没有什么联系。"

话虽如此，温玉对此还是充满了不确定性。

秦晋荀倒是附和着点了点头，走到卧室的窗前，翻了翻通信录，拨了一个电话。

"您好，赵局……是，我在滨江……不，有件事想麻烦您……对，不会为难您，只是想要一个嫌疑人的档案。"

温玉一边将 U 盘退出来，一边想着，秦晋荀是不是认识全国的公安局长……

秦晋荀的电脑桌面很干净，几个常用的软件，再就是几个文件夹，大概是案件整理一类的，因为文件夹名称都是案件名称，温玉的视线移到当先一个，眼神忍不住闪了一下——"蝙蝠"。

尽管知道这是秦晋荀的私人文件，温玉的手指却像是不受控制似的，拖着光标移动到那个文件夹上面，短暂地挣扎后，手指双击——并没有预想中可能带来的冲击——秦晋荀设置了密码，她连文件夹都没能打开。

与此同时，耳边响起了他的叹息声，他已经挂了电话，走到她身后："是不是该说你好奇心真重？"

翻私人文件正好被主人逮到，温玉还是有些尴尬的。

她敛下眸子："对不起。"

秦晋荀没说什么，只是直接拿走了他的电脑，修长的手指长按住电源键，几秒钟后屏幕就全黑了。

他将电脑放回行李箱里，背对着她，声音有些小："还不到给你看的时候。"

温玉也沉默下来，攥了攥手，感受到手心的汗意，又松开，轻轻地"嗯"了一声，算是回应。

季景然快到晚饭的时间才回来，从舒婵那里听了他们今天了解到的事情包括后来的宋涛，也是毫无头绪。

滨江这个地方大概跟他们几个气场不合，第二天，接连发生了几件令他们更没有头绪的事，自然，秦晋荀依旧淡定，相信自己早晚都能破解谜团。

第一件事是，宋涛的户籍资料包括幼时他爸怀疑他妈出轨偷摸给他做的亲子鉴定的资料都有，结论是他的亲属关系干净得令人发指，也斩断了最后一丝和林恩词之间的联系。

第二件事是，于敬堂的事务所受理了邹兰的委托，并且在了解部分案情后，决定为邹兰的老公马之章做无罪辩护。

如果说第一个消息是他们能料到的，那么于敬堂为一个证据确凿马上就要被开庭审判的谋杀案嫌疑人做无罪辩护这件事，称得上耸人听闻。

秦晋荀这一天他都显得很沉闷。

"那个于敬堂的举动令我很不舒服，我是真的好奇他是从哪儿发现的线索，让他觉得那个马之章还能再抢救一下。"

那语气要多刻薄就有多刻薄。

季景然路过的时候，只是轻飘飘地留下一句："一山还比一山高。"

又过了一会儿，沉寂了大半天的秦晋荀突然从沙发上站了起来，冲着路过的温玉说道："走。"

温玉莫名其妙地看着他："干吗去？"

"去会会这个于敬堂，看看他们事务所究竟有什么样的能力。"

这个想法极其大胆，温玉不由得看向他，他的眼神中有渴望，还有遇见了谜题的兴奋。

"先去一趟商场，收拾一身行头。"

到了商场，温玉面无表情地看着秦晋苟直奔一楼的奢侈品牌，不看款式，只看标签价格，从帽子到高跟鞋都是所谓的当季最新款，温玉照着镜子觉得自己现在就是一袋行走的人民币。

结账的时候，秦晋苟一边掏卡，一边在导购小姐花痴的眼神里蹙了蹙眉头，认真地问道："这些可以退吗？"

看着秦晋苟一本正经跟导购商量退货的表情，说实在的，温玉觉得有点——有趣。

"您好，请问这位先生有预约吗？"

秦晋苟摇摇头："没有，我和我太太是从京城慕名而来的。"

接待小姐在他们身上打量了一圈，笑得甜蜜，招待他们到了一个幽静的会客室坐了。

"请问，两位是遇到什么难题了吗？"

见秦晋苟和温玉都不开口，接待小姐露出了了然的笑意，语气更加轻柔："既然您二位听说过我们，那就应该知道，无论是什么类型的麻烦，我们都能为您解决。"

温玉却知道秦晋苟之所以没有第一时间回答，他是在考虑说自己遇到一个什么样的问题，足够吸引人，足够当得起动辄百万千万的酬金。

过了良久，秦晋苟抬起头，面上挂着与他极为不相符的忐忑之色，然后一把握住了温玉的手。

温玉低头看了看两人交握的手，眉心隐隐跳动了一下，而后听见秦晋苟微微暗哑地说道："我妻子继承了家族里庞大的遗产，那笔钱，足以让我们成为京城首富。"

大客户，接待小姐的眼神亮了一下，然后就听见秦晋苟话锋一转，带着胆怯："可是有一天我们发生了争执……我不小心推了她一下，我发誓真的不是故意的，但是要是让她那帮亲戚知道了，那笔遗产……"

富有的妻子死了，那身边这位是……接待小姐看着温玉的眼神就有点微妙了，视线隐晦地在她通身气派的着装上扫过。

秦晋苟注意到这一点，将温玉的手拽着放到了自己的膝盖上，然后支支吾吾道："这是……我的……我们吵架不完全是因为她。"

接待小姐露出了了然的神色，在大致了解两人的情况之后，便告诉秦晋苟："您二位先在这里等一下，我去请于顾问。"

秦晋苟颔首。

温玉不动声色将自己的手从秦晋苟手里抽出来，低声说道："你不去做编剧真是可惜了。"

秦晋苟毫不在意地抖了抖皱着的衬衫下摆："之前在京城的时候，偶尔会陪我妈妈看几集电视剧。"

过了十来分钟，紧闭的门被推开，一个男人走了进来，三十岁上下，戴着无框眼镜，身上是标准的商务西服套装，脚下的皮鞋锃亮，垂下的手上指甲干净，手里拿着一支笔和一个本子，都是寻常的款式，看不出一点个人喜好。

除此之外，温玉看不出其他的。这几乎是一个完全没有破绽的人。

她忍不住看了看秦晋苟，后者面色微凝，站了起来，挂上伪装的笑意，主动伸出手去："您好于顾问，久仰大名了。"

"您好。"于敬堂笑了笑，"还没问您怎么称呼？"

"金寻。"秦晋苟极为顺畅地答道，表情丝毫不变。

"金先生，您的情况我已经了解了，请放心，我们处理这一类型的事务都很专业。"

秦晋苟身体往前倾了倾，这是一种表示急迫的信号。

"您……要怎么帮我？"

于敬堂的坐姿很端正，不说话的时候，就像一个做工精良的蜡像，就连讲话时也只是微微动了动嘴，像是连一个微笑的弧度都经过了精密的测量。

"我们有我们的方法，办法看起来可能会让您摸不着头脑，但是最后的结果都是令人满意的，您只需要相信我们就可以了。"

"那就，太谢谢您了，不知道我应该付多少钱。"

于敬堂状似思考了一下，然后嘴角露出了一个奇怪的笑容："免费。"

秦晋荀挑挑眉，收起面上的感激之色，嘴角逐渐恢复了刻薄的弧度，前倾的身子坐直。

气氛一时间静了下来，静得能听见空气隐隐紧绷的声音。

秦晋荀神情寡淡："为什么？"

于敬堂低头笑了一下，站起身，将因为坐着而弄出折痕的衣摆理了理。

"我一直都很仰慕您，还曾想去京城拜会，只是一直苦于没有好的时机，不料在此遇见了，现在能和您说一会儿话是我的荣幸，如何还能跟您收费，您说是不是……秦教授？"

不知道秦晋荀现在是什么心情，但是温玉的内心掀起了极大的波澜。

于敬堂一早就识破了秦晋荀的身份，只是这个"一早"究竟早到什么时候，是刚刚见面的时候，还是他们走进事务所的时候？抑或是，他们踏入滨江的一瞬间。

温玉沉默着，看起来这一次，秦晋荀并没有占到上风。

直到两人走出事务所，温玉还能感受到于敬堂的视线黏在他们背上，犹如一条寒夜里蛰伏的毒蛇，最擅长出其不意地狠狠咬上过路的旅人。

温玉扭头："看来我这一身白穿了，被人家摸了个门儿清。"

秦晋荀脸上丝毫没有被识破了的难堪，反而摸了摸自己的下巴。

"这个于敬堂倒也真的是太看得起我了，从头到脚都准备得这么充分。"

"你是说，他展示出来的形象都是骗我们的？"

"但他也不是全然没有破绽——他的神经绷得太紧了，眼镜到皮鞋完全看不出个人的性格，交谈中除了说话一定得动嘴以外，僵硬得像尊石像，生怕我从他身上看出什么破绽来……但殊不知只要是伪装就会留下痕迹。"

温玉听得云里雾里："那他的破绽是什么？"

"没有破绽就是最大的破绽——他的秘密太多了，早晚捂不住。"

秦晋荀说完，转了一个弯，不是回别墅的方向。

温玉皱眉："我们还要去哪？"

秦晋荀看了一眼她颈间露出的大片雪白的肌肤，眉头微不可察地皱了一下："去把你这一身退了……太丑了。"

晚些时候起了风，将天边的云吹得缓缓往南流动。

于敬堂阴沉着脸看着秦晋荀离开，而后飞速回到办公室，锁好门，拉下办公室四周的窗帘，屋内霎时间陷入一片昏暗。

他打开办公室的电脑，不知道在屏幕上按了什么按钮，等待了一会儿，电脑突然弹出一个蓝色对话框，里面有文字输入的光标一闪一闪。于敬堂见怪不怪，在空无一人的办公室里对着电脑开口说道："这一次多谢您，要不是您告诉我秦晋荀来了滨江，今天见面我恐怕就会被他抓到很多把柄了。"

他说完话等了一会儿，电脑屏幕里突兀地出现了一句回答，蓝色的光照在他晦暗不明的脸上，他像是已经习惯了这一交流方式，迅速看完了那句话，而后点头。

"您说得对，秦晋荀一定还会来找我的，他事务所的一个客户转到了我这里……"

他话还没说完，电脑上又出现了一行字，他看了之后神情紧张几分。

"我也没想到邹兰之前找过秦晋荀，秦晋荀一般是不会接这种案子的，她来的时候也没说个所以然，只是说去过京城……您放心，他应该还什么也没查到。"

于敬堂一边对着电脑，一边恭谨地回话："是，有一个女人跟他一起来的，应当是诸城的那个法医。"

这回，过了两三分钟，屏幕上才又出现了一句话。

于敬堂的面色微变，犹豫了一下，才点了点头："好的，我知道了。"

滨江盛产海产品，梁莹是个不折不扣的吃货，早就列了清单让温玉照着清单买回去给她，不知道几时能从滨江离开，温玉干脆一个下午买齐给梁莹发了快递。

266

晚间回到别墅，看到秦晋荀又恢复了那一副无所事事的样子，坐在沙发上，随意地翻着一本日记——孙圆圆的日记。

听说秦晋荀想了解孙元家那一段时间发生的事，孙圆圆就毫不犹豫贡献出了自己的日记本，言之凿凿地告诉他们没有任何细节能逃过她的火眼金睛。小姑娘习惯将每天发生在周围的一系列小事都写在日记本上，比如爸爸哪天没回来吃饭自己很不开心，在学校里被同桌弄脏了衣服决定再也不和他做朋友了之类。

舒婵不在别墅，温玉隐隐约约听见过秦晋荀派她去找谁，调查宋涛那几天在滨江的行程。

秦晋荀身上总有一种气场，单独跟他待在一起不自在，温玉正考虑着要不要打个招呼就上楼。

二楼传来了门开合的声音，季景然拎着行李箱出现在楼梯，看着他从楼上下来，温玉不由疑惑地问道："景然，这么晚你要去哪儿？"

秦晋荀听见，视线从孙圆圆幼稚的字体里挣脱出来，看向季景然，眼中迅速划过一抹期待的亮色。

季景然当然看到了，面色不由难看了些，只是看向温玉的时候，面上带了一丝歉意："刚刚接到电话，检察院那边有点事，我需要马上回去一趟，一处理完那边的事，我就回来，你……"

"没关系的，有工作你就回去吧，我这边……"

温玉看了一眼秦晋荀，顿了一下："等着看看，说不定林恩词那还有什么进展，然后和秦晋荀一起回诸城。"

季景然看起来还是有些不放心，秦晋荀慵懒的坐姿无端让他心慌，使他很想就此将温玉带走，去到哪里都可以，只要不留她在秦晋荀身边。

犹豫的片刻，他的手机又响了起来，他看了一眼来电显示，握在手里没有接，只是无奈地点了点头，将心头怪异的感觉挥去。

"好吧，那你自己小心一点，有什么事给我打电话。"

说完，他又略微提高了音量，冲着秦晋荀的方向说："林恩词的事，我回去再找一找还有没有遗漏的细节，有什么发现就告诉你们。"

秦晋荀头也不抬地点点头，示意他听到了。

季景然走了，大门关上，屋内瞬间又陷入寂静。

客厅里只有秦晋荀和温玉。

秦晋荀的手指翻过本子的一页，似是看得很专心。

墙边的摆钟适时发出沉闷的"嘀嗒"声，提醒二人已经到了晚上七点，不应该还空着肚子。

温玉踌躇地看了一眼厨房，扭头对秦晋荀说："你想吃什么？我叫个外卖。"

秦晋荀头也不抬："冰箱里有面条，凑合一下吧。"

温玉依言打开冰箱，一袋手擀面、两枚鸡蛋、三个西红柿。

半个小时后，两碗冒着热气的面条被摆上桌。秦晋荀也不用叫，自动地洗了手坐过来，看着温玉将那盘看起来炒过头的番茄炒蛋装进盘子里端上来，便就着昏黄的灯光注视着她的眉眼。

她的手艺确实只能算凑合，但架势摆得很足，系着米黄色的围裙，头发扎了起来，随意地绾了一个丸子，热气让她的脸颊染上了羞怯般的红，在灯下，透着润泽的光。

他接过她递过来的筷子，才吃了一口，就见她看着他，问话的态度有些小心："面条怎么样？"

一个面条再糟糕能糟糕到哪儿去？所以秦晋荀矜持地擦了擦嘴角，十分好心地回答："熟了。"

"番茄炒蛋呢？"

"咸了。"

这自然不是温玉想要听到的回答，大概是气氛有点温馨，让秦晋荀硬朗的五官看起来没有那么凌厉，温玉忍不住瞪了他一眼，嘀咕道："有的吃就不错了。"

本以为秦晋荀不会在意，谁料，他直接撂下筷子，抬起头来，直勾勾地盯着温玉："我觉得这样很好。"

温玉吓了一跳，以为他在说菜，自己的确是没什么天分，他嘴上郑重地服了软，她反而觉得不好意思了。

"我们同居吧。"

这人突如其来地耍起流氓，眼神亮得像是在说"我们结婚吧"。

温玉筷子一撂，深深地皱起了眉头："秦晋苟，我以前认为你是变态，可是后来发现你不是，你只是不清楚规则，看不懂人情。"

"什么人情？"

温玉低下头不看他的脸，两只手的手指纠缠在一起。

"就是别人冷淡背后的意思，有些话不需要直接说出口就能意会，就像我将你的花送了人，就代表我婉拒了你的心意，只是顾忌着你的颜面，没有专门说出来而已，如果你想听……"

大门口短暂的音乐节拍响起，舒嬅回来了。

温玉将没说完的话咽回了嘴里，连面都没有吃完，也来不及看秦晋苟的反应就上了楼。

她反手关上卧室的门，靠在门上，听见底下舒嬅隐隐诧异的问话声："秦教授，您不是吃过晚饭了吗，是又饿了吗？需不需要我再做一些？"

她忍不住闭上眼睛苦笑，她大概除了自己的职业以外，什么都做不好了。

底下的谈话声越来越低，终不可闻。

没过一会儿，温玉的房门被敲响。她就像一只在黑夜里警惕的狐獴，盯着房门，没有出声。

外面的人似是无奈地叹了一口气："是我，有事找你。"

温玉犹豫了一下，走过去开了门，然后就站在门口，也不说话，也不放他进来。

秦晋苟拿着孙圆圆的日记本，面上一派平静，仿佛刚才的事，只是温玉自己的一个幻觉。

他扬了扬手中的日记本："我有一个发现，可以进去跟你说一下吗？"

于是，门缝大了些，秦晋苟一侧身就进了温玉的卧室。

门又关上了。

"孙圆圆的日记虽然啰唆、幼稚，还有很多错别字，但是的确有些我们能用得上的东西。"

分析案情的时候，秦晋苟永远都是成熟淡定的，带着些旁人都不懂的讥讽，却越发让人觉得他聪明卓越。

温玉渐渐也忘记了方才的尴尬。

"你看这里。

"六月十三日，今天爸爸回家好晚，我都睡了又醒了，但是爸爸特别高兴，跟妈妈说之前填的什么家庭困难职工调查表让领导看到了，我被选上了，他们要帮助我，可是我不明白我又不认识他们，他们为什么要帮助我。爸爸说明天就带我去医院，我不喜欢医院，很疼。

"宋涛应该就是从这个表里知道了孙圆圆生了病，而孙元需要很多钱给女儿治病。"秦晋苟分析道。

温玉歪着头想了一会儿，她思考的时候，秦晋苟也很安静。

温玉缓缓开口："苗娇是六月八号死的，既然孙元杀了她又从她家里的保险柜将二十万拿走，那怎么还会为公司准备帮助女儿而感到欣喜若狂？"

秦晋苟点点头："这的确是一个疑点，但只是想当然的推测，一个小学生的日记不能作为依据证明孙元的清白。"

"假如孙元不是凶手，那么宋涛的嫌疑就最大，替宋涛辩护清白的是于敬堂……所以，我们还是应该从于敬堂着手，看看他在其中动了什么手脚。"

秦晋苟赞许地点头："我这儿还有一些于敬堂曾经查案的资料，明天一起看看有没有什么用得上的信息。"

"在哪儿？我们现在可以看吗？"

秦晋苟摇摇头："今天已经很晚了，明天再说。"说着，他便从椅子上站起来，似乎是要离开了。

温玉也站起来："你可以把资料先给我，我还不困。"

秦晋苟偏头看她，对上他漆黑明亮的双眼，她不由得低下头去。

"大概从来没有人告诉你，说谎的时候，要看着别人的眼睛，才显得真诚一些。"

他语气里有些调侃。

温玉低声含糊地说道："没有骗人，我是真的不困。"

气氛又一瞬间古怪起来。

良久都没人说话，久到温玉心中压下的困顿又不由自主涌了上来，秦晋荀才慢慢地开口："你要我证明给你看吗？"

证明什么？她没有开口，只是她的眼睛这么说了。

秦晋荀看着她，眼睛一眨也不眨，她好像从里面看到了星辰般的旋涡。

"证明给你看，你的担心都是多余的；证明给你看，我有多了不起；证明给你看，你真的喜欢我……这些，需要吗？"

温玉动了动嘴唇。

"会有这个机会的。"

一个灼热的吻落在她的额头。

"晚安。"

门重新关上，卧室里还留着他的余音。

夜里，温玉做了一个梦。

梦里她还是大学时的模样，好奇集体生活非要住校，却又在周末的时候闹着回家。

难得一家三口齐聚的周末，爸爸穿着围裙在厨房忙碌，她背着女儿控的爸爸，躲在妈妈的怀里，说着母女间的悄悄话，从天南海北聚在一起的室友，说到每课必点名的严厉的教授。

就像再也没有这样阳光明媚的周末，她语速飞快，急匆匆的，根本停不下来。

妈妈只是一脸宠溺地看着她。

她不知想到了什么，露出一个害羞的笑："妈，我真喜欢他。"

妈妈笑着点她的鼻头，说："我的阿玉真不知道羞。"随后又悄悄地问她，"那个男生是谁啊？"

"嘻嘻，不告诉你。"

爸爸在厨房里喊了一嗓子："你们娘儿俩唠什么呢，饭好了，快来吃吧。"

"来啦。"

她嬉笑着跟妈妈比了个"嘘"的手势，然后向着厨房小跑而去。

没有预料之中的饭香，饭桌很干净，爸爸不知道去了哪里，温玉回头，客厅的沙发上也没有了妈妈的身影。

"爸、妈。"

她焦急地在家四处找着。

忽然，窗外燃起了大火，风卷着火舌飞速地将周围湮没。

空间扭曲中，她看见了地上倒在血泊中的男人，她颤抖着走过去，看清了他的面容。

是秦晋荀。

天光乍亮。

温玉眼下挂着浓重的黑眼圈，从二楼的扶梯上下来，秦晋荀正坐在客厅宽大的沙发上看着什么，手边厚厚一沓资料，见她下来，视线从她惺忪的睡眼上一扫而过，扬了扬手中的资料。

"过来看看。"

他将资料递给温玉："他们给所有辩护人提交的证据都像是凭空出现的，都是一些警察先前忽略或者根本就没注意到的角度，但是又确有其事……有点意思。"

温玉一页页地翻过去，光是看这些表面的记录，就让人觉得于敬堂真的是太厉害了，或者说，他的运气太好了。

委托人A的原配以他出轨为由要求离婚并分割巨额家产，却在开庭前两天被发现她勾搭上了一个外籍男模——两人确立恋爱关系的第二天就被于敬堂拍了个正着。

委托人B被兄长以股权占比少为由踢出家族企业董事会，隔了几日兄长却因血型不合被爆出身世有问题，深陷丑闻。

委托人C酒后驾车撞死了过马路的行人，死者过后却被于敬堂翻出心梗的疾病史并论证了他在被撞前就已经疾病发作。

…………

272

秦晋荀扯了扯嘴角，兴致盎然。

温玉抬起头来："你准备怎么办？"

"走，再去会一会这个于敬堂。"

千算万算，没想到上一次被戳穿了身份，这一次却直接吃了个闭门羹，看着秦晋荀不爽的表情，温玉有种莫名的愉悦。

"不好意思秦先生，于律师出国了，如果您有什么事情，我可以转告他。"

温玉疑惑地问道："你们于律师手上不是有一桩快要开庭的案子吗？这关头，出国了？"

前台小姐笑得甜蜜："这个我也不清楚。"

大概是白跑了一趟的缘故，秦晋荀明显郁结于胸，温玉也不招他，静静地看向窗外。

"停一下。"温玉突然喊了停。

尽管很疑惑，秦晋荀依旧踩下了刹车，将车缓缓停到路边，温玉拉开门就下了车。

"你干什么去？"

秦晋荀皱着眉头喊了一声，但温玉已经跑开了，他拧着眉头下车跟上，看着温玉在巷子口的一个小摊前停住。

温玉疾走几步，停在路口的小推车前，摊子简陋，看起来也不是很干净，一口油锅旁边架着一个沾了面粉的案板，一个老太太正在忙乎着将油锅里的团子捞出来。

"多少钱一份？"

"八块。"老太太声音有些粗哑，抬头看了她一眼，不是很热情的样子。

"给我一份。"

秦晋荀站在温玉身后，不太能理解她的心血来潮。

"你着急忙慌下来，就是为了吃这个？"

看着摆摊的老太太那沾着油点子的围裙，秦晋荀不由得后退一步保持安全距离。

温玉只是说："我还以为除了我妈妈，再没人会做这个。"

温母不是诸城人，而是来自南方一个偏远的小镇子，镇子上有一种特色的小吃，炸糯米团子，里面是甜腻的馅料，外面裹上一片菜叶，吃起来香而不腻。

这种小吃只有南方才有，市面上不怎么卖，温玉也从来没见过做这种小吃的小吃摊。

父母去世后，温玉也就再没吃到，不想今天在这儿遇上了。

秦晋荀便不吱声了，从怀里拿出钱包，随意地掏了一张钱放进旁边的零钱箱里。

"拿好了姑娘。"

老太太将团子用油纸包了递给她，她捧着回到车上，秦晋荀这辆不知道又是从哪弄来的车里顿时充满了一股甜腻腻的糕点味儿。

秦晋荀忍了忍，还是没忍住开口，一只手打着方向盘，从后视镜里看向她："别洒到我车上。"

温玉失笑，慢慢打开油纸包，露出里面的金黄。

倏尔，她的目光一凝，剥纸的动作顿住。

见她半天没说话，秦晋荀忍不住从后视镜里看了她一眼："怎么了？也没不让你吃。"

"没什么，现在没有胃口，回去再吃吧。"

温玉神色淡淡，收起了那个油纸包，却是没有再吃一口。

回到别墅，温玉就找了个借口先上了楼。

门落上锁。她从包里掏出那个已经凉了的团子，剥开外面的油纸，将团子倒出来，手指将油纸抻平，眼神晦暗不明。

油纸上面有一行字。

预料到了秦晋荀的车会经过那条街，预料到了她见到熟悉的吃食一定会下车一探究竟，然后又借由那个老太太的手将这段信息传给她。

又或者，那个点心摊子本来就是为了她搭的，守株待兔等到了她，避开了秦晋荀，向她传达了一个无法拒绝的要求。

下午两点，秦晋荀去喝水，看到温玉弯着腰在玄关换鞋，随口问了一句："你要去哪儿？我跟你一起？"

温玉笑着摇了摇头："不用了，梁萤打电话给我，让我再给她寄一点海产，我去去就回。"

秦晋荀放下水杯，若有所思地看着她离开的背影。

出了别墅区，温玉拦了一辆出租车。

"师傅，麻烦去同安街。"

出租车司机一路上都在打量她，漂亮，气质好，看穿戴最起码也不是穷人，去那地方干什么？

"姑娘是本地人？"

温玉没吭声，只是微微地笑了笑。

司机也不恼，慢悠悠将她送到了目的地，在她离开之前说道："小心些啊。"

"谢谢。"

油纸上有一个门牌号37-2。她顺着这条街的门牌一路往里面走，巷子不宽，遍布着按摩店、理发店、KTV，甚至还有几家规模颇大的情趣用品店，大白天生意不多，一些店员就搬了凳子在外面聊天，看见温玉走过去，很多或隐晦或露骨的视线投注在她身上。

37号是个小餐馆，只有一个门，温玉转了几圈也没有找到2单元。

一个衣着暴露的女人一直在看着她，见此上前搭话："妹子，你在找什么呢，姐姐帮帮你？"

温玉犹豫了一下，告诉她自己在找的门牌号，那个女人方才还戏谑的笑意微微收敛了些。

"后面，墙外有个后搭的楼梯，一直爬上去就是。"

说罢，她转身匆匆地走了，像是害怕惹上什么麻烦。

顺着墙体侧面的楼梯一直往上走，楼梯陡峭，温玉不得不小心翼翼以免栽倒下去。

门半掩着，意外地干净，她试探着推了一下，室内似乎只有一个小窗，

275

对面就是一面极高的墙，可能窗子连推也推不开，更别说透光了，离开窗前那一方地面，视物都很费力。

温玉犹豫了片刻，还是推门走了进去，脚步很轻，她沉着脸打量着四周。内饰高档，隐约中能看见价值不菲的沙发桌椅，还有几个精致的摆件，完全不符合这条巷子俗气的风格。

忽然间，门"啪嗒"一声关上了，几声电子音传来。

门自动落了锁。

温玉的双手变得冰冷，几乎立刻就意识到了——那个人在室内，就在她的身边。

眼前一下子暗下来，她什么也看不清，黑暗中，那种被人监视的感觉又浮上了心头。

身后有细微的脚步声，轻得让温玉怀疑是自己的幻觉。

她立刻转身同时后退一步，却还是迟了，脚下被什么一绊，她瞬间倒在厚实的地毯上，然后就被牢牢地控制在地毯上。那力气大得容不得她挣扎一下。

"是你？"

逐渐适应了黑暗，那个人也显出了隐约的轮廓。

那个人没有答话，一声轻笑经由气音传出来。

温玉的脸被冰凉的手指拂过，紧接着手臂一阵刺痛，有细长的针管顺着她的皮肤扎了进去。

药物的注入使得温玉的意识逐渐昏沉，她使劲儿地咬了咬嘴唇使自己保持清醒，话出口时语调有些沙哑：

"你到底，还想在我身上得到什么……"

回应她的是手臂上的又一阵刺痛，她能够感觉到自己血管里的血液在流逝。

外面传来了一阵警笛声，声音透过小巷逐渐接近，最终在楼下停住，一阵急匆匆的脚步声接连响起，屋子的门被大力推拉着。

有杂乱的声音在门外响起。

"门锁上了，打不开。"

"使劲儿砸。"

"嗬，这门还挺结实，那个消防栓拿过来。"

巨大的砸门声不停歇，压在温玉身上的男人似乎犹豫了一下，继而她身上一轻，眼前模糊的身影消失不见了。

"砰"的一声。

一束光线涌入了室内，影影绰绰间，她似乎听见了刘子科的声音。

"他跑了，后面还有个门，小林，跟我去看看。"

屋子里瞬间又静了下来。

一个人影越来越近，逆着光，居高临下地俯视着躺在地上的她，淡淡地开口："起得来吗？"

温玉苦笑着，微微喘息，好半天才开了口："不行，可能是肌肉松弛剂一类的东西。"

男人于是蹲下来，光和阴影在他棱角分明的面上映出一道泾渭分明的线条，使他的面色看起来更加冷冽。

他凝视着她，犹如黑色的旋涡要将她深深地吸进去。

然后温玉就听见他毫无波澜的声音："我是不是就这么不值得你信任？"

与他明显冷漠的声音相比，他的动作却犹如对待一件稀世珍宝，他拦腰将她抱起，一步一个台阶下到地面上，小心翼翼地将她放在车后座，目光扫过她的胳膊，眉头深深地蹙了起来。

"你受伤了？"

体内的药效在逐渐退去，温玉微微抬了抬胳膊，上面有一小片血液干涸的痕迹。

她摇摇头："不是受伤……方才那个人，抽了我的血。"

秦晋荀的面色顿时阴沉下来，皱眉不语。

刘子科这时候跑了回来，擦了一把汗："没追上，人东蹿西蹿不知道钻去哪里了。"

他又关切地看向温玉，"你怎么样，看你现在有点虚弱啊，需不需要去医院？"

温玉摇了摇头，又问道："你怎么会来滨江？"

"我们在执行和滨江公安局扫黄打黑的联合行动。"

刘子科脸上还有点后怕之色："幸好是我来了滨江，在同安街外面就看见你了，可是打你电话你不接，我就打给秦教授了。秦教授真是未卜先知，直截了当告诉我你出事了，我才能及时找到你。"

温玉看了一眼秦晋荀，没开口，只是用眼神表达了自己的疑惑：你怎么知道我出事了？

秦晋荀用眼角睨她，似笑非笑道："如果在我亲了你之后，你还用那样生疏的眼神看着我对着我微笑，那我也太没有魅力了。"

刘子科一脸震惊。

温玉解释道："不是你想的那样，他只是亲了我的额头。"

刘子科无端地感觉自己被秀了一脸。

远处有人喊他们："刘队、秦教授，过来一下。"

秦晋荀弯着腰，低头跟温玉说道："你在这里，不要动，我去去就来。"

说完，他将车门关上，然后掏出钥匙，落了锁，走了几步又回头站定，再一次按了一遍车钥匙的锁定键。

两个人的身影走远，温玉面上的无奈之色退去，一直紧握的手缓缓张开，里面是一个小巧的 U 盘，那个男人临走前塞给她的。

她还记得字条上的那句话。

"有你父母的死因，来同安街 37-2 号，别让秦发现，否则作罢。"

将 U 盘妥帖地藏进衣兜中，温玉忍不住抬起手，按捺住心脏的狂跳。

回到别墅，温玉没有电脑，也不敢用秦晋荀的，生怕他看出点什么，只得先将 U 盘藏到了行李箱里头。

藏 U 盘的时候，她的心又开始剧烈地跳起来。

"我是不是就这么不值得你信任？"下午他说过的话在耳旁回荡。

可温玉自己也弄不清楚，她和那个人算得上是敌人，敌人说不要告诉秦晋荀，她理应转头就找秦晋荀商量对策，而不是遂那人的意，瞒着他，欺骗他。

可是，时隔两年，从诸城到滨江，那个人还是找上来了，如果说是为了报复，却不见他对她下手，只是抽了她半管血，走前给了她一个 U 盘，她不知道里面是什么内容，只是有一种预感，她大概是得到了一个潘多拉魔盒，盒子一旦打开，不知道便会蹦出什么来。

温玉敛眉，她不是不信任他，她只是……不愿噩梦成真。

"咚咚咚"。

门被敲响，是秦晋苟的声音："下来吃饭。"

温玉惊醒，"啪"地一下合上行李箱的盖子，站了起来，扬声答道："就来。"

晚上吃饭的时候，刘子科也听说了林恩词同宋涛相像的事情，拍着大腿感慨道："这还真是世界之大，无奇不有啊。"

秦晋苟瞥了他一眼，他接收到讯号后立刻低下头反省："我知道我知道，要抱着凡是跟犯罪有关系的巧合都不可能是巧合的思想思考问题，是吧秦教授，我是不是有进步了？"

刘子科说完，自己当先美滋滋地笑了起来，忽然又皱眉道："可是，林恩词来滨江到底是因为什么呢？难道不只是为了找门路，买一把枪？"

"两人没有血缘关系，既不是亲戚，生活也没有交集，你就没有想过，不是林恩词来了滨江，又恰好长得像宋涛，而是因为林恩词恰好长得像宋涛，才会出现在滨江？"

这一个长句子将刘子科险些绕晕过去。

"长得像宋涛，有什么用吗？"

秦晋苟意味深长地说："比如，作伪证什么的。"

刘子科拍手，霍然间觉得自己大彻大悟了："所以，杀死苗娇的，其实就是宋涛。"

"苗娇是在六月八号死的，林恩词第一次出现在路口的监控摄像头里也是六月八号。"

"这是一起有预谋的谋杀。"

"那于敬堂岂不是……"

秦晋荀不齿道："与其说于敬堂是替人查案加打官司辩护，还不如说他是拿人钱财，替人消灾。"

这种人，也敢在他眼前卖弄。

"其实，于敬堂给宋涛脱罪的手法想明白了，就不难推测出整个案件，我现在仅仅是缺乏一个动机，一个宋涛杀死苗娇的动机——整个案子就能串联起来了。"

"苗娇死了，宋涛除非是傻了才会告诉我们。"

"可以从他身边的人入手。"

"那个穿着红衣服的女秘书。"

"她跟宋涛的关系不简单，我们很难从她嘴里套出话来。"

温玉突然插话："我倒是有个办法。"

刘子科睁大了眼睛："什么？"

温玉将秦晋荀从头看到尾，嘴角轻扯，露出了一个戏谑的笑容。

"还需要秦教授配合一下。"

宋涛的公司开在金茂大厦的十五层。第二日中午十一点五十五分，十五层的电梯间。

正是午餐的时候，等电梯的人很多，宋涛满脸不耐烦地带着秘书等候，间或抱怨一声。

"天天都要挤电梯，赶明儿报了物业，让他们再开一部，大不了这个钱我自己掏。"

秘书化着精致的妆容，也附和着。

电梯来了，人群一拥而上，秘书也被挤着进去，忽然脚下被什么绊住，一个踉跄，还来不及惊呼一声，就被旁边伸出来的一只手扶住。

"你没事吧小姐。"

那是一个靠着边缘站着的男人，扶着她站好后又将她往边上带了带，也让她站得舒服一点。

近距离地听到这样磁性的声音，秘书的脸染上了绯红，他的眼神灼热，或许是因为人挤多了一丝不耐烦，却无损他的英俊。秘书的心怦怦直跳，但还是顾忌到身边的宋涛，避嫌似的回避了秦晋荀的视线。

"没事，谢谢您。"

那个男人点了点头，像是洞悉了她的回避，也自动向后偏了偏身子，两人之间隔开了一道缝隙。

秘书见了，心中莫名有一丝不舍得。

一楼到了，电梯一开，人群鱼贯而出，宋涛当先走出去，秘书磨蹭了几秒，视线若有若无地从那个男人身上飘过。

宋涛见人没有跟上来，奇怪地回头看了一眼："怎么了？"

"没事。"秘书飞快地回答，正要往外走，电梯门到了时间缓缓合上，她连忙用手去拦，这时，一只有力的手臂伸了出来，挡在电梯门之间，电梯门遇到了障碍物，又缓缓开启，男人似乎是被夹得有些痛，甩了甩手臂，看向秘书。

"可以出去了……小心。"

他的手从她的手旁擦过，而后头也不回地走出了电梯，只在秘书鼻端留下一阵青草的清香，清冷又缥缈不可寻。

她红着脸，扭扭捏捏地从电梯间走出来，跟上宋涛，宋涛的手自然地环上她的腰。

秘书低头看了看腰间短粗胖的五指，将握在右手的字条捏紧了些。

过了五分钟，金茂大厦对面的咖啡厅走进了一个浑身冒着寒气的男人。

他一边走，一边神经质地用手绢擦着手指。

刘子科不长眼地欢呼起来："秦教授，我们在这里。"

秦晋荀面无表情地走过去，拉开温玉身边的椅子坐了下来。

隔着玻璃目睹了一切的刘子科挤眉弄眼地低声说道："看不出来秦教授还有施美人计的天分啊！那个红衣服的秘书都走出来了，还偷偷回头看你呢，宋涛真可怜。"

这当然是玩笑话。

温玉正事不关己地听着刘子科的打趣，忽然间桌下的手被一把抓住。

她条件反射般地偏头去看，秦晋荀的表情丝毫不变，只是五指将她的手指分开，顺着指缝交握。

温玉挣了挣，他面上不显声色，手上力气却更大了。

"你干什么？"

秦晋荀眯了眯眼，薄唇轻启，缓缓吐出两个字："消毒。"

刘子科不知道两人桌下的动作，摸不着头脑："你说，她到底会不会给秦教授打电话？"

这个疑问在下午五点的时候得到了回答。

几乎对面写字楼刚下班的时候，刘子科的手机就响了起来——秦晋荀当然没有留自己的手机号。

电话里的女人娇滴滴地说道："你给我留电话是什么意思啊，这样……不太好吧。"

秦晋荀面无表情地将电话稍微拿远了些："现在有时间吗？"

十五分钟后，一个红色的身影款款而来，香水味比她的身影更先出现。

看见独自坐着的秦晋荀，秘书双眼一亮，踩着高跟鞋扭着走过来，路过一个双人桌，瞟过坐着的一对男女，那女人第一眼看上去很漂亮。

出于同性相斥的心理，秘书又装作不经意间打量了一番那个女人，而后面色有些不佳，鼻孔里微不可察地"哼"了一声，坐下来的时候，假装不经意间挡住了那个女人的面容。

秘书冲着秦晋荀一笑："还没谢谢你今天在电梯间帮了我。"

"嗯。"

"要不是你，我的脚就要扭到了。"

"嗯。"

"不知道要怎么称呼你。"

"金寻。"

秘书感到有些奇怪，眼前男人表现得太过矜持，中午在电梯里给她塞电话号码的好像是另一个人。

282

忽然旁边桌的那个男人发出了一阵惊天动地的咳嗽声，仿佛咳得胃都要蹦出来了，他对面的漂亮女人给他递了一大杯水。

沉默寡言的男人突然间像是活了过来，看向秘书："今天在电梯间里的举动很冒昧，但是……可以给我一个机会了解你吗？"

"当然可以。"

秘书红了脸，他的眼睛勾得她心神不宁。

接下来的时间，秘书向秦晋荀展示了什么叫作"当然可以"。

大概是认定了秦晋荀是那种闷骚的属性，秦晋荀后来的沉默就被秘书小姐当成了内心火热但不善言辞的表现，一直都是她在说，他在听。

她说得很全面，从工作到生活，并且强调了自己单身。

他听得很认真，对她的工作尤为感兴趣，也识趣地没有问中午揽着她腰的那个衣着配色夸张的男人和她是什么关系。

两杯咖啡，宾主尽欢。

秦晋荀婉拒了秘书想要看个电影然后送她回家顺便上去坐坐的提议，她只好依依不舍地离开，并单方面约定明天再见。

秘书离开后，旁边桌上的一对男女先后移了过来。

刘子科兴奋地问道："怎么样秦教授，有什么发现吗？"

秦晋荀抬手挤了挤眉心，心头涌上一股被卖了还要给人数钱的不适感。

"这个秘书跟了宋涛五年了，应该是知道不少宋涛的隐私，包括宋涛挪用公款的事。"

"挪用公款？那小秘书这都跟你说了？"

秦晋荀一噎，耐着所剩无几的性子解释道："她只是说说，他们公司近两个月年终盘点很忙，又说办公室气氛很压抑，老板经常跟财务吵架，又说她上个月收到块表，一看就是大老板的品位，十万级别的。还需要我说得再详细一点吗？"

刘子科其实还是有一点疑问的，只是话到嘴边，看到秦晋荀极力掩藏的不耐烦，求生欲使他飞速摇了摇头。

秦晋荀短暂地露出了一个满意的微笑。

温玉不去看两人之间的眉眼官司，而是沉吟道：“宋涛的公司是股份制，哪怕他是最大的股东，也无权挪用公款，有没有可能是因为他挪用公款的事情被财务部的苗娇发现了，苗娇要报告给董事会，被他情急之下灭口？”

秦晋荀点了点头，语气缓和下来：“我的想法也和你差不多，只是有一点不同。”

温玉稍稍扬了扬眉头。

“苗娇不是要告诉董事会，而是威胁了宋涛，收了二十万的封口费。”

温玉恍然大悟：“苗娇保险箱里的二十万。”

秦晋荀补充道：“而且苗娇死后又被宋涛取走了。”

“孙元最初被指控是抢劫勒索并杀人，那么，想要证明对孙元的指控有误，是不是只要证明孙元给孙圆圆支付的医药费并不是苗娇保险箱里的钱就可以了？”

秦晋荀摇了摇头：“没有这么容易，既然是预谋性杀人，在这种明显的证据上，于敬堂不会留下痕迹。”

的确是这样。

孙元的妻子对丈夫钱款的来源并不清楚，丈夫说是公司给的，她便欢欢喜喜地信了，立刻去医院交齐了孙圆圆的手术费，直到隔天孙元被抓起来，那张医院出示的二十万收款的收据，也成了孙元犯罪的证据，她除了哭没有任何办法。

她认为孙元是无辜的，也只是因为相信他的人品，但拿不出实际证据来，后来警方出示的证据越来越多，连她都开始犹疑不定。

“不是还有林恩词吗？从他着手，证明宋涛的不在场证据是假的，不行吗？”

似乎没想到刘子科这一次反应得这么快，秦晋荀讶异地看了他一眼。刘子科觉得自己受到了鼓舞，差点热泪盈眶。

舒嬅是个好员工，在接到秦晋荀的电话不过两个小时的时间，就成功拿到了宋涛向警方提供的，所谓六月八号的不在场证明——与金融公司项目经理见面，并畅聊至深夜。

林木，一个名不见经传的小金融公司的项目销售经理，此前约了宋涛很多次，但是都没有成功。

秦晋荀和温玉见到林木的时候，他正在点头哈腰讲着电话。

"是是是，好好好，没问题，我一会儿就给您把资料传过去。"

撂下电话，林木抬头看见秦晋荀，露出了八颗雪白的牙齿，笑道："您就是打电话来的秦先生吧，来，我们去会议室谈吧。"

可能是从事销售行业，林木待人接物有种习惯性的热情，哪怕是知道秦晋荀联系他仅仅是有事情想询问，而不是买他的产品。

林木热络地端上来两杯红茶，由于步子迈得风风火火，放到桌子上的时候红茶已经洒出去不少。

温玉不由得想，是不是于敬堂也事前了解了他这个人的性格，热情却粗心大意，才选择他作为迷惑警方的烟幕弹？

"林先生看起来很忙啊。"

林木摊摊手："不是看起来忙，是真忙啊，这不是又到月底了嘛，业绩不达标就等着扣工资吧。"

这时有同事敲了敲会议室的玻璃门，指了指他手上的腕表，显然是在提醒什么到时间了。

林木露出了一个歉意的笑容："您有什么想要了解的就问吧，我这边……"

秦晋荀理解地点了点头。

"六月八号，您是不是曾经跟宋涛见了面？"

林木点点头："是啊，而且后来，警察还来找过我，让我具体说一下那天的情况，我就按照记忆如实说了，宋涛那天一直跟我在一起，而且很多人也都看见了……那天聊得很好，我还以为他有意向合作的，可是现在我连他的秘书都联系不到。"

林木说着露出了苦笑。

"你之前没有跟宋涛打过交道？"

"那样的大老板哪是我们说见就见的，不过，感觉他比想象中年轻，有钱人就是会保养啊。"

林木又笑了起来。

问得差不多了，于是秦晋荀站起来：

"谢谢您。"

林木毫不在意地摆摆手："别客气，有什么事再来找我。"

温玉看着他的眼睛，忍不住感慨这真是一个乐天派，就是不知以后他若是知道自己的证词险些害死一个无辜的人，心里会不会留下疙瘩。

林木将两人送到电梯口，便回去忙了。

刘子科等在下面，秦晋荀不带他上去的原因是刘子科当惯了刑警，问问题时不由自主就带上了审讯的口气，问不出来什么不说，还有可能让林木心生反感，产生抵触心理。

刘子科眼巴巴地看着秦晋荀和温玉走出来，连忙迎上前去问东问西："怎么样，接下来我们是不是只需要告诉滨江公安局的警察，和林木畅聊至深夜的那个根本就不是宋涛，而是林恩词就可以了？"

秦晋荀讥讽道："你要用什么证据说服警方相信你，而不是把你当一个神经病扔出公安局？林木此前根本就没见过宋涛，所以没察觉出一丝不对。"

刘子科表情瞬间就失落下来："而且林恩词死了，那现在就是死无对证了？"

秦晋荀笑了笑，只是那笑容中没有一丝一毫的温度，反而有些让人觉得毛骨悚然："还记得邹兰和马之章吗？我等着看于敬堂还要怎么翻云覆雨。上个案子没有的证据，我们就在这个案子里找。"

秦晋荀的语气不算友好，温玉知道，于敬堂已经让他不爽了太久。

刘子科是来滨江公干的，自然不是时时都在，所以在季景然回诸城后，别墅里最常见的搭配就秦晋荀、温玉以及舒婵三人。

其实温玉和舒婵的交集真的不多，舒婵有什么事情都是直接去找秦晋荀，其余的就是偶尔说一句"温法医，您吃晚餐吗？"或者"温法医，秦教授已经休息了，您有什么事情可以跟我说"。

舒婕的敌意来得连绵不绝，大抵是从那晚撞破了秦晋荀和温玉的亲密举动开始的。

在滨江待了这么多天，温玉对舒婕的态度就是礼貌而疏离，同时对她眼中的敌意又视而不见。

舒婕跟蔡莉莉不尽相同，蔡莉莉有一个明确的态度，那就是阴阳怪气，温玉看着，只觉得蔡莉莉同从前邻居家那个因妈妈生了二胎闹腾了一夏天的小屁孩儿一样；而舒婕，是让人在春风的温柔中感受到深秋般的萧瑟，表情一分钟变六次，你永远猜不透哪句话会触碰到她的什么点上。

相处了几天，温玉就避之大吉了。

舒婕喜欢秦晋荀，这是毋庸置疑的。

温玉能想象得到，秦晋荀在没来诸城之前，一直都在他自己的事务所里，高智商、高颜值、高收入的男神级人物，朝夕相处，让人很难不对他动心。

每次秦晋荀跟温玉说话的时候，舒婕的眼风就嗖嗖地往这边瞟，视线恨不得粘在温玉身上。

被人盯着，温玉有些不适，于是抬起头来看向舒婕。

"在看什么？"

秦晋荀问完后，大概是发现了，摇了摇头，很是严肃地回头跟舒婕说："可以请你去二楼的书房把我的那几本医学杂志拿下来吗？"

舒婕毫不犹豫地点头，"噗噗噗"地上楼去了。

温玉目送着她隐没在楼上的身影，秦晋荀冷不防问道："你介意？"

温玉摇了摇头："我只是有点羡慕她了。"

秦晋荀闲适地靠着椅背，手肘搁在扶手上，骨节分明的手指微微点着自己的太阳穴："羡慕她什么？"

温玉伸着指头慢慢地数："有一技之长，有喜欢的人，有'喜欢的人不喜欢我'的小烦恼，也称得上人生顺遂了。"

她当然是在打趣，秦晋荀不由得轻笑出声。

"原来你也知道。"

"知道什么？"

“知道她喜欢的人不喜欢她，而是喜欢你。”

温玉对上他含着笑意的眼睛，忍不住微微恍惚了一下。

“啪嗒——”

身后一阵凌乱的脚步声接近，又飘远，地上散落的书本昭示了来人方才的心慌意乱。

温玉回过头轻嗤了一声：“你倒是会利用我。”

秦晋荀拿起杯子，不紧不慢地喝了一口水：“我只是说了实话。”

“还有就是……舒嬅的专业能力确实还不错，跟得上事务所的节奏，我也不希望以后为了什么感情上的事情不得不辞退她。”

温玉默然，这种做法看起来不近人情，但是，的确是对舒嬅最好的，若是再拖下去，等到情根深种的那天再拔除，不亚于从她身上剜骨去肉。

看着秦晋荀依旧冷冰冰的五官，她似乎突然明白，他那情商极低的名声都是怎么传出去的了。

秦晋荀不解地看着她：“你笑什么？”

“我笑他们眼睛不好。”

破夜

北流 ——

著

［下］

天地出版社 | TIANDI PRESS

交错纵横的局

在距马之章施暴致受害人死亡的案子开庭几天前，于敬堂终于从国外回来了，一回来就以事务所的名义马不停蹄地向警方递交了新的证据。

一是马之章和被害人的私交很好，并不像大众看到的那样是竞争对手。

二是马之章那条留在犯罪现场的领带，其实并不只有他一个人拥有。

刘子科去了趟滨江公安局，回来时简直肺都要气炸了，说话像机关枪一样，十句里面有九句都在抒发自己的愤懑。

秦晋荀提炼了重点。

于敬堂果然不知廉耻，为了打赢官司什么话都敢说。

他不知道从哪里搜罗来了一系列马之章和被害人共同出席各种活动的照片，借由一些模糊不清的动作，表示马之章和被害人其实是情人关系，只是害怕两人的关系暴露出来会对各自的生活造成影响，所以一直小心翼翼地隐瞒着。被害人脖子上马之章的指纹，实则是两人亲热的时候留下的痕迹。

同时于敬堂还指出，那条现场的所谓属于马之章高端定制的领带，实则并非原创，而是抄袭了某个偏远国家的小众品牌。也就是说，很有可能有人恰好去过那个国家，恰好买了那条领带回国，又恰好杀了被害人并且遗落了自己的领带，而且最重要的是，马之章的那条领带，在家里的衣橱中被他老婆找到了。

如此巧合。

虽然这两条被警方采纳的证据都不能盖棺定论，但是听起来……也是极有可能的。

温玉手上还有一沓影印的照片，是法医在案发现场给被害人拍的照片，也是刘子科通过关系从滨江公安局弄出来的。

她将照片放在桌子上，叹了口气："被害人脖子上的指痕其实并不明显，构不成致死的伤害，导致被害人窒息而亡的，实则是上面的那一道勒痕，如果不能证明领带属于马之章，那就很难办了。于敬堂这是在转移警方的视线，就算不得逞，拖到二审，就算是拖到二审再宣判，也足够他找出新的'证据'来。"

温玉也犯了难，往往越是简单粗暴的犯罪，尸体上越是没有痕迹可循。

秦晋荀的嗤笑打破了沉默："不能证明吗？也不一定吧。"

不到三分钟，舒婳矜持地将一份海外的行程单放在众人眼前，顺便睨了一眼温玉。

那眼神的意思大概就是：你也不过如此。

秦晋荀没看到，温玉是看到了也当成没看到，她拿起其中一份行程单仔细地看了起来。

那是一份相当详细的行程记录单，于敬堂去了异国他乡的哪条街道，见了什么人，住在哪个酒店，早餐吃了什么，都有详细的记录。

"知道于敬堂出了国，我就让事务所的人查了他的航班信息跟了过去……我起先还不确定他这一趟是为了什么，现在看来，原来就是为了一条领带……真让我有点失望。"

在一个叫安达露西亚的小城里有一间连当地人可能都不知晓的小作坊，手工匠人自产自销领带和领结这一类绅士必备的配饰。

于敬堂在里面待了六个多小时，出来的时候，手上拿着一个包装严实的盒子。安达露西亚的风景很美，却不能使于敬堂驻足，从那个作坊出来后，他便直接赶赴机场回国。

"早知道他们会在证据上做手脚，却没想到他们竟然敢这么堂而皇之地捏造证据。"

这对于刘子科这种根红苗正的刑警来说，完全是一件胆大妄为的事情。

秦晋荀说道："于敬堂有点小聪明，再加上……他不敢，可并不代表他背后的人也不敢。"

别人听不明白这句话，可是温玉能。

早在温玉从同安街回来的那天，秦晋荀就将她堵在卧室里，细细询问了那日的一切细节。

"那个糯米团子你有没有吃？"

"没有。"

秦晋荀冷笑道："还算知道惜命。"

他顿了顿，又问："字条呢？"

"扔了。"

秦晋荀面上于是浮现出意味深长的表情，看不出来是不是相信了这个说辞。

后来，两人分析，那个男人之所以能准确无误地安排好一切，一定是对温玉的动向了若指掌。温玉自从来到滨江，几乎与秦晋荀形影不离，掌握了秦晋荀的行踪，也就等于掌握了温玉的行踪。

而除了舒嬅、季景然和刘子科等人，最关心秦晋荀去了哪儿的，除了于敬堂不作他想。

如果说原本秦晋荀还是存着些看戏的心思，想要让于敬堂将全身套路都使一遍，可是那日看见温玉有气无力地倒在他的臂弯里，他便再也没有同于敬堂周旋的心思了。

"刘子科。"

"嗯？什么事？"

"我费了那么多人力物力才查到这些，可不是让你在这儿义愤填膺的。"

刘子科无辜地回视，秦晋荀眯了眯眼睛。

"你不是还有公事要办吗，回滨江公安局时把这些也带走。"他指了指茶几上的那几张纸，"就当是我给他们的礼物。"

刘子科兴奋地"哎"了一声，就出了门。

马之章的案子还没有开庭，于敬堂就先找了过来。

在刘子科去了滨江公安局的第二天晚上，在别墅外边的小路上，于敬堂突然从路灯下蹿了出来，绷着僵硬的笑脸："秦教授，可以单独谈谈吗？"

他在"单独"这个词上面加了重音。

秦晋荀带着舒嬅才应付完了邹兰的一番无理取闹，有些烦闷，此刻见了于敬堂，他的眼睛却陡然亮了起来。

秦晋荀于是看了看舒嬅，后者犹豫着："我……"

"回去吧。"秦晋荀语气平淡，却带着不容拒绝的意味。

舒嬅咬了咬下唇，转身进了别墅的大门。

小路上只剩下秦晋荀和于敬堂面对面地站着，秦晋荀率先开口："之前找了于顾问一次，可是那时于顾问不在，现在找了过来，可是有什么事情？"

于敬堂僵硬地笑了一下，语气中透着几分阴冷："来找秦教授聊聊天而已。有一句俗话不知道秦教授听没听说过，叫作'井水不犯河水'。"

秦晋荀干脆地回答："没有。"

于敬堂深深吸了口气，像是在缓和自己的情绪。

"那我便跟秦教授直说了，我在滨江经营多年，只要秦教授愿意卖我一个面子，让我带您游览一下滨江的风景名胜，等您休息好了，再送您回京城，那么日后，您有什么需要帮忙的地方，尽管说，于某绝不会推辞。"

秦晋荀忍不住笑笑，抬头看看他略微自得的表情。

"我倒是真有一件事情，既然于顾问都这样说了，就请不吝赐教。"

于敬堂搞不清楚他想说什么，只是紧绷着神经看着他，做出一副洗耳恭听的样子来。

"我有一位旧友去世了，他去世前给我留了一件东西，让我一定要替他物归原主。"

于敬堂犹疑地问道："是什么？"

"一把枪。"

于敬堂面色一变。

秦晋荀不给他任何思考的空间，率先捅破了这层窗户纸："林恩词，你认识吧。"

于敬堂面色不佳，嘴上却说道："秦先生说笑了，您的朋友，我怎么会认识。"

"你怎么会不认识？他的那把枪，是从你这儿来的吧。"

秦晋荀不认为林恩词能直接接触到那个人。

于敬堂冷笑着回道："秦教授，在我们国家，私自持枪可是犯法的，没有证据的话，您还是不要乱说为好，若是您信不过我，大可以自己去查。"

说着说着，于敬堂的表情越来越笃定，甚至带了一丝兴奋。

秦晋荀端详着他，对他这种不知道哪里来的沾沾自喜颇为无语。

"实话可能很伤人，但是于顾问还是听听比较好——我相信你没有那个能耐弄得到枪，也对你那些微末的伎俩并不感兴趣，我只想知道你身后的那个人是谁。"

秦晋荀的态度带着一丝自然而然流露出来的傲慢，仿佛巨象对上蝼蚁，面对的根本就不是什么值得一提的东西。

于敬堂的心中充斥着愤懑，这种情绪累积到了极点，他突然就想起那天通过电脑同那个人的交谈。

那方蓝色的屏幕上面最后出现的那一行字——"把字条传给温玉"。

明明是针对那个女人下的套，后来却出动了两个城市的联合警力，女人最终被秦晋荀带走。

想到这里，于敬堂的面上浮现出一丝诡异的微笑，他看了一眼秦晋荀的身后，有一个女人正往这边不紧不慢地走过来。

"前段时间跟秦教授一起来我事务所的那个女人，是诸城的一个法医吧，请问和秦教授是什么关系？"

秦晋荀目光逐渐阴沉，他盯着于敬堂，仿佛要结出冰来。

"跟你无关的事情，你最好不要感兴趣。而且有一件事情，恐怕你理解错了，无论你是井水还是河水，都与我无关，我只会做我想做的事情，也从不接受任何人的威胁。"于敬堂收敛了最后假装出来的笑意，神色阴狠，或许这才是他的真实面目。

"那我们就走着瞧。"

温玉刚走到秦晋荀的身后他就转过头来，面色不佳地问道："你怎么出来了？"

温玉越过他看向茂密的灌木丛："出来散个步。于敬堂走了？"

"嗯……走一走？"

温玉既没有点头也没有摇头，只是率先迈开了步子。秦晋荀顿了一下，跟了上去。

两人顺着石子路漫无目的地走着，明亮的月光将两人的身影拉得很长。

秦晋荀微微低了头看她，她的目光澄澈，月光照着她皎洁的脸庞，难得的柔和，显得分外动人。

他心思一动，清了清嗓子开口："你吃饭了吗？"

"嗯。"

"今晚月亮很圆啊！"

"可能是又快到十五了吧。"

两个人有一搭没一搭地聊着，始终隔着一步远。

秦晋荀借着余光看着一直沿着直线行走的温玉，忽然大踏步走到她前面，一下子转过身。温玉收势不及，鼻尖撞上了他的胸膛。

温玉皱着眉头，腰向后仰，硬生生地拉开了两人之间的距离，面对近在咫尺、眉目俊朗的男人，她冷声吼道："你突然发什么疯！"

秦晋荀低着头看她，她眉眼间有浅浅的怒意，但是他确定，里面并没有对他碰触的厌烦。

"刚才为什么出来，你是不是担心我了，嗯？"

晚风醉人，能让人想起所有瑰丽的梦境，让人头脑发昏，陷入温柔的错觉里。

"是，我担心你。"温玉想这样回答，却不是甜蜜的担忧，而是每时每刻都在担心，自己在意的人会因自己而离去。

从前是父母，而现在，是他。

可是话到嘴边，却怎么都说不出来，这几年，她所能做的，便是用疏离隔绝所有的意外。

温玉最终只是低下头，看着自己的脚尖："你说过，让我相信你可以保护自己，我自然不会再担心。"

"也对。"秦晋苟笑了笑，神情被月色衬托得有些寂寥，"走吧，起风了，回去了。"

温玉摇头："你先走吧，我再待会儿。"

秦晋苟走后，温玉才冲着灌木丛轻声说道："出来吧，我已经看到你了。"

窸窸窣窣中，舒嬅慢慢地走了出来。

她沉着脸看着温玉，温玉清冷的气质让她越发觉得碍眼，心头一口恶气盘旋不去，话出口，三分怨怼，七分嫉妒："你现在心情是不是很好？"

温玉看着她的表情，叹了口气："没有。"

温玉说的是实话，不能言喻的理由，可是舒嬅不懂，她只是愤恨地看着温玉，仿佛温玉抢走了什么属于自己的宝贵的东西。

明明是差不多的年纪，温玉心上却一阵疲惫，她根本就没有心思同舒嬅打嘴仗，便想息事宁人，说道："好了，大晚上起风了，我们别站在这儿了，回去吧。"

"秦教授在京城的时候，我是他的助手。"舒嬅站在原地，执拗地看着温玉的背影，大声地说着。

温玉的脚步停了下来。

见她如此，舒嬅将要掉下来的眼泪又憋了回去，笃定她还是在乎的，在乎着自己带来的威胁。这样的猜测让舒嬅的心情好了一点，话中的颤音也稳了一些。

"秦教授对我很好，很多危险的工作都没有让我去做，他的朋友沈路安先生也很喜欢我，每次去国外出差都会给我带礼物回来，他的妈妈也很喜欢我，有时候会让他叫我去家里吃饭。我在刘警官那里听到过，沈路安先生对你很好，你们在诸城也跟秦妈妈一起吃过饭，我只是想告诉你，你的待遇并

295

不是独一无二的，你没有比我领先多少。"

一口气说完，舒嬅倔强地看着温玉，脑海中已经料想到了可能听到的嘲讽，比如"可是秦晋苟说过他喜欢我"之类的。

但是温玉没有回应，甚至没有回头，只是继续顺着回别墅的路走去。

她之所以停下来听完舒嬅的那一段话，不是为了要一一回应，或者是耀武扬威，而仅仅是为了维护一个女孩儿的尊严和面子。

当她觉得和你在同一条水平线上，当她被彻底拒绝，她会痛苦，会愤恨，会赌咒，但不会由于感到自己过度渺小、不值得一提，而陷入绝望与自我否定。

前者会让舒嬅难受得不能自已，但是这种情绪是可以随着时间流逝而平复的。而后者会在她心中割上一刀，形成经年累月也无法愈合的伤痕，哪怕她日后再爱上别人，偶尔回头望望，还是会忍不住怀疑自己的魅力。

温玉淡淡地笑了笑，想到自己有的时候还真是挺善良的。或者说，自己有时候还是很自负的。她就是有这份自信，秦晋苟不会爱上舒嬅。

马之章是本地有名的商业大户，加之这个案子一波三折又极具戏剧性，开庭那日，滨江很多媒体闻风而动，将法院门口堵了个水泄不通。

显然秦晋苟丝毫没有把于敬堂的示好和威胁放在心上，不过半日，于敬堂收买修图高手合成马之章和被害人暧昧照片的证据又被刘子科送去了滨江公安局。

庭审不过三个小时，走出法院的时候，于敬堂的面色同马之章的一样灰败。

报社媒体的话筒争先恐后地伸到于敬堂的眼皮子底下。

"这是你的事务所成立以来的第一次失败，你有什么感想？"

"你一开始就知道马之章犯罪证据确凿吗？"

"你还会提起上诉吗？"

不管一旁满脸仓皇、被警方带走的马之章，于敬堂阴沉着脸，抿着嘴拨开两边的记者。

直到一个记者有意地用身体堵在了他的面前，满脸鄙夷地问道："法院对于你提供虚假证据的事情有什么判决吗？警方会不会介入调查？"

于敬堂终于忍不住停了下来，看向提问的那个记者："这个案件的罪犯是马之章，我只不过是他的代理人而已，我想你们更应该关注的是案件本身。"

这话让守在记者旁边等着跟于敬堂商量对策的邹兰听见了，她面色当即就是一变，扒拉开两边的记者，一个巴掌扇在了于敬堂的脸上。

"当初你收钱的时候可不是这么说的，你说不管有罪没罪，都能将我们家老马救出来，现在看情形不妙了，又想撇开，我呸！你也不是什么好东西！你给我等着！"

记者被这一变故弄得目瞪口呆，然后互相看了看，四周的闪光灯此起彼伏地闪个不停。

于敬堂铁青着脸，狠狠地甩开邹兰，任由她跌倒，哭天抢地地咒骂着自己，在助理的帮助下坐到了车里。

汽车飞驰着回到了事务所。

"于顾问，您回来了。"

前台小姐迎了上来，甜笑着递上一杯水，被于敬堂不耐烦地一挥，水杯直接掉到了地上，他本人则一头钻进了自己的办公室，锁上门，将窗帘严严实实地拉好。

前台小姐蹲在地上收拾着水渍，收敛了面上的笑意。事已至此，她也要给自己留一条后路了，她站起身来，看着门扉紧闭的办公室，脸上露出一丝嘲笑。

常在河边走，哪有不湿鞋的呢。

办公室里的于敬堂打开电脑，急切地切换出蓝色的屏幕，声音在空旷的屋子里回荡。

"您在吗？"

电脑上只有光标在闪烁着，没有回话。

等待的时候，于敬堂紧张得嗓子有些发痒，却不敢离开电脑去喝口水。

整整十多分钟，于敬堂都直勾勾地盯着电脑屏幕，心中的惶恐随着时间的流逝不断放大。

"叮"，一声不甚明显的轻响声传出，于敬堂重重地松了口气。

电脑屏幕上飞快地闪过一句什么。

于敬堂连连点头："是我不够小心，就因为宋涛的案子他怀疑到我头上了，我都没敢再推出来一个替罪羔羊，只想着能给马之章洗脱罪名就可以了，可是我是真的没发现秦晋苟派了人跟着我。"

那边半天没有回应，像是在思考他说的话的真实性。

于敬堂咽了一口唾沫，面色惶恐道："怎么办，警方会不会真的来调查我？您一定要帮帮我。"

那边很快就给了回话。

于敬堂看完，面色难看，桌下的手紧紧地握了起来："你就不怕我把你供出来，这些主意可都是你给我出的。"

他刚说完，还没等对面回应，自己先回过味儿来了。

这个人是突然间出现在自己的生活中的，他们从未见过面，他甚至从来没听过对方的声音，两个人全部的联系，都是通过这个电脑中莫名其妙出现的对话框，他甚至连对方是男是女、多大年纪都不知道。

于敬堂知道他很危险，只是那个人太聪明了，几个主意就让他在短短的时间内由一个给别人打工的律师，摇身一变成了滨江最大的律师事务所的老板。

那个人似乎别无所求，唯一交代他办的一件事，就是给那个宋涛找来的替身一支枪。过了几天，有个匿名的包裹被送到他手上，于敬堂打开，一支枪，非常精致，把手处还刻着一个大写的"S"。

那个人告诉他，自己在诸城有旧相识，让他把带有"S"的这支枪给宋涛的替身。

于敬堂不懂，却还是照做了，只是没想到，引来了秦晋苟这个煞星。

都是他！于敬堂双目忍不住染上猩红。

对话框还闪烁着，只是很久都没有消息发过来了。于敬堂一阵惊慌，心知方才的口不择言大概让那个人不高兴了，他正想说点什么弥补一下，外面突然传来了喧哗声。

"于敬堂在不在？"

"于顾问刚回来，你们是谁？"

"我们是滨江公安局的人，叫他出来。"

"这……"

一番争执下，有人走到他的办公室前，试探着拉了拉门。

"门锁着，于敬堂在里面。"

不能被抓住，没有人比他自己更清楚自己到底都做过什么。

在一片"有备用钥匙吗""直接撞开吧"嘈杂的声音里，他听见往日笑得花儿一般的前台小姐的声音："警官，我要检举于敬堂的违法行为。"

于敬堂暗骂一句，飞速起身拉开办公室后面的窗子，一只脚迈上窗沿之时，他忽然回头看了看，又跳下来从最底下上了锁的抽屉里掏出了一个什么东西，揣进了怀里。

"哐"的一声，一把破碎的椅子飞了进来，而后办公室里拥进了一群人。

"于敬堂呢？"

"跑了。"

"快，下去追！"

领头的警察又在办公室里转了一圈，视线落在桌子上的电脑上，干干净净的界面，没有任何程序在运行。

此前在法院外守着的记者已经回到了各自的单位，各种精彩纷呈的报道不过两三个小时就出现在了网络上，标题异彩纷呈，一个比一个夺人眼球——

《反转中的反转，马之章辩护律师伪造脱罪证据》

《震惊，马之章妻子法院外手撕辩护律师》

《马之章杀人罪名成立，药厂销售额狂跌》

刘子科来的时候，秦晋荀正在读着《滨江日报》的电子刊，神情一派悠闲。

刘子科高兴地说道："你真应该去看看马之章那失了魂的样子。"

秦晋荀抬头看了一眼，温玉正踮着脚从橱柜上层拿咖啡豆，阳光下的她像一幅静谧的油画。

他轻轻笑了笑。

刘子科以为得到了回应，又继续发表着感慨。

温玉磨好咖啡，端着杯子，在咖啡的香浓中去了二楼。

秦晋荀于是又收了笑，低下头刷新闻。

刘子科正说道："我倒是有意跟他们讨论讨论心得，可滨江公安局那帮人防我跟防贼似的，就好像我要抢他们功劳一样。对了，我得给他们提个醒，那个于敬堂也不是什么好鸟，得抓过来审一审。"

"晚了。"秦晋荀放下平板电脑叹息道，眉心逐渐挤了起来，仿佛在忧心什么。

刘子科看清了电脑上的标题。

是一则一分钟前刚刚刷出来的最新报道：××事务所被指控多项罪名，负责人于敬堂潜逃。

报道底下还配了一张于敬堂穿着西装的照片，儒雅之极，讽刺之极。

温玉坐在书桌前喝了一口咖啡，手边是蔡莉莉传来的一些影印资料。在温玉请假的这段日子里，诸城的一个案子遇到了瓶颈，蔡莉莉将死者的信息传给了温玉，想让她帮忙看看有没有遗漏什么。

想起电话的最后，蔡莉莉用一本正经的语气问她刘子科怎么样了，她就忍不住失笑。

门忽然被轻轻敲响。

她起身开门，门外是秦晋荀，两人对视了一眼，不约而同错开了目光。

"你有……什么事吗？"

温玉一边说着，一边非常自然地向旁边让了一步，留出秦晋荀可以进来的空隙。

秦晋荀却依旧站在门口："我没什么事。"

温玉有些尴尬地又站回了刚才的位置，手指捋了捋耳边的碎发："那你……"

秦晋荀的视线顺着她的手指从她的耳边扫过，而后若无其事地回答："警察没抓住于敬堂，让他跑了。"

温玉没有看新闻，乍然听说有些吃惊："这是什么时候的事？"

"就刚刚的事。"秦晋荀的面容透着几分认真，"可能是我多心了，但是，你这几天还是小心些为好。"

见温玉迷茫地皱起眉头，秦晋荀不知道应该怎样解释。

他不得不承认，那天晚上于敬堂阴恻恻地提起温玉来威胁他时，他的心不可抑制地慌了一下，事情发展到今天这个地步，难保于敬堂不会想要报复他。

见秦晋荀没有想要进一步解释的意思，温玉也隐隐约约猜到了什么，面上浮现起一抹不自然："还有别的事吗？"

"没有了。"话虽如此，秦晋荀脚下却如同生了根一般，纹丝不动。

"那我回房间了，蔡莉莉有些事情需要我帮忙。"

"嗯。"

"刘子科还在下面吗？"

"嗯。"

温玉便点了点头，说道："刚才蔡莉莉打电话，她挺关心刘子科的，你让刘子科没什么事情的话，就给蔡莉莉回个电话。"然后极为自然地转身，进屋，关门，深呼吸平复心情。

她好像越来越无法忽视他的眼，他的话，他的每一个细微的表情，这可不是一个好兆头。

秦晋荀盯着紧闭的门好一会儿，才慢悠悠地下了楼。

刘子科望过来，看着秦晋荀又瘫倒在沙发上，眼神有些放空，不由问道："你上去跟温玉说什么啦？"

秦晋荀眨眨眼，看向刘子科："没什么……对了，温玉让我转告你……"

"嗯？"刘子科睁大了眼睛，一副好奇的样子。

秦晋荀看着他突然就有些糟心，想不到这样的愤青也有人惦记。

他话到嘴边又收了回去，露出一个微妙的笑容："没什么，她让我转告你，诸城公安局的同事都希望你认真工作。"

刘子科"嘿"了一声，笑嘻嘻地敬了个礼："让他们放心吧，为人民服务！"

两天后，滨江公安局正式下发了关于于敬堂的全国通缉通告。

经过几天的努力，孙元一案一些琐碎的证据被秦晋荀一一翻检出来，由刘子科送到滨江公安局，而刘子科也因为再一次联合滨江公安局突检同安街无功而返后意识到，问题必然是出现在公安局内部，便匆匆忙忙回诸城汇报去了。

其实孙元一案的证据就像秦晋荀之前说的，并不能起到决定性的作用。可是现在，于敬堂的事务所关门了，他本人又处在被通缉的状态，经由他手的一些案件也都被打上了重新审视的标签，警方接受了这些证据，再一次传唤了以为自己已经置身事外的宋涛。

秦晋荀和温玉去医院里探望了孙圆圆。

手术在即，她浑身都插着管子，连接着各种仪器，看起来有些触目惊心。看着孩子受苦，孙妈妈一直在旁边偷偷地抹眼泪。

孙圆圆倒还是很活泼，尤其是看到秦晋荀，她眼中冒出的亮光，几乎让人错以为她马上就要跳起来蹦到秦晋荀身上。饶是知道她的身体不允许她做出这么危险动作，秦晋荀也克制不了自己往后退了一步，站到了温玉的身后。

温玉从怀中掏出一个厚厚的信封，塞到孙妈妈手里，眸光浅淡。

孙妈妈连忙推拒，被温玉按住了。

"这是我们的一点心意，孙元的案子不知道什么时候能审完，圆圆做完手术后，后续的营养费也是一笔不小的费用，您就收下吧。"

孙妈妈眼眶通红："谢谢，圆圆能碰上你们真的很幸运。"

温玉浅笑着摇头："不，她有妈妈爸爸才是最幸福的事。"

秦晋荀看着她，目光中倾注着全然的怜惜，但在她望过来时又扭转了脖子，就看到孙圆圆躺在病床上偷偷地笑。

所有的事情都在朝着好的方向发展。

尽管此行的目的并没有完全达到，但几人也该回诸城了，再耽搁下去不说全无意义，光是公安局那边，温玉就不好意思一直请假。

温玉收拾着行李箱，摸到了那个 U 盘，又将它往深处按了按，才合上箱子。密码锁有些松动，温玉不太放心，起身想去商场买条绑带，下楼的时候在客厅里碰到了秦晋荀。

秦晋荀正拿着杯子穿过客厅，看见她，不由得问道："你去哪儿？"

"行李箱有些松，想买个绑带扎一下。"

秦晋荀于是放下杯子说道："我陪你去。"

舒婵刚巧从楼上下来，没听到两人的谈话，只是看秦晋荀和温玉站在一起，觉得莫名碍眼，想要说些什么夺回秦晋荀的注意力，她忽然想到一件事："秦教授，我们一起回京城吗？"

秦晋荀还没回答，舒婵怕他拒绝又急急地接上："京城那边事情太多了，你不在，小王他们都弄得乱七八糟的，这次邹兰的事情就是其中之一，要不秦教授你和我一起回京城看看吧。"

秦晋荀看着舒婵有些急迫的神情，眉头逐渐拧了起来。

"舒婵。"

"啊？"

"我有些事想要跟你说。"

舒婵一愣，随后笑道："好啊，正好我想买点特产带回京城，秦教授可以送我去买吗？有什么事情我们可以在路上说。"

"好。"

仿佛是听到了意料之外的答案，舒婵忍不住睁大了眼睛，欣喜异常之余也不忘看了一眼温玉。

秦晋荀扭头对温玉说道："你做什么呢，还不快点换鞋。"

温玉向前走了一步，想起了秦晋荀曾经用理所当然的表情跟她说过的话——

"还有就是……舒婵的专业能力确实还不错，跟得上事务所的节奏，我也不希望以后为了什么感情上的事情不得不辞退她。"

秦晋苟想要说清楚，但他直言直语的风格肯定会让舒嫒难受，如果自己再跟着去，舒嫒大概会更无地自容吧。

温玉停下了脚步，低眉敛目："我突然想起来蔡莉莉让我传回去的文件还没有做好，她要得急，你帮我把绑带买回来吧，我就不出去了。"

乖乖地待在别墅里，很安全，秦晋苟只是考虑了一下便点了点头："也好，你要还有什么需要买的，就给我打电话。"

舒嫒奇怪地看了温玉一眼，随即便露出了羞怯的笑容，跟在秦晋苟身后出了门。

大门"砰"的一声关上，温玉看着偌大的别墅，一时之间不知道该做什么好。沙发上有一份秦晋苟最近在钻研的医学杂志，她待得无聊，便顺手拿起来翻看。

秦晋苟看东西很仔细，感兴趣的地方还会做些标注，都是他自己的观点。

温玉也是学医出身，那些晦涩的专有名词并不难懂，也就一页页读了下来，有几页被明显地标注了出来，议题是"如何看待器官移植领域的捐献稀缺现象"。

温玉看得认真，不知不觉中时间缓缓流逝，外面的天色逐渐暗了下来。

秦晋苟回来的时候已经是晚上八点多了，他一开门就看见沙发上歪着的身影，温玉半靠在沙发背上，一只手还拿着杂志放在胸前，一只手搭在一旁。

橘黄色的射灯映照在她的脸上，秦晋苟盯着看了好一会儿，目光灼灼。

片刻后，温玉悠悠醒来："你回来了？"

"嗯，你要的带子。"

秦晋苟看着温玉慵懒地站起来，将一条黑色的绑带递了过去，那黑色的带子跟她雪白的手腕形成鲜明的对比，秦晋苟又忍不住多看了一眼。

温玉拿着带子往楼上走，又想起了什么，一边走一边问道："舒嫒什么时候回来，你没把她弄哭吧？"

底下的秦晋苟顿了一下才回答道："我一出别墅区就跟她说明白了，我一点也不喜欢她，她情绪很不好，连商场也不去就下车了，我以为她早就回来了。"

温玉一怔，停下了脚步，转过头来。

温玉拿着秦晋苟的电话拨给舒婳，只能听到机械化的女声："对不起，您拨打的电话已关机……"

撂下电话的时候，温玉忽然想到，如果秦晋苟没有突然要跟舒婳说清楚，如果她没有为了避免舒婳更尴尬而决定留在别墅里，跟秦晋苟出门的，应该是她。

舒婳跟秦晋苟一起出了门，然后独自下了车。而后舒婳落单了，并且直到现在也没有回来。

温玉跟秦晋苟对视了一眼，喃喃说道："应该不会这么巧吧。"

秦晋苟皱起眉，冲着温玉伸出手："你的手机借我一下。"

他拿着温玉的电话，一边拨出去一个号码，一边回答道："这个关头，小心谨慎些没有错。"

电话通了，那边响起了一个男人的声音，隐约带了几分欣喜。

"温玉？"

"季先生你好，我是秦晋苟，有件事情需要您帮忙。"

城市边缘的某仓库里，一个女人被五花大绑地扔在地上。

那个女人不断地摇着头，呜咽着，看起来很是可怜。

"我让你们抓的是温玉，不是这个，你们没长眼睛吗？"

透过仓库外昏暗的光线看去，说话的人赫然是正在被通缉的于敬堂。

他身边的两个男人年纪都不大，抽着烟，一副混混模样。

"你只给了我们兄弟一张男人的照片，说是抓那个男人身边的姑娘，那就是她了，我们怎么知道她不是你想要找的那一个。"

于敬堂抑制着自己内心的怒火，闭了闭眼睛："滚吧，成事不足败事有余的废物。"

305

"哟呵，这话是什么意思？"

"想赖账？"其中一人狞笑着接近他，"老子看你长得有几分像新闻里的人物，叫什么来着，不会是个逃犯吧。"

另一个闻言也不怀好意地打量着他。

于敬堂脸色黑漆漆的，从怀中掏出一个鼓鼓囊囊的纸包，往他们身上一扔："钱在这儿，滚吧。"

那两人被骂了也不恼，晃了晃手上的纸包，嬉皮笑脸道："以后有这样的好事还叫哥几个啊！"

他们也知道此地不宜久留，拿了钱便不见了踪影。

于敬堂蹲下来，抬起那个女人的脸，拿掉了塞在她嘴里的破布，阴沉着脸问道："我见过你，可是你是谁？"

女人听到了几人的谈话，自然知道自己是为什么被抓来的。她泪水涟涟，看得出来也在努力保持镇定。

"我叫……舒婵，是秦教授的助理。"

于敬堂点点头，又问道："实不相瞒，舒小姐，我只是想教训教训秦晋荀，告诉我，你不是温玉，我留着你，还有用吗？"

舒婵怔怔地抬头，于敬堂的神色癫狂，仿佛她摇摇头或者说一个"不"字，他压抑着的残忍便会悉数招呼到她身上。

舒婵胡乱地点了点头，又怕他不相信，哽咽着解释道："我们共事很多年了……我还救过他妈妈，所以他对我很好。"

于敬堂露出了一个满意的笑容，心情很好地拍了拍舒婵的脸蛋儿，而后突然狠狠地将她掼到一旁，阴沉着脸站起来，从兜里拿出了一部手机。

滨江的警察有的从局长的口中听说过秦晋荀，还有的是被刘子科拦着强行推荐过，深夜接到报案，发现报案人正是这位传奇人物，不免有些奇怪。

"我发现了于敬堂的线索，并且他绑架了我的助手，她现在可能有危险。"说着，秦晋荀将手机递给了队长，"这是于敬堂发来的短信。"

短信里写着：若想她活命，独自来西山水库。

队长面色一怔："您放心，我们一定会保证您助手的安全。"说罢，带上几个人就要走。

"等一下。"

秦晋苟又拿过旁边的一张纸，上面凌乱地标注着一个地方的南北地理位置。

"这个是我查到的他的位置，跟西山水库南辕北辙，我没有时间同时确定两个地方，所以我需要你们的帮助。"

这是季景然接到电话又托了徐谦查到的，通过路口监控跟踪从富人居住的别墅区开出去的一辆破破烂烂的面包车，大致确定了他们最终停车的位置。

队长犯了难："其他警力正在调动中，但是需要时间，我的人手就这三四个，若是分散开去，不一定能……"

秦晋苟站了起来："你们去西山水库就可以，不过于敬堂想要报复我，如果你们在那儿没看到他的人，就要小心了，地上可能有捕鼠器或炸弹什么，我也说不准。他从前没这个胆儿，但是现在……人疯狂起来，我也不知道他会做出什么事。"

队长点了点头又摇头："可是另一个地方……"

"我先过去就可以，你稍后让第二批警力直接赶过来。"

每一秒都十分珍贵，由不得再犹豫，队长便只说："那秦教授自己小心，有什么事我们电话联系。"

秦晋苟点了点头，掏出车钥匙开了车门，扭头就看见温玉静静地跟着他。

"你要去？"

温玉毫不迟疑地点点头。

"为什么？"

"多一个人就多一份力量。"

秦晋苟摇摇头："太危险了，你回去等我吧。"

说着，他拉开车门就要往里坐，温玉情急之下拽住了他的衣角。

秦晋苟看着她，等了三四秒，见她纠结着不开口，就要将她抓着自己的手拂开。

温玉一急，话终于脱口而出："让我跟你一起去，我担心你。"

秦晋荀的眼中犹如瞬间绽开了万千星辰，璀璨异常："好吧，万一遇到危险，我们俩在一起也好过我自己孤单地死。"

饶是知道他说的是玩笑话，温玉也忍不住瞪了他一眼："别胡说。"

于敬堂不在西山水库，秦晋荀能够百分之九十九地确定，可是他也不想赌那百分之一，直到隐隐看见仓库里焦躁踱步的身影和角落缩成一团的女人时，他才长长舒了一口气。

温玉低声问："我们现在怎么办？"

秦晋荀看着那个人影说道："观察情况，等警察来。"

秦晋荀并不是一个有英雄主义情结的人，脑袋里也没什么满腔孤勇独自对抗歹徒拯救人质的英雄梦，可是计划赶不上变化。

于敬堂大概是将所有的钱都花在了对付秦晋荀这件事上，西山水库显然有一个线人，已经给他打来了电话，没几秒他就大发雷霆："什么？去了一队警察？秦晋荀没去？"

他将电话狠狠地往地上摔去，大骂道："懦夫！"

一边骂，于敬堂突然又想起了什么，直直地冲着地上的舒嬅走过去，嘴里嚷道："我搞不死他，我还搞不死你吗？"

"不好。"秦晋荀低低地说了一声，迅速地留给温玉一句"见机行事"便走了过去。

舒嬅害怕地哭着，于敬堂正要揪住她的头发，就听见身后那个他永远也忘不了的声音响起，带着无所谓和戏谑，轻易就挑起了他的怒火。

"你不是要找我，怎么不告诉我正确的地方？"

舒嬅"呜呜呜"地挣扎着。

于敬堂缓缓地转回身子，语调有些诧异："你竟然找来了？"

他说了一个错误的地址，在那里布下炸弹，何尝不是出于对秦晋荀的……惧怕。

秦晋荀慢慢走近他："是啊，我来了，你想怎么样呢？"

"别过来，你就站在那儿！"

于敬堂反射性后退，低头一瞟，迅速将舒嬅提了起来，勒住她的脖子。

秦晋苟依旧气定神闲："可是我走过来了，你要怎么办？"

他脚下的步子依旧不紧不慢。

于敬堂哆嗦着，忽然从胸口掏出什么东西。

电光石火之间，悄悄靠过来的温玉只来得及猛地推开舒婵，舒婵倒向一旁，借着惯性将于敬堂的胳膊撞偏。

枪声响起——打中了仓库墙上的什么东西。

温玉却已经来不及退开。

形势转瞬即变。

于敬堂面色赤红，拿枪指着温玉的头，冲秦晋苟疯狂地喊叫着："我是不是告诉过你，少管闲事，待在京城做你的秦教授，被公安吹捧，不是很好吗？为什么非要来管我的事?! 为什么?! "

秦晋苟阴沉着脸，却不再说什么刺激他的话。

不远处，警笛声在公路上响起，声音逐渐接近，直到近得能看见红蓝色的警灯在闪烁。

于敬堂持枪的手微微发抖，他是想教训秦晋苟，让秦晋苟死也好，生不如死也好，可是现在他想，没有什么比自己活着更重要了。

想到这儿，他狠戾地冲秦晋苟说道："车在后面，去开车，不然我一枪崩了她，有个你秦晋苟在乎的人给我陪葬，算一算我也不吃亏。"

秦晋苟依言找到车，坐上了驾驶位，系上了安全带。

于敬堂挟持着温玉坐了后座。

"温玉，系上安全带。"

他的语调奇异般有种安抚人心的力量。

"别耍花样，快开车。"

车拐上了主路，身后的警车停在仓库口，舒婵被警察发现了。

于敬堂紧张地观察完之后又转回头："快点！"

秦晋苟缓缓踩下油门，车加速行驶。

他看向后视镜："温玉，系好安全带了吗？"

温玉"嗯"了一声。

秦晋苟看后视镜的瞬间，手上的方向盘转动的幅度有些大，汽车立刻摇摇晃晃地偏离了行驶的轨道，压过了马路上的双黄线。

"你给我小心点，敢要我，我就让你们俩死在一块儿。"于敬堂头上冒着虚汗，疾言厉色道。

秦晋苟又瞥了一眼后视镜："你的手放干净些。"

于敬堂本是无意间扣住了温玉的身体，见秦晋苟这样敏感，神色中升起了一股子复仇般的趣味，一只手拿枪继续顶着温玉的太阳穴，一只手顺着她的脖子滑到她的脸上。

看着那厌恶却依旧冷静的眸子，他心中突然升起了一阵快意。

只是这种快意并没有维持几秒。

忽然间，车速又加快了——令人眩晕般的快，同时响起的，还有秦晋苟咬着后槽牙的声音："你要是再不把你的脏手拿走，我就开车撞向我看到的第一个障碍物，你不妨感受一下，这个速度撞上去，我跟你保证，你一定活不成。"

"我死了你们俩也别想活。"

"我们俩想不想活你不知道，但我知道，你还不想死。"

"疯子！"于敬堂恨恨地骂了一声，搁在温玉脸上的那只手却放下了。

车的速度太快，快到有些不正常，于敬堂心下不安，说了一句："慢一点。"

秦晋苟忽然笑了，那是一种笃定的微笑。

"想让我慢下来……除非把你手上的枪扔掉。"

于敬堂睁着猩红的眼睛笑道："是你疯了还是我疯了？"

秦晋苟便不再理他，只是握着方向盘的手开始出汗，温玉知道，他不像他表现出来的那样平静。

于敬堂大声喊着："我说，慢下来！你没听见吗？"他的动作有些癫狂，枪口撞得温玉的太阳穴生疼。

车已经驶出了城区。

秦晋苟将油门踩到底。

就在这时，秦晋荀忽然用聊天一般的口吻说道："你知道现在翻车是什么后果吗？我和温玉系着安全带，可能会重伤，但会保得住性命，可是你不会，翻车后你会直接撞碎挡风玻璃，飞到车外，在这几秒内你能感受到每一处皮肤同你的五脏六腑都在被撕裂、揉碎。"

于敬堂显然被吓住了："你要是再不停下来，我就杀了她。"

秦晋荀从后视镜里看了一眼于敬堂颤抖的手和手里那把已经偏移的枪，故作漫不经心地嘲讽道："在时速二百多的车上开枪？我当你没学过物理，就好心地告诉你，如果你开枪了，子弹会发生偏移，届时打中哪儿我就不知道了，可能铁皮还会刺进你的心脏。"

秦晋荀眼神一变："现在，我说，把枪扔出去。"

滨江市的警员们顺着舒婵的指引匆忙地赶到城区外的时候，已经做了最坏的准备，脑袋里全是血肉模糊的情景，救护车也紧紧地跟在后面。

队长拉开车门跳了下来。于敬堂恨秦晋荀，又急红了眼，身上带着枪，还掳了温玉做人质，队长光是这么一想，就替秦晋荀和温玉捏了一把汗。只想着，追上了人一定要稳住，不管于敬堂提出什么要求都先答应下来，秦晋荀和温玉的性命最重要。

谁料，发现停在公路边的车时，他们却看到了这么一幅令人目瞪口呆的影像——车头被撞得瘪了一大块，冒着青烟，几乎要报废了。秦晋荀默然站在车外，凌晨四点多的天空隐约泛起一抹白，将他的身形勾勒出一个影影绰绰的剪影。

温玉闭眼坐在路边，微微皱着眉头。见到赶来的警方以及医护人员，她站起身，兀自向着救护车走过去，身体不见一丝摇晃。

温玉走近了，队长才看到，她的脖子上有鲜红的一道血迹，像是被利刃划破，血珠蜿蜒一直没入衣领下的锁骨。

而于敬堂……双手被反剪绑在身后，昏倒在汽车后备厢里。

这和想象的似乎不大一样。

队长很想立刻向秦晋荀问明白这是怎么一回事，却也只能耐着性子先指挥着把于敬堂绑上警车，然后忍不住朝秦晋苟走过来。

"秦教授。"

秦晋苟放下手中摆弄着的枪，微微抬了抬眼看他。

队长面上挂着担忧问："您有没有哪里受伤，需不需要医生查看一下？"

说罢，他指了指秦晋苟的脸。

秦晋苟衣衫不甚规整，最上的一粒纽扣已经崩开了，头发略微凌乱，面色偏白，衬得额头那里渗着血迹的瘀青愈加明显，而后就是秦晋苟侧脸上诡异的伤痕……以他多年的刑侦经验，脑海里已经构想出一幅惊心动魄的飙车急刹、智擒罪犯而英勇受伤的画面，只是秦晋苟俊脸上那个违和的巴掌印……他捉摸不透啊！

秦晋苟睨了他一眼，一脸似笑非笑的样子。

莫名就读出了"不该你问的事情别问"的队长忍不住摸了摸鼻子，干脆直接关心正事。

"那个，您是怎么抓住于敬堂的？"

秦晋苟凉凉地回应："我对办过的案子没有再重复一遍的兴趣。"

队长失望地"哦"了一声。

忽然，秦晋苟目光一偏，看到了那个正在接近的人影，嘴里的话便不由自主地又接上一句："过后我让人把记录给你。"

队长登时只觉得秦教授一点也不像传闻中那般不近人情，于是乐呵呵地笑道："那就麻烦您了。"

话音刚落，温玉便走了过来。

她脖子上包裹了一层纱布，精致的脸上带着疲倦之色，也不看秦晋苟，对着面前的空气硬邦邦地说道："舒嫚开了车过来，我们可以回去了。"

秦晋苟也不在意她冷淡的态度，"嗯"了一声，极为自然地跟在她身后离开了。

队长扭头望着前后离开的两人，总觉得他们之间的气氛颇为古怪。

舒嫚等在警车后面，她身上的擦伤已经处理好了，青青紫紫涂着药水，虽然也受了惊吓，但却迅速地调整了过来，浑身狼狈却还是来接应秦晋苟，

312

这令温玉不得不对她刮目相看。

舒婵开着车，秦晋荀和温玉坐在后座，车内流淌着优美的钢琴曲。

车往城内的方向驶去，正逢日出时刻，世界都仿佛一点一点地亮了起来。

舒婵从后视镜里看了一眼温玉，神色有几分无法言喻的古怪，抿了抿嘴，想说什么却又犹豫着不知该不该开口。

温玉似有所察，一眼看过去，唇瓣嫣红，眼神却清清冷冷似一汪秋水。两人视线相交，舒婵立刻条件反射般带上假笑。

"辛苦温小姐了，连累您这一遭真是不好意思。"

意料之中的反唇相讥没有响起，后座淡淡响起一句："不客气。"

舒婵噎了一瞬。

她其实是想要致谢的，子弹出膛的那一瞬间，她感受到了从来未曾靠近的死亡，如果没有温玉，她即使没有被子弹打中，也会被劫持上车，后果难料。

可是莫名地，看到温玉和秦晋荀之间那种旁人无法融入的氛围，感激的话便说不出口，甚至有一种难以言喻的嫉妒悄悄腐蚀着她的心。

摇摇头甩开这种感觉，舒婵尴尬地清了清嗓子："秦教授，按照你的要求，我已经订了明天下午的飞机票，你们总算可以回诸城了。"

于敬堂被抓捕归案，事情终于告一段落，这本应是一件让人松口气的好事，可是秦晋荀和温玉谁都没有接话。

温玉只是看着车窗上越来越模糊的自己的身影轻轻叹了口气，滨江这一遭，真是超乎想象，无论是案子，还是……他。

这样想着，她的视线不由自主瞟向了另外一个人。

车窗上也映着秦晋荀的侧脸，仿佛洞悉她的窥视，秦晋荀扭头，意味不明的视线从温玉的红唇上扫过。

时间回溯到两个小时之前——

秦晋荀以淡漠的表情做着不要命的事情，有一种平静的疯狂。

车子以令人头晕目眩的速度行驶着，生与死的界限之间，于敬堂终究是怕了，含糊地大声喊着，将窗户打开把手枪扔了出去。

秦晋荀方舒了一口气，正想要减速，就见于敬堂不知道从哪里摸出来一把刀，重新急切地抵在温玉颈间。

颈间一凉，温玉有一瞬间的头疼，这个于敬堂究竟是有多怕死，才会随身携带这么多凶器。

既然骨子里这么胆怯，何必还要铤而走险，犯下这不可逆转的重罪呢？终究还是贪婪无度。

她垂了垂眼角，余光中刀锋的寒光在她眼皮子底下晃荡，虽然危险，但总归是比方才的境遇好上一些。

于敬堂找回了些理智："减速，快点减速，不然我一刀割了她的脖子！"

秦晋荀一边动了动腿，使于敬堂能明显地发现自己的脚已经移到了刹车上，一边安抚着他的情绪说道："其实我们不用势同水火，我早就说过了，我的目标并不是你，对你的营生也不感兴趣，我只想知道你身后的那个人是谁。"

于敬堂的思维已然有些混乱，想到被警察缉捕之前杳无音信的求助，他的神色染上了几分怨恨。

"呵，那个人？我也想知道那个人是谁！"

一句似乎没有什么用的泄愤之语，秦晋荀却得到了想要的信息。

那人是主动找上于敬堂的，单线联系，通过一个人、一把枪将他们诱来滨江，了解温玉也琢磨过自己，这林林总总加在一起，目的似乎很明确了：在他的地盘布置一个只针对温玉的局。

于敬堂愤怒之下手忍不住发了抖，温玉吸了口气，从后视镜中看了一眼秦晋荀，秦晋荀也恰好回视，两个人的目光通过冰冷的镜面交会。

那是一种玄妙的感觉，瞬息之间，两人已经洞悉对方平静神色下的打算。

秦晋荀移开目光，握紧方向盘，眼睛褪去了最深的黑色，显得有几分潮红。

忽然，车头猛地掉转了方向，冲出了柏油路，旷野响起了一声刺耳的急刹声，随之而来的是车剧烈撞击的瞬间。脖间一痛的同时，温玉两手飞快地握住于敬堂持刀的手，狠狠地往旁边一撞。

巨大的冲击力加上温玉突如其来的发难，于敬堂根本来不及反应，手里的刀也攥不住，脑袋撞到玻璃上，登时就昏死过去。

周围逐渐恢复了安静。

安全气囊的弹射让秦晋苟有些浑身发麻，他惦记着温玉，想要回头，只是眼前冒着金星，只能自顾自地缓和一会儿。

忽然，驾驶室的门开了，焦急的声音毫无预兆地冲进他的心底。

"秦晋苟，你没事吧？"

随之而来的，是一只冰凉的手，她探上他的周身，他视线逐渐恢复，睁眼便看到她的面容。

她眸光潋滟，表情很镇定，手甚至没有一丝一毫的颤抖，她似乎没有痛觉般，一点也没有察觉到自己脖子上的血迹蜿蜒，只顾着探看他有没有受伤。

秦晋苟的视线从她白皙的脖颈上扫过，眸色渐深。

看他神色有异，温玉重复了一遍："你有没有事？"

秦晋苟心中蓦地一揪，伸手过去拉住她把在自己臂上的手，随着还在愣怔中的女人出了车厢。

借着天光，他的目光犹如巡视自己的领土一般在她的身上扫过，随即他微不可察地松了一口气，在她毫无防备之时将她抱进怀里。

秦晋苟面色如寒冰："是我大意了。"

与秦晋苟的表情截然不同的是，他的动作温柔，带着一些生疏的小心翼翼。

她笑了笑，复述着秦晋苟的话："子弹会发生偏移？"

秦晋苟也笑了："于敬堂没有你聪明。"

他低头凝视她，目光璀璨，衬衫沾染上了斑斑血迹，他却丝毫不觉，近乎呢喃的声音响在她耳边——

"我很庆幸，那个人是你。"

他想要织就一张网，严严实实地护卫一个人，可是他走的路注定危机四伏，稍有不慎便会被黑暗毫不留情地吞噬。

他庆幸，世上还有一个足以同他一起走下去的人。

更何况那个人是她。

男朋友该学会的事

　　温玉的心一直在狂跳，一部分是因为方才的惊险，但更多的是他的话语，柔和中透露着不容拒绝的笃定，她仿佛被什么层层包裹，挣脱不得。

　　那股令人战栗的电流，从尾椎经由背脊一直蹿到她的脑袋，使她不能思考。

　　后腰被揽住向前一带，唇畔蓦然一凉。温玉忍不住睁大了眼睛，睫毛上下掀动，到底是露出了几分属于她这个年纪的女子的惊慌。

　　晨风静静地吹着。

　　唇齿间已经被两人交错的呼吸烘得炙热，她握成拳的手缓缓松开，垂在身侧。

　　不知道过了多久，秦晋苟终于松开她，薄雾遮挡住了他耳垂的些许嫣红。

　　可能是高智商的人即便害羞也矜贵得自成一派，他镇定自若地总结道："这是初吻。"

　　"……"

　　温玉默然低头的反应令他不满，他忍不住皱起眉头："需要我说得更直白一些？"

　　"我知道了。"温玉迅速打断他的话，"我也有一件事要跟你说。"

　　秦晋苟尚且沉迷在她的气息里，闻言眼睛一亮："什么？"

温玉抬头，目光灼灼。

"啪"，一个清脆的耳光声响起。

秦晋荀的神色里夹杂着些许迷茫，骨节分明的手摸了摸自己被打得泛红的脸颊，大概是有生以来第一次知道了什么是"委屈"的感觉。

温玉扬了扬下巴："这是一个女人对待'登徒子'的必然反应。"

"……"

思绪回笼，温玉摩擦了一下手心，复又垂下头。

车开回了别墅。

想到舒婵昨天受的无妄之灾，秦晋荀难得对她说了软语："今天就好好休息吧。"

还未待舒婵展露眸光中的亮色，秦晋荀已经下车走到了温玉的那一边，等着温玉下车后，顺手将她那一侧的车门带上，手自然地虚虚搭在她的腰上，以护卫者的姿态与她一起走进了屋子。

温玉的眼角睨了一下距离腰间仅仅五厘米的手，步子依旧不快不慢。

舒婵的脚步逐渐停了下来，愣愣地看着两人的背影。

仿佛有什么在一夕之间变了，对她而言，翻天覆地。

温玉上了二楼，走到自己的房前，手搭上门把手，没有开，而是侧过头，对跟在她身后的男人开口："跟着我干什么，你的房间不是在那边吗？"

她开口就是赶人，秦晋荀不满地皱皱眉头。

他拧着眉头的模样向来冷漠得不可靠近，如今看来却莫名接地气，以至于温玉忍不住侧过头弯了弯嘴角。

秦晋荀的喉结动了一下："你还没有回答……"

话还没说完，他胸前的衣襟陡然被抓住，猝不及防之下被一股力气带着弯了腰，额头旋即印上一抹柔软。

秦晋荀整个人都僵硬了一下："你……你……咳咳，这是做什么？"

温玉松开了手，认认真真地打量着他。

他也会不自在，也会紧张、结巴，她知道他冷冰冰的模样一向招惹眼球，

317

但此时的他格外生动。

"好了，你先回去收拾东西吧，等回到诸城，我有些事情要告诉你。"

秦晋荀发怔的样子……有点傻。

看他的神色有些飘忽，温玉补充道："正经事，你别想歪了。"

她说完便再也不看他，开门，进房间，关门，一气呵成，徒留他一个人在门外。他摸了摸刚才被吻到的额头，面无表情地飞速思考——她这算是什么？是答应了吗？是答应了吧。

屋里的温玉靠在门上，深吸一口气，手指点上自己的唇。

想到生死一线之际，她脑子里突然冒出来的荒谬的念头：秦晋荀在身旁，死亡似乎也没有那么可怕。

不管是沐暖阳抑或是堕永夜，有一个人陪着，也未必不好。

更何况那个人是他。

翌日，飞往诸城的飞机在蓝天上留下淡淡的白色弧线，日光投射过来，使很多旅客放下了窗户挡板。

一角昏暗，温玉靠在座椅上养神。空姐过来的时候，秦晋荀替她要了一杯橙汁，看她面色有些差，不由得问道："昨晚没休息好？"

这也是正常的，他昨晚也是莫名其妙翻来覆去到后半夜。

温玉没明白他的言下之意，只是根据字面意思点了点头，说道："这就回诸城了，可是我还有些事情没想通。"

秦晋荀闻言十指交叠地放在身前，偏头看她："哪里？说来听听。"

"那把……枪。"

温玉犹豫了一下，压低了声音："我们最初追着那把枪的线索来了滨江，解决了邹兰给你的事务所造成的烂摊子，替孙元翻了案，抓住了于敬堂，也知道了于敬堂背后是……"温玉习惯性地顿了一下，"那个人。"

秦晋荀随意轻叩的手指亦是顿了一下。

温玉接着说道："我只是想不明白，那个人在背后支持于敬堂的原因。"

"原因尚不知道，但也不是无迹可寻，读完于敬堂的卷宗就能发现委托人都有一个特点。"

"什么？"

空姐走了过来准备收走空杯子，秦晋荀于是附在温玉耳边，轻轻说道："有钱或者有势……那个人，一定是有利可图。"

如果只是为了引温玉来滨江，只需要布置宋涛这一个案子即可，可是于敬堂不择手段替辩护人伪造证据已经一两年了，这其中一定还有别的原因。

低音入耳，温玉蓦地推开他，抬手揉了揉发痒的耳郭："好好说话，凑这么近做什么？"

秦晋荀坐直身子，挑了挑眉："我以为以我现在的身份，应该可以跟你有这种程度的接触。"

温玉登时无语，却也说不出"我怎么不知道你什么身份"这种话，索性扭过头拉开窗板望向外面。

秦晋荀看着她，嘴唇不由自主扬起一个细微却真切的弧度。

诸城的空气有种久违了的气息。温玉拎着行李箱往出口走，手一轻，转头就看见秦晋荀笔挺的身形，他顺畅自然地从她手中接过小箱，拎在自己的手里，轻飘飘地说道："我没有经验，但是这好像是我应该做的事情。"

温玉一愣。

走在前面的秦晋荀面上挂着高深莫测的微笑：情话这种东西，他从前只是不屑，现在说的时候不也是信手拈来？

秦晋荀的车停在机场的停车场里，他直接送温玉回了家。

温玉那轻巧的行李箱一直被秦晋荀稳稳地拎进门，放在玄关处。

多日不通风，屋内的空气显得有些燥热沉闷，温玉推开窗子后扭头对秦晋荀说："你坐吧，等我一下。"说罢，她转身进了卧室。

她要换衣服吗？怎么门都没有关严。秦晋荀透过门缝看着她影影绰绰的身形，忍不住心上一动，莫名有些紧张。

他还在胡思乱想之际，里间的女人便又转了出来，衣服倒是没换，只不过手上多了一台笔记本电脑。

失望之余，秦晋荀投以疑惑的目光："拿电脑做什么？"

温玉没答，只是开了机放到他面前，又转去玄关打开行李箱，掏了好久才从里面掏出来一个……U盘。

她纤细的手捏着U盘递到他眼前。

秦晋荀花了几秒钟才纠正好视线的焦点，从她的手腕移到那个外观普通的U盘上。

"这是什么？"

温玉摇头："我也不知道，但是可能和我父母的死有关。"

"哪儿来的？"

"那个人，离开之前塞给我的。"

秦晋荀于是将视线定在她的脸上，眼中蒙上了一层异样的神色。

"是在滨江那一天？"

温玉点点头。

空气中有片刻的沉默，秦晋荀站了起来，凭借身高的优势俯视她："之前为什么没说？"

感受到他压抑的怒意，温玉识趣地没有提那张字条上写的"别让秦发现，否则作罢"的话，只是概括道："他给我的，不可能是什么好东西，我不想把危险转给你。"

但是显然，这句话并没有安抚到秦晋荀。

"你原本没打算告诉我，只不过是现在我们关系有变化，你觉得，终于可以稍稍信任我一些了？如果我们没有在一起，你依旧会藏着你所有的秘密，将我防得像个外人？"

他的语气含着三分愠怒、七分讥诮。

和一个陷入牛角尖里的男人讲道理是行不通的，温玉没有再试着解释自己并非不信任他，只是言简意赅地说道："可是我们现在在一起了，你也不是什么外人。"

"那你……在回诸城前也应该告诉我的。"

话虽如此，秦晋荀立刻便像被抚顺了毛的大猫，眯了眯眼睛之后，矜持地踱着步子回到座位上插上 U 盘。

温玉也没想到，这样的安抚这么有效，一时间自己也不由得愣怔，似乎不应该是这个状况啊……

"在那儿站着能看到电脑？"

秦晋苟掀了掀眼皮，冲温玉伸出了手，然后在她坐过来的时候，拉住她的手，把她牵到自己的身边。

U 盘里只有一个文件夹，秦晋苟点击了两下，蹦出来一个提示框。

文件夹加了密。

温玉忍不住皱起了眉头："给我这个又加密，这是什么意思？"

秦晋苟看了看那个界面，继而不紧不慢地输入了"0000"，敲下了回车键。

这密码自然错了。

电脑发出了一个类似警报的声音之后，又冒出了一个新的提示框：输入错误，剩余三次，归零后文件销毁。

倏忽字幕又变了：密码是四位数，与你有关。

这显然是专门为了一个人编写的解密程序，真是有心了。

秦晋苟冷笑一声，将电脑往温玉跟前推了推，握着她手指的手改为环住她的腰。

"你来吧。"

温玉看着界面，忍不住捏了捏发麻的手指，犹豫片刻，输入了"0930"这四个数字。

"嗡"的一声，又错了。

秦晋苟摸了摸下巴："九月三十号，你的生日？"

温玉点了点头，心思还在电脑上，错了之后，剩余次数变成了"二"，也出现了新的提示：与我们有关。

我们？温玉有些疑惑地往前坐了坐，腰间的手也如影随形。

一点头绪也没有，温玉只好随意试了一个，以期出现新的提示。

又错了。与剩余最后一次机会的提示同时出现的，还有稍长的一句话：一盘糯米团子，我只吃到了一个。

一点都不像提示的提示，秦晋苟却见温玉变了面色。

穿堂风扫过来，桌子上的餐巾被吹得翻了起来，几经犹疑，温玉缓缓在键盘上面按了几个数字。

秦晋苟还没来得及看清，屏幕已经一变，进入了子菜单。

密码正确。文件打开了，温玉反而愈加面无血色。

秦晋苟意识到哪里不对，握住她的手，只觉纤细而又冰凉，他忍不住正色问道："告诉我，那个数字是什么意思？"

温玉有些茫然地抬头，半天都没吭声。

秦晋苟也不急，极有耐心地等着她，直到她理清了思绪，缓缓开口。

"那是一个日期，我和他初次见面的日期，三月二十八号，我爸妈的结婚纪念日，他来了我家，我妈做了一盘糯米团子。"

秦晋苟面色沉了下来。他们竟然是认识的吗？似乎两人远不只是受害者与加害者的关系那么简单。

他看得出温玉对于那个人有关的一切话题都避如蛇蝎，所以，哪怕有可能从中得到关于"蝙蝠"的线索，他一直都没有逼问。

可是现下，她想忘，他容她忘，那个人却找上来，非得搅和进她的生活，他到底想做什么？

秦晋苟在想，温玉也在想，她自言自语道："他想要做什么？怎么办？我一点也猜不透他想要做什么。"

最可怕的不是即将到来的风暴，而是根本不知道风暴从哪个方向来。

"你需要告诉我他的事情，慢慢讲，就从他的名字开始，行吗？"

秦晋苟放缓了声音："温玉，那个人叫什么？"

她努力了好几次，那个人的名字就在嘴边，嘴唇却犹如被胶水粘住，始终张不开，慢慢地，终于，她听见自己的声音在空气中响起——

"项骁，那个人叫项骁。"

她几乎是咬着牙一个字一个字说出来的，而后像是泄了一口气，眼泪毫无征兆哗啦啦地砸下来，她却浑然不觉，兀自站得笔直。

"不管他要做什么，我其实一点也不害怕，我再没有什么可以失去的了。"

秦晋荀的心瞬间一揪。

他从未安慰过人，手有些僵硬地拍了拍她的背，下巴搁在她柔软的头发上，唱叹般地开口："可是我有了啊……"

这种抒发感慨的状况并没有持续多久，不过片刻，温玉率先推开了秦晋荀，恢复了往日的冷静。

"好了，看看到底是什么文件吧。"

时隔近一个月，温玉回到了诸城公安局，先找局长销了假。

陈立仁十分关心她这一趟的收获，仔细地询问了经过。

"怎么样小温，这一趟还顺利吗？"

茶杯升起的袅袅水汽后，是陈立仁那一双充满关切的眼睛。

陈立仁已经五十多岁了，头发开始斑白。为公安事业奉献了三十来年，底下早有了一批能人，很多事情不需要他亲自操劳。

也幸好是这样，听说陈立仁早些年生过大病，手术时捡回一条命，后来就退居二线了，天天早上来第一件事情，就是优哉游哉地给自己泡上一杯枸杞。

温玉尊重他，不仅仅因为他一手提拔了她，更多的是，他和她的父母早些年就有着很好的交情。她的父母都是出色的医生，而他那个时候还是办案的警官。他对她来说就不仅仅是工作上的上司，还是生活中态度温和的长辈。

"我们一路顺藤摸瓜，在滨江遭遇到了……"

几乎没有什么犹豫，温玉便将这一趟的详细经过全盘说出，只是下意识地隐瞒了她曾经被项骁诱到小黑屋里取走了自己的血样，自然也就没有说出项骁给她一个 U 盘的事情。

陈立仁沉吟良久："从前我就想这样劝你，可是那个时候你的情绪太不稳定，什么话也听不进去。"

温玉苦笑了一下，垂下头。

陈立仁继续说道："你父母的死，也是我心上的一个结，如果不是警方在没有准备好的情况下过于冒进，你的父母也不会……这么多年来，我也从来都没有放弃过寻找凶手的踪迹……可是那个关键嫌疑人项骁就像是人间蒸发了一样，他曾经留下的一些社会痕迹，经过鉴定也都证实全部都是盗用他人的信息。"

说到这里，陈立仁有些无奈。

温玉淡淡地说道："这与警方没什么关系，终究是我太过自负，被屡次协助侦破大案的荣誉迷了眼，太过激进，才给我的父母招来杀身之祸……我只是恨，为什么死的不是我。"

被温玉语调里的惨淡刺痛到，陈立仁忍不住闭了闭眼睛："不想让你再从事这么危险的工作是你父母的遗愿，可是我仍旧让你复职了，一方面是想让你走出来，另一方面是因为你的天赋不应该被埋没……公安局里时时刻刻都有很多棘手的案子需要你。项骁的事，你就别管了，把你们现在有的线索给我，我交给别人去查。"

温玉立刻想也不想地摇头道："我已经决定不再逃避，我会亲手给我父母报仇。"

陈立仁态度很坚决："你的父母就死在那个案子上，我不能让你再次涉险，这是我能为他们做的最后一件事情了。"

温玉挺直着腰身站在那儿，神色不显，没有激烈的言辞，只是慢慢地说道："我首先是一个法医，其次才是您故友的女儿。"

陈立仁闻言"砰"地放下水杯，板起了脸："你如果在我面前要摆你法医的谱，那么你就应该记着我是你的局长，我说这个案子你不能碰，你就不能碰！"

"如果您站在局长的立场考虑，那么没有理由阻止我参与调查，我是诸城公安局最出色的法医，我能帮上忙。"

温玉眼睛眨也不眨，直视着陈立仁。

这是温玉印象中第一次同陈立仁不欢而散，陈立仁有陈立仁的考量，她也有自己的坚持。

办公室里依旧很热闹，自从前阵子局里扩招编制人员，原来属于法医科的办公室就被临时征用了，几个法医全部搬到了刑警的办公室里。

刘子科见了温玉，停下手里的事情，啧啧称奇："我还以为你们前两天就会回来，怎么耽搁这么久？"

"为了抓于敬堂。"

温玉一句话便遮盖过去，回到了自己的座位上。

众人见她没有什么闲聊的意图，话题便又渐渐地发散开。

副队长罗浩手里拿着报纸，点着其中的一个版块："你们看没看今天的《诸城日报》？"

"怎么了？"

"平西那一带的公寓，流窜过去几个小流氓，专门尾随单身女青年进行骚扰，现在还没抓到。"

"这种一般都是居无定所的流浪者，还真不怎么好找。"

刘子科突然想起什么来，胳膊碰了碰旁边的蔡莉莉："哎，我突然想到，你家是不是就住在平西那边？"

蔡莉莉白了他一眼，还没说话，旁边倒是有人接茬："刘队长，不是我说，你天天关心小姑娘家住在哪里干什么？"

刘子科抻长了脖子吼道："老子关心什么跟你有什么关系，嫉妒啊？"

那人被骂了一句，一回头就看到温玉浅笑着的表情，忍不住啧啧称奇："温玉也学会看热闹了，哎，你在看什么啊？"

温玉手腕一转："凡事还是要注意一些。最近天气不太好，我看天气预报说最近几天会连降暴雨，蔡法医如果下班了，还是早点回家吧。"

那人只扫到一片密密麻麻的小字，就被温玉转移了注意力，挤对起蔡莉莉来："就是啊蔡莉莉，虽然你长得没温玉那么漂亮，但是架不住天气不好小流氓看走眼啊！"

回应他的，是一个高空飞来的抱枕，加上蔡莉莉一个响亮的"滚"。

众人笑闹间，温玉借机将手中的东西收进包里。

那是从项骁给她的U盘里打印出来的文件，她不解其意，带在身上，恨不得将上面的每一行字都印在脑子里。

那是一连串像电话黄页般罗列着的一些医疗机构和电话号码，都是一些网上能查到的信息，看不出有什么蹊跷之处。

温玉烦躁地拿出手机发了个短信，收件人是秦晋荀："你那边有什么发现吗？"

短信发过去好久都没有回信，温玉这才想起来，秦晋荀现在是收不到短信的。

秦晋荀又钻进了他的实验室，据说是从哪里弄来了带着蝙蝠文身的尸体的一截骨骼，正在化验 DNA。

也不知道他这次要几天才可以"出关"。

她刚想到这儿，手机就响了。电话里是季景然一贯温和清爽的声音。

"你现在是不是已经回诸城了？怎么回来了也不给我打个电话。"

温玉语塞了一下，这一次季景然帮了他们很多，她却一直没有时间好好感谢他一下，她不免有些羞愧。

"对不起，景然……我也是昨天刚刚回来，还没来得及联系你。"

电话里季景然的声音带着笑意："嘴上说说的，没事儿，要不然你请我吃饭吧。"

墙上挂钟的时针指向了"6"。

"终于下班了。"小林伸了个懒腰，笑嘻嘻地站起来问道，"难得不太忙，咱们一起去聚个餐？"

一时之间响应者甚多。

看到温玉正在打电话，刘子科加上浮夸的肢体语言招呼道："温玉，和我们一起去吗？"

电话那头，季景然还在静静地等待着她的回应。

温玉抬起头，摇了摇手机："可以多加一个人吗？"

虽然这不是必然，不过大体差不离儿，在办公室的刑警饭量都很大，一些过于高雅的地方显然会让这帮收入与胃口不符的人吃到破产。

最后聚餐的地点定在离公安局不远的一个饭庄，规模一般，也没什么名气，但是一群人还是咋咋呼呼地抢着菜牌，点了满满当当的一桌子菜。

刘子科手速惊人，在一盘锅包肉端上来的瞬间，就飞快地往自己的碗里夹了一块，然后才轻舒一口气，抬起头，看向这一桌人里气质格外超然的季景然，一副"让您见笑了"的模样。

"平常工作太忙，有机会像这样聚在一起吃饭的时间不多，大家都有些激动。季检你别见外，想吃什么就自己夹。"说着，他将面前的菜转到季景然那边。

季景然笑着说："怎么会，我也喜欢热闹，只不过同事都是东奔西跑的，整天也聚不到一块儿，想找几个人一起吃饭都难。"

季景然一边回答，一边自然地拿起还没有用过的筷子，夹了几道菜，放到温玉的盘子里。

温玉轻声说了句"谢谢"。

这些刑警心中没有丝毫怜香惜玉的念头，蔡莉莉和其他几个女性只能看着餐盘瞬间见底而欲哭无泪，此刻注意到季景然的举动，皆有些羡慕温玉……以季景然的条件，他堪称现代高富帅的代表了，并且……还对温玉一往情深。

他们大多都是局里的老人，作为旁观者看得分明，温玉当年一心想做出点成绩来，对于感情的事情并不上心，而季景然那个时候还没有在检察院工作，工作时间很灵活，经常会过来找温玉，或是带来午饭，或是买许多杯咖啡，人人有份儿。

哪怕温玉从不回应，甚至几次都当着季景然的面义正词严地反驳同事们的打趣，可是季景然从不灰心，不激进也不疏远，仿佛带着一种发自内心的笃定，他是她身边最合适的人，他也有信心可以等到水到渠成的那一天。

可是世事无常……

刘子科颇为感慨地说："你们检察官跟我们不一样，我们是费力而已，你们是费神又费力。"

季景然摇了摇头："费神倒是谈不上，只不过有些时候情况有些棘手罢了，就像最近市财政局就出了一桩科长级别贪污受贿的案子……"

他的话点到即止，刘子科却恍然大悟："我知道你说的是谁……我们这边也接到了上头的指示，因为证据不足，抓不了人，就派了几个人日夜盯着他，防止他潜逃……怎么你们检察院那边还没有搜到什么受贿证据？"

因为在座的都是参与其中的自己人，季景然便也没有那么多的顾虑，直接说了进展："我们也只是接到了匿名举报，那个科长谨慎得很，我们去查他的时候，他个人的账目都做得很干净。"

一边说着，季景然好看的眉眼皱了起来。

"从他的工作上我们找不到任何受贿证据，也试过从他的生活入手，只是派出去的同事还没等到接近他就被他识破了。"

刘子科来了兴趣："怎么回事？"

"也是我们不够专业，我们找了一对同事假扮成情侣，尾随他进了一个高尔夫球场，才跟他搭上话，就被他识破了，不光空手而归，他还暗地里讥讽我们检察院想钓鱼，却舍不得鱼饵。"

对于这种滑不留手的人，季景然觉得很头痛。

一旁听见的小林笑着摇摇头："真的假的啊，要是他有这么强的反侦查能力，也不用当什么科长了，直接来当个刑警吧。"

"其实这件事情不是他太厉害，只是我们提前没有准备周全，派出去的那个女同事刚下了几年基层，风吹日晒的，怎么也不像是出入高尔夫球场的那种女人……再加上可能样貌没有那么精致……"

季景然说得有几分尴尬。

刘子科听到这儿，一拍大腿："都说警法是一家，卧底调查这件事情还得是我们警方最专业——我倒是有个招儿。"

季景然笑了起来，"刘队长有什么好的建议，我洗耳恭听。"

刘子科指了指默默低头吃菜的温玉："我代表刑警队把温玉同志借调给你，盘正条顺气质佳，并且有非常高的心理素质，这么一个貌美如花的妹子出现在面前，任那个科长想破了脑袋，也不会知道她是警方的卧底。"

刘子科话音一落，众人的视线便齐刷刷地投向温玉。

人在饭桌前坐，"祸"从对面来。

在这一瞬间，温玉突然就明白了蔡莉莉那种可以随时随地抄起身边任何一样东西，劈头盖脸地砸向刘子科的心态。

她捏了捏手中的筷子，深吸了一口气："刘子科，你……"

328

"确实是，有几分道理。"季景然突然接话，含笑看着温玉。

温玉登时有几分哭笑不得："你怎么也跟着刘子科瞎起哄。"

季景然虽然喜欢温玉，更担心她的安全，但好在对方不是什么穷凶极恶的犯罪分子，只是一个贪污受贿的科长，便摇摇头说道："这可不是瞎起哄，这件事真的不能用常理来查，如果能有那么一两个我们的人混迹他的身边，保不齐真的可以找到他的破绽。"

温玉无奈地摇摇头："我的职业是法医，这种卧底的事情我真的做不来。"

"哎哎哎。"刘子科无视温玉看向他时宛如冰刀的目光，自顾自地打断温玉的话，"之前不是都说了吗，咱们警法是一家，而且即便是你现在拒绝，回头季检找到咱们陈局那儿去，你还不是得配合。"

所以说这个话题是谁最先起的……

察觉到温玉的抗拒，季景然温和地看向她："要不然你先试试好不好？就算是帮我一个忙，如果实在做不来，我也不勉强你。"

季景然都这样说了，温玉不由得轻叹了一口气，缓缓地点了点头："好吧，但是我之前真的没有做过这样的事情，搞砸了，你可别怪我。"

"怎么会。"季景然笑得很开朗，露出了半排整齐的小白牙，"那咱们就这么说定了，一有安排，我会提前给你打电话的。"

温玉点了点头。

于是饭桌上的气氛更热烈了，所有人都像是过年一样喜气洋洋的。

除了温玉，这一顿饭人人都吃得很尽兴，直到夜深才散场。

局里最近的案子不多，温玉不是很忙，挑了一个下午到梁萤家，将之前送去她那儿的那盆兰花拿了回来。

梁萤起初还有些听不懂，哈欠连天地问她："你不给我养，你要给谁啊？"

"现在可以自己养了。"

"你到底是不放心我呢，还是舍不得这盆兰花呢？你到底是舍不得这盆兰花呢，还是舍不得秦教授呢？你……"

絮絮叨叨中，梁萤像是突然之间意识到了什么，瞌睡一下子就不见了，她看着温玉恬静的笑，不由睁大了眼睛："我嗅到了一股不同寻常的气息……不会是我想的那样吧？"

温玉的手指轻轻点了点兰花的叶子："虽然我不知道你脑子里想的是什么，但是我还是有必要告诉你一声，以免你什么都不知道，以后在秦晋苟面前给我出丑。"

"啊？"梁萤花了十几秒来消化这句话。

看她这副模样，温玉忍不住笑出了声。

虽然被调侃，梁萤却还是傻傻地跟着笑开了，这才是活生生的、会笑、会开玩笑的温玉。

梁萤笑着笑着，却又觉得想哭，不由得偷偷转过身去，抹了一把眼眶，却在转回来的时候，看见了温玉洞悉一切的目光。

此时的温玉那样温暖，充满生机，依稀之中有了几分记忆中的模样。

就在温玉将蝴蝶兰搬回自己家的那天晚上，诸城下了一场暴雨，电视机里，天气预报员用甜美的声音说着，这场暴雨将带走诸城最后的燥热，天气将逐渐过渡至凉爽的初秋。

睡觉之前，温玉看了一眼手机，和秦晋苟的对话还停留在从滨江回来的那一晚，他给她发来的"晚安"。

已经过去三四天了，看起来他的实验进行得并不顺利。

暴雨下了一夜，直到天明的时候才停歇，空气中弥漫着泥土的清香，天际线格外高远。

温玉起床后去了公安局。办公室的一个警员听到开门声，抬头看了她一眼，随即又往她身后扫了一眼，露出了一个诧异的神情。

温玉有些莫名其妙，忍不住问道："怎么了？"

那个警员摸了摸下巴，奇怪地说道："刘队长过去的几年里，可从来都没有迟到过，今天到现在还没来上班，也不知道是怎么了，而且就连蔡莉莉也没来。"

刘子科和蔡莉莉都没有来上班？

温玉刚想说，要不然就打个电话问一下吧，嘴还没有张开，"砰"的一声，罗浩开了门进来，冷着脸冲屋里的几个刑警说道："平西那儿出命案了，今天我带队出警，大家都准备一下，法医也跟上。"

温玉点点头，迅速站起身拿起搭在椅子上的外套。

罗浩看到温玉，犹豫了片刻，还是冲她走过去："温玉，这个案子尸检部分要麻烦你了，如果方便的话……联系一下秦教授可以吗？因为昨天那场暴雨下了一夜，冲刷掉了很多痕迹，我们需要他的帮助，还有，刘队长他……可能不太适合参与这一次任务了。"

温玉皱起眉头："刘子科他怎么了？"

"队长和蔡莉莉都是这一起案件的目击者，在犯罪嫌疑被排除之前是无法介入调查的。"罗浩说完这句话便冷着脸出去了。

温玉怔了片刻，飞快地跟了上去。

虽然秦晋荀可能看不到，但是在赶赴现场的途中，温玉还是抽空给他发了一条短信，说明了情况。

警车一路闪着灯，开到了平西一带的一座公寓楼下。

平西其实是一个住宅区域的简称，这里大多是低层民居，唯有中间两栋公寓拔地而起，粗略一看有二十来层，据说这两座公寓楼设计灵感源于国外的两座著名建筑，外观看起来很气派，均价也比旁边的住宅要高出一截。

两座高楼中间的绿化草坪四周拉起了警戒线，外面围了不少居民，三三两两地凑作一堆，窃窃私语。

罗浩一下车就皱眉道："怎么这么多围观群众？"

现场维护治安的警察小曲苦笑着回答道："后半夜接到的报案，可是雨太大了，我们只是找尸体就花了很长的时间，所以联系你们也晚了几个小时，这就拖到了天亮。"

罗浩点了点头，几人穿过隔离带，来到尸体的旁边。

温玉接过一旁助手递过来的手套，蹲下身子查验。

罗浩一边看着，一边问着旁边的小曲："死者的信息确认了吗？"

"局里正在回传资料，马上就可以确认。"

由于具体的情形罗浩也不知道，只好等着局里的资料回传。

温玉简单地检查了一圈之后，摘了手套，站起身来。

罗浩连忙问道："怎么样？有什么发现吗？"

"他的外伤全部都是高空坠楼导致的，而且有几处都足以致死，虽然没有经过详细检验，还不太清楚他有没有中毒或者是疾病，但基本可以确定，不管是自杀还是他杀，这个人的直接死因就是高空坠落。"

一旁的小曲有些惊讶于温玉的淡定，要知道，这种从高楼上掉下来的人的尸体，往往都血肉模糊，甚至身体的有些地方都不成形状，这位法医却面不改色心不跳，跟看一块石头、一个花瓶没有什么区别，直到温玉站起身来，他才回过神，想起来有些话还没说，便看向旁边的罗浩。

"对了罗副队，已经知道了死者生前住在这栋大楼的十八楼，只是敲了好久门都没有人开。"

罗浩有些不解："连死者的信息都没有核实出来，怎么会知道他住在哪儿？"

"哦，是刘队和蔡法医说的，蔡法医的家就在这个男人家楼下。"

"刘队和蔡法医人呢？"

"十七楼，还在蔡法医家里。"

罗浩于是看向温玉："要不然你留在这里吧，我带人先去死者家里看看，然后再去找刘队了解一下情况。"

温玉刚要点头，身后突然传来了秦晋荀略显沙哑的声音：

"我们一起上去看看吧。"

秦晋荀走到温玉身旁站定，外表虽然依旧一尘不染，但神色却有几分疲惫。

"你这是刚从实验室出来？"

秦晋荀点点头，他站的位置距离温玉很近，几乎只要一低头，下巴就能碰到温玉的头顶。

"刚刚做完实验，开机就看到你发给我的短信，我就过来了。"

温玉试探着看向他，他明白她目光中问询的含义，摇了摇头。

他对项骁给温玉的那些东西，也是一无所知。

罗浩看到秦晋苟后目光一亮："秦教授来了，真是太好了。"

温玉看着他下巴上冒出来的淡青色的胡楂儿，有些犹豫，他却突然低下了头，压低了声音："怎么，有些心疼我？"

温玉清了清嗓子，站得离他稍远了一些："既然都来了，那我们就上去吧。"

这时，一个警员拿着一个平板电脑飞快地跑过来，一边递给罗浩一边说了几句话。

罗浩看着平板电脑上的信息，说道："谢谢，辛苦了。"

那个警员走后，罗浩又将平板电脑递给秦晋苟。

"秦教授，公安局那边刚刚传过来死者的信息，他叫姚子兵，今年二十七岁，其他的您可以先看一看。"

秦晋苟没有接平板电脑，只是就着罗浩的手瞥了一眼，然后轻飘飘地说了一句："就按温玉说的，先上去看看吧。"

总觉得自己的名字经由他口中说出来便带了一种说不清道不明的意味，温玉没敢看他，兀自板起了脸："行了，我们别浪费时间了。"说罢，当先朝公寓的大门走过去。

秦晋苟笑着摇摇头，跟了上去。

罗浩歪着头有些疑惑地打量着两人的背影，秦晋苟刚才的声音很低，他并没有听清楚他们说了些什么，只是两人之间互动的感觉，实在是有一些……不同寻常啊！

"罗副队，你们还不过来吗？"前面的温玉停下脚步，转头招呼他。

罗浩摇了摇脑袋，大步赶了过去——管他呢，就算两个人之间真有什么，跟他也没什么关系，只不过，他们会这么顺利吗？毕竟还有一个季检横在当中……

等电梯的工夫，小曲解释道："据说姚子兵独居，他的父母刚刚赶到，我们安排女警陪着，现在家里没人，已经要了钥匙过来。"

"嗯。"

电梯到了十八楼。

一打开姚子兵的家，扑面而来的便是一股沉闷的味道，几双鞋被毫无规律地甩在门口，门窗紧闭，屋内散落着没有清洗的衣服，茶几上有不知道什么时候打开的半袋速食，角落垃圾桶里面的垃圾已经溢了出来，周围有一摊黄褐色的液体，种种味道混合在一起，令人很不适。

　　脏乱差已经不足以形容这种生活环境，几乎一不小心就会碰上障碍物。

　　从客厅走到卧室的路上，温玉被一团网线绊住，不由得往前栽倒。

　　"小心。"

　　秦晋荀一把拉住温玉的手，将她拽到了一边。

　　后头的罗浩就没这么好的运气了，没注意步了温玉的后尘，跟跄了好几下才勉强站稳，嘴里直咕哝道："这个姚子兵看来不光是个宅男，还是个生活不能自理的宅男啊，这味道，连我一个大男人都忍不了。"

　　话音刚落，就见秦晋荀淡然从兜里掏出一只口罩戴上。

　　罗浩一愣，这才是真的忍受不了……

　　几个警员都分散开来，秦晋荀来到姚子兵的卧室，里面有一台电脑，这可能是姚子兵最常待的地方，围绕着电脑和床杂乱地堆着各种杂物，电脑桌旁边还摆着一桶泡面，叉子插在桶面盖子上，面早已经凉透。

　　机箱"嗡嗡"地响着，不知已经运转了多久，机箱风扇转动飞快，周围肉眼可见有灰尘翻飞。秦晋荀伸出一根手指，迅速地捅了一下屏幕开机键又立刻收了回来，然后后退几步避开电脑周围，面上寒意更甚。

　　温玉见了不免觉得好笑，上前问道："怎么样，顶着洁癖来查案，有什么发现？"

　　秦晋荀扬扬眉："电脑很贵。"

　　电脑屏幕亮了起来，游戏图标占了桌面半壁江山，秦晋荀研究了几秒钟直接放弃，向后问了一声："你们有谁会玩游戏吗？"

　　难得有一件事可以在秦晋荀面前显摆显摆，众人都很激动地围了过来。

　　小曲在椅子上坐下来，随意点开一个时下很火的竞技类游戏，不多时便发出惊呼。

　　"天，这个姚子兵真舍得花钱，这一身装备少说得五万。"

说完他又打开了另一款，光看游戏人物的形象，不用说秦晋苟都知道，也是充了不少钱。他蹙了蹙眉问道："这个姚子兵的家庭条件怎么样？"

罗浩低头看了看资料，回道："据我们了解还可以，他居住的这套公寓就是他父母购置的，但是也不是全款……"

还可以的程度，支撑得了他这动辄几万的游戏支出吗？

从姚子兵家里出来，蔡莉莉的家就在楼下，几人没有坐电梯，直接从安全楼梯走了下去。

罗浩按响了门铃，来开门的是刘子科，蔡莉莉正披着一个毯子，蜷在沙发上。

"你们到了——秦教授也来了啊！"

秦晋苟点点头走进室内，在客厅环顾了一圈，又走到客厅那扇大大的落地窗前，隔着玻璃往楼下的案发现场望去。

罗浩率先问道："刘队，怎么会是你们两个人报的警？"

他其实更想问的是：刘子科你怎么会在蔡莉莉的家里……

"说来也是赶巧了。"刘子科挠挠头，看了一眼旁边面色还有些泛白的蔡莉莉，"平西这一带不安全，再加上昨天下了大雨，我和蔡莉莉一起加班到半夜，担心她万一碰到了那群流氓呢，所以就寻思送她回来。结果车不太好打，我俩衣服都淋湿了，蔡莉莉家有烘干机，就说可以帮我烘烘衣服……"

刘子科皱着眉头，努力叙述着，不知道想到什么，面上可疑地一红，咳嗽了一声。

罗浩莫名感觉到了一阵尴尬："那个……队长，你就拣重要的说吧。"

"马上就说到了。我们上了楼没过多久，整座大楼都停电了，我俩就找蜡烛，结果蜡烛还没找到，外面咔嚓一个闪电打了下来，我们俩条件反射，就瞅了一眼窗外……"

刘子科顿了顿，神情有几分肃然："正好就看见有个人面朝着窗，头冲下，从窗外一闪而过……掉了下去——就是底下死的那个人。"

"这是我第一次遇到发生在自己面前的命案。"蔡莉莉拉了拉披在身上的毯子，似乎想从中汲取些许暖意，"虽然只是一瞬间，但是那个人……我

335

好像看到他的眼睛了，他也在看着我……"

她有些说不下去。温玉默然，她们虽是法医，但查验尸体跟目睹命案的感觉是完全不一样的，法医往往看到的都只是陌生人的冷冰冰的尸体，通过对自己的一些心理暗示，总归能让自己好受一些。

可是这一次不同，那个人是她的邻居，甚至有可能昨天还在电梯里打了个照面，而她又目睹了那个人生前最后的一瞬间，那种冲击感不可同日而语。

秦晋荀没有说话，转过头望向客厅的玻璃窗外。

隔着底下的一个绿化带，对面就是另一座高层公寓，可能是为了在一块地方尽可能地盖更多的楼，两座高层公寓之间相距并不远，如果对面没有拉窗帘，眼神好的人，说不定还能看清一些室内的摆设。

蔡莉莉强忍住泪水，低下了头："我身为一个法医……天天都能见到的人，竟然一点也没有发现他会自杀。"

"不是自杀。"秦晋荀收回了看着窗外的目光，突然开口。

怎么就不是自杀？罗浩愣了一下，又低头去看资料，平凡无奇的个人履历，一点和案件有关的东西都没有，他们看的是同一份材料，去的是同一个现场吗？

罗浩抬起头，张大了嘴，疑惑明晃晃地挂在脸上。

秦晋荀也没有绕圈子："这个叫姚子兵的资料平凡至极，二十七岁，无业游民，啃老，生活风平浪静得乏味，以至于根本就不会有什么让他想到自杀的点，除非他半夜睡着觉，突然之间觉得他活的这二十七年都是在浪费光阴并且决定结束自己今后无聊的生命。"

这种没有证据，只凭借对人物性格的推测分析来推演还原案情，对于刘子科和罗浩来说还很陌生，他俩点头附和得有些迟疑。

"秦教授说得是……但是……"

秦晋荀见状冷笑了一声："或者我说得更浅显一些，你们也去了姚子兵的家，他书房电脑没关，泡了一盒泡面没吃，大半夜跑去自杀？"

众人恍然，是这么个道理……

刘子科也点了点头，然后又摇了摇头："可是……就是这么一个平凡无奇的人，到底是谁想杀他呢？"

秦晋荀又瞟了一眼罗浩手上的平板电脑，飞快地找到了自己想要确定的要点。

"看他父母家的住址，离这里也并不远，基本可以判定家庭关系并不是很糟。除此之外，没有什么亲友还在本市，因此也不是亲戚作案。他是个游戏迷，大部分时间都宅在家里，社交关系简单——这一点在找到受害人的手机之后调查一下他的通信录，看看是否可以排除朋友作案，不过按我说没有这个必要。

"还有，这个人是单身，基本上也就杜绝了情杀的可能性……"

"等等，秦教授，我就打断一下……您怎么知道他是单身？"

罗浩很是疑惑，虽然资料显示未婚，可是并不代表他没有女朋友啊！

秦晋荀露出了一个略显刻薄的表情，似笑非笑道："你看到他楼下的尸体了吗，一件淡黄色的短袖到处都是污渍，个人卫生极差，而且公安局的资料上面还有他两个月前因为在网吧连续打游戏三十六个小时被送去就医的记录，如果连这一点都很难想通的话，那么我很怀疑……"

罗浩听得连连点头，在他说出更刻薄的话语之前连忙截住他："服了服了，我可能从来没在您面前说过，您真的是我最崇拜的偶像！"

秦晋荀于是满意地收回未说完的话，还顺道看了一眼温玉。

那种眼神和姿态，无端令温玉想到曾经在动物园里见过的开屏的雄孔雀，在心仪的对象面前，不遗余力地展示着自己的美丽。她忍不住勾了勾嘴角。

刘子科沉吟着："如果说姚子兵的死亡并不是自杀，可是你又说他周围没有什么具有作案动机的人，那么接下来我们应该查些什么呢……"

秦晋荀纠正道："我并不是说他周围没有具备作案动机的人，我只是说，和他构成直接社会关系的人里面大概率不会有杀他的凶手。"

说到这儿，秦晋荀顿了一下，扭头就见刘子科、罗浩以及后进来的几个警员都一脸茫然，于是补充道："通俗来说，就是你们越能想到和他有关系的人，就越不会杀他。"

众人面面相觑。

他们想到的人都不会是凶手，那这个案子还怎么查？

终于有一个人鼓足了勇气，开口问道："秦教授，那我们……"

秦晋荀沉默了一会儿，目光飘到窗外，慢慢整理着思绪："他是独居，案发时是半夜，案发地点是他最熟悉的自己的家，蔡莉莉曾经和他有一瞬间的对视，证明他坠楼之时是清醒的……什么人能在这种情况下将他带到公寓的楼顶，又推下去？最起码，这个人姚子兵并非完全不认识。"

秦晋荀喃喃自语的工夫，没有人来打扰他。

"如果是有人推他，那么他摔下去后，凶手是怎么离开案发现场的，这场暴雨肯定让交通也变得不方便……那么凶手在外界游荡的时间越长，他就越容易被发现，他会选择雨夜动手，就说明他从案发现场离开，要去的那个地方并不远，所以并不担心自己会留下痕迹——甚至凶手根本就不用走出这栋公寓。"

窗外的公寓楼格外高耸，秦晋荀的表情多了几分耐人寻味的意味：

"这么高的楼，得有多少户住家啊，就从他的邻居查起吧。"

罗浩得了方向立刻连连点头，转身便着手调查去了。

秦晋荀理了理自己手腕处的纽扣，眼角瞥着温玉，薄唇轻启："我们走吧。"

"去哪里？"

"休息。"

不知道是不是错觉，温玉从他的表情里读出了他没有说出口的上半句话：陪我……

尽管内心有异样的情绪在翻腾，但是温玉的面上还是一派平静，她随着秦晋荀走向门口，走到一半，想起什么，回过头看向依旧蜷缩在沙发上的蔡莉莉。

"你先好好休息两天吧，局里那边我会帮你请假。另外，法医说到底也只是一个职业，既然它是一个职业，那么就是人来从事的，你受到惊吓会有这种反应是人之常情，不要太放在心上，你的本职工作已经做得很好了，不要有心理负担。"

说完，也不管蔡莉莉是什么反应，她便扭头走了，关门之前，似乎听到了屋里传出的回应："谢谢。"

坐上秦晋荀的车，温玉慢条斯理地系好安全带。久久不见他发动汽车，刚要侧头，左肩便是一沉。

秦晋荀的头枕在她的肩上，头发有些毛茸茸的触感，摩擦着她的脖颈，让她感觉有些痒。

她稍微动了动肩膀："你起来啊，等回去再休息。"

秦晋荀闭着眼睛含糊应着："别动，我就靠一会儿，三天没合眼了……有点累。"

温玉的心轻轻地颤了一下，有一股不可思议的柔软包裹住了她，她眼睛眨了眨，便任由他倚着自己了。

一时之间，车内只剩下两个人清浅的呼吸声，大概过了几分钟，温玉忍不住垂下头去看他。秦晋荀闭着双眼，侧脸更显得鼻子挺拔，眉头似乎是习惯性地微微拧着，即便是这样，给人的感觉也比他睁眼的时候要柔和许多。

过了良久，狭小的车厢内突然传出他浅浅的笑声，他闭着眼睛，双手却能准确地找到温玉的腰身，将她搂住。

"干什么一直看着我？"声音清冽，丝毫不像刚睡醒的人该有的样子。

温玉伸出一根手指头，点在他太阳穴，将他的头顶了起来。

"呵，你这种低级的骗法是从哪里学到的？"

秦晋荀睁开眼，坐直了身体，活动了一下脖子。

"我若说这是无师自通，你信不信？"

他只是想看看，她会不会心疼罢了。

这种男女恋爱时喜欢做的毫无意义的事情，放在以前他是想都不会想的，只是如今对她做起来，又觉得别有一番滋味，令人欲罢不能。

他嘴角含笑，双手相扣，垫在后脑勺后，舒服地靠在驾驶座的后背上，半合了双眼，轻声道："累是正常的，只是也不至于不能支撑。"

他早已经习惯了三天两头就在实验室里闭关的日子，一旦做上实验，往往都是两三天甚至四五天昼夜不眠。

温玉问他："这一次送来的那个骨骼有什么发现吗？"

"没有。"秦晋荀叹了口气，"其实我已经能确定自己要找的那个高万春还活着，这倒也多亏了你那位青梅竹马替我确认，只不过每当有情况相近的尸体出现，我还是要确认一下才心安。"

那个案子的关键证人还没有找到，同属于"蝙蝠"组织的项骁又给出了一个模糊的信息，眼前的谜团似乎越来越多。

"回去休息吧，警方这边有什么发现我会告诉你的。"

秦晋荀睁开眼，深呼了一口气："也好，我先送你回去。"

温玉摇摇头："不用了，我在这里打车就好。"

秦晋荀偏头睨她一眼，眼神里有细碎的光芒，哼哼笑了起来："送女朋友回家，是我该做的事情，虽然我没有什么谈恋爱的经验，但是我肯定会做得很好。"

迷云渐浓

只用了一天的时间，警方就将那座公寓里面住户的情况都摸了个遍。

办公室里材料摞了半尺高。罗浩将最后一份资料放上去，拍了拍手。

"秦教授，资料都在这里了。"

"姚子兵家住在十八楼，这一层总共有五户人家；十七楼也有包括蔡莉莉在内的五户人家；十九楼有些特殊，因为是顶楼，有一部分属于公共的建筑面积，只住了两户人家……哦，还有一点，这栋楼是这个小区内最高的楼，另一栋公寓楼也只有十八层。"说到这里，罗浩皱了皱眉头补充道，"十九楼现在应该是一户人家了。"

秦晋苟语调上扬，"哦"了一声："为什么？"

"十九楼其中一户住着一个独居的男青年，但是一个月之前已经死亡了。"

"知道死因是什么吗？"

罗浩摇摇头："公安局的档案上只是记录了死亡的日期，但是并没有注明原因，因此现在还不清楚。"

秦晋苟于是又看向坐在一旁的蔡莉莉。

蔡莉莉抿了抿有些干涸的嘴唇："我知道他。"

见众人都望向自己，蔡莉莉顿了顿，说道："一个月前……他在公寓的

341

楼顶跳楼自杀了。"

说完，她的面色又白了一些，之前是由于目睹姚子兵死亡太过惊悚，她并没有想那么多，可是一经提起，她便立刻反应过来，她所住的那座公寓，在一个月之内，发生了两起命案。

死者甚至都像中了邪一般，全是从楼顶一跃而下。

刘子科烦躁地抓了抓头发："这种事为什么不告诉我？"

蔡莉莉苦笑了一声："那天我正在城东进行一个尸检，并没有目睹案发现场，而且我一个法医，见过的尸体多了，只不过是家附近发生的事情，觉得没必要小题大做，弄得众所周知。"

说完之后，她就闭口不言了，整个人的情绪愈加低沉。

以身为一位法医为傲，可是当真的面对一个突发的凶杀事件时，却不能及时处理，对她来说这是一个巨大的打击。

众人都理解她这种心情，此刻也都识趣，没有再开口。

只有秦晋荀仿佛没有感应到蔡莉莉的情绪低落，他拿起手边的档案看了一眼，又问道："你认识这个人吗？"

档案上的人叫吕河，从证件上的照片看，他有着清秀的眉眼，却目光空洞，死气沉沉，有些不符合他那个年纪应有的模样。

蔡莉莉勉强打起了精神，摇了摇头，说道："我并不认识他，只是偶尔在电梯里见过。他应该是自己住，最起码我从来都没有看到过他旁边有其他家人或者朋友。"

蔡莉莉想起什么又说道："他是个残疾人，下半身瘫痪，进出只能靠轮椅，非常不方便。据说这个吕河是一个孤儿，父母早就死了，只是给他留下了一大笔遗产，他这个人比较内向，从来不跟邻居说话，还曾经被检查出有抑郁症，而且他从跳楼之前一个月左右开始，已经有很多人目睹过他经常在天台上待着，所以警察过去调查取证了一番之后，就下了结论说他是跳楼自杀的。"

秦晋荀听完将求证的目光投向刘子科，刘子科也刚好放下手机，抬起头来。

"我刚才向负责的刑警求证过了，案件本身也没有什么疑点，所以就以自杀结案了。"

秦晋荀沉思了一会儿，而后站起身："你们说，这个吕河家住得离姚子兵这么近，邻居之间，他们会不会认识？"

他说完，又看向罗浩："这个吕河的家现在可以去看看吗？"

罗浩连忙跟着站起来："可以可以，秦教授现在要过去吗？"

秦晋荀点了点头："我的助手都在京城，叫上三四个人配合我——温玉，你也一起。"

温玉点了点头。

听到又可以跟偶像一起调查现场，刘子科瞬间眼睛一亮站了起来，随后立刻想到自己如今还没有摆脱嫌疑人的身份，又无精打采地坐了下来。

蔡莉莉见状，忍不住眼睛泛起泪花："是我连累你了。"

刘子科满不在乎地一挥手："有什么大不了的，这是给罗浩一个表现的机会，再说了，待在办公室里还轻松呢，有美女陪着，美滋滋的。"

"你之前还说我丑。"

"对啊，我现在又不是说有你陪着，我说的是我桌面女神。"

"你滚。"蔡莉莉骂道，破涕为笑。

罗浩受不了，打了一个哆嗦，一扭头又看见秦晋荀拎着温玉的包，正耐心地等她扣好外套的扣子，目光专注，和方才高冷的形象判若两人。

罗浩低下头将袖子凑到了自己的鼻端，奇怪了，总觉得从自己的身上闻到了犬类的气息……

临到出发前，罗浩才发现有个问题还急需解决。

他尴尬地冲秦晋荀笑了笑："秦教授，今天正好是警车临检的日子，剩下几辆上午也被其他人开走了……可能需要等一下，要是您急，我这就去问问？"

他可不敢提出坐秦晋荀的车的要求，满身汗味的几个壮汉挤在秦晋荀的车后座上，就连想一想都觉得是对秦晋荀的一种亵渎……

"不用了，我送你们去。"

秦晋荀突然这么亲民让众人都有些不适应，但很快大家就发现是自己想多了，"我送你们去"准确地说是"我找人送你们去"。

半个小时后，一辆炫酷的跑车停在公安局门口，车上走下来一个久违的身影。

温玉见了他忍不住惊讶地开口："沈路安？你怎么会在诸城，什么时候来的？"

沈路安摘下墨镜，冲温玉挤挤眼："京城那边没什么事，就寻思过来找你们玩一玩。上午刚到，这就立刻响应晋荀的召唤来了。"

他说得轻巧，只是摘下墨镜的眼睛旁有掩饰不住的黑眼圈，整个人透着一股风尘仆仆的味道，显然是奔波所致。想到秦晋荀这几天也是昼夜不停地把自己关在实验室里，温玉不由将两个人的忙碌联系到一起。

秦晋荀截住了沈路安的话头，直截了当地说："走吧，沈路安会载他们，你和我一起走。"

托这位富二代的福，几位刑警享受到了一把超规格的外勤待遇。

到了平西，前两日还是案发现场的那片绿地，此时已经被警方清理，看不出丝毫痕迹，周围的居民三三两两地路过，似乎什么事情也没有发生过，只是偷偷看向警察的视线表明他们并没有遗忘。

"直接去十九楼吕河家看看吧。"

负责吕河案子的刑警也被调过来配合了，几人慢慢悠悠走到吕河家门前的时候，先一步过来开锁的那个警员却还猫着腰在忙乎。

罗浩上前问道："你干吗呢？怎么不开门？"

"开不开啊！"那个队员急得满头都是汗，"锁是拧动了，但是里面好像被卡住了。"

罗浩走过去拽了拽门，门有些晃悠，只能打开一道小小的缝隙，看不清里面的情况。

"怎么回事？不是说吕河是独居吗？又有人进去了吗？"

"不可能啊，吕河没有亲戚了，他死后这个屋子一直封闭着，除了警察印了一次锁孔的模型，再也没有人来过了。"

秦晋荀走上前，试探着拽了拽门，又弯下腰观察了一会儿，才站起身擦了擦手。

"门里面有个缓冲褡裢，开门的时候猛地一拉就会落下来，越用力反而越打不开，即便有钥匙也不行。"

罗浩张了张嘴，有些不解："他就一个人住，在门上安这个东西干什么？"

温玉叹了口气，走上前："一个身有残疾、行动不便的人，想要独自安全地生活，总要多几分顾虑的。"

门总算打开了，秦晋荀看着门上的小装置，淡淡补充道："是个聪明人。"

与姚子兵截然不同的是，吕河的家里陈设十分简单，屋子干净，所有的物品都收纳得井井有条，因为他终日坐着轮椅生活，房间里处处都装着位置很低的扶手，而且能明显地感觉出，整个空间从地上一米到上空被分隔成了两个部分，高处的设施几乎使用不到。

只是仍有一处显得突兀，秦晋荀抬头看着雪白墙壁上的黑灰色划痕，用手指抹了一下凑近鼻端闻了闻，而后掏出手帕擦着手指。

"秦教授，这是什么？"

"烟灰。"

罗浩也上前看了看，心头有种挥之不去的不和谐感："可是……我怎么感觉……"

"吕河半身残疾，根本够不到那么高的地方。"

罗浩一拍手："对，我就说哪里奇怪，这个烟灰的高度，就连我们这些正常人也需要抬手才能抹上去……可是，这是谁留下的呢？这个位置一看就是故意的，抹在人家的白墙上，未免也太明显了。"

"不管是谁，总之是一个对吕河并不礼貌的人。"秦晋荀想到门口那个阻挡拽门的装置，又补充道，"还是一个不受欢迎的客人。"

不知道吕河会不会同姚子兵有关系，但是凭着同住一栋公寓、一个月内先后跳楼这丝微妙的联系，就足以让秦晋荀重视起来，他让警员将每一点细微的发现都记录在册。

345

房间有一股颓败的气味，温玉在客厅的小窗台上看到了一株几近腐烂的百合，一个多月没有人照料它，插花的水已经十分浑浊。

　　"这个吕河爱好还真是多。"

　　后面传来罗浩啧啧称奇的声音，温玉回头一看，客厅靠近墙的地方有一个十分大的博古架，下半边的格子里摆着很多物件，从地球仪到望远镜，甚至还有气弹枪一类属于管制范围的东西，显然由于身体不便，吕河将所有的爱好都浓缩在了这一方小小的天地中。

　　罗浩冲对面望去，又说道："啧啧，枪法还挺准。"

　　正对窗子，在对面公寓巨大的墙体上，还有被人用气弹枪打上去的涂料痕迹，密密实实一大片，想必是吕河无聊的时候搞的破坏，只是颜色与本来的墙体接近，并不明显罢了。

　　秦晋荀在吕河的书房里待了很长时间，温玉进去的时候，见他罕见地捧着一本书看得入神。

　　"在看什么？"

　　秦晋荀回头看了看温玉，将手上的书放回去："一本关于家装涂料的书。"

　　"你还真是对什么都感兴趣。"

　　秦晋荀不置可否："吕河也是对什么书都感兴趣，你看这满架子的书，五花八门的，有的领域连我都没有怎么研究过，他还自己搞了一个小实验台。"

　　这句话听起来有些自大，但温玉可是亲眼见过秦晋荀的书房以及书里面密密麻麻的笔记，于是只是笑了笑说："他们在外面取样应该差不多了，我们出去吧。"

　　一行人出来的时候已经是正午了，日头高悬，但是风里夹着一丝久违的凉意。

　　沈路安坐在花坛边的一块大石头上，毫不顾忌自己名贵的西装会被石头沾上灰，正一副病恹恹的样子给什么人打电话，温玉隐约听见他的说话声——

　　"我都这样了，你还讽刺我，有没有良心啊，你忘了是谁千里迢迢给你拿到了那个作家的签名吗？"

电话里头的人又说了什么，沈路安展眉一乐，看见走出来的温玉等人，站起身拍了拍衣服上的灰尘："那就这么说定了，再叫上秦晋荀和温玉，择日不如撞日，就今天吧。"

温玉正好听见这句话，于是问道："是谁啊？"

"梁萤，她说要请我吃饭，我就让她顺便带上你们俩。"

温玉笑了笑，也不戳穿他。

回到公安局，秦晋荀就从罗浩那儿要来了吕河的全部资料，包括他父母去世的信息、名下财务状况等，独自坐到温玉旁边的椅子上一页页翻看着。

秦晋荀不说，就没有人知道他看了一遍都看出了什么。

办公室的警员们愁眉苦脸地聚在一起讨论着。

"吕河和姚子兵的死会有关系吗？难不成凶手是同一个人？"

"吕河不是自杀的吗？应该是巧合吧。"

"不过这个姚子兵太平凡无奇了，怎么会有人想到要杀他？"

"恰恰就是太平凡无奇了，连自杀的理由都没有。"

"会不会是游戏输了，自己一时之间想不开跳楼了？"

"你的脑洞太大，我害怕。"

秦晋荀只觉耳边嗡嗡作响，最后实在是听不下去了，捏了捏眉心道："找不到姚子兵被谋杀的起因，一切推测都毫无意义。"

几人同时一愣，而后罗浩一手握拳，捶了捶自己另一只手的手心："那……我们去问问，都有哪些邻居同姚子兵走得比较近？"

秦晋荀看了他一眼："这种事情有脑子的人都避之不及，哪个人会承认自己和死者走得近？"

罗浩傻了眼："那怎么办？"

秦晋荀还没说话，刘子科却率先反应过来："公寓电梯里面安装了监控摄像头，我送蔡莉莉回家的时候见到的，你可以去找物业调一下监控录像，看看姚子兵一般都会跟什么人打招呼。"

罗浩"哎"了一声，出去了。

屋内剩下的人不由得对刘子科啧啧赞叹："行啊，我们四肢发达的刘队长也学会用脑子了啊！"

刘子科"呸"了一声，只是脸有点红，头一转就看到秦晋荀黑白分明的眼睛正看着他。

秦晋荀略一点头，缓缓吐出两个字："不错。"

秦晋荀表扬他了，鼎鼎大名的秦晋荀表扬他了！刘子科"啪"的一下用手捂住红了的脸，莫名觉得自己干劲十足。

蔡莉莉冷眼旁观，心里想着，所以这种现象是叫作……偶像力量。

回去的路上，沈少爷将自己的车丢给了赶过来的一个秘书模样的人，自己死皮赖脸挤上了秦晋荀的车，美其名曰：大家都是好朋友，多日不见了，得叙叙旧，并且对自己一个人坐在后座提出了不满。

秦晋荀用复杂的眼神盯了沈路安几秒，确定他是真的没有眼力见儿，才转过身去发动汽车。

"不是。"

后座的沈路安突然听见秦晋荀来了这么一句，愣了半天："什么？什么'不是'？你是说我们不是好朋友吗？秦晋荀啊秦晋荀，枉我替你赴汤蹈火……"

"我和温玉不是'朋友'。"

车内有一阵诡异的寂静。

温玉忍不住闭上眼睛，手撑住额头。

沈路安伸出手指，指了指秦晋荀，又指了指温玉，这样来回换了几次，嘴唇张张合合，过了好半天才说出声来：

"你可以啊秦晋荀，我还以为你这辈子都得是孤家寡人一个了，想不到不声不响就把温大美人拿下了！"

说完他又"啮"了一声，看着温玉问道："是他强迫你的吗？"

温玉啼笑皆非，秦晋荀却淡淡说了一句："当然不是，追了很久呢。"

温玉立刻反驳："哪有很久？"

秦晋荀睨了她一眼，似笑非笑："怎么，不承认了？我跟你办第一个案子，就对你求过爱。"

什么……求爱啊！他怎么什么话都敢说。温玉彻底没了脾气，轻咳了一声，将头转向窗外，因此也就没看到后座沈路安一脸遭雷劈了的表情。

接下来的一路上，没有一个人再说话，温玉是性格如此，秦晋荀是见温玉不理他，也失去了谈话的兴致，沈路安则是手指飞快，低着头不知道在跟谁发短信，在手机屏幕光的映衬下，他的表情也不停变换着。

车到温玉的公寓楼下。

秦晋荀熄了火，自觉先下车替温玉开了门，动作有种漫不经心的感觉，却帅得一塌糊涂——单看路过的两个小姑娘窃窃私语频频回眸就知道了。

沈路安也颠颠儿地跟了下来。

秦晋荀眉头一皱："你过来干什么，我一会儿就下来了。"

沈路安微微一笑，扬了扬手中的手机："为你创造蜜月期共进晚餐的机会。"

秦晋荀皱了皱眉头："你在……"

话音未落，温玉突然冲着不远处正小跑着赶过来的人说道："小萤，你怎么来了？"

梁萤也是刚到，双手拎满了菜，显得有些蒙："不是你让沈路安告诉我今天晚上在你家做饭吃的吗？"

沈路安接过梁萤手上的东西，咧嘴笑道："庆祝一下嘛，我下厨。"

沈路安身为一枚标准的富二代，厨艺却惊人地好，除了把梁萤指使得团团转，当真做出了一顿色香味俱全的饭菜。

温玉家里很久都没有这么热闹过了，她坐在沙发上，蜷着腿，看着厨房里打闹的两人有些出神。

身边的沙发一陷，秦晋荀坐了下来，手里端着他的杯子——从前属于温玉，但是由于他每次来都会用，温玉懒得一次次替他里里外外、仔仔细细地刷了，干脆就成了他的专属。

秦晋荀喝了口水，将杯子重重放到一旁，而后凉凉地道："不过一顿晚饭……"

温玉只是笑着说："沈路安很厉害啊，我还以为他活该是个十指不沾阳春水的大少爷。你以前吃过他做的饭吗，怎么样？"

秦晋荀低下头去玩她的手指，表示出适当而不失礼貌的轻慢："也就那样。"

梁萤端了盘菜出来，看到秦晋荀不老实的手，咳了两声，掏出自己的手机点了几下，伸到温玉眼皮子底下。

"阿玉，你看我买这条裙子好不好？"

手机上不是什么图片，而是一个对话框，上面写着：秦教授的领地意识很强烈哦。

温玉镇定自若地瞟了一眼，微微颔首："颜色不错，挺配你的。"

于是梁萤悄咪咪地笑了起来。

"梁萤，干什么呢，想不想吃饭了？快过来。"

沈路安又把梁萤叫走了。

秦晋荀说了一句什么话，温玉的注意力还在厨房，她并没有听清，不由得道："你说什么？"

秦晋荀咕哝道："晚上吃完饭让他们早点走。"

话里不满的意味很浓厚，温玉好笑地看着他，顺便将自己被揉捏得有些发麻的手指抽出来。

"是，但是也包括你，你们都早点走，尤其是你，回去好好休息。"

她没来得及看秦晋荀是否如她想的那样蹙起锋利的眉，旁边茶几上的手机先"嗡嗡"地响了起来。

温玉看了一眼，起身接通。

"喂，景然？"

"现在有时间吗？"

季景然的声音有些低，显然是在压抑着语调。

温玉一愣："正准备吃晚饭，你那边有什么事吗？"

"是，你方便过来一趟吗？"

温玉听着电话里季景然的叙述，渐渐皱起了眉头："好，地址发给我，我现在就过去。"

摞下电话，温玉看了看靠在沙发上的秦晋荀，又扬声对厨房那边说道："我有事需要出去一趟，晚餐不能跟你们一起吃了，你们吃完饭就早点回家休息吧。"

梁萤伸出脑袋问她："这都晚上了，你要去哪里啊？"

"景然那边有点事，我需要过去一趟。"

温玉感到十分抱歉，又转头看向秦晋荀。

秦晋荀好整以暇地看向她，而后挑了挑眉："季景然？"

这三个字经由他的嘴里慢悠悠地说出来，有一种阴森的味道。

看他的眼神就知道他现在心情不太好，温玉有心宽慰，只是解释起来颇为麻烦，便轻轻俯身，替他将由于坐姿而略显褶皱的衣角拽平："这件事有点复杂，等我回来再跟你说明吧。"

温玉急匆匆地走了，屋内只剩下三个不是主人的人。

沈路安将最后一道菜端上桌，奇道："还真走了啊，晋荀，你的魅力不敌季检察长哦。"

秦晋荀板着脸不说话，气氛顿时冷飕飕的。

梁萤打着哈哈："季景然能把温玉叫走也不奇怪啊，毕竟两个人认识这么多年，季学长帮了阿玉很多的。"

沈路安拽了拽她，用眼神示意她别再说这种只会起反作用的话了。

"饭总得吃，快来吧晋荀，你看，为了你，我还特意将各道菜都盛出来了一些。"

秦晋荀面无表情地坐在位子上，夹了一筷子菜送到嘴里，在沈路安期待的眼神中挑剔地说道："你的厨艺退步了，真难吃。"

这就是一个自己不开心别人也别想好过的非典型名侦探。

温玉在一条隐秘的街上下了车，季景然匆匆迎上来，一边递给她一个袋子，一边低声说道："知道邱峻今晚来这里参加活动，我们弄来了酒会的邀请函，本来是我两位同事来这里的，只是到门口了才发现，和邱峻一起来的那个朋友见过我那两位同事，我是才来几个月的新面孔，他们没见过，至于女伴……为了避免穿帮，只好请你配合我了。"

邱峻就是季景然他们一直在调查的那位科长。

温玉点点头："我知道了，需要我做什么吗？"

两人走到一辆毫不起眼的面包车前，季景然拉开车门："你先进去换衣服吧，我稍后跟你说。"

季景然关上车门守在外面，不过五分钟，车门就从里面被拉开了，温玉穿着长裙，却依旧利落地跳了下来。

尽管场合不对，季景然还是忍不住笑着赞叹道："你还真是做什么都这么麻利。"

排队核对邀请函的工夫，季景然低头冲温玉轻声说着："我们的身份是从京城来的投资商，我怀里揣了录音设备，今晚的酒会我想办法跟邱峻搭上话，探探他到底在招商引资上能做出什么出格的允诺。"

温玉点头表示了解。

队伍缓缓前移着，温玉向前移动了一下，却被季景然拉住礼服："等一下。"

温玉犹疑地回视。

"少了一样东西。"说完，季景然从怀里掏出了一条项链，细细的链子，当中坠了一颗硕大的粉色钻石，熠熠闪光。

温玉看了一眼两侧，见没有人注意到这里，才压低了声音："这是做什么？"

季景然唇畔露出了温和的笑意："既然是富商，怎么也得有一件昂贵的首饰，要不然会引起怀疑的。"

温玉很少戴首饰，见他如此说也觉得有道理，便顺着季景然的示意转过了身。

季景然靠近她，屏住呼吸，珍而重之地将项链戴在她的脖颈上。

指关节不经意触到了她的一小块皮肤，季景然的眼神忍不住微闪，却在她抬头的一瞬间掩饰得完美无缺。

"好了，很漂亮。"他笑着说。

酒会在一家五星级饭店的礼堂举行，对外宣称是开发交流，参与者都是诸城乃至省里的一些富商们，一般这种场合大小官员基本都会避嫌，却有一个与众不同的人——邱峻。

邱峻手持酒杯，在众人的恭维中笑得一派春风得意。

一个人过来跟他碰杯，他的力气大了些，洒了些酒到那个人的衬衫上面，他却丝毫不以为意，不知道说了什么，那个人面色有些难堪，但还是恭维地喝下了那杯酒，又说了几句话之后就离开了。

温玉在不远处观察，见了这一幕，偏头悄悄对季景然说："他……他的处事方式有点……"

温玉不知道怎么形容，顿了一会儿才说道："这个邱峻似乎并没有你们说的那么精明。"

季景然佯装抿了一口酒，而后附在温玉耳旁说道："其实越是深入调查，我也越有这种感觉。"

他缓缓喝掉杯子里的香槟，然后将杯子放在路过的侍应生的托盘上，等到周围没有人了才又补充道："也不排除是装疯卖傻……他要是不精明，怎么能一次次避开检察院的调查？难不成是因为背后有高人指点？"

季景然是在说笑，温玉却心头微微一动，想起了滨江的于敬堂。

如果说，邱峻身后真的是有人帮他呢？那么能摆弄得了市级官员的高人，又该有多大的势力呢？想一想就让人毛骨悚然。

手包里的手机振了好几次，温玉一直都没有看，盯了半个宴会时间，他们才终于找到接触邱峻的机会。

邱峻敲了敲杯子，在氛围雅致的酒会上显得很突兀，但是这里的人都极为配合地停下了手上的动作。

犹如领导致辞一般，邱峻自得地环顾一下四周，开了口："今天很荣幸能在这里碰见各位，在座的都是诸城不可或缺的英才，有些人我经常能在一些市里甚至省里的活动上见到，有一些人是新面孔，但是不管大家来自哪里，都希望你们以后能继续努力为我们诸城的建设添砖加瓦。来，我们共同举杯——"

借着这个时机，季景然端着一杯鸡尾酒，带着温玉走了过去。

"邱科长，您好，我是京城 WH 集团的股东季然，这位是我的夫人。"

邱峻的目光在季景然手腕上那只全球限量的腕表上扫过，又移到他的脸上，笑容真切了些。

"幸会幸会。不过恕我孤陋寡闻，贵公司是做什么方面的生意的？"

季景然适当地露出一个自矜的笑容："房地产开发，不瞒您说，这一次我来诸城，就是希望能参与政府关于东城那片地的竞标。"

提到东城的那片地，邱峻不由得再次打量季景然，似乎在暗地里衡量着他的财力。

东城那一片是诸城市最近开发的重点，一块未开发的地，到了谁的手上都是一块金疙瘩，只是想要拥有这块金疙瘩也不容易，首先在预算上面便是一个惊天的数字。

季景然丝毫不露怯地说道："我们 WH 集团原本就是做房地产开发的，资金这边一向都不会短缺，之前的发展重心在京城那边，只是最近几年，因为想要扩张一下业务版图，所以涉足诸城这种经济发展快速的城市是势在必行的……绝对不会吝啬。"

最后一句话说得意味深长。

邱峻细细琢磨，眼底精光一闪而过，笑得更加腻人。

"哦？那就好，城市发展就是需要你们这些有资本又有雄心的企业家啊！"

季景然作势叹了口气："我们是真的诚心，只是苦于无门啊！"

邱峻仿佛不经意地问："怎么了，有什么困难吗？"

"不瞒您说，我们是外来的和尚，在这里没有熟人啊，不好念经，很多规矩都不懂……"

"哎，"邱峻摆摆手，显得满不在乎，"规矩都是人定的嘛。"

邱峻顿了顿，又说道："我有心帮你们引见，只是这个……我也不能空口白牙就去求人家，人情债可不好还啊！"

两人一来二去地打着机锋，寻常人在这里，定然是什么也听不懂的。

"这个您放心。"季景然笑得一派谦卑。

"老话说吃水不忘挖井人，虽然话土气了点，但是确实是这么个道理，所以一旦我们有机会入主东城，是绝对不会忘了是您帮助我们……有这么一个回报社会的机会，这个人情债，自然是要我们来还的。"

似乎转眼间，两人就达成了什么共识。

邱峻眼睛笑得眯成了一条缝，嘴上还不住说着："好说，好说。"

两人相互推拉的工夫，温玉就安静地在一旁站着，她的视线不由自主扫过邱峻的手腕，总算知道之前那种不和谐的感觉是哪儿来的了。

邱峻虽然表面看起来飞扬跋扈，可是身居官位久了，穿着打扮上还是有自己的基准的，主要以气派为准，手腕上却戴了一块表带有三指粗的表，如果不是有特殊含义根本就说不通。

她神色微动，想要细看。

邱峻说到兴高采烈处，忍不住伸手拍拍季景然的肩膀："现在的年轻人啊，前途无量啊！"

手表错位了稍许，好像有什么痕迹露了出来，但转瞬又被他的西服袖口挡住了。

温玉皱眉，几乎疑心是自己眼花了，脑中不受控制地回忆着方才见到邱峻的每一个细节。

温玉的心不在焉被季景然察觉到了，但不知道问题出在哪儿，只能在谈话间帮她遮掩。

邱峻的酒一杯接一杯，不过个把钟头已经有了醉意，不知怎么地就盯上了温玉颈间的项链。

"这是粉钻吧，我们家那口子之前也说要买一条，最起码这个数。"

邱峻比量了一个"七"的手势。

温玉并不说话，只是配合着点了点头。邱峻身上酒气熏天，她并不喜欢，却反而不动声色地凑近了一步，想找机会看一眼他的手腕。

邱峻自顾自也能说很多话，间或还有各色商人过来敬酒，他也一概应下来。

　　逐渐到了深夜十一点多，酒会将散，邱峻一喝多，口风也就不是那么严了，季景然旁敲侧击问了很多与他工作有关的话，顿时觉得他的破绽也并不是那么无迹可寻……只要再多花一些时间肯定能有所收获。

　　"诸位，我们去下一场？"

　　邱峻一开口，响应者众多。

　　"阿玉，我们该走了。"季景然用眼神示意温玉。

　　这是放长线钓大鱼，太心急了反而会引起邱峻的怀疑。

　　一般半途有事需要离开的时候，由女士出面更显得妥帖。

　　于是在邱峻问到季景然和温玉这里时，温玉冲邱峻露出了一个抱歉的笑容："邱科长，我们刚到诸城，很多事情还没有处理好，只好下次再见了。"

　　"好说，好说。"

　　邱峻睁着醉眼和两人告别。

　　走出酒店，温玉在来时的那辆面包车里换回自己的衣服，出来的时候看到季景然正在摆弄着他那支录音笔。

　　温玉把手上的项链递了过去："你的项链。据说是七位数呢，这么贵重的东西可要收好。"

　　季景然低头看了一眼温玉抬着的手，最终没多说什么就接了过去。

　　他将项链随意揣进兜里，抬头看了看不远处灯火通明的大街，回过头来，满脸柔和："我的车停得有点远，你在这里等一下，我去开过来。"

　　温玉摇摇头："不用，一起走过去吧。"

　　季景然点了点头，两个人肩并着肩，慢悠悠地向街对面走去。

　　说到惹人怀疑，温玉又想起了什么，偏着头看他："你说的那个 WH集团，不怕他去查？"

　　季景然完全不担心。

　　"如果他真的去查了，反而能增加我的话的可信程度，WH 集团的董事确实姓季，是我的叔叔，我借了他的名头，一时半会儿也能遮掩过去。"

　　温玉忍不住侧目："我跟你认识这么多年，没想到你原来也是一个名副其实的富二代啊！"

季景然笑了笑，半开着玩笑，眯了眯眼睛："是啊，我是一个富二代，一条七位数的项链对我来说根本不算什么，怎么样，要不要考虑收下它？"

温玉配合着笑了笑："我可不敢，你这条项链都可以留着做传家宝了，好好收起来吧，要是有什么折损，检察院可得哭着给你报销了。"

季景然便不再开口了。

季景然的车停到温玉的公寓楼下已经是十二点多了。

温玉下了车，弯腰，透过半开的车窗跟他道别："你也早点回去吧，路上注意安全。"

季景然冲她笑笑："谢谢你今天配合我，只不过今天我们俩在邱峻面前露了面，以后可能还要麻烦你几次。"

"没关系的，以后有什么事尽管叫我。"

季景然帮了她那么多忙，偶尔能够回报一次，她也能心安一些。

看着季景然的车灯消失在远处，温玉转回了头准备往家里走。这时，路灯的阴暗处走出来一个人，身形颀长，长长的影子落在地面上。

"你怎么现在才回来？"

可能是吹了凉风，他的声音带着些微的鼻音。

温玉愕然，不由得抬头向他看去，惊讶地问道："都这么晚了，你怎么还没回家？"

秦晋苟淡淡道："回到家里睡不着，还不如在这里等你。"

"怎么不在我家里等我？"

他顿了一下，别过头去："出来之后才发现没有钥匙。"

温玉从他的语气里竟然听出了一丝委屈。

似曾相识的场景，好像是初见的时候，他就曾在昏黄路灯下望着她，时间一晃几个月过去，从陌生到排斥，到走到一起，经常会有那么一个瞬间，让她觉得这一切是在做一场梦，一觉醒来，她还是独自一人，在过往里挣扎，看不到方向。

可是这不是梦。从前那个冷漠而刻薄的男人是真实存在的，而现在这个

357

固执又别扭的男人也是真实存在的。

的确有什么不一样了，温玉的脸色不由得柔和了许多，极为包容地看着他："跟我上来吧。"

想了想，温玉又补充道："我给你配一把钥匙吧，下次有这样的情况，你可以直接在屋里等我。"

这无疑是一种默许，默许他逐渐进入她的生活。

秦晋苟的眼睛发亮，那双形状好看的眼睛，即便是在漫天的星辰下，依旧毫不逊色。

进了家，温玉换好衣服出来，顺从地走向对她伸出手的男人。

深夜，格外寂静，只有远处隐约有车辆驶过的声音，倏忽接近又倏忽远离。

秦晋苟紧紧地锁着眉头，对温玉的解释表示不满。

"所以，你所说的帮忙，就是跟季景然假扮夫妻？"

温玉点了点头："对啊，你也知道啊，这是假装的。"

秦晋苟还是不说话，一副深沉得可怕的模样。

温玉又说道："就是工作需要啊，你又不是没见过卧底警察，我这也算是为了工作吧。"

见温玉坚持，过了半天，秦晋苟才泄气似的轻声嘟囔道："工作，我也不愿意。"

温玉扑哧一下笑了出来，鬼使神差地，她伸出葱白的手指挑了一下他的下巴，像小猫挠了一下似的，轻轻地笑道："你就这么喜欢我啊？"

"嗯。"

他望着她，毫不犹豫地回答，眼神里的凌厉全部被柔光覆盖。

温玉心上一揪，顿时柔软得不可思议。她笑着抽回手，他的手指却反过来捏住了她的下巴，并且轻轻地抬了抬，凑近她。

"我觉得我应该表现得更专业一点，我为什么要嫉妒呢？哪怕假扮的是夫妻，他也不可能像我这样对你。"

说完，他便倾身吻住了温玉。

月亮很圆，夜色很美。

翌日，当温玉来到公安局的时候，就看到刑警队的队员们，除了刘子科，个个都是一副熬了通宵无精打采的模样。

罗浩有气无力地抬了抬头，招呼温玉："温玉，你来了，秦教授呢？"

温玉随口回答："他昨天回去得太晚，现在大概还没有睡醒。"

说完这句话，温玉就立刻意识到有那么一丝不对，她尴尬地清了清嗓子，却发现那帮刑警根本就没有精力仔细听她的话外之音。

她刚刚提起的心又缓缓放下。

温玉一向感情细胞并不发达，但是并不代表她没有审美；相反，她清楚地知道，作为刑侦专业偶像人物的秦晋荀是高不可攀的，作为一个男人的秦晋荀亦能令一众女人折腰，一旦让这帮人知道她和秦晋荀在一起的事情，日后在工作中她一定会被八卦的海洋淹没。

想一想温玉都觉得不能承受。

秦晋荀在傍晚的时候到了公安局。

经过两天一夜连续的加班，刑警队的队员们翻遍了平西公寓电梯里的所有监控，终于找到了些有用的信息。

为了能跟偶像更深入地交流，明明不需要加班的刘子科也留了下来，代表累瘫了的队员们欢迎秦晋荀。

"秦教授你看看这两个人。"

刘子科在那一大摞资料里抽出了两张，递给秦晋荀。

罗浩在一旁接话："我们发现，姚子兵每次出门时，很大概率都是与这两个人同行，他们肯定认识，并且要一起去哪里，这三人之间应该是朋友关系。"

"朋友关系……"秦晋荀接过来看了几眼，嗤笑着说，"姚子兵出事以来，警察去平西调查了很多次，如果和死者是很好的朋友，怎么会在明知道朋友的死亡可能事有蹊跷的情况下，一句话都不向警方打听，甚至为了避嫌，还闭门不出，不和警察打照面？"

这确实有些不合常理。而有不合常理的地方，就有可以调查的空间。

秦晋荀干脆地说道："让他们配合传讯吧。"

说完，他站起身作势要走，丢了个眼神给温玉。

温玉意会，也起身收拾起来。

蔡莉莉见了，连忙叫住她："温法医，你方不方便留一下？我这里有些成分分析没太弄明白。"

"她不方便，明天吧。"秦晋荀甚是高冷。

温玉冲蔡莉莉歉意地笑着："秦教授许是有些事情要找我，哪里不明白你先记下来，我明天还过来的。"

蔡莉莉点头称好，若有所思地看着一前一后离开的两人，然后转了个身，趴在窗户上，不过两分钟，就看见秦晋荀拽着温玉的手走出公安局的大楼。

蔡莉莉抚了抚胸口，小心翼翼地坐下来，像是撞破了什么惊天大秘密。

汽车刚发动，秦晋荀便用一种毫不在意的口吻问道："怎么不跟蔡莉莉说实话，以我们俩的关系我把你叫走很正常，你在担心什么？"

似乎只是单纯的聊天，温玉却在其中听出了"送命题"的味道。

"没担心什么呀，人家也没有直接问吧，总归是私事，我也不好说。"

秦晋荀像没听到她的话一样，开口道："难不成我们是'兄妹'吗？"

"……"

"或者是'父女'吗？"

温玉忍不住伸出手捅了他一下："你瞎说什么呢。"

秦晋荀"哦"了一声，汽车平稳地拐了一个弯，他又开口说道："我还以为我们之间是什么绝对不能交往的关系……才让你这么忌讳。"

挺高冷一个人，怎么也这么幼稚啊！温玉一边在心里感慨，一边揉了揉太阳穴，认认真真地回答道："一开始我是怕你有危险，跟我在一起其实并不是一个很好的选择，毕竟……"温玉苦笑了一下，"害死我父母的凶手卷土重来了。"

秦晋荀一边看路，一边抽空瞟她一眼："我办过无数案子，得罪过很多犯罪团伙，要是这么说，跟我在一起的危险系数更大，你都没有害怕，我怕

360

什么？"

秦教授的思维里，根本就不存在什么为了对方将爱深深埋藏在心底这种事……

他的感情格外地"单纯"，喜欢，便要得到。

温玉竟然有些无言以对，只好又叹了口气："你说得对，我是不应该怕，但是现在，我们还有那么多事情没有做，我不想横生枝节，毕竟，你可是闻名遐迩的秦教授，把我们的关系公开，肯定会有许多人议论，你不是也不喜欢吗？"

秦晋荀一时找不到什么话反驳，只得打开车窗，吹吹风冷静冷静。

电梯监控里出现的同姚子兵有交集的人，一个叫赵游，一个叫吴天宇，都住在平西的公寓里。

罗浩依言试图联系他俩，得到的结果却不尽如人意。

罗浩给秦晋荀打电话的时候，后者正赖在温玉的公寓里，把玩着刚刚得到的簇新的钥匙。

"秦教授，那两个人的手机打不通，据他们的父母说，他们是结伴出去玩儿了，归期未定，可能要等回来后才可以配合警方调查了。"

"这么巧，去了哪里？"

"这个……我不清楚，他们的父母也不知道，我正在托人查他们的出行信息。"

秦晋荀说道："不必了，我想他们并没有走远。你就告诉他们的亲人，如果他们现在回来，我们还可以上门随意问问，要是再拖下去，警察没有时间，只好劳驾他们来公安局一趟了，到时候，气氛可不轻松。"

秦晋荀威胁起人来丝毫不手软。

撂下电话，秦晋荀将钥匙小心地揣进兜里，才对着一旁一脸疑惑的温玉说道："这栋公寓，比我想象的更有意思。"

他眼睛微微一亮，看起来竟然有点期待。

赵游和吴天宇回来的第一时间就被叫到了公安局。

赵游十分不满道："不是说要在家里问吗？就这样把我叫到公安局来，万一我的同事知道了背地里不知道要怎么说呢，到时候你们警察赔我名誉损失费啊！"

罗浩忍不住白了他一眼："不是出去玩联系不上吗？不亏心为什么躲着警察？"

赵游小声嘀咕了一句："谁躲着警察了。"

"好了，别发牢骚了，你配合我们工作，自然很快就让你回去……你说说看，你和姚子兵是什么关系，为什么警察最初挨家挨户调查死者的时候，你不说你们认识？"

赵游语塞了片刻，而后倒也干脆地点头承认了。

"对，我的确认识他，但是我平常也有自己的工作，和姚子兵的交集并不多……哦，也就是偶尔一起打打游戏了，我是觉得说不说没有什么太大关系。"

罗浩点点头记了下来，正要问下一个问题，手机屏幕亮了起来，他低头看了一眼，又瞅了瞅角落里的监控探头，对着那里微微示意，而后问道："你们平常在一起都玩什么游戏？"

赵游险些激动得站起来："不是吧，这个你们也要问？"

罗浩沉默着。

见实在绕不过去，赵游才无可奈何地说了一个最近很火的游戏的名称。

而吴天宇的口供也差不多一致。

大家都住在相同的公寓楼里，偶然得知对方和自己有着一样的兴趣爱好，也就隔三岔五地相约在一起玩游戏。

但吴天宇也强调，仅限于此。

同样的一个"你们平常在一起都玩什么游戏"的问题，吴天宇犹豫了一会儿后，也给出了相同的回答。

到了关于不在场证明的问题。

罗浩问赵游："姚子兵死的那天晚上你在哪里？"

赵游的反应很激烈，一如每一个被无辜怀疑的人，用愤慨回击莫名其妙的质疑：“警察同志，你这么问是怀疑我杀了姚子兵吗？我有什么理由？！”

罗浩不语，只是直视着他。

赵游语气里有着羞恼，但面对罗浩等人肃穆的神情，还是不得不做出一副忍气吞声的模样，开口回答道：“那天我本来是有约，但是下了暴雨，所以就没有去，在家里面跟我父母一起看电视。”

“半夜十二点左右就没有听见任何异常响动吗？”

赵游飞快地摇摇头，想也不想地回答道：“完全没有，那天雨下得太大了，我入睡的时候，为了防止被雨声吵到，还戴着耳机听了音乐。”

吴天宇的不在场证明更充分。

他状似想了一会儿，才说道：“那天是我女朋友的生日，我和一帮朋友替她庆生之后，我就直接去了我女朋友家过夜，根本就没回去过。”

吴天宇女朋友的家离平西很远，而且由于是庆祝生日，众人一直聚到了十二点，吹了蜡烛、吃了蛋糕方才散场。

没有动机，没有时间，怎么看这两个人都不太像是将姚子兵推下楼的凶手。

将整理好的记录交给在监控室旁观的秦晋荀，罗浩毫无头绪地皱起眉，有些怀疑起自己的能力来。

“秦教授，我们是不是查错人了？这两个人看起来就像是被害人普通的邻居，除了都认识被害人，根本就没有什么疑点。”

在一旁陪同的刘子科反驳道：“但是如果真像这两个人说的那么无辜的话，他们又为什么急匆匆地收拾行李说去旅游？”

他们就像在躲避着什么。

“可是他们事先也不知道警察会在这个时间段找上他们啊！”

众人一时间都有些愁眉苦脸。

秦晋荀却突然站起了身，低头扣好自己的外套扣子。

“秦教授，您要去哪儿？”

“去确认一件事情。”

罗浩和一众队员纷纷表示："我们跟您一起去吧。"

秦晋荀点了点头，看着旁边起身准备一起的温玉，犹豫了一下，而后缓缓说道："你就在公安局吧，别跟着了。"

不单是温玉莫名，其余人也不懂为什么他这会儿偏偏不让温玉跟着。

等到了平西公寓，一众吃瓜群众才憋闷地懂了……

大白天的，为了不引起注意，几人不但脱了警服，便装潜入，还生生爬了十八层的楼梯……

罗浩有些气喘，看着脸不红心不跳的秦晋荀极其羡慕，脑子好使的人还有好体力，上天真的很不公平……

"秦……秦教授，你……你要找什么呀？"

"开。"秦晋荀指了指姚子兵的电脑，言简意赅。

罗浩视线却落在了其他地方，仔细看，秦晋荀的指尖有点颤抖，罗浩忍不住暗自腹诽，原来秦晋荀也不是不累，啧啧，面上还装得跟没事人似的……这偶像包袱也是有点重了。

秦晋荀又指了指一款游戏图标，那是之前赵游和吴天宇说过的同姚子兵一起玩的那款游戏。

罗浩会意，移动鼠标点击打开。

像姚子兵这种同时玩很多游戏的人，游戏账号都是自动登录的，并且关联了手机号，罗浩轻易地就在好友列表里找到了赵游跟吴天宇的名字。

罗浩看了一眼，舒了口气。

"现在看来，赵游跟吴天宇没有说谎……"

看到秦晋荀似笑非笑的表情，他自动咽下了后半句话，忍不住讪讪道："秦教授，我说错什么了吗？"

其余的人也都看向秦晋荀，目光中饱含信赖与畏怯……

他可以不耐烦地指出其中的问题顺便嘲讽一下他们的智商，只是无端想起刘子科被他无心夸了一句之后，那乐颠颠的模样……重点自然不是刘子科，而是温玉。

温玉很享受这种融入群体的感觉，不必做人群里耀眼的那一个，而是想要安静地看着身边的人或欢脱或欣喜，每当这时，露出柔和笑意的温玉总是叫他移不开眼睛，只是他从没有告诉过她，她自己也浑然不觉罢了。

既然刘子科这种倔起来局长都害怕的人都能学会动脑子思考，那这几个看起来稍微聪明一点的，教导一下应该也不会差吧……

教导……这两个字对于天才秦教授来说是个新鲜的字眼。

秦晋荀于是耐着性子，清了清嗓子："你们……仔细看一下，这三个人游戏账号的信息有什么不同。可以从几个方面来看：一是他们的在线时间，姚子兵最后一次登录游戏是什么时候？而这两个人最后一次登录游戏又是什么时候……还有游戏等级，你们经常玩游戏的应该比我清楚，等级越高是不是就代表玩这个游戏的时间越久呢？"

秦晋荀自以为用的是春风化雨般的语气，却不料落在罗浩几个人的耳中，无异于"死亡"来临的前兆。

完了完了，秦教授一定是觉得他们笨得无可救药了，连这种表面上的字眼都要解释一番。

这种念头激发了罗浩几个人的求生欲，以至于在接下来的调查里，他们每一个人都乖巧得像幼儿园的小朋友。

不过秦晋荀的指导方法还是有显著成效的，众人都看出了端倪。

说是一同玩游戏，可是赵游和吴天宇似乎对游戏一窍不通，游戏等级几乎还停留在新手级别，其中吴天宇最后的登录日期显示的还是三个月前……平西风平浪静，没有发生一起命案的三个月前，吴天宇就已经不同另外两人一起玩游戏了，监控却显示近期三人还时常共同进出，直到近大半个月前，才没有碰到一起。

所以他们后来凑在一起定然不是因为游戏。两人之前在公安局的表现，分明是对过口供的。

"最起码可以肯定，赵游跟吴天宇交情匪浅。"

一定有什么可以将这三个人联系起来，不是游戏，也一定有别的事情。

能驱使几个关系平平的人聚在一起的，除了感情，还有利益。

因着这种想法，刑警队的人又分头查了赵游和吴天宇的财务情况。

两人家境都很一般，财务收入也一目了然，只是警方还是顺藤摸瓜查到了一些异常。

"吴天宇三个月前刚刚升了主管，我们走访了解到，他似乎是上下打点了一番，至少也要……这个数。"

有了嫌疑人，刘子科也洗清了嫌疑，闲不住地开始做一些跑腿的活儿，他天生就是自来熟，打听消息比谁都快。

他在纸上写了个"1"，后面又添了五个"0"。

"还有那个赵游……最近新添了一辆车。"

再加上姚子兵玩的游戏，他们三人近期都有不菲的支出，可是这些钱是从哪里来的？

三个人的共性似乎已经找到了，家庭经济一般，都无法供他们随意挥霍，以及，同样都有一笔来源不明的不菲收入。

"还有，你们绝对猜不到赵游他本年度的最大支出在哪里。"他摇头晃脑地吊着众人的胃口。

蔡莉莉一卷报纸砸在他脑袋上："别卖关子了，快说。"

刘子科捂着一点都不痛的脑袋，故作哀怨地瞥了她一眼。

"是不是女人啊，这么粗鲁。哎，前几日，就是警方试图联系他但是被告知他出去旅游的前一天……他去了本地的一家侦探事务所，不知道委托了什么事，给他们转了一大笔钱。"

刘子科说完话，所有人都面面相觑。

秦晋荀打破了沉默："总之，我先去那家事务所了解一下情况吧。"

眼见众人都要起身，秦晋荀抬手压了压："你们留下来继续查一查他们金钱的来源，事务所那边，我带温玉去就可以了。"

刘子科他们不知道该不该提醒秦教授，温玉只是一个法医啊……人家靠专业技能吃饭的，还是公安局特聘的，怎么能老做一些外勤跑腿的活儿呢？

刘子科正要张口表示不妥，蔡莉莉使眼色，然后悄悄地说："闭嘴吧你，一点眼力见都没有。"

啥？无辜被骂的刘子科很是茫然。

是鬼怪还是报应

  赵游找上的那家侦探事务所在诸城本地还有点名气，一进门就有前台小姐迎了上来，走到两人面前时脚步略显迟疑。

  往日来这里的人要么面带惶急，要么显得很焦躁，总之都是在生活上有很多烦恼的人，可是面前这两个人姿态显得不紧不慢，并不像是有麻烦事缠身的样子……反而像是来找麻烦的。

  于是，前台小姐问话谨慎了许多："二位好，请问你们……找谁？"

  温玉冲她点了点头，脸上带着和煦的微笑问道："我们是想问一下，赵游是不是之前来过你们这儿？"

  前台小姐心上一紧，暗道：果然是来找麻烦的。

  她表情严肃了许多："这个无可奉告，我们是签了合同的，我不能随意透露客人的信息。"

  温玉看她如临大敌的样子不免失笑。

  秦晋苟旁若无人地看着温玉，总结道："看来赵游是真的来过这里，而且还委托他们查了什么事情。"

  前台小姐的表情顿时呆滞起来，脑袋上三个巨大的感叹号冉冉升起。

  "到底是什么呢……"他仿佛在自言自语。

前台小姐反应过来，表情变得有些焦急："喂，你们到底是什么人啊，没事不可以待在这里，快出去吧，不然我要叫保安了。"

话音刚落，里面就闪出来一个人："小刘，怎么能对客人这么没有礼貌。"

前台的小刘姑娘很委屈："周老师……他们不是客人，是来打听客人隐私的。"

被唤作周老师的那个男人向这边望过来，看见秦晋苟后表情颇为惊讶。

温玉暗道：竟然碰到了老熟人。

那男人走到秦晋苟跟前："秦教授，我们又见面了。"

"周权。"

周权笑眯眯地说道："我刚来诸城还没来得及拜会，没想到这么快又见到您了。"

周权热络地客套着，秦晋苟却显得十分冷淡："你来这里做什么？"

周权丝毫不以为意，笑着说："我和这家事务所有合作，路过就顺便过来看看。"

秦晋苟点了点头，并不感兴趣，却又听见周权说："其实我主要是来找您的，秦教授，您之前让我查的事情……"

秦晋苟打断了他："我们的事以后再说，现在我还有些事想问你们事务所的这位刘小姐。"

周权会意，冲那个姑娘点点头说："之前秦教授问你什么了，你就告诉他吧。"

"可是周老师……我们是有规定的，客人的隐私不能随意透露。"前台的姑娘显得很犹豫。

"我也不是为难你，你知道他是谁吗？"周权指了指秦晋苟，面上带着笑。

那姑娘懵懵懂懂地摇了摇头。

周权说："他可是比我还有名气的侦探，就连警方也有很多案件不得不求助于他，他来向你打听一个人，那就是觉得那个人有问题，你现在不告诉他，过后来找你的就该是警察了。"

秦晋荀拧了拧眉头，显然他对这一番表述有些不满，他若是想从一个人口中得到什么线索，总会有方法撬开那个人的嘴，根本无须叫警察过来。

但那姑娘显然被周权的一番危言耸听吓到了，支支吾吾地开口道："实际上，我们也挺摸不着头绪的，那个赵游是来请我们帮助调查一个人有没有亲戚在本市。"

"他要找谁的亲戚？"

"我看看……"她敲了几下面前的电脑，回答道，"是一个叫作吕河的。"

吕河，那个自从系列命案发生以来，就一直被边缘化的吕河，他的名字就这样突兀地闯进了众人的视线中。

"吕河……"秦晋荀缓缓地重复着他的名字，若有所思。

"哦，对了，另外，赵游还想委托我们替他找一个能处理灵异事件的专业人士，最好是会驱鬼的，不过这一点我们已经告诉他爱莫能助了。最后赵游也没勉强，交了找人的费用就离开了。"

赵游找侦探调查人就算了，怎么还扯上鬼了？

秦晋荀眉眼间缓和了些许，看着前台小姐的眼睛："我还需要你帮我一个忙。"

他生得英俊，稍稍露点和暖的表情便让人移不开眼，前台小姐当即紧张地绞着手指，声音小了很多："您还有什么事？"

"赵游花了重金，肯定是很着急想查出什么，近期一定会再次联系你们，等他下一次打来电话时，你就含糊地提一句，你能帮他找到驱鬼的人。"

前台小姐疑惑地"啊"了一声："可是……可是我不……"

"到时候把我的电话给他就可以了，他如果怀疑，你也不用理会他，冷淡地挂断就可以了，他会再打来。"

又教了前台小姐在电话里具体要怎么说，秦晋荀和温玉便准备打道回府了。

"秦教授，"周权在身后叫住了他，"我这边忙完，一定登门拜访您。"

秦晋荀神色沉沉，过了良久，点了点头。

回公安局的路上，秦晋荀有些沉默，看起来满腹心事。

369

温玉犹疑了片刻，抵不过心中的疑惑，开口问道："你知道周权找你是有什么事吗？"

还有沈路安的到来，以及秦晋荀这几天经常接到的来自京城的电话，各色人马会聚，总让温玉有一种山雨欲来的感觉。

"知道，我之前委托他替我办了件事。"秦晋荀直言不讳，见温玉似乎有些困惑，便进一步解释道，"周权这个人虽然有些势利，但是在一些大是大非的问题上面，他还是有自己的度的，再加上他的确比很多人聪明，有些事情交给他来办我也放心。"

"哦？你怎么知道？"

温玉只觉得很稀奇，秦晋荀和周权的第一次见面并不愉快，但出乎意料的，秦晋荀并不反感周权。

"我从前……听说过他……好了，先不说这个事情了，把眼下的案子处理完，我再慢慢跟你说。"

公安局这边，罗浩在吕河的身上取得了关键性的进展。

隔天下午，罗浩跑进办公室嚷嚷道："秦教授，您之前不是让我们关注吕河的财务状况吗？有线索了！"

他将一份整理好的文件递给秦晋荀，面上带着几分痛惜之色。

"吕河之前曾经有过遗嘱，一旦他死了，他名下的一切资产都捐给当地的残疾人机构。"

"是个好人，可惜了。"

"是啊，吕河的轮椅是特制的，十分轻巧，据说是他自己设计的，死前一个月刚刚到手，也捐给了残疾人疗养中心，那个院长说院里用不到那么好的轮椅，拍卖了五万多，又添置了十多把新轮椅。"

刘子科敲了敲桌子："喂喂喂，偏题了，说重点。"

罗浩"哦"了一声，继续说道：

"吕河其实家庭挺富裕的，但是不幸发生在他大概七岁的时候，一家三口开车出去游玩，跟迎面驶过来的大货车相撞，他父母当场就死了，他被送到医院抢救，最终命是救回来了，却从此失去了双腿，此生都只能坐在轮椅上生活。

"他父母确实是理财的一把好手，去世之前就给他规划好了理财，他每个月都能有一笔利息，足够他舒舒服服过完这一辈子。我们调查到，吕河之前由于用不了那么多钱，基本都直接存进了银行里，直到最近这大半年，他的开销才大了起来。"

秦晋荀沉吟着说："可是吕河社交有限，并不需要那么多钱。"

"这就是奇怪的地方了，我们无论如何也弄不明白吕河这笔钱都花在哪儿了。"

相比于罗浩就事论事，刘子科就带了明显的个人倾向："这还用说吗，之前就知道姚子兵他们三个的钱来源不明，现在知道了，那都是吕河的钱，被那三个人勒索去了！"

秦晋荀冷冰冰地说道："你有证据吗？"

这才是最憋气的地方，明明知道这里面有什么猫腻，却没有拿得出手的证据。

每当这时，刘子科都恨不得自己不是一个刑警，而只是一个普普通通的富有正义感的市民，他一定会冲上去揪住那两个人的衣领问个明白。

"我豁出去了，大不了就是受点处分，我现在就去找赵游跟吴天宇！"

刘子科刚撸起袖子就被蔡莉莉一巴掌拍回了座位。

"你给我坐下，我说了多少次了，让你不要冲动，你要是再这样不长脑子，不用局长处分你，我就先联合办公室里的人到局长那里提建议把你的队长职位撤了，省得哪天你一个冲动犯下大错，我们都跟着丢脸。"

蔡莉莉的声音属于比较清亮的那一种，音量一增大，就有一种机关枪在耳旁扫射的感觉，刘子科当下缩了脖子，露出一副唯唯诺诺的样子。

"我不就是说说嘛，也没真去，我这也是着急，不想让社会败类逍遥法外。"

"秦教授还在这儿，你不是崇拜他崇拜得要死吗，怎么就不知道学学人家的淡定？"

听到蔡莉莉提起秦晋荀，刘子科有些心虚地往秦晋荀那儿瞟了一眼，却发现秦晋荀正呆呆地望着蔡莉莉。

刘子科心中突然敲起了警钟，往前坐了坐，挺直了腰板儿，企图挡住他望向蔡莉莉的视线。

不行，哪怕秦教授是偶像，也不能……也不能什么来着？刘子科看看蔡莉莉，心中模模糊糊地浮起一个念头。

幸而秦晋荀很快就转开了目光，神色复杂地看向温玉。

温玉疑惑地蹙眉："你这么看我干什么？"

"我只是很好奇，似乎从来没看见你生气的样子。"

温玉挑挑眉，哭笑不得："你想看？"

秦晋荀点点头，还有几分期待的样子。

温玉伸出一根手指，重重地点了一下秦晋荀的太阳穴，得到了他不满的回视。

"好了，快想想办法吧，刘子科都要憋坏了。"

秦晋荀于是鄙视地看了一眼刘子科，不紧不慢地说："急什么，证据很快就会送上门来的。"

赵游上钩的时间比想象中还要快，从事务所回来的第二天下午，秦晋荀就接到了赵游的电话。

电话里的赵游有些紧张，语气带着不确定："您好，请问，您是秦先生吗？"

"是的。"

两人约在赵游公司附近的一家茶室见面。

赵游不好茶，只是看重了那里的隐秘性，他提前一步到，订了包厢。

秦晋荀到的时候，服务生七拐八拐地将他带到了茶室最里面的包厢门前。

"先生请。"

服务生推开包厢的门，秦晋荀走了进去，和听见动静站起身迎接的赵游

372

碰了个正着，后者一副震惊的模样，瞠目结舌地立在原地，不知道说什么好。

包厢的门关上了，室内陷入一片诡异的寂静。

秦晋荀反客为主，坐了下来，指了指椅子，嘴角弯起了一个细微的弧度，"赵先生，坐啊！"

他的态度太过自然，赵游忍不住盯着他的面孔看了许久，终于疑惑地问了出来："我们是不是在公安局见过？"

秦晋荀坦然地点头："没错，我知道你是姚子兵案件的犯罪嫌疑人。"

赵游凳子还没有坐实，听见这句话便腾地站了起来："我已经说了，不关我的事，该回答的我在公安局都回答了，你们有必要追我到这里来吗？"

"追？"秦晋荀摩挲了一下自己的下巴，"我以为，是你想要找我。"

他的言外之意让赵游一愣。

"你是说，那个事务所的女人没有骗我？你确实可以替我查一些事情？"

秦晋荀不答反问："听说，你想找人调查一些灵异事件？"

赵游将信将疑地打量着他："你不是警察吗？怎么也信这些？"

秦晋荀掸了掸衣服上根本就不存在的灰尘："谁说我是警察？我的本职工作跟你去找的那家事务所里的人一样，但是说实话，我比他们更有名。"

赵游还是有些犹豫，捧着手里的茶杯转来转去，一副心事重重的样子。

秦晋荀打量了赵游几眼，为了不引起赵游的怀疑，他没有问赵游为什么要雇人查吕河，只是做出一副感兴趣的模样。

"你遇到什么灵异事件了？不妨说说，你也不必担心，你即使不相信我，也要相信，警察更不可能拿神鬼之事做文章。"

赵游深呼一口气，下了决心，开口说道："你相不相信，这世界上有鬼魂害人？"

"我相不相信不重要，最重要的是你相信了。"

赵游面色一变，不知道想到什么，脸上的血色褪去，就连开口也似乎带了寒气："姚子兵他是被鬼害死的。"

仿佛被自己森冷的声音吓了一跳，赵游打了个寒战，灌了一口热茶水之后，将温热的杯子紧紧攥在手里。

秦晋荀抬了抬眉，刻意收敛了那股子傲慢的气息，倒是有几分可靠的气质。

"怎么说？"语调里没有丝毫波动，仿佛他正在听的不是惊悚故事，而是平常的问候。

赵游被安抚到，再开口时情绪平复了很多："大概在姚子兵跳楼前半个月吧，他整个人的状态突然变得很奇怪。偶尔的几次碰面，他都是一个人自言自语着路过，还一直东张西望的。"

秦晋荀听了一会儿打断他："人在紧张等一些特殊情况下，也可能会做出一些跟平时行为举止不太相符的事情来，你怎么就能肯定他是遇到鬼了？"

赵游沉默了一会儿，在只有两个人存在的空间里神经质地张望了一番，而后才压低了声音说道："有一次我在小区外面碰到姚子兵，就聊了一会儿……"

赵游的话说得很慢，听得出来，他在叙述中隐瞒了很多内容，每一句出口的话都经过了思考，所以有些话语听起来不是很连贯，饶是如此，秦晋荀还是从他断断续续的语句里拼凑出了原貌。

赵游看出姚子兵的精神状态不太好，便问了几句，之后姚子兵便问他最近有没有收到什么邮件，他否认后，姚子兵面色更不好了，又问在他看来自己像不像是有精神病会去跳楼的人。赵游感到莫名其妙，摇了摇头，让他别说傻话。

姚子兵也不知道跟谁发狠，咬着牙说道："我怎么可能会自杀，除非有鬼。"

他原本没将这句话放在心上，可是谁料就是这句话一语成谶。

姚子兵就像是预料到了自己的死法一般，从高楼上一跃而下，赵游每次回想起那天的对话，都觉得身后阴森森的。

秦晋荀双手相叠，问道："他有没有说是什么邮件？"

"没有，就是一带而过。"

秦晋荀又问他："那这段时间里，他有没有做出什么格外反常、让你记忆犹新的事，尤其是临死之前的那个白天。"

赵游皱眉想了一会儿，犹豫着说道："案发那天我们只见了一面，在电梯里，他好像也是要下楼去哪儿。他问我今天会不会下雨……我说天气预报说有雷雨，他的表情就变得不太好。电梯下到一楼，他又说他今天不想出门了，要回家打游戏，然后就上去了。"

这些话，在警方找到赵游问询的时候，赵游一句也没有说，秦晋荀此刻权作不知，只是低头摆弄了一会儿手机，在赵游说完话后，抬起了头："所以，你也觉得姚子兵的死有蹊跷，想让我们帮忙调查？"

赵游点了点头："我知道，我的想法可能很荒唐，但是只要你能帮我，钱的事好说。"

秦晋荀笑了笑："你希望我做什么呢？将那个'鬼'找出来绳之以法？还是，让他彻底消失？"

"当然是彻底消失！"赵游有些激动地接话，而后意识到自己的情绪不太对，又掩饰性地喝了一口茶。

"我的意思是，姚子兵已经死了，人死不能复生，他一定不希望发生在自己身上的悲剧再发生在别人身上，这样也算替他积点德。"

秦晋荀似笑非笑："姚子兵泉下有知，看到你这样为他着想，一定很感激。"

赵游的表情变得有点讪讪，清了清嗓子，干巴巴地说："我们毕竟相识一场。"

"那么，鬼魂……你知道是谁的鬼魂吗？"

赵游一口咬定："不知道。"

秦晋荀便不问了，站起身递给赵游一张纸巾，面带笑容地说着："你出汗了，我们在这儿喝口茶休息休息再出去吧。"

赵游惶恐地接过纸巾，再一次拜托秦晋荀帮忙。

两个人又坐了十多分钟，秦晋荀才起身："我们走吧。"

到了走廊上，秦晋荀突然停住了脚步，皱着眉头掏着口袋。

赵游见状问道："怎么了，丢什么东西了吗？"

秦晋荀抱歉地笑了笑："我的手机落在包厢里了，我回去找找，你先走吧。"

赵游听后，自己向茶室的大门口走去。

一个转弯，对面有一个女人走了过来，穿着一套毫无特点的工装，戴着宽大的黑色框架眼镜，背着一个大包，赵游随意地瞟了她一眼，而后收回目光。

两个人相对而行，擦身而过的一瞬间，赵游突然听见了一个不甚明显的男人的声音——

"他死了，下一个是你。"

说话的人仿佛被掐着脖子，声音沙哑，分不清是从哪个方向传来的。

赵游登时打了一个冷战，心剧烈地跳动起来，额头上才擦干的冷汗一瞬间又冒了出来，他霍地拉住从身旁经过的那个女人，紧张兮兮地问道："你有没有听见什么声音？"

那女人突然被拉住，吓了一大跳，挣脱他的手，忍不住对他怒目而视："你有病吧。"

空气中似乎又响起了那个诡异的声音，重复着同样的话。

赵游确定那个声音不是幻觉，面前的女人却似乎什么也没有听到，兀自用看神经病的目光看着他。

赵游转着圈打量着四周，走廊空无一人，连服务员都不知道去哪儿了，在那个声音第三遍响起的时候，他霍然撞倒女人，紧张地大喊道："你从网上找到这里了是不是？我告诉你，我不怕你！"

而后赵游便魂不守舍地夺路而逃。

女人的包被撞翻在地，里面的东西全都掉落出来。她无奈地蹲下身子收拾，将书本、笔还有化妆镜之类的东西捡起扔进了包里。

"他死了，下一个是你。"空气中又无端响起了诡异的男声，女人顿了一下，然后在地上一堆杂物里捡起了一只微型音箱，关闭了电源，满不在乎地扔进了包里。

一双男士皮鞋出现在视野里。

秦晋苟握着手机走过来，对正在收拾包的女人开口说道："谢谢你了，梁萤。"

梁萤拉上包的拉链，站起身来，面上堆起得意的笑容："承蒙夸奖，怎么样秦教授，我演技还不错吧。"

秦晋苟点点头表示肯定。

梁萤笑容更大了："我们走吧，阿玉正在外面的车上等着呢。"

九月份的街道满是清爽的气息，温玉坐在车里，看见街对面的茶室里冲出一个慌不择路的身影，一边跑还一边踉跄地回望，像是生怕里面会有什么东西追出来，直到男人的身影消失在街角，她才收回了目光。

后座的沈路安啧啧了两声："可怜啊，想必吓坏了。"

不过两分钟，驾驶室和后座的车门被双双拉开，秦晋苟和梁萤坐了进来。

梁萤拿出包里的音响塞给沈路安："喏，还你，它的使命圆满完成了。"

沈路安将音箱又塞进梁萤的怀里："送你了，国外的新科技，环绕立体音，而且小巧容易携带。"

梁萤美滋滋地收起："还是沈公子出手大方。"

秦晋苟发动了汽车，偏头对看着他的温玉露出一个柔和的笑容："多亏了你，赵游的确露出了很多马脚。"

温玉摇摇头："是小萤和沈公子配合得好。"

沈路安听完将头摇成了拨浪鼓："哎哟，温玉姐姐你可折煞我了，叫我小沈、小路、小安都行，可别叫我什么沈公子了。"

梁萤取笑他道："别说，你刻意起来，那动静都可以讲鬼故事了，你是没看见赵游当时那脸色煞白的样儿，我都怕他晕过去这戏没法演。沈路安你家以后要是破产了你还可以改行去当配音演员。"

"呸呸呸，什么破产，我公子哥还没当够呢。"

温玉笑着看他们在后面拌嘴，沈路安明显是在让着梁萤，所以肯在一些无聊的话题上和她来回地绕。

秦晋苟假意轻咳了两声，唤回温玉的注意力，才又开口说道："这一次见面的确有些意外发现。"

两个小时前，赵游按照事务所前台小姐给的电话打来的时候，秦晋荀、温玉等四个人正在温玉的家里。

起因是沈路安打来电话抗议温玉上次被季景然一个电话叫走，留下他们三个孤零零地吃饭，又害他的厨艺被秦晋荀嘲讽得体无完肤，所以他无论如何也要温玉补偿他一顿饭，最好是亲手做的。

温玉这日没什么事，便欣然允诺，又在秦晋荀不经意的提醒下叫上了梁萤，以免沈路安这颗电灯泡太过明亮。沈路安得知梁萤要来，感动地给秦晋荀一个闪闪发亮的眼神。

一顿洗洗刷刷，鸡汤刚炖上，赵游的电话就到了。

于是四人的约饭又一次泡汤了，秦晋荀想带温玉同去，温玉却觉得多一个人，赵游就会多一分顾虑，不会那么轻易开口。

于是温玉想出了一个引蛇出洞的法子来试探，秦晋荀把电话开着免提放在兜里，其他三个人在外面的车里听着，根据赵游的心态，让沈路安录了几句话，又让从没有在赵游面前露过面的梁萤配合演出，竟然真的吓到了赵游。

温玉分析着："赵游一旦感到害怕了，那么接下来做事情的时候难免会因为慌乱露出更多马脚。不做亏心事，不怕鬼敲门，赵游的表现让我确认了，他心里的确有鬼。"

秦晋荀意味深长地说："其实赵游也没有那么傻，他怀疑怪力乱神，可以说是病急乱投医了，但是他显然还有理智，才会找私家侦探。"

可是同时他又不那么确定，秦晋荀忍不住想，他一定是知道什么的，比如说，有可能杀了姚子兵的那个人已经死了，他才会忍不住往鬼魂杀人的故事上想。

一个人不信世间有鬼，但他确信世间有因果报应，所以就连世间没有鬼怪之事也变得不那么坚信起来，而他们曾经种下了这个"因"，所以当"果"出现时，自然怕了。

温玉沉思了片刻："你说，赵游他们到底做了什么事情，才会如此惧怕？"

秦晋苟慢悠悠地转了一个弯，手指轻叩着方向盘："我倒是很感兴趣，赵游口中'从网上找到这里'指的是什么。"

温玉皱了皱眉："可以猜测，赵游不是第一次受到威胁了。"

除了这一次他们为了突破赵游的心理防线而装神弄鬼，还有一个人或者一件事令他胆战心惊，甚至惶惶不可终日。

秦晋苟点点头："哪怕在不安中，赵游也有意地隐藏了'网上'这件事，其实现在将所有的线索都串联在一起看，我有一个假设。"

后座的两人不约而同地停止了打闹。

外面的天气阴沉下来，秦晋苟看了看温玉单薄的穿着，关上了车窗，清了清嗓子，才缓缓开口说道：

"姚子兵、赵游和吴天宇三个人，因为某件事联系在一起——结合之前调查到的他们三个的收入和支出情况，这个联系很有可能就是这些来源不明的金钱。

"因为这笔钱或者还有什么别的尚未知道的原因，他们杀了一个人，结果那个人通过某种手段来复仇，第一个对象是姚子兵，先是邮件威胁，然后将其诱拐到天台杀害——通过赵游的复述，很可能是用一个高智商圈套诱拐姚子兵自杀。"

眉目清冷的秦教授张口间，那些只发生在城市阴暗处无人知晓的犯罪场景被渐渐还原。

"而赵游和吴天宇随后也通过网络受到了威胁——很有可能就是警察第一次传讯他们那几天，所以两人结伴想要避开。赵游调查姚子兵的死并不是为了什么相识一场，而是害怕自己步姚子兵的后尘。

"姚子兵究竟收到了什么东西，以至于他看完就自杀了？赵游和吴天宇又是收到了什么让他们如此恐慌？我有预感，这个东西，就是这个系列案件的核心，找到它，就能顺藤摸瓜解开一切疑惑。"

秦晋苟说完，偏头看了一眼温玉。

温玉眸色晶亮地看着他，急促的呼吸声中，有一些与他频率相同的兴奋。

秦晋苟不自觉地拽了拽领结，喉结上下滚动，压下心头的躁动，故作淡定地说："别这样看我。"

最起码在后座上还有两只巨大电灯泡的时候不要。这样想着，秦晋荀从后视镜里神色复杂地看着满脸无辜加茫然的两人，打了方向盘，将车停在了路边。

"我们俩要去公安局，你们跟着不方便，下车吧。"

梁萤一时无语。

沈路安冷笑道："带我俩走了半个诸城，到公安局门口了，你好意思说这话？"秦晋荀看着不远处的公安局办公楼，挑了挑眉，一派气定神闲。

沈路安于是气哼哼地下了车，看着秦晋荀利落地锁了车门，带着温玉扬长而去，扭头气闷地对梁萤说道："走，这附近有商圈，哥哥请你看电影去。"

梁萤跟上他，看热闹不嫌事儿大地撺掇道："秦晋荀这么对你，你不找他好好抗争一下啊，就由他这么欺负你啊？"

沈路安斜眼一笑："谁让哥哥我善良又心胸宽广呢。"

梁萤翻了个白眼，表示不信。

沈路安笑笑，没有再辩驳，转弯的时候扭头看了一眼秦晋荀和温玉消失的方向，眸光中闪过少有的正经。

周围人都说，他沈路安一个好好的富二代不做，偏偏要围着一个怪胎转，可是他们谁又知道，秦晋荀其实是在用自己的方式善待一切，那是一个心中有大爱的人。

现在有人懂他了，沈路安想，只希望这个故事有一个完满的结局。

回到公安局，秦晋荀简单向刘子科说明了情况，后者看着温玉，一副恨不得以身代之陪在秦教授身边的模样，温玉不由自主地往秦晋荀身后退了一步。可是刘子科的目光太过炙热，温玉思考了一下，又默默站了回来，企图挡一下刘子科对秦晋荀的如火热情。

秦晋荀倒是没有察觉到温玉的小心思，冲着温玉点了点头——除了对着温玉，秦晋荀那人前不讥讽便不会讲话的性子，依旧恶习难除，那么长的一段话，他是真的没有兴趣再重复一遍。

于是温玉作为代言人复述了一遍秦晋荀的猜测，又对刘子科建议道："我觉得我们可以先查查姚子兵死前以及警方传讯赵游和吴天宇那几日他们的所有网络往来，电话、消息、社交软件、电子邮件包括游戏，一个都不能落下。"

刘子科答应下来，又捏着下巴问道："秦教授，您说，对于那个'鬼'，赵游心里真的没有怀疑的对象吗？"

"怎么可能，就他那躲躲藏藏的眼神，恐怕隐瞒的事不止一星半点。"

秦晋荀就近在温玉的旁边坐了下来，温玉微微靠着书架，倒也不觉得挤。

"不过还能有谁？称得上'鬼'的，只有死在姚子兵之前的那个人，也是赵游花了大价钱查与他有关的事的那个人。"

刘子科犹如醍醐灌顶，一拍手："是吕河？"

"吕河，当然是吕河。"秦晋荀的目光亮得吓人。

他叠起了修长的双腿，手隐藏在桌子下头，旁边的人都看不到。

温玉突然感到自己的手腕一紧，秦晋荀的手找到她的，手指下滑，顺势牵住了她，十指交缠间，他面色柔和了许多。

刘子科丝毫不知这两个人暗地里的"勾当"，犹自认真地思考着。

"可是赵游不可能无缘无故怀疑吕河，死的人是姚子兵，跟吕河又有什么关系？他还花了大价钱查吕河有没有亲戚。"

刘子科对于赵游的做法十分不解。

"或者说，不管是人还是鬼，赵游知道并且认定，姚子兵曾经对吕河做出过十分过分的事情，以至于吕河想杀了姚子兵。我也想过，单是敲诈金钱一类的事情，不足以支撑姚子兵的死亡和对赵游、吴天宇的威胁，甚至吕河自杀的原因也有待商榷。"

秦晋荀点点头，提示道："这就要弄明白他们四个人之间到底发生过什么事情了。"

他是真的好奇，假若事情皆因吕河而起，究竟是谁在背后，用了怎样的手段复仇。

刘子科有了调查方向，脚下生风似的离开了，秦晋荀还坐在椅子上，神色隐隐带了几分炙热。

温玉端详着他的面容，似乎无论是鬼魂杀人，还是连环案性质的案件，都能令他感到兴奋。

温玉心头忽然涌上一阵不安。她反射性地想用手抚下胸口，却忘了手还被攥在秦晋荀手里。感受到她意欲离开，秦晋荀在反应过来之前，不由自主地抓紧了她的手。

两人对视间，炙热退去，秦晋荀对她扬起了一个纯粹的笑容。

与千变万化的网络有关的调查，是一件很费时间的事情。

刘子科和罗浩那边还在紧锣密鼓地联系着网络工程师，秦晋荀这边，网下的猎物已经走投无路地送上门来。

吓破了胆子的赵游在平西附近的一个咖啡馆约见了秦晋荀，几日不见，整个人瘦了很多，坐下来的时候还左右张望了一圈，才微微地舒了一口气。

秦晋荀冷眼瞧着他的举动，大致也能知道姚子兵在临死前几天是个什么模样。

心中有鬼，便疑神疑鬼。

"秦顾问，上次我跟你说过的事情，有什么解决的办法吗？"

秦晋荀靠在椅子上，没有接话，只是随口说起了别的事："上一次见面之后，我还以为你第二天就会联系我，结果等了好几天才接到你的电话，是中间出了什么变故吗？"

赵游有些犹豫，但是不知道又想到了什么，身子一哆嗦，咬着牙说道："不瞒你说，我确实隐瞒了你一件事。"

"哦？"秦晋荀挑了挑眉头。

"那个'鬼'……我有个怀疑的对象，是……"

"是吕河。"秦晋荀先一步替他说了出来。

赵游睁大了眼睛："是，就是他，你怎么知道？你是不是查到了什么线索？"

秦晋荀抬手压了压，示意他坐好，别这么激动。

"我不光知道你怀疑的是吕河，我还知道你找了事务所，想知道吕河是不是有亲戚知道姚子兵对吕河做的事情，所以杀了姚子兵替吕河报仇。"

赵游迟疑地点了点头。

"我还知道，那家事务所并没有查出什么，所以你今天又来找我了。"还不等赵游反应过来，秦晋荀又迅速说道，"我比较好奇的是，姚子兵到底和吕河有什么关系，让吕河做鬼也不放过他？"

"姚子兵他……喜欢打游戏，也舍得给游戏充钱，他那些钱，大多是从吕河那儿要来的，不过要得也不多，真的。"

听出他避重就轻，秦晋荀没有反嘲，依旧不露痕迹地刺探道："他要吕河就给吗？吕河不会躲在家里吗？"

"每个月吕河都得出门采购日用品，姚子兵就在那个时候逼着吕河去银行取钱给他，为了避免吕河报警，他从来都不跟进去，而是躲在银行旁边的小巷子里。"

他说得含糊，秦晋荀却冷笑着，一张嘴就戳破了他的谎言："你是知道却没有制止，还是干脆狼狈为奸？跟姚子兵一伙的，恐怕也有你一个吧。你们对吕河做了错事，现在害怕报应了。"

赵游这时候也反应过来了，一下子拍案而起："你不是什么调查灵异事件的人，你是警方的人是不是?! 你诈我！"

秦晋荀叹了口气："姚子兵已经死了，谁是凶手、怎样作案我们还不知道，其实只要你如实回答警方的问题，虽然会有那么几年过得不自由，但是总比丢了性命要好，你觉得呢？"

"我觉得个屁！"赵游恶狠狠地骂了一句，自言自语道，"老子就不信了，一个死人，一个死人而已。"

他似乎越来越相信是吕河的鬼魂在复仇。

秦晋荀看着已经有些慌张的赵游，不急不缓地问道："一个死人而已，你和吴天宇为什么要躲？"

赵游不顾周围都是顾客，大声地喊道："又不是我杀的人，我为什么要躲？"

秦晋荀笑了："那你说，又不是姚子兵杀的人，他为什么会死？"

赵游不知道说什么了，嘴唇翕动，半天说不出话来，看见秦晋荀似了然似讥讽的目光，他内心的烦躁和恐惧交织在一起，陡然掀翻了桌子，破口大骂道："关你什么事？你就是个神经病！"

赵游骂完就跑了出去。

在周围人备觉怪异的目光中，秦晋荀淡定地站起来，从钱包里掏出几张红色钞票放进地面上的一个玻璃瓶里。

"结账。"

穷途末路之人的激烈言辞他是从来都不放在心上的，可是有一句话赵游说对了，一个死人而已，即便想要复仇，人都死了，还能做什么呢？

那么姚子兵究竟是怎么死的？

虽然秦晋荀早已经猜到了，但还是将赵游的话复述给了刘子科，再带着目的去调查，就能很快得到新的线索。

刘子科很快就带人找到了那个巷子里的几个摄像头，调取监控，没用多久就找到了姚子兵的身影，身边还有赵游跟吴天宇，他们时不时探头探脑地看向马路对面，那里是吕河存钱的那家银行。

刘子科呸道："用狐朋狗友来形容他们三个倒真是合适。"

罗浩掂量着手中的硬盘问："根据我们现在掌握的线索，可以以勒索的罪名立案侦查赵游跟吴天宇，要把他们两个抓起来吗？"

刘子科犯了难，可以倒是可以，只是现在对姚子兵的死因未查清，可是要是放任两人在外，保不齐凶手会再下杀手。

不控制，从侦破的角度来看，更有利于引蛇出洞；控制，间接也算是给他们一道保命符。两个方案，各有利弊。

刘子科求助地看向秦晋荀，想知道他的意见，秦晋荀也有些犹豫，只是一偏头看见温玉正目光澄澈地看着他，便压下了心底里那点蠢蠢欲动，缓缓地开口道："那就……按罗浩说的办吧。"

这个决定有些出乎意料，毕竟秦晋荀办案不择手段的名声与他的洁癖一样广为人知，他追求的一向只有真相，从未见他妥协。

刘子科倒是没觉得有什么不妥，得到了指示就乐呵呵部署去了。

秦晋荀和温玉往外走的时候，温玉突然从后面悄悄握住了他的手，笑意温和："你没看到刚才你说按罗浩说的办的时候，大家有多吃惊，他们一定觉得，为了破案，你是不在乎用嫌疑人当诱饵的。"

秦晋荀回答得理所当然："我的确不在乎。"

话音刚落，他就"咝"了一声，低头看了看被拧得发红的手。

他非但没有松手，反而将她的手握得更紧，咕哝道："我不在乎，但并不代表我会那么做。"

秦晋荀想了想又补充道："我其实挺守规则的。"

"是啊，绝对不闯红灯的秦教授，你很棒哦。"

秦晋荀笑笑，替她打开副驾驶位置的门，等她坐进去后又把车门关上，那种感觉就像是将她放进一个属于自己的空间里，走到哪里都可以随身带着，格外安心。

他遵守的不是别人制定的规则，而是他想要遵守规则的那一份心情。如果一个人真的视规则为无物，那不是追求自由，而是连自由都不知道是什么。

最重要的是，她会不喜欢，而她不喜欢的事情，他都不会去做。

秦晋荀从小就知道，自己的情感跟别人不同，某些地方更淡薄，某些地方却更浓烈。

他想把最浓烈、最炽热的情感给她。

想到这里，秦晋荀忍不住心潮涌动，忽然耳边一盆凉水浇了下来："秦晋荀，你知道你刚刚一个加速闯了个红灯吗？"

秦晋荀愣了一下，悄悄将油门上踩着的那只脚移开。

温玉面无表情地拍了拍手："你真棒。"

刘子科花了两个半小时开会制订了赵游和吴天宇的抓捕计划，为了不引起可能还在暗处潜伏的凶手的注意，他们的行动一定要隐秘。

第二天忽而起了凉风，将临市的那一块乌云吹到了诸城的上空，天阴沉得几乎要压到地上，大雨将至。

刘子科带着人先找了赵游，本想在赵游上班的时候在他公司楼下截住他，却不想他旷工了，已经匆匆回家去了，刘子科又急忙带队往平西赶去。

而秦晋茍和温玉经过那片公寓的时候刚好见到赵游的身影。

赵游一边疾走，一边看表，仿佛有什么十万火急的事情。

温玉疑惑地问道："怎么回事？刘子科不是带人去截住他了吗？"

秦晋茍抬手看了看表："应该是发生了什么事，赵游突然改变了日程。你拦住他，我告诉刘子科一声。"

温玉点点头，调整了一下表情，在经过赵游身边时打开车窗叫他。

"赵游，你这是要去哪儿？我们有事找你，一起坐一坐可以吗？"

赵游没什么反应，看了看天，脚下的步子更快了。

温玉再叫，他摆出一副拒不合作的态度，头也不回地说道："不管是什么事，我现在没时间配合你们调查。"

忽然身旁的车一个加速，转弯，急刹，一气呵成横在了赵游面前，硬生生地拦住了他。

秦晋茍下了车，赵游见了他立刻露出恶狠狠的表情："是你，你又想来说什么？"

秦晋茍一派淡然："我其实也没有骗你啊，我的本职工作的确跟你去找的那家事务所里的人一样，但是说实话，我比他们更有名，所以警察也会来找我帮忙。"

赵游冷笑，秦晋茍走近他："回家不急这一刻，你不想知道我又发现了什么吗？"

赵游不说话，只是抬起手腕又看了一眼表。

秦晋茍冷眼旁观，说道："你知道我们这一行随时都有可能被人寻仇，所以我闲来无事练了一点防身术，你想试试看吗？"

一边说着，秦晋茍一边动作利落地将脖子上的领带扯下来，随意地扔给温玉，而后解开了衬衫上面的两颗扣子，最后又开始挽起袖口。

一时不察被领带砸到脸的温玉默然，智取、威逼都用上了，秦晋茍当真是无愧别人给他封的不择手段的变态的称号，还说自己遵守规则……

温玉暗自腹诽的工夫，秦晋荀已经成功地把不知为何变得焦急的赵游堵在了平西附近的咖啡馆，做出一副促膝长谈的架势。

秦晋荀跟赵游周旋的工夫，温玉收到了刘子科的短信，大意是他们正在往这边赶，让两人千万稳住赵游，另外还有一个不妙的消息，另一队派去抓吴天宇的警察也说吴天宇今天并没有去上班。

"可是吕河是个孤儿……"

温玉把手机给秦晋荀看了一眼，后者视线一晃而过，面色纹丝未变，依旧在一本正经地忽悠赵游："但是并不代表他父母没有兄弟姐妹，据我们了解，吕河的父亲家里是兄弟三个。"

只不过另两个年幼就夭折了，温玉在心底替他默默补充。

"你是说，有可能是吕河的叔叔替他报仇？"

赵游有些狐疑，只是这种说法无端令人安心了些，毕竟只要是人做的，就能抓到。

眼瞅着赵游情绪稳定了一些，天边突然隐隐传来闷雷的声音，眼看大雨将至。赵游听见雷声，竟然打了一个哆嗦，有些坐不住了，又抬起腕表看了一眼，指针即将指向十点。

咖啡馆吧台前的电视机里隐隐传出了气象预报员甜美的声音："预计我市今日午间将有大到暴雨，请市民出行注意携带雨具……"

赵游坐立难安，秦晋荀不动声色地继续说道："可能是吕河的叔叔无意中得知了……"

秦晋荀话还没有说完，又一个雷在天际炸开，许多人都被吓了一跳，这其中反应最大的便是赵游。

赵游忽然起身，大声地喊了一声："吕河是姚子兵逼死的，真的不关我的事啊，为什么要来找我？！"

没头没尾地说了这么一句，赵游重重地推了一把温玉，趁人不注意跑出去了。

温玉不察，被掼倒在地，胳膊和小腿正好砸在摔在地上的玻璃杯碎片上。

这是他第二次暴起了，想不到他心理承受能力这么弱。

秦晋荀慌忙上前扶起温玉，检查了一下她的伤口之后，将她扶到一边干净的位子上，这才沉着脸打电话给刘子科。

　　"赵游方才急匆匆地跑走了，我觉得不对，你们现在就派人……直接去他家。"

　　赵游一直在看表，仿佛流走的不是时间，而是他的生命，那种状态十分不对劲，让秦晋荀忍不住怀疑下一刻将会发生什么。

　　温玉忍住疼痛看向他："我一个人没事的，你去找赵游吧。"

　　秦晋荀摇摇头，站起身来的同时打横将温玉抱了起来。

　　"刘子科正赶过来，我先送你去医院……地上不干净，不要感染了。"

　　到了医院，医生上药的时候，秦晋荀就板着脸虎视眈眈地站在一旁，医生手一抖，几乎将整瓶药水都洒在温玉的胳膊上。

　　原本没有多大的伤口，顿时红红紫紫，显出几分狰狞。

　　秋冬本不是雷雨多发的季节，可是诸城气候更为湿润，秋雨比周边的几个城市下的次数都要多，外面的天色暗得惊心，晦暗中一个闪电突然照亮了天际。

　　雨点打在窗户上，从小雨到瓢泼大雨不过用了十来分钟，酝酿了一个上午的大雨终于倾盆而下，天阴沉得像晚上八九点。

　　就在这时，刘子科的电话打了进来，电话那头显得十分杂乱。

　　刘子科声音沙哑："秦教授，不好了，赵游出事了。还有……现场……你最好来看一下。"

　　赵游死了，暴雨雷鸣中，他从公寓楼顶一跃而下，在小区内引起了一阵骚乱。

　　同之前两起跳楼案不同，这次案发时，很多人正在附近，因下大雨赶着回家，赵游的跳楼引起了很大程度的恐慌。

　　警车驶来，车上跳下许多刑警，冒着大雨迅速封锁了现场，疏散着人群。

　　检验尸体的时候，蔡莉莉面色惨白，温玉担忧地看着她："没关系吗，要不要上旁边休息一会儿？"

蔡莉莉虚弱地摆了摆手，她抬头，很轻易就能在一排窗子中找到属于她客厅的那一扇。

这已经是这栋公寓楼里发生的第三桩命案了，这栋楼到底有哪里不一样，为什么跳楼事件频发？

旁边有认出蔡莉莉的邻居，隔着隔离带向她喊道："小蔡，你知不知道这到底是怎么了，怎么死的全是咱们楼里的，是不是真的……闹鬼了？"

此话一出，周围寂静了一瞬间，这种诡异的寂静更加衬托出秋雨的萧瑟，雨滴重重地砸在每一个人的心上，天地一片荒凉。

立刻有个中年男人反驳道："你瞎说什么呢，什么神啊鬼啊的，都是封建迷信。"

"那你说说，这平白无故的，怎么就咱们这儿接二连三地发生命案，这以后可怎么住啊！"

"你问我，我问谁去，反正不做亏心事，不怕鬼敲门，别的我可管不了那么多。"

饶是如此，男人嘀咕了两句，也忌讳地小跑着离开了。

秦晋荀目睹了这场争执，而后问道："怎么样？有没有看出什么门道来？"

温玉皱着眉头，哪怕身上披着雨衣，那倾泻而下的雨幕依旧不可避免地钻进她的衣服里，渗出丝丝凉意，一如她的心情。

"这栋楼的居民好像知道些内情，否则，怎么会有人张口就咬定……闹鬼。"

秦晋荀勾了勾嘴角，淡漠地说道："他们知不知道内情我不知道，但是那个男人有一句话说得很对……不做亏心事，不怕鬼敲门，你还记得赵游说过姚子兵死之前有什么异样吗？"

温玉回忆着，想不起来究竟是哪句话让秦晋荀上了心。

秦晋荀勾唇笑了笑："他提到姚子兵死的那天，对天气格外敏感，听到马上就要下雨，便连门也不出，回家里打游戏去了。"

温玉顺着秦晋荀的话，抬头看了看暴雨如注的天空。

今天也是个大雨天，这其中有什么关联吗？

刘子科沉着脸从远处走过来，低头附在秦晋苟耳边说了句什么。

秦晋苟挑挑眉头，略微诧异："抓到了？"

刘子科点头："是，就藏在楼顶的蓄水箱后面，警察搜索案发现场的时候找到他的，他也受了点轻伤，不过没大碍，就是吓坏了。"

温玉听了个大概，她不由得看向秦晋苟。

秦晋苟走过来，侧着头，肩膀架住雨伞，冰凉的指尖探向她，先是将绑在她胳膊上有些松动的绷带重新扎好，才说道："在案发现场找到了吴天宇，现在正在带回去调查。"

"当场抓获？"刘子科皱了皱眉头，十分疑惑，"老实说，我现在也想不大明白，为什么我们在逮捕赵游和吴天宇的时候，两人都会反常地出现在这儿？"

好像有一双手，在冥冥之中操控着事情前进的方向，刚要从赵游的口中找到姚子兵之死的突破口，赵游却在这个关口跳楼了。

唯一的目击证人和犯罪嫌疑最大的人，只剩下了吴天宇。

赵游的尸体情况和姚子兵的差不多，都是在清醒状态下自己从楼顶上跳了下来。温玉配合着蔡莉莉查了一遍，她秀美的脸庞在暴雨里显得格外孱弱，一只手臂还受了伤不便移动，饶是如此，她依旧专心致志。被她感染，蔡莉莉逐渐平静下来。

不多时，温玉站起来走向秦晋苟："我这儿调查得差不多了，我们现在回公安局吗？"

秦晋苟摇了摇头："不急，因为怕引起骚乱，刘子科是悄悄带走吴天宇的，现在这个消息还没有传开，我想我可以趁机问点什么……"

不光温玉心里嘀咕，秦晋苟其实也在想，关于吕河死前的生活状态，这栋楼里的居民可能有所目睹，因此，在这两个可能跟吕河的死有关的人跳楼之后，他们才会认为，这是鬼魂作祟。

作为唯一幸免的当事人吴天宇的父母，他们不可能毫不知情。

两人悄悄离开现场，往公寓里走去，在一户人家前停住敲响了门。

里面的妇女显得很警惕，仅仅打开了通气窗，隔着防盗门问道："你们是谁？"

秦晋荀打量着这个妇女的神情，确定她并没有认出他们就说道："我们是来找吴天宇的。"

"你们是天宇的朋友？"

秦晋荀微微笑了笑："不是……吴天宇问我借了钱，到现在还没还，我就想来问问是怎么一回事。"

那个妇女面色一变，狐疑地看着秦晋荀。

秦晋荀对她的心思了若指掌，又说道："我刚才给他打了电话的，他让我先过来等他，要不然您联系他一下？"

吴天宇的手机已经到了刘子科那里，刘子科不接，吴天宇的母亲自然无法拨通，只好默认了秦晋荀的说法，打开门让他们进屋了。

她请他们坐下，自己坐到另外一边，搓了搓手试探地问道："天宇是什么时候欠了你们钱啊？"

秦晋荀叠起双腿，慢悠悠地说道："半年前吧，他说在现在这个职位上待了好久了，想活动一下看看有没有什么晋升的空间，就问我借了一点钱。"

吴天宇的母亲并没有对这件事提出什么异议，只是"哦哦"了两声，皱了皱眉头。

秦晋荀当即便看出，吴天宇的母亲是知道自己儿子升职是因为给别人塞了钱的。

场面一度安静下来，秦晋荀不紧不慢地敲着桌子，温玉则像一个隐形人一样低头摆弄着自己的手机。

整个空间里，似乎只有秦晋荀指关节轻叩桌子的声音，时快时慢，无端令人心烦。

吴母在这种声音中有些坐不住了，她站起来到厨房洗了几个盘子，十分钟后又洗了两个苹果放在秦晋荀和温玉的面前，招呼道："吃点水果吧。"

秦晋荀点了点头，没有动。温玉一切以秦晋荀的行动为准，也没有动。吴母更加尴尬，终于憋不住问道："那个，我方不方便问一下，我们家天宇欠了你们多少钱啊？"

秦晋荀于是收回看向窗外的目光，微微笑了笑："不多，十万。"

　　刚刚好就是刘子科他们调查到的吴天宇托关系所用的钱款总额。

　　"不可能！"吴母立刻笃定地反驳道，"天宇不可能问你们借那么多钱。"

　　秦晋荀颇感兴趣地向前倾了倾身子："哦，你怎么知道不可能，说不定你儿子真的借了这么多钱，但是不想让你替他担心，特意没告诉你呢？"

　　吴母态度也不是那么好了："我儿子总共才花了十万出头，而且都是他自己的钱，不可能会问你借那么多，你是骗子吧，趁我儿子不在家上门诈骗来了？我告诉你，警察就在楼下，你要是再胡说八道，我可就报警了！"

　　秦晋荀站了起来，接着就冷笑道："报警，你敢吗？你敢向警察解释清楚你儿子的那十万元是怎么赚来的吗？"

　　吴母浑身一震，看着秦晋荀的目光有些躲闪，语调也颤抖起来："你……你怎么知道……不对，我什么也不知道，我儿子也是，你们可不能随便冤枉好人。"

　　温玉放下手机，站了起来，靠近秦晋荀。

　　吴母情绪有些激动，温玉看着一心想激怒对方的秦晋荀有些担忧，万一这个女人真的不管不顾扑上来厮打……

　　"我只是想替吕河讨一个公道。"

　　温玉抬眼看他，以为他只是在套吴母的话，可是他的眼睛黑不见底，本就棱角分明的五官严肃得令这个中年女人不由得打了个哆嗦。

　　"我……我听不懂。"

　　秦晋荀显得有些厌烦，逼近了她两步："姚子兵死了，赵游也死了，下一个就是你的儿子，你真的不相信天理昭昭，报应不爽吗？"

　　这无疑是诛心之言，吴母退后两步，跌坐在沙发上，捂着脸呜咽出声。

　　她哭得很绝望、很可怜，秦晋荀却视而不见，神情几乎结了冰："他们是拿什么威胁吕河，让吕河不断满足他们的贪欲的？"

　　吴母抬起头来，泪流满面，缓缓地张开了嘴……

终幕的序曲

刘子科他们刚回公安局没多久，秦晋荀和温玉也从现场赶了回来。

眉头紧皱的刘子科见秦晋荀手上提着一个厚实的帆布包，里面装着什么东西鼓鼓囊囊的，便打起精神问道："你们怎么耽搁了那么久，这是什么？"

秦晋荀只低声答了一句："吕河父母的遗物。"

是的，是从吴天宇家里搜出来的，吕河父母的遗物。在吴母颤颤巍巍将东西从杂物室捧出来的时候，温玉面前凄楚的中年母亲的形象，也显得面目可憎起来。

在秦晋荀跟温玉临走时，那个女人还追出来，缓了缓神，担忧地问道："这位警官，这些东西又不值钱，就算是拿了，我儿子应该也没有事吧？"

温玉一时之间如鲠在喉，刚要说什么，却见秦晋荀骤然停下脚步，回过头去，目露嫌恶。

"我不明白为什么那么多年轻人会走上歧途，可是见到你我懂了。犯罪行径固然可恶，但不加以管教反而纵容的父母也有责任，你儿子做了什么，你也是帮凶，洗不掉的。"

他说完，仿佛再看一眼吴母都觉得烦，迈着腿大步离开了。

温玉一边追着他，一边暗忖：之前面对杜芊继父的时候也是，似乎每次

393

与父母有关的事情，秦晋荀就格外敏感。

吕河已经身亡，他父母的遗物已无处归还，刘子科便让人送去他长眠的公墓。

刘子科交代的间隙，秦晋荀突然想起什么，扭头问了一句："吕河没有亲戚了，那他父母这么多年都安葬在哪儿？"

正在交接任务的小警员愣了一下："这个……我们还没有查。"

这时候，一直跟进吴天宇押解情况的罗浩走了进来："刘队、秦教授，吴天宇的精神状态差不多已经稳定下来了，你们现在要见一见吗？"

刘子科飞快地点点头，站了起来："秦教授，一起去看看吧。"

秦晋荀颔首。

外面的暴雨已经转弱，却还是密密织成一道雨幕，天色暗沉，衬得温玉的面色有些苍白。

秦晋荀的目光在她面上扫过，皱了皱眉头："我先送你回去？"

温玉摇头，跟着站起来："我和你们一起去。"

秦晋荀没有反驳，只是沉着脸走到温玉的位子旁拿起她放在桌子上的一个带盖的玻璃杯，径直走到饮水机前接了满满一杯热水。在饮水机的咕嘟咕嘟声中，众人莫名地对视一眼，直到秦晋荀优美的手指将盖子拧好，自然地递给温玉。

"手凉，抱着。"

温玉接过拢在怀里，热水杯的丝丝暖意通过指尖直达心底。

刘子科看着两人的互动，疑惑地挠挠头："你怎么知道温法医手凉？"

秦晋荀短暂地审视过后，露出了一个"尔等皆凡人"的蔑视，在刘子科等人的注视下，启唇吐出与王者气势截然不同的话语："温玉她……不让我说。"

一片诡异的寂静中，温玉低声咳了几下，眉目间还是一派精致的妹色："好了，别浪费时间了，我们快走吧。"

路过秦晋荀身边，温玉轻轻地笑了一下，她捂着水杯快速走过，暗忖：看来秦教授怨气颇深呀。

吴天宇暂时被关押在平西辖区的派出所内，开车也得二十分钟左右到。

在路上秦晋荀突发奇想："万一真的是鬼呢？"

温玉不赞同地看着他："子不语怪力乱神。"

秦晋荀看了一眼温玉认真严肃的模样，突然腾出一只手揉了揉她的头发，她精致的眉眼一下子就被遮盖了。

她毫不留情地打开他的手："你做什么？"

"看你漂亮。"

"你这是记仇。"

秦晋荀笑了："那你说说看，我这是记你什么仇？"

温玉登时熄火，秦晋荀嘴角勾起一丝冷笑。

吴天宇又一次被传到了问讯室，与上一次不同的是，作为重大嫌疑人，他的双手戴上了手铐。

罗浩挤了挤眉心走出来，冲外面踱步的刘子科摇了摇头。

对吴天宇的问讯进行得并不顺利，吴天宇什么也不肯说。

"秦教授，要不……您进去问问？"

秦晋荀隔着单向玻璃往里看，吴天宇佝偻着身子，整个人恨不得蜷缩起来，标准的警惕与自我保护姿态。

他摇了摇头："现在还不是时候。"

刘子科和罗浩面面相觑，却也不得不再次进去尝试。

"是不是你推赵游的？"

"不是，他是自杀。"

"赵游为什么要自杀？"

"我猜是赵游杀了姚子兵，知道你们要抓他，害怕了。"

吴天宇的每一句话都恨不得将自己撇得远远的。

"那你说说，赵游为什么要杀姚子兵？"

"他们两个曾经因为钱的事情吵了起来，赵游一直对姚子兵怀恨在心……"

"钱？"

吴天宇说得有些艰难。

"对……他们……嗯……"

刘子科看着他支支吾吾的样子，早知道是有些龌龊在其中，直截了当地问道："姚子兵打游戏花的那些钱，赵游给私家侦探的钱，以及你用来打点公司的钱，是不是都是你们威胁吕河拿到的？"

吴天宇没想到警方掌握得这么全面，一下子就白了脸，再也不肯开口了。

几日后，被拘留的吴天宇明显瘦了一圈，这个关头，刘子科终于撬开了他的嘴。

"赵游……赵游他真的不是我故意推下去的。"

刘子科闻言凌厉地问道："你是想说，你们两个人想去天台上吹吹风，结果风太大了，赵游没站稳掉下去了？"

"我们有些事情要解决，结果起了一些争……但是我真的没有故意推他，他是说着话，走到楼边，自己突然跳下去的。"

"我很好奇，能让你们在这么敏感的时刻上天台解决的问题到底是什么？"

吴天宇咽了一口口水，干巴巴地说道："是……是一封邮件。"

"什么邮件？"

吴天宇话到嘴边，却颤抖着嘴唇，无论如何也不肯说出口。

"吴天宇，如果说不清楚案情，你这就是蓄意谋杀知道吗？谋杀你懂不懂？！"

吴天宇登时被唬得泄了一口气："那封邮件在阅读后自动销毁了，任我们怎么找也没有，而且，也根本就没有发件人，像是凭空出现的……但是我还记得邮件的内容。"

温玉听得神思一动，阅后即毁，凭空出现，至今连网络警察也没能找到踪迹，这种程度的技术极为高超，也极为熟悉，令她不由想起了一个人。

她扭头看向秦晋荀，后者与她目光相接，眼神中是同样的怀疑。

有这个本事，并且有这个闲心参与进来的那人，他们想到了项骁。

刘子科不知道他们两个在想什么，只是全神贯注地盯着吴天宇："邮件里写了什么内容？"

吴天宇低着头，仿佛被勾起了心中最深的恐惧，声音里带着颤抖，一字一句地复述着："我回来了。姚子兵已死，下一个是谁？"

吴天宇话一出口，所有人都愣了。

听这意思，赵游的死和姚子兵的死，是有共同原因的。

这个原因呼之欲出——吕河的复仇。

"可是吕河已经死了啊，他怎么会……"

众人面面相觑的时候，秦晋荀却不动声色地打量着吴天宇。

他无意识地搓着手，目光躲闪着众人，丝毫不在意自己的话引起了轩然大波。

这实在不像是被撬开全部心房的人应该有的表现。

这时，吴天宇飞速地抬了抬眼，见警察大多目光中透着怀疑，又加重了语气说道："我说的是真的，第一个去找上姚子兵的，一定是吕河，吕河最恨的就是姚子兵！是吕河回来了！一定是吕河回来了！"

刘子科对他这番说辞极为不屑："欺负一个残疾人，你还要分出个主从犯吗？你真是长能耐了……"

吴天宇急了："我说的是真的，是姚子兵逼死吕河的！"

众人又是一愣，吴天宇接着说道："为了逼迫吕河听话，他不光指使我抢走了吕河父母的遗物，他还……"吴天宇深吸了一口气，羞于启齿，"他还抱走了骨灰，吕河父母的骨灰。"

隐瞒得最深的一件事吐了出来，吴天宇后面的叙述就顺畅得多了。

"那是吕河唯一激烈反抗的一次，好几户人家都看到了，只是……没出什么大事儿，他们也不愿意得罪姚子兵，就都装作没看见，扭头走了。

"然后……有一天姚子兵找到我们俩一起喝了点酒，他喝大后，将吕河连拖带拽拉到了天台羞辱了一通，当着吕河的面，将他父母的骨灰……从楼上倒下去了。"

逼死吕河的不是那人人向往的粉色钞票，而是他父母的骨灰，那也许是他在这世界上最后的一点寄托，但就在那天，这点寄托也随风飘散不见了。

那风刮得邪乎，几人躲闪不及，被骨灰糊了一脸，心中生出一种阴恻恻的感觉。

而今，吴天宇和赵游一样，都深信这是亡者又生，找他们报仇来了。

隔了半日，刘子科收到了新的资料，是平西区居委会提供的由住户填写的几份信息表，填写时间就在吕河死前几日。秦晋荀从其中挑出了吕河的那一张，右上角贴着他的一寸照片。

他将这张照片和公安局资料里吕河的照片并排摆在一起。

"你看这两张照片有什么区别吗？"

"吕河……更瘦了。"

监控镜头里的偶然一瞥，他的眼窝几乎下陷进去，他有意识地穿着宽大的衣服，偶尔出门，竟然也没有太引起注意。

"你记不记得，吕河的遗物里有一辆他自己设计的轮椅？"

这个消息当时是罗浩查探吕河财务状况时查到的。闻言，刘子科点点头："有的，成本很高，但是特别轻巧。"

秦晋荀打量着消瘦得吓人的吕河的照片，若有所思，自言自语道："即便他加上轮椅，重量也应该远低于正常男人吧……"

一直认真跟上秦晋荀思路的刘子科觉得自己隐隐抓住了什么，就听见秦晋荀突然说道："我想再去案发现场看看。"

由于接连发生命案，天台已经被锁住了，一个粗壮的锁头上又套了一把大锁，两个钥匙开了很久才打开。

看见刘子科略微扭曲的脸，开锁的警察不好意思地收起了钥匙。

"这不是因为案子没破嘛，我们也害怕再有群众从这儿跳楼。"

此话一出，刘子科的面色更扭曲了。

秦晋荀示意众人站在原地，自己独自向天台边缘走去。

天台边缘并不平直，由于顶上安装了很多设施，经常会在哪里多出一块，或者缺失一块，秦晋荀走向的就是正中间凸出的部分。

后面有人忍不住出声提醒："小心啊秦教授。"

秦晋荀缓缓走到天台的边缘，距最外侧不到半米，似乎只要再迈出去一步，便会瞬间栽下这高楼。

他站定，眼睛眨也不眨地看着对面，对面是一座仅次于这座公寓楼的第二高的楼。从这个视角望下去，高耸的墙体一览无余，墙壁上有岁月留下的斑驳痕迹，在一个十分不起眼的角落里——只有从这个视角才能看到的一个角落，那里有许多杂乱的油漆印。

秦晋荀逆着风开口："你们知道那三个人还有一个共同点是什么吗？"

不待众人回答，他转过身又说道："他们要么无所事事，要么从事轻体力劳动，体重都偏重，任何一个都要比哪怕坐着轮椅的吕河重。你们探查现场的时候，没人走到最外边吧？"

刘子科摇摇头，不太明白他为什么这么问："那儿什么也没有，一目了然，应该是没过去看。"

秦晋荀没有说话，站在那儿看了看自己的身上，又低下头看了看边缘的地面，距离他三十厘米左右的地方有一道不明显的裂缝。

他想了片刻，脱下了自己的鞋，赤足走在地上，而后仍在犹疑，表情因而显得有些呆滞。

在心底计算片刻，秦晋荀抬手，开始解自己西服外套的扣子。

忽然身后伸来一只手，拽住了他的衣袖，将他往回拉了拉。

是温玉走了过来，她放开秦晋荀后，从兜里掏出一根橡皮筋利落地绑好自己的头发。

"我来吧。"

秦晋荀立刻摇头："我计算过了，我的净重应该差不多。"

温玉睨他一眼："你想在这里全裸？"

"……"

"这点危险，真的还算不上什么。"温玉淡淡地说道，而后也脱下了鞋子和自己的外套，一步一步朝着边缘走过去。

身后的众人不知道两人究竟想干什么，只是下意识地屏住了呼吸，害怕惊扰了温玉。

温玉走到了最外侧，脚尖几乎悬空，这才蹲了下来。秦晋荀站在离她一步远的地方，虚虚地提着她后腰的飘带。温玉身子前探，最大限度地伸手，在底下摸索着什么。

一阵风吹来，她的衣带翩飞，似乎她下一刻就要坠落。

这一幕称得上是惊心动魄，直到众人快要憋不住气的时候，温玉才从高楼的边缘底下摸出一包东西来。

秦晋荀立刻一拉，将人带到自己怀里，同时后退几步。

靠在他怀里，听着紊乱的心跳声，温玉不自觉眯了眯眼，背着众人的视线抬头问他："我做得是不是很好？"

她眉眼弯弯，秦晋荀却不为所动，面色依旧阴沉。

"秦教授、温法医，你们这是……"

秦晋荀没有解释，只是对着刘子科说道："找个箱子，大一点，装满石头……抬上来。还有，派人到下面清一下场。"

看着刘子科张大的嘴，温玉有充分理由怀疑秦教授是借机抒发闷气。

十分钟后，身壮如牛的刘子科果真呼哧呼哧地扛上来一箱子石头。

"好家伙，二百来斤呢，也就是我吧……秦教授，你要这有什么用啊？"

秦晋荀正在观察着温玉从夹缝里摸出来的那包东西，闻言抬了抬头："扔下去。"

"啊？"

刘子科通知楼下的警员清场，片刻后，他小心翼翼探了探脑袋，确定底下没有行人经过，于是他放心地一甩，将那箱子石头霍地丢在楼的边缘，突然就像是触动了什么旧时代的机关，边缘突然一矮，那箱石头砸向地面……而天台边缘，片刻后又恢复如初。

"魔术？"后面有人不由自主地开口。

秦晋荀漠然地听着底下传来的巨大的"哐当"声，忽然嘲讽地笑了笑。

刘子科正被发生在眼前的这一幕弄得目瞪口呆，几乎是趴着移到了天台的边缘，摸索良久，才退回来，语气有些无力："边缘是与地面颜色相近的木板，底下安了一个气力阀，木板……可以活动。"

秦晋荀望着底下因着方才巨大坠落声又逐渐会聚过来的人们，神色变化中，冷漠里夹杂了几分叹惋："假如住在这里的目睹过吕河经常在天台上停留的人能够对他多一点关注，上来看看他会不会有事，就会发现，他在一点一点改造这里，那么可能就……"

那么可能就什么呢？可能赵游不会死，可能姚子兵不会死……可能最初的吕河也不会死。

假若有人对吕河有那么一丝关心，会不会发现在同样格局的公寓楼中，在每天二十四小时平凡的生活中，有那么一个存在感微弱的人，也许正在死与复仇的边缘挣扎，需要帮助。

但是，"可能"不会有了，"假若"也不复存在，只有一些沉甸甸的、不可名状的感觉，在秦晋荀收声之后，充斥在在场人的心中。

刘子科了张嘴，发现喉咙像是被什么东西堵住了，他努力将心底的酸涩压下，走上前："秦教授，这……是个陷阱吧，那诱饵是什么？"

秦晋荀举起手中的包裹："我想，这就是他们明明害怕，却还一个接一个来天台的原因。"

一瓶味道刺鼻的溶液。

想要拿到这个东西的人，走到伪造的墙体边缘，一脚踏空，堕入地狱。

这是一场有预谋的"死者谋杀"。

"先带回去化验吧。"

秦晋荀将瓶子交给刘子科，转身朝楼下走去。

瓶子里的溶液是吕河自己调配的，从这位精通化学的男人的家里搜出了很多化学物品，除了分析成分，还需要找出这瓶溶液的用途。

因犯罪手法逐渐清晰明朗，吴天宇摆脱了谋杀嫌疑，被警方以勒索罪名移送了检察机关。事情似乎都在朝着好的方向发展，秦晋荀的面上却依旧冷凝。

两天后，检测结果出来了。

秦晋荀翻看着十几页的说明书沉默不语，温玉也凑过来看。

"对特殊烃有溶解作用，发生化学反应并中和……"

专业术语颇多，温玉也看得一知半解，忽而听见秦晋荀喃喃自语道："我知道了……"

放下报告，他对着刘子科说道："我要见吴天宇，现在。"

几个电话过后，刘子科为难地走回来。

"吴天宇被检察院提起诉讼，这期间是可以保释的，他妈妈昨天保释了他，但是现在人联系不上了。"

"跑了？"

"现在还说不清，但是应该还没出诸城，他的身份证信息可买不了车票。"

秦晋荀抬头看了看外面的天，昨天刚刚放晴，此刻却又阴了下来，这段时间，诸城的雨天似乎格外多。

他突然问道："今天会下雨吗？"

蔡莉莉听见了说道："今天的天气预报报了，应该是有雨，并且好像是诸城近三年以来最大的一场雨。"

秦晋荀的表情明了起来："我知道去什么地方找他了。"

刘子科忙不迭地问道："什么地方？"

"平西公寓。"

有人插嘴："他既然跑了，就不会回家吧。"

"他不是回自己家，而是要去天台。"

秦晋荀的话很轻："吴天宇并不知道我们的调查结果，他甚至不知道我们从天台上拿走了什么东西……他还是会去那儿，就像赵游和姚子兵一样。"

有人不太相信："不可能吧，那溶液到底有什么魔力，让他们三个一个一个排队送死？"

是啊，明明关上一两年就能出来的轻罪，谁会再去送死？

"所以……吴天宇隐瞒了我们一些事，比起还没发生的事情，他更害怕这件事被挖出来。"

温玉以一种复杂的心态再次踏进吕河的家。窗前的花已经彻底枯萎，屋子里充斥着雨季没有及时通风的霉味。

秦晋苟走到窗前，注视着对面公寓那面巨大的墙壁，专注得仿佛在看情人的面庞。

温玉踱步过去："你在干什么？"

"等雨。"

这一天，夜幕早早地降临。

天边的雷以沉闷的音质为开端，逐渐轰鸣，惊雷伴随着一道闪电响彻云霄，在一瞬间照亮了天际。

暴雨顷刻而下，毫不留情地冲刷着大地，比起此刻天漏了似的雨，前几次的暴雨还算在正常范围。

客厅里的窗户开着，狂风席卷，将密密麻麻的雨帘吹向屋内，地面上瞬间就湿了一大片。

旁边的罗浩突然"咦"了一声，伸手指向对面的墙："那是什么？是墙体灯吗？"

对面公寓的墙上有零星的闪光，那光芒星星点点，分布不均，有些地方隐隐约约连成一条线。

"是一种涂料，通过气弹枪打上去的。"秦晋苟阴沉着脸，看向对面的墙壁。

那片看起来是被吕河无聊至极打上去的涂料，在暴雨的冲刷下，缓缓展露出最真实的模样。

那是吕河自己研究出的一种涂料，在黑夜里会发出微弱的光亮。而这种光亮，可以被天台上的溶液所中和、消融。

"你们现在最好让警员上天台找一找吴天宇，确认他还活着。"

"什么？"刘子科结结巴巴地问，"秦教授，你说……确认谁活着？"

秦晋苟重复道："现在。"

刘子科等人面色一变，来不及再说一句话，便飞也似的冲了出去，只是终究还是晚了一步。

与关门声同时响起的，还有外面几乎被如注的暴雨声掩盖的轻微响动，一个黑影从窗外瞬间掉落——第四条人命，也是故事的终止。

对于吕河来说，这一个复仇的故事，以一场暴雨为开端，终于在今夜画上了完美的休止符。

闪电一次一次亮起，天幕像是被撕裂。

刘子科半跪在天台，看着地面上和黑暗融为一体几乎不可见的人影。

那人影似乎抽动了几下，随即便渐渐不动了。

对面公寓的墙上，被雨冲刷得愈加干净，越来越多的荧光从暗夜里渗透出来，那是歪歪扭扭的几个以点连成的字。

前半句歪歪扭扭地喷绘了三个人的名字，后半句又写着一个不堪的事实。

一个三人冒着生命危险妄图掩盖的事实，一个那日随着骨灰的飘散，比起性质恶劣的霸凌，更加骇人听闻，折辱了一个男人最后自尊的事实。

案件的始末，终于被串联起来。温玉握了握拳，脑海中几乎为吕河的遭遇泪目，她睫毛上下颤动，却盯着墙体愈加清晰的字形不肯移开。

"别看了。"秦晋荀冰凉的手捂上了她的眼睛。

温玉握住他冰凉的手，从眼帘上拽了下来，又转身轻轻依偎进他的怀里："我没事。"

她是真的没事，自从见过那个傍晚漫天的红，她再不怕其他。

办公室里气氛低迷。

罗浩将手中连夜赶出来的报告递给刘子科，刘子科看了一眼他布满血丝的眼睛，安慰性地拍了拍他的肩，一句话也没有说。

上一刻还见到的人，无论是证人还是罪犯，下一秒都有可能生死颠覆，这是家常便饭。

刘子科将报告翻开，看着上面的嫌疑人照片，忍不住叹了口气："吴天宇还是对我们说了谎。"

吴天宇和赵游收到的那封邮件，应该还有下半句，告知他们墙体涂料的秘密。

他选择了说谎，存了侥幸的心思，孤注一掷，却抵不过死去的亡灵在奈何桥边的执念。

吕河大概是从没想过要放过这几个人，将他们全部都拽到地狱里去，这大抵是他这辈子做过的最激烈的反抗了。

秦晋苟忽而问道："我之前已经让你们通知公寓物业封闭天台，而且又派了人看着，为什么还是让吴天宇上去了？"

刘子科面带愧色："这件事是我安排不周，我们的人的确在那盯了好几天，可是巧合的是，就在吴天宇出事前半个小时吧，之前游荡在平西那一带的小混混又出现了，在我们便衣警察的眼皮子底下拦住了一个姑娘，嘴上也不太干净，咱们那两个同事当然不能袖手旁观啊，就追上去想把他们抓起来，结果追着追着，就离开平西了。"

秦晋苟紧锁着眉头，飞快地思索着：怎么会这么巧？

警察追着那些小混混离开了半个小时，就是这半个小时，吴天宇打开了天台锁着的门，然后站上了那块死亡之地。

当真是天道轮回，报应不爽吗？他是不相信的。

所以唯一的解释就是，有一个人引开了警察，开了门，让吴天宇不可逆转地赴了这一场死亡之约。

他心中勾勒出了一个男人的影子。

那个如同附骨之疽摆脱不掉的、令他厌烦的男人——项骁。

秦晋苟坐在窗边一动不动已经三个小时了。

他没感觉到累，可是办公室的众人已经累得身心俱疲了，因他在想事情，他们这一个下午连高声说话也不敢，将一个平日里像菜市场的办公环境，硬生生憋成了一家安静的图书馆，大家就连互相之间递个文件，也搞得像对暗号的。

刘子科将声音压成了浑厚的男低音："经一县请求支援警力的报告你看了吗？"

罗浩几乎用气音回答："看了，局长还没做决定要不要派我们去，这个情况还需要讨论一下。"

"现在讨论吧。"

"现在讨论？找骂呢？"罗浩冲秦晋荀那边努了努嘴。

在众人的怨念中，温玉终于勇敢地站了出来："晋荀，我这边事情处理完了，我们走吗？"

"去哪儿？"

"梁萤想要大扫除，我答应了要帮她，一会儿直接去她家里。你最近太忙了，回去休息休息吧。"

秦晋荀不感兴趣，又恢复成那个僵硬的坐姿。

"不想休息，这个时候休息是对我大脑的一种浪费，我还是在这里想点事情吧，正好你那帮同事如果有什么难以解决的案子，也可以来问我。"

听不清两人之间都说了什么，只能通过秦晋荀的动作猜测他的意图，周围人的心情就像坐了过山车一样忽上忽下。

温玉不忍同事受折磨，叹了口气："那我不去找梁萤了。"

于是，秦晋荀又缓缓偏头看着温玉。

"今天天气不错，我们去看电影好不好？"

秦晋荀目光一亮："约会？"

他的声音瞬间高了一个度，温玉敏感地听见身后一片吸气声，她恨不得捂住他的嘴。

温玉胡乱地点头："对对对，你说什么都对，我们快点离开吧。"

两人离开后，办公室重新响起了窸窸窣窣的声音。

"想不到温法医为了我们牺牲这么大。"

"是啊是啊，我决定她下个月的饮料我请了。"

"我提供三块。"

"这么抠？"

蔡莉莉被这群人气笑了，站起身来鄙视道："你们一个个长点心吧，这么笨，'注孤身'啊！"

到了楼下，秦晋荀饶有兴致地跟在温玉身边问道："你喜欢看什么电影？"

"都行。"温玉随口答道，见他兴味盎然，自己便也忍不住翘了翘嘴角。

"温玉。"大厅里，突然有人出声唤她。

温玉顺着声源抬头，不由得停下脚步："景然？你怎么来这儿了？"

季景然步履匆匆而来，面上却是一派温和淡定，只是语速较平时快了几分："邱峻在十分钟之前给我打了电话邀请我们两个参加一个画展，我正好在这附近，就过来接你了。"

说完，他仿佛这才注意到温玉身后的秦晋苟，冲秦晋苟微微点了点头，招呼道："秦教授，您也在这里。"

秦晋苟双手插兜，没有吭声。

温玉迟疑了片刻，回头看向秦晋苟，他黑色的瞳孔里涌动着看不清的情绪，周身气息也一瞬间从春天迈进深秋。

画展是必须去的，她心下对秦晋苟感到抱歉，正要开口说什么，秦晋苟却突然缓和了表情，甚至语气温和地说道："那我们就下次约吧，我正好回去休息休息。"

他如此善解人意，温玉不由得惊诧："好，那我回头联系你。"

"等一下。"

温玉停下了脚步，回头看他。

秦晋苟迈着大长腿走过来，垂头看她，额前的碎发显得格外柔软："我不想等下次了……你今天大概几点结束，我……等你，好不好？"

他的声音很轻，却准确无误地击中了温玉心里的某个角落。

他一向都是冷漠骄傲的，仿佛没有什么能够将他击倒，只要他的名字出现，再凶险的案件也没有人会怀疑解决不了，他是这个领域的大神。

可是现在，他用一种略带委屈的口吻询问她，长长的睫毛一刻不停地忽闪着，仿佛一切情绪都尽牵在她手中。如果她愿意，她可以让这个高高在上的男人一秒展颜，或者是一秒失落。

这样的秦晋苟，让温玉无端觉得，自己有些对不住他。

这是犯规啊，谁抵挡得了秦晋苟刻意的示弱？

温玉叹了口气，在人来人往的大厅中央，丝毫不避讳地凑近他，将他额前的碎发往旁边捋了一下。

"还不知道呢，我结束得早的话，就联系你。"

秦晋苟旁若无人地抓住她的手，拿下来，握在手里，晃了晃，余光一闪，眼睛里露出得逞的笑意。

季景然脸上划过痛意，垂在身侧的手握了起来。

坐上季景然的车，记忆回笼，温玉有一瞬间的尴尬，心里想了很多句应对的话，只待季景然开口。

可是季景然什么也没问。

按照邱峻提供的地址，两人到了一处城郊的画廊。说是画廊，可是前来参观的人十分少。墙上挂着稀稀落落的几幅画，在温玉看来画工着实一般。

季景然偏头在她耳边轻声说道："这是邱峻自己画的。"

温玉于是了然，随即想到什么，又看向季景然："所以他今天邀请我们来，其实是……"

门口突然传出一阵寒暄的声音："哎哟，邱科长大驾光临啊！"

季景然不动声色地冲她点了点头，两人冲着人声处迎了上去。

邱峻被几位富商围在中间，面上一派春风得意。

"都是朋友给面子，大家随意看看，有什么看得上眼的，我送给诸位。"

旁边一个画廊工作人员模样的人自然地接话道："邱科长，这可不行啊，您的画已经归我们画廊了，您自己可没有权利决定送人。"

邱峻于是才反应过来一般，一副懊恼的样子："哎呀，看我，果然是年纪大了，这都不记得了，大家勿怪啊！"

"哪里哪里，画好看我们自然是要买下来的，哪有让人家画廊为难的道理呢。"

这一场双簧唱得十分漂亮，邱峻呵呵地笑着，一转头就看见了向他走过来的季景然和温玉。

他自然记得这一对俊男美女，上次宴会散场后，他立即派人去京城查了查那个 WH 集团，得到的结果令他十分满意，WH 集团的董事长姓季，听说有个儿子，就负责地产开发这一部分，再看两人的长相，有四五分相像。

八成这位就是那个金身铸成的太子爷。

想到这里，邱峻开了腔："季总，大驾光临啊，欢迎欢迎。"

季景然也适当地露出了一个热络的笑容："多谢邱科长邀请我们，我才有如此眼福。巧得很，我的住所墙上空了点，正不知道挂什么呢，今日还望邱科长割爱啊！"

邱峻笑眯了眼："好说好说，看中什么告诉我，我拼着面子也让他们给你打折。"

季景然点头，说了几句场面话，正赶上又进来几个人，季景然便领着温玉走开了。

画廊地方不大，却不知道什么原因，装修得狭长繁复，加上灯光打得并不十分明亮，像迷宫一般，人走在走廊里，很容易就失去方向。

温玉看着墙上并列的三幅画着未知含义的红圈圈的油画，皱了皱眉头，压低声音："你不是真的要买吧，这明显就是邱峻敛财的一种手段。"

季景然饶有兴致地比对着这三个红圈圈之间的差别，一边说道："买，怎么不买。这是邱峻抛出来的橄榄枝，我自然要接住，否则，他怎么相信我们是同道中人。"

"邱峻的胃口可不小。"温玉看着画底下标注着六位数的价格签，"你们检察院有这么多经费？"

季景然"扑哧"一下笑了，显得眉目更加俊朗："自然没有，所以这种卧底一般人做不了。"

温玉正要开口说些什么，就听见不远处有脚步声响起，她话到嘴边又拐了一个弯："我觉得中间这幅画的圈画得最圆，可以挂在我们的餐厅里。"

这时，拐角处又走过来一对夫妻，也是方才围着邱峻的那些人之中的。

几人交换了一个心照不宣的表情，走廊狭窄，为避免撞到，季景然自然地将温玉向自己这边拉过来，那两人便越过季景然和温玉离开了。

季景然离她很近，近得能闻到她发端淡淡的清香味。

等那两个人影消失在走廊尽头，温玉便想拉开距离，手腕却突然被季景然拉住。

"阿玉。"他开口叫道。

周围重归安静，气氛却有些不一样了。

他的眼神晦涩难懂，有着不属于季景然的黯淡，温玉一时间有些愣住，没有挣开。

"我是不是迟了一步？"

他说得艰难，这是在车上他没有问出的话，仿佛没有问出口，他不想承认的事情便不会成真。

"景然……"温玉迟疑地叫他的名字，只觉得舌尖都是苦涩的。

两人站在昏暗的画廊里，似乎还能听见彼此的呼吸声，她的眉眼在墙壁射灯反射出来的光晕下美丽得惊人。

他盼着她开口，又怕她开口。

温玉只是叫了他的名字，之后半晌都不知道说什么好。

如果说，在她那段美好得不可思议的时光还有什么是她到现在也难以忘怀的，那一个是至今陪在她身边的梁萤，一个就是一直默默帮助她的季景然。

那个时候的季景然英俊、文雅、阳光，像一个从漫画里走出的男主人公，满足了几乎所有少女的梦。

那是十八岁的温玉有可能会倾心的少年，却是现在的温玉只想远远看着的男人。

在还来不及细想季景然到底是一个什么样的人的岁月里，她却早已经丧失了这种想了解的心情。

她不想伤害他，可是现在似乎不得不伤害他。

季景然的喉结上下滚动了一下。

沉默中，他确信在她眼中看到了一丝波澜。

季景然告诉自己，这就足够了，可是心还是忍不住不断泛起酸涩，几乎令他的眼眶胀痛。

温玉恰好在这时下了决心开口："景然，我一直——"

"我知道了。"季景然飞速地打断她，目光从她身上离开，移到面前的三幅画上，像是什么也没有发生过一样，"反正都是要买的，就选你喜欢的那幅吧。"

说完，他的嘴角还扬了扬，像模像样地凑近看了看，有那么两分钟，温玉看不到他的表情。

气氛又归于平和，温玉也配合地选择性遗忘了方才的对话。

季景然却知道，有什么彻彻底底地失去了，这辈子再也找不回来了。

在画廊中闲逛了三个多小时，季景然选了三幅画，将近七位数的画款眼睛眨也不眨就填了支票，在一众了然又羡慕的目光中，和邱峻告辞。

"下次如果还有这样的机会，邱科长可要通知我啊！"

邱峻热情地握住季景然的手，凑近了他："放心吧季老弟，你这么捧场，我自然不会亏待你。"

往往一个称呼就能明显感受出两人关系的变化。

季景然于是连连点头："那就等邱哥的信儿了。"

回到车位上，季景然漫不经心将三幅画往后备箱里一丢。温玉见了笑着摇头："七位数的画呢，也不仔细点。"

季景然一哂："你就别打趣我了，快没钱吃饭了。"

"让你们检察长给你报销。"

季景然露出了一个烦恼的表情："报销是不可能的，不过，这笔钱他暂时提不出来了。"

"怎么说？"温玉知道季景然不可能真的花这冤枉钱，于是好奇地问道。

季景然发动了车，一边从后视镜里看着小心地倒了出来，一边随意地回答："这个户头是我堂兄的，他们公司最近结构重组，其间名下的资产一律冻结了，支票是真的，只是要过段时间重组结束才可以拿着去银行提款。"

可是过段时间后，他怎么可能会让邱峻有这个机会？

"请我吃饭吧。"

天光渐浓，季景然瞥着温玉光影里愈加柔和的侧脸，只看一眼，便克制地收回："虽然画款不是我的，可是为了讨好那个邱峻，我也是花销如流水啊！"

温玉笑意盈盈："单人标准两位数，不能再多了。"

411

"不是吧，这么小气。"

"前面有家拉面馆看起来也不错……"

"好了好了，谢娘娘赏赐了。"

温玉抿唇一笑："下次吧，今晚不方便。"

"知道了，有人在等你嘛。"

季景然开着玩笑，将她的浅笑印在心里，心底却反而好似空了一块。

他不禁想，就这样不近不远地看着她，也很好。

暮色四合，季景然的车停在温玉的公寓楼下。

季景然也熄火下了车："今天辛苦你了。"

"怎么会，要是卧底的工作都这么轻松，刘子科他们做梦都要笑醒了。"

"是不是觉得自己可能找到了一份兼职？"

两人站在楼底下说着话，没什么重要的事项，季景然却近乎贪恋地恨不得这段时光再长一些。

直到温玉垂了垂眼，精致的轮廓在光影变幻中沾了倦意。

季景然瞥向她身后，忽而浅笑道："好了，快过去吧，那个人已经在那儿盯了我好一会儿了。"

温玉闻言惊讶地回过头。

远处梧桐在夕阳下树影婆娑，秦晋荀棱角分明的面容在树影中若隐若现，抿着唇看着他们，颇有一种暗中观察的意味。

季景然的车驶离，温玉冲秦晋荀缓步走过去，在他面前站定，抬起头，露出细白的脖颈。

"我回来了。"

"再说一遍。"

"我回来了！"

"嗯。"

夕阳下，两人的影子似乎可以并肩到天荒地老。

天色已晚，两人还是没能去电影院看电影，只是在温玉家里随意找了一张光碟放，一个很多年前的惊悚片，大反派是个连环杀人案的凶犯，手段残忍，画面充斥着浓浓的血腥味。

两人却都面色平淡。

秦晋荀皱眉："他进受害人家之后才戴上的手套，外面的门把手上一定有指纹，警察为什么想不到？"

温玉也皱眉："你看他刀刺入受害人胸膛的深度，动脉血根本就伤不着。"

专业性错误频出，电影于是变得无聊起来。

"你明天有什么事吗？"秦晋荀就着昏暗的环境和低沉的音响在她耳旁问道。

温玉偏头，两人的距离近得她能数清他的睫毛。

"倒是没什么事。"

"明天去我那里，一起见见周权，他今天刚从经一县回来。"

"好。"

终于要知道他和周权私下都谋划了什么，温玉点头应了下来。

秦晋荀是在实验室约见的周权。

周权风风火火地进来，看到实验室里除了秦晋荀还有一个女人，不免露出了一个疑惑的表情，但也觉得面熟，扫了一眼便不再放在心上。

"和你说的差不多。"周权将手上的资料随手扔在桌子上，在旁边坐了下来，"经一县的确是出了事，只不过小县城没经历过什么大案，还没察觉到，只当是警力不够，事故频发，还特意向诸城公安局请求了阶段性支援。"

他说到这儿顿了一下，眉宇间有些不满，补充道："但是不知道为什么，诸城公安局这一次的回应很慢，现在也没出一个具体章程，让人有一种十分不上心的感觉。"

周权说到这儿，看了一眼温玉，见秦晋荀丝毫不避讳，也就继续说了下去。

"不过现在看来，那个地方确实有几分古怪，我想办法拿到了些那几起案件的资料，手法……和那个案子如出一辙，所以，那个人出现在那儿，也有了合理的解释。"

温玉默默听到这里，实在忍不住插嘴问："什么那个案子？谁出现了？"

秦晋苟看着她："温玉，周权从京城来，就是为了这件事。"

温玉尚在迷茫之中，秦晋苟沉声说道："我终于找到了高万春的行踪，他可能就在经一县。"

那个当年唯一从"蝙蝠"里逃出来，可能掌握着这个犯罪组织关键罪证的人——恩克制药总裁，高万春。

不知道周权和秦晋苟达成了什么协议，两人的关系突飞猛进，成天聚在秦晋苟的实验室里嘀嘀咕咕研究资料，为了避免两个生活不能自理的名侦探饿着肚子，去实验室前温玉给他们带了午饭。

路上，温玉手机振动，掏出来一看，多了一条短信。

是公安局发来的，提醒她今日是体检的最后一日，让她前往指定的三道医院参加体检。

温玉打了个电话向刘子科询问，后者的声音显得有些疑惑："我们前一阵子的确是组织了一个体检，你也需要参加吗？"

"都检查什么？"

电话里刘子科似乎正在忙碌："就是一些基本项……哎哎，小林你等我一下，这份文件帮我带给局长签字——兴许今年特聘专家也需要体检记录吧，哎，反正你要是没什么事就去检查一下吧，公费呢。"

温玉觉得有道理，撂下电话，看了一眼腕上的手表，时间倒是还够用，她招手拦了一辆出租车："三道医院。"

在车上，温玉给秦晋苟发了条短信，大意是自己要去三道医院体检，今天大概不能给他们带午饭了，让他们自行解决。

三道医院是家私立医院，各项设施都很高端，温玉进了大厅便迎过来一个导诊护士，对方露出甜美的笑容："您好，请问有预约吗？"

温玉冲她点头："我是诸城市公安局的特聘警员，是来做体检的。"

那个小护士露出一个迷茫的表情，似乎不是很明白她的意思，又重复了一遍："您是说您有体检预约是吗？能不能把预约号码给我看一下呢？"

温玉掏出手机，翻到了那条短信，有个八位数的编码，于是给小护士看了一下。小护士核对完之后，便抬起头笑着看向温玉："没有错，您预约了一个全身体检，请跟我来。"

走在半路，温玉突然想到什么，歉意地叫住了护士："我不知道今天有体检，吃过饭才来的。"

小护士一愣，然后笑笑："没关系的，您的个人信息里显示已经采过血样了，您直接做别的检查就可以。"

温玉脚步慢了下来，脑中有什么一闪而过，还没来得及细想，小护士就将她带到了准备间："温小姐您好，请将随身物品放到柜子里，手机也不要带到身上。"

秦晋荀从实验室出来便看到温玉发过来的短信，他读了一遍，略有失望地放下，向厨房走去，在冰箱里取出一瓶冰水，喝了一口。他站在冰箱前沉思了几秒钟，眉头一皱，而后又回到桌子旁拿起手机，又看了一遍温玉的短信，按下了通话键。

"嘟嘟嘟——"电话处于无人接听的状态。

秦晋荀思量片刻，打了个电话给刘子科。

"温玉啊，她应该是去体检了。"

"哪家医院？"

"中心医院啊！"

秦晋荀手指动了一下，声音听不出丝毫异样："你确定是中心医院，不是三道医院？"

刘子科沉默了片刻："是啊，我们前几天才去的，往年倒是去过三道医院，可是那里体检费太贵了，局长今年就提议改到中心医院了。怎么，温玉找错地方了？"

"恐怕不是找错地方的问题，刘子科，你……"

电话里刘子科等了半天也没等到秦晋荀的后半句话，不由得问道："秦教授，你说什么？"

"没事。"

电话挂断了，刘子科有些莫名其妙地看了看手机屏幕，耸耸肩忙别的去了。

秦晋荀看了看腕表，套好外套。

周权见他如此，奇怪地问道："你干什么去？"

秦晋荀扭头，不知怎么就看到了周权鬓边不符合他这个年纪的丛生的白发，随即回过身，穿好鞋，目光沉静，深吸了一口气，打开房门说道："出去透透气。"

这如果依然是一个局，那么温玉便不会有事，越到这个时候，他就越要沉住气。

尽管心里想得很清楚，可是在三次打火都没能发动汽车后，秦晋荀忍不住苦笑地握了握拳。

连做了两项常规检查后，温玉又躺在了仪器下，做了全身的 X 光检查。价格贵有价格贵的优势，不仅有一个导诊护士全程陪同，就连检测报告也能够在第一时间出来。

小护士拿着片子走过来，一边递给她一边好奇地问道："温小姐，您做过肾脏手术啊？"

温玉点了点头："是的，我小时候险些肾功能衰竭，后来幸好及时遇到合适的配型，换了一个肾。"

小护士笑着说："您很幸运，一点排斥反应也没有，恢复得很好呢。"

温玉也笑笑："确实。"

那都是很久远的事情了，久到温玉几乎记不清手术前后发生的事情，只记得她的父母在医生宣布她康复后，狂喜得几乎跳起来。

父母不在了，可是他们千辛万苦找到的适配的肾脏，在她的体内活了下来。

"温小姐，接下来我们要去……"

话说了一半，小护士的传讯器突然响了起来，她抱歉地冲温玉点了点头，接了起来。

电话似乎是让她去干什么，她为难地说："可是我现在有客户啊……那怎么办……嗯，那好吧，那你快点过来。"

关闭传讯器，小护士歉意地冲温玉笑笑："护士长突然找我有事，我需要离开一会儿，不过马上就有同事过来了，她会代替我陪您检查完。"

温玉理解地点点头："没关系的，你去忙吧。"

小护士将手里的手术服模样的衣服递给温玉："那您先去后面把这个衣服换上吧，我同事应该马上就来了，到时候她会带您去下一个科室。"

温玉便独自转到隔间将她给的衣服换好，正在整理腰间的系带的时候，外面突然传来了敲门的声音。

"咚、咚、咚"。

不轻不重的三下，是指关节叩击门板的声音。

温玉以为是新来的护士，便扬声说道："稍微等我一下，马上就好了。"

外面的人不答，脚步声渐渐接近。

那是皮鞋踩在地板上发出的声音，微微沉闷，温玉几乎立刻感觉到不对，带子一系，飞速拽过自己搭在一旁的外套披在身上。

她刚刚做完这一切，一个高大的身影便出现在隔间门口，帘子被人"唰"地拉开。

似有所感般，温玉的心重重地跳了一下。

一个穿着白大褂的男人不紧不慢地走了进来，他戴着口罩，除了架着平光镜的眼睛，五官都被隐藏在宽大的口罩下，模糊得看不清楚。

可是温玉还是一眼就认出了他。

那可能是一种深入骨髓的本能，幼兽总能在无数个日夜的成长和不眠中静静蛰伏，而后在这个世界中一眼认出闯进她家里、双手沾满血腥的猎人。

她咬着牙，恨意如潮水涌上双眸："是你。"

听到她的声音，那个男人在离她几步远的地方站住了，饶有兴味地打量着她。

温玉握紧了拳，脑子飞快地转着，见他站在原地后便没有别的动作，不由冷笑着问道："怎么，不敢以真面目示人吗，项骁？"

隔了片刻，男人抬起手，一边注视着温玉，一边缓缓地摘下了自己的口罩。

他长得出乎意料地干净，只是平静的表面下，隐隐病态的炙热目光昭示着暗潮汹涌。

"是我。"

男人低沉的声音瞬间就将她拉进了那场猩红的噩梦中。

"我很高兴你能认出我……不过，这也是应该的吧，毕竟你……"他的声音渐低，似乎他不欲让温玉听清。

"毕竟你是我的仇人。"温玉接上话，嘴角翘了翘，脸上却没有丝毫笑意，眼底一片冷漠。

项骁没有被激怒，反而从容地笑了笑："你是这么理解的？"

他的语调有种奇异的平静，目光闪动间，忽然脚下动了："你变了，上次光线太暗，我都没有好好地看看你。"

他向前走一步，温玉就反射性退后一步，她死死地抠着手心，才能抑制住自己扑上去一把火跟他同归于尽这种想法。

项骁却丝毫不觉，他走到两人中间的桌子旁就不再接近，只是拿起温玉随手放在桌上的检测报告，低下头，聚精会神地看了起来。

时间一分一秒地过去，项骁抬起头来，弯了弯眼睛，似乎很是满意："你的身体很健康，我很高兴。"

温玉冷硬地回答："你关心的未免太多了。"

项骁随手收起报告，在椅子上坐了下来，一派悠闲。

"今天有时间，我们好好说会儿话，我猜你有很多想知道的，不妨问问，比如说……最近平西的那个案子。"

不待温玉追问，项骁自顾自地说："看守天台的警察，是我调走的。"

"为什么？"

"哪有那么多为什么，想做什么就去做了，难道你不觉得吴天宇那种人就应该死吗？"

"我问的是，你为什么还要掺和我的生活？"

温玉目光冷如冰："让我猜猜，你是什么时候找到我的，杜芊的案子？林恩词的案子？抑或是最开始在殡仪馆，你逼死徐非的那个时候？"

"徐非不是我逼死的。"项骁目光阴沉下来，"死亡是他自己的选择……他解脱了。"

温玉心头突地涌起了一阵怒气，眼光如刀似的直视着他："你有什么资格决定别人的生死，又有什么资格在害我家破人亡之后，还频繁地出现在我的生活里？"

项骁突然就发了脾气，站起身，一把掀翻了桌子，满眼戾气，狂躁地大声喊道："你的生活？凭什么是你的生活？你以为你做什么只是你自己的事情？"

他的状态不稳，温玉小心地后退一步，不动声色地环顾四周，想要寻找一件趁手的东西，以免项骁突然发难。

"温玉，你其实什么也不知道。"

这时候，项骁腕上的手表突然发出了一阵急促的电子声，他低头看了看，又平静下来，叹了口气："不愧是秦晋荀，这么快就找上来了，不过……他的存在真的碍眼。"

他的声音带着一股恶意的温柔。

温玉一下子就想起了曾经在滨江做的那个梦，漫天红色，她看着秦晋荀倒在血泊中，却无能为力。

她的目光冷冽，钉在项骁身上："你要是敢对他做什么，我真的会让你后悔。"

项骁低低地笑了起来，带着几分邪气："我真想要对他做点什么，你能怎么办呢？"

温玉冷笑着，丝毫不觉得自己讲了一个笑话："我是有筹码的，我的筹码就是我，虽然不愿意，但是我知道，你想从我身上得到什么东西。"

否则他不会一而再、再而三地找上来，围绕在她身边，如同附骨之疽。

温玉扬了扬下巴，眼眸中一派冷漠："我不知道你想要什么，但我可以让你得不到。"

项骁却摇了摇头："你说的不完全对……不过，有一件事你可以放心，我真没打算对秦晋荀做什么，我还指着他替我……"

话到一半，他却不再继续了，忽而话锋一转，嗤笑着问道："你真的了解秦晋荀吗？你知道他为什么会有洁癖？为什么从事侦探这一行？为什么非穷凶极恶案件不接？甚至，又为什么这么执着于探查与'蝙蝠'有关的事？你们没有一个人了解他，也不知道他究竟有多危险。"

走廊响起了急促的脚步声，与此同时响起的还有大声呼喊的问话："这里是医院不能乱跑的……您找谁？"

温玉侧耳的工夫，忽然被人近了身，她反射性地一推，手上骤然剧痛。

"还有一件事我要告诉你。"项骁突然死死地扣住温玉的手腕。

门把手被急促地转动，喧嚣声渐起。

项骁眯着眼睛："虽然我不在乎手上多几条人命，但是你的父母真的不是我杀的，你还要感谢我的救命之恩。"

温玉忍不住怔在原地。

"这位先生，你不能这样。"

"砰"的一声，门被撞开了，秦晋荀大步走了过来，目光钉在温玉身上。

室内窗户洞开，白色的窗帘被风吹得一鼓一鼓的，她只身一人站在中央，显得分外孤寂。

秦晋荀没有搭理身后惊呼出声的护士，也没有去敞开的窗户一探究竟，只是静静地看了她片刻，而后叹息着将她揽入怀中。

温玉闭了闭眼睛，声音闷闷的："你来了。"

"嗯，我来了。"

关键证人的出现

道路两旁梧桐成荫，车流人流交错，一辆低调的商务车行驶在大道上，显得毫不起眼。

车内有两个男人，开车的是一个穿着黑色西装的青年男子，他频繁地看向后视镜，直至确认并没有什么车辆追上来，这才不满地瞥向副驾驶位置的男人："项骁，秦晋荀可不是吃素的，你这样张狂会让我们暴露的，你知不知道？"

项骁点了一支烟，并不在乎烟雾在狭小的空间内弥漫，他的眼神带着戾气，语气轻蔑："徐是，你这是在教我做事？"

开车的徐是似乎极为熟悉他，立刻就从他的话语中感受到了威胁，于是干咳了一声："我哪儿敢啊，只是，从诸城到滨江，你对那个女人太过关注了吧，老板已经询问过了……似乎有点不高兴。"

只吸了两口，项骁就忍不住咳嗽起来，徐是见了，连忙翻出一瓶水递给他。项骁掐灭了烟，接过水喝了两口才将咳嗽压下去，他睨着驾驶位上的男人，眼神似凝成了冰。

"你说什么了？"

徐是急忙解释："我可什么都没说，老板还不知道……她是当年的那个女人，只当你突然对美女感兴趣了，不过，你要是再这么胡闹下去，可就兜不住了。"

项骁面无表情地看向窗外："我知道该怎么做，你管好自己的嘴就行了。"

徐是沉默了一会儿，又想起什么似的说道："对了，那个人好像被检察院盯上了，老板说他知道得太多，如果有必要……就让他消失。"

项骁摇摇头，嘴角翘了翘："先别管，我留着他有用。"

"好的。"

从医院出来，秦晋苟直接将温玉带回了实验室。

他给温玉倒了杯水，让她坐到沙发上，自己又挪了个凳子坐到她对面，面色严肃地问道："项骁都说什么了？"

"他说，我的父母不是他杀的。"

一旁的周权掏了掏兜，抽出一支烟含在嘴里，也不点着，只是感慨道："温姓不说是个稀少的姓氏，平常见到的也不多……我早该想到的。"

而后周权眼含复杂情绪，看着温玉："原来是你。"

周权并非不认识温玉，这一句含着深意的话，只是因为，他刚知道，她是那两个人的女儿。

温玉惊讶地抬眸看他，眸中一片水色："你认识我父母？"

"不认识，只是我听说过他们的名字。"周权干脆地摇摇头，"我查到的高万春最后一次出现，是在一次医药论坛上，与会人员里面就有你的父母，而且整场会议，高万春就坐在你父亲旁边，会议一散，他也就从此消失了，所以我怀疑，你父母可能跟高万春有过不一般的接触。"

温玉愣怔了许久，满心皆是一个念头：怎么……可能？

高万春是从"蝙蝠"里逃出的关键证人，自他失踪这么多年来，警方一直在找他，想要从他手中得到能够捣毁"蝙蝠"的证据，而"蝙蝠"也在找他，想从他手里拿回那些证据，再杀了他，高枕无忧。

可是她的父母只是两个普普通通的医生，怎么会跟高万春扯上关系？

温玉的脑袋一时间无法思考，她的声音有些许颤抖："什么时候……高万春最后一次出现，和我父母共同参加的那次会议，是什么时候？"

周权沉声回答道："你父母死前……半年多吧。"

半年多，就是父母开始忙碌起来的那段时间。

"对了。"温玉猛地想起了什么，从包里抽出一摞纸，"这个是项骁之前给我的，你看看……"

她话说了一半，便看到周权看着那几张纸时神色并没有变化。

她的瞳孔忍不住缩了缩："你见过了？"

秦晋荀的声音传来："是我给周权的，委托他依照这上面的地点逐一核对你父母生前的足迹，看看能不能理出什么有用的线索来。"

他也早知道高万春和自己的父母可能有联系？

"有什么发现吗？"温玉问道。

周权试探着看了一眼秦晋荀，后者点了点头，他才说道："通过调查和比对，我发现名单上这些医院，百分之六七十你父母都曾经以各种名义走访过，只不过他们并没有做什么特别的事情，所以我也弄不明白他们的目的是什么……你父母在家时，有没有说过什么？"

温玉一时怔住。

可能真的是跟天分有关，毕业前夕她就被诸城公安局提前录用，她在法医界逐渐大放异彩，工作繁多，她的父母一直以来也忙，到头来，一家三口能好好聚在一起吃顿饭的机会都很少，最后半年更是经常一周才能一起吃一顿晚饭，说得最多的无非是让她好好照顾自己。

周权又问道："就没留下什么遗物吗？"

温玉皱着眉想了一会儿，牙齿无意识地咬着下唇，唇色隐隐发白。

秦晋荀突然伸手轻轻拍了拍温玉的背，亲昵地安慰着她。

秦晋荀突如其来的举止令周权转过身去。

温玉无知无觉，只是对着周权的背影目露迷茫："除了一些资产，我父母的遗物都是学术论文，我现在实在是想不到什么特殊的东西。"

秦晋荀见她蹙眉，出声道："这事情急不得，你再慢慢想想。"

周权见不惯他不急不缓的样子，又问温玉："那关于你父母的死，你都了解多少？"

"我那个时候正在配合警方追踪一起跨国的器官盗卖的案子，通过对受害者残缺尸体的 DNA 比对，刚刚有了一些眉目，我……一心想立功，追得急了些，所以才招致犯罪团伙的打击报复。"

周权摇头，神色凝重地说道："事情并没有那么简单，你的父母可能不是因为你，或许那场火根本就是针对他们俩的一场有预谋的谋杀——你的父母或许从高万春那里知道了什么，引起了'蝙蝠'的忌惮。你还记得你父母出事那一天的情景吗？"

温玉张了张嘴，却没有说出一个字来，惊觉自己几乎失声，她的目光闪过一丝惶恐。

谋杀……他说，她的父母死于谋杀。

秦晋苟站了起来，看向周权："慢慢查吧，我都已经等了这么久，不在乎多等几日。"

周权不赞同，说道："你还知道你查了这个案子这么久，要不是看你态度坚决，我根本就不会蹚这一潭浑水，之前大江南北地走访已然惊动了那帮人，再不抓紧时间，兔子尾巴都要藏起来了，难保温玉父母的悲剧不会重演。"

他看着静默不语的两人，叹了口气："你们当我胆小怕事，是，我是胆小怕事，因为我也有父母儿女，我当然会害怕……算了，反正你让我查的我已经查到了，你们想要什么时候继续就请随意吧，别再带上我了。"

周权绷着脸站起来，负气似的往门口走去。

"等一等。"温玉唤住了周权，她的面庞失了血色。

"如果我的父母真的是因为知道了什么而被'蝙蝠'灭口，我是一定要查出真相的，不管是我父母的死，还是'蝙蝠'的罪证。"

她的眼底生出两团火，灼得秦晋苟胸口发烫。

"从我父母偶尔的对话里，我知道他们需要助手，项骁，大概就是那个时候出现的。"

而她和项骁的第一次相遇，便是她父母去世的日子。

三月二十八日，天气乍暖，是她父母的结婚纪念日，每年一家三口再忙也会抽出时间来庆祝。

那天下午，刚刚出差回来的母亲给她打了电话，提醒她家里没有点蜡烛的打火机了，让她下班回家的时候捎一个，顺便又告诉她，家里还有一个客人，一个父亲医院新来的助理，因为投缘，就邀请回家中了。

可是下午队里临时有了任务，在一个偏僻的小区发现了一具尸体，她需要跟随出警。

一接到命令，温玉便打电话回家告知父母，让他们三人先吃。

她母亲念叨着，做了她喜欢吃的糯米团子，这回都要给客人吃了。

挂断电话前，温玉似乎还听见母亲对着那边的人喊道："项骁啊，别忙了，快坐下来吃点水果……"

她没有在意，跟随警队出发。

尸体缺了内脏器官，几乎只是一具空壳，凶手作案手法极其残忍，血迹遍布周边，其中一条星星点点延伸到另一旁的深巷中——现在想来，如果不是她那天太过大意，可能，事情会有另一种结局。

她循着血迹，脱离了侦查队，却在小巷子里被下了药，昏昏沉沉地被蒙住眼睛绑上了车，一路颠簸中，有人用手轻佻地挑了挑她的下巴。

"呦，这妞长得真不错啊！"

"你手放干净点，项骁说过不能动她。"

"你这么听那个病秧子的话？"

那人虽然这么说，却还是讪讪地松开了手。

她唯一受到的皮肉之苦，是文在脚上的那个蝙蝠刺青，然后几人就将她扔在了跨海大桥旁。

项骁……同一天内，她再一次听到的这个名字，令她如坠冰窟。

她一边打了电话回队里，一边拼尽余力拦了一辆车，只可惜，还是晚了一步。

楼外聚集了不少人，面上皆是戚戚不安之色，而十来层的窗户里，正冒出滚滚浓烟……

她已经记不清自己到底是怎样哭着在浓烟中打开门，最后支撑不住跌倒在地。

她模糊的视线里是倒地的父母和一个陌生男人袖手旁观的身影。

"你就是那个温玉？"那个男人蹲下来，目光轻蔑，用冰凉的枪口抬起她的下巴。

他仅仅是打量着她泪眼婆娑的模样，忽而外面有人在说："项骁，该走了，警察来了。"

男人收回了手枪，银色的光芒在她面前一闪而过，他轻笑一声，起身离开了。

没有了阻挠，温玉拼命爬到父母的身边，想要把他们往外拽，温父还有微弱的呼吸，不知道哪来的力气，伸手握住了她的手。

"阿玉，爸爸妈妈最大的心愿就是……你能平安。阿玉，不要报仇，离那些肮脏的东西远一些，越远越好。"

温父的眼中是生命流逝前最后的坚持，他想再多看一眼他最爱的女儿。

温玉惶急地摇头："爸……你别说话了，我带你们出去……"

温父的目光眷恋地从已经合上双眼的妻子身上扫过，落到温玉身上，颤颤巍巍地吐出一口气："走……走，该来的，总会来的。"

温玉只知道哭着摇头。

火越来越大，几乎就要吞噬仅有的一条逃生路。

父亲突然爆发，将她重重地往外一推："阿玉，跑啊！"

她最后的印象，是满目猩红，还有同事们愧疚的目光。刘子科几乎跪倒在她跟前，手上青筋暴起："对不起，我们来晚了……对不起。"

而后，长达几年的沉寂、混乱，她终于遇到了可以攀附着爬出泥沼的巨木。

秦晋荀听完，忽然伸手拥住她，安抚性地抚了抚她的头发，沉默了良久，才缓缓说道："温玉，虽然我不知道为什么，但是那个人……放过了你，我在想，这又是为什么。"

无数个难眠深夜，温玉也曾经问过自己这个问题。

"你还记不记得，在滨江，项骁从我的身体里抽了一管血液？我在想，

426

我之所以在看清他的样貌之后还能活下来，可能跟这个有关。"

秦晋荀眸光沉沉："我怎么会忘。"

他一向自视甚高，滨江一行，却让项骁在眼皮子底下钻了空子，如果那个时候项骁对温玉怀有恶意……单是想一想便令他无法承受。

"别想了，我会查。"

天下没有白得的午餐，秦晋荀深知这一点。

那个人三番五次地放过温玉，定然是有所图谋，在不知道他的打算之前，秦晋荀不敢，也不能让温玉轻易牵涉其中。

"可是到底是什么原因，项骁对温玉的关注未免太高了……这里面一定有什么，我要去查查……查一查……"周权一边叨着，一边急匆匆地走了。

温玉倚在秦晋荀怀中，呼吸着他白衬衫上独特的安心的味道，怯怯开口："其实……我觉得可以利用我，引蛇出洞。"

秦晋荀突然顿了顿，就着这个姿势，将她拦腰往窗台上一搁，鼻尖蹭过她的唇畔、她的下巴、她的脖颈。

"喂。"

颈间一痛，温玉轻轻推了推他："你咬我干什么?！"

秦晋荀抬头，气息纠缠中，眼神蓦地射出锐利的光。

"诱饵……温玉，你究竟能不能清醒地意识到，你当年面对的是什么？"

他的手指在她颈间的牙印上摩挲，话中警告的含义不容忽视。

"蝙蝠"猖獗于二十多年前，是一个跨国犯罪团伙，他们不贩毒，只贩卖器官，不管是死人的器官，还是活人的器官，只要出得起价钱，皆如你所愿。

只要有钱，只要你肯抛却良心，不问被取走器官的那个人之后命运如何，你或者你所在乎的人就能活。

这个组织存在了二十余年，逐渐有一条流言不胫而走：用了"蝙蝠"的器官，这辈子都要为它卖命。

温玉双手撑着台面想要跳下来，秦晋荀忽然身体前倾，令她无处可退。他执拗地看着她，在等她一个承诺，一个绝不会独自涉险的承诺。

温玉只好妥协："好了，我知道了，我也就是说说而已，我们现在有

427

了高万春的线索，可以顺着这条线查下去，一切都在往好的方向发展，不是吗？"

温玉劝慰着，忽而想起了什么，抬头问道："据你了解，是不是所有与这个组织有关的人身上都会文上蝙蝠刺青，无一例外？"

"也不一定，有些是直接文在受体身上的，也有一些是将蝙蝠融合在其他的图案里，只有特殊的情况下才可以看清。为什么这么问？"

她想说，她在那个叫邱峻的科长手上似乎看到了一个类似的刺青，因此对他背后的人有所猜测。

"我愿你这辈子都不会再见到那个文身……等此事了了，我带你去把它洗了。"

秦晋筍隐忍地闭上双眼，睫毛微微颤动，竟然有一丝脆弱从他紧闭的眼中透出来。

温玉到嘴边的话便咽了下去。

她和"蝙蝠"之间有着血海深仇，哪怕是拼尽性命也要将他们连根拔起，可是他呢？

秦晋筍经历了什么，才令他如此执着于对"蝙蝠"的调查？

"怎么突然问起这个？"

"没事。"

"走吧，去吃晚饭。"

秦晋筍冲她笑了笑，起身去穿外套。

茶几上，秦晋筍的手机响了一声，温玉刚要递给他，他头也不抬地说道："帮我看一下。"

温玉没多想就按开了，来自一个熟悉的人名——舒嬅。

"秦教授，按你的吩咐，一切顺利，明天我就带阿姨去诸城了。"

温玉眉头一紧，只觉得这句话的口吻隐秘，似乎暗流涌动，她没多想，走过去将手机递给秦晋筍。

翌日早上，诸城机场。

温玉远远就看见两个熟悉的人影，秦妈妈拎着两个袋子，旁边舒嫚殷勤地推着行李车，她似乎是看见了秦晋苟，转头兴奋地跟秦妈妈说了什么，两人一起往这边走过来。

秦晋苟上前接过秦妈妈的袋子，转身就递给了温玉，自己则从舒嫚的行李车上提起了秦妈妈的箱子。

舒嫚急走两步上前："没关系的秦教授，我来就可以了。"

"不用，谢谢。"

他面色平淡，透着一股子矜贵，察觉到他不加掩饰的疏离，舒嫚的眼神黯淡了一瞬。

"这次都是小舒替我张罗的机票，晋苟你要好好谢谢人家。"

秦晋苟不置可否，佯作无意地问道："知道了……妈，你怎么这个时候来了？"

温玉不露声色地瞥了他一眼，心头疑惑更重，回忆起前日舒嫚发来的短信，难道不是秦晋苟让秦母来的吗？

秦妈妈佯装不满地嗔怪："怎么，妈妈来看你还需要预约？"

说罢，又看向温玉："温玉，你也来了，小苟没麻烦你吧？"

秦妈妈打趣地瞥了秦晋苟一眼，笑得温和，温玉莫名就觉得脸颊隐隐泛起热气。

"没关系的阿姨，我反正也没什么事，再说了，我跟秦教授……""是朋友"三个字还没有说出口，秦晋苟便走上前一步，站到她旁边。

的性子，也能与你相处得很好。"

温玉笑了笑，察觉到她话里的酸涩，不欲火上浇油，只是岔开话题问道："你来是为了什么？为了'蝙蝠'的案子？"

舒婵硬邦邦地回答："这是我们事务所的事，跟温小姐你无关。"

马路对面，秦晋苟和秦妈妈一起走过来，舒婵立刻换上了柔和的笑容，娇俏地迎了上去。

可能是之前季景然出手大方到令邱峻乐得头脑发昏，邱峻似乎迫不及待地想从季景然所在的 WH 捞上一笔，几日之后，就请了季景然和温玉到他家里"密议"。

"今天大概就可以收网了。"季景然将录音笔小心地揣进怀里，又对温玉说道，"等将邱峻'双规'，我好好请你吃一顿。"

温玉见他如此有信心，倒是真心实意替他高兴："再立几个大功，我想你就得回京城了。"

季景然低头笑笑："我还是喜欢……留在诸城，不然当初也不会回来。"

意识到什么，温玉张了张嘴，终究还是当没有感受到他异样的情绪，移开了目光。

季景然见状，不由得自嘲地笑笑："好了，我们下车吧。"

季景然自然又给邱峻带了些不显山不露水但是异常贵重的"见面礼"，邱峻笑得嘴巴都快咧到耳朵根儿了。

不少势在必得的佼佼者，我还真没有信心。"

"这你不用管，既然我跟你打包票了，就是一点问题也没有，去年中央大街那块地你知道吧？"

季景然适当地表示震惊："我听说了，中标的是个名不见经传的小开发商，难不成，是您……"

邱峻对季景然不敢置信的表情很受用，哈哈大笑几声，喝了一口温玉泡好的茶，这才开口："当然是我运作的。"

"这，不怕上头查吗？"

谈话的环境在邱峻的家里，这是让他感到最安全的地方，他跷起二郎腿，将手臂伸展开搭在沙发背上，眉宇间张狂之色尽显："说出来你可能不敢相信，我不怕检察院来查，他们要查什么，要怎么查，早就有人给我递了消息过来，就连公安那边都有我的人，你说，还有什么比这更安全的呢？"

季景然喝了一口茶水，掩饰住自己内心的震惊。

他假作整理上衣，摸了摸衬衫口袋，碰到了那支录音笔。

季景然和温玉对视一眼，俱在对方眼里读出了同一种意味，就算幕后还有高官又怎么样，有一个便查一个，有两个便拉下来一双。

一时口快，说了很多的邱峻回过味来，内心也有点惴惴，但是又看到这个季总满脸只有预见成功的兴奋，旁边的妻子更是什么也不懂，只顾着给两人添茶，他提起的心又不由得放回了肚子里，打开的话匣子越发收不住了。

午饭是温玉做的，挺家常的饭菜，味道只能称得上及格，倒是符合温玉目前十指不沾阳春水的贵妇人设。季景然知道温玉的底子，吃了一口，便笑着瞥了温玉一眼。邱峻本就是为了拉近距离，更不会嫌弃，还特意开了一瓶不知道谁送的洋酒。

季景然借口开了车来不便多喝，邱峻不依不饶："没事儿，不过就是酒驾，我有人，保证没人敢抓你！"

果然是手眼通天啊，季景然的神色冷了下来。温玉见他神色不佳，恐被邱峻发现，于是轻轻用胳膊碰了碰他，之后站起身来，笑着对邱峻说道："邱科长，你们吃着，我再去给你们炒一个菜。"

"不用麻烦。"邱峻站起来拦她，他喝了几杯，一个没站稳，反而将温玉拽住。

"砰"的一下，温玉被带着摔在地上，袜子划过一处尖锐的地方，裂开了一条口子。

季景然立刻站起身到温玉身边查看。

"哎哟，对不起，你没事吧。"邱峻跌回座位，揉了揉脑袋，看向温玉。

温玉笑着摇头，揉着膝盖，分出神去想，自己最近可能真的是流年不利，胳膊上的伤还没好，腿上又添一道新伤。因此，她没注意季景然为了防止感染将她划破的袜子往两边扯了扯，以免碰到她的伤口。

"没事儿就好——"邱峻笑着说道，目光不经意扫过季景然手的位置，话音突然止住。

他的表情十分奇怪，就那么大大咧咧地盯着她的脚踝，仿佛看到了什么令人震惊且费解的事情。

温玉低下头，看到自己脚踝处暴露在外的那个明显的文身，不由心下一惊，一下子握住季景然的手腕，将腿收了回来。

季景然担心她的伤口，根本就没有留心别的事情，见她起身，便扶着她站起来，问道："怎么样，用不用回去包扎一下？"

温玉摇了摇头，不说话。

邱峻回过神来，掩饰性地咳嗽起来，然后也站起身："我突然想起来我还有些事情没处理，我先去一趟书房，你们自便。"

说完，他便急匆匆地走进书房，似乎生怕有谁拦他，随后他把门关上，甚至还有反锁的声音响起。

季景然意识到不对，皱着眉头问温玉："怎么了？"

温玉沉声说道："这个邱峻看来不只是个贪官，还是为那个组织效劳的贪官。"

拔出萝卜带出泥，恐怕，邱峻受贿的案子比想象中复杂太多。

书房传出了脚步声，季景然飞快地说："先见机行事，今天回去我立刻申请抓他。"

邱峻从书房走出来，目光奇异地看着温玉："不知道能不能请您帮一个忙？"

温玉从沙发上站起来，假装不解地说道："您说。"

"我有点感冒，但是家里的感冒药吃完了，我家楼下有一个药店，能不能请您帮忙给我买一些上来？"

季景然眉心不易察觉地一动，不明白邱峻为什么要支开温玉："我陪她一起下去吧。"

"哎，季总，你可得留下来，我这儿有几份好的策划案想要给你看看。"

尽管这个要求很突兀，温玉还是点点头，和季景然对视一眼，悄悄扬了扬手中的手机。

那意思是，有什么事给她打电话。

邱峻家楼下并没有药房，温玉走了将近二十分钟才看到一个绿色的标志，她走进去随意拿了两样感冒药。

结账时，温玉上下翻了一下，才意识到没有带零钱出来，不由得面带羞赧："可以刷卡吗？"

护士小姐点了点头，又在收款机前操作一番，结好账，将单据递给她："麻烦在这里签一下你的名字。"

温玉拿起笔，"温"字才写了一半，她却突然顿住，脑中飞速闪过一个念头，扔下笔就往外跑去。

护士小姐远远地追了出来："这位小姐，你的药没拿。"

温玉充耳不闻，胸腔里的心脏在狂跳，她一边跑一边掏出手机打给季景然，漫长的等待声，每一下都让她的心更沉一分。

无人接听。

一定是有什么事情发生了。

她心头涌起强烈的恐慌。她被支走了，说明对方的目标只是季景然……

可是他们究竟要对季景然做什么？

她喘得不像样子，跑到邱峻家楼下的时候，冷汗已经打湿了她的衣襟。

邱峻家楼下，警灯闪烁着，几个警察正聚在一起争论着什么，有好几个熟悉的身影。

刘子科面色严肃地从楼里走了出来，看见温玉，他脸色异常复杂。

温玉觉得自己的心在狂跳，她一步一步走过去，艰难地问道："怎么了？"

"邱峻死了。"

她的心忽上忽下，恍惚间听见自己的话透着虚弱："那季景然呢？"

刘子科叹了口气："没有发现，现场只有邱峻的尸体，季检应该是被真正的凶手带走了。"

温玉不知道这算不算是个好消息。

邱峻死了，被一柄尖刀从身后捅入，正中胸口，当场气绝身亡。

作为现场唯一的目击者，季景然却不见了踪影，而事发现场刀柄上又只有季景然一个人的指纹，一时间，矛头直指季景然。

问讯室里，温玉第一次坐到了主位对面，刘子科递给她一杯温水，转身在她对面坐了下来。

刘子科坚信季景然不可能是杀人凶手的，他安慰着温玉："这个案子我们一定会查清，还季检一个清白。"

温玉眉间带了愁绪："我坚信不是景然做的，我只是担心他的安全。"

"你别太担心，我们已经全城布控了，各个迹象表明，季检他应该还没有被带离诸城。"

温玉无言地点了点头，这时，问讯室的门开了，秦晋荀走了进来。

秦晋荀走过来，单手将椅子拖到温玉身边坐下："你们去邱峻家的时候，邱峻有什么特殊的举动吗？"

温玉知道，现在作为现场唯一的知情人，她必须让自己镇定下来，尽可能地回忆细节，才能够帮到季景然。

"一开始都很顺利，邱峻完全信任我们，我们也从中套出了很多有用的信息，还得知了一个邱峻的秘密账户，可是中途，邱峻突然往书房去了……

再出来的时候，他就让我下楼替他买感冒药。

"他出来的一瞬间，我透过门缝看到，书桌上的电脑似乎开着，如果有人通过电脑给他传递了什么消息也不是不可能的。"

温玉揉了揉额头："我以为邱峻有什么话想要单独跟景然说，也就同意了。"

秦晋荀的手指有规律地敲了敲桌面："那台电脑已经有技术人员去检测了，但是目前看来没有任何问题。"

这种躲在幕后操纵，事发之后没有任何痕迹可寻的做法，让温玉有种难以言喻的熟悉感，她突然想起来："你记不记得于敬堂？他曾经在滨江公安局录了一份口供，说是有人通过入侵他的电脑给他传递指令，过后警方再去查也是毫无痕迹。这两件事……会不会都是项骁安排指使的？"

这两者之间原本关联不大，秦晋荀只当她关心则乱，压下心头陌生的酸涩感，蹙起眉峰："别想了，邱峻的事情我会多上心，你不必太过自责。"

"不，跟我有关系。"温玉面无表情地说。

"那个邱峻，是在看到我脚踝上的刺青之后才进书房的，我曾经在邱峻的手腕上见到过一个疑似蝙蝠的文身，只是还没来得及确认。"

秦晋荀背着手在窗边走了两圈，如果邱峻真是"蝙蝠"的一员，基本就可以确定季景然确实是被那个组织带走了。

刘子科费力思索着："可是，我还是不明白，对方为什么要杀了邱峻，再嫁祸给季景然？"

秦晋荀回过头来，沉吟道："假设邱峻也是'蝙蝠'的一员，那么季景然从邱峻口中无意得知了什么线索，导致幕后之人将邱峻灭口，同时嫁祸给季景然，这样一来，即便不能要了他的命，但只要他一日不能洗清嫌疑，他的证词便一日无效，这种一箭双雕的手法，倒很像是他们的作风。"

"刘队。"门外有人敲了敲门，走了进来。

刘子科见到来人一愣："王队？你怎么找到我这儿了？"进来的是刑警支队二大队的队长。

被唤作王队的人有些尴尬，神情还有些费解："那个……情况是这样的，陈局长说你和季景然的私交过甚，恐怕会影响调查，让你把这个案子移交给我。"

刘子科听完整个人都不好了，他"噌"的一下站起来："怎么可能，不行，我去找局长去。"

"等一下。"温玉叫住了刘子科，"我跟你一起去。"

"行，来吧。"

被孤独地留在问讯室的秦晋荀静静坐了好一会儿，才缓缓伸出手抵住了自己的额头，无奈地叹了口气。

陈立仁早就料到他们会找上来，虽然面色不佳，但还是伸手指了指，让刘子科将办公室的门关上。

"你们俩坐吧。"

刘子科一坐下就迫不及待地说："局长，季景然绝对不是凶手，我了解他，而且邱峻的行踪也一直是我们在盯，我们一大队来查这个案子再合适不过了，为什么要换人？"

陈立仁头痛，揉了揉太阳穴："我也相信季景然不会做出这种杀人后畏罪潜逃的事情，可是我们是警察，要讲证据的，你这么大咧咧当众表明自己的倾向，传出去了，让别人怎么想？"

见刘子科还梗着脖子不肯服软，陈立仁叹了一口气："刘子科，这个案子移交给二大队是上面的指示。"

刘子科不相信："您是局长，上面哪还有人啊，找借口也不找一个像样的。"

陈立仁气得将一个本子扔到刘子科的头上："你这个小兔崽子要诚心气死我啊！"

温玉反而显得更加淡定，只是问道："陈局，您知不知道这个意见是谁传达的？"

陈立仁摇了摇头："这个我还真不知道，上面有意在弄清楚事实之前对外保密。"

温玉握紧了手："局长……我们听到邱峻说，在咱们公安体系里，有他

436

们的人。"

也就是说，阻挠他们查案子的人，有可能就是那个内奸。

陈立仁变了面色："温玉，这话你有没有证据？"

温玉摇了摇头："本来是有录音的，只是录音笔在景然那里，现在没有了。"

陈立仁阴沉着脸："就算录音笔在你这里，只要没有实际证据，也不能仅凭邱峻的一面之词，就随便怀疑我们的同事。"

温玉还想说什么，陈立仁直接挥了挥手，面上带着些疲惫："好了，你今天也受惊了，这几天没有什么特别的事，你也休息休息，刘子科你也是，都回去吧。"

陈立仁一副"我意已决"的样子，刘子科只好站起身，跟温玉一起往外走。走到门口，刘子科突然回身问道："对了局长，不是说经一县请求警力增援吗，咱们派人去了吗？"

陈立仁眉毛一竖："你怎么什么都想管，让你来当局长行不行？"

刘子科没问出个答案就被陈立仁赶了出来。

刘子科一回办公室就瘫在椅子上，对着旁边无辜的墙一顿猛拍泄愤："真不知道陈局怎么那么多顾虑，本来我们就没头绪，现在交给更没头绪的二队，得，等他们发现线索，保不齐季景然早就凉了！"

温玉原本就有些无法凝神静气，听了这话不由得心下烦闷，忍不住站了起来，立刻就被身旁的秦晋苟一把扯住。

秦晋苟蹙着眉头，眼睛一眨不眨地看着温玉，目光锐利地问道："你做什么？"

"我想去找他。"

温玉垂了垂眼睛，她的心无法安定下来，仿佛外界总有刺目的光，不分昼夜想要刺痛她的眼睛，只要一闭上眼睛，眼前必定呈现一片红晕。

她已经无法接受身边的人再以一种诀别的姿态离开自己了。

如果季景然是被"蝙蝠"的人带走的……那么项骁一定会知道他在哪里。

"你还记不记得你答应过我什么？"

437

温玉记得，为了他，不会只身涉险。

眼见秦晋苟的面色有阴沉的趋势，温玉手指点上他的眉尖，揉了揉，叹息着说道："我记得的，你放心，我只是想……"

秦晋苟一把抓住她的手，语气毫无商量余地："不管你在想什么，都不可以，你是我的女朋友，在我的心里，你的安危比什么都重要。"

秦晋苟话音一落，周围陷入了一片诡异的寂静。

刘子科一副"我在哪里？我听见了什么？我一定是聋了"的受惊表情，伸出手"你你你"地说了半天，最终被蔡莉莉一掌拍在后脑勺上。

"看你这副蠢样子，活该单身。"

秦晋苟堂而皇之地宣示主权，令温玉瞬间有些手足无措，随之而来的就是深深的无力感。

"可是，景然那儿，时间每过一分钟，他就多一分危险，我……"

"我知道他在哪儿。"

秦晋苟毫无疑问是英俊的，只是他常年板着脸，面容冷峻，浑身上下都充斥着禁欲的气质，他专注地望着一个人的时候，很容易让人忽略他的五官，转而被他的眼睛深深吸引。

而此刻，他的眼睛如同一汪寒潭，一眨不眨地看着她，淡漠却又无端令人安心。

温玉不由自主地问出了声："在哪儿？"

窗外疏影横斜，屋内安静无声，隔着玻璃似乎还能听到瑟瑟秋风吹动梧桐树叶的声音。

"能从'蝙蝠'的掌控中逃出来，还带着关键证据，高万春一定是非常聪明并且行事谨慎的人，他不会平白无故出现在经一县。而且，我让周权去经一县做过调查，那里最近几起命案，手法我十分熟悉，让我想起了两年前'蝙蝠'组织肆虐的时候。"

秦晋苟的目光骤亮，越过刘子科径直看向他身后挂着诸城地图的墙壁。

"'蝙蝠'重现在经一县，季景然应该也在经一县，不会错的。"

温玉的目光顺着秦晋苟的目光看过去，地图上那一个小小的地方毫不显眼。

"经一县……那我们就去那儿。"

她听见自己的心怦怦地跳动着，一下重过一下。

她想要救的人，想要追寻的陈年真相，想要复的仇，也许就在那个地方。

"带我一个。"刘子科跳了起来，"我也放心不下季检，反正局长现在不用我，我可以跟你们一起去经一县，肯定能帮上忙的。"

刘子科作为一个刑警，身体素质是极为出色的，虽然有时候脑筋执拗了些，但跟着秦晋荀经历了这么多事，也长进了不少，秦晋荀于是点点头表示应允。

蔡莉莉想要说什么却止住了，刘子科大大咧咧地看向她："喂，我跑路之后记得给我保密啊，不然局长肯定要揪着我耳朵拦住我。"

"你也知道。"蔡莉莉嘀咕了一声，却还是默认了，最后实在忍不住，低着头，加了一句，"小心些。"

刘子科愣了愣，而后摸了摸后脑勺，咧开嘴笑了。

季景然费力地睁开眼睛，不知昼夜，只有昏黄暗沉的顶灯入眼，过了好一会儿才隐约看清四周的轮廓，斑驳的墙皮、杂乱无章的陈设、入骨的阴冷和呼吸间充斥鼻腔的霉味儿昭示着此处常年不见天日。

他向来干净整洁的衣服沾满了泥土，衬衫的纽扣掉了两颗，露出胸膛，隐隐能看出有几处红色的划痕，狼狈至极。他动了动，寂静的空间里便同时响起了沉重的哗啦声。

那是铁链在地上摩擦的声音。

季景然不由在心底苦笑，他被结结实实地暗算了。

几个小时前——也可能是一天前，抑或两天前，身上药力未过，除了虚脱，他没有任何感觉，随身物品全都被搜走，这个空间又不见天日，他丝毫没有时间概念——邱峻将温玉支走，心不在焉地和他聊着莫名其妙的话题，他心有警觉，提出告辞，却被邱峻竭力阻拦。

为了不前功尽弃，季景然也不敢跟他撕破脸，只好一边兜着圈子，一边寻找着可疑的地方。

等他发现阳台有响动的时候已经晚了。

家里平白无故出现两个陌生人，邱峻不但没有大吃一惊，反而欣喜地迎了上去。

季景然立刻就意识到自己的身份已经暴露了，站起来就往门口冲去。邱峻一见，一改慈和的笑容，面色狰狞地一把拽住他。

"季检察长，您这是要去哪儿啊？"

季景然眉目一凛："邱科长，您这是做什么？"

"做什么？我该问问你吧，处心积虑接近我，你想要做什么……不过，不管你之前的计划是什么，都晚了。"

进来的那两人戴着黑色的口罩，看不清脸，一个堵住了门，另一个站在邱峻身旁，递给他一把刀，声音阴森："邱峻，季景然有你受贿的证据，不能让他离开，杀了他。"

季景然的视线从那个人手上扫过——他们都戴着手套。

某个念头在季景然脑海中一晃而过。

邱峻接了刀，显得有些犹豫，刀锋凛冽，映出他心虚的表情。

堵住门的那个人冷不防大喊了一声："现在，动手！"

邱峻的手一哆嗦，就在此刻，变故横生。

季景然提防着邱峻的刀尖，却分身乏术，冷不防被身后之人用手绢捂住了口鼻，他奋力一挣，却突然听见邱峻痛苦地"啊"了一声，季景然望过去，只见他捂着自己鲜血淋漓的心口，慢慢向下倒去。

邱峻的眼中还残留着惊恐和不敢置信，而刀柄，正被牢牢地握在另一个陌生男子手中。

的确是杀人灭口，却是灭邱峻的口。

药物开始起作用，季景然头晕目眩中，有什么东西被粗鲁地塞进自己的手中，像是刀柄。

昏迷前最后一刻，他竟然有些庆幸，温玉不在这里，她是安全的。

"当"的一声，是刀落地的声音，而后，季景然堕入无边的黑暗。

此刻，他有些失神地望着头顶的灯泡，控制自己保持清醒，企图理智地分析出那些人为什么要将自己抓到这来。

忽然，角落里的门"吱呀"一声开了——

杂乱无章的步伐中，一个皮鞋踏在地上的声音格外突出，季景然心中一凛，眯着眼睛向声源处望去。

有四个男人在门口处停了下来，看身形季景然已经百分之八十能确定，其中有两个就是之前杀邱峻的那两个人，另外两个他没有见过。

在昏暗的灯光下，其中一个男人一步一步走过来，站到季景然面前，居高临下地看着他。那人面容模糊，只能看见五官的轮廓，浑身还散发着可怖的戾气。

"季景然？"

季景然费力地开口："有何指教？"

"厉害，你倒是一点也不怕。"男人嘴里说着赞叹的话，却面带讥诮，"要不怎么都说季检是个名副其实的贵公子呢，沦为阶下囚，却还这么有风骨……你们一个个的，还真是有意思。"

季景然眉心一动，哑着嗓子出声："是你，项骁。"

"看来我们对彼此都很了解嘛，这样也不错，我就不用苦恼是不是该保持神秘感才有意思了。"

季景然看向他："所以，邱峻是为你办事，为'蝙蝠'办事。"

他还有没说出口的，他心惊肉跳猜测，是不是邱峻口中在各个机关能包庇他、为他受贿提供便利的高官们都服从于"蝙蝠"……

项骁轻轻拍了两下手掌，格外惋惜地说："季检，知道太多的人真的活不长的。"

"你想做什么？"

项骁眼神中闪过一丝厌恶，不答反问："你说，秦晋荀什么时候会找到这儿来？"

季景然抿了抿唇，没有吭声。

项骁在原地站了片刻，不知在思索什么，直到另一个季景然从未见过的男人走上来小心翼翼地唤了声"项哥"，项骁才猛然惊醒。

"有一句话说得挺好，'绝知此事要躬行'，你们这些司法机关的，总是爱问受害者都吃什么苦头了，现在有机会，不如亲自体会一下吧……徐是，跟我出去。"

不待季景然反应，项骁倏忽转身，语气狂妄，裹挟着满满的恶意，对剩下的那两个人说："既然人是你们带回来的，你们两个就好好招待一下季检察长，务必让季检宾至如归，只是小心些，这年头……器官很值钱的。"

"好的，项哥。"

棍棒夹杂着风声而至——季景然闭上眼睛，嘴角溢出一丝苦涩。

他不畏惧皮肉之苦，他畏惧的是，不知道接下来应该怎么做，才能帮上秦晋荀他们。

经一县的地理位置很特殊，紧邻着诸城，又背靠一大片连绵不绝的山脉，山脉那边，与缅国接壤，所以经一县虽然贫瘠，却也有着天然的地理优势，经常会有些外面来的商人，只是国籍混杂，事端也多，小地方警力有限，不知道阴暗处滋生了多少罪恶之花。

一路是周权开车，刘子科坐在副驾驶位小鸡啄米似的点着头，后座是秦晋荀和温玉。为了早点赶到，几人四点多天不亮就出发了。

秦妈妈只当秦晋荀又要出差，一面抱怨着她一来儿子就要走，一面大半夜爬起来，特意准备了几份早餐让秦晋荀带着，给大家路上吃。

秦晋荀随手将一个包好的蛋饼递给温玉："垫垫肚子。"

刘子科闻着香味，很诚实地睁开了眼睛。秦晋荀将袋子往回收了收，并不想理刘子科，还是温玉失笑碰了碰他，从那一袋子吃的里面拿出了一个小饭团递过去。

刘子科可怜巴巴地接了，一把塞进嘴里。

温玉又问周权："周先生，来一点吗？"

周权礼貌地推拒了。车内又恢复了安静。

静谧之中，秦晋荀突然开口："有一件事情我觉得很奇怪。"

他的声音在空气中荡开，刘子科忍不住回头看他："秦教授，你说啥？"

"我能猜出季景然被带到经一县是毋庸置疑的，可是我不认为按照项骁的智商和行事风格，他猜不到我能猜出他在哪儿。"

秦晋荀神色淡然地看向窗外，天边隐约出现了一道白线，周围星辰渐暗，天色带着黎明前特有的鸦青。

"而且，周权去经一县的事并不隐秘，项骁不可能一点风声也收不到，可是他既然知道，为什么还要在这个关头劫走季景然，倒像是……"

"倒像是引我们前来。"温玉淡淡接口。

秦晋荀嘴角勾起一抹凉薄的笑意："有意思。"

到经一县其实不比到城郊远多少，只是由于进入县城的道路不大通畅，行车速度慢了很多，到达的时候已经将近六点。

这时候天刚蒙蒙亮，世界都隔着层纱似的，泛着一种不透彻的白，像是要吞噬一切迷惘的心。

秦晋荀神色冷峻，就像今晨的空气，他环视着被雾气笼罩的小县城，眼神深邃。

在诸城，在滨江，三番五次擦肩而过，他和项骁始终没有碰面，可是他就是有一种无端的直觉，这里将是他们宿命般的际会之地，也是一场他等候多年的战争拉开帷幕的地方。

沈路安已经在经一县等着了，为了顺利融入小县城，不引起过多的瞩目，沈公子委曲求全脱下了他名贵的西装，换上了一件极其普通的格子衬衫。

见温玉打量自己，沈路安哼了哼："这是你闺密梁萤的审美，以后我可不敢相信她说的话了。"

温玉听了眯眼笑笑。

秦晋荀上前一步："高万春在哪儿？"

沈路安神情严肃："东边的那片平房里，和一堆建筑工人住在一起。"

高万春被发现是个偶然。

沈路安家里接了一个政府改造城区的项目，作为试点的经一县首先迎来了沈氏集团的一众管理人员，项目进展得很顺利，底下的人为了表功，做了一个类似项目进度纪录片似的短片，传回了总部，其中就有一群工人在烈日下挥汗如雨的画面。

得益于秦晋荀多少年的牵肠挂肚，在仅仅三秒钟的镜头里，沈路安几乎是一眼就认出了那个和从前形象大相径庭的中年男人。

而后就是暗地里的调查确认，从他居住的平房内提取到了他的毛发，验出了 DNA，99.99% 属于高万春。

工地上刚开工，工人们三三两两堆砌着砖头或者运输着水泥，机器隆隆地运转起来，在朝阳下显示出另一种生机盎然的景象，却也是与繁华的市中心格格不入的景象。

"就是那个人。"

沈路安随手一指，一个中年男人从自行车上跳下来，将自行车推到一边的柱子旁，小心地锁上。

秦晋荀出声："走，过去看看。"

里面全是泥沙，温玉又不巧穿了高跟鞋，于是只好留在原地等他们。

中年男人穿着沾满油渍的深蓝色的工作服，鞋子上泥点斑驳，见了这个情景，无论是谁也想不到，这个终日骑着自行车出劳力的男人，竟然是当年那个风光一时的富豪总裁。

有人跟他打招呼："老万，你可来晚了啊！"

高万春乐呵呵地回了一句："这就上工，保准耽误不了事儿。"

他动作麻利，不过几分钟就抄起大铲子，将一辆推车装满了沙子，推着车往这边来。

转过一个弯，路被堵住，他不由得抬起头来，被晒得黝黑的脸上，只那双眼睛隐约可见锐利的光，只不过马上就被一抹小心翼翼的讨好取代。

"几位老板，麻烦让一让。"

秦晋荀垂眸看他，没有出声。沈路安捏着一张临时员工信息表看了看高万春。

"你叫万庆？"

中年男人愣了一下，腰背更弯了："是我是我，您是……"

"我是沈氏的经理。"沈路安随口瞎编道，"你长得跟这照片上不太一样啊！"

"这……这是我老家的表弟，那个，我求着他把这个工作机会让给我了。"

沈路安摸摸下巴："哦？所以这个万庆是你的表弟，不是化名？"

这句话一说出来，中年男人便愣了一下，他抬起头，目光犹疑地在面前几个男人身上依次扫过，突然，他面色一变，将推车一扔，转身向后跑去。

周权忍不住出声："别让他跑了。"

跑是肯定跑不了的，刘子科利落地单手支撑翻过了一处障碍物，直接落在男人面前截住了他，抓住他的手腕令他挣脱不得。

这里闹出的动静吸引了很多人的视线，秦晋荀略微抬头，沈路安会意，走向了看向这里的工地负责人。

秦晋荀看着一脸惊慌的中年男人："这里不适合说话，我们换一个地方。"

中年男人极为不配合："我不认识你们啊，几位老板，你们这是要带我去哪儿？"

周权嗤笑了一声："高万春，高总，别装了，我们知道你是谁。"

中年男人面上闪过一丝暗沉，动作僵硬了片刻，停止了挣扎，他叹了一口气，低着头说："行了，不是说要换个地方说吗，放开我吧，反正我也跑不掉。"

"算你聪明。"刘子科嘀咕道，而后松开了手。那边，沈路安跟底下的负责人交代了几句，工头点头哈腰地一一应承。

秦晋荀的车就停在工地对面，不到两百米的距离，所有人包括秦晋荀在内都没有想到，高万春还能再逃跑——

一个铁丝的隔离网破了一个口子，成年人强要钻过去的话，必定会被铁丝剐得鲜血淋漓，高万春却不管不顾，趁着刘子科不注意，硬生生从那里钻了过去。

这种不要命的逃跑方式令几人都愣怔了片刻，刘子科立刻急了，也要强钻过去，被秦晋荀拦住。

"没有必要。"

刘子科十分感动，下一秒就听见秦晋荀悠悠地说道："温玉可以截住他。"

秦教授，您大概不知道您现在满脸自豪的样子有多么幼稚吧？

高万春逃跑的工夫，温玉已经凭借小巧的身形有惊无险地钻了过去，并且趁着高万春受伤分神捂着手臂的工夫，上前利落地反剪住他的双手。

整个过程不过一分钟。

沈路安看得瞠目结舌："温玉这一手漂亮啊！"

刘子科啧啧出声："你是不知道，之前温玉在我们公安局，除了法医专业，身手也是出了名的利索，不比女警差。"

高万春双手被制，却没有放弃挣扎，终年从事体力劳动的力气，让温玉也有些吃不消。其间高万春猛地一回头，看见了温玉蹙着眉头的面容。

"你……"

他话还没说完，就被赶上来的刘子科用力制服在地。

"你说你跑什么啊，我们只是想找你问点事情，你何必把自己弄得这么狼狈。"

高万春不吭声，似忘却了自己还在流血的胳膊，盯着温玉的目光有几分迷茫。

"你是谁？"

揭示噩梦的根源

几人将高万春带到了经一县县城的一家酒店里，为了避免人多口杂，沈公子阔气地包下了酒店最顶上的一整层——第五层的全部六间房。

初冬的阳光明亮而不刺眼，温玉洗了手出来，就看见屋子中间搁了个小板凳，高万春垂头丧气地坐在那儿，其余几人挤坐在沙发上，唯有秦晋荀一人远远地靠在门边，像是在等她。

秦晋荀低眉："你还好吗？"

他指的是方才温玉钻过铁丝网的时候，虽然小心，但胳膊上还是留下了一条血印子。

温玉笑着摇摇头："没关系，只不过是破了皮，刚才冲洗干净了，不要紧的。"

听到温玉的声音，高万春突然抬头，侧了侧身子向这边看过来，开口问道："你就是温玉？"

刘子科"嘿"了一声："刚才你都听见我们叫她了，别装傻啊！"

高万春看着温玉如琉璃的双眼，漆黑不起波澜，他叹了口气："你是不是温仁和许天娇的女儿？"

温玉的心被重重地撞击了一下，声音有些不稳："你果真认识我的父母，听他们……提起过我？"

高万春的目光有些许怜悯："是，你父亲的钱包里有你的照片，我看见过。"

高万春没有说的是，温仁提及女儿时，满眼为人父的骄傲几乎要溢出来。

忽地，秦晋荀握了握温玉的手，指尖的温热让她的心定了一下。

"所以，我父母和你，跟'蝙蝠'……有什么关系？"

高万春抬眼，窗外起风了，窗棂颤动，微弱的风声在安静的空间内被无限放大。

"既然能追查到我，你们一定对'蝙蝠'了解很深了，那么你们也应该听说过一句话，"高万春看向众人，一字一句地说道，"用了'蝙蝠'的器官，一辈子都要为'蝙蝠'卖命。"

秦晋荀走到高万春身前，光影中五官模糊，他的声音显得愈加寡淡："可你是一个例外，二十多年了，唯有你一个例外，你不光借由'蝙蝠'保住了性命，脱离了它的掌控，甚至从里面带出了它的致命罪证。"

高万春的神情有些恍惚，右手缓缓抬起来抚着自己的心口。

"自从我昧着良心换上了不属于我的心脏，它就跳得一天比一天快，那是我在害怕……胸口上那个丑陋的文身每时每刻都在提醒我，我的命已经不是我自己的了，他们让我做的那些事情太……可是拒绝，他们的手段，比想象中残忍得多……我若不想办法脱离他们的掌控，哪怕活着，也生不如死。"

像是回忆起什么不堪的往事，高万春整个人都忍不住微微颤抖起来。

秦晋荀止住他的话，眉头蹙了起来："你假死逃走时，到底从'蝙蝠'那拿到了什么？"

高万春抬头打量了秦晋荀一眼，似乎从现在才开始留意他似的："你是谁，我为什么要告诉你？"

刘子科瞪圆了眼睛，"噌"地从沙发上站起来："让你说你就说，我们是……"

"警察"二字还未说出口，却见秦晋荀摆了摆手，嘴角浮起讥诮："你可以不告诉我，但是我们现在能找到你，就代表'蝙蝠'的人也快找到你了，你手里握着'蝙蝠'的犯罪证据，你猜，他们会不会让你轻易地死？跟我合作，是你唯一能保住性命的方法。"

秦晋荀语气笃定，不紧不慢，可是其中传递出的讯号让高万春脊背一凉，仿佛他只要再摇摇头，眼前这个男人便会毫不犹豫地离开。

高万春毕竟是白手起家风光一时的富豪，瞬息之间就做了决定："那是几年前，在我还受控于他们时，我从'蝙蝠'内部偷到了一份加密文件，那是一份'蝙蝠'犯罪的证据……更是一个全面的关系网，记着'蝙蝠'在全国各地全部的组织成员。"

秦晋荀眸光微闪，抬了抬头。

高万春继续说道："虽然拿到了文件，可是我也不敢贸然拿出来，我把它分成了两部分，'蝙蝠'摘取人体器官需要医疗的支撑，一部分就记着组织成员所在的医疗机构的名称，第二部分就是这些组织成员详细的名单。"

温玉走到他面前，低下头，脖颈没有半点柔和的弧度，像是被什么生生地压下，头发垂下来遮住了半边脸，她轻声问道："我手里有一份父母生前留下的文件，上面列了许多全国各地的医院以及诊所名单。"

"那就是我给他们的第一部分，那上面的，都是有问题的医疗机构。"

"你为什么要找到我的父母，给他们这个证据呢？"温玉轻声问道，神色几近哀伤。

为什么这么危险的东西落在了自己父母的手上？是不是，如果父母手中没有高万春给的这一半证据，他们就不会招来祸端，那样她也不必日日夜夜沉浸在噩梦中？

高万春看了看她，摇摇头："不是我主动找上他们的，而是他们找上我的。"

"不可能。"温玉立即硬声反驳，"我爸妈不过是两个普通的医生，怎么会主动掺和进这种事情里？"

"这我也不清楚，他们似乎……极为憎恨'蝙蝠'，而且，急于除去它，我假死脱身的事情……他们还帮我出谋划策了。"

憎恨，除去，帮助……

这是与温玉印象中截然不同的父母，她竟一时无语，只觉得荒谬，唇畔浅浅的弧度归于虚无，面上只余一缕空寂。

她的样子像极了一只误入荒漠深处的小狐狸，一向熟悉的世界已经分崩离析，另一个世界在向着它逐渐靠近，它嗅来嗅去也辨不出出路，满心充斥着无辜与茫然。

肩上一沉，温玉偏了偏头，秦晋荀修长的手轻轻笼在她的肩头，继而一股推力将她按在了椅子上。

紧接着，一件带着男人体温的外套随意地罩了下来。

秦晋荀挽了挽袖口，在温玉旁边坐下来，重新审视着高万春。

从对方的目光中竟读出了一点不爽的意味，高万春觉得很不解。

"另外的部分呢？"一家医院的任职人员就超过百人，单单凭借医院和机构的名称很难有所突破。

高万春听见问话，止住了小心思。

"另一部分，是具体的人员名单，你们也知道这份证据太具有指向性，我思考了很久，藏在哪里都不安全，趁着一次交流会议我们见面的工夫，我就把文件给了温仁夫妇，拜托他们帮我想一个不容易被找到的地方藏起来。他们夫妻很聪明，不过半个月就告诉我有一个办法。

"温仁说将那份名单藏了起来，会给我一条线索，并且告诉我怎么使用这个线索去找到名单，只是，我们还没来得及见面，我就听闻温仁夫妇被寻仇，双双身亡的消息。所以，第二部分文件，现在我也不知道在哪里了。"

高万春话落，屋内又陷入了一片沉默。

沈路安是完全听不懂的，目光呆滞，似沉浸在自己的小世界中。

刘子科正在鞭策自己勉励跟上，手上还乖巧地拿着一个小本子和笔。

周权则一副老谋深算的样子，苦大仇深地皱着眉头。

秦晋荀手指轻叩椅子扶手："我知道了，这件事先放一放，我们首先……还是要救出季景然的。"

周权忽然站起来，打断了他的话，焦躁地在屋内踱步："为什么要先放一放？我们做到了这个地步，'蝙蝠'的人要不了多久也会找上门来，他们可不会管我们到底有没有拿到完整的文件，他们的一贯作风就是不择手段清除一切有威胁的人，秦晋荀，我们时间不多了。"

温玉听到这里，也顾不得方才的伤感，奇怪地问道："什么时间不多了？"

秦晋荀没说话，抬头看了一眼周权，神情中警告意味浓重。

周权见状，忽而冷笑一声："我真的没时间陪你们拖下去了，你们不会真以为'蝙蝠'会放任我们一路顺利查下去，收集证据交给警方，将他们一网打尽吧？他们要是就这么点能耐，二十多年来警方又怎么会拿他们束手无策？"

周权将矛头对准温玉："他母亲离开京城了是吧，你知道为什么吗？因为如果秦晋荀不安排她离开，她就有可能变成第二个江桥儿！"

温玉不知道江桥儿是谁，却感受到压抑了很久陡然爆发的周权有多么暴躁，她垂下眼帘，不置一词，企图以安静令他的情绪平和下来。

可是周权似乎想借此宣泄什么，继续说道："你秦晋荀是个传奇人物，谁提起你都要噤声；你秦晋荀智谋无双，世上无人能及；你办案厉害，就连几乎没人敢提的'那个案子'中的'蝙蝠'，你追查得也毫不畏惧，可那都是从前的事情了。"

周权讽刺地扯了扯唇："有的时候我甚至怀疑，你这么多年的追查到底是为了什么，或许捣毁'蝙蝠'根本就不是你的最终目的，如果你再这么不知所谓地拖延下去，等到'蝙蝠'反扑，高万春会死，我们都会死！"

他说完，仿佛再不能忍受，双目猩红，冲了出去。

房间里，刘子科和沈路安眼观鼻，鼻观心，规规矩矩地坐着。

秦晋荀叹了口气，纤细修长的手指抬起来，捏了捏眉心，他没提周权方才过激的表现，转头看向高万春，闲聊般开口："你真的很聪明，利用假死逃过了不少纠缠，甚至连我也骗过去了，也深知最危险的地方就是最安全的地方，曾经我一度以为你会改头换面，寻找尸体的时候辨认得也十分不容易。"

高万春慢慢摇了摇头："其实，我之所以能拿到那些证据，是因为'蝙蝠'内部有人接应我，我们最后计划的我的假死，少不了那个人的帮助。"

秦晋荀闻言，很感兴趣，身体前倾问道："谁？"

高万春摇了摇头："不知道。"

秦晋荀似笑非笑地摸摸下巴，这就有意思了，公安体系有"蝙蝠"的内应，而"蝙蝠"的内部也不消停。

刘子科这时突然一拊掌："如果他们那儿真的有警方的卧底，那我们救季检察长的事不就有着落了？"

高万春闻言抬起头："你们有同伴被'蝙蝠'的人抓了？是不是有证据能表明人来了经一县？"

刘子科一听他问得笃定，也顾不上隐瞒，急忙问高万春："怎么，你知道他们在哪儿？"

高万春忽然笑了，这一笑冲淡了他面上因未知而生出的恐慌，隐约能窥见昔日气度翩翩的总裁模样。

"你们不是说我知道最危险的地方就是最安全的地方吗？我选择在这里落脚，自然是要了解敌人的行踪，知己知彼方能百战不殆。"

"他们在哪儿？"

高万春不答，转而说起其他："大概半年前吧，这个县城里开始偶有人口失踪，大多是年轻男女，家里人也有报警的，只是经一县外出务工人员多，偷跨国境的事情也时有发生，民警过问之后也没有什么头绪，所以一直也没有调查出个名堂。直到上个月，一个采药的在山上发现了两具被野兽从土里刨出来的尸体，大家这才意识到，这是连环命案，听说经一县的公安局还向上面求援了。"

刘子科是知道这件事的，若不是因季景然的事情跟陈立仁闹得不愉快，他现在就应该过来协助调查了。

"可是这跟季检有什么关系？"

"找到尸体的地方就在经一县靠近缅国那一带的山林里，尸体被发现的时候，内脏尽数丢失，这种作案手法我太熟悉了，而县城里没有通向那片山林的大道，林子位置十分隐蔽，藏一群人应该也没有什么大问题。"

刘子科听懂了他的言外之意，于是问道："那我们要怎么去？"

高万春笃定地说道："我可以带你们进去。"

高万春回应得太快，刘子科将信将疑，双手抱胸冷哼了一声："我们怎么能相信你？万一你是想脱身把我们往死路上引呢？"

高万春自嘲地笑了笑："我不是为了帮你们，这几年偷来的清闲，可以说是温仁夫妻俩用命换来的，我欠她的，而且我看得出，她很担心这个季检啊！"

说完，高万春瞥了一眼秦晋荀，面带嘲讽道："话说回来，也让我瞧到了，秦晋荀原来也不是方方面面都能抢占先机的。"

秦晋荀抬了抬眼皮，看向他，露出一个傲慢的浅笑，不置一词，起身下了楼。

温玉跟过去的时候，才发觉天色已经暗下来了。小县城并不繁华，夜晚灯火零星，远远称不上璀璨，天光渐暗的时刻，视力也会跟着模糊。

温玉找到秦晋荀的时候，他正站在转角的杨树下。

温玉走过去，并肩站在他身边："周权去哪里了？不联系他……不会有事吗？"

秦晋荀转过头，伸手捋了捋遮住她侧脸的一缕发丝。

"不必找他，周权最近压力很大，让他冷静一下也好，不用担心。我们救季景然之前他一定会回来的，他在大是大非上拎得清。"

温玉默然，周权的反应可以说是相当尖锐。

察觉到她的担忧，秦晋荀忍不住将她揽过来拥在怀里。

"周权的表现是悔恨和受惊之后正常的应激反应。那个江桥儿，是周权曾经帮助过的一个受害者。"

晚风吹过来，凉飕飕的，让人忍不住摸摸手臂。

秦晋荀将大衣解开披在她身上，带着秦晋荀体温的衣服包裹住她，温玉连带心跳也沉稳起来。

"那还是许多年前的事情了。"

在秦晋荀还没有扬名警法界的时候，周权已然声名鹊起，许多警方以传统手段难以侦破的案子，或者是雇主不愿找警察的案子，都会经由他的手解决。

江桥儿的心肺异于常人，被开了刀之后，她竟没有当场死去，而是凭借意志力爬到公路上，等到了救援——她本可以成为第一个从"蝙蝠"组织逃出的受害人。

秦晋荀知道后，想要通过江桥儿揪出京城这条线上的"蝙蝠"组织成员。

可秦晋荀的看法并不让周权信服，两人没有见面，却在电话里针锋相对。

这件事不知怎么就被一家媒体知道了，为博眼球，他们采访了江桥儿。

就在采访节目播出的那个晚上，暴露在公众视野下的江桥儿失踪了，三天后，她的尸体在一个鲜有人至的桥洞下被发现。

她本以为逃出生天，却又一朝被打入地狱。

秦晋荀目光悠远："她的死我们都有责任，这是这么多年以来，我唯一失手的案子。"

温玉叹息着环抱住他："我们可以铭记过去，但带着这份遗憾锐意向前，才是最好的选择。"

"他有一句话说对了。"秦晋荀淡淡地说，"除掉'蝙蝠'不是我最终的目的，却是我为了达到那个目的必须摧毁的阻碍。"

哪怕知道了季景然在哪里，几人也不好贸然行动。刘子科找到当地的公安局亮明身份并说明了情况，经一县的警方喜忧参半。喜的是，这起人心惶惶的杀人案终于有了进展；忧的是，经一县警力薄弱，他们对这次营救行动并没有信心。

刘子科犹豫了良久，还是决定跟陈立仁联系一下。

陈立仁接到刘子科的电话后果然大发雷霆。

"你这是无组织无纪律，我已经说了，季景然的案子不需要你们掺和，上面已经组织人调查了，合着当我的话是放屁是不是?！"

陈立仁显然是气急了，对着话筒将刘子科痛骂了一顿，刘子科根本就找不到反驳的机会。

趁着陈立仁换气的间隙，刘子科赶忙截住话："局长，没事先知会您一声的确是我们的不对，但是我们也是担心季景然啊。况且，现在邱峻的案子和经一县的几起命案已经有证据可以并案调查了，您就让我负责吧。"

陈立仁沉默了良久，久到刘子科怀疑他挂断了电话，他才叹了口气，仿佛有千斤巨石压在他的心上，又仿佛对即将到来的风暴认了命，语调深沉，令刘子科疑惑，也心生不安。

只是还未待他细想，就听见陈立仁说："行了，我批准这次行动。把你们的计划告诉我吧，我安排下去，让二队派几个人配合你们行动。"

"是！"

虽然陈立仁看不到，刘子科还是兴奋地敬了个礼。

命令下达，特警很快聚集，为了避免打草惊蛇，刘子科最后仅仅带了六七个人，再加上一个指路的高万春。

秦晋苟原本也是要参与这次行动的，但刘子科拦住了他说："秦教授，您还是坐镇后方吧，万一有什么变故，您就通过手机联系我们。"

出发前，秦晋苟再一次嘱咐道："这次主要为营救季景然，如果顺利就在撤退时抓捕一到两名凶徒，一定要注意隐蔽性和安全。"

刘子科冲着秦晋苟郑重地说道："放心吧秦教授，我知道的，一定安全带回季检。"

目送车子远去，秦晋苟回头，便看见了一旁显得分外沉默的温玉，心上一热，突然将她拉过来轻吻她的红唇。

"怎么了，发什么呆，是不是紧张？"

腰被男人的手掌禁锢着，温玉轻笑，低下头，掩饰住面上的异色："没什么，你现在倒是精神很好。"

秦晋苟也不否认，眼中的光彩几乎要溢出来："等了这么久，终于要交锋了，我迫不及待想见见能带领'蝙蝠'肆虐二十余年的人到底是个什么样子。"

温玉无语。这副样子活脱脱一个好战分子，他太过执着，温玉心中生出隐忧。

"秦晋荀，我们有着同一个目标，所以答应我，以后不管你做什么决定，都不要瞒着我，自己涉险。"

"我心里有数的，而且这一次哪怕能抓住几个人，也不是什么大角色，我更犯不着涉险，你放心。"

温玉还想说什么，但是想想秦晋荀往日的笃定还是作罢。

他就像一棵风暴都不能摧毁的巨木，轻易就能让倚靠着他的人安心。

秦晋荀带着温玉驱车到了经一县公安局简陋的办公室里，他要了一份经一县的地图就静默地坐在一旁，似乎毫不关心刘子科他们的进展，只是手中的马克笔转了转，在几个地方随手画着圈圈。

比起严阵以待的警员，他显得格外闲适。

下午三点，终于有了动静。

全神贯注的小警员很紧张，手机一响，差点被他扔出去。

电话接通了，里面传来刘子科的声音，中气十足："秦教授，你们过来看看吧，找到季检了。"

"你们在哪里？"

"正西山区，距离县城三十公里处。"

秦晋荀的目光落在地图最上面的那个黑圈上，离缅国的国境线仅仅二十公里不到，他拿着马克笔围绕那里随意地敲了几下，然后才直起身子说道："维持现场，我们随后就到。"

这是一次成功的营救，也是一次失败的抓捕。

山林的黄昏似乎来得格外早，山风袭来，树丛晃动的剪影好似魑魅魍魉。

这是荒郊野岭一处临时搭建起来的据点，仓库模样的一片房间内空无一人，桌上摆着没吃完的饭菜，地上散落着喝了一半的酒瓶，乱糟糟的环境昭示着一群人离开时的慌乱。

温玉环顾四周，看见刘子科便迎了上去。

刘子科却反常地避开了她的目光，低着头站到秦晋荀面前。

"秦教授，是我失职。"刘子科支支吾吾地开口，"高万春跑了。"

在高万春的引领下，他们潜入了那一片山区，刘子科的全部精力都放在了怎么顺利救出季景然上，等到顶着一脑袋汗进入，发现这里人去楼空，而高万春也不知道什么时候悄悄离开了。

拼脑力刘子科差点，可是论行动，还从没有什么人能从他刘子科身旁逃走，让高万春溜掉，对他来说，比被秦晋荀嘲讽一千遍还要难受。

秦晋荀倒没有多大感触，该知道的事情也知道了，剩下高万春不知道的，他也能拼凑出一些，高万春在不在对于他来说并没有太大影响。

"他不相信警方能够保护他，逃走也是正常的。"说完，他便抬步往里面走去。

刘子科仍旧气不过，嘀嘀咕咕道："也太小瞧我们了，早晚给他抓回来审审。"

话题告一段落，温玉这才插着空隙开口问："景然他……"

刘子科摆摆手："放心吧，季检只是有些虚弱，生命无碍，已经先一步被救护车送出去了。"

秦晋荀突然在不远处叫她："温玉，来我这里。"

温玉心口一松，加之秦晋荀的招呼，她轻舒了一口气就转身过去了，因此也就忽略了刘子科眼中的闪烁。

季景然的确没有生命危险，这帮人在匆忙撤离的时候将他扔在了地下的杂物间，刘子科带人闯进去的时候，他已经意识模糊，周身伤痕渗着血，甚至分辨不出哪里还完好。尽管如此，在看清进来的是谁之后，季景然还是一把抓住了刘子科，声音沙哑，被血水糊住的双眼却一如往日般温润："别……让温玉看到。"

那是他昏厥之前的最后一句话，能等到他们来营救，他已经付出了超乎常人的毅力。

刘子科望向不动声色将温玉叫到自己身边的秦晋荀，敏感地察觉到他望过来的目光中带了丝冷意，他不由得重重叹了口气。

秦教授跟温玉自然是万般般配的，可是一想到季景然昏倒前的那个眼神，就连他这么一个粗神经的人都觉得……真是心疼。

刘子科烦躁地抓了抓头发，想着要是有两个温玉就好了……

秦晋荀跟参与行动的刑警了解了他们下午的经历，良久都没有说话。

那个刑警小心地说道："他们像是知道我们今天下午会带队潜入他们的据点，都提前撤退了，我们已经通知了国境线附近的驻兵，请他们协同拦截，您看现在……"

秦晋荀没什么反应，只是简单地回答："没必要了，他们提前有准备，躲得了你们的搜捕也就能藏得了身。"

"您是说，我们中……有内奸？"

此话一出，众人都忍不住面面相觑。

刘子科走过来："秦教授，您在想什么？"

秦晋荀目光沉沉，打量着周围七倒八歪的椅子，在一处角落里蹲下身子，伸出手指抹了抹地上黑色的粉末，而后放到鼻端闻了闻。

"是火药。"

温玉皱了皱眉头："他们有枪。"

秦晋荀站起来展开一方手帕将手指慢慢地擦干净。

"这个据点至少三十多号人，已经超出了我们的预期。"

说罢，他饶有兴致地看向刘子科："如果你是这群凶徒的头目，从内线口中得知今晚将有六七个警察想要潜过来救人，既然占了先机，来的也只不过是六七个人，可能连你们的零头都不到，你是会带着三十多号人和所有枪支匆匆离开，还是会布个局，引君入瓮，抓住这帮警察呢？"

刘子科顺着秦晋荀的话细想，似懂非懂道："您是说……"

"我猜，这个内奸不想让我们抓到他们，却又不想让凶徒抓住我们，所以在传递消息的同时，又谎报了消息……有点意思。"

秦晋荀身后的人都很安静，全部不由自主地将目光投在他身上，只听见他的声音在静夜中显得格外清晰。

"知道我们今天下午的行动，传递给凶徒信息却又谎报了真实人数，最重要的是，能掌握我们前前后后的部署……具备这些条件的人并不多。"

刘子科咬住嘴唇，双唇隐隐发白。

　　季景然被救下，在经一县的县医院简单处理之后，连夜被救护车送回了诸城中心医院。出于某种原因，刘子科隐瞒了已经回来的消息。

　　温玉见到他已经是后半夜了。她悄悄走进特护病房，一旁小鸡啄米似的打着瞌睡的刘子科听到动静，条件反射般把手伸向腰间，看清是她之后才舒了口气。

　　"今天这么累，我还以为你回去休息了。秦教授呢？"

　　温玉走过去，站在床边，轻轻说道："他在医院楼下抽烟，一会儿就上来。"

　　尽管两人已经压低了声音，床上的季景然还是动了动，缓缓睁开了眼睛，不过几秒钟的迷糊，便立刻寻到了她的方向，眼睛一眨不眨地望着她。

　　温玉连忙俯下身子："你要什么？想喝点水吗？"

　　季景然唇色泛白，上衣领口扣子系得很紧，双手刚刚撑着床，刘子科就赶忙过去扶着他坐起来。

　　温玉报着唇，垂下的双手握了起来，季景然注意到，声音虚弱却带着抚慰人心的轻柔："不要自责，你们来得很及时……再晚两天，我可能就跟荒山里的尸体一个去处了，谢谢。"

　　刘子科站起来冲着地上"呸呸呸"几声："季检，你可不要胡说了，咱们福大命大。"

　　季景然笑了笑，而后神情逐渐恢复严肃："听说这次行动，一个人都没有抓到。"

　　刘子科点了点头："秦教授推测……他说……"

　　他支支吾吾，嘴里的话始终无法吐出来。

　　"的确是你心中想的那个人。"季景然突然接话，双眼注视着门口。

　　秦晋荀趁着夜色走进来，周身还带着未散去的淡淡烟草味道，他随意拉了一张椅子，在离病床不远不近的地方坐了下来。

　　"说说看。"

季景然苍白着脸："我听到了，诸城公安局里，他们的内应。"

他的声音还带着被困了很多天的沙哑和虚弱，却依旧蕴藏着不容置喙的坚持。

"不可能。"温玉立即青着脸反驳道。

秦晋荀和季景然的目光相交："可不可能，我们一探便知。"

眼看十一月底，寒风令路上的行人都加快了脚步。深夜，一阵开锁声，一户人家的大门被打开了。

中年男子开了灯，放下包，脱了外套换上家居服，走到厨房里泡了一壶清茶，这才端着茶杯打开了书房的门。

"啪嗒"一声，和灯光同时出现的是一个坐在转椅上的男人，对方已经在黑暗中不知道等待了多久。

"谁?！"

椅子转过来，露出一张棱角分明的脸，在灯光下显得分外凌厉逼人。

陡然意识到了什么，中年男子的手不易察觉地抖了起来："你……怎么在我家？"

秦晋荀从椅子上站起来，将手中翻看的相册随意地放到书桌上。

"我为什么在这里，我以为，您已经知道了……陈立仁局长。"

陈立仁低头看着自己手中的茶杯，发抖的手令杯中的茶水一圈一圈漾出涟漪，倒映着他面色的灰败。

陈立仁将茶杯放下，一只手把着书桌面前座椅的扶手，缓缓地跌坐下来。

博古架上沙漏中的沙子在不断地落下，他过了好半天才重新抬起头，看着秦晋荀："他们……都知道了？"

秦晋荀略微歪了歪头，没有吭声，只是用一种审视的目光从上至下地打量着他，仿佛是在疑惑……怎么就是你呢？

这个内奸，怎么就是一直照顾温玉和刘子科等人的陈立仁呢？

被那目光刺痛，陈立仁慌张地别过头去。

秦晋荀靠在窗边，转过头看向他："刚才不请自拿，看了您的照片，看来您妻子和儿子在国外生活得很好。"

相册被秦晋荀从书架上取下来翻看，又被随意地摆在书桌上。

陈立仁翻开，抚摸着上面一个十来岁的少年的脸，露出苦笑："是啊，我做完手术那一年后就送出国了，偶尔去看看他们，妻子经常抱怨不方便，但不方便总好过我提心吊胆，生怕哪一天失去他们。"

"你倒是会给自己的家人留后路。"

陈立仁苦笑，站起身，脱去上身的家居服，赤裸着转过身，声音低沉，像是在念一句什么魔咒——

"用了'蝙蝠'提供的器官，这辈子都要为'蝙蝠'卖命。"

他背部的刺青随着岁月的流逝，已经深深地嵌进他的血肉里，那蝙蝠图案张牙舞爪地审视着周边的一切，连接着血肉，无法剔除。

不知想到什么，秦晋荀的脸上有一瞬间的恍惚，他看着陈立仁，过了良久才又开口："诸城的治安有目共睹，也是您的心血，既然心有良知，就没想过将'蝙蝠'的罪行公之于众？"

陈立仁抽出一根烟，桌上的火柴似乎是受了潮，划了几次都没燃起。秦晋荀踱步过去，从怀里掏出掐银丝的打火机，"噗"的一声，火光瞬间卷上了烟丝。

秦晋荀不慌不忙地将打火机收回衣兜里，就着两人之间不过半米的距离，垂头看着陈立仁，带着怜悯和说不出的压迫。

陈立仁深深吸了一口烟。

"公之于众？在那之前，他们有的是办法能令你身败名裂，令你的话再没有一丝可信度，就像陷害季景然一样。我当年也试过反抗，可结果就是，温玉的父母付出了生命的代价。"

秦晋荀眸光一闪："温玉的……父母？"

被这几个字勾动了心弦，陈立仁眼中泛起波澜，眼神几乎瞬间就蒙上了一层阴霾。

"温玉一直为这件事自责，我却一直没能告诉她，她父母的死，根本就不是她的过失，是我，是我啊！"

461

两鬓已白的男人突然呜咽着哭出了声，声音里是让人闻之落泪的悔恨，那样强烈的情绪，也不知道压抑了多少年。

秦晋苟静静地等待着，等到他大手在脸上擦了一把泪，才冷漠地开口："大错已铸成，如果你尚且对温玉感到愧疚，就告诉我，她父母的真实死因。"

高万春说，是温仁夫妇找上他的，言语中，也不清楚他们的死因，秦晋苟想，或许可以从陈立仁这里还原出真实的情况。

"高万春告诉我，他得到了一份证据，只是不知道哪些人能信任，不敢交给警方，求我帮他。"

陈立仁也想摆脱"蝙蝠"的控制，两人一拍即合。

"后来，我就给他引见了温仁夫妇。"

听到这里，秦晋苟不由得问陈立仁："你和温仁夫妇？"

陈立仁苦笑着解释道："温仁是外科医生，有一次我去看病，脱了上衣检查，他看到了我背上的蝙蝠刺青……我也不知道温玉的父母是从哪里得知的'蝙蝠'的事情，我一开始很害怕，但是温仁只是问我，想不想摆脱这种担惊受怕的傀儡生活……"

温仁无疑是聪明的，避开了"蝙蝠"的众多耳目，利用一次次的学术会议，小心地掩饰踪迹，帮高万春假死脱身，甚至还将那份证据藏了起来，令"蝙蝠"的人至今都投鼠忌器。

事情明明是顺利进展着的，只是，陈立仁错估了"蝙蝠"在警界高层的影响力，由于他的粗心，温仁的动作还是被发现了。

"蝙蝠"于是派了人杀人灭口，一场堪称明目张胆的谋杀，至今为止仍是一桩悬案。

所有谋划功亏一篑，温仁夫妇丧生火海，高万春就此失踪，温玉的父母在生命的最后关头也没有供出陈立仁也参与其中，陈立仁才得以糊弄过去，这么多年来继续同"蝙蝠"周旋，一直也没出什么大岔子。

直到这一次季景然追查邱峻的事情，上面有"蝙蝠"的人给他下了命令，让他看好自己的手下，不许插手邱峻的案子，以及经一县的事情。

可是他最后还是同意了刘子科的行动请求——从那一刻起，他就知道，自己的时间不多了。

陈立仁的叙述很明了，秦晋荀对此并没有发表什么意见，只是转而问起："除用了犯罪团伙弄来的器官要被文上这种蝙蝠文身，还有什么情况下，身上会有这种文身？"

"可能内部的人员也会有吧，我并不清楚。"陈立仁也不确定。

秦晋荀问完所有的问题便点了点头，走了几步到一旁的挂衣架前，取下自己来时挂上的外套，穿好，向外走去，路过陈立仁的身边时，突然被他叫住。

陈立仁的声音已经有些沙哑，面上老态与疲色尽显。

"杀了我吧。"陈立仁闭了闭眼睛，"我早就该死了，如果不是温玉的父母，我早就活不了了。"

"我不是审判者，定不了你的罪。"秦晋荀说完，拉开门走了。

月上中天，深夜的寒气无孔不入，从四面八方包裹住每一个夜色中的旅人。

秦晋荀独自穿过空旷的大街，走过长长的柏油路，走到自己的车前，拉开驾驶位车门坐了进去。

前面路口的绿灯转红，他静默片刻，忽而偏头开口："为什么不上去？"

狭小的车厢里，女人的声音清冷："一开始是害怕，后来我想，我上去面对他，也不知道该说些什么好。信任的人不可信，我本应该感到难过，感到愤怒，可是晋荀，我竟然有些高兴。"

她像是有些羞愧似的，将头深深埋进膝盖间，波浪似的长发弧度细微地披散下来，她的声音闷闷的："我爸妈不是因为我才招来祸事的。"

"嗯。"

"他们是为了将'蝙蝠'一网打尽才牺牲的。"

他注视着夜色中轮廓更显单薄的女人，她身子缩着，仿佛骨子里有孤寂源源不断地透出，他心头似有一个细小的刀片轻轻割着，泛起密密麻麻的痛。

"嗯。"他的鼻音格外低沉，一只手伸过来，无声地落在她的背上，轻轻地拍着。

463

温玉终于忍不住把头埋进秦晋荀的怀里，痛哭出声："可是为什么是他们啊，为什么不是别人而是我的爸爸妈妈啊？秦晋荀，我没有爸爸妈妈了。"

她的哭腔极度压抑，啜泣声里仿佛都带了血。

你还有我，他想说。可是她此刻不会想要这样的安慰，她仅仅是压抑太久了，想要宣泄出来而已。

秦晋荀拍着她的背，一下，一下，是安抚，也是宣誓陪伴，像怀抱珍宝，百般珍爱，永不会厌弃。

陈立仁死了。

他无故旷工一天后，于翌日清晨被发现在家中饮弹而亡。

发现尸体的是对面的邻居，大早上起来晾衣服，发现旁边阳台有殷红血迹蜿蜒而出。

诸城公安局刑警队接到报警出了现场，由刘子科带队，温玉担任主要法医，里里外外勘察了现场。

没有任何嫌疑人，就连最后一个见他的秦晋荀，也是前一日出现的，轻易洗脱了嫌疑。

陈立仁走得十分干净，几乎不用费事，温玉便在得出自杀结论的检验书上签下了自己的名字，而后敛容递给蔡莉莉："给刘队长签字吧。"

"尸体怎么办？"

温玉吸了一口气，仅仅依照往日经验迅速说道："不用留在现场，联系他的家人，尽快办理后事吧。"

安排完这些事，温玉终于待不下去，夺门而出。

刘子科正指挥着众人将书房里的资料整理归纳带回公安局。陈立仁是局长，他的死牵扯很多，上面肯定还会就他的自杀原因调查一番，这些资料都有可能成为证据，马虎不得。

蔡莉莉送过来检验书，刘子科扫了一眼，抿着唇签上了自己的名字，多看一眼都是折磨似的，飞速还给蔡莉莉。

蔡莉莉看了不好受，在他转身之际忍不住抓住他的衣角："想哭，你就哭出来吧。"

刘子科低头，偷偷红了双眼，拳头紧紧地握住，到底还是没有流泪，只是借着蔡莉莉的遮掩，缓了几分钟，再抬起头，又是那个尽忠职守的刑警队长了。

从公安局出来，夜已深，秦晋荀开车送温玉回家，见她面色异于往日的苍白，不由得皱起眉。

"你一天都没怎么吃东西，我带你去吃晚饭。"

温玉连眼睛都没睁，软软地靠在皮质的座椅靠背上："不用，我不饿。"

秦晋荀薄唇紧抿，没说什么，板着脸突然打了方向盘。

温玉睁开眼，见车已经驶离了回家的路，才察觉他的火气。

"喂。"她歪头叫他。

"……"

"你怎么也会发脾气，我是真的没有胃口。"

"……"

"喂，你又闯了一个红灯。"

"……"

"好了，一起去我家吧，冰箱里应该还有西红柿和鸡蛋，做面片汤吧。"

秦晋荀仍是没有开口，只是在下一个路口，打了方向盘，令车子回到了原路线上。

夜色浓郁，都市霓虹飞速掠过，残影勾勒着他清冷的面庞，他向来都是矜贵的，这份异于常人的气质令他看起来愈加冷漠了几分，淡漠的目光落在车前的路面上，仿佛这世上没什么值得他用心一顾。

只是单单两个人共同呼吸着狭小车厢里的空气，温玉就有了一种莫名的安心。

道路通畅，从公安局到温玉家的公寓不过二十五六分钟，秦晋荀将车停在楼下，向后座倾身过去，将一件外套拿过来递给温玉。

吸取了教训，温玉乖乖地展穿好，秦晋荀这才开了锁，两人一前一后

465

上了楼。

温玉换了身衣服，扎着头发走出来，随意地说道："我去厨房弄点吃的，你随便坐……书房里有很多书，都是我爸留下的，我记得你对医学也很感兴趣，可以随便看看。"

秦晋苟颔首，注视着她的身影进了厨房，头发束起，露出颈间一截细白的皮肤，在灯光下愈加让人心神恍惚。

他看了好一会儿，直到水声哗哗地响起，才站起身走进书房。

温玉动作利落，虽然不常下厨，但是一个番茄炒蛋还是在她的掌控范围内。

将有些碎的菜盛盘，捞出煮得有些过火的面片，温玉松了口气。

客厅静悄悄的。

温玉推开书房的门，落地灯旁边的沙发上，坐着一个颀长的身影，正聚精会神地看着一份手稿。

"这个书房里的东西都是我父亲生前留下的，你看的那个，就是他当时在研究基因学的时候独立完成的论文初稿。"

秦晋苟抬头，冲她伸出手。温玉走过去，坐在他旁边，手指在一篇论文上缓缓拂过。

温仁的字是练过的，一笔一画已经隐隐有了书法家的风采。

秦晋苟揽着她，对这位已经无缘相见的男人的字也表示出了肯定。

"只是……岳父大人的论文写得，颇为……一言难尽。"

按照他平时刻薄的性子，这句话已经是有所保留了，温玉却还是忽地在他胳膊上狠狠拧了一下："瞎叫什么呢？知道你懂得多，可我爸爸也是医学界有名的教授好不好！"

挨了一下的秦晋苟却还是懒洋洋地反驳："你看这一篇，几个理论几乎没有实例支撑，引用的论据倒是不少，后面排出了将近一百本的专业书籍……这儿竟然还有病句。"

温玉干脆地收起了那一份论文，想要将它们重新整理好。

"我父母其实不是那种醉心学术的人，我爸一直认为实践出真知，一门

将你救走？"

他语调转变突兀，空气陡然间微微凝固，温玉张了张嘴，想要说些什么，但最终还是默不作声地站在原地。

的确，若只是单纯想要除去邱峻，完全不必大费周章地嫁祸给季景然，再将他绑架走；若说是想利用他，只是囚禁的这几天，却没有人杀了他取他的内脏，甚至在撤离前也放任他待在原处，等着警察解救，这太不可思议了。

季景然面对突如其来的质询却不见慌乱，只是顺着秦晋苟的话微微沉思道："我也有种很奇怪的感觉。"

季景然的目光有一瞬的迷惑："绑架我的是项骁的手下不假，他们是同伙，但是那个项骁对他们的态度也有点异常，厌恶、不信任。我说不出来他们为什么没杀我，我真的不知道，但我猜测，可能是他们内部出了什么问题，所以，对于怎么处理我产生了分歧。"

温玉听到这里也不由得点头："的确，项骁身上一定有古怪，我们到现在也不知道，项骁是怎么拿到那一半证据的，又为什么会将那一半证据给我。"

秦晋苟却没有那么容易被说通，他审视的目光落在季景然身上，季景然也平静地回视。

良久，气氛始终胶着。

忽然，病房虚掩着的门被敲响，一个脑袋探寻地伸了进来，打破了这一室的凝重："大家都在呢。"

刘子科打过招呼，提着两袋子通红的大苹果走进来，放在桌上，而后上下打量着季景然。

"季检，你身体恢复得怎么样啊？呃……这处那处的。"答应过季景然不将他的受伤情况告诉温玉，所以刘子科只是语焉不详地问。

季景然微笑道："多谢你关心，已经好得差不多了。"

"那就好，那就好。"

想起刚刚救出季景然时的模样，刘子科仍然心有余悸。

温玉的视线从刘子科松了一口气的脸上扫过，又看向季景然十分禁欲系的扣子，眼神闪了闪，最终低下头去。

他既然不想让自己问，那么可能她装作不知道，反而对两个人都好。

刘子科简直快要操碎心了："季检，不是我说，你以后要多多注意自己的人身安全，你看秦教授多惜命，他家里有沈公子从国外搞来的最先进的防护系统，车也是防弹并且跟公安联网的，从硬件上就保障了安全。季检你也是富二代了，也搞一套吧，万一接下来'蝙蝠'要报复你呢……"

一阵手机铃声响起，刘子科终于停止了喋喋不休，打了个手势转身接了起来："喂？"

原本几人并未在意，只是突然，刘子科提高了音量问电话对面的那人："什么？你是说，在诸城市内？"

对面不知道又说了什么，只见刘子科满脸凝重地回答："好的，我现在就去……温玉，不用通知她了，我们在一块儿呢，还有秦教授，地址发过来就行。"

撂了电话，刘子科看向众人："刚刚，在诸城市内的一家小旅馆发现了一具男尸……内脏尽数消失。"

刘子科说完这句话，欲言又止。

这个案子发生的时机和这种作案手法，几乎令人一下子联想到"蝙蝠"，但这可不是什么愉快的联想。

刘子科怔神的工夫，季景然咳嗽了一声："你们快去吧，我这儿还有医生护士，没关系的。"

"那季检，我们就先走了，我明天再来看你——秦教授和我们一起去吧。"

秦晋荀点了点头。

温玉将汤汤水水收拾了一下，顺便按下了呼唤铃，叫了这间特护病房的护士，这才跟着两个人出去。

看着三人离开的背影，季景然唇边浅淡的笑意逐渐凝固。

他说谎了。准确地说，他只说了一半自己的观察和猜想，而对秦晋荀，隐瞒了另一半。

在兵荒马乱地撤离之前，项骁独自找了他，站在阴影中，像一只不知何处来的凶兽，浑身都散发着阴凉彻骨的寒意。

"受了这么多皮肉之苦也不曾求饶，你有这份心性倒是难得。"

季景然能感受到自己体内血液的流失，裹挟着他的精神，一点一点带走他的生命力。

但他只是掀了掀眼皮看了男人一眼，勾出一个嘲讽的笑来回应。

项骁却不怒反笑，一步一步靠近他，最终附在他耳边："留心秦晋荀，那才是一只潜伏的狼，正义的季检察长，你不会放任他不管吧……去查，有很有意思的事情。"

饶是再三告诫自己，千万不要被挑拨，季景然仍不得不承认，那句话已经深深地刻在了脑海中，每当面对秦晋荀的时候，便悄然浮现出来。

可能是因为，在他自己的思想里，秦晋荀真的不是什么好人。

哪怕他一次次协助警方抓到凶犯，可是侦破过程中，那种从骨子里透露出的，是满不在乎。仿佛他不在乎这世间的一切，不是为受害人的悲痛而替他们伸张正义，也不是对罪犯的憎恨而追查到底。

他遵守规则，仅仅是因为觉得应该遵守规则。就像他留在人间，仅仅是因为他想留在人间。

小护士敲了敲门走进来，打断了他的念头，他看向窗外，将叹息声藏了起来。

可是，哪怕是这样的秦晋荀，温玉也义无反顾地爱上了。

473

风中的悲戚

　　老城区的一处小旅馆，警车的车灯在白日里也闪得晃眼，围观人群聚拢在警戒线之外好奇地指指点点。

　　小林将秦晋荀三人接进去，快速介绍了一下现场的情况。

　　最先发现尸体的是这间旅店的老板，姓黄，刘子科几人走过去的时候，他正在跟询问他的刑警喊冤。

　　温玉跟刘子科说了一声就独自往案发房间去了，剩下秦晋荀与刘子科在一旁听着警察询问黄老板。

　　"警察同志，我真的什么也不知道啊，你们一定要查清楚，不能抓错人啊！"

　　想是黄老板之前就闹过，警察揉了揉太阳穴，表情不太耐烦地说道："我们会查清楚的，也没说要抓你，只不过问你几个问题，你必须一五一十地回答。"

　　黄老板哭丧着脸，勉强点了点头。

　　"你是怎么发现房间里有尸体的？"

　　"今天上午……2103 的客人应该来退房，但是一直也没有动静，我就拿着钥匙上去，打算问一问，结果……"

474

黄老板打了个哆嗦，显然被回忆中的情景吓到了。

"我敲了半天里面也没人应，我害怕他们逃房费，就用钥匙开了门，一开门，就看见一个男人躺在床上，到处是血，肚子都是烂的……太吓人了，这以后我可怎么做生意啊！"

刘子科见不惯他那副利益大于天的商人嘴脸，克制了一下才问道："他们？住店的有几个人？看没看清长什么样子？"

"这……好像是三个？"

小林这时候拿了这间旅店的记录册过来，一边翻看一边说："只有被害人一个人的住店信息。"

见刘子科目光坚定，黄老板有些战战兢兢。

"他们说是外面来的，身份证没带在身边，当时天色很暗，外面还下雨了，我一时心软……"

"是一时财迷心窍吧。"刘子科打断他。

"不必问了。"一直没出声的秦晋荀冷冷地说道，"他什么都不知道。"

"是……是啊，我真的什么也不知道。"黄老板连忙附和，被刘子科一瞪，又唯唯诺诺地低下头去。

刘子科也十分发愁，这家旅店位置偏僻，前台监控只是个摆设，对于住店客人的手续要求并不严格，根本无法给他们提供什么有用的线索。

唯一的突破口大概只有在被害人身上了。

"小林，赶紧通知公安局查一查这个被害人的资料，我去现场看看。"

"好的。"

而另一边，蔡莉莉将赶出来的化验单递给温玉，温玉目光沉静，从上到下看了一遍，点了点头，复又还给蔡莉莉，走到尸体边，飞快地戴上医用手套。

秦晋荀过来的时候便看见她蹲在地上，在助手的协同下检查着尸体上的各项痕迹，尸体破败，血迹蜿蜒，她却目光沉静，光是她人在这里，就像是给周围的人打了一针强心剂。

许是秦晋荀的目光太过专注，温玉感应到了他的视线，不由得抬头望向他。

视线相交，秦晋苟缓缓地弯了弯嘴角。

这是他认定的人啊……

温玉被他看得莫名其妙，站了起来，取下染血的手套，对周边的人说道："除了胸口长达三十七厘米的割裂，左手手臂静脉还有注射孔痕，血液送检结果刚刚出来，体内有大量依托咪酯的残留物，这种麻醉剂生效极快，注射后最短二十秒就可以起效，而且从内部伤口痕迹上来看，手法十分干净利落，显然是做惯了的人。我推测，被害人是被骗到这里后，凶手趁其不备给他注射了大量麻醉剂，直接开腹取的内脏。"

助手一边记录一边连连点头。

这是"蝙蝠"惯用的作案手法，杀人，取走内脏，抛尸。

只是没有想到，之前经一县据点被警方端掉之后，这些人依旧这么放肆，甚至毫无忌惮地在市区下手。

刘子科捶了一下桌子，恨声道："太猖狂了。"

愤怒之余，刘子科一扭头就看见秦晋苟望着地上的尸体，神情有些高深莫测，忍不住问他："秦教授，你在想什么？"

秦晋苟眼神微闪，继而开口道："做得越多，错得越多。趁这次，揪出一条尾巴来也好。"

刘子科听了也点头，安排众人清理现场。

温玉趁着众人都在忙碌，走到秦晋苟身边，下巴微扬："你有什么心事吗？"

温玉听出了方才他话里对刘子科的敷衍。

秦晋苟沉默片刻，叹了口气："我只是在想，当你想钓鱼的时候，那条大鱼恰好游到你面前的概率有多少。"

温玉张了张口，却发现无话可说，她也有一种很奇怪的感觉。

不管是顺着高万春的指引端掉了一个据点，还是诸城市内毫不掩饰的杀人案，"蝙蝠"似乎总在他们身边，将一根线拴在他们身上，如同放风筝，始终不离。

只是现在并没有什么痕迹能够表露出"蝙蝠"就是冲着他们来的。温玉也只能暂且把它归于玄学的范畴。

温玉以示安慰地握住他的手："兵来将挡，水来土掩。别想了，你天天都这么多心思，当心未老先衰。"

对于送上门来的温香软玉，秦晋荀反手抓住她的手，修长的手指缓缓扣进她的指缝，垂头凝视着她，刻意地贴近她的耳朵，低沉悦耳的嗓音响起："嫌弃我？"

大庭广众之下，温玉面色一红，就看见秦晋荀璨若星辰的双眼越来越近。

"秦教……"

刘子科一路小跑过来，等看清楚了两人的状态，老脸一僵，当即拐了一个急转弯，又一溜烟跑远了。

队内公开恋爱什么的，他才不羡慕呢。

诸城公安局。

办公室里来了一个意外的访客——舒婵。温玉也有段时间没看到她了，本以为她在秦母身边，今天冷不防一见，只觉得她又瘦了一些。

舒婵是秦晋荀的助理，专业素质不逊于女警，多一个人多一分力，一队的队员倒是挺欢迎她的。

小林拿着马克笔，在前面的白板上写了两个字。

"受害人于光，自从两天前声称要随公司同事一起出差之后就再没有和家里联系。"

刘子科抬头问："跟他的公司核实过了吗？"

小林点了点头，继而又摇了摇头，看得刘子科有些糊涂。

"说起来……这事儿有点邪乎。这个于光是个海归，硕士毕业，回国后一直没找到合适的工作，有一天一个自称研究所的人给他打电话，第二天他就去面试了，回家就跟父母说决定在那儿上班，然后第三天就告诉家里要出差。"

刘子科疑惑地摸了摸下巴："你确定这个海归硕士的学历是真的？"

这么轻信他人，是受害人本身太单纯，还是凶手太精明呢？

小林继续介绍着。

"凶手很谨慎……或者说，很有经验，不管是手机通信记录里还是案发地点附近的监控里，全都没有发现什么踪迹。"

这就麻烦了。刘子科苦着一张脸，绞尽脑汁地想着："不光需要技术，为了使器官新鲜能用，一定还有专业的运输器材，这种运输器材可不是随便哪个小诊所就能有的，最起码也应该是二三甲医院，或者是大型的私立医院。"

"啪啪啪啪啪"。

一阵掌声响起，一队的队员对于队长在推理上的进步向来不吝鼓励。

办公室的气氛缓和了许多。

突然间，温玉想到什么，猛地看向秦晋荀。

刘子科正在谦虚地表示这就是正常发挥，突然见到秦晋荀和温玉两人同时站起来，想起下午看到的令他这少男心扑通扑通乱跳的一幕，疑惑地脱口而出："天还没黑呢，你俩急着去哪儿啊？"

温玉正色答道："我们手里可能有跟凶手有关的线索，在秦晋荀的办公室里，现在去拿。"

秦晋荀高冷地点头附和。

蔡莉莉莫名激动起来，看样子恨不得揪住刘子科的耳朵："刘子科你真是能耐了，思想怎么这么龌龊，能不能学一学秦教授？"

众人乐得看戏。

刘子科不惧她："你怎么这么胆小，能不能学一学温玉，温玉都让秦教授亲！"

众人起哄的声音一下子就小了下去，好像知道了什么了不得的消息……

蔡莉莉面色爆红，刘子科反应过来自己说了什么，也懊恼地挠挠头。

"走了。"秦晋荀拽着兴味盎然的温玉走出去，牵着的手一直没有放开。

舒嬅低下头，握紧了手中的笔。

一路上，整个公安大楼里过路的人都不由自主地偷瞄他们俩。

听说京城来的秦教授跟温法医是一对儿……原来是真的啊，这些局里的糙汉子们从来都不知道，警界的人谈个恋爱竟然也会有电视剧里冒粉红色泡泡的感觉，终究还是要看颜值啊。

刘子科怎么花式求饶是后话，半个小时后，速去速回的两人带来了项骁给温玉的那二分之一证据——厚厚的医疗机构的名单。

舒嬅立刻上前去拿，温玉一愣，没有驳她的面子，由她将这份名单递给刘子科。

“能查一查这些医疗机构，看看有哪几家是诸城的吗？”

刘子科一边看一边皱起了眉头：“你看——像第一人民医院、中心医院这些名字都很普通，很多城市都有，我们也无法确认啊！”

“不用那么麻烦。”秦晋荀点了点其中一个名字，“这里。”

三道医院——温玉重遇项骁的地方。

刘子科“嗞”了一声：“这是上次温玉体检有古怪的那个地方，那个医院我们查过，医生护士都是在编的，没有什么疑点……大体上。”

补充完后面三个字，刘子科自己倒是泄了气。

秦晋荀神色淡淡：“没有侧写的探查很容易漏掉嫌疑人，怨不得你们。”

“那怎么办？”

秦晋荀冷笑了一下：

“本来他不会这么快暴露的，但是，枪打出头鸟——这一次，尸体留下的信息已经将他暴露出来了。”

忽而，他又缓和了面色，侧头看向温玉：“温法医，尸检是你做的，有什么见解？”

他这是认为温玉有能力做出侧写。

温玉沉吟片刻：

“原本我就猜想，这次的凶手，应该就是潜伏在诸城某个医疗机构里的组织成员，因为受害人体内的麻药是一种手术专用药，市面上管制得十分严格。

“从受害人的尸体来看，凶手下手利落，至少有二十年的从医经验，所以年纪应该在四十岁以上。上一次警方大范围的调查无功而返，说明他在掩藏身份上做得很好。他可能不是外科大夫，而且从他轻而易举就能取得受害人的信任来看，他很可能是神经科、心理咨询一类的医生。三道医院精神科的医生里，四十多岁，有过外科从业或者求学背景的，应该不会太多。"

刘子科立正站好，乖巧地鼓起掌。

等蔡莉莉嫌弃地扫他一眼，他才如梦初醒："我这就去调出三道医院所有的员工名单，找出符合条件的嫌疑人。"

会议散了，温玉伸出手指捅了一下秦晋荀的腰："你既然都有怀疑的地方了，为什么还要回实验室一趟？"

秦晋荀娴熟地扣住她的手指，眼底带了笑意，正要开口，身后突然传来舒嫒的声音，很轻但有种莫名的压抑。

"秦教授，会议资料我已经整理好了。"

秦晋荀转头，微微颔首："辛苦了，以后你不需要做这个。"话虽然礼貌，却也因太过礼貌透露着一种保持距离的刻意。

舒嫒面色不太好看，却也知道，秦晋荀在京城也从不会回看那些已经是过去时的会议记录，认为没什么价值……她只是想找些话题。

舒嫒收回记录本，微微调整了表情："没什么的，我在京城做惯了，来这儿这么多天，不工作也挺无聊的，况且……"

舒嫒的面上恰到好处地泛起了一抹绯红。

秦晋荀点头表示理解："如果觉得待在诸城太无聊，可以回去，其余的事情可以交给沈路安……"

"我不是这个意思，我很乐意照顾阿姨的，我是想说……阿姨让我问问你，你晚上回不回去。"

"我会给她回电话。"秦晋荀不解风情地答道，而后便闭上嘴，没有再开口的意思。

舒嫒能说的都说了，只是就这么离开又不甘心，心中矛盾，整个人都显得有几分局促不安。

和女人打机锋不是温玉的性子，她正在一旁事不关己高高挂起，以免惹妒上身，造成不必要的麻烦，垂在身侧的手却突然被捏了一下。

温玉偏头一看——身旁秦晋荀俊美的面上一派漠然，装得倒是像，不过也算乖觉。

温玉在心里嘲笑过后，冲着舒嬅露出了一个笑容，她容貌本就精致，身高也略高于舒嬅，刻意露出的明艳足以令她对面的人自惭形秽。

"舒小姐，我还有点事情想跟晋荀说，不知道方不方便——"

舒嬅立刻抬头看向她，目光中有令她不适的平静。

舒嬅面色不佳地走了出去，温玉叹了口气："坏人都让我做了。"

秦晋荀嗤笑，拉着她的手让她贴近自己："现在我可以继续回答你了。"

"什么？"

"我们俩单独在一起不好吗？更何况，当时那种情况下，我们俩的存在就是在拉仇恨。"

温玉忍不住撇撇嘴，眼睛却晶亮："你还知道仇恨。"

"我也是食人间烟火长大的。"

"你平时看起来比较像在修仙。"

秦晋荀凑近她，他棱角分明的下颌线让人忍不住想要伸手摸一摸，他声音喑哑："只怪人间美色诱我，让我如何修？"

而温玉也顺从自己的心意，双手搂住了他的脖子。

"砰砰砰"几声响后，门被人从外推开，两人动作一顿。

蔡莉莉抱着胸靠在门边："两位，不是你侬我侬的时候了。刘子科正在筛查嫌疑人，问你们要不要一起来看看。"

目标就在医院，比起动辄整片区域的排查难度要低很多，有了犯罪嫌疑人的侧写，刘子科他们需要做的，就是把面前一堆鸡蛋，分别放在左边标注"无辜"的篮子里，或放在右边"嫌疑人"的篮子里。

刘子科的优点很多，其中之一就是精力充沛。连续两天一夜的筛选，隔日上午，便有了一个明确的嫌疑人目标，他第一时间就打电话通知了秦晋荀。

"秦教授，我找到他了。"

刘子科眼底泛着红血丝，也顾不上休息，撂下电话洗了把脸就往外走，在门口被蔡莉莉拦住，怀里被塞进两个热乎乎的大包子。刘子科冲她咧嘴一笑，而后便行动如风地冲出去了。

481

蔡莉莉叹了口气，无论什么案子，无论危不危险，刘子科总是一副义无反顾的模样，丝毫不考虑安全，她一点都不怀疑，他对于职业的热爱，超过了一切，哪怕是让他献出生命也在所不惜。

三道医院作为诸城最出名的大型私立综合医院，名气在周边城市都是很响亮的，同样一个普通感冒，一般医院开点药，最多给你挂几次点滴就过去的，在三道医院，不单有专门的医生陪同辗转于各个科室，扎针的时候，还有护士小姐在旁边轻声细语地解释针是进口极细型号的，怕痛还可以擦一点麻药。

刘子科拿着工资卡准备挂号的时候，捂着胸口兀自心疼："我去了——听说这里的专家光是挂号费就快要赶上我一个月工资了，也不知道能不能报销。"

他看起来愁眉苦脸，腿抖得像在跳街舞，尽管眼下气氛紧张，温玉仍旧觉得好笑："你这思想觉悟还有待提高啊。查邱峻的时候，景然可是连老本都用上了，现在也没追回来。"

刘子科大呼委屈："我能跟季检比吗，季检那可是京城来的贵公子，走到哪里都能车房全款，我一个平民老百姓家的孩子，以后要靠攒工资结婚生子的。"

说完，刘子科颇为认命地叹了口气，忽然一只修长的手伸到了他眼皮子底下，骨节分明的手指间一张金色的银行卡闪闪发光。

"刷这个吧。"

"秦教授……"刘子科眼里闪烁着感动的光彩……

秦晋荀却看了一眼温玉，没说什么。温玉莫名就从秦晋荀矜贵的表情中读出了一股攀比的意味……

几人在护士的引导下上了楼，护士拿着他们的挂号单敲开了一间诊疗室的门，透过虚掩的门缝，可以看到一个穿着白大褂的男人坐在窗前。

刘子科避着人说道："这个李医生比较符合温玉之前的推测，他是中医大临床医学硕士出身，但是毕业后没有参加工作，而是去国外修了心理学，现在是这家医院的精神科主任医生……还有一点，温玉上一次提到，体检中途一直导诊的小护士被人叫走，我们调查求证后得知，她当日就是被李医生叫走帮忙的。"

刘子科眼睛一眨不眨地盯着那个男人，声音低下来："现在基本可以认定，这个李医生有问题。"

诊疗室的门被拉开，护士小姐看向刘子科："病人和家属可以进来了。"

她其实并不能确定谁是病人谁是家属，几人看起来心理上都不像是有问题的样子，如果非要指出来一个比较特殊的人……走在最后的那个英俊的男人，表情也冷漠得过头了吧，有可能是社交障碍什么的？

办公室里的李医生目光从桌子上的病历上移开："小薇，你先出去吧。"

护士离开后，李医生站起来，走到门口将门关严，"咔嗒"一声，落了锁。

秦晋苟和温玉对视一眼。

李医生关好门又走回自己的位置，刘子科拿着挂号单凑上前去。

"李医生，您好，我就是预约的患者，有几个问题想要咨询您。"

李医生视线扫过刘子科，最终落在秦晋苟的身上，突然笑着摘下口罩，扔到一边："警察工作压力也这么大？需要到精神科排解吗？"

刘子科的笑容渐渐收了："李医生……怎么知道我的职业？"

他填的病历单信息都是假的，只有一种可能，这个人一早就知道他们会找上门来。

刘子科忍不住严阵以待，手无意识地抬起放在右腰的位置上，这才恍然发现今天没有带配枪。

李医生忽然笑了，散发着阴邪的气质，令人很不舒服。

"于光脑子不好用，身体倒是很健康，我们卖了一个好价钱。"

他闲聊似的开口，丝毫不觉得自己投下了一颗炸弹。

刘子科当即睁大了眼睛："你知道你在说什么吗，你这是认罪了？"

"认罪？"

李医生像听到了什么笑话，面上一丝紧张也无，他指了指自己的脑袋，嚣张地笑了起来。

"只不过发现了一个于光罢了，我能认的可不止这一桩，这里……长了个瘤，我本来就活不久了，还会怕你们警察？告诉你，我在接到任务之前就知道自己一定会暴露，但是能在临死之前为老板做点事，那么我死得还算有价值。价值，你们懂吗？"

李医生轻蔑的眼神激怒了刘子科，刘子科往前走了一步，站在秦晋荀和温玉身前，既可以防止李医生暴起，又能防止他逃跑，才压抑着怒气问道："你的老板到底是什么人，你的同伙现在在哪儿？"

"就凭你们一群毛头小子也想抓到老板？"

他的眼神凶狠起来，由于情绪激动眼底开始泛红，闪动着狂热的火花："一群废物。二十年前你们警察做不到的事情，二十年后，一样做不到！"

说着，他抬起手，在所有人没有反应过来之际，迅速地往嘴里塞了一个白色的药粒。

温玉迅速反应过来："别让他吞下去！"

刘子科立刻大跨步靠近他，一只手掐着他的喉咙，另一只手手指伸进他嘴里企图令他吐出来。

"晚……晚了。"温玉喃喃自语道。

李医生倒在地上，身体剧烈地抽搐着。

刘子科无法控制他，甚至被他甩开跌倒在地，他开始吐血，面容痛苦，十几秒后，身体渐渐僵硬了。

昔日徐非的死状浮现在眼前，和面前死了都带着扭曲笑容的男人逐渐重叠起来。

死亡，这便是败露之后的下场，不论是被逼还是自愿，总归是不能落到警方手里。

警察很快赶来。

"秦教授，在李医生的办公室里发现了一个私人保险箱，我们撬开之后发现里面有这个。"

秦晋荀接过来翻了几页，眸色转深，神情越来越冷峻。

刘子科也凑过去，不解地问道："三个病人的病历——李医生毕竟是个医生，办公室里有病人的病历有什么奇怪的吗？"

他离得太近，秦晋荀嫌弃地将病历塞进他怀里，而后后退一步。

"不要忘了，李医生是一个精神科的医生——可是你看这三个人的病症。"

刘子科似懂非懂地一页页看过去。

一个三十二岁的男病人，先天性心脏病，两年前做过一次心脏搭桥手术，却在今年八月份检查出心脏再次衰竭。

一个五十六岁的女病人，患有巨大肝囊肿，很严重，急需手术。

最后一个是个八岁的男孩，这么小的年纪，却是尿毒症晚期。

他们来自不同的城市、不同的家庭，但是，这三个病人都有一个共同的特征——需要做器官移植手术，并且，现有的器官库里没有适合配型或者愿意捐献的人。

这些人的共性如果还可以再加一个，那就是——家里都非常有钱，家人也愿意为了保住亲人的生命付出一切。

刘子科恍然大悟："李医生说，他杀人是死前为他的老板做点事，所以，他的任务可能是按照这个寻找合适的供体下手。"

看着他转了一个弯才反应过来，秦晋荀毫无笑意地勾了勾嘴角。

"大脑长时间不用，真的会锈掉。"

还是熟悉的配方。刘子科听了挖苦，反而傻呵呵地笑了——一段时间没听到秦教授的嘲讽，他还真有点不习惯，没有了高压鞭策，就连他自己都觉得智商有些下降呢……

小林不知道什么时候凑了过来，面露难色："也就是说，除了于光，可能还会有两个受害人。"

还有两个潜在受害人……不知现在是生是死，李医生死前也说，他能认的罪，不止于光这一桩。

温玉从秦晋荀手中拿过那三个人的病历，从头到尾扫视了一遍，若有所思。

"器官移植手术对移植器官的新鲜程度要求很高，哪怕是最好的运输设备，从摘取到手术的时长也不能超过四十八个小时。"

医学是温玉的领域，她一开口，几个警察都眼巴巴地望着她。

温玉扬了扬手中的病历："所以，搞清楚这三个人现在所在的地域，布防的范围就可以缩小很多。"

没有另外的报案，现在也没有更好的办法，刘子科便点头同意了。

"另外……"想到什么，温玉又嘱咐道，"这种情况下，'蝙蝠'肯定是要找合适的供体下手的，碰运气找受害者对于他们来说危险性太大了，万一器官不是能用的，反而被警察揪住就得不偿失了，他们有没有可能是通过某种渠道确认了受害人的配型才下手？所以，不妨调取符合的范围内的各大医院医疗库里适合与这两个人器官配型的患者，或者是登记过遗体捐献的人员名单，看看有没有什么异常。"

几人去了诸城的信息中心，哪怕是计算机飞快地链接、调取、排查，得到一个初步的大名单也至少需要五六个小时，可是仅仅两个小时后，一个电话令刘子科彻底变了脸色。

撂下电话，他面上是少有的紧绷之色："别看了，都停下，跟我去案发现场。"

说完，他看向秦晋荀："秦教授，李医生保险箱里那三个人的身份都确认了……他们都到了诸城就医。"

虽然意外，但是，这不是好事吗？最起码查到了一些线索……

"在诸城东边一个肉类加工厂里发现了一具女尸，死状……跟于光一样。"

跟旅店的老板一样，加工厂里的员工对冷库里平白出现一具女尸的事情都一无所知，尤其是发现女尸的员工简直吓破了胆。

"这个冷库是备用库，平时不怎么来人，我下午来这里搬货，一开门就觉得味道不太对……等我把灯一打开，就……就看见那个女的倒在那儿，地上都是凝固的血。"

听完目击者的讲述，温玉上前找到刘子科。

"尸体情况我大概看了，和于光的差不多，只是由于这里是冷库，气温比较低，死亡时间需要进一步化验才能判定在一个很小的范围内，不过按照尸僵程度和……气味，死者的死亡时间至少在三天以上。"

刘子科点点头说了声"辛苦"，而后悄悄看了一眼站在尸体前不知道在想什么的秦晋荀，冲温玉扬了扬下巴："秦教授怎么了？"

温玉叹了口气，没有回答。

怎么了？有压力了呗。

高万春跑了，另一半证据迟迟没有下落，现在又接连发生命案……秦晋荀觉得自己的威严受到了挑衅。

受害人信息很快就调查出来了——万芳，女，二十三岁，今年刚刚大学毕业。

小林手指点了点会议室的大屏幕："她妈妈说，她是跟男朋友出去旅游了，所以这几天一直没联系家里，家里人也没有担心。"

"男朋友？"

"新交的，她妈妈只知道是个医生，在私立医院，月薪很高，所以十分赞成。"

旁听的蔡莉莉觉得很无语："现在的父母也真的是……才大学毕业，何必非要女儿立刻就找个金龟婿呢，找来找去，命没了吧。"

刘子科现在面对蔡莉莉的抱怨是不敢反驳的，所以只是又问了问小林："她妈妈说没说，她是什么时候跟男朋友出门旅游的？"

"一周前吧。"

温玉刚拿到详细的尸检报告，闻言也附和着："抛去低温环境的影响，根据尸体腐烂程度，已经停止代谢一百五十到一百六十个小时之间，所以……在死亡时间上万芳还在于光之前。"

刘子科沉吟片刻："根据万芳妈妈的证词……凶手很可能就是李医生，所以我们这回……抓不到凶手了，因为凶手已经死了。"

温玉将尸检报告扔在桌面上，有些愤怒地补充道："而且……通过检验，万芳死前曾经遭受过侵害。"

可是即便万芳受了再多的苦，现在受害人死了，凶手也死了，还查什么？这种被动令所有人都憋了一口气。

秦晋荀揉了揉眉心，扭头问小林："让你们带的人带来了吗？"

"是的秦教授，那三个病人家属，我们刚刚已经带到公安局了。"

秦晋荀略一点头，神情中带了几分烦躁："那就去看看吧。"

温玉知道他为什么烦。不管他们知不知道为了自己家人的命，无辜的人需要付出生命的代价，他们总该对"蝙蝠"的恐怖之处有所了解，与虎谋皮，终被反噬，等到悲剧降临的时候，却只能哀其不幸，怒其不争。

三个病人家属，秦晋荀只见了其中一个三十岁左右的女人——那个八岁男孩的妈妈，为了给身患尿毒症的儿子换肾，千里迢迢从江洲来了诸城。

秦晋荀走进问讯室，女人坐在椅子上，有些紧张地低着头，听见动静，飞速地抬起头看了一眼秦晋荀，然后忍不住又看了一眼，眼神里的意味很明显——这个警察长得未免太有偶像气质了。

"你好。"

"您……好。"

秦晋荀坐在女人对面，双腿交叠，手放在上面，在这冷冰冰的问讯室内，显出了几分闲适。

"你的孩子很幸运，听说已经找到了肾源。"

提到孩子，女人的神色放松了几分："对……我们家小源遭了太多罪，我只希望他以后能健健康康地长大……不过，我还不知道警察为什么要带我来这里，我们一家子做的都是正经生意，绝对没有犯法啊！"

"我看过小源的病历，他的尿毒症很严重，既然找到了肾源，早一天手术，就多一分康复的概率，你们还在等什么？"

虽然不知道眼前这个男人为什么这么执着于打听自己儿子的病情，女人还是勉强答道："我也着急，可是医生说，手术没准备好，还需要我们等一等。"

她的目光有些躲闪，秦晋荀嘴角露出了一丝近乎嘲讽的微笑："是医生叫你等一等，还是说要给你'捐'肾的人叫你等一等？"

女人立刻变了面色，"你你你"了半天都没说出来一句完整的话。

秦晋荀好整以暇地向后靠了靠，似不愿意再看女人惊慌无措的神情，手指随意地叩了叩桌子。

"我姑且认为你什么也不知道……那么现在你告诉我，那些人最后一次联系你是什么时候？"

秦晋荀从问讯室走出来的时候，就看见温玉站在一旁，手里握着一个保温杯，靠着墙，眼神没有焦点，不知道在想些什么。

听见动静，温玉回神，透过监控，她能听到两人的对话。

秦晋荀先是给隔壁屋子里的刘子科打了一个电话："迅速排查我市四十八个小时内报案走失的孩子，这回是另一个案件，那个孩子现在可能还活着。"

等他撂了电话，温玉才将手里的杯子递给秦晋荀。

"今天一天没顾上吃饭，阿姨刚才来了，打不通你电话就找到我，这是给你煮的豆浆，养胃。"

秦晋荀接过，两人走到一条走廊的尽头。这几天有一股寒流来袭，楼里供了暖，室内室外冷热的差距让玻璃上凝了厚厚一层雾气。

他穿着一件高领的白毛衣——温玉很少能看见有人将白毛衣穿得这么不沾人气，无暇得仿佛雪山之巅那一株松柏，直到他将目光投向她，才一瞬间有了山底下那一小簇烟火的味道："我过几天会去一趟苏淮。"

温玉顺着他的话问道："去几天？"

"一周左右吧，去找一个密码方面的专家。"

秦晋荀一直怀疑温仁最后那几篇基因学方面的论文是刻意写成逻辑不通的样子的，为的是隐藏另外一半证据的所在。温玉却有些不相信：一来，温仁应了高万春的请求，证据理应跟高万春有关，而不是几篇似是而非的论文；二来，她觉得她父亲还没有聪明到可以自己发明一套密码体系的地步。

回过神来，温玉就看见秦晋荀垂头看着她，他的目光有些灼人，她莫名地瞥他一眼："放心吧，这边有什么事我会联系你……"

对话止于他突然间俯身落下的吻。

欣赏了一会儿温玉面上不自然的羞怯，秦晋荀目光澄澈，头微微偏着，凑到她耳边，语调带着奇异的诱哄：“那边气候温暖，连花都还开着，你不想一起去看看吗？”

温玉有些迟疑：“秦晋荀，你……”

他一贯矜贵的表情中带着些微笑意，止住了她的话：“我们似乎还没有正经约会过。”

最近每个人的精神都很紧张，随着陈立仁的死和不断浮现的线索，“蝙蝠”将被揭开它隐藏已久的面纱。

这个节骨眼儿上，还能保持这种笃定心态的人，也唯有他了。

温玉放松了些，突然间回想起来，上一次两人单独出行，还是去绍乡查李明复的案子，那时候两人之间关系微妙，现在想一想，倒有些时过境迁的意味。

像是猜到温玉在想什么，秦晋荀含着笑，压低了声音：“这一次，还要让我睡沙发吗？”

他靠得太近，警察们的好奇心都是旺盛的，经过的人看见他腻歪的模样，都是一副惊见雪域高原变吐鲁番盆地的目瞪口呆的表情，而后纷纷兴奋地交头接耳。

温玉不好意思地推了推他，却答应了。

“好，等这次的案子结了，我就跟你一起去。”

她也隐隐有些期待。

只是，温玉答应的时候并没有想到，这一次的苏淮之行到底没能成行。

刘子科那边很快就有消息传来。

“就在前天上午，老城区的派出所接到报案，一对年轻父母向警方求助说孩子丢了。”

小林面露难色：“都两天了，我们才知道这个孩子是被‘蝙蝠’绑架了，按照他们的一贯作风，这个男孩儿恐怕凶多吉少了吧。”

气氛一下子沉闷起来。

一片愁容之中，秦晋苟的声音显得格外通透："不会的，那个孩子应该还活着，按照小源母亲的供词，今早有人给她打了电话，说肾源还要等几天。我猜，可能是他们身边没有取出肾脏的器械，也可能是因为诸城市内只有一个李医生能做这个取肾的手术，现在李医生死了，诸城又戒严，短期内，那个男孩儿不会有生命危险。"

没有人会怀疑秦晋苟的话，顷刻间，明显能看出几个刑警脸上都是松了一口气的表情。

刘子科沉思了一会儿，犹疑着问："可是，你也说是短期内……我们大范围地排查是需要时间的。"

秦晋苟目光渐沉，带着几分凉意，窗外被寒风裹挟着的枯叶，失去了所有的生命力，只余偶尔经过的行人漠不关心的一瞥。

"不用排查，会有人告诉我们的。"

刘子科瞪大了眼睛："谁啊？"

秦晋苟似是而非地开口，声音很轻："在看着我们的人。"

刘子科突然觉得一阵阴风吹过，不由得打了个冷战。

刘子科不明白"在看着我们的人"指的是谁，但是的确有人带来了线索——当天深夜，警方接到了一个匿名举报电话，又因可能与"蝙蝠"有关，说是在老城区看见一伙疑似拐卖儿童的人。

警方很重视这个匿名举报电话，睡眼惺忪的刘子科一边咕哝着"神了"，一边小心翼翼地给秦晋苟打电话。

意料之中，刘子科碰了一鼻子灰，电话无人接听——秦晋苟工作起来三天三夜不睡也是家常便饭，但是一旦准备好进入休息模式，谁也别想把他叫起来，没办法，刘子科只好又去找温玉。

被刘子科哀怨的碎碎念吵醒，温玉打车去了秦晋苟家，整栋公寓楼的灯光星星点点，她没多想，伸出手指在密码锁上迅速验证了指纹，一开门，正对上一双诧异的眸子——被秦晋苟响个不停的电话吵醒的秦妈妈。

"阿姨好。"

"阿玉……来了啊。"

气氛有点尴尬，刘子科催得急，她一时竟然忘了这个公寓里已经不止秦晋荀一个人了，明亮的月光映出她手足无措的模样。

还是秦妈妈先开口打破了沉默："是来找晋荀的吧。这孩子，近几年睡眠倒是好了不少，没睡够怎么也不会醒的，你自己进去叫他吧。"

于是温玉几乎是被推进了秦晋荀的卧室。

秦晋荀单手枕着头躺在床上，被子规规整整地盖着，厚厚的窗帘将星月的辉光遮挡，只余黯淡的光影将将照出屋内的轮廓。

温玉看不清他的表情，轻轻走到床头，蹲下了身子，伸出一只手轻轻摇他："秦晋荀？"

耳边有音源，秦晋荀不由自主地皱了皱眉头，但不耐烦的表情转瞬即逝，顷刻间又陷入深眠。

适应了屋内的光线，他的面目在温玉的眼中变得清晰起来，呼吸清浅绵长，睫毛低垂，头发微乱，显出和平时截然不同的柔软。

温玉心中蓦地揪了一下，顿时觉得自己罪大恶极。

所幸在她犹豫的关头，床上的人动了动，终于慢慢地睁开眼睛，睡眼惺忪。

过了好半天，秦晋荀才确定这个大半夜蹲在自己床边一脸温柔地注视着自己的女人不是幻影。

"温玉？"

一边说着，他手上力气却不小，一把就把人带上了床。温玉小小地发出一声惊呼，倒也没有太紧张。秦晋荀低头蹭了蹭，懒散地问："你怎么来了？"他的声音还带着几分暗哑，藏着困倦。

"刘子科打你电话打不通，找到我这儿来了。"

秦晋荀叹了口气，咕哝一声，仿佛是"这样……要是不用起来多好"，而后双臂在她腰间紧紧地一缩，出了一口莫名的气，才放开她翻身坐了起来。

"我现在去公安局，你就在我这儿接着睡吧。"

492

被窝很暖，还带着独属于他的味道，轻易就能令她忍不住昏昏欲睡，也是亏了她意志坚强，被他按下去之后又顽强地爬了起来。

"一起去。"自己留下像什么样子，再加上秦妈妈还在——想到刚才的照面，温玉又忍不住脸热。

两人从秦晋苟的卧室出来，秦妈妈已经回屋去了，桌上放着两杯现泡咖啡，用纸杯盛着，袅袅地冒着热气。

秦晋苟拿了一杯，温玉也拿了一杯，入手的温热直直地传进心底。

公安局的大楼不管多晚总有那么一部分窗户里面灯是亮着的，刑警一队的办公室就是其中之一。

刑警一队全部都到齐了，还有温玉、秦晋苟两人，以及不知道从哪儿得到消息，拎着十几杯咖啡过来的舒婵。

"查到电话来源了，是老城区的一个公共电话亭，那附近全是居民区，附近监控还坏了没有修理，查不到是谁打的。"

听了小林的汇报，刘子科有些犯愁，举报群众身份未知，消息的真实性更无从确定，只是他们既然知道了这条线索，就不可能什么也不做，想到这儿，刘子科的眼神坚定了许多。

"我们不能贸然搜捕，如果孩子还活着，很有可能他们惶急之下鱼死网破，反而害了那孩子。在那帮人眼中人命如蝼蚁，什么都能干得出来，所以，我想，最好还是派特警偷偷潜入，先救出孩子要紧。秦教授，您觉得呢？"

秦晋苟点了点头："我没什么想法，怎么抓捕由你决定，只是宜早不宜迟。"

刘子科也很赞同："的确，不知道孩子怎么样了，还是尽快吧。"说完，他又转向众人，"我们一会儿研究一下明天怎么全副武装乔装靠近。"

秦晋苟又补充了一句："还有，行动的时候，我会和你们一起，'蝙蝠'的人太过狡猾，上次让他们逃了，这一次一定要将他们在诸城的势力一网打尽。"

难得见到这么激进的秦晋苟，浑身冒着凛冽的杀气，刘子科一边连连点头一边暗下决心明天一定要保护好秦教授。

一队的刑警基本都是男性，年轻的、年长的，十个里面有八个都是烟鬼，话题紧张，加上夜半免不了困顿，会开得久了，已经有忍不住的老烟枪掏出了烟，一时间，会议室里烟雾缭绕，将温玉熏了出来。

温玉踱步到走廊上，才将窗开了个小缝，冷空气还没钻到脑子里，身后一个阴影欺过来，一件羊毛大衣将她裹了个严严实实。

"我送你回去。"

温玉放松，靠在他怀里，夜色浓郁，衬得天外繁星璀璨。

"不用啊，我也不困。"

秦晋荀嗤笑："你在这儿也帮不上忙，保不齐明天还有一场硬仗要打，你现在回去还能睡一会儿。"

温玉想一想也是，又问他："那你呢？"

"把你送回家我也回去继续睡了。"

秦晋荀说得太自然，以至于温玉轻易就被说服，带着点愧疚回办公室拿了包，坐上秦晋荀的车回家了。

舒嬅小跑出来，只来得及看到秦晋荀的车绝尘而去的影子。她的身后没有路灯，她整个人一动不动站在那儿，就像融入了黑夜，又像是有什么被黑暗吞噬得一干二净……

路上，温玉忍不住还是问道："你今晚这是怎么了？怎么突然提出来要跟着行动了？觉得年纪大了怕智商不够用，提前准备转型？"

秦晋荀沉默不语，温玉只当他是累了不想说话，也没多问，又自顾自地叮嘱了一遍："你要是想跟着行动也行，在车上握好对讲机，锁好车门，别下车……"

回到公寓楼下，温玉转身解着安全带，正想要道别，就看见秦晋荀神色复杂地看着她，有种难得的欲说还休的意味。

温玉心里不免猛地跳了一下，莫名其妙地问："怎么了？有什么事情要告诉我吗？"

她的眼睛由于困惑微微睁大，像一只乖巧的猫儿，询问地看向他，让他的心泛着痒，只是他知道，她绝不是外表看上去那般精致乖顺，而是一只彻彻底底的拥有利爪的猫，遇到危机，为了守护她所在乎的一切，会义无反顾地伸出尖锐的爪子，向敌人狠狠地挠去，不管会不会伤了自己。

要是她知道……

秦晋荀头隐隐作痛，方才想要坦白的心计瞬间湮没了，他摇摇头，倾身吻了一下她的红唇。

"我只是在想，不应该把你送回来的，直接带到我家就好了。"

秦晋荀不正经起来真是要多不正经就有多不正经。

温玉轻轻"呸"了一声，留下一句"你回去也赶紧睡一会儿"，就匆匆下车了。

秦晋荀笑得懒散，等看到这栋公寓中属于她的那一扇窗户亮了灯，这才打着火，缓缓地驶离小区，然后拐上了一条与回家截然相反的路。

办公室的刘子科正经起来真是要多正经有多正经。

刚在地图上标注出一条可能的犯罪嫌疑人逃走路线，刘子科抬头就看见秦晋荀从外面走进来，于是他的眉头一下子就舒展开了。

"秦教授，您不是和温玉回去休息了吗，怎么又回来了？"

原本一脸困倦的舒婼也目光微亮。

秦晋荀的目光在围坐在会议桌旁的刑警们身上扫了一圈，而后扯了扯嘴角："刘队，麻烦出来一下，我有事情想单独拜托你。"

刘子科顿时有些受宠若惊，交代了几句就跟着走出去，只觉得秦晋荀今晚格外和蔼可亲，甚至还亲手替他将会议室的门关上了。

"什么事啊秦教授，有事您尽管吩咐，咱俩之间哪有什么拜托不拜托的。"他其实是想说，谁见过大哥有需求找小弟还用"拜托"这个字眼的，简直惊悚。

秦晋荀瞟他一眼，脚下不停，直到走到了走廊另一端，秦晋荀才停下脚步，单手插着兜，浑身清冷令人膝盖止不住地发软。

刘子科正天马行空地感慨，秦晋荀突然说道："明天的行动，我有一套B计划。"

刘子科眨巴眨巴眼睛，一时之间没有反应过来秦晋苟在说什么。

看到秦晋苟神色凝重，他有些紧张。

秦晋苟伸手掏出打火机，点了一根烟，往窗户那儿一瞥——刘子科一下就懂了，他老人家想要通通风，又嫌弃窗户上可能落了灰，于是认命地将窗户拉开了一半儿，冷风立刻就灌了进来。

温玉不爱闻烟味，虽然没直接说过，可是每次闻到他怀里有烟草味道总是忍不住皱皱鼻子，慢慢地，尤其在室内，秦晋苟也就不在她跟前点烟了。

此刻，他颇为专心地抽了半截烟，才开口："你不觉得……这次这几起杀人夺取器官的案件有什么不对吗？"

刘子科心中一凛，当下想了又想，五官忍不住皱到了一起："也……没什么吧，线索明朗，罪犯也是亲口承认，如果非说哪里有点不对……在您旁边，复杂的案子见得多了，这次进展得有点顺利，我还有点不习惯。"

"不是有点顺利，是太顺利了。"秦晋苟将烟按灭在旁边的垃圾桶上，"从第一起案子作案地点在极容易被发现的旅店房间，到尸体上看似隐晦实则被温玉一语道破的凶手的线索，我们顺藤摸瓜，出现了一个堪称'人体炸弹'的李医生，痛快地认了罪之后便当着警察的面自杀。紧接着，我们又在李医生处得到了受害人于光的被杀原因，确定了这是一起有组织、有预谋的连环案件。我们刚开始调查有可能的受害人，第二个受害人的尸体就被发现了，而今天下午，我们刚刚确认第三个可能的受害人的信息……这么巧，就有热心群众提供了线索，又让人坚信了胜利永远属于正义的这一方。"

秦晋苟的嘴边浮现出了一个讽刺的笑，无视刘子科变得有些难看的脸色，毫不犹豫，尖锐地指出："我们从未对外公布这起案件的调查进展，可是线索总是能在恰当的时候出现，像你们玩的游戏，每个关卡无缝衔接，你不觉得奇怪吗？"

刘子科讷讷不成言，目光到底漏了几许抗拒之色："秦教授您是说……不会吧……"

见他依旧自欺欺人，秦晋苟面色愈加冷漠："经一县的那次抓捕应该给我们一些教训——'蝙蝠'在我们周围有眼线，没有陈立仁，也可以有别人，这个'别人'，就在我们身边，准确地说，是我身边。"

当然是秦晋荀身边，二十年来一直隐藏在暗处的"蝙蝠"，行事突然变得肆无忌惮起来，乖张狠戾地要引起敌人的注意，把它作为敌人的人很多，然而称得上是它的敌人的却不多，秦晋荀绝对是其中之一。

提到陈立仁，刘子科的表情有片刻的黯淡，但是很快，他就调整好了状态，犹疑地问："我们周围……那几个一队的刑警跟我都是多少年的兄弟了，罗浩他们几个我都了解，家世清白得不能再清白……您说这是一个局……"

仿佛是为了衬托这里的寂静，走廊另一端的办公室里突然爆发出一阵笑声——这帮人就是有这个本事，哪怕明天是世界末日，也能一边心大地打趣旁边的人，一边打倒小怪兽。

看着刘子科一脸萎靡，秦晋荀叹了口气："恐怕自我们从经一县回来的那一刻起——这个局就开始了。"

一步一步，蔑视着生命，戏耍着警方，并在一个恰当的时机达到自己的目的——对方想要抓住秦晋荀，击败秦晋荀。

刘子科能受得住警察局里经年如一日的重压，过硬的心理素质是傲于常人的，短暂的失落过后，他用力地握了握拳，将心底那一阵酸涩压下，将精力放在关键问题上。

"那我们明天……怎么办？而且您明天要跟随行动的事情大家都知道，如果我们之间有'蝙蝠'的内应，那明天行动时我们都会有危险。可是如果行动取消了，就会引起他们的警觉，小男孩儿的处境很有可能变得更加危险……"

就像是走入了一个死胡同，怎么做都不对。

秦晋荀不慌不忙地摇摇头："我联系了一个身形和我很像的人，到时候他会开着我的车跟着你们。你带人分两队，一队行动前疏散附近群众，也没有必要小心谨慎地进行了，效率为上，他们敢设下这个圈套，手上一定有热武器，切记不要深入；另一队你亲自带队，等我信号，如果有机会解救那个孩子自然好，如果没有……我会想别的办法。"

"等您信号？秦教授，您要去哪儿？"

秦晋荀忽而笑了："能将人命都算计着弄成一场游戏，我猜，背后的那个人一定想亲眼见到，他是怎样用完美的布局引我们入套，引我入套，所以，他明天一定会在老城区附近找一个地方远远地看着，那么最合适的地方在哪儿呢？"

秦晋荀看了看四周，伸手在墙面上的挂钟上一指："举报电话里说的嫌疑人地址在这儿。"他的手指在钟表四周的空气里画了一个半圆，"这一面是一个公园，平地，绿化很好，出了三米看不见人影。"

在昏暗的走廊上，秦晋荀虚空画着地图："这边，是一片更老的居民区，人口情况非常杂乱……只有这里，有一座高楼，原先是写字楼，只是周围没发展起来，所以现在开发商将这座楼分割，租给了各行各业的租客，顶层则被改成了日租房——这里是唯一一处抓捕时能看见警察动作的地方，你让罗浩派两个人跟着我去这儿。那个人自以为是渔翁，我们就给他演一出鹬蚌相争，只是结果，他说的就不算了。"

这些信息是任何一幅地图上都没有的，刘子科再一次对秦晋荀的思维逻辑表示叹服。

"成，听您的，秦教授。"

"你回去照常开会，千万别露了马脚，等到明天行动前一刻，再将他们分组。"

"好。"

秘密像水面下的巨大冰川

温玉一早醒来，意外地神清气爽，先后打电话给秦晋荀和刘子科都没人接，温玉想了想，收拾一下去了公安局。

刑警一队的办公室今天很空，偌大的房间里只有蔡莉莉和另一个年长的法医，看见温玉随口打了招呼："他们都走了，今天有抓捕任务，阵仗扯得挺大的，还调了区域警力。"

温玉点点头，这是她一早就知道的，只是坐在位子上，眉心却总是隐隐在跳，似乎有什么重要的事情被自己忽略了。

面前是最近的几份尸检报告，放在最上面的就是于光和万芳的尸检报告，温玉拿起来，视线一行一行、一个字一个字地扫过报告上的每一个数据。

于光和万芳的尸检都是温玉负责的，稍加回想，现场的每一个细节都历历在目。

他们的血液里有大量残余的麻醉剂，药效作用以秒计算可以轻易地放倒被害人。尸体内部切口整齐，是锋利的手术刀所致，内脏大范围损毁立刻就要了被害人的性命。

到底哪里不对，令她心慌，安定不下来？

忽然，温玉的目光定在于光的个人资料上。

下一瞬，她霍地从座位上站起来，吓了蔡莉莉一跳："怎么了温玉？"

温玉霍地转头问她："刘子科他们走了多久了？"

"你来前……一个多小时吧。"

"你知道他们行动的地点具体在哪儿吗？"

蔡莉莉摇了摇头："昨天开会的时候我不在啊，你不知道吗？"

温玉没有回答，沉着脸就离开了，任蔡莉莉在后面怎么叫，她也没反应。

秦晋荀和刘子科乃至罗浩的电话全部关机，温玉心焦不已，突然想起来一个人，她竭力镇定下来，从秦妈妈那里假作有事情咨询要来了舒婵的电话号码。

舒婵接到温玉的电话很快就赶来了，狐疑地打量着温玉："你说这是一个圈套，不是开玩笑吧，有什么证据？"

"来不及了，边走边说吧。"

这是一个圈套。

她是怎么知道的？众人的目光都聚焦在凶手作案手法、所需器官上，可是没有人关注过受害人本身——于光的档案里有一份他在国外念书时的体检记录——乙型肝炎，并正在接受治疗……如果是这样，他的肝根本就不可能应用于器官移植。

凶手既然选定他下手，不可能事先不知情，那么费了那么大的力气得到一个根本不能用的肝有什么用呢？

自然是有用的，秦晋荀和刘子科他们已经毫无所察地准备行动了，想到后果，温玉忍不住心惊胆战。

从一大清早开始，老城区千景公园附近的市民就察觉到了异样，十几辆警车齐刷刷地停在路边，下来了很多身着警服的人，拉起了几条长长的警戒线。

有胆子稍微大些的上前打听发生了什么事，只得到了警察"快速离开"的劝告。很快，往日晨练之人、上班路过之人、光顾小吃摊的人都不见了，公园周边已然门可罗雀。

有个小警员摸了摸自己腰间的枪："罗副队，咱们就在这儿这么待着？昨天开会时可不是这么说的。"

罗浩皱了皱眉头："这是队长的命令，照做就行，你一会儿再带人到西边溜达几圈，就在外围，别进去。"

打发走了警员，罗浩却也不解地看向另一边，秦教授坐在他的车里，直到现在还没有露过面。

刘美琴平日里起得早，一般都会去楼下的公园锻炼，只是今天不知道发生了什么事，那一溜警车上的灯晃得人心慌，她胆子小，当下就往家走去。

回到家楼下的时候，刘美琴看见小区门口那个平时没人的白酒作坊今天却反常地开了门，她好奇地张望了一下，里面竟然有十几个男人，走近了还能听见他们的说话声，隐隐地，还有一个男孩儿啜泣的声音。

"该死，他们怎么不进来？"

"不知道，可能在等人。老三，你确定那个姓秦的来了吗？"

当先那个胖子不耐烦地点点头："我都看见了，像个缩头乌龟似的躲在车里，车牌号是他的。"

"哐"的一声，另一人不耐烦地踢翻了一个木桶，随即不知道想到什么，拍了拍自己鼓鼓的腰间，狞笑着说："等了这么多天，他们来了，就算老板不吩咐，我也要好好招待他们一下。"

"老四，说话小心点。"

这个声音带着一种与众不同的气质，刘美琴忍不住伸长了脖子，看向那个角落里坐着的男人。

"呵，我说项哥啊，你胆子也太小了，咱们兄弟来这儿就是为了给那帮眼比天高的人点颜色看看的，不然他们还以为我们这些年不露面是怕了他们。"

突然，屋子里面传出一阵骂骂咧咧的声音，随即，男孩儿的哭号声越来越大。

一个年轻人跌跌撞撞地跑出来："项哥，老五在打小洋，我拦不住，你快去看看。"

那个男人站起来，眼睛随意地往这边瞟了一眼，刘美琴对上他幽深的眼睛，仿佛中了什么定身的法术一般，她心下一惊，小腿打战，跑都忘了跑。

刘美琴心头漫起无边的恐慌。

可是他竟然就这么进屋了，没有告诉任何人，外面有一个偷窥者。

刘美琴如蒙大赦，慌慌张张地向公园旁那一溜警车的位置跑去。

秦晋荀缓缓走上台阶，酒店装修老旧，昏暗的走廊里，空气似乎弥漫着烟尘，他走到尽头，在最角落的一扇门前停住，伸手在兜里掏出一张来自刘子科的特殊的磁卡，在门锁上一刷——电子"嘀嘀"响后，他毫不犹豫地迅速打开了门。

门正对着窗子，底下千景公园及小区的全景清晰可见。

窗前站着一个人，男人，看背影已经不再年轻了，穿着黑色西装，背对着秦晋荀。

听到动静，那人放在窗台上的手动了动，握住又缓缓松开，像是在准备着什么。终于，他回过头，布满细纹的眼角处，闪着莫名的光彩："秦晋荀，你竟然找到这儿了？"

秦晋荀将门关上，一步一步向前走去，直到站到中年男人的正对面，寒着一张脸，眼中似有惊涛骇浪，仔细看却又毫无波澜。

终于……找到了。

"老板……闻名不如见面。"

走廊上，两位被连夜调来的特战队成员握紧了手中的枪，静静地等待着来自秦晋荀的命令。

时间一点一点地流逝，刘子科的对讲机始终没有动静，他和两个特警藏在灌木丛里，忍不住陷入了焦躁。

刘子科再一次拿起望远镜，看向不远处的酒作坊，忽然，他的手指紧紧地攥了起来，当即就要跳起来。

"怎么了刘队？"一个特警连忙按住他。

刘子科面色铁青："这帮凶徒要杀了小洋。"

"怎么会？他们不是还要留着小洋等适当的时候摘他的器官吗？"特警惊讶地夺过望远镜。

空旷的院子里，小洋被一个胖子拽着，推搡到地上。胖子掏出了腰间的手枪，戏耍地顶上小洋的脑袋，嘴里说着什么，而其他人正往外搬运着几个箱子，可能是医疗仪器之类的东西。

对讲机忽然响了，里面传来罗浩的声音，他急急地说："刘队，刚才有个群众报案，说是见到了一伙绑架犯，在她逃走的时候，还跟一个人对视上了。"

所以那群人果然是因为被发现了要撤离，现在怎么办？秦晋荀说过等他的消息，可是现在联系不到他，小洋又性命不保……

罗浩的声音透过电波有几分失真："刘队，他们有热武器，我们请求强攻！"

刘子科握紧了对讲机，身旁的两人一直在看着他。

想起秦晋荀的计划，刘子科咬了咬牙："不批准，你们继续吸引他们的注意力，营救小洋的事就交给我。"

"不行队长，这太危险了。"

刘子科却顾不了那么多，小洋撕心裂肺的哭声似乎已经传到了这里，他一狠心，对身旁的两个人说道："我们摸过去，你们在附近掩护我，我自己过去找机会……如果，我有什么事，你们就赶快撤。"

"刘队！"

"就这么定！行动！"

刘子科身手矫捷地越过了一个障碍物，小心翼翼地隐藏住身形，接近他们的据点。酒坊近在眼前，院子里却不见了那一群人的身影，刘子科忍不住皱起眉头，虽然直觉告诉他里面有蹊跷，但他还是握紧了手中的枪，一步一步接近。

蓦地——一个石子被踢了过来。

刘子科心头一惊，抬起手，枪口对上了一个熟悉的人影——

"温玉？"

"是我。"温玉压低了声音，警惕地环顾了一下四周。

刘子科面带焦急，低声说："祖宗哎，你怎么来了？"

温玉急切地回答："不能再用原来的计划，我又看了一遍卷宗，发现他们是刻意引我们来的。"

刘子科叹了口气："你以为我们会毫无警惕地抓捕，知道有危险，还自己跑过来？早知道就提前告诉你了。"

听见刘子科的话，温玉瞬间反应过来："秦晋荀知道？"

刘子科三言两语说明了情况，温玉听得皱眉，又急忙问了地点，要马上赶过来。

秦晋荀不希望自己掺和进来。他又瞒着自己，温玉心里不是不气，只是，眼下不是计较这个的时候，她拽住刘子科："可是，明知道这是陷阱，你怎么？"

刘子科握着枪的手由于用力而青筋暴起："小洋有危险，我不能看着他们杀了他。"

"所以你就这么单枪匹马地准备冲进去？你以为我们是在拍电影？"

"可是小洋……"刘子科望向空无一人的院子，神色愤愤。

见劝不动他，温玉不得不使出撒手锏："秦晋荀既然让你等消息，就说明小洋不会有事，你看他什么时候错过？"

温玉急急地说道："你刚才看到的说不定就是个烟幕弹，事已至此，唯有……快走吧，再不走就来不及了。"

这时，刘子科的对讲机里也传出了队友的声音："刘队，情况有些古怪，目标突然消失了。"

在温玉沉静的目光下，刘子科吸了口气，挥了挥手，不远处等待指令的两个刑警缓缓撤离了。

温玉松了口气："我们也走吧。"

身后的灌木丛发出沙沙的响声，那不是风声，而是……人的脚步声。

刘子科面色骤变，一只手将温玉护在身后，举起了枪："来不及了。"

哪怕来的不是秦晋荀，"蝙蝠"也不准备放他们离开。

反正已经被发现，刘子科干脆放弃了伪装，持枪挺直了腰板："警察！"

"又见面了，温玉。"

见到项骁的那一刻，她的心跳反而规律了起来，她向前走了一步，和刘子科并肩而立，面对着突然出现的这些人。

"不是秦晋荀，你们很失望吧。"

项骁耸了耸肩："老板可能会失望，但是我不会，我更想见到你。"

他出言不逊，刘子科恨极，黑洞洞的枪口对准了项骁，手丝毫不抖。

而同时，对面的几个人也瞬间掏出枪，指着刘子科的脑袋。

项骁耸耸肩："刘队长，我劝你放下枪，我猜……你们很想见见那个男孩儿，可是假如你没控制好，枪走火的话，我就只能让那个男孩儿陪你了。"

无论是不是威胁，他们已经没有选择了，温玉跟刘子科对视一眼，后者干脆利落地放下了枪。

项骁见他丝毫不拖泥带水，倒是多看了他一眼。

"把他们两个……"项骁随意地点了点刘子科和温玉，"带回去。"

这种情况下的反抗毫无意义，两人顺从地被绑住双手，项骁走过来，低头看了看温玉的脸，她低着头，面上有一小片阴影，表情隐藏在那片阴影中。项骁于是走过去，伸出一只手，抬起了她的下巴。

刘子科的反应比温玉还要激烈，他大喊了一句："拿开你的脏手，别碰她！"

项骁嗤笑一声，手指在温玉的下巴上拂过，光滑的触感令他忍不住兴味盎然。

温玉仍旧低着头，不知道在想什么。刘子科红了眼，却知道他此时的声嘶力竭只不过会徒增笑料，他于是竭力镇定："你不会不知道警察已经包围了这里吧？我的两个队友也已经知道我出事了，你有把握把我们俩带走？"

项骁懒散地笑了起来："我自有办法，这个就不用你替我操心了。"

项骁使了个眼色，一个胖子拎了一个布袋，哼笑着离开了。

温玉眼底的光明明灭灭……深入敌腹，这是一次危险的旅程，却也蕴含着无限的可能。

秦晋荀，你一定要快点来。

505

酒店顶层，气氛并没有想象中的剑拔弩张。

中年男子不知道从哪儿弄来了一套茶具，像模像样地烧了水，给自己泡了一壶茶。

茶杯很多，他却并没有请秦晋荀一起饮用，显然他对秦晋荀有洁癖的事情知道得一清二楚。

秦晋荀未置一词，目光扫过窗台，那里放着一个高倍望远镜，显然视野范围之内，没什么能逃得过它的探查。

秦晋荀于是走到窗边，不问自取，拿起了望远镜。

罗浩严肃的脸当先进入了视野，不远处秦晋荀的车显眼地停在路边。

中年男人并没有制止他的动作，反而一派悠闲地喝了口茶，而后才感慨地开口："时间太久了，这帮警察已经忘了当年他们的前辈是怎么闻'蝙蝠'丧胆的，大张旗鼓地布局，以为能抓得住我们。"

秦晋荀放下望远镜转回身来，掸了掸西服外套上无形的灰尘，语气里的嘲讽显而易见："你不是也自以为能抓得住我吗？"

中年男人表情变了一瞬，而后又颇为张狂地笑了起来："你是算无遗策，可是你看——他们是犯罪分子，他们想躲起来的时候，就偷偷摸摸地杀人，赚一笔钱就换一个地方藏起来；可是当他们不想藏了，哪怕是死也可以拉几个陪葬，无所畏惧，这就是我们不一样的地方。警察顾虑太多，所以总会输。"

像是配合他的话，底下突然传来爆炸声，紧接着各处汽车的警报纷纷响起，孩子的哭号声、大人的呼声夹杂在一起，街道瞬间乱作一团。

秦晋荀呼吸一滞，眯了眯眼："你们竟然动用了炸弹？看来是真不打算做缩头乌龟了。"

"我老了，可是底下的都是年轻人，年轻人有激情，我也控制不了。"

"你到底想要什么？"

中年男人放下茶杯，理了理自己的衣袖："我之前派人给你的养母送了一份邀约，也只不过是想请她转交给你，可是没想到你反应这么大……不过，你把养母接到身边，就以为万事无忧了？你知道这么多年来，我从'蝙蝠'身上学到了什么吗？人只要有弱点，就能够被控制。"

秦晋荀不置可否："你这是在教我怎么犯罪吗？"

中年男人笑了起来："秦晋荀，你自己心里清楚，你到底是为什么这么执着于追查'蝙蝠'。我知道你在追查被我偷走的证据的下落，可是你扪心自问，即便解开了这其中的玄机，配合警方将全国各地的'蝙蝠'成员一网打尽，你真的就了了一桩心事吗？不可能的……"

秦晋荀听着，眯了一下眼睛，垂在裤子边的手缓缓地握了起来。

中年男人说完话，又笑着站直身子，这时，他兜里的手机响了，他接起来，对面说了几句话，他最后才说了一句："知道了。"

撂下电话，中年男人望向窗外："我想让他们把你带到属于我的地方再见面，只不过没想到那群废物竟然这么没用……不过现在也不算太糟，你知道你的小女友现在在哪儿吗？"

秦晋荀顺着他的目光看去，面色终变。

见他不说话，中年男人又笑了，手指指了指门外："外面有你安排的人吧，怎么，想留下我？你敢试试看吗？没有老板的'蝙蝠'疯狂起来，还能留你小女友一条命吗？"

秦晋荀一向是一个情绪不外泄的人，他看着男人得意的模样，仿佛要将对方的面容刻在骨子里，薄唇缓缓张开，语调沉稳："这是最后一次。"

中年男人从容地站起来，扣上了西服外套的扣子，往外走去，走到门口的时候，突然停下脚步，回头敛了笑问他："你似乎从头到尾都没有问我的名字，怎么？不想知道吗？"

秦晋荀双眼似结了冰："滚！"

时间回溯到十分钟以前。

炸弹爆炸的地方是公园的中心，这算是人口密集的地方，轰隆隆的响声引起了周围居民的惊慌，一时间警车、救护车，还有各路媒体闻风而动，将这附近堵了个水泄不通。

可是除了这一声爆炸之外，这附近再也没有可疑的人员。

调虎离山。

罗浩带着人赶到酒坊的时候，小作坊里里外外早已经被清空，什么有用的线索都没有留下。

罗浩心中的不安达到了顶峰，他压抑着自己颤抖的嗓音，对旁边的队员说道："通知局里，刘队被绑架了，现在立刻对外发布一级警戒。"

这时，旁边的灌木丛窸窸窣窣地响着，一个女人面带惊惶地走了出来。

"罗副队，还有温玉，她也不见了。"

"舒婷？你怎么在这儿？什么叫温玉也不见了？"

舒婷眼眶泛红，垂下的手微微地颤抖："温玉让我带她来这儿找刘队长，然后我们就分开了，她现在也没有回来。"

温玉跟刘子科一起被绑架了。屋漏偏逢连夜雨，罗浩的心不断地下坠，顷刻间沉到了谷底。

爆炸声已被远远地抛在后面，温玉和刘子科被绑着双手，蒙住了眼睛，分别塞进了两辆车里。车辆一路颠簸，黑暗中，温玉根本分不清方向，只能凝神细听，窗外时而有车流人声，时而只有风的呼啸。经过漫长的行驶后，车才停下。温玉被推搡着关进一个小屋里，项骁摘掉她的眼罩，后退了一步端详着她。眼前一亮，她缓了一会儿，视线才逐渐聚焦，看清了面前的男人。

温玉别过脸，冷声问他："刘子科呢？"

项骁不知道想到了什么，突然笑出声，走近了她……

公安大楼今日格外的寂静，前来办事的人感受到这股肃穆的气氛都有些莫名其妙，继而受影响也放轻了动作。

刑警一队的办公室更是死一般寂静。

突然间，办公室的门被用力地推开，一个修长的身影闯了进来。

"季检？你怎么也来了？"

季景然没有搭理罗浩，他的眼中似乎只有秦晋荀一个人。他几步走到秦晋荀面前，在所有人始料未及之时突然出拳，狠狠地砸在秦晋荀的脸上。

"季检！秦教授！"

秦晋荀的嘴角乌青立现，还隐隐带了血丝。

季景然伤势未愈，这一拳下来牵动了身上的伤口，血迹从衣服里渗出来，引起了罗浩第二次惊呼。

罗浩不知道应该先查看谁的伤势，却被蔡莉莉拽到一边，轻声制止："神仙打架，我们这种凡人冲上去就是炮灰。"

更何况，季景然现在攒了一肚子的火气，秦晋荀也因为温玉下落不明而强忍着烦躁，虽然他仅仅只是在日常高冷的基础上微微皱了皱眉头，蔡莉莉已然感受到了来自西伯利亚的冷空气，像一把拉满的弓，令人不安。

只有发泄出来，理智才能慢慢回笼，大家才能坐下来，一起商量之后的解决方法。

道理是这么个道理，可是罗浩看着秦晋荀铁青和季景然苍白的两张脸，还是有些担心。

所幸秦晋荀并不准备用武力跟手无缚鸡之力的贵公子一决雌雄，在互相招呼了几拳之后，他很快就架住了季景然的胳膊，厉声问道："够了没有？！"

季景然发丝凌乱，眼中俱是悲痛，胸膛起伏："你不是说带人抓捕幕后之人吗？人呢？为什么'蝙蝠'的人没抓到，反而是温玉被他们擒住了？"

秦晋荀低头将方才挣开的袖口扣好，第一次手滑没扣好，他皱了皱眉，专心致志地将扣子扣了回去，这才舒了一口气。

"我没有想到是这个局面。"

他的睫毛很长，刻意敛下的时候，能遮住一切窥伺的目光，只面上一派漠然，而这种平静落在季景然的眼中便是冰封千里的冷漠。

季景然倏忽冷笑："没想到？还是你根本就不在意？秦晋荀，别欺骗你自己了，不管你怎么收敛你身上那种唯我的气息，都掩饰不了你的冷漠、你的自私，你在做计划的时候只在乎能不能抓到人，根本就没考虑过温玉的安全是不是？所以到了现在，你依然可以这么淡定。"

这一番指控不可谓不严重，罗浩他们都替季景然捏了把汗。

秦晋荀忽然抬起头，眼底浮现出迫人的隐痛，令季景然不禁愣怔，然后季景然就听见他字字如刀的声音：

"非要像你一样跳出来激烈地指责才算是在乎她吗？如果我像个傻子一样上蹿下跳、痛哭流涕就能换回温玉现在平安地站在这里，你以为我不会做?！"

他讽刺地笑了笑，扬了扬下巴，斜睨着季景然："季景然，你也是有脑子的人……而且，温玉是我的女朋友。"

他的目光半是嘲讽，半是警告。仅是这后半句话就令季景然怔在当场，蓦地泄了气。

寂静中，众人视线中心的秦晋荀又垂下了眼睛，失了咄咄逼人的厉色，他的五官无端地柔和下来，声音格外清晰："你说的都对，我做计划的时候确实只考虑怎么能抓到人犯，唯我、冷漠、自私，还有什么？你说的我都认，但是我有信仰……温玉就是我的信仰，我爱她。"

他一字一句，像是要将承诺镌刻在心底："我会把她带回来。"

他眼底的光太过耀眼，以至于周围人的心情瞬间都平静下来，就连心情沉重的蔡莉莉都忽而分神去想……等到刘子科回来，知道自己的偶像是如此的重色轻友，会不会不依不饶地打滚……

见项骁冲着自己走过来，温玉忍不住向后仰了仰："你干什么？"

项骁没有搭理温玉的问话，只是走到她身边，拉住她的胳膊让她坐直，慢条斯理地替她松了绑……仅此而已。

他似乎有什么事要忙，而后就扔下她一人，走到屋子的另一端，利落地从一个简陋的衣架上取下件短袖换上，根本就不顾屋子里的温度仅有几度。

"这是你们的另一个据点？我们现在出诸城了吗？"

项骁将腰带系好，抽空抬头看了她一眼，开口警告："这里跟之前的地方不一样，也不是我说了算，想活命，你最好听话一点。"

说完，他就坐在一把椅子上，从底下掏出一个笔记本电脑打开，不知道在看什么。

到了他的地盘，他反而不理会温玉了。

屋子里没有窗，唯一的门也被锁着，跑也跑不掉，沟通也沟通不了，温玉只好警惕地坐在墙边的椅子上。

过了一会儿，门被敲响。

"骁哥，老板让你去一趟。"

项骁从笔记本电脑前抬起头来，神情略显阴冷，他深呼吸了一下，才缓缓开口："知道了。"

项骁站起身来，最后看了一眼温玉，对刚进来的那个男人说道："徐是，看着她。"

屋子里重新安静下来，徐是似乎有些手足无措，坐得离温玉远远的。

温玉打量着他，心头忽然浮起些许疑惑："我看着你有几分面熟。"

徐是腼腆地笑笑，与周遭阴冷的气氛格格不入，带着一股子学生气，无端令温玉想起了一个人。

她忍不住发问："你是徐非的什么人？"

徐是愣了一下，低头看着自己的手掌，过了好一会儿才干涩地开口："他是我哥哥。"

徐是、徐非，原来是兄弟俩。

"你们的眼睛很像。"

"谢谢。"

徐是并没有问她是怎么知道他哥哥徐非的，也没有问他哥哥现在在哪里，也就是说，他知道他哥哥的死。

温玉叹息着开口："我很抱歉。"

抱歉，没有早一些发觉徐非的异样，也许多关注一些，就能发现他的挣扎，也许就能在悬崖的边缘拉他一把。

"这怨不得你，从我和哥哥加入组织以来，就做好了准备，早晚会有这么一天……就像现在我还站在你面前，指不定下一刻我就死了，朝不保夕的生活，我已经习惯了。"

徐是的眼神放空，温玉也不说话，两人就这么静静地坐了一会儿，徐是才从自己的世界中挣脱出来。他看着温玉，欲言又止，下了很大的决心，才凑近她，压低了声音："你不用害怕……项哥和我不会伤害你们的，我们会让你们平安地走出这里。"

　　温玉却坐直了身子，以一种审视的目光看着他，她的眼睛近似猫眼，眼尾却还要更挑起一些，假若收敛了所有的柔和，眸光里的清冷仿佛可以直直射入人的心底。

　　"为什么？我凭什么相信一个绑架了我们的人，凭什么相信一个屠夫会放下刀？"

　　"不是这样的，你对于项哥来说，是不同的……"

　　"有什么不同？你是指他杀了我的父母，我们是仇人？"

　　徐是面露难色，温玉步步紧逼，她有一种预感，之前秦晋苟对项骁种种的怀疑，或许能从徐是身上找到答案。

　　她目光灼灼，带着锐利，徐是莫名不敢与她对视，低下头搪塞："因为项哥和你们一样……恨'蝙蝠'，他的身体就是……总之，你自己问他吧。"

　　忽然，门被"砰"的一声踢开。

　　一个幸灾乐祸的声音响起："徐是，项骁受伤了，老板叫你给他拿药去。"

　　听到这个声音的一瞬间，温玉的手不由自主地狠狠攥了起来，这个声音，她一辈子也不会忘记。

　　这是那个拿着一袋子炸弹引爆的胖子，就是当年劫持了她的人。

　　徐是一惊，猛地站起来："老三，骁哥怎么了？"

　　胖子梳着流里流气的分头，语调里充斥着幸灾乐祸：

　　"怎么了？老板让他把秦晋苟带来，这么简单的事情都没办好，不给他点苦头吃吃怎么行？"

　　徐是的面色很难看。

　　"我这就去。"

　　徐是临走前突然扫到老三肆无忌惮打量着温玉的眼睛，回身将温玉的绳子重新绑在她手腕上，带着她往外走。

老三伸手一拦，眼神浑浊，嘴里不怀好意地问："你要带这小娘们去哪儿？莫非……"

徐是狠狠地瞪了他一眼："嘴巴放干净一点，你以为谁都像你！项哥说了，让我把她和那个姓刘的警察关在一起，免得不好看管。怎么，你有意见？要不要跟我一起去当面找项哥说？"

老三终究还是对项骁有所顾忌，闻言也只好嘴上不干不净地骂了几句，放他们俩离开了。

出了门，温玉这才看清周围，这是一个有点像酒店的地方，只是装修上略微陈旧，这种模样的大楼很多地方都会有，根本无法从这上面判断出是在哪儿。

徐是带着她避过了几个晃荡在走廊的人，低声说："离老三远一点，他品行很差的。"

温玉讽刺地勾了勾嘴角："哪种品行？"

徐是没有直接回答，只是说："你是法医对吧，那个万芳，就是老三配合李医生作的案。"

温玉不易觉察地皱了皱眉，回忆起自己做尸检时看到她死前曾经受过侵害，也就明白了徐是的意思。

想到刚才老三看她的眼神，她厌恶得几乎作呕，掐了掐自己的虎口，压下那股恶心感，再看到徐是那张有几分熟悉的脸，突然有些愤怒："和那种人渣为伍，你却想让我相信你们。"

温玉不知道自己内心的愤怒是从哪儿来的，可能潜意识里她就觉得，这个大男生和徐非一样，不应该在暗无天日的夹缝中生存。

被她突如其来的怒意惊住，徐是张了张嘴，过了半晌才讷讷地说："想要选择活在哪儿，首先我们得活下去。"

温玉一时无语。

她听秦晋苟说过，"蝙蝠"对待叛徒和办事不力的成员的惩罚是很可怕的，目前所知的其中一项惩罚就是，在没有打麻药，清醒的情况下，活生生地取出心脏。

"对不起，我不是那个意思。"

徐是摇了摇头，毫不介怀："没关系，我知道……谢谢你，我们快去项哥那儿吧。"

"徐是。"温玉停下了脚步叫住他。

徐是回过头疑惑地问道："怎么了？"

这个带有少年气的人似乎很心软，如果她加以利用，未必不能逃出去，可是，徐是的命运……

温玉摇了摇头："没什么。"

她想他活着，带着他哥哥的那一份。

突然，她眼前一黑，徐是将她推到了走廊的拐角，自己也跟着躲了进来。温玉刚要问，就被捂住了嘴，徐是的表情有些紧张。

走廊另一端传来了两个人的脚步声。

"老板，我们要在这儿待多久？"

"不一定……那帮警察有什么动静吗？"

隔着一面墙，温玉看不到这个所谓"老板"的脸，只是听声音大概在四十到五十岁之间。

"还没有，可能是因为我们布置得太隐秘了，所以他们查不到这里？"

那个中年男人嗤笑了一声："算了吧，就你们那点心眼，还想玩过秦晋荀？"

那个年轻人唯唯诺诺地应了一声。

中年男人又问："高万春找到了没有？"

"还没有……是我们无能，请老板再给我一些时间。"

"知道自己无能就多用心，办事不用心的下场你也不是没见过。"

年轻人似乎被吓得不轻，连连称是："老板，不是我推卸责任，这一次没抓到秦晋荀，项骁需要负很大责任。老三说，项骁早就发现不对劲了，可是为了个女人，硬是没提醒大家伙儿。"

中年男人嗤笑了一声："你们能力没有项骁强，背后告起状来倒是积极。"

"我这也是为了您着想，那小子心思不纯……"

温玉的手腕一阵剧痛，她低头一看，徐是听着那人挑拨离间的话，手上不小心加大了力气，徐是一点也没有注意到，只是神情紧绷地死死盯着墙角。

中年男人过了一会儿才说："把你自己的事情办好，尽快找到高万春，项骁的事，我自有想法。这一次，项骁倒也是歪打正着了，我小觑了秦晋荀，要不是项骁抓住了秦晋荀的小女友和那个警察，我不一定能安全回来，暂且晚些动他。"

两人说着说着走远了，直到再也听不见一点脚步声，徐是才缓缓吐出一口气，沉默地带着温玉走了出来。

温玉也没有想到，项骁在"蝙蝠"中的地位竟然已经如此岌岌可危。

徐是小心地敲了敲门："项哥？"

"咳咳，进来吧。"

听见项骁的声音十分虚弱，徐是连忙推开门。

项骁侧卧在床上，若不是温玉之前刚刚见过他，几乎以为他本身就是个体弱贫血的病患。

"项哥你脸色怎么这么白……是不是……"

徐是一心急，掀开了项骁的上衣，轮廓分明的腹肌上伤痕累累，有陈年的伤疤，也有鲜血淋漓的新伤。

项骁不耐烦地挥开他："你怎么把她带到这儿来了，万一路上碰到几个不长眼的怎么办？"

徐是刚要解释，项骁又不耐烦地闭上了眼睛："我现在没心思听，把她关警察那儿去。"

于是温玉一句话还没有说，就又被徐是带走了，他们下了一层楼，一样的布局，偶尔几个门前还有房间号，温玉确定这里从前是一家酒店。

徐是开了门，示意温玉："就这儿了，进去吧。"

随后徐是惦记着给项骁上药，落了锁就匆匆离开了。

刘子科目送着徐是离开，而后飞快地拉住温玉的衣角，围着她转了一圈，发现她没受什么伤，这才松了一口气，低声对她说："被关在这里之前，路过旁边的房间，我听见了小洋的哭声，还有一个男人不耐烦地对另一个人说，让他忍忍，小孩儿也就能哭这两天了，还让他看好小洋，应该是他们找的医生快到了，我们需要尽快将小洋救出去。"

温玉点了点头，而后又飞快地摇了摇头，看得刘子科眼晕。

"救是一定要救的，可是我们不能轻举妄动……"

一个不留神，他们的境遇或许会比现在还糟糕。

温玉没有再往下说什么，刘子科却红了眼，恨不得扇自己一个巴掌："都怪我，秦教授早就告诉过我遇到事情要动脑子，我却还是冲动了，连累了你。"

"地方是我自己找过去的，怎么是你连累了我？"

"是我送上门去害得你也暴露，怪我。"

温玉揉了揉脑袋："行了，我们这个时候就别忙着担责了，想想怎么联系上外面，营救小洋要紧。"

她叹了口气："我们被抓来这么久也没有人说要对我们怎么样，我猜，是'老板'拿我们两个还有用。如果仅仅是作为人质，当然跑得越远越好，没道理他们现在摆出一副安营扎寨的模样，所以，他们应该是想要威胁秦晋荀或者警方替他们做什么事。"

温玉一语中的。

秦晋荀的私人电话响起的时候，整个办公室都鸦雀无声。罗浩紧张地看了一眼不动如山的秦晋荀，得到了后者一个轻微的点头，便飞快地打开了手边的电话信号追踪仪。

秦晋荀眼中酝酿着浓重的暗色，按下了接听键——

"你好，我是秦晋荀。"

"我就不用自报家门了。"电话里的声音透着居高临下的笃定，直截了当地说，"虽然我对警察的无能还是有信心的，但是有那么一个把柄流落在外面我这心里还是不太得劲儿。所以……想要你的小女友平安回来，用证据来换。"

秦晋荀冷冰冰地回答："我还没有查到。"

忽然，一个警察憋不住打了个喷嚏，尽管已经用手捂住了，声音却还是

516

跑了出来。

电话那端的人笑了一下，突然说："我相信你可以，毕竟你骨子里……"

秦晋苟"啪"地挂断了电话。

五十八秒，功败垂成。一时间，所有人都忍不住惊愕地看向秦晋苟。

季景然更是激动，立刻上前抓住他的衣领，一向温润的面庞，由于连日来的心焦显得有些憔悴。

"秦晋苟，你干什么?! 你明知道我们需要追踪他的信号，你为什么要挂断电话?!"

秦晋苟没什么表情，淡淡地说："他意识到了，就不会让我们追踪到他的电话信号，即便我不挂电话，他也会挂断的。"

季景然眼中波澜渐起："真的是这样吗? 那个人最后说，毕竟你……什么? 秦晋苟，你是不是有什么事瞒着我们?"

两个人之间剑拔弩张，季景然冷冷地盯着他，他平静地回视："没什么。"

"你说谎。"

空气紧绷。

"即便有也是我自己的私事，没有义务告诉你。"

罗浩想上前劝几句，可是想到不知身在何处的刘子科和温玉，迈出一步的腿又收了回来。有些怀疑的种子一旦种下，就没有那么容易根除。

"秦教授，我不是怀疑您，只是……您的这个行为让我们很被动，如果有什么误会，大家说开不好吗?"

秦晋苟又不说话了，以抗拒的姿态站在中央，油盐不进，一副"无论你们说什么，我自岿然不动"的模样。

"好了，大家也都是为温玉和刘队担心，这个关头，我们自己人就别吵了。"蔡莉莉打着圆场，奈何无人买账，场面一度十分尴尬。

秦晋苟拿起外套穿上，季景然硬声问："你去哪儿?"

"去一趟苏淮。"

"现在? 你应该留下来主持大局。"

"你没听到那个人的话吗，找到证据，换回温玉和刘子科……我留在这儿，你们就有法子了？"

季景然忍住心头的火气："好歹可以跟他们谈判，时刻确认温玉跟刘子科的安全。"

秦晋苟扭过头，眼底覆上薄冰，毫不留情地讥诮道："跟一帮视人命为儿戏的歹徒讲道理，季检不愧是法学高才生。"

季景然垂下的手握了起来，无法反驳的是，在面对穷凶极恶的歹徒时，跟秦晋苟比起来，那些自以为的优势——金钱、人脉等，全都毫无用处，只能发着脾气，然后痛恨自己的无能为力。

办公室里再无人说话，秦晋苟独自走了，他的光不在这里，所以他来的时候与世隔绝，走的时候也满身孤寂。

刘子科办的案子多了，秉持着人各有命的乐观精神，私底下对自己的生命安全并没有太过紧张，他的焦虑大部分都源于温玉也处在危险中。

两个人一人守着一张椅子，饿着肚子，度过了漫长的一夜。

第二天，门被打开，刘子科警惕地站起来，进来的是老三，手上端着个托盘，里面放着两个馒头、两盒粥，他一进来就不怀好意地打量着温玉，将托盘放在自己的脚边，然后指了指托盘，嚣张地说："呦，饿了吧，来呀，来吃呀。"

温玉权作没听到，刘子科也隐忍着怒火没吭声，防备着这个胖子有可能做出的举动。

老三无趣地"哼"了一声，顾虑着什么，也可能是得了什么吩咐，没有再挑衅，只是走之前一脚踹翻了粥碗。

"让你们吃，我呸！"

第二个来的人是徐是，青着脸，像是被谁打了一顿。立场不同，温玉只是皱了皱眉，没有多问。徐是倒是看出了两人的疑惑，痛快地解释道："没事儿，不过是点皮外伤，项哥受的伤比我还重呢。"

温玉和刘子科都没有回应。

徐是见冷了场，先是磨蹭了一会儿，而后才下定了决心似的，低声说道：

"项哥让我来问问，你们想不想逃走？！"

刘子科和温玉目光相交，眼里俱是惊疑。

什么情况，绑匪问人质想不想逃走？

见他们不吭声，徐是连忙解释说："是项哥让我来问的，他说他本来想给警方通气告诉你们在哪里，但是这里的电话信号都被屏蔽了，而且位置不好找，地理上也算是易守难攻。机会只有一次，如果警方不相信，派人查探，被'蝙蝠'的人发现的话，我们往缅国转移就难办了，所以项哥想让你们写张字条，我再想办法递到诸城公安局。"

温玉抬头看他，他满脸都写着真诚。

她缓缓地叹了口气，摇了摇头："不行。"

徐是急了："你是不是不信我们？"

"不是的。"温玉甚至露了笑，"这么做风险太大，我们不想连累你。"

最终徐是被劝着回去找项骁了，他一走，温玉面上的笑意就消失得无影无踪。

刘子科了解她，也知道她方才只是敷衍徐是，他捏了捏下巴："温玉，我觉得他的话有可信度，消息递出去有益无害，而且我们要相信秦教授，他一定能分辨出是不是圈套。"

"我也说不清，只是感觉……事情没这么简单，我们……再看看吧。"

"蝙蝠"组织里的人，每一个都不容小觑，哪怕一个一脸无害的青年。

小心驶得万年船，刘子科沉思片刻也附和着点了点头。

事情的转机发生在两天后，几个陌生的男人打开了房门，一句话不说，将刘子科跟温玉绑起来带出房间。

路过一个敞开门的房间，里面传来男人的打骂声和男孩儿的哭声，沙哑的哭声已经有些羸弱，充满了绝望。

"妈妈——妈妈——"

"哭，我叫你哭！"说话的是老三。

老三神色越发凶狠，一脚踹上了小洋的身体，小洋登时就倒在地上爬不

519

起来了。老三还不饶他，走过去抓住了他的衣领。

"放下他！"

刘子科虽然被绑着双手，但腿上功夫亦是一流，趁着身后几个人没反应过来，一脚上前踹翻了老三。

老三骂了一声，不得不放开小洋。

温玉赶紧将小洋拦在身后。

老三甩甩手，不看刘子科，反而就近打量着温玉精致的眉眼，怀着恶意问道："你究竟是秦晋苟的女人，还是项骁的女人？"

"我是诸城公安局的法医温玉。"作为绑匪之一，老三当年不可能没听过自己的名字。

老三显然已经忘了，他歪着嘴笑了一声，不怀好意地看着温玉："怎么，老子应该知道这个名字吗？莫不是老子曾经跟你做了什么，让你念念不忘。"

刘子科忍无可忍，却被几个男人制住，老三上前一拳打在他的脸上。刘子科闷哼一声，硬是咬着牙挺住了。

老三被刘子科的态度激怒，"唰"的一下掏出枪："呦，硬骨头，信不信老子杀了你们？！"

"砰"的一声。

温玉心头一紧。

刘子科也蒙了一下，低头看看自己的身体，没有伤口。

下一刻，却是老三手上的枪落地，只见他捂着自己鲜血淋漓的手在地上打滚哀号。

项骁面无表情地放下手中的枪，枪口犹有一缕青烟缭绕。

刘子科虽然对枪声并不陌生，却也被这一言不合就开枪的阵仗弄得有些愣怔。

老三叫了起来："啊啊——我的手！项骁——我要杀了你！"

"快拦住他！"

忽然，又一声枪响——

"闹够了没有？！"

那个"老板"冲着天花板开了一枪，顿时只剩老三骂骂咧咧的哀号。

"来个人带老三去处理。项骁，你过来。"

项骁面色依旧苍白，闻言抿着嘴走了过去。

"啪——"清脆的巴掌声。

项骁还没站定，就被一巴掌打在脸上。他站直之后，第一句话便是道歉："对不起老板，是我冲动了。"

老板没有理他，阴鸷的目光转向温玉和刘子科，忽而又看向躲在角落里的徐是。

"本来想约你们聊聊天，却让我们的贵客受惊了。罢了，徐是，将他们带回去好好保护着。"

十几个男人，在老板面前大气都不敢喘一下，在中间让开了一条路。

重新回到关着他们的那个房间，徐是也跟着进来，探头望了望赶紧关上了门。

"温玉姐，你今天也看到了，你相信我，项哥真的和那帮人不是一伙儿的，我们只是没办法离开。"

见温玉不语，徐是几乎要跪下了，他焦急地在屋子里踱来踱去，可能过了五六分钟，忽然，他停了下来，下了什么决心似的，霍地看着温玉："如果我告诉你你父母死亡的真相，你会不会信任我们？"

不待温玉反应，徐是已经自顾自地开了口："你们的局长叫陈立仁吧，他原本受制于'蝙蝠'，可是他发了疯似的想要脱离组织，老板当然不会留他这么一个叛徒，本来在他翻起风浪之前就可以除掉他，可是没想到半路又杀出来一个高万春……"

徐是说的，是温玉已经知道的剧本。

"老板派了人去灭口，要你们一家三口的性命，如果不是项哥非要他们劫走你，你也死在那天了。"

温玉霍地抬起头。

徐是叹了口气："项哥为了保住你的命，不让你回家，特意让老三他们将你关起来。可是老三知道老板的命令是全部灭口，于是他故意让你跑了，又跟着你到了你家，枪杀了你的父母。项哥到的时候，已经迟了，老三他们那么多双眼睛看着，他根本不能向你解释什么。"

温玉摇着头，自己也不清楚自己在否定什么，只是下意识地觉得，事情不应该是这样的，哪怕退一万步说，她父母的死与项骁无关，可是项骁又为什么放过自己，又为什么纠缠自己……

这些问题她一件也想不明白，只是眼下，明明是杀害父母之仇，却突然变了性质，温玉一时心绪紊乱，她腿一麻，险些跌倒在地。

刘子科连忙扶住她，凶狠地瞪了一眼徐是。

徐是惶急地说："我们知道你很苦……可是项哥他也很苦啊！你不是一直想不通，为什么项哥不会是杀你父母的凶手吗？因为暗地里帮助高万春拿到证据并让他成功从'蝙蝠'里面逃出去的人，就是他。"

刘子科好一会儿才消化了这些话，理智到底占了上风，沉着脸问道："你为什么这么急着要说服我们？"

徐是有一瞬间的慌乱，继而羞愧地低下头，小声说道："项哥说，我可以跟你们一起逃走，我手上没有人命，顶多关几年，出来的时候，说不定'蝙蝠'已经被捣毁了。"

这是一个不错的理由，哪怕秦晋荀在这里，都不会怀疑。

温玉把着刘子科的手站起来，压下心中纷繁的思绪——不管这是不是一个圈套，温玉都决定试一试。

连日以来不见天日，加上这些突如其来的信息，她心底终是有些焦躁不安了。

温玉跟刘子科在一张纸上一人写了几句话交给徐是，他们俩的字迹只要是熟悉的人都能辨认得出，再不济还能验个指纹，温玉并不担心公安局的人不相信。

徐是说，他们这里是诸城邻县以前的一个工业园区，后来工业区废了，这座酒店也就荒废了，被"蝙蝠"占了做据点，周围了无人烟，很安全，却也很不方便，所以他每隔五日就会开车出去采买，今天就是要出去采买的日子。

徐是早上临走前偷偷把房间的钥匙给了两人："我会趁着采买的时候把字条给接头人，他会报警，如果警察部署得当，你们今天大概就能离开这里了……一定要小心。"

看着他紧张兮兮离开的背影，温玉的眉心隐隐地跳动，总觉得不安。

或许是她的第六感真的灵验，快中午的时候便出了事——徐是被老三他们几个五花大绑地带了回来。

听到吵吵嚷嚷的声音，刘子科低声说了一句："遭了。"

温玉的心怦怦跳了起来："钥匙呢？"

两人对视一眼，从对方眼中看到了同样的打算——趁现在，跑！不然等那些人想起他们俩，他们可就真的走不掉了。

混乱中，没人注意到，一扇门开了个小缝，两道人影溜了出去。

老三脸上布满了戾气，一脚踹在徐是的膝窝上，逼他跪了下来，嘴里嚷嚷着："老板，项骁这个叛徒，让徐是给警察通风报信，被我抓回来了。"

老三心里也有点虚，他发现的时候，和徐是接头的那个人跑了，也不知道会不会报警……

"我早就看项骁那小子不对劲了。"

"老三，你可别胡说啊！"

众说纷纭。

刘子科从走廊里面探出头，三十几号人聚集在大堂，"老板"一脸阴鸷地坐在中间，与之相对的，是站在对面神色莫测的项骁。

大门口还有两个别着枪的人。

混乱中，"老板"拍了拍椅子扶手："去把那两个人带出来看好了，万一有变，就拿来做人质。"

立即有人应了一声往这边走。

刘子科赶忙打了个手势，温玉从房间里轻手轻脚地闪出来，两人迅速躲到走廊另一头的一扇安全门后。

片刻后，来人慌张地从房间冲了出来——

"老板，不好了，屋里那两个人跑了。"

温玉和刘子科深吸了一口气，趁着骚乱的空隙迅速向另一侧移动，随即刘子科面色一沉——前面是死路。

前来抓人的成员们越来越近，温玉忍不住叹息一声，看来一会儿只能随机应变了。

忽然，走廊尽头的房门开了，一双手伸了出来，迅速将温玉和刘子科拽了进去。

"晋荀？"

温玉惊魂未定地抚了抚胸口，对于秦晋荀会出现在这儿感到十分诧异。

秦晋荀比了一个噤声的手势，三人侧耳听着外头的混乱。

找不到温玉和刘子科，外面的人开始慌张起来。

"他们一定是跑了，这回警察肯定知道我们在哪儿了。"

"老板，离警察来之前还有一段时间，我们得快点撤退了，还有这回货是交不了了，我去杀了那个男孩儿。"

"徐是和项骁怎么办？"

"这还用说，一起宰了。"

正要从窗户离开的刘子科握了握拳，停下了脚步："小洋怎么办？"

"那个孩子被关在哪儿？"

"南边那条走廊上的房间。"

秦晋荀沉吟片刻，看着温玉："你在这里躲好，我和刘子科去救小洋。"

对秦教授的武力有些担心，刘队长正想要劝说他一个人去就好，却见秦晋荀已经扭开了门把手，那个背影莫名让他觉得沉稳，让他有一种无论什么时候他都不是一个人在战斗的感觉。

他们这边还在谋划，大堂中央的气氛已剑拔弩张。

项骁在"蝙蝠"待了这么多年，自然不可能还是孤家寡人，没有一点自己的势力。

双方隐隐对峙。

"老七，老板平日里待你不薄，你怎么能用枪对着他？！"

"我呸，上次我不过就晚交货两天，他就让人废了我一条胳膊，这还叫对我不薄？"

"你这叛徒还有理了！"

…………

吵吵嚷嚷中，场面极度混乱，忽然之间一声枪响——这回开枪的不是"老板"，而是项骁。

"你们最好都别动。"

项骁悠悠地站在原地，面上虽然依旧没有多少血色，精神状态却尚佳，甚至说是兴奋。

霎时间没有人说话了。

温玉不知道发生了什么，思量片刻，还是轻轻地将门打开了一条小缝，向外望去。

项骁站在中间，伸着一只手，手里拿着一个遥控器。

"老板"微沉着脸："项骁，你手里拿着的是什么？"

窗外不知什么时候已然乌云密布，云层涌动，阴影正好遮住了项骁的脸，让他的五官模糊不清："让你们见识见识吧。"

说完，他举起手中的遥控器，按了红色按钮。

爆炸声瞬间响起，巨响夹带着滚滚的浓烟从外面传了过来，屋子的横梁被震动，砖石噼里啪啦地开始往下掉个不停。

"他埋了炸弹！"

"项骁这个疯子！"

"炸弹肯定不止这一处，逃命要紧啊！"

"老板，我们快撤吧。"

爆炸的瞬间，温玉没站稳，跌倒在地，擦伤了手臂，她却顾不上自己胳膊上的伤，向外望去，这次的爆炸是从南边传来的。

秦晋荀和刘子科还在那边。

温玉大惊失色，来不及细想，一个闪身就出了屋子。

而大堂的骚乱还在继续，大概是没料到项骁留了这么一手，一时间，"老板"这一方的人都有些慌乱。

"砰！"

有人慌乱中冲项骁开了一枪，可是紧接着，那人就扔下手枪，破口大骂道："谁动了老子的枪？！"

紧接着，又有人大惊失色地发现，刚才的爆炸将这栋楼的出口封上了。

有人提议："上二楼，那儿有窗户。"

"老板"却在原地直直地看着项骁，带着凶狠与厌恶："我早就该杀了你，你小时候我就该杀了你的。"说完，在手下的再三催促中，往二楼走去。

项骁没有阻拦，悠悠地看着他们慌忙逃命的样子，唇上泛起一丝冷笑，要不了一会儿他们就会发现，二楼的窗子下面全都布置了地陷，跳下去也是死路一条。

忽然，他的视线扫过一面墙，角落里白色的衣角一闪而过。

"温玉？你还在这儿？"

项骁眼睛骤亮，三步并作两步上前抓住了她。

温玉分不清现在对项骁是什么情感了，她恨他，因为本是毫无交集的一个人，却是杀了自己父母的凶手，可是现在，她却有点不知道对他说什么了，甚至不明白他对自己的这份执着从何而来。

"我自然在这儿。"

"那个警察呢？"

温玉偏过头："跑了。"

项骁也不知道是信了还是无所谓，闻言只是点了点头。

温玉冷了神色："你费这么大周折，到底想要干什么？"

项骁没有回答，几步蹀回中央，随手打开了一个箱子。

"这个世界本来就不干净，还不如一起消失。"

说完这句话，徐是刚好拿来了一台笔记本电脑。

温玉顺着他的腿往下看，他脚边的箱子里，是一个直径将近半米的长管型炸药。

和方才爆炸的那些不相同，这份液体炸药爆炸的威力，足可以将这栋楼轰得连渣都不剩。

温玉终于知道他为什么要让她和刘子科写那张字条，又为什么任由那些人抱头鼠窜，因为只有这样，来的人才齐全。

他想要"蝙蝠"的人和警察同归于尽。

"项骁，你真的疯了！"

温玉一边说，一边想要走过去制止他。

项骁头也不回，手指飞速地在键盘上敲击着，径自对徐是说："拉住她，别让她过来。"

"项哥……我们都会死吗？"

徐是显然对项骁的计划丝毫不知情，此时已是手足无措，等项骁再一次喊他，他才反应过来，上前抓住了温玉——他一直听项骁的话。

二楼又传来了一阵喧哗声，仿佛是有什么人跳了下去，摔死了。

眼见项骁眉宇之间尽是笃定，而秦晋荀和刘子科那边还不知道情况怎么样，温玉只有想办法先稳住项骁。

"项骁，你冷静一点，谁都有过去，不只你一个人活在阴影中，我也是啊，我的父母……"

不知道哪个字眼忽然触动了项骁的神经，项骁突然神经质地笑了起来，按动键盘的手停住了。

"你的父母……呵，你的父母，我没杀他们，但若是我不顾后果也未必救不了他们，可是我没有，你知道为什么吗？"

温玉清醒地意识到，此刻的项骁很危险，他的目光隐隐藏着病态的狂热，却是透过了她，不知焦点落在哪里。

他站起身走过去，一把拽过温玉，掐住她的咽喉迫使她靠得很近，力道之大令她呼吸困难。

"你是不是以为自己的父母是英雄？嗯？为了清除我们这些杂碎献出了宝贵的生命？"

项骁带着奇异的微笑。

在温玉几近昏厥之时，他又蓦地松开掐着温玉喉咙的手，食指顺着她的颈部逐渐下滑，拂过胸膛，拂过肋骨，最后停留在左腰向上的地方。

"这里，还疼吗？"

温玉咳嗽着，挥开他的手。

他的手被挥开，他又霍地抓紧她的手，引着她摸上自己身体同样的部位，嘴唇贴着她的耳朵："那一年你几岁？十岁？十一岁？找到了合适的肾源，你父母乐疯了吧，你也觉得自己很幸运吧？"

他的声音像是从地底传出来的，一点热度都不带，冷得似结了冰。

温玉像是预感到了什么，手指竟然不受控制地抖了起来。

项骁看着她迅速变白的脸，心头涌上一股快意，夹杂着压抑已久的愤懑。

"你以为我为什么要在你的腿上文上一个蝙蝠文身？你以为你父母为什么要协助陈立仁捣毁'蝙蝠'？"

项骁将她重重地一推，她一个踉跄跌倒在冰凉的地上，听到了他满含恶意的声音："是因为你！因为他们不想让你像其他接受移植的人一样受'蝙蝠'的控制！"

温玉摇着头，手指因用力抠住地面而泛白："不，你别说了……"

项骁却好像从她的表现中得到了莫大的快意，逼近了她，拽起她的胳膊："你以为你凭什么那么幸运，要什么配型就恰好有什么配型？是因为我！温玉，你体内的肾是我的，我让你多活了这么久，你也是我的，懂了吗？"

石破天惊般的轰鸣也不过如此，温玉的世界瞬间充斥着一片刺耳的尖叫，仿佛是项骁的嘲笑，又像是自己尖叫的声音。

"放开她。"一声厉喝响起，秦晋苟大步走过来，后面跟着抱着小洋的刘子科。

此时有纷乱的脚步声渐近，那些人见跳窗行不通，又重新回到了大堂："警察来了！"

"等他们将出口清理出来，我们就冲出去！"

这些喧嚣与秦晋苟无关，他抱着温玉，专心致志地查看她的状况，忽然身边响起一声轻笑。

"我突然改主意了——将这一切夷为平地的确不错，但是我现在更好奇，有一天人们知道真相的反应，秦晋苟，你能瞒多久？"

项骁这句话说得似是而非，秦晋苟冷漠以对。

警察出动了重卡，十几分钟就将大门口的那些建筑残骸移开，清出了一条道。

不知道第一声枪响是从哪儿传出来的。

两边的人皆是一愣，刘子科暗道不好，带着小洋飞身扑向旁边一个遮蔽物的同时，高声喊道："注意隐蔽！"

顿时，枪声四处响起。

"砰"的一声，项骁打中了老三。

项骁瞥了一眼温玉："你们这些人都假惺惺的，什么法律，什么正义，你看，你想让他死是不是，我帮你杀了他了。"

温玉却呆呆的，没有什么反应，似乎还没有从刚才的震惊中回过神。

项骁见状眯了眯眼睛，正想要说话，徐是就来拉他："项哥，走了！"

…………

一片混乱之中，温玉被谁领到了一边，有人在她耳边轻声地说着什么，有人面带焦急地看着她，轰鸣过后，有一个声音格外清晰——

"温玉，你没事吧？"

温玉蜷缩着坐在地上，听到他的声音，无意识地抬头看他，喉咙间还有被项骁扼出的红痕。

秦晋苟从她的眼中看到了明明灭灭的光芒，微弱、摇晃，似乎稍不留心便会熄灭。

他小心翼翼地走到她面前，蹲下身子，毫不顾忌风衣的下摆垂在地上沾了多少灰尘。

"我们回去了。"

他低下头，正想要将她重新抱起，风衣的一角却被人拉住。

她艰难地开口："晋苟，所以，还是因为……"

她的父母，终究还是因为她才死的。

甚至……为了她能够活着，她的父母明知道会有一个无辜的人因为她失去健康，也在所不惜。

白昼已至

　　月上枝头，梁萤从卧室里走出来，轻轻地反手关上门。

　　坐在客厅沙发上的沈路安抬起头，疑惑地看向她。

　　梁萤抹了一把泪："她的状态很不好，怎么劝也不肯说话，我也没办法了。"

　　沈路安上前安慰她："别担心，温玉可能只是需要静一静，如果实在不行，我就派人去请肖崇言，他是我国最有名的心理医生，他一定可以让温玉好起来的。"

　　梁萤连忙摇头："不，你不懂，她现在的情况就跟她父母去世的时候是一样的，那个时候试过了很多方法，陪着她，开解她，给她找心理医生，都没有用。她最后能走出来，一半是因为自己的意志力，一半则是因为她父亲在临死之前希望她能好好地活下去，可是现在……"

　　"好了，别说了。"沈路安拽拽梁萤。

　　秦晋荀阴沉着脸从他们身边走过去，打开了卧室的门。

　　卧室里面只开着一盏昏暗的夜灯，昏黄的灯光下，只能看清人的轮廓。

　　"温玉。"

　　温玉蜷缩在床上，也不知道是没听见秦晋荀的声音，还是听见了，却没有任何反应。

"温玉，你看着我。"秦晋苟走到床边，坐了下来。

温玉还是一动不动，他也不着急，只是自顾自地说着话。

"你知道，我为什么一定要查'蝙蝠'吗？"

意料之中的没有应答。

"沈路安跟你说过吧，我的母亲是我的养母。我的生母，在我很小的时候，将我一个人丢在街边，任凭我怎么呼喊，她也再没有回头。

"我的养母在大街上捡了我，你也知道她是一个善良的女人，明明自己的日子就不好过，却还是坚持把我留在了身边，一天只有一个面包的时候，她也会分给我一半，可是她的丈夫……"

秦晋苟说到这儿的时候，嘲讽地笑了一声。

"如果那个男人还能被称为她的丈夫的话……那个男人是个走私犯，却是走私链中最底层的人，脾气暴躁，视钱如命。我养母日夜打工，挣来的每一分钱都被那个男人搜刮干净，哪怕我拿两三块钱买个面包，都会遭到一顿毒打。有的时候，我就会躲在脏兮兮的垃圾桶旁边，看着月亮想，我的亲生父母，如果知道我现在的境况，会不会后悔丢下我。"

并没有在意有没有听众，也完全不将自己的童年阴影当回事，秦晋苟语气平静地叙述着。

"如果是一般的孩子，日子可能也就这么过去了，可是谁让我从小就聪明呢。"

秦晋苟拥着她，轻笑了一声，不夹杂嘲讽的笑，却有着对于秦晋苟来说极为稀少的苦涩情绪。

"所以我还对我的亲生父母有着非常少却非常深刻的印象，其中一幕就是家里书房桌子上那张未完成的线稿——是一个蝙蝠的图案。他们激烈地争吵，我清楚地记得，我生母脸色惨白，眼中满是泪水。然后在一个晚上，她抱着我离开——那时我还不知道，她抱我离开，就是为了丢下我。"

他拥着她，怀里的女人轻轻地动了一下。

"我一直认为，我的父母是'蝙蝠'成立后第一批受害人，可是温玉，我调查了这么多年，没有告诉过任何人，事情的真相并不简单。你说，我的父母到底是谁呢？在'蝙蝠'的组织里又扮演着什么样的角色？如果他们不是受害者，而是加害者，是不是说明，我其实就遗传了……"

他像是下定了什么决心，语气显得有些干涩。

话音未落，身前的人蓦然回过头，双手紧紧地搂着他的腰。

他一愣。

是温玉突然动了，她在他的怀里转过身，温润的双唇隔着薄薄的衬衫擦过他的胸膛。

她声音喑哑，带着鼻音："不重要了，秦晋荀，我知道，都过去了。"

秦晋荀低下头便看见她扬起的脸上满是泪痕。

"我不想用你的痛处来安慰自己。"

他忍不住愕然，胸口不由自主地涌起一股热流，温玉的双眼因坚定而重新亮起了光芒。

"不管结局怎么样，无论真相如何，我都陪着你。"秦晋荀从来都知道，她的眼睛很漂亮，美得令人着迷，楚楚可怜从来都不是形容她的，可就是这种少有人拥有的坚定，令他心折。

他懂她未说出口的话，他想保护她，他会陪着她。

两人就这样静静地拥在一起，不知道过了多久，温玉从他的怀里抬起头。

"对了，我还没问你，你是怎么找到那儿的？"

秦晋荀随意地在她脸上刮了刮，神色轻松："找到他们的藏身之处并不难，那个'老板'之前说过，交出证据，才肯放人，我怕万一出了什么变故你会有危险，干脆先去找了密码专家，弄明白了一些事情。"

温玉一只手撑着床，坐直了身子："高万春手里的那一半证据，你已经有线索了？"

秦晋荀点了点头，语气不无赞叹："你的父亲是个天才，那是一套加密的顺序，就好比是一种新的语言，需要对应着词典，按照一定的顺序去排列组合它，才能得到一个准确且唯一的答案。可以说，你父亲的那些论文就是这个词典，只有找到一个正确的阅读顺序，才能解开谜底。"

"所以……顺序是什么？"

秦晋苟的眼中爆发出热切的光彩，那是他在遇到挑战之后独有的反应。

"你还记得你父亲的论文是以什么为中心进行研究的吗？基因，是基因，顺序就是高万春的基因序列。"他再三重复道。

温玉听了忍不住叹息出声，所以，明明宝藏的钥匙曾经出现过，他们却让它溜走了。

"找到高万春，整合出名单，我们就能结束一切了。"

夜色寂静如水，卧室的门开了。

听到动静，沙发上由于疲倦而昏昏欲睡的梁萤霍然抬头，就看见形容狼狈但眼神清明的温玉。

无须多言，梁萤忍不住奔过去抱住她，手拍着她的背，呜咽着："呜呜，你吓死我了，我还以为你又……"

"好了小萤，谢谢你，又让你为我担心了。"

秦晋苟跟在温玉身后也走了出来，看着这边两个人姐妹情深，再看看那边倒在沙发上正睡得昏天黑地的沈路安，忍不住叹了一口气，却还是走上前去，给他盖上了一条毛毯。

秦妈妈是在刘子科和温玉平安回来之后才知道他们的惊险历程的，特意叫了两个人来家里吃饭，压压惊。

秦晋苟满脸和善地向刘子科传达母亲的邀请，双手却抱住胸，摆出一副拒人于千里之外的样子。

刘子科内心了然，用一副为难又做作的样子说自己还有工作，只能谢绝伯母的好意了。

秦晋苟十分满意，周末一早就将温玉一个人接到了家里。

秦妈妈见了温玉，当下就是一阵翻来覆去的查看，拉拉手，摸摸头，看她有没有受什么伤。

温玉既感动又无奈。

秦妈妈握住温玉的手："你和晋苟都是好孩子，伯母知道你们的工作很辛苦，又危险，一定要好好地保护自己。"

"谢谢伯母关心，我知道的，晋荀他……也一直在保护我。"

秦妈妈叹了口气："其实那孩子命苦，小时候跟着我受了太多的罪，他爱干净和不善言辞的毛病都是那个时候养成的……现在能遇到你，也算是他的幸运。"

秦妈妈说了很多，后来又说到他们这次的案子。

"那几个病人的家属也真是的，明明应该是最了解失去亲人的痛苦的，怎么就能放任犯罪分子对别人家的孩子下那种毒手呢？"

秦妈妈本是无心之语，温玉却再也无法当成别人的事情来听，来表达愤慨。

她垂下了头，手指忍不住动了动。

"妈，还不吃饭吗？"秦晋荀神色淡漠地靠在门边。

秦妈妈拍了拍脑门："看我，这都快中午了，你也饿了吧，我这就去给你们弄点饭吃。"

正说着，门铃被按响，秦妈妈笑着起身去开门，门外是多日不见的舒嬅。

舒嬅带来了很多营养品说是来探望秦妈妈。

秦妈妈笑着让她坐："这孩子，京城、诸城的事情两头忙，还惦记着我的身体，我真是怪过意不去的。"

舒嬅连忙说："阿姨，您说哪儿去了，应该的。"

聊了一会儿天，秦妈妈扭头对温玉说："阿玉啊，给小舒把水果拿上来吧，我切好了，在厨房呢。"

语气亲昵，话里的亲疏之意一目了然。

舒嬅笑着的脸一僵，挽着秦妈妈的手缓缓抽了出来。

秦妈妈似浑然不觉，依旧很是热情。

舒嬅的心思，秦晋荀看得分明，只可惜，"神女"有意，"襄王"无心，势必要辜负她这一颗芳心了。

在接下来的一段时间里，所有人都十分忙碌，秦晋荀忙着做他的解密调查，温玉手上也来了几个新的案子，刘子科等人则进行了大海捞针一般

535

的搜捕——上一次的抓捕行动中，以牺牲了一名警察的代价，抓捕了"蝙蝠"组织的十四个核心成员，这是此案近二十年来取得的最大进展。

可是最关键的"老板"以及项骁都跑了。

不得不说，"老板"建立了一套十分严格的制度，一个个小集体之间互不联系，哪怕是他身边的亲信之人，也很少知道他确切的行踪，更别说组织里其余的成员了。

在这样忙得脚不沾地的情况下，一个飘着浓雾的清晨，几个人抽出时间去参加了在抓捕行动中牺牲的战友的葬礼。

短暂而肃穆的两个小时过去，所有人的心头几乎都压上了一块沉甸甸的石头。

秦晋荀和温玉两人并排走着，温玉见他眼底有细密的血丝，忍不住有些心疼地问："这几天有什么进展吗？"

他低下头，压低了声音对温玉说："我们找到了一些高万春的线索，但是'老板'也在找他，我们需要抓紧，一旦被对方先发现高万春，我们一直以来所做的一切努力，很可能就竹篮打水一场空了。"

两人走到了墓园外。

秦晋荀偏头看向温玉："去哪里？我送你？"

温玉摇摇头："你去忙吧，我自己走就好。"

秦晋荀也没有再坚持，出了墓园，两人便各奔东西了。

回复了蔡莉莉的急电之后，温玉刚提步，就有一个陌生电话打了进来。

电话里传来的声音还是一如既往的嚣张："温玉，我是项骁，你想知道我现在在哪儿吗？"

她的手指紧紧一缩。

"看到马路对面停的那辆车了吗？你现在什么也不要说，什么也不要做，上车，它会带你过来。"

二十分钟之后，在一座毫不起眼的公寓楼前，温玉按照电话里项骁的指示按响了门铃。

项骁看起来精神不错，并没有被追捕的慌乱，还饶有兴致地招呼她："坐啊！"

温玉在原地站着没有动，冷着一张脸："你打电话给我的时候就该知道，我一定会通知警察。"

项骁无所谓地耸了耸肩膀，温玉觉得自己的话白说了，也是，一个连命都不要的疯子，还怕什么警察。

"说吧，你有什么事吗？"

"我只是想……最后见你一次。说来奇怪，只有每次见到你，我才觉得自己是完整的，可能是在那种变态的环境下养成的扭曲的内心？"

项骁自嘲地笑笑："就像秦晋荀，他在那样的环境下长大，不管外表怎么强大，他始终缺乏安全感。"

"秦晋荀是不同的。"

项骁的笑容变得有几分怪异："他永远不可能当一个好人。"

温玉听得心头起了火气，干脆地打断他的话："警察快来了。"

"那又怎么样？"

项骁窝在沙发里，指尖懒散地夹着一支烟，香烟一寸一寸燃烧，烟灰堆积，掉在他的脚边。

温玉转头看他，退去了阴郁，他的五官亦是俊朗的。

"你和他们不一样，你如果愿意当污点证人，或许……"

项骁笑了，眉宇间带着残留的张扬："我不是个好人。"

"那就祝你好运吧。"

多说无益，温玉拉开房门径直走了出去。

项骁直直地看着她离去的方向，目光有些空洞，直到香烟燃到了他的指尖处，灼热感使他不由自主地松手，烟蒂落地，火星最后亮了一刻，便熄灭了。

项骁低头看着自己有灼烧痕迹的指节，蓦地笑了。他掏出手机，拨通了一个电话。

…………

撂下电话，项骁看向窗外，喃喃自语道："我说过，我真的不是一个好人啊，你怎么就不信呢……就当是我最后的报复吧，凭什么他就能活在阳光下。"

　　他一个人又呆呆地坐了三四分钟，门铃便再一次被人按响——

　　温玉漫无目的地走在大街上，初春将至，步行街上的人多了起来，千人千面，却同样神采奕奕，温玉忍不住心生羡慕。

　　不知道走了多久，忽然手机响了，是刘子科打来的电话。

　　短短的一句话，让温玉几乎呆愣在马路边。

　　"来公安大楼，项骁死了……秦教授在现场。"

　　办公室里鸦雀无声。

　　面对光风霁月的秦晋荀，刘子科第一次站直了，正视他："秦教授，你能告诉我，那个时间，你为什么会出现在项骁的公寓吗？"

　　他留了情面，如果对面站着的一脸思索模样的男人不是秦晋荀，他大概会直接问出来：你为什么要杀了项骁，是不是怕他……透露你的秘密？

　　秦晋荀只是简洁地说了一句："人不是我杀的。"

　　"可是……"

　　"刘子科！"蔡莉莉一脸警告地看着他，"有些话说出来，可就收不回去了，别到时候你自己怎么哭的都不知道。"

　　刘子科忍不住气闷，"噌"地站起来："你这么看着我干什么，是我愿意怀疑秦教授吗？……算了，我去检验科看看检验结果出没出来。"

　　刘子科摔上门就走了。

　　蔡莉莉叹了口气，又回头看向秦晋荀："秦教授，你别跟他一般见识，等手枪上的指纹比对结果出来，我帮你骂他。"

　　可是秦晋荀一直都没有说话，只是拧着眉头，看了一眼温玉，就是这一眼，温玉心头忍不住浮起不好的预感。

　　二十分钟后,刘子科就捏着一张检验单重新出现在办公室门口:"结果……

出来了。"

温玉心头一紧，从座位上站了起来："怎么样？指纹匹配吗？"

刘子科的表情突然有些复杂，他越过温玉，有些呆愣地看向秦晋荀。

温玉的心猛地一跳。

"匹配上了……是秦……"

忽然，温玉没有任何预兆地倒了下去，刘子科也蒙了，未说完的话还在嘴里，人已经反射般冲上去护住温玉。

"温玉，你怎么了？"

"温玉。"

"温法医！"

办公室里的人都围了上来。

温玉拧着眉，一只手捂在心脏的位置，嘴唇微动。

"……"

"什么？你说什么？"刘子科焦急地俯下身子，旁边已经有同事掏出手机拨了120。

"药……在秦晋荀车里……快，最重要的是……速度。"

是比那些人要快一步的速度。

她仿佛已经喘不上来气，双眼穿过周围的人，直直地看向室内唯一一个还站在原地的人。

秦晋荀眼神晦暗不清。

蔡莉莉见他不动，忍不住焦急地喊出声："温玉到底是怎么了？秦教授，你还愣着干什么，快去啊！"

终于……

"等我。"

秦晋荀缓缓吐出两个字，头也不回地走了。

刘子科一愣，张张嘴想要站起来，手却被温玉紧紧地攥住，她的手指因为用力已经泛着青紫，指甲几乎深陷进刘子科的皮肤里。

刘子科心惊："温玉……你……"

秦晋荀没有回来，温玉被送上了救护车，刘子科没有跟着，而是低着头站在原地。

秦教授是项骁案最大嫌疑人的事情震惊了整个公安局。

温玉回到公安局，平时气氛欢脱的办公室此时一片死寂。

周权和舒婵也匆忙赶来等待消息。

罗浩皱着眉："不可能是秦教授吧，这其中一定有什么误会。"

"我也不希望是他。"刘子科双眼通红，双拳紧紧地握着，青筋暴起，"我比任何一个人都希望不是他干的。"

温玉走进来，平视着他："可是你还是怀疑了。"

"你让我怎么能不怀疑他！"刘子科突然大喊着，一拳砸在了办公桌上，双眼几乎沁出泪来，"我亲眼看见的，我亲眼看见的啊，他站在项骁的尸体旁边，项骁的血还流着，手枪上只有他的指纹，你告诉我，我怎么样才能不怀疑他！"

他无奈地看着温玉，仿佛想从她的口中找到足以反驳自己的证据。

可是温玉只是缓缓地低下了头，眼尾也开始泛红："是啊，我也想不明白他为什么要跑，我想为他开脱都做不到，仅仅凭借着信任……我们能撑多久呢？"

舒婵递过去一张纸："擦擦吧，秦教授要是在这里，肯定不想看到你这样伤心，当务之急，我们是要查出真正的凶手，还秦教授清白。"

有一种深深的绝望袭来，温玉摇了摇头："怎么查啊，杀了项骁的肯定是'蝙蝠'的人，所以我们要查的不是一个人，而是一整个组织，那个组织多庞大，人人都可能是凶手，怎么查啊？"

周权看看这个，看看那个，眼底的疑惑一闪而过，可是最终还是什么都没有说。

一天的会开下来，依旧没有什么头绪，刘子科面无表情，顶着压力将情况上报。

下了班，刘子科跟众人道别，但他却没有走出公安大楼，而是在楼下转了一个弯，又从安全出口的楼梯间爬了上去，在顶楼的楼梯间，见到了靠着门不知道在想什么的温玉。

刘子科握了握拳，走了过去："温玉。"

温玉偏头看他："我还没有谢谢你，那天没有拆穿我拙劣的表演。"

刘子科没有说话。

温玉苦笑一声："我明白你的立场，也明白你的难处，可是你愿不愿意听听我的理由？"

沉默了一会儿，刘子科终于回答："如果不想听，我也不会出现在这儿。"

温玉于是笑了："你有没有想过，项骁给我打了电话，我确定了他的行踪告诉了你们，可是怎么就那么巧，在你们破门而入准备抓他的时候，正好就看见疑似秦晋荀杀人的现场？"

刘子科神情有几许挣扎："我想过，所以在我赶到现场看见只有秦教授一个人时，在我拿到检验结果发现上面只有秦教授一个人的指纹时，我也没有立刻逮捕他，而是想听他解释，但他却跑了。"

看出他内心的痛苦，温玉的表情愈加柔和起来："你还记不记得，秦晋荀之前就说过，我们身边可能还有内奸。"

刘子科不解地抬头，温玉继续说："晋荀已经找到了另一半证据的破解方法，就是高万春，现在，不管项骁死亡的真相到底是怎样的，唯一能确定的是，假如这个时候秦晋荀被限制了人身自由，对方就很有可能先一步找到高万春——他不能被抓起来调查。刘子科，我告诉你这些，是因为他从来都没怀疑过你，所以现在，你还信不信他？"

刘子科几乎抽掉了半包烟。

等到烟雾缭绕得连他的表情都看不清的时候，温玉才听见他发了狠似的说道："我信。"

针对秦晋荀的通缉令很快就发下来了。

刘子科有意拖延，通缉令的散播程度并不高，几天也没有接到群众的举报线索。

温玉沉默着，盯着通缉令上那张略显冷淡的脸，心中的不安无处诉说，却还得打起精神告诉秦妈妈秦晋苟又出差了。秦妈妈也不上网，也不外出，很容易就相信了。想着那满脸慈爱的笑，更令温玉的心像针扎着似的疼，几日来都没有什么胃口。

季景然进来，对着正要开口冲他打招呼的几个警员摆了摆手，走到温玉的座位前，将手中的餐盒放在桌子上，意有所指地说："饭总是要吃的，不然他也会担心的。"

温玉强打起精神冲他笑了笑，却见他悄悄地对刘子科做了个手势。

刘子科不动声色地站起来接了一杯水，放到温玉面前。

"温玉，你这两天都没怎么吃饭，慢慢吃，先喝点水吧。"说完话之后，他顺理成章地坐了下来。

季景然这才压低了音量说："我得到消息，这两天省局的领导名单有些不正常的变动，我担心是冲着你们来的，你们自己小心。"

又过了几天，沈路安满脸严肃地给温玉看了一则新闻，那是一个南方三四线小城市的城市新闻，报道的是，公园内出现了一具无名男尸，镜头在尸体上一扫而过，尽管打了马赛克，温玉还是认出了那个人正是高万春。

高万春死了，不知道秦晋苟进展得怎么样，温玉悬着的一颗心七上八下，始终也落不到实处。

紧接着，情况变得越来越糟糕。

省里有领导下来视察工作，对刘子科的破案速度十分不满意，连带着整个刑警一队也不被待见。

刘子科的撤职待定和温玉的解除特聘几乎是同一时间下来的，还没等到他们反应过来，两人在公安局的权限便被接二连三地撤销了，而刑警一队也一下子被安排了很多鸡毛蒜皮的案子，忙起来能让人脚不沾地。

在没有明确身边的内奸是谁时，如今的他们唯有等待。

直到一天夜里，温玉倒在沙发上，半梦半醒之间，忽然察觉到身边有人。

她睁开眼，一个黑影欺了过来。

紧接着，温热的呼吸席卷而至，肆无忌惮又小心翼翼，夹杂着熟悉的味道、熟悉的体温。

她一惊，随即眼里涌上泪来，伸手回抱住男人。

"秦晋荀。"

秦晋荀恨不得要将她嵌入骨子里。

他突然将她打横抱起，穿过寂静的客厅，将她放在卧室柔软的床上，刚要起身，她就紧紧地拉住他。

"别走。"

秦晋荀没有说话，只是轻柔地吻去她的泪水，声音一如既往的清冷，却夹杂了许多的想念。

"你楼下一直有人在监视，我好不容易才找到机会上来，不能待太久。"

温玉也知道时间有限，忍下心头想说的很多话，问他："到底是怎么回事，你怎么在项骁的公寓里？"

由于连日奔波，秦晋荀的面上已经长出了细小的胡楂儿，看起来有些沧桑，双眼却灿若星辰。

"那天我接到了项骁的电话，说你在他那里，我当时打不通你的电话，心急如焚，就赶过去了……"

不是没想过项骁会对他设下圈套，而是他根本就不惧怕。

直到项骁暴起，将手枪塞到他的手里，带着疯狂病态的笑，死死地压着他的手指对准自己的太阳穴扣动扳机时，他才有原来如此的震惊。

接下来就是破门而入的刘子科那不敢置信的眼神。

项骁不惜用自己的生命作为筹码来陷害他。

秦晋荀的骄傲令他不想逃避，可是温玉点醒了他，关键时刻，不能功败垂成。

清早，炫目的日光透过窗子。

温玉呆呆地坐起来，床畔早已空无一人，只是床头桌上，却多了一株草药。

温玉识得，那草药叫忍冬——解毒清热，却不可解她相思病魔。

她穿上拖鞋下地，走到卫生间，洗了把脸，耳畔还有他昨晚的轻喃。

　　"温玉，高万春死了，可是我已经提取到了他身上的 DNA，我很快就可以整合出名单，只是现在内奸不明，我还不能现身，我需要你，需要你们，帮我一个忙。"

　　两个月来，终于又见到了他，一颗心落到了实处，温玉突然用手捂住嘴，低低地呜咽起来。

　　公安局新上任的局长为了稳定局面，也开始大面积布网搜捕秦晋荀。

　　季景然来到公安大楼，身后忽然有人怯怯地叫道，季景然回头，看着来人："舒小姐，请问有什么事？"

　　舒婵是鼓起勇气来见季景然的，她问："难道就没有什么办法还能帮到秦教授吗？"

　　季景然犹豫了一下，舒婵立刻焦急地抓住他的衣袖："还有什么办法，求求您告诉我。"

　　季景然见她苦苦哀求的样子，忍不住叹气道："你对他倒是忠心。"

　　"季检……"

　　似乎是怜悯，季景然看她的目光柔和了许多，示意她凑近，压低了声音说："我也是听说……秦晋荀曾经救了一个京城那边的大人物，大人物要还秦晋荀一个人情，送给了他一部手机，并且承诺他，如果某一天，他遇上了解决不了的事，就用那部手机打给那个大人物，那人会出手帮他解决——但是机会只有一次。"

　　"我……我没有听说过。"舒婵神色有些飘忽。

　　"这也是温玉告诉我的，可能是秦晋荀只告诉了她吧。"

　　季景然说完，便没有再理会有些失魂落魄的舒婵，急匆匆地离开了。

　　京城的夜晚似乎永不断电，哪怕是午夜时分，中心区域也亮如白昼。

　　一栋灯火通明的办公大楼中比较昏暗的一层，寂静的走廊里突然响起高跟鞋的"嗒嗒"声，一个女人走了进来，从包里窸窸窣窣地掏出钥匙。

进了大门，则是一片宽敞的办公区域，此时办公室里空无一人，女人并没有在这里停留，而是径直穿过办公区走到里头一间独立的办公室，这间办公室用的是电子密码锁，对她而言，也仿佛没有任何难度，在几声"嘀嘀"声之后，门开了。

而后便是寂静中的翻找。

随着时间的流逝，女人的动作渐渐慌乱起来，忽然，她翻找的动作顿住了，从一个抽屉里面拿出了一部手机，站了起来。

那个人影在黑暗中呆呆地站了许久，突然间高抬起手，将手中的手机狠狠地砸向地面。

"哐当"一声，手机四分五裂，而与此同时——

房间灯光大亮。

女人惊慌地回头，几个人缓缓地从外面走进来，又不约而同地给最后面的那个男人让开了一条路。

"想要斩断我最后的退路，我怀疑了很多人。"他声音寡淡，面上有一丝叹惋之情，但是转瞬即逝，"舒婵，我没有想到那个人是你。"

灯光下，舒婵面无血色。

没有人问她到底为什么要这样做，只有刘子科在目送着她被带走后，疑惑地说道："我真的没有想到那个内奸会是她……可她是您事务所的助理，怎么会被'蝙蝠'……"

秦晋荀摇了摇头，目光晦暗不明："因为她有欲望，而欲望得不到满足就会有弱点，'蝙蝠'擅长利用心智不坚定之人的任何一个弱点——尤其是情感方面。"

刘子科听得云里雾里："她的欲望是什么？"

秦晋荀瞟了他一眼，手插衣兜，走在了前面："她的欲望？是妄想得到我。"

反应过来的刘子科忍不住挤眉弄眼地冲着秦晋荀的背影做了个鬼脸，腹诽道：男颜祸水。

秦晋荀突然停下脚步，回头皱着眉看他："还不走吗？内奸揪出来之后，我们还有很多事情要干。"

刘子科立刻回神："来了。"

他三步并作两步，跑到秦晋荀身边："秦教授，我还有一句话没跟您说。"

"嗯？"

"能再看见您真好。"

"咻——"

秦晋荀懒洋洋地轻声笑了一下，两人的身影重新融入辉煌的灯火之中。

舒嬅本质上还是一个在优渥环境中备受宠爱地长大的小姑娘，只是被嫉妒冲昏了头脑，被灌输了"得不到就要毁灭"的扭曲思想。

她根本就没有什么犯罪的头脑，被抓到的时候，手机里甚至还留着跟项骁互发的短信。项骁蛊惑了她，让她配合自己疯狂的计划。项骁借秦晋荀的手自杀，又嘱咐舒嬅留心，不要给秦晋荀留下翻身的机会，项骁妄图将秦晋荀一同拖进黑暗里。

由于秦晋荀的嫌疑逐渐被洗清，罗浩也趁机跟新任局长打了报告，想让刘子科复职。

新局长本质上是个墨守成规的老古板，之前刘子科被省领导指责办事不力的时候，他罢免刘子科的职务毫无压力，而现在刘子科又协助警方抓到了嫌疑人舒嬅，他也就顺水推舟向上申请让刘子科复职了。

官复原职的刘队长拿着舒嬅的手机，忍不住叹息道："现在的小姑娘啊，真是……上次我们在千景公园的抓捕行动失败，就是舒嬅提前跟项骁透露的口风，后来还把温玉也带过去了，你说她到底是什么时候跟项骁联系上的？"

秦晋荀没有回答，只是站起身对刘子科说："舒嬅就交给别人审吧，我们还有更重要的事情。"

办公室的几个人神情顿时严肃起来。

秦晋荀站起身，走到办公室前面："高万春从'蝙蝠'带出的证据，我已经全部破译完成了，一份涉案医疗组织的名单，加上一份这些医疗组织里面具体的内应人员和各界眼线的名单……我有一个渠道，可以让这些证据被安全地送到中央。"

所有人的目光都亮晶晶的，将这个庞大的组织一网打尽，是一件让所有的参与者都足以铭记一辈子的荣耀。

　　"可是这样做有一个弊端。"秦晋荀话锋一转，"'一网打尽'只是相对于这个庞大的组织而言，树大根深，难免有一两只蚂蚁听到风声逃走——比如他们的'老板'，他在缅国有生意，一旦越过了国境线，我们可能这辈子都找不到他了。"

　　罗浩试探地问道："秦教授，您这么说是有更好的办法吗？"

　　秦晋荀缓缓地从西服口袋中掏出一个U盘，在空中晃了晃。

　　"按照'蝙蝠'这段时间穷追猛打、狗急跳墙的表现来看，我猜，高万春当年偷出来的这份证据，是唯一的一份——他们会利用人的弱点，我们也会，'老板'二十多年来掌控犯罪帝国，当他知道我们手里已经掌握了全部证据却并未上交，会不会甘心如丧家之犬一般逃到缅国？"

　　刘子科不确信地问："您是说，我们先不要将证据交上去全国布控，而是先将我们拿到证据的消息放出去给'老板'，引他过来？"

　　罗浩拍着手跳起来："没错，就算明知道警方布下了天罗地网，他也会往里跳。"

　　刘子科仍有犹豫："可是这样一来，会不会风险太大……"

　　秦晋荀笑了笑，目光深处有一丝他们看不懂的凉薄，仿佛对一切无比厌倦，只想要快速地结束眼前的一切。

　　这是一个和从前截然不同的秦晋荀。

　　"想抓住'老板'，我们没有别的办法。"

　　刘子科笑眯眯地在心底犯"花痴"。

　　秦晋荀扭头看见他的表情，忍住想要扶额的冲动。刘子科在经历过项骁案之后总觉得愧对于他，恨不得时时刻刻都表明对他的崇拜之情……他看在眼里，却不好打消对方的积极性……

　　"好了，别跟着我了。"

　　"嗯？"

　　"我要去找温玉了。"

因为太忙，除了从京城回来那天以外，这还是两个人的第一次见面。

秦晋荀轻车熟路地用钥匙打开了门，温玉一早知道他要过来，正在厨房里对着菜谱艰难地准备晚餐，听见动静，洗了洗手迎了出来。

"你来了。"

看着秦晋荀一动不动地站在大门处，目光灼灼地望着她，她有些脸热，走上前，微微踮了踮脚，双手攀上他的领带。

"我帮你把领带……哎。"

她惊呼一声。

秦晋荀双手揽住她的腰，俯下身子，将她没有出口的轻呼堵了回去。

似乎过了好久好久，厨房烧水的水壶发出了尖锐的声音，温玉才如梦初醒，一下子推开他。

"你这个人真是……"

说着她一溜烟跑回了厨房。

秦晋荀只是笑笑，目光满是眷恋地追寻着她。

等到晚上吃完了饭，温玉悠闲地靠在厨房的壁橱上，看着戴了两层手套的秦教授垂头认真地洗着碗。

那乖巧的模样令她忍不住倾过身子，飞速地在他侧脸上一啄。

"好好表现。"

秦晋荀头也不抬地应了一声，水流的哗哗声中，他的动作慢了下来："这段时间你没有什么事就别外出了。"

温玉的笑意略淡，"嗯"了一声："就是在这几天吗？"

"对。"想了想，秦晋荀停下手里的动作，抬起头，"有一件事情我想跟你商量一下。"

见他面色严肃，温玉也忍不住郑重起来："什么？"

他沉吟了许久，有些为难地开口："我买一个洗碗机给你吧，好不好？"

下一秒，温玉将蘸了水的手轻轻一弹，水珠全部洒到他的脸上，假装生气地说："不好！你不要偷懒，快点洗。"

被洒了一脸的水，秦晋荀快速取了手套，将她抱在怀里转了个圈，将自己脸上的水都蹭到她的身上，两个人闹了起来。

时间突然就生动起来。

温玉知道，他是不想她担心。

而后几天，两人又只能通过手机联系了。

因为上一次她和刘子科被绑架令秦晋荀和警方十分被动。

这段时间，温玉没有再去公安局，也很少出门，只是偶尔梁萤会过来陪陪她。

温玉的冰箱里没有吃的了，本来说好梁萤下午来的时候给她带过来，可是梁萤临时有事。

下午的阳光十分明媚，温玉从窗户望下去，还能看到街角的那家生鲜便利店。

就这么几步路，应该……没有关系吧。

可是，任何常理都敌不过处心积虑的意外。

温玉进门的时候，还留心看了一圈，超市内有几个顾客，还有一个妈妈带着孩子，而收银员正在门口数钱。

温玉走到放拉面的地方，手指触碰到塑料袋，发出沙沙的响声，她一顿，手缩了回去，掉头就往门外走去——却还是慢了一步。

卷闸门迅速地落了下来。

收银员连带几个顾客都停下了手中的动作，收银员将手中的钱随意地扔在桌子上，旁边点钞机亮着工作中的绿光，告诉她方才她到底是忽略了怎样的细枝末节。

一扇毫不起眼的门开了，一个中年男人当先走了进来。

"温小姐，我们又见面了。"

温玉插在兜里的手一动，这是秦晋荀送来的手机，只要长按电源键，它就会自动发射出自己所在位置的信号到秦晋荀的手机上。

看见她的动作，"老板"却只是笑着：

"放轻松——你可以这个时候叫警察来，我正好也有一些事情想跟他们说一说……比如我的家庭、我的名字。你不好奇我叫什么吗？这二十来年，他们都叫我'老板'，没有人知道我的真实姓名，时间久了，连我自己都快忘记原来的名字了……我叫秦培安。

"如果我有一个孩子，那他现在应该和你们的秦教授差不多大，不过他可就没有秦教授那么幸运了。试想，媒体大众如果知道他有一个罪大恶极的当犯罪首脑的父亲，会如何恶意揣测他……想一想，我都觉得心酸。"

"老板"表情轻慢，语调全然是满满的恶意。

温玉的手紧紧攥了起来，目光带着凉意，平静地看着他："你想要干什么？"

接到梁莹的电话，季景然提着两袋子食品来到了温玉家的门口。

连续按了好几次门铃都没有人应答，季景然的神色逐渐严肃起来，他放下袋子，掏出手机。

"秦晋荀，温玉在你那儿吗？"

而此时此刻，埋伏在西郊的秦晋荀撂下手机，压抑着心中的怒火，对刘子科说："撤退吧，他们不在这儿。"

大约四十分钟之前，刘子科在公安大楼抓住了一个伪装成清洁工试图偷偷溜进刑警一队办公室的人，并在他身上搜出了一部手机，上面有一个指令，让那个人一旦偷到了证据，就立刻到西郊会合。

秦晋荀心知肚明，这是故意给他们看的，可是如果不去，就不知道他们下一步的计划。

原来是一个调虎离山的计策。

"秦教授，不是说要看看他们打算做什么吗，为什么要撤退？"

"温玉在他们手上。"

大吃一惊后，刘子科愤恨不已："三番五次冲一个女人下手算什么！"

秦晋荀看不出紧张与否："他们手上是必须有一个筹码才肯出来的，那个筹码可能是温玉，也可能是我母亲，或者是沈路安，甚至可能是你，是罗浩，是蔡莉莉……我们防不过来的。"

有几个警员围过来："秦教授，那我们现在怎么办？"

秦晋荀看着自从接收到定位为便利店的消息后便再无动静的手机，眼底微弱的光芒逐渐熄灭，那表情令刘子科心里竟然有些莫名的酸涩。

秦教授这是怎么了？

还没等他问出口，秦晋荀已然将头侧向另一旁，让人看不清自己的神色，声音一如既往有安抚力："带上名单，等。"

等那个人发来信息。

即将从自己的主场换到别人的主场，危险系数节节攀升，所有人都隐隐预见了可能会发生的事情。

刘子科咽了咽口水，对罗浩下了命令："向局里请求武力支援吧。"

而这一等，就是三天。

温玉被绑在了一个椅子上，蒙住眼睛的黑布被摘掉，刺眼的光线让她眯了眯眼睛，才看清周围的环境。

这是一个类似废弃仓库的地方，周围的地上有几个碗，还有一架铁锅，看起来他们已经在这里躲藏了好几天，而且——这里很荒凉，没有人烟。

在被带走的时候，她被注射了麻醉剂，路上一直昏昏沉沉的，清醒的时候很少。

最差的情况——他们已经到了边境地带。

"老板"就坐在她对面，几个手下手持着枪，警惕地在大门口巡视。

"我很欣赏你的镇定。"他悠悠开口。

"我也很欣赏您的胆魄。"温玉还有一点虚弱，却毫无惧色地反唇相讥。

"老板"笑了起来："你是想说我不怕死吧，我活了五十来年，够了。世上有多少人不停死去，身患重病的、身体健康的，他们都没活过我。"

简直就是病态的攀比。温玉转过头去，连看他一眼都觉得恶心。

那人却很有兴致："我已经给秦晋荀发了短信，在他来之前，我们还可以聊聊天。"

"我跟你这种为了金钱而蔑视人命的人没什么可说的。"

"老板"摇了摇头，从容自若地说："不，你错了，我享受的是那种掌控生死的感觉。性命垂危的人可以因我提供的一个器官继续苟延残喘，而一个无病无灾的人，也可能因为被我盯上而死于非命……多有趣。"

反正自己作为一个人质性命暂时无碍，温玉顺从自己心中所想，丝毫不怵地反驳道："你恐怕对'掌控'这个词有什么误解，掌控欲很多人都有，却绝对不会像你一样，用这么残忍的方式来证明自己的存在。"

"你懂什么！"

他突然变得很激动，骤然提高的音量将他几个手下都吓了一跳，意味不明的目光往这边投来。

"很多人有财富，有地位，有才华和美满的家庭，可是有什么用呢？比不过体内软绵绵的一块肉，它坏了，就什么也没了……"

发现他对于器官移植有着很强烈的执念，温玉心头一动，有什么在脑海中突然浮现。

她想她找到根源所在了。

温玉勾了勾嘴角，用讥诮的语气问："你的妻子到底是因为什么病死的？心脏病？尿毒症？还是什么？"

一语中的，男人的目光浑浊起来："我的妻子，对，我曾经是有妻子的……"

他突然开始在屋里慌乱地踱步："我给她换了最健康的肝脏啊，可是那该死的排异反应！她一直都不赞同我的做法，所以她带着我们的儿子离开了，她连死都不愿意让我陪着她。为什么她死了，有人却能活着，为什么那些人没有陪她一起去死？！"

温玉觉得很可悲，不是为这个眼前的人，而是为某个她心上的人。

原来爱是持续二十多年的巨大悲剧的原因——如果这种畸形的情感还能称之为爱的话。

"人各有命，倘若她有在天之灵，也一定会为你的行为感到不齿。"

忽然，秦晋荀推开仓库的大门，日光刺眼，自他身后照射过来。

"我来了。"

这三个字出口，他只看着温玉，而温玉也看着他，明亮的眼睛里面，是满满的怜惜与抚慰。

如果不是时机不恰当，她很想抱住他，告诉他，过去的事到底是怎么样的都没关系，都不要紧，最重要的是，以后她会一直在。

他们会彼此取暖。

这种情况下埋伏也没什么用，刘子科带队简单粗暴地闯了进来。

"都不许动！"

不知道是不是方才进入回忆太深，"老板"看了他们许久，直到手下来提醒，才平缓了呼吸。

"你来了，东西呢？"

刘子科一个眼色，一名警察从怀里拿出一个U盘，扔了过去。

刘子科不客气地说："东西在这儿，把温玉放了。"

"老板"笑了起来："要等我安全离开这儿才可以。"

说完，他突然拍了拍手掌，一个手下踢开了一堆杂物上盖着的木板。

看清了底下的东西，所有人不约而同地向后退了一步。

"老板"见状得意地笑了起来。

"你们脚下的是我从项骁那儿找到的液体炸弹，我手下有个科学家，闲来无事，我让他改装了一下开关，顶上有一个生物探针，手伸进来就会自动采集血样，然后在几秒内飞速分析，只有有生命体征的我才可以使它停下。"

谈话间，十分钟的倒计时已经开始。

刘子科的枪已经上膛。

"我劝你们不要这样虎视眈眈的，还是痛快地让我走比较好。"

他说完这句话，单手脱下西装——西装里面赫然露出一条引线。

"不要试图击毙我，万一点着了这个，里面的芯片感应会立刻让液体炸弹的倒计时重置为三十秒……换句话说，我死了，你们也要陪葬。"

"老板"成竹在胸，一把枪顶着温玉的额头往前走。

"给你们一个活命的建议，我走了之后，你们有多远跑多远。"

仓库外停着一辆轿车，"老板"单手打开了驾驶室的门。

见他要走，还在仓库内和警察对峙的组织成员不解地大喊："老板，我们怎么办?!"

"老板"冷笑了一声："人总要有利益才能聚在一起，不是吗？你们……就各自逃命去吧。"

这是要丢下他们的意思了。

唯一的车被老板开走，他们就算跑得出炸弹的爆炸范围，也会被警察抓住，这些人个个都有命案在身，被抓住就等于是被判了死刑。

"都是一死，凭什么你就能逃走!"

一个人大叫着，枪口对准了"老板"，还没等众人反应过来，子弹已经出膛!

"温玉!"关键时刻，及时赶到这里的季景然飞身扑过去，抱着温玉就地滚了两圈。

"砰"的一声，子弹正中"老板"胸口，旁人甚至还没看清他不可置信的表情，他身上的炸药就被引爆，连带他身边的车都被炸飞。

一波热浪席卷而过，季景然发出了一声闷哼，温玉急忙从他怀里爬起来，紧张地问："怎么了？刚才是不是伤到了？"

季景然将嗓子里的血腥咽了回去，摇了摇头："你先进去看看情况吧，不用管我。"

温玉又确认了一遍："你没事吧？"见他点了点头，这才飞快地跑了进去。季景然捂着狂跳的心口，刚要起身，突然头脑一懵就栽倒了下去……

仓库里液体炸弹的倒计时已经重置为三十秒。

"没有'老板'的操控，倒计时根本停不下来。"

"快看，只有二十秒了。"

"这个时间我们根本跑不出炸弹爆炸范围。"

混乱中，刘子科扑到炸弹上，声嘶力竭地喊道："跑啊，你们快跑啊!"

十八秒——

他身边是两名已经红了眼的警察，其中一个由于害怕已经忍不住哆嗦了起来，可脚下还是生了根似的不肯移动。

十二秒——

远处，一个绝望的"蝙蝠"组织成员一枪打中了某个警察，警察痛苦地弯着腰倒下去。

八秒——

温玉正在看着秦晋荀，目光澄澈，回归了最初的单纯。

时间仿佛放慢了一样，他一步一步冲着刘子科走了过去，拍了拍紧闭双眼的刘子科的肩膀，伸出了手——

针刺破了他的手指，鲜血滴落。

空气似乎都凝固了。

不知道过了多久，罗浩颤颤巍巍地睁开了眼睛。

"炸弹没有爆炸！"

刘子科呆呆愣愣的，看着自己怀中倒计时的电子屏幕上的数字停在了"2"上。他仰头看着秦晋荀："您是……怎么做到的？"

反应过来的刑警迅速将余下的罪犯制伏，随后聚拢过来，面上忍不住带着劫后余生的欣喜。

秦晋荀从兜里掏出一方白色手帕，慢条斯理地擦干净手指上的血珠，低着头说："我也是赌一把，这么短时间内做出来的仪器，或许会有百分之几的偏差。"

他话里的文字都很简单，可是组合在一起，却让所有的人都听不明白。

"不是说只有'老板'可以停下倒计时吗？除非是直系亲属，不然即使仪器有偏差……"那个人说着说着意识到了什么，"秦教授您是'老板'的……"

"闭嘴。"刘子科红着眼睛恶狠狠地说。

气氛变得有些古怪起来。

秦晋荀知道，所有人的目光都在自己的身上，夹杂了复杂的情感。

他不是早就已经预料到了吗？不是根本就不在乎吗？

可是此时此刻，他的心里突然像是有什么彻底地失去了，心里的窟窿越来越大……

秦晋荀觉得空气有些稀薄，所以他更加挺直了脊背，面色愈加寒冷。

温玉就在这个时候穿过了人群，向他走过去。

一瞬间，他的世界里只有她的声音——"我带你回家。"

男人的眼中有显而易见的迷茫，他低头看着她："家……在哪儿？"

"在一个有你和我的地方。"

仿佛最漆黑的深夜已过去，朝阳初升，金灿灿的光芒毫不吝啬地洒落，照着她的脸。

白昼已至。